Amor entre acertijos

(La saga del Club del Crimen: libro I)

B. Amann

Portada: Iñaki Amann Subinas.

Contraportada: Mikel Mujika Amann.

1ª edición, diciembre de 2012.

ISBN: 84-616-2151-4.

ISBN—13: 978-84-616-2151-4.

Para mi familia. Por ser especiales, amorosos y apoyarme, sin dudarlo ni un segundo, en esta aventura.

Ama, este libro es para ti, por el inmenso amor que me has dado durante toda mi vida. Por escuchar incansable mis resoplidos y devolverme únicamente cariño. Por ser una madre maravillosa, generosa, divertida y… única.

Aita, allá donde estés…, entre las suaves nubes y cuidando de todos con ese amor que a veces aun siento cercano y cálido, ojalá estés disfrutando tanto como lo hubieras hecho de seguir entre nosotros. Por inculcarme aquello en lo que creo y regalarme esa forma tan tuya y hermosa de ver la vida y disfrutarla.

Se os quiere.

RECONOCIMIENTOS

Para aquellos que, incansables, han seguido mis novelas capítulo a capítulo, animándome y compartiendo conmigo el inmenso cariño que siento por todos y cada uno de los miembros del *Club del Crimen*. Para las incombustibles, por creer en mí y en mis historias, sin dudar ni un fugaz segundo.
Muchas gracias.

Para el *Club de los Despojis*. Se os quiere muchísimo.

Índice

Capítulo 1

I

La angustia que sentía en el estómago y que parecía aumentar por momentos, la tenía mirando a las musarañas, tendida en el lecho boca arriba con los pies colgando por el borde, estirada en toda la reducida extensión que había heredado de sus antepasados.

Se había parapetado en su cuarto tras hacer el más soberano de los ridículos en el salón principal de su hogar. La fiesta estaba en pleno apogeo, el baile en sus cotas más altas, cuando ella fue a tropezar con sus traicioneros y torpes pies en medio del corrillo formado por las maliciosas y carcamales cotillas de la alta sociedad londinense. Le entraron ganas de moquear sin control, pero se contuvo. Con gran esfuerzo. El ridículo sufrido ante quien debería protegerla y apoyarla la enfurecía. Esta sensación dejaba poco espacio para sentimientos compasivos y su intención era morir dignamente y sin testigos, antes de enfrentarse a la aborrecida fuerza que surcaba los recovecos de la mansión de su familia, los Evers: John Alexander Aitor Morren.

Mere se incorporó impetuosamente y asomó la cabeza por la puerta tras considerar que había transcurrido tiempo suficiente como para que su nombre hubiera dejado de sonar en forma de cuchicheos e insolentes risillas en el salón de baile.

Una imagen permanecía grabada a hierro candente en su memoria mientras el murmullo que provenía del salón de baile solo conseguía acentuar su vergüenza. Se veía a sí misma, rellenita y rechoncha, tirada en el suelo, boqueando como un pescado agónico y pidiendo auxilio dada su incapacidad para incorporarse por sí misma. ¡Qué horror!

Se sonó con fuerza dos veces, escondió el bordado pañuelo en el interior de la manga y escudriñó a través de la rendija. Vislumbró la enorme sombra de aquel a quien esperaba no ver hasta el día siguiente o, de poder evitarlo, hasta el fin de los tiempos: la arrogante figura del energúmeno número uno, apoyado de forma indolente junto al marco de la puerta.

—¿Estamos ya de mejor humor, enana? Me han enviado para informarte de que tu salida ha resultado teatral, aunque poco efectiva, debido al ligero tropezón final, y de que tus hermanos y amados padres esperan con ansiedad tu retorno al baile. Yo, por mi parte, desearía…

Lo último que le interesaba era escuchar lo que el engendro intentaba decir, por lo que resopló, introdujo la cabeza en sus aposentos y tras cerrar la puerta de un portazo, envalentonada, estimó que era el momento perfecto para dar rienda suelta a su enfado.

—Me niego a salir mientras tú estés ahí parado como un pasmarote. Nuestra amistad ha muerto, podenco.

Al otro lado de la puerta se escuchó un sonido que bien podría ser una risilla o un gruñido.

—Niña, tienes cinco minutos para salir o…

—¿O qué John? ¿Vas a pedir refuerzos porque no logras convencer a una mujer que mide la mitad que tú aunque te asombre su inestimable cerebro? ¿O es *asustar* la palabra adecuada? Olvidas, estimado podenco, que una puerta de roble de tamaño considerable nos separa y… ¿estás ahí? ¿John? ¿podenco?

Quizá desahogarse no había resultado una de sus ideas más lúcidas, menos aun teniendo en cuenta el mal genio que se gastaba John en ciertas ocasiones. Decididamente, pensó tras escuchar un ligero chirrido en la cerradura, este negro día estaba resultando uno de los peores de su corta vida, veinticuatro años recién cumplidos.

El sonido había cesado para dar paso a algo más angustioso.

—Meredith, apártate de la puerta si no quieres terminar, por segunda vez en el día de hoy, tendida de espaldas en el suelo y con las faldas por la frente, enana.

Escuchar estas palabras y la sorna que se vislumbraba en ellas hizo que una oleada de calor ascendiera súbitamente a sus mejillas, pero como persona sensata que era decidió alejarse hasta situarse junto al lecho, mientras observaba la entrada triunfal del idiota en sus aposentos. Resultaba extraño cómo todas las cualidades referentes a la hermosura podían concentrarse en una sola persona. O la justicia divina no existía o estaba, sin más, mal repartida. Por mucho que lo intentara evitar, su mirada se dirigía inevitablemente a los rasgos de quien hasta ese día había sido su compañero de juegos y penas, su confidente, su contrincante en las peleas y su íntimo amigo.

Sencillamente, es hermoso, pensó Mere. Cabello negro, espeso y rasgos marcados, muy viriles. Labios carnosos, chocantes en el género masculino y un cuerpo... Mejor dejar tales pensamientos aparcados, ¡por todos los santos! Ello no era obstáculo para que el rasgo que más le molestara fueran sus hoyuelos y la endemoniada estatura. ¿Cómo se puede, con cierta comodidad, discutir con una persona a la que tu coronilla no le llega siquiera al hombro? ¿Una jugarreta del destino o una ventaja de nacimiento? Quizá, si...

—Así que tú decides, por tu propio pie o en volandas, no sería la primera ocasión en que lo hago, por lo que no dudes ni un segundo que no me atrevería, Meredith.

Centrarse en la discusión y darse cuenta de que John se encontraba plantado a dos palmos escasos de distancia, con los brazos cruzados y tensos como una cuerda de violín o, peor aun, el hecho de que al dirigirse a ella no empleara su diminutivo, fue algo repentino y espantoso. Mere reconocía que tenía varios defectos, entre ellos la curiosidad y una imaginación desbocada que en ocasiones le impedían centrarse en la conversación.

—Espera, espera un momento, ¿podrías repetir lo que has dicho? Es que...

—Mere, no me provoques que no estoy de humor. Tienes dos minutos para decidir que tu enfurruñamiento no tiene razón de ser.

—¡Ja!, eso lo pensarás tú, podenco.

—Como me llames de nuevo podenco te llevas una buena tunda, Meredith, y recuerda que tampoco sería la primera. Tus padres y hermanos esperan abajo y como una buena niña, que yo sé que no eres, vas a enlazar tu mano en mi brazo, volveremos al baile como seres racionales y te dirigirás a tu bendita madre y le darás un cariñoso beso, y otro a tu padre. Al finalizar la velada tú y yo vamos a hablar seriamente de tu escapada a la librería del señor Norris, sin acompañamiento.

—Eso no es asunto tuyo, John. Soy una mujer adulta y puedo...

—Sola, ni por asomo. Como te he adelantado, por tu propio pie o en brazos. Tú decides.

—No puedes darme órdenes, listillo, porque no eres mi marido, ni mi hermano. Y además...

Tan pronto las palabras salieron de su boca, Mere se dio cuenta del error cometido. En menos de un suspiro sintió cómo una mano enorme la sujetaba por la nalga izquierda; lo siguiente fue el bamboleo de los pasos al dirigirse al rellano de la escalera colgada, boca abajo, sobre la amplia espalda de John. Con la sangre agolpándose en su cerebro decidió hacer una soberana locura. Dudó entre ambos glúteos a su alcance hasta que se decidió por el más cercano a su mano derecha y lo pellizcó con toda su alma. La reacción de John fue instantánea y el respingo repercutió en todo el cuerpo de Mere que permanecía colgado mirando el pulido suelo. Había llegado el momento de comenzar a retorcerse y patalear.

—¡Serás bruja, pequeño demonio! Si crees que eso te va a servir de algo, salvo las posibles repercusiones, olvídalo.

Recibió sendos manotazos en la nalga, bruscos, y que para enfurecerle aun más, escocieron a rabiar.

—¡Ay! John, te lo advierto, o me sueltas o te pellizco de nuevo y ahora en la otra nalga. No puedes hacer esto, ¡no puedes! —chilló Mere entre gruñidos—. Por tu culpa estoy babeando la alfombra. No puedes darme un azote, podenco, ya que no eres…

Las palmadas que siguieron fueron inmediatas. Tres en cada lado y, en opinión de Mere, excesivamente efusivas. Al día siguiente tendría dificultades para sentarse. Los largos pasos de John se detuvieron repentinamente con el consecuente vuelco en el estómago de Mere, pero lo agradeció. Ello le concedía un respiro para sopesar sus escuetas y limitadas opciones. Era inteligente y se le ocurriría algo. En cualquier momento.

—¿Vas a comportarte como una mujer adulta? ¿Vas a dejar de patalear y retorcerte, hacer lo que te he ordenado y, ante todo, dejar de referirte a mí como podenco?

Nunca, ni en su más tierna infancia le había resultado fácil dar su brazo a torcer pero reconocía el sabor de la derrota. No es que lo fuera a admitir. Ni en los sueños más dulces de John haría algo semejante, pero había momentos en la vida en los que la astucia debía imponerse al orgullo. Tristemente este era uno de ellos y le fastidiaba sobremanera. Cruzándose de brazos con dificultad debido a su posición, decidió que era el momento de ser práctica.

—Está bien. Reconozco que no debía haberte pellizcado, pero tú me has pegado en el trasero y… —los pasos se reanudaron con más energía—. De acuerdo —refunfuñó Mere— quizá no me haya comportado de la mejor de las maneras, pero has de considerar que únicamente podía…, uf, conseguir la información que necesitaba para descubrir al asesino del señor Abrahams en la libreta de apuntes del…

—¿Cómo? —exclamó un vozarrón cerca de ellos.

—¿Qué acaba de decir? —sin duda esa voz pertenecía a su hermano Dean. La segunda era de Thomas, su otro hermano.

Lo que faltaba, pensó Mere, llegó la caballería. Ahora sus endemoniados hermanos intentarían sonsacar las razones de su peculiar estado sobre el hombro de John y lo que resultaba aun más inquietante, su referencia al señor Abrahams.

Inoportuna, eso era ella, completamente inoportuna. Con delicadeza, lo cual era de agradecer, John la depositó en el suelo y se situó detrás, manteniéndola firmemente sujeta por el lazo que rodeaba su cintura. La tensión de su cuerpo le llegaba a bocanadas y, para colmo, otro fastidio más. Ahora tendría que contestar la retahíla de preguntas que, más que probablemente, fluirían a borbotones de labios de sus hermanos. Alzó la mirada y se encontró rodeada de tres hombretones, a cual con el ceño más fruncido, que intercambiaban entre sí miradas que no alcanzaba a comprender.

Los hombres son seres extraños, decidió Mere. Insoportables con frecuencia, mandones siempre, y para su desgracia, convivía con siete, además de sus padres. Gracias al cielo su madre era un remanso de paz entre tanto bruto. No en pocas ocasiones se había preguntado si su madre habría concebido de nuevo, tras el primer parto, de haber sabido que la fertilidad era un rasgo predominante en la rama materna de su marido. Seis varones y una hembra en seis alumbramientos le parecía a Mere un esfuerzo sobrehumano digno de una santa. En sentido figurado, claro está.

Ya se había acostumbrado a ser la menor de los Evers, pero le costaba, en ocasiones, aguantar la obsesión de sus hermanos por querer organizar su existencia o, peor aun, por conocer todos, absolutamente todos sus secretos. El lema que alegaban para meter las narices en sus asuntos, que *ser un Evers suponía ser una parte de un gran todo*, le ponía de los nervios. Pese a ello, lo que remató su penosa situación fue la incorporación a la familia, cierto día de primavera, del pequeño John, que con doce tiernos añitos, nada más ver a Mere decidió que era suya y para mangonearla a su antojo, pese a la fiera oposición mostrada por la niña desde el principio. Desde aquel extraño y fresco día de primavera los cinco críos fueron inseparables y con el paso del tiempo cada vez más. Jugaban, pelaban y lloraban, pero sus amorosos padres siempre estaban ahí para consolarlos. Una maravillosa y feliz infancia correteando por la mansión Evers y fastidiando al recién incorporado miembro de la familia, había sido su principal diversión y entretenimiento hasta hacía unos diez minutos cuando decidió romper relaciones con el energúmeno.

La reunión en el piso se iba incrementando. Tras la incorporación de sus hermanos Dean y Thomas era de esperar que apareciera Jared. Su intuición no le falló, pronto apareció la alta silueta al final del pasillo. Demasiado agraciado para su bien, al igual que sus otros hermanos.

—¿Se puede saber qué demonios hacéis? Nuestros padres se están inquietando y mamá dice que quien haya localizado a la fierecilla la baje de nuevo. Worthington sigue esperando poder bailar con ella, en un estado, según madre, de extenuante ansiedad.

Los ojos de Jared, verdes y penetrantes, se clavaron en Mere y escudriñaron su estado.

—¿Qué has hecho ahora, renacuajo? —lanzó Jared tras observar minuciosamente el aspecto algo descuidado de Mere.

—¿Worthington? —masculló Mere—. Ese hombre es un pesado y apenas me deja hablar. Lo que hay entre nosotros es un interminable monólogo y, ¿a qué te refieres con que qué he hecho? —Mere se giró para observar el grado de atención de John y calcular si de un tirón, aunque arriesgara con ello la integridad de su vestido, podría soltarse del firme amarre; pero decidió desistir al apreciar la llameante mirada que le dirigió este. Volviéndose hacia sus hermanos, masculló.

—Además, tiene las manos ligeras y tienden a ir a donde no deben. Para que lo sepáis, no pienso bailar de nuevo…

Nada más decirlo supo, por la brusca aspiración de aire y los juramentos que brotaron de sus hermanos, que debía haber callado como una tumba. Sin tiempo para reaccionar sintió una presión sobre su cintura. Con un movimiento brusco John le hizo girar levemente sobre sí misma y con el dedo índice de la otra mano le alzó la barbilla suavemente.

—Niña, tienes cinco segundos para explicarte antes de que uno de nosotros baje y traiga a rastras a ese pelele para que conteste a nuestras preguntas. Y te aseguro que no le va a agradar el interrogatorio.

Mere jamás había sido la destinataria de semejante tono de voz. Era helado y calculador. Frío. Cuando discutían se notaba sutilmente el calor, la pasión e ironía, incluso el sarcasmo, pero nunca ese vacío de emoción. No supo por qué, pero un escalofrío le recorrió la espalda y giró la cabeza hacia sus hermanos. En menudo lío se había metido por hablar sin controlar sus ideas. ¡Madre mía! Mere, recuerda que debes filtrar la información. La filtración es importante. Mira que su familia se lo había repetido hasta la saciedad.

Únicamente ella y los miembros del Club de Investigación del Crimen sabían de la relación existente entre Worthington y el fallecido Abrahams, y habían prometido no revelarlo. La abuela Allison, el anciano Edmund Norris, sus mejores amigas, Julia y Jules, y por último, ella misma. Eran los cinco mayores entrometidos de la ciudad y disfrutaban inmensamente investigando misterios o crímenes sin esclarecer por la policía. Por regla general, la única con obvias dificultades para mantener la boca cerrada era quien acababa de hablar de más, ella. ¿Cómo demonios iba a salir del trance en el que se había metido ella solita?

—Estamos esperando —gruñó Jared. Thomas asintió con la cabeza, situado como estaba a la izquierda de Dean.

—¿Queréis dejar de ser tan exagerados, por Dios? Ni que el pobre hombre se hubiera propasado —Mere sintió nuevamente presión en la cintura, pero su sentido común le indicó que hiciera caso omiso— simplemente al bailar es algo pulpo y... —más presión. Quizá lo estaba estropeando con su pobre explicación. Optó por continuar—. Jamás ha ocurrido nada que resultara ofensivo, así que dejad de imaginar cosas extrañas. Simplemente, Worthington es algo agobiante. Anda a la busca y captura de hermosas doncellas para casarse y, claro, yo me encuentro en su punto de mira —Mere se giró bruscamente hacia John al oírle resoplar—. ¿Se puede saber por qué resuellas? Y suéltame de una vez, ¡demonios!

Con un nuevo tirón esperaba que la mirada que había dirigido a John le indicara a las claras lo que estaba pensando. Su parrafada entrecortada había conseguido ablandar la furiosa expresión de sus hermanos. Un punto a su favor. ¿Quizá podría dedicarse al mundo de la farándula, después de todo? Cuestión diferente era John. Sospechaba que no iba a zanjar el tema tan fácilmente. Nunca había llegado a vocalizarlo pero intuía que rebuscando entre sus antepasados alguno por fuerza había evolucionado de sabuesos. Su actitud con frecuencia podía equipararse a la de un cánido, cruce de sabueso y perro de presa, sobre todo cuando algo se le metía entre ceja y ceja. Y por lo general, ese algo siempre estaba relacionado con algún aspecto de la vida de Mere.

—Muy bien, Meredith, por ahora lo dejaremos estar, al menos por mi parte. Y no uses palabras que no debería decir una dama —susurró John tras ella, y alzando la mirada se dirigió a los hermanos— bajábamos al baile cuando os unisteis a la feliz reunión. Haced el favor de acompañar a vuestra hermana para que yo pueda cambiarme de ropa en mis aposentos. Y que no se os escabulla, ¡diablos!, que bastante me ha costado antes localizarla. Decidle a tía Mellie que estaré ahí en unos minutos.

Tras darle un leve empujón y lanzarle una mueca torva, en opinión de Mere, giró y se alejó en dirección contraria hacia la habitación que solía estar preparada en la mansión para aquellas ocasiones en que John no dormía en su propia casa. En menos de un segundo Dean le cogió firmemente de la mano y comenzó a arrastrarla escaleras abajo mientras escuchaba tras de sí comentar a Jared lo poco que le agradaría estar en la piel de su hermanita mientras soltaba una risa muy poco masculina.

—¿Quieres soltarme, Dean? ¿He de recordaros, una vez más, que soy una pragmática mujer adulta que sabe perfectamente lo que hace o deja de hacer, y que mis asuntos son eso, míos?

Lamentablemente su firme exposición habría resultado más eficaz si no hubiera ido tropezando constantemente con el rasgado lazo del vestido o si su cabeza no estuviera en las nubes pensando en la forma de desvelar al Club toda la jugosa información que había descubierto durante el horripilante y pegajoso baile con el señor Worthington, Pipi para sus conocidos.

II

Estaba furioso. La enana se había atrevido a pellizcarle ¡a él!, ¡en el trasero! Estaba perdiendo su autoridad, demonios. John se miró un momento las manos al percatarse que le temblaban. ¿Qué demonios le estaba ocurriendo? ¡Maldita sea! Se había tensado completamente al sentir esos deditos donde no debían estar. Hasta el punto de que su carga casi se le cae al suelo del respingo que dio.

Las últimas semanas tenía la sensación de que el control de la situación se le estaba escurriendo de entre los dedos y que por mucho que quisiera cerrar las manos, no conseguía evitarlo. Alzó la mirada y se enfrentó a su imagen. Vamos, John, la valentía es la madre de..., de lo que fuera. Has peleado en trifulcas, te han pateado el trasero y ¿no vas a poder con alguien más pequeño y vociferante? Retó un breve momento a la duda que asomó en sus propios ojos. ¡Has estado en la guerra, hombre! ¡La mejor defensa es un buen ataque!

Seguía intentando convencerse de lo que su mente rumiaba cuando escuchó abrirse la puerta y vio asomar la melena rojiza de Jared, quien al verle enfrentado al espejo, se le acercó quedando a su espalda.

—¿Me vas a decir de una maldita vez, qué te pasa? Has salido espantado a cuenta de no sé qué acerca de cambiarte de ropa y estabas como un capullo en flor de lo guapo que se te veía —una mueca socarrona apareció en la comisura de sus labios.

—Déjalo ya, Jared.

—No puedo, amigo. No puedes huir de la gente y refugiarte en Mere, simplemente porque eres jodidamente guapo y las mujeres se quedan embobadas mirándote los labios y, cuando estás desprevenido, el trasero. Bueno, y los hombres.

John lanzó a Jared una mirada envenenada e hizo un gesto con la mano dirigido al cuerpo y rostro de su mejor amigo.

—Dijo la sartén al cazo.

—Ya, pero yo hace años que lo he asimilado y me aprovecho de ello con gusto. Tú, por el contrario, eres un asno o como dice la peque ¿un podenco?

Jared se sentó junto a él en la cama y le pasó el brazo por los hombros. El resultado fue un codazo de John en plenas costillas.

—De acuerdo. Ahora en serio, ¿qué te ocurre? Nos tienes preocupados. Seguramente mientras hablamos Dean y Thomas están encuclillas tras la puerta intentando escuchar y pasar desapercibidos, como si eso fuera posible.

La expresión de Jared era de determinación, así que era el momento de cambiar de tema y ninguno mejor que el preferido de la familia.

— Mere me tiene preocupado ¿Qué demonios hacía sola en la librería? ¿Recuerdas la que organizó ella solita el año pasado? —la mirada, por un breve momento angustiada, de Jared hablaba por sí sola— Estoy empezando a pensar que lo hace para fastidiarme, para que me explote una vena de la ira y me impida controlarla.

—¡Dios no lo quiera! —lanzó el tontolaba mientras John le miraba de forma aviesa— es sencillo, ve y pregúntaselo; quizá, si tienes mucha, pero que mucha suerte, te conteste —añadió con una carcajada. Y apartando su rojiza melena de la cara se lanzó hacia la puerta—. Te esperamos abajo, gruñón, y abróchate la camisa, por todos los santos, no vaya a darle una apoplejía a algún que otro invitado.

Sentado en la cama mientras se abotonaba la camisa y se tranquilizaba al comprobar que hacía rato que su erección había desaparecido, se frotó el empeine aun dolorido y decidió seguir el consejo. Era adulto y a veces a los hombres se les descontrola la libido. Ya verás como no ha sido nada, solo un acto reflejo. Pero una vocecilla imperiosa le retumbaba en la cabeza: *y un cuerno, un acto reflejo.*

*****

Capítulo 2

I

Las reuniones al atardecer en la librería de Edmund Norris eran fuente de emociones e inquietudes para los miembros del Club del Crimen. Conversaciones abiertas, sin tabú alguno que minara el intercambio de ideas o la desbocada imaginación de los reunidos. Cuatro mujeres llenas de inventiva, osadas e impetuosas, dispares en edad, que sentaron los principios y valores a perseguir por el Club: la verdad, la honestidad y, no menos importante, la persecución y revelación del culpable. Para su desesperación, la torpeza parecía también acompañarlas, pero era un mal menor.

Solamente un hombre era capaz de introducir algo de sensatez en tales mentes ocasionalmente descontroladas. El anciano y apacible Edmund Norris, librero y erudito, inconformista y con un sabroso sentido del humor además de una portentosa lengua afilada. En cierto modo el ancla del heterogéneo grupo.

La reunión la había convocado la abuela al imaginar que Mere necesitaría del apoyo moral de sus amigos tras el espeluznante fiasco de la fiesta en su casa la noche anterior. Incluso después de media hora tratando de levantarle el ánimo, le seguía temblando el labio inferior cuando recordaba el coro de marchitos rostros rodeándola mientras ella solo emitía entrecortados berridos, despatarrada en el suelo del salón. Si no cambiaban de tema de conversación, pero ya, quedaría marcada de por vida y jamás, jamás entraría de nuevo en el salón de baile de su casa. Gracias al cielo estaba Norris y su asombrosa percepción del turbulento estado mental de las mujeres que le rodeaban.

—¿Cómo que te descubrieron al entrar en la tienda, Mere? —inquirió el anciano frotándose las rodillas con sus avejentadas manos a la vez que alzaba las cejas—. Maldito contratiempo es ese. Disculpen el vocablo, señoras, pero nos enfrentamos a un posible obstáculo en nuestro misterio.

Situada la sala de reuniones en la trastienda de la librería, nadie podría imaginar al adentrarse en la polvorienta tienda que traspasar la estropeada y astillada puerta ubicada al fondo adentraría al curioso en un mundo de misterios y diversión. Una espaciosa sala dominada por una amplísima chimenea perpetuamente encendida a cuyo alrededor se congregaban mullidos sillones cubiertos de coloridos cojines y centenares de libros modernos o antiguos llenos de polvo. Era el lugar preferido por Mere. También el de su abuela Allison, el de la tímida y miope Jules, y el de Julia, la amazona reencarnada como le gustaba definirse. Acudían una vez por semana, ansiosas por compartir las pequeñas, o en ocasiones, inexistentes pistas recabadas a lo largo de sus torpes pesquisas.

Los contratiempos eran lo de menos, pensaba Mere mientras maquinaba la forma de convencer a los demás de sus limitadas posibilidades en esquivar la creciente curiosidad de John. ¿Acaso lo entenderían? Al menos, auguraba que su abuela lo haría. Si desapareciera el Club una parte de ella se marchitaría lentamente en la monotonía de una ociosa vida de alta sociedad, o peor aun, observando desde el fondo del salón el transcurrir de la vida de los demás ¿Cómo hacerles entender, sin confesar que desde niña amaba a John, que esa parte oculta de su vida impedía que se volviera loca pensando constantemente en él, en que jamás la amaría como ella deseaba?

Sospechaba que sus amigos no desconocían parte de las razones que le llevaban a involucrarse de forma tan apasionada en cada uno de los misterios que intentaban solventar, pero ¡era tan difícil expresarlo en voz alta! Bueno, pensó Mere, aun me queda algo de dignidad. Podré ser bajita, rellena e incontinente verbal, pero jamás me rendiré al desánimo, no señor.

Alzando la cabeza con expresión orgullosa intentó parecer agresiva, mundana.

—Me siguieron. Es difícil de entender, pero el susodicho creo que desciende de sabuesos y una vez agarrada la presa no la suelta. Pero juro que se le puede distraer con otro hueso. Claro que estaría bien que ese hueso fuera una costilla enorme —las miradas que estaba recibiendo eran vidriosas, como si estuvieran aguantando la risa—. De acuerdo, me rindo, ¿cómo puedo distraerle?

—El susodicho ¿no será nuestro John, verdad, querida? —indagó la abuela Allison. A Mere no le gustaba en modo alguno la expresión de sus hermosos ojos. ¿Le estaría leyendo el pensamiento? Con la abuela Allison, nunca se sabía. Era una mujer despampanante. Setenta años confesos, dos maridos a sus espaldas y un espíritu juvenil que tantas mujeres desearían conservar a su edad. A Mere le encantaba charlar con ella de todo o de nada. Incluso en alguna ocasión poco le había faltado para soltar todos sus secretos e intuía que, tarde o temprano, tal día llegaría.

—No es mío, abuela. Es mi mejor amigo.

—Entonces, ¿por qué no le desvelas lo que hacemos aquí? Si es tu amigo deberías confiar en él —intervino repentinamente Norris.

—Claro, cielo. Además, tampoco nos vendría mal una ligera ayuda —apuntó Julia— desde que murió el señor Abrahams estamos perdidos y sin pistas, no logramos hilar datos y descubrir información se vuelve más complicado. Hemos de andar con mucho cuidado ya que a estas horas el enemigo ya habrá descubierto que, al menos, uno de los miembros de Club estuvo indagando e intentó sobornar a Abrahams ¿Por qué deshacerse del mismo si no fue así?

En ese punto todos cruzaron miradas temerosas. En cierto modo todo había parecido un juego de atrapar al ladrón hasta que en los periódicos dieron la noticia del asesinato de su esquivo confidente, el señor Abrahams. Norris reaccionó decidiendo clausurar el Club de forma provisional hasta que se calmaran los ánimos y la policía se rindiera en sus pesquisas. Ellas se negaron con rotundidad.

Mere desconocía las razones que llevaron a tal oposición por parte de la abuela Allison, Jules y Julia, pero ella lo veía tan claro. No podían abandonar la investigación iniciada; y no por ellos, sino por los muchachos, por los huérfanos ¿Quién les protegería si a nadie más le importaban?

Se giró a su izquierda y contempló, con disimulo, la tensa faz de Norris alumbrada por las llamas. Ella sabía que al anciano le angustiaba que les pudiera ocurrir una desgracia y presentía que en algún recoveco de su mente se sentía culpable ¿Quién si no había agudizado en ellas el amor por la aventura y el misterio, con relatos de maravillosas historias de espíritus y doncellas ruborosas o haciéndoles seguir, paralelamente a las autoridades, decenas de asesinatos, durante los últimos siete años? Desde que fue contratado como tutor de la pequeña Mere, e incorporado más tarde a sus enseñanzas a las otras dos jóvenes, empezó a germinar lo que ahora se había convertido en parte esencial de sus vidas. El Club del Crimen. Las risas, el humor y el anhelo por adelantarse a la policía en sus descubrimientos, les había unido tanto que la sola idea de dejarlo atrás amedrentaba a Mere.

—Norris, no te culpes… —susurró Mere posando sobre su mano la suya, pequeña y suave— no podías prever que le fueran a asesinar. Estoy convencida de que Abrahams se arrepintió en su momento y por ello te confió lo que hacían con los niños.

Norris se giró hacia la mesita situada junto al sillón orejero que acostumbraba a ocupar y alzó la copa de coñac que se había servido nada más entrar al saloncito. Bebió un pequeño sorbo y tras saborearlo se volvió hacia ellas.

—Lo entiendo y lo acepto. No es eso lo que me preocupa —suspiró, deslizando el dedo índice por su ceja derecha en un gesto de nerviosismo poco común en él—. Yo soy viejo y si me ocurriera algo... —su mirada se posó momentáneamente en la abuela Allison— ¿quién os protegería? ¿Y qué ocurriría con los muchachos? Chiquilla, necesitamos a alguien que nos ayude con medios para hacerlo, y ese podría ser John.

—¡No!, no puede ser. En primer lugar me odiaría por haberle ocultado algo semejante y se vería en la obligación de contárselo a mis padres y a mis hermanos. No podéis llegar a entender lo protectores que son. No niego que me conocen y me quieren tal como soy, pero, abuela, por favor, esto es diferente. Es mío... —Sus ojos suplicaban que le entendieran, que comprendieran esa necesidad, que la apoyaran. Tras un profundo suspiro la abuela Allison se irguió. Había llegado el momento de ser práctico.

—En primer lugar debemos inventar una excusa convincente que explique la escapada de Mere. ¿Podríamos aludir a un pretendiente con el que te encuentras en la librería, bajo la atenta mirada del señor Norris y la mía, por supuesto?

—¡Buena idea! —apoyó con entusiasmo Julia—. Quizá sea la forma de despabilar al hermoso susodicho.

A Mere casi se le salieron los ojos de sus redondas órbitas.

—Julia, por favor, déjalo. John *no* me quiere. Bueno, quizá como a una hermana pero, en fin, miradme... ¿cómo me iba a elegir teniendo como tiene a sus pies a todas las esplendorosas bellezas de Londres? Está bien soñar, pero...

En ese momento Mere acertó a comprender que a ninguno le extrañaban sus palabras y sintió vergüenza, pero también un amor infinito por unos amigos que jamás la habían rechazado.

—Os quiero ¿sabéis? —los ojos se le estaban humedeciendo así que basta de sensiblerías, musitó—. ¿Creéis que funcionaría un plan tan simple?

—Creo que sí —respondió con dulzura la abuela Allison—. Cariño, nadie persigue intencionadamente a otra persona, como lo hace John, si no es porque le obsesiona algo. Lo que ocurre es que no ha caído en que ese algo eres tú. Es cuestión de abrirle los ojos y si es necesario hacerlo con un mamporro, que así sea. Y si el mamporro viene envuelto en un paquete varonil y bello, tanto mejor.

Por un breve instante la mirada que cruzó con Norris inquietó a Mere. Solo pensar lo que estaría maquinando le daba escalofríos.

—Abuela, a veces das miedo.

—De acuerdo, señoras. El primer paso es planear e introducir en la familia Evers al exquisito y súbito pretendiente de nuestra pequeña socia. Ha de ser alguien conocido que se preste a interpretar el papel y con la suficiente inteligencia como para sostenerlo. Conozco al hombre perfecto. En segundo lugar, y en la medida en que nos negamos a abandonar a los niños, toca sutilmente buscar ayuda externa.

Manos a la obra.

II

—Madre, *todos* me vieron las enaguas. Seguro que ahora formaré parte de sus pesadillas y me odiarán ¡Son lilas!

—Cariño, ¿cuántas veces he de repetírtelo? Apenas nadie se dio cuenta ya que John te levantó de inmediato. A propósito, no deberías haberle pisado el pie con el tacón. Es un arma peligrosa.

—Fue instintivo, mamá.

—Últimamente te desconozco, hija. Te pasas horas en compañía de la abuela, actúas a hurtadillas y de forma misteriosa. No me cuentas lo que ocurre y presiento que tramas algo.

—Mamá, no empieces... —suspiró Mere y se acercó a la mesita con té, bollos y pastas que habían sobrado del banquete y que habían colocado en la salita, tras la partida de los invitados, la noche anterior. Por lo menos no estaban en el aborrecido salón de baile. El aroma dulzón de la bollería le saturó el olfato y con ello olvidó por completo sus penas. Las pastitas de chocolate eran sus preferidas. Y como hacía años que había dejado de pelear contra sus instintos, hoy, sin duda, se merecía, como poco, una docena. Mejor pensado, docena y media. Decidió tragarse la primera de un bocado.

—Cariño, ya es suficiente —su madre frunció los labios y eso era, sin duda, una mala señal— o me lo cuentas o te dejo en manos de John —el gesto de asentimiento de la cabeza de su padre a estas palabras terminó por estropearle el día. Ambos estaban sentados en el sillón en formación de ataque. Implacables frente al enemigo. Una fuerza a tener en cuenta.

—¡Mamá! Eso es coacción y me empieza a doler la cabeza ¿Podría pensarlo un poquito, quizá hasta el mes que viene? —las cejas de su padre se alzaron hasta lo inimaginable. Diantre, estaba perdida.

—No lo entendéis. Es un tema que no solo me atañe a mí, sino al Club y a la abuela.

Al escuchar la palabra prohibida sus padres se enderezaron al unísono.

—¿De nuevo con el Club? ¿Recuerdas lo que ocurrió la última vez, cielo? —Mere decidió que era mejor no hablar. Lo malo es que su boca iba por su cuenta, ajena a su cerebro.

—Aquello fue un error estratégico más que otra cosa, y al final terminó ¿medianamente bien? No ocurrió ninguna desgracia irreparable.

—Claro, hija, gracias a John no te comieron viva en los calabozos. Solo te manosearon algo.

Iba a contestar y a protestar de forma enconada cuando su cerebro se iluminó con una idea portentosa. No, más que portentosa, era propia de una diosa del Olimpo.

—Madre, tengo que casarme con urgencia —Mere alzó la cabeza esperando lucir digna y poderosa. El pasmo en la cara de sus padres le hizo dudar— bueno, si os parece bien, claro.

La expresión de su madre se congeló.

—Harry, ¡por Dios! ¡Tu hija está embarazada! —cacareó de seguido tras girarse hacia el padre de Mere.

Por decir algo suave, las mejillas de su madre estaban arreboladas, parpadeaba sin control alguno y le chirriaban los dientes. Lo siguiente que percibieron sus ojos fue a su padre escurriéndose del sillón de forma poco elegante y desplomándose como un saco de patatas, quedando tieso, tendido sobre la alfombra. En ese momento, lo único que discurría por la cabeza de Mere era que jamás había presenciado un desmayo. Era algo teatral e impactante, aun más tratándose de su padre, su bendito progenitor, que le aguantaba lo indecible. Aunque algo le decía que había planteado rematadamente mal su brillante idea.

—¡Rábanos, Harry! —su madre se lanzó al suelo y posó la palma de la mano sobre el rostro de su padre al tiempo que le golpeteaba con suavidad la mejilla. Se giró hacia Mere— cariño, al fin has hecho que tu padre se desmaye.

—Pero, ¿qué diablos está ocurriendo aquí?

Justo el vozarrón que menos le apetecía escuchar. Decididamente hoy no era su día. Cerrar los ojos era una medida de autoprotección frente a lo que se cernía sobre Mere. Pero tú eres valiente, se dijo a sí misma, eres una diosa. Abrió ligeramente un ojo y en un breve atisbo vio lo suficiente. Lo cerró nuevamente de golpe. Bueno, una semidiosa algo temblorosa.

En ese momento supo que las siguientes palabras de su madre iban a ser el detonante de una furia que hasta el momento siempre había estado contenida en un paquete altísimo y musculoso. Tenía que evitarlo a toda costa, como fuera. Decidió lanzarse al vacío y exponer los hechos tal y como eran, sin añadidos ni edulcorantes, tergiversándolos solo una pizca de nada.

—El Club está investigando la localización de un tesoro y las cosas se están complicando un poquito de nada, con algún muerto que otro —Mere lanzó una dulce mirada a su madre para aplacarla— y hemos decidido denunciarlo, en cuanto tengamos pruebas, claro.

Casi se atragantó con las palabras. Es más, no estaba muy segura de si le habían entendido, dado su grado de nerviosismo, ¿estaba farfullando? Por la mirada del podenco, no dudaba que las palabras habían salido en el orden debido.

—Entonces, ¿no estás embarazada, cielo? —susurró su madre sentada junto al sofá en el que John había depositado a su padre, tras alzarlo con suavidad por debajo de los brazos.

Mere alzó la vista desde la punta de sus zapatos donde la había fijado hasta recobrar el valor. En mala hora. En el aire se escuchó un crujido que provenía de la zona en la que se encontraba John, inclinado sobre su padre. Al principio no pudo ver qué lo había causado ya que se lo impedía la espalda totalmente rígida del grandullón. Mere jamás había sentido tal tensión emanada de John. Parecía un felino, agazapado, tenso.

—¡Oh! John, hijo, mira tu mano —Mere observó a su madre dirigirse apresuradamente hacia él, y cogiendo de pasada una servilleta de la mesita, agarrar su brazo y darle un leve empellón, obligándole a sentarse en el sillón junto a su padre que deambulaba aun por el valle de los sueños. En ese momento Mere descubrió la razón. El vaso con agua que sostenía en la mano, para refrescar a su padre, se había resquebrajado en diminutos pedazos.

Vamos, Mere, atrévete a mirarle, no te va a comer, quizá solo gruña un poquito. Alzó los ojos y no pudo evitarlo, se puso roja como un tomate maduro. El irascible no le estaba mirando a la cara, estaba recorriendo su cuerpo, deteniéndose, el condenado, en los pechos y las caderas, con una mirada que, como poco, la estaba poniendo nerviosísima. ¿Por qué demonios la estaba ojeando como si fuera un suculento chuletón, diantre? Muy bien, pensó Mere. Ahora verás. Intentó con extrema dificultad cruzar los brazos delante de los pechos sin darse cuenta de que con el gesto lo único que lograba era que se apretaran y asomaran por encima del escote.

III

Apoyado contra el respaldo del sofá a John le costaba respirar y aun más, ocultar la reacción de su maldito cuerpo que, sin previo aviso, había decidido volverle loco. Iban a darse cuenta… ¡Demonios! Debía taparse como fuera, a ser posible con algo muy voluminoso y que cubriera su desbocada entrepierna. Comenzaba a sudar incontroladamente y todo por culpa de la enana metomentodo y sus ¡pechos!

—Tía, no es nada, es un pequeño corte —¡Dios! lo que surgía de su laringe no parecía su voz. Apartó la mirada de esos pechos cremosos que se habían convertido en su obsesión y agarró la primera servilleta a su alcance para tapar su entrepierna, cada vez más abultada. Carraspeó antes de hablar—. Parece que el tío se está recuperando. Subid al cuarto que yo me encargo de esto y en cuanto lleguen los muchachos, no os preocupéis que se lo explicaré con detalle. A Mere, la mirada que John le lanzó, mostrándole los dientes, le encrespó el vello de todo el cuerpo. Antes de que sus padres abandonaran la salita, John se giró bruscamente hacia ella.

—Tía Mellie, ¿tengo libertad de actuación para hacer lo que crea oportuno?

Dios santo, a Mere la sonrisa de John le estaba erizando la piel.

—Sí hijo, lo que quieras, salvo asesinarla, claro está. —Su padre gimió—. Harry, es mejor dejar claro lo esencial. —Se volvió de nuevo hacia John e hizo un gesto de total exasperación—. Por lo demás, hijo, tienes libertad de actuación. Puedes mandarla con sus tíos, castigarla un año recluida en su habitación, ¡ja! e incluso casarla con quién creas que pueda domarla, si en este mundo existiera tal hombre, que lo dudo —con un leve empujoncito inició la marcha con su marido—. Harry, cariño, nosotros nos rendimos ¿verdad? Esta hija nuestra se parece…

La voz de su madre se iba apagando según ascendían por las escaleras.

—¡Mamá, no se os ocurra dejarme a solas con él! —protestó Mere.

—Tú a callar —exclamó el podenco, sin tan siquiera dignarse a volver la cabeza en su dirección.

Se podía dar por muerta y enterrada. La atmósfera del cuarto se estaba volviendo cada vez más opresiva. Mere decidió deslizarse con sigilo hasta detrás del respaldo del sillón en el que su padre se solía sentar a leer. Así, tan solo sobresalían sus hombros y su cabeza. Sus malditos pechos quedaban al fin ocultos. Por ahora todo iba bien. John seguía respirando profundamente, sentado en el sillón con una pequeña servilleta envolviéndole la mano y otra enorme sobre su regazo. Quizá lo único malo era que estaba totalmente rígido y ¿algo tembloroso? Lo bueno era que permanecía sentado y quietecito. Mere decidió ser valiente por una vez en su corta vida.

—Ha sido *todo* culpa de la abuela Allison. Yo soy inocente de todos los cargos. Lo que ocurre es que… —Ay, esto iba muy, muy mal. John se acababa de erguir, con un una mueca dolorosa en la boca y comenzó a avanzar hacia donde se encontraba ella. Repentinamente se paró y la miró con esos ojos inescrutables rodeados de curvadas pestañas por las que cualquier mujer mataría.

—Ven aquí, Mere.

—Ni por todo el oro del mundo, guapito.

—Niña, acabas de adentrarte en una nueva etapa de tu vida y te aconsejo que la emprendas con sesera, lo que no dudo que quizá sea mucho pedir.

—¿Eh? —diantre, de lo asombrada que estaba, su boca no articulaba palabra. Pero, ¿de qué demonios hablaba el gigantón?

—Cierra la boca, Mere. Te repito que vengas aquí y no pienso hacerlo de nuevo.

—Pues que sepas, que "tripitir" no es malo, sobre todo a la hora de comer. No pienso acercarme hasta que me expliques el porqué, y aun así, me lo pensaré muy, pero que muy detenidamente.

—Muy bien.

Lo que siguió fue tan rápido que no le dio tiempo a reaccionar. En un momento se encontraba tras el alto sillón, parapetada frente a lo que llegara y al siguiente estaba sentada de costadillo en el regazo de John, con las manos a la espalda, sujetas firmemente por una de sus enormes manazas mientras apoyaba la otra, suavemente, sobre los muslos de Mere.

—¡No puedes hacer esto! —gruño Mere y comenzó a retorcerse. Esto es un asco, pensó, mientras con los estiramientos los globos de sus pechos se hacían aun más notorios. Oteó un momento la cara de John y la vio colorada como jamás la había visto y mordiéndose el labio inferior con los dientes. Sus ojos fijos en sus pechos. Pero, ¿qué demonios le estaba ocurriendo? ¡No era él quien estaba sujeto! Y ¿qué demonios era ese bulto enorme bajo su trasero que juraría que se estaba agrandando por momentos? La mano libre de John se posó en su vientre para sujetarla. Vale, pensó Mere, me rendiré temporalmente y negociaré con el enemigo.

—Muy bien, me rindo —resopló, girándose levemente y mirándole directamente a esos inquietantes ojos verdes—. Estoy dispuesta a escuchar.

Lo siguiente que sintió fueron unos labios que chocaban contra los suyos y unos dientes que mordían suavemente su labio. ¡Madre mía! ¿qué hace, Dios mío? Algo empujaba entre sus labios, algo cálido y carnoso que hizo que su estómago diera un vuelco y algo se retorciera entre sus piernas, ocasionando que las apretara. Sentía sus brazos sueltos, pero tan flojos que le resultaba imposible moverlos ¿Se los había soltado? Tan solo podía centrarse en esa lengua saboreándola con ansia, entrando y saliendo y los dientes mordisqueándola sin cesar. Decidió en ese momento que quería participar activamente y dio un pequeño mordisco a esa lengua que la estaba invadiendo. La reacción inmediata fue un gemido seguido de una rigidez evidente en el cuerpo de John.

—¡Por los dioses, Mere!, no hagas eso si no quieres que pierda la cabeza, cariño. —El calor de sus manos la estaba abrasando y su lengua, Dios, su lengua no dejaba de chuparla, ahondando cada vez más ¿Dónde estaban sus manos, por qué le costaba tanto pensar con claridad y qué demonios estaba haciendo con su mano derecha, o era la izquierda? Le acariciaba el estómago en círculos y se iba deslizando hacia arriba, hacia sus pechos hasta que su enorme mano rodeó el izquierdo, que apenas cabía en la misma.

—Madre mía, cielo, mataría por poder saborear tus pechos. Están hechos para mis manos y mi boca —Mere comenzó a retorcerse al oír lo que decía John pero era incapaz de pronunciar palabra alguna. Esto era, a la fuerza, un sueño. Un portentoso sueño, porque en ellos él le amaba aunque, bueno, no le decía esas cosas tan..., tan... —No te muevas, Mere, y déjame un poco, solamente un poco y te dejaré ir —su mano la apretó causándole casi dolor y algo más que no podía definir. Solo sabía que sus piernas se estaban aflojando. La mano de John apretaba y acariciaba la zona descubierta hasta que deslizó un fuerte dedo por debajo de la tela hasta alcanzar el pezón, rozándolo. Mere notó como se le erizaban.

—¡Diablos! —suspiró John—. No puedo parar, lo siento, amor. Ahora te voy a bajar el hombro del vestido y lamerte y no te vas a asustar. Créeme, te va a gustar.

Sin añadir nada más inclinó la cabeza y tras un breve tirón que dejó su pecho izquierdo al descubierto, con la punta de su lengua aplastó el rosado pezón para después abarcarlo con toda su boca y succionar con fuerza. La impresión que ello causó a Mere y la tensión que notó al mismo tiempo entre las piernas, la descontroló y, vale, también la asustó algo. Reuniendo fuerzas, rodeó con sus manos la cara de John y la alzó. Sus ojos estaban vidriosos y pequeñas gotas de sudor perlaban su frente. John depositó un suave beso en sus labios.

—¿Qu... qué estamos haciendo? —Mere inconscientemente se retorció entre los brazos de John e intentó zafarse, sin conseguirlo. Se miró el vestido y la mano seguía ahuecada sobre su pecho. Agarró el dedo medio y estiró. Nada ocurrió. Tiró con más fuerza. Por Dios, ¿es que era inamovible la garra?—. John, me tienes que soltar ahora mismo. Podría entrar alguien y sería un desastre. Además, las cosas..., ejem, las cosas que estás haciendo no son..., no son…

—¿Apropiadas? No te preocupes, cielo, en breve lo serán —la comisura de su labio se alzó y, válgame la reina, si no la miró con hambre.

Muy bien. Llegó el momento de parar esta locura. El tira y afloja mientras hablaban lo único que había ocasionado era que la mirada de él se dirigiera nuevamente al busto y apretara la suave carne. Mere dio un súbito cachete a la mano que aflojó la garra, aprovechando el momento para taparse. La mano de John volvió a su estado original, sobre su falda y la izquierda se ubicó en la parte baja de su espalda.

—Está bien, maldita sea —jadeó John—. ¿Quieres hablar?, pues hablaremos pero estás avisada, una vez terminemos, seguiremos donde lo dejamos —de nuevo esa mirada sofocante se deslizó por sus curvas.

—¿Puedo levantarme? —Mere hizo ademán de alzarse pero no resultó.

—No.

—¿Por favor?

—Que no —la mano nuevamente se dirigió hacia su vientre y Mere la sujetó con ambas manos.

—Muy bien, seamos sensatos y estate quietecito, si puedes. Hasta hace media hora has actuado como una persona normal, bueno si se te puede definir como tal y de repente te has puesto a morderme y..., y a chuparme y otras cosas. Bien, y otras cosas que se hacen solo a las esposas y resulta evidente que yo no lo soy ni lo seré ¿Por qué me miras así? Y te he dicho que te estés quieto, ¡demonios! —La mano nuevamente deambulaba sobre sus muslos y paulatinamente iba alzando el borde del vestido, el cual, para asombro de Mere, alcanzaba ya sus rodillas— ¿Qué haces?

—¿No resulta evidente, cariño? —la sonrisa en el rostro de John no presagiaba nada bueno—. Voy a hacer algo que nos va a obligar a casarnos —le había subido el vestido dejando a la vista los pequeños muslos regordetes, redondeados, y esa maldita manaza, ahora oculta parcialmente, pero cuyo peso Mere sentía como un hierro candente. —Abre los muslos para mí —susurró en su oído derecho.

Mere tragó saliva de golpe y su corazón comenzó a martillear aun más fuerte. Esa mano enorme se había deslizado hasta introducirse de lado entre sus muslos apretados y la notaba girarse suavemente, abriéndose espacio a la fuerza. El pulgar se extendió y rozó el suave montículo, frotando la tela que lo cubría. Intentó cerrar los muslos pero la mano se lo impedía. Madre mía, también ella comenzaba a sudar, y ¿por qué demonios se empeñaba en abrirle las piernas? Por el rabillo del ojo notó que su cara se le acercaba y sintió un suave beso en la comisura de su boca.

—No, no puedes besarme otra... —intentó farfullar Mere, pero esa lengua no le dejaba pensar. No podía reaccionar. Jugaba con su lengua de forma desesperada. Su mano estaba haciendo algo, madre mía, su dedo se estaba colando por el borde de su ropa interior y la estaba retirando hacia un lado. Ella notaba calor en la zona y se sentía resbaladiza. Algo duro la estaba tocando, dando pequeños golpecitos tras retirar suavemente los rizos que la cubrían y no podía decir nada, no quería decir nada y deseaba que él siguiera con esa locura. No tenía ni idea de lo que pretendía pero le daba igual. Los breves golpes, empujoncitos y roces a lo largo de su hendidura con el dedo la estaban volviendo loca. Mere se retorció contra esa maldita mano y el dedo se deslizó hacia dentro, un poco nada más, pero ella lo sintió grande, buscando espacio. Sentía su otra mano aferrada a su nalga izquierda, masajeándola.

—Dioses, estás caliente para mí —su voz sonaba ronca y más grave de lo habitual— Mere, necesito que aflojes las piernas y las abras para mí. No las cierres porque de poco va a servir. Necesito mover los dedos ahora mismo, sentirte y no quiero dañarte, cariño —la mirada que le dirigió estaba llena de fuego pero también de ternura.

—¿Abrir las piernas? ¿Mover los dedos, a dónde? Por Dios, John, ¿esto es normal? Con su mirada intentó indagar y hacerle ver que no le entendía. El ceño de John se frunció y cerró los ojos, apretándolos. Aspiró, con fuerza.

—Maldita sea —la mano masculina retomó sus caricias— Cariño, poco me falta para explotar y si me haces preguntas de ese tipo, no ayuda —Mere notó que ese dedo, ese maldito dedo que la estaba volviendo loca, parecía explorar adentrándose algo más en sus partes privadas, hasta la primera falange—. Necesito acariciarte, cielo y no puedo aguantar más. Te sería más cómodo si abrieras las piernas. —Mere abrió los ojos como platos pero decidió hacer lo que le decía. Se movió como pudo sobre su regazo, notando el grueso bulto apretado bajo sus nalgas y abrió sin pudor las piernas. Al crear más espacio la inmensa mano de John se acomodó sobre su montículo y empujó suavemente el dedo hasta topar contra algo. Comenzó a rotar el dedo mientras su pulgar seguía frotando al tiempo que la miraba a los ojos. De golpe empujó, el dedo entró hasta el nudillo y Mere lo sintió enorme, muy adentro. Le hizo daño e instintivamente cerró de golpe las piernas.

—¡Para!, para ahora mismo. No me ha gustado nada lo... —no consiguió seguir ya que John se le abalanzó de nuevo y le mordisqueó el labio inferior.

—En seguida pasará, lo prometo —le susurraba ente mordiscos— y lo que viene después te gustará, Mere. Nos gustará a los dos, mucho. Ahora déjame seguir... —Mere notaba el dedo moverse pero tenía poco espacio.

La llenaba mucho y lo sentía tan dentro que parecía que llegaba a su vientre.

*****

Capítulo 3

I

Nunca en su puñetera vida había estado a punto de explotar con tan solo tocar a una mujer y olerla. El aroma que desprendía el pequeño torbellino que tenía entre los brazos le había puesto como una piedra. Por un momento dudó si seguir adelante, pero supo de inmediato que estaba perdido. Le volvía loco su mente, su redondeado cuerpo y ese maldito carácter independiente. Su interior le apretaba tanto el dedo que imaginarse hundido en el calor le erizó el vello de todo el cuerpo y su miembro pulsó incontroladamente aumentando de tamaño. Suavemente retiró el dedo para hundirlo hasta el fondo con más fuerza. La reacción de Mere no se hizo esperar, gimió y los muslos que rodeaban su mano se tensaron. Dios, lo quería todo de ella, sus besos, sus orgasmos y sobre todo…, sobre todo, su amor.

Sin dejar de sondear su calor, siguió saboreando su boca intentando relajarla. Le costaba concentrarse y retenerse. Sabía dulce, justo como se lo había imaginado en tantas condenadas ocasiones. Intuía que un segundo dedo le iba a resultar incómodo, pero por Dios que no podría aguantar mucho más. Y diablos, su miembro relajado ya de por sí era grande, con lo que ahora era enorme, y no quería asustarla más de lo necesario. Pese a ello le daba igual lo que ocurría a su alrededor, solo lo que sentía en este momento, la opresión en el pecho al darse cuenta que había encontrado lo que deseaba, a ella, y la necesidad de hacerle entender que se amaban desde niños, que no podía vivir sin ella, que siempre lo había sabido pero que lo confirmó la pasada primavera. ¡Dios! Había perdido completamente su corazón, su mente y tenía a la culpable toda arrebolada entre sus brazos.

El problema era que en su mente las palabras le fluían con una facilidad pasmosa, pero se le trababan en los labios. En esos malditos labios que únicamente con ella no funcionaban. Se daba cuenta que en cualquier momento alguien podía entrar en la sala pero se sentía incapaz de parar, como si su cerebro y su cuerpo deambularan por caminos separados.

—Mere, relájate cariño. Te agrada lo que te estoy haciendo ¿verdad?

Los grandes ojos redondeados se le clavaron mientras respiraba entrecortadamente.

Con el dedo índice y el medio continuó con las insistentes caricias hasta que no pudo aguantar. Tenía que sentir de nuevo ese calor. Presionó con ambos dedos la entrada a su apretado interior hasta que cedió, provocando una suave protesta en Mere, seguida de una profunda aspiración. Madre de los dioses, pero estaba tan prieta. Lentamente adentró los dedos hasta los nudillos y los mantuvo quietos, salvo para realizar unos pequeños movimientos de tijera. Con su pulgar le seguía acariciando la suave entrada, con suaves roces insistentes. Ya sentía como las paredes interiores se comenzaban a tensar y apenas podía esperar a que ella explotase, estrujando sus dedos, contrayéndose a su alrededor. Intentaba evitar pensar en esa sensación si fuera su órgano el que estuviera en su cuerpo y no sus dedos, pero le costaba concentrarse y su imaginación volaba. Sentía la necesidad cada vez más fuerte de desabrocharse el pantalón y de un brusco golpe, hundirlo hasta el fondo de la tierna hendidura, pero por mucho que lo deseara, por desesperado que estuviera, sabía que debía esperar. Pero, diablos, al paso que iban y tal y como la sentía y olía, apretada contra él, no sabía si iba a poder, no sabía si…

Un repentino golpe de la puerta de la sala al chocar contra la pared hizo que ambos se revolvieran, jurando John como un marinero de los muelles. De forma inconsciente curvó los dedos que seguían en el interior de Mere, provocando que ella lanzara un breve gemido, para sacarlos de inmediato y bajarle la falda, susurrándole a la vez que se levantaba, alzándola consigo, un suave *perdona, cariño*.

—¿*Qué* ha pasado? —el vozarrón de Jared llegó hasta ellos mientras avanzaba a grandes zancadas y los miraba con el ceño fruncido— ¿Qué diantre estabais haciendo? —refunfuñó. Habría seguido de no ser porque su mirada se dirigió como un imán hacia la entrepierna de John, alzando las cejas para después enfrentar su mirada. Mere siguió su mirada y apreció el tremendo bulto que tensaba la parte delantera de los pantalones de John—. No fastidies, John… —sus labios dibujaron una sonrisa socarrona—. Lo sabía, so cabrón, lo sabía.

Jared se volvió hacia la puerta donde se dibujaba la silueta de Thomas y vociferó:

—La han liado, muchachos. John nos la ha liado —se volvió bruscamente hacia ambos y suavemente preguntó, la grave voz repleta de sorna— ¿hasta dónde se nos ha liado la situación? Entre, digamos, un lió tipo *podemos echarnos para atrás* o un lío tipo *hay que preparar de inmediato el banquete de bodas* —los verdes ojos de Jared se iluminaron—. ¿Están los padres al tanto?

No se lo podía creer. La situación se estaba convirtiendo a pasos agigantados en una pesadilla. ¿Banquete de bodas? ¿El de quién? Mere no alcanzaba a comprender cómo la situación se le había escapado de las manos, de repente y sin preaviso. Y hablando de manos, la culpa la tenía la insistente manaza de John que se había metido donde no le incumbía, nunca mejor dicho. El lerdo de su hermano seguía vociferando como una verdulera y el otro tonto, de pie junto a ella, simplemente exhibía una sonrisa extraña en la cara o quizá un rictus incontrolado, no podría asegurarlo. Pero, ¿por qué diantre seguían hablando de no sé qué supuesta boda?

—Cuanto antes, mejor, y no te preocupes que los tíos ya lo saben. —Brevemente y ante su sorpresa, John le palmeó el trasero lanzándola hacia adelante—. Los tíos me han dado carta blanca, lo que ya era hora, y vuestra hermana no tiene más remedio que enlazarse conmigo.

—¿Enlazarme? Enlazarme, en el sentido de posible socia en algún tipo de negocio o como acompañante a algún baile. Porque la palabra enlazar, lo que se dice enlazar, se puede entender en muchos sentidos, vaya. —Mere se daba cuenta de que estaba balbuceando pero, por todos los santos, no podía evitarlo. En el cerebro se le estaba empezando a encender una lucecita dándole a entender el sentido de lo que los dos, no, los tres bobos plantados ante ella, ya que Thomas se había unido al jolgorio, estaban dando a entender. John y sus hermanos le dirigieron miradas pasmadas.

—En el sentido boda —contestó John, con voz grave y firme—. Enana, olvídate de intentar escaquearte, no te servirá de nada. Te aseguro que nadie, salvo yo, te va a saborear o amar, como prefieras. Lo de hace un momento ha sido tan solo un pequeño adelanto.

¿Es que no podía borrar esa tonta sonrisa de su rostro? ¿No se daba cuenta de que no podía casarse hasta descubrir quién había matado a Abrahams? Si se convertía en su marido querría que lo dejara y no podía, simplemente no podía.

—¡No me puedo casar, soy muy joven!

—Tienes veinticuatro años, cariño y se te está pasando el arroz.

—Mi arroz está muy tieso, idiota —Mere se dirigió a Dean y Thomas— ¿Os estáis riendo de mí? —A Mere le estaban entrando unas ganas horribles de llorar. ¿No se suponía que los hombres eran seres racionales? Al parecer todos, salvo los de su familia.

—No me puedo casar contigo sin sopesar los pros y los contras, digo yo. ¿Tú te has dado cuanta del embrollo en el que te metes? —de la tensión, su voz le comenzaba a sonar estridente incluso a ella—. Soy terca, impaciente, no se puede decir que sea una escuálida belleza grecorromana y tengo muy mal genio. Y no pienso abandonar el Club. Antes muerta. Eso, muerta. —La barbilla se le iba izando al ritmo de sus palabras, que fluían retándoles a contradecirle.

—Niña, después de lo que hemos hecho hace un rato, no es que quieras, es que no tienes más remedio que casarte conmigo.

Thomas arqueó las cejas de forma poco elegante.

—Hum, prefiero no saber qué habéis hecho, miedo me da. Muy bien, creo que la boda podría celebrarse dentro de un par de meses, dejaríamos tiempo suficiente a mamá para que lo disfrute. Tened en cuenta que ya daba por perdida a Mere para el casamiento.

¡Por perdida! ¡Si estaba sana como un abedul!

—Pero, ¿es que no me estáis escuchando? —resopló Mere— no puedo casarme así como así. Mi mente necesita asimilarlo y digerirlo —miró a John de forma suplicante. Este se le acercó, le rodeó el rostro con ambas manos y depositó un ligero beso en sus labios, lamiéndole el inferior.

No se dejaría convencer aunque fuera con sabrosos besitos. Eso, ante todo, firmeza.

—John, no puedo casarme contigo —¡rábanos! le temblaba la voz.

—Ya te lo he dicho, amor. No es que puedas o no, es que...

Una rápida idea le pasó por la mente y reaccionó sin pensar, maldita sea.

—Ya tengo un pretendiente en mente —espetó Mere ante el asombro de los reunidos.

Los brazos que sostenían su rostro, esas fuertes manos se contrajeron y la soltaron. La mirada cambió repentinamente y los ojos, fijos en ella, se helaron, entrecerrándose. John se giró hacia sus hermanos y les pidió suavemente que los dejaran solos. Por un momento parecieron dudar, pero Dean agarró a Thomas del hombro, le empujó levemente y desaparecieron tras la puerta cerrándola a su paso. Sin darle tiempo a reaccionar el gigantón la agarró del brazo y la desplazó hacia el sofá de dos plazas situado en medio de la sala.

—Quieta aquí —se dirigió hacia la puerta y dio vuelta a la llave que resonó como una sentencia de muerte en la mente de Mere. Tras quedar por breves instantes totalmente rígido, cuadró los hombros y se giró hacia Mere. Su mirada la dejó helada. ¿Qué he hecho, por favor, qué demonios he hecho? John no se movió.

—No te creo, ¡maldita sea! Lo sabría si estuvieras con otro hombre. Lo sabría en las entrañas —susurró John. Su rostro se petrificó— ¿Quién es? Dime quién diablos es, Mere —el nudo que tenía en la garganta le impedía responder—. Sé que no te ha desvirgado porque yo mismo te he roto el himen hace un momento. —La mirada de John se dirigió a sus propios dedos donde quedaban pequeños restos de sangre, y a continuación resbaló por el cuerpo de Mere posándose en los labios, pechos y bajo vientre, causándole un escalofrío—. Comienza a hablar. Y para que lo sepas, niña, ese novio tuyo se lo va a pensar detenidamente cuando intente colarse entre tus piernas y descubra que otro se le ha adelantado —Mere se atragantó al escuchar esas palabras. Eso la enfadó.

—No seas bruto. Nadie se ha colado entre mis piernas, y tú tampoco.

—Oh, sí —su sonrisa de nuevo salió retorcida— no te engañes. El que no te haya metido el miembro, y por Dios que debí hacerlo, no significa que no te haya penetrado bien a fondo —su mirada se tornó cruel— no tan a fondo como hubiera deseado, pero lo suficiente ¿verdad, cariño? Aun sientes mi dedos, bien profundo ¿no es así?

Mere sentía que los colores le iban y venían. ¿Cómo podía estar diciéndole esas cosas? No pensaba llorar, ¡por nada del mundo!

—Me importa poco lo que digas, Mere. A mí me has dado tu virginidad, por tanto, conmigo te casarás. Ese pretendiente tuyo puede irse al infierno y no me creas incapaz de hacer alguna locura, porque en estos momentos estoy rayando el límite. Es más… —su mirada se posó en sus labios y se lamió los suyos— creo que es el momento de otro adelanto de lo que está por venir. —Sin darle tiempo de protestar y menos aun de pensar, se le acercó en un par de zancadas y la alzó en sus brazos, besándola con fiereza, forzando su lengua en el interior de la boca, sin apenas dejarle respirar. Su mano izquierda la sujetaba por el cuello como una tenaza y la otra le estrujaba las nalgas, tan fuerte como para dejarle marcas, mientras hundía los dedos en las mismas, apretando casi con ira.

Mere intentó arrearle una patada en los mismísimos, pero John reaccionó raudo metiendo un grueso muslo entre los suyos, doblándolo hacia arriba, presionándolo contra su entrepierna y desviando el rodillazo hacia un lado.

—Eso no está bien, niña —sus palabras le acariciaron el lóbulo— ¿quieres jugar?, pues juguemos.

Dios, su boca no la dejaba en paz, seguía mordiéndola y lamiéndola. Su muslo la presionaba donde le había metido los dedos, frotando, y sus manos la manoseaban por todas partes. Intentó hablar pero solo un breve gorjeo salió de sus labios. Lo intentó de nuevo pero la impresión se lo impidió. John había maniobrado para sentarse en el sillón y la había sentado encima de él, a horcajadas. Se sentía vulnerable. Sus pechos estaban a una altura cercana a la cara de John y las piernas totalmente desplegadas. Por instinto intentó cerrarlas pero él se lo impidió agarrando sendos muslos con las manos y desplazándolos aun más hacia los lados.

—No los cierres, no lo hagas o me obligarás a abrirlos por la fuerza —su cara se adelantó y Mere notó un lengüetazo en la parte superior del escote así como breves besos. Desplazó la cara al hueco entre los pechos y aspiró— Dios, me vuelve loco como hueles, tus pechos tan llenos y tu estrecho interior —Mere se estaba asfixiando. Jamás, en sus sueños más atrevidos hubiera imaginado la lengua suelta y provocativa que iba a emplear el gruñón. Un escalofrío recorrió su cuerpo ascendiendo por la columna, notaba sus pezones erguirse y sus partes privadas, de nuevo, se estaban tensando. Finalmente sus cuerdas vocales reaccionaron. No podía seguir mintiendo.

—Lo del pretendiente, te lo puedo explicar. En realidad nunca he tenido un novio, todos me huyen —suspiró con resignación—. Creo que los espanto con mi actitud. Al único que no doy miedo es a ti —por un breve, brevísimo momento, dudó— ¿por qué quieres casarte conmigo? Estamos todo el día a la greña, me gruñes, yo reacciono provocándote y lo que hemos hecho antes ha sido maravilloso pero no es suficiente para mí —las manos de Mere repitieron el gesto que había hecho hacía poco más de una hora. Le rodeó la hermosa cara con sus pequeñas manos y le alzó el rostro— dime por qué.

Mientras hablaba notaba que John permanecía paralizado. Sus manos se congelaron en sus nalgas, aferrándolas con fuerza. Esos impresionante ojos color verde grisáceo se posaron, fijos en los suyos, antes de contestar.

—Es sencillo ¿sabes? Tan sencillo como que no puedo vivir sin ti —sus ojos brillaban—. ¿Me vas a explicar ahora lo del novio fantasma ese que ha originado este estúpido caos?

II

Todos se encontraban, desfondados, en el centro de operaciones, la trastienda de la librería. Era media tarde y los miembros femeninos del Club se habían escabullido de sus correspondientes domicilios para acudir a la reunión. Los únicos que mantenían la compostura eran, cómo no, la abuela y Norris. A la tímida Jules apenas se la veía, tal y como estaba, sumergida entre los múltiples cojines mullidos, en una postura propia de ella. Julia, en cambio, deambulaba por la habitación sin rumbo fijo y todo el mundo la observaba. Como si fuera a pasar desapercibida, pensó Mere, con esa melena que revoloteaba al vaivén de sus bruscos andares o su impactante altura. Como los chubascos repentinos en pleno verano, era una fuerza a tener en cuenta.

—¡Es un cerdo!, con perdón —sus labios formaron una mueca—. Sabe que Norris estuvo indagando acerca de Abrahams y que Mere intentó sonsacar información en el baile al tentetieso de Pipi y no me agrada un pelo, porque es un hombre peligroso —sus ojos se perdieron por un momento en algún lugar que únicamente ella parecía observar. Resultaba extraño e inquietante ver el ansia reflejada en los ojos de Julia.

—Algo sabe acerca de la desaparición de las joyas, tesoros, o como queráis llamarlos, y sobre los huérfanos. Lo siento en las tripas.

Se hizo un largo silencio en la estancia al tiempo que Julia permanecía inmóvil, lo que dura un suspiro, para reanudar, más frenéticamente si cabía, su idas y venidas entre polvorientos libros ligeramente tocados de hollín y mullidos almohadones tirados por el suelo. Mientras deambulaba, Mere se preguntaba si su amiga era consciente del fervor y la pasión con que hablaba de Doyle Brandon, uno de los solteros más codiciados, perseguidos y ricachones de la hipócrita y aburrida sociedad londinense a la cual pertenecían para su eterna desdicha.

—Ese hombre me inquieta y os aseguro que no es algo que me suela ocurrir —su mirada se oscureció y se dirigió hacia Mere—. Me preguntó por ti, como quien no quiere la cosa; comentó, y lo repito literalmente: "¿Está la menor de los Evers comprometida? Aunque me extrañaría que alguien se lanzara a domar a la fiera". Más que las palabras, fue su expresión y la forma en que lo dijo. Y Mere, no creo que te hubiera gustado la mirada que te lanzó cuando estabas tirada en el suelo con las faldas por la frente antes de que John te alzara. Incluso juraría que le oí susurrar: "¿Lilas?". ¡No puedo con ese hombre! Me supera su altivez, por muy rico o sofisticado o gran amante que sea, según se comenta, claro, no es que lo sepa de primera mano. ¡Es un asno descarado!

Mere se tapó la cara con las manos.

—¡Oh! Por favor, lo sabía. Sabía que alguien se iba a fijar en las condenadas enaguas. Al menos me las quité y las lancé al fuego en cuanto pude, claro que el pequeño problemilla llegó después con John que…

Norris se encontraba pensativo mientras Mere continuaba con su diatriba, observando fijamente los rescoldos del fuego en la inmensa chimenea, su arrugado y serio rostro, tenso.

—¿Qué estamos pasando por alto? —en cuanto habló las conversaciones se paralizaron. Deslizó su mano por el espeso pelo canoso—. Si Doyle Brandon anda indagando acerca de nosotros es por algo. Es un buen hombre, pero extremadamente inteligente, y si quiere puede ser muy peligroso. Me desagrada desconocer la razón de porqué lo tenemos a nuestras espaldas y, ante todo, me preocupa su interés por Mere —vaciló un momento— tendremos que actuar con sutileza y lo cierto es que no es nuestro punto fuerte.

—¿Le conoces? —preguntó la abuela.

—Sí, desde hace años, y es un hombre hecho a sí mismo. Él y su hermano Peter. Son buenos muchachos pero me preocupa que puedan andar indagando lo mismo que nosotros.

A Mere se le iluminó la mirada.

—Si quisiera podría ser sutil —todas la miradas se fijaron en ella— vamos, podría intentar obtener información del elegante señor Brandon y el porqué de su súbito interés en mí —Julia resopló—. Oh, venga Julia, ¿no creerás que está interesado en mí? —Mere soltó una risilla— apenas he cruzado dos palabras con él y en ambas metí la pata. Estaba en nuestra fiesta porque tiene negocios con papá. Y ahora que lo dices… —rauda, se giró hacia la abuela Allison— ¿qué negocios serán esos? Podría intentar sonsacar a papá o a Jar, o incluso a Dean. Thomas está descartado, y por supuesto, mis hermanos mayores, también. ¡Ja!, les daría un síncope si supieran…

La abuela suspiró, interviniendo a continuación.

—Divagas de nuevo, cariño. No nos desviemos del rumbo. Toca ordenar ideas —señaló desde su sillón preferido, plantado junto al de Norris—. En primer lugar, con las novedades que nos ha relatado Mere y su próxima boda ya no hace falta involucrar al hijo de Norris como posible pretendiente —se inclinó hacia su derecha extendiendo una mano que recogió el anciano sentado a su vera. Vaya, pensó Mere, me recuerdan algo a John y a mí, pero enseguida desechó la idea. La abuela era demasiado independiente como para terminar de nuevo amarrada a otro hombre—. En segundo lugar, apenas tenemos información de por qué Doyle Brandon muestra ese repentino interés; aunque estoy de acuerdo con Julia, presiento que es un hombre a tener en cuenta. Y Mere, hija, lo tuyo no son los hombres… Tal y como está la situación con John y si queremos lograr que obtengas algo de información de Brandon, debemos involucrar a tu futuro marido y avisarle de nuestros planes. Si como consecuencia de un posible coqueteo, y no digo que lo vaya a haber, entre tú y el Señor Brandon, John pierde la cabeza, toda nuestra ventaja desaparecería, si es que tenemos de alguna, claro.

—Uf, se va a poner furioso —las cejas de Mere se elevaron hasta el infinito. Solo de imaginar su reacción le daba vuelcos el estómago.

Una vocecilla surgió de algún lugar entre los cojines.

—Entonces, plantéale la situación como una cuestión de necesidad en la que *tiene* que participar por el bien de los niños. Que se dé cuenta de que no tiene otra opción que intervenir, por ti, por nosotros, por los muchachos a los que intentamos ayudar. Tendrás que contarle aquello en lo que andamos involucrados.

Todos observaron a Jules con asombro ¡Había hablado más de cinco palabras seguidas, sin sonrojarse!

—Estoy de acuerdo; y salvo que alguien indique algo en contra, John está dentro —la voz masculina no dejaba lugar a dudas— el único aspecto en el que difiero es en no comentar lo que ocurre a mi hijo Rob. Preferiría que hablara con Doyle Brandon a la vez que las indagaciones de Mere. Se lo comentaré en cuanto retorne de su viaje a Bath y esperemos que se lo tome con resignación. Al fin y al cabo ya me conoce de sobra.

III

Llevaba años intentando descubrir el porqué y el cómo del secuestro de Peter, y estaba cansado, tan cansado que a veces sentía ansias de escapar. El sábado pasado en la fiesta de los Evers, por primera vez en mucho, quizá demasiado tiempo, había vislumbrado una luz en el misterio de la desaparición de su hermano menor. Ese idiota de Worthington había balbuceado algo sobre unos huérfanos y que la señorita Evers estaba intentando sonsacarle información. Parloteaba que estaban más cerca de lo que creían, aunque pareciera que daban palos de ciego. ¿A qué demonios se refería? Que él supiera, solo había una Meredith Evers, y por Dios que era más que suficiente para la retraída alta sociedad londinense. Menuda fierecilla. Hacía años que no disfrutaba tanto de un espectáculo. ¡Diablos! Esa pequeña llevaba enaguas de color lila, ¡lila! que recubrían, por el rápido vistazo que había robado, unos hermosos y generosos muslos hechos para morder. Hasta que el condenado ese, Aitor, la había levantado en volandas ocultando ese pequeño tesoro a sus ávidos ojos.

No cabía duda de que había despertado su interés, hasta que una afilada voz surgida de la nada y situada a su espalda le había refunfuñado: "Un caballero retiraría la vista de inmediato. ¿Es usted un caballero, Señor Brandon?". Habría apostado una fortuna a que el retintín de la frase iba dirigido a él. ¡Maldita mujer! la amazona, robusta y grande, en todos los aspectos, con esa cabellera roja.

Intuía que la dama en cuestión era Julia Brears, alma gemela de la pequeña de los Evers, si los rumores eran ciertos. Aunque, al parecer, se trataba más bien de un trío de almas, pero el tercer miembro, al menos en la fiesta, brillaba por su ausencia. El pajarillo tímido, Jules Sullivan. ¡Dios, qué tres! Daban miedo.

Ya estaba bien de divagar. Llevaba tres años siguiendo la pista de la organización de hijos de puta que se habían llevado a su hermano, lo habían vejado y maltratado hasta casi matarlo y dejado tirado en una cuneta como a un perro malherido. Todavía se le hacía un nudo en la garganta si pensaba en los pasos que le adentraban en ese jodido callejón, tras el aviso de Rob.

La esperanza, esa estúpida esperanza que aun guardaba como un pequeño tesoro, tras dos años de búsqueda se le había escurrido poco a poco, con cada paso que le adentraba en esa angustiosa oscuridad. Por Dios, que aunque le llevara toda la vida, mataría al cabecilla de los malditos bastardos que se habían llevado a su hermano y se lo habían devuelto machacado. Pese al tiempo transcurrido, Peter aun se tensaba si alguien se le acercaba demasiado, y eso jamás lo perdonaría.

La puerta chirrió con suavidad al abrirse. No hacía falta girarse para averiguar quién seguía desvelado a esas altas horas de la noche. Las ojeras se insinuaban bajo los ojos azabache de su hermano y una suave sombra le cubría el fuerte mentón, agudizando la cicatriz que lo recorría y se deslizaba por el cuello hasta quedar cubierta por la ropa. Parecían hijos de padres diferentes. Donde él era robusto y ancho, Peter era esbelto y musculoso. Practicaba un arte extraño para defenderse, de Oriente o algo así.

Lo cierto es que a su hermano había que sacarle la información con tenazas. Tarde o temprano lograría convencerle para que le enseñara, porque, ¡demonios!, era efectiva esa forma de pelear; y si no, que se lo preguntaran a los asaltantes que intentaron robarles hace un mes en una calleja desierta de la ciudad. No iban a poder repetirlo.

—¿Qué haces despierto? —se quedó en el umbral y Doyle, al escuchar la pregunta, le indicó que entrara con un exiguo gesto. Peter se adentró con cautela, como si intuyera que la conversación no iba a circular por derroteros agradables.

—¿Qué sabes de un lerdo llamado Worthington, un tipo enclenque, de pelo castaño y ojos del mismo color, no demasiado alto? —Peter tan solo vestía unos pantalones negros y camisa blanca. ¿Aun no se habría echado a descansar?

—Como no te explayes, hermano, mal vamos a andar ¿Por qué me lo preguntas?

—En el baile, en casa de los Evers, murmuró algo sobre unos huérfanos y un tal Abrahams y creo que tiene algo que ver con los que te retuvieron —tan pronto escuchó las últimas palabras Peter se agarrotó. Mierda, odiaba eso.

—Joder, Doyle, ¿cuántas veces he de repetírtelo? Aquel hijo de puta me mantenía con los ojos vendados y maniatado. Solo podría reconocer algo por el olor, o como mucho, por el maldito tacto. Aquel olor a mezcla de tabaco dulzón y colonia lo tengo grabado en la pituitaria. ¿Crees que si pudiera no te ayudaría? —suspiró— ¿Por qué coño crees que estoy despierto a estas horas, hermano, porque ya he dormido lo suficiente? —su risa surgió amargada y brusca—. La condenada verdad es que cada vez que cierro los ojos y consigo dormir más de dos horas, me despierto sudando y todavía siento encima las manos de aquel enfermo —no se daba cuenta, pero con una mano se frotaba el pecho con un gesto de autoprotección, como si masajeándolo el dolor fuera a desaparecer—. ¡Mierda, Doyle! ¿y si algún día me topo con un olor que me lo recuerde y me congelo? o peor aun, si jamás llegamos a encontrarle, sabiendo lo que esos malnacidos pueden estar haciendo a otros muchachos.

Doyle sabía de primera mano que esto último era el centro de las pesadillas de su hermano. Le resultaba imposible enumerar las ocasiones en las que había tenido que correr a su habitación para despertarle y que así su garganta dejara de lanzar esos gritos, Dios, esos horribles gritos espeluznantes. O cuántas veces se había tendido en la cama junto a él, con una mano en su espalda o en su cintura para apaciguarle, o quién sabe, quizá para que su propio corazón dejara de retumbar. ¿Por qué jodido truco del maldito destino les había tenido que ocurrir a ellos todo aquello? Tanto tiempo y esa ira que sentía en el pecho se iba acrecentando. En ocasiones, incluso sentía miedo de la presión que se le iba acumulando, lenta, constante e imparable.

—Ya lo sé, hermano —contestó con suavidad, acercándose a Peter y pasando su robusta mano por su ondulado y oscuro pelo, agitándoselo—. ¿Y si Worthington supiera algo? Por ahora no podemos contactar con Rob y desconocemos cuándo será posible —la inquietud que sentía por su amigo se dejaba sentir en el ambiente. Chasqueó la lengua— valdría la pena intentarlo.

Sus ojos indagaron en la mirada de su hermano. Si Peter daba el visto bueno, se pondrían en marcha, sin desviarse ni descarrilar. Ya estaba bien de tirar por caminos que no les habían conducido a ninguna parte.

—Tú decides, hermano.

*****

Capítulo 4

I

Vaya, se había arrugado los guantes de tanto retorcerlos. Madre la iba a estrangular. Ya empezaba a escuchar en el subconsciente su rotunda voz: *Cariño, estás como un guiñapo y aun no hemos salido de casa...* Pero claro, ella no tenía que lidiar con un toro furioso.

Solo había tenido tiempo de soltar una frase antes de que la mirada de John se tornara de dulce y amorosa en emborronada y furiosa. Como si, *cariño, voy a tener que coquetear con otro hombre,* fuera un pecado mortal. Ni que fuera a hacer aquellas cosas tan deliciosas con otro. A mala hora se le había escapado esa segunda parte, diantre. Esa mirada había pasado en un suspiro de furiosa a letal y ahora, tocaba ir de fiesta con un humor de perros, en un carruaje oscuro. Gracias al cielo, su madre le acompañaba porque, por todos los santos, que iba a intentar lo indecible por eludir a John hasta el día siguiente.

Seguía ensimismada en sus pensamientos cuando la puerta del despacho de su padre se abrió dando paso a los tres hombres que habían permanecido allí reunidos durante unos largos, larguísimos veinte minutos. Rábanos, los suficientes para dejar los guantes como un higo chumbo. Al menos su emplumado sombrero permanecía intacto.

Sin dirigirse a su madre, lo cual de por sí ya era extraño, su padre se le acercó y desde su imponente altura se inclinó.

—Cielo, compórtate esta noche, por favor, y, sobre todo, no termines en los calabozos ¿de acuerdo? —se giró brevemente hacia John, mientras le daba golpecitos ¿piadosos? en la mano— no sé yo si en esta ocasión tu futuro marido gastaría energías para que te sacaran de la celda. Vamos, Mellie, me acompañarás en nuestro carruaje. La joven pareja tiene que conversar largo y tendido así que viajarán en el otro tiro de caballos.

Su madre dudó.

—¿Seguro? No sé si es buena idea —se acercó a su marido y le susurró— creo que están enfadados.

—Por eso mismo, cariño.

Mere apenas podía creer lo que estaba oyendo. Sus bondadosos y permisivos progenitores la iban a arrojar a los lobos. No podía ser. Debía meter baza, ¡pero ya!

—Estoy aquí delante y os oigo. Además, no resultaría... ¿inapropiado? ¿No tendríamos que ir con acompañante? ¡Podríamos hacer cualquier cosa! —Todas las miradas se dirigieron hacia ella ¿Sería por cómo sonaba su voz? Hasta a ella le estaba sonando algo atronador. Lo que ciertamente sentía eran los colores que le subían por el escote y el cuello siguiendo su natural camino hasta rellenarle las mejillas y otros lugares—. No es que lo vayamos a hacer, solo digo que *cabe* la remota posibilidad, si nos dejáis solos —no pudo evitarlo, de reojo atisbó el rostro de John. Se estaba poniendo colorado, pero ¿de ira o de apuro? Por la crispación de sus labios, Mere se decantaba por la ira.

Para colmo, el lerdo de su hermano Jared estaba disfrutando con la situación, incluso se atrevía a darle palmaditas de apoyo a John en el hombro. Como si se apiadara de él. Uf. Decidió recopilar todo su orgullo herido al sentir que la enorme figura se aproximaba. Decididamente, no estaba para nada contento con sus palabras; y si a ello se unía el enfado por su limitada conversación previa, el viaje en carruaje iba a ser de los inolvidables. ¡Ja!, quizá hasta para contar a los nietos en el futuro.

Una manaza enorme se posó en la parte inferior de su espalda y le dio un leve empellón, después de que sus padres hubieran traspasado el umbral de la casa y entrado en su propio vehículo tras ponerse los abrigos y recibir de Havers, el mayordomo de la familia, los guantes y bufandas. Salió de la suntuosa casa murmurando por lo bajo al intuir que de poco le serviría patalear. A pesar de ello, dudó al entrar en el segundo carruaje, rábanos, estaba totalmente oscuro.

—No te voy a comer salvo que me lo pidas —diantre, esa voz le ponía los pelos de punta, como escarpias. Por todo el cuerpo. La mano en su espalda se deslizó hasta el trasero y lo pellizcó, al tiempo que la izaba, dándole impulso.

Mere se sentó en el rincón más alejado de la puerta y esperó a que el tiro de caballos dejara de bambolearse al recibir el peso de los viajeros. Bueno, al menos él se había sentado enfrente y no a su lado. Con un suave golpe de aviso el coche comenzó a andar.

—Empecemos con la conversación, Meredith. Primero, más vale que expliques lo de coquetear con otro hombre; después, ya veremos si hacemos esas cosas que tanto te preocupan por tu reputación.

No, no, no... Me ha llamado Meredith. Esto va a doler. No importa, se tranquilizó, ella era una mujer adulta e inteligente. Eso. Y sabía bandear con maestría los inconvenientes, sí señor.

—¿Vas a estar sosegado y me dejarás hablar, sin interrumpirme?

—Depende.

—Depende ¿de qué?

—De las locas ideas que te bullan en el cerebro, amor. ¿Te das cuenta de que hace aproximadamente una hora me has comentado, como si nada pasara, que *quizá* tengas que coquetear con otro hombre y que *debería ayudarte*, ¡dándote ideas! Que formas parte de un Club de Investigación del Crimen, lo cual no me pilla por sorpresa; que han asesinado a alguien, lo cual comienza a preocuparme, y para colmo, que ese alguien con el que tienes que ponerte "mimosa" es Doyle Brandon, quien te comería viva a la primera de cambio? ¿Acaso no viste como te miraba las piernas en la fiesta? No claro, con las faldas por la frente bastante tenías con no ahogarte, ¡maldición!

Del tono tranquilo del sermón del inicio, al actual, iba un trecho. Le iba a saltar una vena en la sien si su futuro marido seguía así. Mere hizo revolotear sus cortos brazos, de alguna forma tenía que expresar su desazón, ¿es que no lo entendía?

—¿No ves? Te angustias demasiado —el bufido que surgió de enfrente la sulfuró—. Para empezar, ya sabes que lo mío no es coquetear, y Doyle Brandon es un hombre imponente —la mirada aviesa que recibió, o más bien que imaginó, ya que apenas veía a un palmo de sus manos, salvo de forma intermitente al pasar cerca de alguna farola, la hizo morderse la lengua—. Tan solo quería el punto de vista de un hombre. Ni que fuera tanto pedir...

—Diablos, enana, me estás pidiendo que te aconseje sobre cómo hacer que un hombre te sobe. Bastante tengo con maquinar para conseguirlo yo, como para que me quites ideas.

La grana no era nada en comparación con el color encendido de la cara de Mere.

—¡Oh! , vamos. No necesitas maquinaciones para dejar que me sobes.

—¿Ah, sí? Entonces, ¿por qué no te acercas y nos sobamos un poco?

A Mere se le pusieron los ojos como platos.

—En este momento no puede ser. Tenemos cosas importantes que hablar.

—No, si no te acercas un poco....

No pensaba contestarle porque la estaba liando, lo sentía en los huesos. Con esa lengua zalamera la derretía, y, por todos los demonios, que no iba a terminar como en otras ocasiones en que la había acorralado y dejado sudada, saciada, vale, y totalmente satisfecha. Ni en un millón de años… Había cuestiones a tratar más importantes que besarse y otras cosas ¿no? Con una lentitud pasmosa Mere sintió como unas manos se posaban en sus rodillas para abrirlas con un ligero empujoncito. Intentó mantenerlas donde estaban pero esa voz la atontaba.

—Has dicho que no tenía que maquinar, que te dejarías hacer —el sonido se iba acercando hasta que sintió el corpachón pegado a su frente, aplastándola contra el respaldo del sillón, ubicado entre sus piernas abiertas. ¿Se había arrodillado en el suelo? Su boca la estaba besando a lo largo de la mandíbula, infligiendo leves mordiscos. Y sus manos se iban dirigiendo a los lugares que Mere había comenzado a comprender que eran los favoritos de John. Como flechas, directas a la diana. La primera a su pechos, moldeándolos y la segunda a su entrepierna.

—¿De qué color llevas hoy las enaguas, amor? —se reclinó hacia atrás y sin pudor alguno le desplegó aun más los muslos, pasando una palma abierta por encima de la unión de sus muslos, sobre la enagua. Sus ojos la estaban quemando, más incluso que su mano—. ¿Blancas? ¿Te estás reformando, cariño?

Esa maldita mano comenzaba a presionar en forma rítmica. Sin aviso alguno paró.

—Maldita sea, no tenemos tiempo.

Mere notó de inmediato la falta de ese calor al volver John a su asiento, y sin poder evitarlo, su propia mano se dirigió donde había estado posada la de él. John gimió causando que ella lo observara. La estaba mirando directamente en el lugar que ella cubría con su mano, lamiéndose los labios y apretando en un puño esa enorme mano que hasta hace segundos la había estado acariciando.

—Demonios, vas a volverme loco antes de casarnos. Quita esa mano de ahí si no quieres que mande todo al infierno, te arranque esas finas enaguas y te de un susto de muerte.

Mere no supo qué le llevó a decir lo siguiente, tan solo que él la estaba volviendo loca con sus palabras. Le retó. Tan pronto las palabras salieron de su boca y el tono era ineludible.

—No me asusto fácilmente.

Con brusquedad, John apartó los ojos de entre las piernas de Mere para dirigirla directamente a su mirada. Las comisuras de sus labios se curvaron. En esta ocasión no se arrodilló, sino que se abalanzó sobre ella. Para cuando se dio cuenta tenía las faldas totalmente arremangadas en la cintura y sendos dedos índices masculinos se habían deslizado por la pretina de la enagua tirando hacia abajo. Ligeros tirones se sucedieron a la vez que se oían suaves refunfuños, pero no conseguía bajarla ya que Mere estaba bien asentada sobre su trasero. Ello no fue obstáculo para que intentara tirar de nuevo.

—Levanta ese hermoso trasero, cielo. Hazlo por mí y haré lo que quieras —su lengua le estaba dejando un caliente sendero desde debajo de su oreja hasta su hombro— solo un poco, lo justo para deslizar la ropa y que podamos sobarnos.

¿Había sido una risilla lo que había salido de la boca de John, al pronunciar la última palabra? Eso distrajo a Mere de esas endemoniadas manos que seguían tirando de la cinturilla de su ropa interior. Mere le palmeó el hombro pero él lo ignoró descaradamente. Lo intentó de nuevo con más energía acompañada de un leve pellizco.

—¡John! —barboteó en su oído— ¿te estás riendo? —no lo podía creer.

Por un instante sintió que él olfateaba su cuello y sacaba los dedos agarrotados, como si la mente que los dirigía solo pudiera centrarse en la orden lanzada. El cuerpo que se apretaba contra ella comenzó a sacudirse de forma espasmódica.

—Lo siento, enana, pero es que presiento que jamás me aburriré contigo. Nunca lo hice en el pasado e imagino que de aquí a un año la mayoría de mi pelo habrá encanecido.

Entre frase y frase sus caderas se ondulaban contra la pelvis de Mere y la besaba rozando sus labios con la punta de su lengua, hasta que los carnosos labios presionaron fuerte. Luego, sin más palabras ni gestos, se retiraron al igual que su cuerpo y quedó rígido, tenso, situado entre sus muslos. La respiración salía entrecortada.

—Si entramos en ese salón de baile y descubrimos que Brandon ha acudido, prométeme que no cometerás una locura, te comportarás, dentro de tus posibilidades y si surge cualquier problema, acudirás a mí de inmediato.

No veía su cara pero percibía en el aire la seriedad de sus palabras. La sentía también en las manos que le aferraban la cara como si con ello pudiera lograr que en su mente se asentara el sentido común.

—Promételo, Mere. Doyle Brandon no es alguien con quien se pueda bromear, y tú eres mía. No quiero que otro hombre se haga ilusiones, porque podría ocurrir, y tampoco deseo que ningún hombre sufra por desear algo que no está a su alcance. Nunca llegué a decírtelo, pero aquel maldito día en que te tuve que sacar del calabozo me quitó años de vida. No hagas que vuelva a pasar por algo semejante. No podría ¿sabes? Creo que perdería algo de… cordura. Odiaría que otra persona pasara por una situación parecida. Y aunque Brandon pueda parecer un cabronazo peligroso no creo que tenga mal fondo por como cuida de su hermano accidentado… —Mere sintió los pulgares de las manos de John acercarse a las comisuras de sus labios y rozarlos como si quisiera grabar a fuego el contorno o tacto de los mismos en su mente.

¿Cómo podía alguien tan grande ser tan suave y hacer con unas simples palabras que su corazón se comprimiera en el pecho o se afianzara un nudo en su maldita garganta? ¿Cómo explicarle que intentaría controlarse por él, porque tenía razón, por un hombre lo suficientemente bueno como para pensar en los sentimientos de alguien que apenas conocía? Podía intentar responder pero lo único que pudo hacer fue cubrir con sus manos las de él y apretar sus labios a los suyos, fuerte, como si con ese gesto lo hiciera sentir todo lo que bullía en su interior. Fue uno de los besos más dulces que había recibido y que había dado.

—Te quiero, John y te prometo que haré lo que pueda —Mere se giró hacia el exterior para observar por dónde circulaban. Quedaba poco trecho para llegar.

—Yo también, enana, yo también.

II

La sensación que se sentía al acceder a la entrada del hogar de su hermano Josh y su cuñada Mae era difícil de explicar. Era algo parecido a entrar en una cueva encantada llena de curiosidades, y si el hogar se encontraba repleto de gente bulliciosa y algo achispada, esa impresión se acrecentaba. Apenas llevaban tres años casados pero ya festejaban el primer cumpleaños del hijo de la pareja, su primer, y por el momento, único, sobrino, el cual tenía fijación con los rizos y la chata, o mejor expresado, la respingona nariz de su joven tía. Un angelote rollizo, rubio, con luminosos ojos avellana y unos bracitos para mordisquear, al que adoraba y mimaba.

Recorriendo la espaciosa sala de baile Mere percibió que habían invitado a numerosos amigos, y por la aglomeración que veía, pocos habían rechazado asistir. No le extrañaba. Tanto el ambiente como los anfitriones hacían que los invitados se sintieran bien recibidos. La iluminación acompañaba a la decoración de flores y ramos exuberantes que desprendían olorosas fragancias, suaves y sutiles en algunas zonas, intensas en otras. Las mujeres lucían hermosas y ellos elegantes.

Adentrándose en la sala de baile esperaba, no, deseaba, que el señor Brandon estuviera presente. Por un momento Mere sintió una cierta aprensión por lo que tenía intención de hacer, pero sintió en su espalda el apoyo de John. Seguramente no le quitaba el ojo de encima.

Su cuñada le había anunciado que Julia y Jules asistirían a la fiesta, y ello, gracias al cielo, le daba algo más de tranquilidad ya que si hacía el más soberano de los ridículos y no localizaba al gruñón, siempre le quedaba una última y vergonzosa salida: esconderse tras Julia.

III

Por el rabillo del ojo le pareció apreciar una estupenda figura masculina apoyada en la pared más cercana a la salida del salón de baile, ligeramente oculta por un amplio centro repleto de frondosos rododendros. Daba la impresión de que lo rodeara una burbuja de peligro. Era una sensación difícil de definir. Quizá turbador fuera la palabra idónea para describir a Doyle Brandon.

Allá vamos, pensó Mere, y se adentró como un torbellino en el camino que habían planeado con detalle pocas horas antes, en la guarida del Club. No había recorrido ni cinco pasos cuando sintió la apremiante necesidad de que alguien la reconfortara, ya que ¿y si salía mal? ¿o si le ofendía? ¿o si se reía de ella?

Buscó con desesperación la levita oscura y las piernas musculosas de John, hasta dar con él, estratégicamente ubicado frente a Brandon, al otro lado de la sala. Claro, como no sufría de impedimentos como, por ejemplo, una baja estatura, podía situarse a su gusto. ¡Dios, que injusto era el mundo para los canijos! Se dirigió hacia él como una tromba, logrando pararse en el último momento y evitar toparse de lleno con su inmenso pecho. Mere alzó la mirada con ojos suplicantes.

—¿Y cómo demonios le seduzco?

John entrecerró los ojos.

—Hablando en sentido teórico o hipotético, como prefieras, ya que lo que planeas no va a pasar de una ligera amabilidad con otro invitado ¿verdad, enana? Yo intentaría iniciar una conversación con frescura y sutileza, sin precipitaciones, intentando orientar el diálogo hacia el tema que te interesa.

—Vale —Mere se volvió bruscamente y se encaminó de nuevo hacia su objetivo pero algo se lo impidió. Un firme agarre en su cintura.

—Un momento, necesitas una señal. Algo que me indique que necesitas ayuda.

Piensa rápido en algo, que nos está oteando con curiosidad.

—¡No me presiones! Vale, espera que piense algo...

—Estornuda. Si sientes tensión o cualquier resquicio de temor hazlo, y que suene bien alto —suavemente John le dio un empujoncito acercándola al hombre inquietante que, por lo que parecía, la estaba esperando con impaciencia, si el constante y repetitivo golpetear de su zapato en el suelo era una muestra de ello.

Era guapo, quizá de una forma varonil, parecida a la de su John, aunque no tan hermoso, claro, pero sin duda se dejaba mirar. El rasgo más destacado eran los pálidos ojos claros, ¿azules, quizá? Sí, azules, sin duda, casi plateados. Y era alto, para variar. ¡Por todos los infiernos! ¿Es que por una vez en la vida, no podía dar con un hombre de su estatura, incluso ligeramente superior o, a ser posible, algo más bajito para lograr sentirse poderosa?

Siguió con el ritmo de sus andares, incrementándolo para evitar un desvío no deseado como el anterior y se plantó ante la rígida figura masculina. Las primeras palabras salieron a borbotones.

—Hola, soy Meredith Evers. Usted es Doyle Brandon ¿verdad? —alzó su mano en previsión de un casto saludo por parte de su interlocutor—. ¿Le agradaría mantener una sabrosa conversación?, digo..., primorosa. Eso, primorosa.

Mere apretó los labios. Por Dios, controla la lengua y filtra, Mere, filtra las frases. Una recia mano sostuvo la suya y sintió un ligero revoloteo sobre el dorso. La mirada plateada chispeó y tardó unos segundos en soltarla. Su voz surgió ronca, rasposa, seductora.

—Mucho gusto, señorita Evers, pero salvo que me corrija, hace tiempo que fuimos formalmente presentados ¿Qué tal su espalda?

—¿Mi espalda?

—Ajá. El golpe que recibió el otro día al caerse en la fiesta que celebraron sus padres, sin duda debió resentirla.

¡Maldita sea!, ya volvía el color grana a ser el mejor amigo de su escote. Le entraron unas desesperadas ganas de taparse ya que en cuanto notó que le subían los colores, los ojos de Doyle Brandon se dirigieron como imanes a esa zona de su anatomía, sonriendo como un depredador.

—Tengo que irme con urgencia. Ciertamente una conversación sabrosa, señor. Mucho gusto.

Sin darle tiempo a reaccionar se volvió hacia el centro de la sala donde las parejas disfrutaban de la suave velada, ajenas al horror del intento desastroso de seducción de Mere. ¿Dónde estaba el gruñón, por Dios? lo necesitaba para refugiarse en él ¡Ya mismo!

IV

Desde el momento en que la observó dirigirse como un tornado hacia Brandon, John supo que no iba a funcionar. Brandon era un hombre sumamente inteligente, aunque, desde luego, Mere no le iba a la zaga. La pequeña era una liante de primer orden, quizá hasta podría con un hombre de tal calibre. Eso siempre que no le hiciera recordar que era una mujer lo que se dice…, algo patosa. Entonces al traste con sus intenciones que se irían totalmente a pique, y él se vería en la necesidad de intervenir en defensa del pequeño torbellino.

Apenas le había dado tiempo a digerir el pensamiento cuando observó el gesto divertido en el rostro de Doyle y la jodida mirada que lanzaba al escote de Mere. Todo a pique, como había vaticinado. En el escaso tiempo que sonó un acordé de música rodeó la pista de baile y se acercó a Brandon. Era el momento de marcar su territorio.

—Buenas noches, Brandon. Veo que has intentado, por no decir otra cosa, mantener una conversación con mi prometida.

—¿Tu prometida, eh? Así que… ¿al fin te decidiste antes de que se te adelantaran? No puedo decir que me sorprenda —de reojo Mere recibió una sonrojada mirada— Déjame decirte que por poco, Aitor, por muy poco. Creo que debo felicitarte ya que te llevas un jugoso tesoro. Entre nosotros, los hombres que nos rondan, salvo un puñado, son unos afeminados incapaces de lidiar con una hembra como debe de ser. Imagino que encontraste tu futuro. Realmente, amigo, me alegro por ti y en cierto modo, lo lamento en lo que me toca —avanzó hasta quedar a un paso de John y extendió su mano en un gesto abierto.

John le observó detenidamente hasta que se decidió y respondió al gesto con un firme apretón de manos. Mere no se lo podía creer. Notaba que su barbilla estaba prácticamente a la altura de su escote y su boca abierta de par en par, tanto por el asombró que llenaba su mente como por lo reseca que la sentía, pero le era imposible controlarlo. Su gruñón irascible era un pozo interminable de sorpresas.

—¿Os conocéis? —su voz parecía salida de ultratumba. Se orientó hacia su futuro marido— ¿Y no se te ocurrió mencionarlo a pesar de lo que te conté?

La respuesta vino envuelta en un imperceptible ademán ya que la mirada de ambos seguía trabada. Aquello se parecía a una contienda entre gladiadores, por llamarlo de alguna manera. Se miraban enfrentados, sin apartar la vista, examinándose, midiendo sus fuerzas y flaquezas y sin parpadear, con la espalda de John apuntada en dirección a la zona que había bordeado apenas hacía un minuto, resguardándoles, en cierto modo, de observadores indiscretos. Fue una milésima de segundo, tan breve, que a Mere casi se le pasó por alto, pero lo percibió, el momento en que decidieron entre ser francos o esquivos, optando por lo primero. Mere lo sintió en las entrañas, como solía decir el gruñón.

—¿Por qué no me preguntas, sin indirectas, lo que te interesa? A tu linda prometida se le trabaron las palabras. —Como vuelva a lanzar una sonrisilla, le doy un guantazo pensó Mere. De todos modos la situación se había tornado tan interesante que, con mucho, mucho esfuerzo, intentaría no intervenir. Con un supremo esfuerzo les dejaría controlar la conversación que se preveía la mar de absorbente.

—¿Conoces a Cecil Worthington, Doyle? —este entrecerró los ojos y se irguió.

—De oídas, únicamente.

Era una oportunidad única. Doyle lo presentía y en las contadas ocasiones en que no se había dejado guiar por sus sentidos y lo había hecho con la cabeza se había arrepentido más tarde ¿Era esta, quizá, la oportunidad que había estado esperando durante tantos años para averiguar aquello que lo estaba consumiendo poco a poco? Decidió que lo era y se lanzó de cabeza, sin dudar, con voz firme.

—Imagino que lo preguntas por lo que el hombre andaba farfullando en la fiesta que celebraron el sábado los padres de Meredith, después de beber en abundancia y de que tu prometida intentara sonsacarle, lamentablemente con poco éxito —Doyle arqueó las cejas a la espera.

Sin poder evitarlo Mere deslizó su mano en la de John y apretó. De alguna forma debía indicarle que adelante, que ella estaba con él y que hablara, que lo hiciera sin tapujos porque algo en su fuero interno le decía que Doyle Brandon perseguía lo mismo que ellos. Notó que le devolvía el apretón generando un alivio que le hizo sentirse algo más ligera, como si le hubieran liberado de un gran peso aprisionando su pecho.

—Sí. No estoy seguro de si esta conversación debiera seguir aquí, al menos de momento. Las paredes tienen oídos y otras personas están involucradas. ¿Por qué no te acercas mañana a la mansión Evers? —John observó a Mere y esta asintió—. Nos reuniremos un grupo de personas y prometo que te relataremos lo que conocemos hasta el momento. Créeme que a mí mismo me ha pillado por sorpresa ya que tan solo vislumbraba una pequeña parte de lo que se estaba tramando. Puedo adelantarte que aparte de nosotros, acudirán un viejo amigo de la familia, la abuela de Mere, un par de amigas y quizá Jared Evers.

—Ya le conozco. Por mi parte quizá acuda acompañado, si no hay inconveniente.

—¿Tu hermano? —Doyle observó con atención a John.

—Eres observador, Aitor. Mañana nos veremos ¿al atardecer? —esperó al gesto de asentimiento y tras inclinarse con elegancia ante Mere se alejó lentamente en dirección a la salida.

John le siguió examinando hasta que desapareció de su vista. Había hecho lo correcto. Tan solo cabía esperar.

V

Tras varias agotadoras tandas de baile Mere decidió que ya estaba más que harta de las efusivas felicitaciones por su pronta boda y de las furtivas miradas a su abdomen, como si los lerdos esperaran que en su interior se pudiera esconder la razón del próximo enlace con John. ¡Ja! Ni que fuera incapaz de enmarañar a un hombre ella solita con su dulce carácter, sin necesidad de otras triquiñuelas.

Sentía los pies muertos y la espalda tensa por lo que decidió que ya era hora de ir en busca de sus inagotables progenitores, despedirse de sus protestones hermanos, achuchar a su rollizo sobrino y escapar de la fiesta.

No tardó en localizar a John entre el gentío, que seguía con ganas de fiesta. Se encontraba hablando con su padre y sus hermanos, mientras su paciente madre recibía lo que se podría denominar una magistral lectura de ornamentación floral por parte de una de las viejas cotillas que habían chasqueado los labios al enterarse de su boda. Al menos en opinión de quien daba la espesa charla. Lo de menos era salvar a su madre del innecesario sufrimiento.

—Buenas noches, señora —¿cómo demonios se llamaba? Nada, ninguna luz se iluminó en su cerebro—. Mamá, ¿qué te parece si dejamos a la juventud divertirse y volvemos tranquilamente a casa? Mañana tenemos por delante un día extenuante.

Si ella hubiera sido la pesada que estaba hablando con madre se habría ofendido al escuchar el suspiro de alivio que brotó, incontenible, de los labios de esta. Muy a su pesar, le salió una ligera risilla de entre los dientes, que recibió en contestación de la arrugada y vetusta pasa, una furiosa cuchillada ocular.

—Claro, claro, cariño. La viuda Flowers, nunca mejor dicho, —siseó entre dientes— es una gran entendida en claveles, rosas, geranios, rododendros, petunias... —se levantó lentamente y comenzó a alejarse de la susodicha, acercándose a su hija— hasta el punto de marchitarlas con su hablar inagotable... —susurró de nuevo, tras suspirar—. Vamos, cariño. Tienes razón, volvamos a casa tras despedirnos de tus hermanos. Papá ha mandado de vuelta uno de los carruajes así que retornaremos los cinco en el otro que es más amplio.

—¿Volvemos todos juntos? —su madre le envió una socarrona mirada.

—Sí, cielo. ¿Antes no tuvisteis tiempo suficiente para... hablar?

—¡Madre!

—Oh, vamos cariño, que he tenido siete hijos. Te aseguro que nada me va a sorprender. Un consejo, mi amor, y que no te digan lo contrario, disfrútalo. Os amáis y ello es algo extraño en nuestra sociedad, así que tienes mis bendiciones. A tu padre, claro, ni una palabra, no lo vayamos a desmayar de nuevo —Mere solo pudo sonreír.

Tras las pertinentes despedidas y besos efusivos Mere se encontró aplastada entre los corpachones del gruñón y de su hermano. En el asiento de enfrente iban sus padres. Por un momento se sintió plenamente satisfecha con su vida y bostezó. Una mano apartó su cabello hacia un lado e inclinó su cabeza ligeramente hasta que quedó recostada contra la hombrera de una levita. Le encantaba el olor que despedía John. Con la familiaridad de ese aroma se fue deslizando en un agradable duermevela. Se dejó llevar, ya elucubraría mañana cuando no estuviera tan cansada y no sintiera la espalda tan encorsetada.

Le pareció que apenas había transcurrido tiempo suficiente como para alcanzar su hogar y mucho menos como para que el crujir de la escalera central de su casa la despertara de su letargo. Alguien la llevaba en brazos hacia su habitación pero le daba *tanta* pereza esforzarse en abrir los ojos para averiguar su identidad, que prefirió dejarlo en manos de quien la cargaba. Ya se cansaría del sobrepeso y refunfuñaría, así que esperó..., pero la prevista queja no llegó. Debía de ser Jared quien la cargaba. El bobalicón de su hermano era demasiado permisivo y en más de una ocasión, tras una larga jornada agotadora, como aquella infernal en que terminó encerrada en prisión con aquellas mujeres, la había cargado hasta su habitación.

Cruzaron el umbral de la puerta y el marco rozó su coronilla. La depositaron en medio de la mullida cama y decidió relajarse hundiéndose en el esponjoso colchón. Ya estaba en su reino particular. Gimoteando, pensó que aun tenía que desvestirse y eso era lo menos apetecible del universo. Unas suaves yemas le soltaron la lazada del botín derecho, así que para facilitarle la tarea, alzó la pierna. La mano que se afanaba en deshacer el lazo se paralizó por lo que Mere decidió sacudir ligeramente el pie para que siguiera. Pero esa mano en lugar de continuar la tarea iniciada comenzó a deslizarse… ¿pierna arriba? ¡Ese no era Jared!

Alarmada abrió los ojos. La formidable figura era inconfundible.

—¿Es que te irías a la cama con cualquiera, Mere? Comienzas a preocuparme.

No quería pensar en la postura que debían presentar, pero su sentido común en raras ocasiones vencía a su desbocada imaginación. Ella tendida en el lecho con John a los pies de este, con su zapato derecho apoyado en la pechera de su clásico chaleco y esa peligrosa mano izquierda comenzando a danzar por caminos vírgenes. Intentó bajar la pierna de golpe pero no sirvió de nada.

—Si me lo pides como Dios manda, estoy dispuesto a darte un masaje en la espalda, enana, y a desvestirte.

—Muy gracioso. ¿Mis padres te han permitido traerme al cuarto, sin protestas ni consejos, ni miradas compasivas? —Mere alucinó. ¡Por todos los demonios, habían envejecido sin que ella se diera cuenta!

John baileteó las cejas de una forma que Mere imaginó que él pensaba que era seductora, pero que en realidad resultaba traviesa y picante. ¡Dios, cómo lo quería!

—¿Estás cansada? —le preguntó al tiempo que le acariciaba la pantorrilla cubierta por la sedosa media.

—Agotada. Pero creo que se debe más a la tensión de mi inútil intento de sonsacar a Doyle Brandon que a otra cosa. Total, para lo que ha servido… Soy pésima seductora.

Su gruñón lanzó una suave risilla. Un veloz pensamiento le surcó repentinamente el cerebro, como esos que de tanto en tanto pasan de soslayo entre otros y sientes que es algo importante pero se te desliza hasta diluirse en la materia gris. En esta ocasión no permitió que escapara y se decidió a preguntar, ya que si no lo hacía en ese momento barruntaba que jamás ocurriría.

—¿Qué pasó en la fiesta entre Brandon y tú? Parecíais hablar en clave, una extraña clave, desde luego, ajena a mi entender y eso que tengo una mente abierta.

—Cariño, le estaba dando el tope a un posible pretendiente.

—No tiene gracia, podenco —el ceño se le arrugó.

—No empecemos, niña. Y te seguro que no me hace gracia que haya hombres babeando por ti, aunque tú no te enteres. ¿Cómo es posible que alguien tan despierto tenga un desconocimiento tal abismal de lo que buscan los hombres? No lo entiendo. Hablando mal y pronto, Mere, si hubiera podido, te aseguro que se te hubiera metido bajo las enaguas antes que yo —la miró fijamente para asegurarse de asimilaba lo dicho. Por cómo abrió los labios, esos suculentos labios que lo enloquecían, parecía que lo había hecho.

—Vaya.

—Pues sí, enana —tras soltar, después de varios esfuerzos, el lazo del botín, se lo quitó. Sus manos ascendieron por la pierna hasta el muslo y comenzó a deslizar la media hacia abajo, hasta que la sacó del todo. Con descuido la lanzó a su espalda. Mere lo miraba, apelmazando con sus rígidas manos la falda del vestido y colocándola entre las piernas. Es que veía venir lo que se avecinaba. Apenas tuvo tiempo de angustiarse ya que en ese mismo momento recordó lo que le había comentado su madre, su amorosa y despistada madre. Pensó que estaba harta de esperar, de que él la tocara y ella no. Quería lo mismo que él, pasar sus manos por su cuerpo y comprobar su textura. Morderle esos carnosos labios y grabar en su memoria las formas de su cuerpo. Se moría por saber qué diantres tenía John entre las piernas que le causaba tanta incomodidad cuando se besaban y *sobaban*. Le encantaba esa palabra, rábanos. Quería preguntar y saborear e indagar, así que aflojó las manos y se dejó llevar por el momento.

Al final, fue sencillo. Tanto como respirar.

VI

Tienes que parar, tienes que parar. Daba igual, sus manos no le respondían. Se le habían amotinado desde el mismo momento en que acurrucada en la cama, el pequeño demonio había subido la pierna hasta la altura de su pecho. Esa postura lo había mareado y estaba empezando a pensar que lo hacía adrede. Nadie podía acertar tanto en dar con las formas más idóneas de encender su libido. Ya empezaba con el tembleque de las manos. ¿Cómo era posible que no temblaran en la guerra y ante la personilla que con los ojos cerrados se retorcía delante de él, se derritiera totalmente? ¿Les ocurriría a otros hombres? Lo supo el mismo día en que la conoció de niña. Supo que iba a poder con él con una simple sonrisa.

Los problemas le estaban explotando en plena cara, uno tras otro. ¡Diablos! Quedaban dos semanas para la boda y lo estaba sudando con creces.

Había conseguido deshacerse de una de las medias en el preciso instante en que notó que ella relajaba totalmente su pequeño y voluptuoso cuerpo. ¡Dios! su reacción fue la opuesta. Rigidez total ya que intuía lo que ello significaba: iban a hacer el amor esa misma noche. No podía entrarle pánico escénico, joder, ¡él no era virgen!

*****

Capítulo 5

I

Se sentía apasionada y ¿por qué no?, provocadora. Decidió aletear las pestañas, como tantas veces había observado en otras experimentadas mujeres, pero se contuvo ya que de reojillo notó que John se había quedado como un témpano y el color del rostro comenzaba a parecerse al budín de acelgas que a ella tanta aversión le causaba ¡Decididamente, algo no iba bien!

Con brusquedad se incorporó, tras deshacerse a empujones del otro botín, y a cuatro patas se acercó al pie de la cama donde John seguía anclado, con los labios apretados. Eso sí, con los ojos no perdía detalle de su ¿provocativo? avance hasta situarse a su altura.

—La virgen eres tú, no yo —farfulló John entre dientes, sin sentido.

Vaaale... ¿Había perdido la cabeza? Quizá lo mejor era tratarlo como a una frágil porcelana. Por un momento Mere se dio cuenta de la idiotez que acababa de pensar, pero siguió el rumbo que se le había ocurrido ya que no ideaba otra forma de afrontar la situación. Al fin y al cabo, ella tan solo quería achucharse con él, no que se le quedara petrificado en plena faena. Decidió seguirle, por el momento, la corriente.

—Cariño, no lo soy, al menos eso me dijiste. Lo tuyo, ejem, ya no podría asegurarlo.

—Sí, lo eres y yo no.

Mere arqueó las cejas y los ojos se le agrandaron más de lo habitual.

—Bien —por descontado, algo iba rotundamente mal—. Muy bien, no eres virgen y me ha quedado muy claro. Más que claro, prístino —observó atentamente a John pero el verdor seguía asentado en su cara. No pudo aguantar el ansia por más tiempo— John, ¿me vas a decir qué te pasa? Me estás asustando.

El retroceso fue inmediato. Con pasos vacilantes el grandullón se desplazó hasta que la parte trasera de sus piernas golpearon su diván, ese que a ella le gustaba tanto para leer en los fríos días de invierno asomada al ventanal del segundo piso. Como si el cuerpo le pesara una tonelada, John se dejó arrastrar por la gravedad. Se sentó apoyando los codos en sus rodillas y se cubrió su hermoso y petrificado rostro con las manos. Moviéndolas tan solo un poquito liberó la presión sus labios para permitirse hablar.

—Quieres hacer el amor ¿verdad?

Directo al grano, sí señor. Podía estar tranquila, se iba a casar con un hombre que no se andaba por las ramas. La cuestión era si ella iba a actuar como una tonta remilgada o si, siguiendo la estela de su vida, iba a dejar que su boca dijera exactamente lo que sentía. Sentada en el borde de la cama, donde había quedado tras la ligera espantada de él, lo tuvo tan claro… Habló sin vergüenza, sin medias tintas.

—Sí —sonrió—. Quiero hacerte las mismas cosas que tú me haces, quiero lamerte y chuparte. Morderte —¿se estaría sobrepasando? John se estaba poniendo, si cabía, aun más tieso y estaba empezando a resollar. Le dio igual—. Quiero recorrer tu cuerpo y preguntarte todo lo que se me ocurra y quiero descubrir cómo es esa cosa enorme que siempre noto entre tus piernas… ¿Podría tocarla? —del otro lado de la habitación surgió un gemido ahogado. Mere no pudo evitar sonreír. Todo estaba bien, estupendamente bien—. Quiero seguir haciendo esas cosas maravillosas entre los dos y todo aquello que queramos. Madre me ha dado permiso.

Eso hizo reaccionar a John.

—¿Qué?

—Ajá, pero a papá no lo podemos hacer desmayar, así que lo que ocurra deberá quedar entre tú y yo. ¿Querrás amarme esta noche?

Lo miró fijamente con la necesidad de que entendiera que su respuesta le podía destrozar el corazón. Necesitaba que le contestara lo que ella quería, ni más ni menos, que le dijera que le amaría no solo esta noche, sino la siguiente y la siguiente, hasta que uno de ellos no pudiera hacerlo más por razones ajenas a su corazón o a su cuerpo. Lo necesitaba tanto...

—Dios, sí, toda la noche y la siguiente, hasta que muera.

Fue como si los trozos de un puzzle encajaran en su lugar por arte de magia, sin ayuda externa, como si se atrajeran con una fuerza más fuerte que la propia naturaleza. Se sintió llena, completa.

No podría llegar a asegurar quién se movió primero, tan solo supo que se encontraron en medio de la habitación, uno frente al otro. La mirada de él ardía mientras le recorría el rostro. Alzó una mano y retiró un rebelde rizo que caía sobre su mejilla mientras se inclinaba hasta rozar los labios de ella, con los suyos, más llenos.

Mere decidió que había llegado el momento de explorar. Deslizando las manos por sus pectorales alcanzó el cuello de su camisa. El lazo que lo solía rodear no era un obstáculo. Mere imaginó que se lo habría quitado al llegar a casa. Lentamente le desabrochó los botones de la camisa mientras la respiración de John se aceleraba, y se la abrió deslizando su mirada por ese musculoso pecho y ese vientre plano, rígido, en el que se marcaban las caderas. Madre mía, pero era hermoso, como las estatuas esas que le gustaban tanto a Julia. Sus manos toparon con el cinto del pantalón pero por el momento no le interesaba. Lo que le llamaba a gritos era el tremendo bulto que asomaba bajo ese cinturón. Presionó la palma sobre él…, era enorme.

—¿Puedo?

John no llegó a contestar, tragó saliva y asintió. Soltó el cinturón sin prisas, lo desechó y con una lentitud que sabía estaba impacientando a John, deslizó su mano derecha por la zona de la bragueta hasta adentrarse bajo la tela. Ahora fue ella quien tragó saliva en abundancia. Dios mío, era largo, muy largo y ancho. Apenas podía abarcarlo con la mano. Suavemente apretó e intentó sopesarlo. Estaba realmente duro, cálido y era terso, rodeado en su base de rizado bello oscuro. Decidió arrodillarse y besarlo.

—La madre de... ¡Por favor!

Mere sonrió al escuchar los sonidos que salían del gruñón y decidió copiar lo que a él le encantaba hacerle en sus pechos. Empujó con su lengua y abarcó la ancha punta con su boca. Succionó levemente.

—¡Dios!

Repitió, con más fuerza.

—¡Joder!

Mere sintió el miembro convulsionarse en su boca. Le agradaba el sabor, mucho, así que decidió jugar con su lengua e intentar… No pudo continuar. John no le dio opción.

—Es mi turno, ¡por todos los diablos! —antes de terminar la frase ya la estaba envolviendo en sus brazos y alzando como si fuera una pluma. Se aproximó a la cama y se sentó al borde, colocando a Mere, erguida frente a él, entre sus musculosas piernas—. Cariño, si no paras con esa dulce boca, te aseguro que no voy a durar más que unos pocos minutos y esta primera vez es nuestra, ni tuya ni mía, sino nuestra y quiero saborearla —sus labios golpearon los suyos y le mordisqueó el labio inferior—. Toca desvestirnos.

Sus manos se deslizaron alrededor de su cintura hasta alcanzar su espalda y con una habilidad pasmosa fue deshaciendo la hilera de botones que cerraba el vestido. Al tiempo comenzó a lamerle entre sus pechos. Abierta la prenda, la bajó por los brazos hasta que quedó enmarañada en el suelo. Desprendió el resto de la ropa interior y la dejó en camisola y enaguas. La mirada que le recorrió los pechos y las caderas la encendió. Repitió el proceso con la camisola hasta dejar su busto con sus llenos pechos a la vista. Sin poder controlarse Mere intentó taparse con sus manos.

—¡No!, no. Son un regalo para los ojos. Son mi regalo. Nunca los ocultes estando conmigo porque son hermosos —comenzó a masajearlos con sendas manos, pellizcando con lentitud las aureolas del centro.

—Son grandes y pesados —gruñó Mere

—Ajá, como a mí me gustan, cielo. Hechos para mí, para mis manos —John sonrió con picardía y los apretujó lo suficiente para causar a Mere una pequeña aceleración en el ritmo de su corazón y sentir, una vez más, tensión en sus partes bajas.

—Demonios, ¿por qué noto tensión ahí abajo en cuanto me tocas los pechos?

La risa resonó en su oído izquierdo.

—Porque sientes necesidad de que te llene y te aseguro que esta noche vas a terminar llena a rebosar, amor. Déjame desnudarte —con parsimonia continuó lamiéndola, raspando suavemente su mentón por sus pechos.

—Dios, eres tan suave y llena. Me vuelves loco.

Con un ligero sobresalto Mere sintió las yemas, endurecidas, rozar su entrepierna sobre la fina enagua. No conseguía concentrarse entre el estímulo que percibía por el roce áspero y erótico de la barba ya crecida en el mentón de John y esos dedos que comenzaban su lento avance. Mientras se retorcía contra los dedos que ya estaban presionando y acariciando su hendidura, en aquel lugar que si insistía en las caricias le generaba un inmenso placer, y él seguía succionando y lamiendo los pezones. Mere apreció que su otra mano tiraba de la enagua hacia abajo siguiendo el camino del vestido y la camisola, dejándola totalmente desnuda ante sus ojos.

Acariciando su delicado y curvo vientre prosiguió hacia abajo y se deslizó entre sus muslos, presionándolos para que los separara hasta que se encontraron en su camino con las piernas dobladas de John. Con su mano izquierda aferró la rodilla de Mere, la dobló y la maniobró con delicadeza hasta situarla en la parte exterior del muslo masculino. De seguido hizo lo mismo con la otra. Estaba totalmente expuesta a sus manos, con los muslos abiertos de par en par y él entre ellos. Mere notó que la postura facilitaba el avance de su dedo ya humedecido. En el siguiente impulso le metió dos dedos, llenándola aun más, haciendo que se sintiera presionada desde dentro. Era una sensación tan extraña y placentera. Sentía la necesidad cada vez más fuerte de retorcerse e incluso de alejarse de esos dedos porque notaba con los golpecitos y caricias, que iban incrementando en intensidad y esos fuertes dedos que entraban y salían, entraban y se retraían con mayor velocidad, que iba a explotar. Su respiración estaba desbocada y el sudor comenzaba a aparecer. Y así ocurrió. Unas cuantas embestidas más y en la siguiente sintió que su interior era invadido por algo mayor, por Dios, había deslizado un tercer dedo hasta el fondo, bien hondo. Casi dolía, pero al dolor lo tapaba el placer. Sus nudillos llegaban a sobrepasar el vello del pubis y ese maldito pulgar seguía con sus movimientos ondulados, ágiles. Fue la sensación más subyugante que había sentido en sus veinticuatro años de vida, en parte porque se la había causado él y en parte por haberla compartido. Sintió su interior contraerse en espasmos incontrolables hasta el punto de dolerle al sentir aun dentro esos diabólicos dedos que seguía a un ritmo más suave. Se dio cuenta de que sus rodillas habían cedido y que era John quien la sostenía rodeándole la cintura con el otro brazo. Sus piernas poco a poco dejaron de temblar. Ya se sentía capaz de hablar y de respirar. Se enderezó e intentó alejarse algo de él, pero apretó el brazo que la enlazaba, así que optó por sentarse en sus muslos sin darse cuenta que sus largos dedos seguían en su interior.

Aspiró con brusquedad ya que al aposentarse los impulsó más adentro. Decidió que estaban bien donde estaban, y además, aun sufría esos pequeños espasmos, más leves, eso sí, pero la sensación de esos dedos en su interior la volvía loca. John, al parecer, parecía tener poca intención de sacarlos. Había sido algo glorioso. Y si semejante placer era parte del matrimonio, sin duda, le iba a gustar a rabiar. Soltó una risilla apenas perceptible. De repente se le ocurrió.

—¿Ya hemos acabado?

Quien reía ahora era él. Suavemente sacó los dedos de su interior dejándole una tremenda sensación de vacío y con un portentoso descaro, mirándole retador, se los chupó con lentitud, como si saboreara un manjar. A Mere los calores se le extendieron por todo el cuerpo.

—Eres sabrosa, y no.

—¿No, qué? —no podía apartar la vista de esos labios carnosos chupeteando esos largos dedos. ¿Acaso la quería matar?

—No hemos acabado. Es más, apenas hemos empezado, mi enana —con suavidad dejo sus dedos en paz y se recostó de espaldas en la cama arrastrándola con él, recostada ella sobre su fornido pecho, los muslos apoyados a ambos lados de sus caderas. Sus manos aferraron su cara y la acercaron a él. El beso que le dio la dejó atontada. Su lengua recorrió su cavidad como si fuera incapaz de saciarse, los dientes, el paladar, mordisqueaba su lengua y jugueteaba con ella, la succionaba y daba lametones. En un momento parecía como si sus lenguas pelearan y al siguiente, se acariciaban. Mere no supo cuánto duró, si mucho o poco, le dio igual. Su cuerpo comenzaba de nuevo a sentirse tenso y por el monstruoso bulto bajo el pantalón que sentía apretar contra su hendidura, John estaba llegando a los límites del aguante. Mere intuía que esa presión, al igual que la suya hacía unos minutos, debía explotar por algún sitio. Y qué demonios, esperaba estar en primera fila para verlo.

II

Por una vez en su vida se sentía en paz, no físicamente ya que le faltaba poco para estallar, sino mentalmente. Y el sexo, ¡por todos los diablos!, el sexo que estaban teniendo le estaba nublando la mente. Tan solo recordar la forma en que el torbellino lo había succionado con esos rosados labios, le volvía a poner nervioso. La sentía floja encima de él, relajada, suave, con esos muslos abiertos y esos pechos aplastados contra el suyo. Mirando de reojo decidió deslizarse, atrayéndola con él hasta la cabecera de la cama. Para lo que estaba por venir debían estar cómodos, pero antes necesitaba saborearla algo más. Tumbado como estaba la siguió besando y sus manos instintivamente se dirigieron a ese trasero suyo tan redondo, hecho para acariciar. Dios, tan blando, redondeado y suave.

Por mucho que lo intentara, no podía aguantar más. Con un brusco movimiento los hizo girar, quedando Mere apoyada contra los almohadones. John retiró la presión de sus labios y comenzó el descenso por su cuerpo, tanteando de nuevo esos pechos hasta bajar a su cintura e introducir la lengua en su pequeño ombligo, mordiendo sus sabrosas caderas. Aunque tenía las piernas abiertas a ambos lados de su cintura, las entreabrió más, deslizando sus manos hasta los brillantes labios que guardaban su interior. Estaba húmeda por él... Con ambos pulgares separó los labios cercanos a su boca e inhaló la fragancia, ese olor dulzón que comenzaba a asociar con el hogar. Acercó la boca y lamió la entrada, una y otra vez hasta que sintió los muslos que rodeaban su hombros retorcerse y apretar. Retiró la boca y en su lugar introdujo los dedos de nuevo con fuerza, sin preliminares y su interior los absorbió como si estuviera hecho para ellos. Notaba su miembro dolorido, con un dolor sordo que le indicaba que era hora de penetrar ese calor húmedo. En ese momento recordó que aun tenía el pantalón por las caderas. Con desesperación lo empujó hacia abajo hasta que se le trabó en las rodillas. Le daba igual, no podía esperar.

—Mere, ábreme las piernas —la miró brevemente y observó su mirada vidriosa por él. Su pecho se constriñó.

—¿Más?

—Sí cariño, necesito entrar en ti y soy grande.

Con total confianza las abrió haciendo que esa sensación en el pecho se acrecentara. Manteniendo una de sus manos en su pubis, con la otra esparció por la extensión de su miembro, el fluido que ya había brotado con la excitación, agradeciéndolo ya que lo necesitaría para facilitar la entrada y empujó contra esta. ¡Diablos! estaba tan prieta que se resistió hasta que acompañó el siguiente empujón con el peso de las caderas y lo sintió. El mayor placer que había tenido en su puñetera vida, envuelto en ese calor sofocante, tan apretado que dolía y eso que apenas había avanzado en el interior.

—Ay, Dios mío... —susurró Mere y tensó levemente su interior.

—¡No, no, cariño!, no me hagas eso. Relájate para dejarme entrar.

—¿Todavía no has entrado?

—Solo un poco más…, relájate.

—No creo que pueda, es demasiado ancho y largo y lo noto inmenso y… —por un momento se quedó quieta— ¿No podrías encogerlo un poquito?

Por Dios, pensó John, no me hagas esto…

—Cariño, como mucho y si seguimos así, lo único que va a hacer es agrandarse aun más.

—¡Oh!

Pegó otro pequeño empellón y entró algo más.

—¡Ay! Dios mío —se miraron a los ojos con él en su vientre. Mere gimió— Espera, no, sigue...

Salió algo de su interior e impulsó de nuevo con las caderas. Otro poco y estaría hundido del todo. Por todos los demonios, pero lo acogía entero pese a su tamaño. Intentaba estar quieto para que ella lo pudiera acomodar pero era un verdadero sufrimiento. No iba a poder evitarlo, tenía que empujar. Lo hizo arrancando de Mere un leve chillido. Quedó paralizado, tenso, esperando, aunque le fuera la vida en ello.

—Por favor, por favor…, haz algo, lo que sea —suplicó Mere.

Se deslizó hacia fuera dejando en el interior solo la punta y con un fuerte golpe lo introdujo hasta el fondo, hasta que su pelvis golpeó la de ella.

—¡Dios! ¡Repítelo!, por favor, por favor…

No hizo falta que se lo pidiera de nuevo. El autocontrol voló por los aires y tras unas suaves embestidas para diluir el dolor, comenzó como un pistón a invadirla, a un ritmo que llegaba a doler. Ella era puro fuego, se retorcía, lo arañaba, lo mordía y le hacía perder la cabeza. Sabía que en su primera vez debía ser suave, pero no podía, su cuerpo simplemente no le dejaba ni le respondía. El calor que lo envolvía lo comprimía cada vez más, causándole un exquisito dolor, mayor, cada vez mayor, hasta que convulsionó a su alrededor impidiéndole casi moverse. Escuchó a Mere lanzar roncos chillidos y para acallarla le devoró la boca. Se corrió con ella mientras le envolvía en su interior, le apretaba y su boca le alimentaba. Tan caliente, tanto…

Pasaron unos segundos o minutos hasta que pudieron respirar con algo de normalidad y Mere se sacudió levemente, pero estaba tan a gusto en su interior que se resistió a salir y así se lo hizo sentir con una ligera presión de sus caderas. Ello no opuso resistencia. John se giró hacia su izquierda para liberarle parcialmente de su peso pero con su mano agarró el muslo de Mere, guiándolo hacia él, manteniéndose en su interior, y ella se dejó hacer.

¡Hum!, tendría que recordar que tras una intensa sesión de salvaje sexo la pequeña fiera era totalmente moldeable. Quién lo hubiera dicho. Lentamente, pegados desde el pecho hasta las caderas, con las piernas entrelazadas, se sumieron agotados en un reparador y profundo sueño, acurrucados el uno en el otro, sintiéndose amados.

III

La fuerte palmada en el trasero le despertó de inmediato. Diablos, quién demonios… Su mente se paralizó ¡Se habían dormido!

Se incorporó como un rayo y se sentó tieso en el lecho intentando tapar con su cuerpo el de Mere que presentaba leves rojeces por toda su pequeña extensión. Si no se equivocaba en demasía, barruntaba que él se las había ocasionado. Lo que jamás hubiera imaginado es que del mejor sexo experimentado en su vida le fuera a despertar su iracundo futuro cuñado, y mucho menos con una agresiva palmada en el trasero, que para colmo le había escocido a rabiar. Tapó como pudo a su mujer y se volvió hacia la furia envuelta en un enorme paquete que de por sí ya era imprevisible. El vozarrón no se hizo esperar.

—¡Qué demonios habéis hecho! ¡No!, no quiero saberlo, es evidente. ¿Y si hubiera sido a madre a quien se le hubiera ocurrido venir a despertar a Mere?

—Madre está al tanto —vocalizó una vocecilla a espaldas de John. Ambos se giraron—. Bueno, es una mujer experimentada y nada la asusta.

—¡Ja!, nada menos esta escenita, seguro —gruñó Jared. Se dirigió a John— ¡Tú! A la habitación de invitados, después a tu casa a mudarte y ¡súbete los pantalones, por los dioses, que los llevas por las rodillas!

Así lo hizo, sin chistar, desplegando una portentosa visión de su trasero solo para los ojos de Mere. ¡Y menudo trasero era ese! Sin dar tiempo a que Mere reaccionara golpeó con sus labios los de ella, ligeramente hinchados, y lanzando una carcajada de satisfacción, como un lunático, pasó junto a Jared. Se agachó para recoger su camisa y salió de la habitación, no sin antes dirigirle a Mere una apreciativa y sensual mirada. La furia de Jared se trasladó al bulto femenino hundido en el lecho.

—Pero ¿es que te has vuelto loca? —ella inclinó la cabecita hacia un lado.

—Le quiero, Jared y me hace feliz.

Cuernos, con eso lo dejó sin habla, y de sopetón se dio cuenta de que su terca y pequeña hermana había crecido y se había convertido en una hermosísima mujer, quizá no físicamente, pero con un corazón tan inmenso que la hacía bella a sus ojos y, al parecer, volvía loco a su mejor amigo hasta el punto de hacerle perder los papeles y acostarse con ella pese a que a diez pasos dormían los restantes miembros de su familia. En otras palabras, habían perdido la cabeza el uno por el otro, aunque lo cierto es que no estaba realmente sorprendido. ¡Esto último sí que le asombró! Con un expresivo gesto de agotamiento, optó por salir de la habitación sin nada más que decir. Para el caso, su hermana siempre le ignoraba...

Todo el mundo le ignoraba en esta casa.

IV

Recostada en la cama calibró el estado de su cuerpo y lo sintió ajeno, descubriendo músculos y lugares que jamás había utilizado y otros cuyo uso había aprovechado, como jamás antes, en las últimas horas. Su expresión se volvió soñadora y pícara. Menudas horas... A media noche se despertó desorientada sintiéndose incomoda y llena, le costó darse cuenta de lo que era, hasta que un gran peso se acomodó entre sus piernas. Si horas antes la había agotado, en esta segunda ocasión la dejó para el matarife. Dios santo, las cosas que le había hecho con esa boca, esas manos y ese grueso miembro. Se permitió rememorar lo ocurrido entre los dos hasta que la parte pragmática de su cerebro le hizo espabilar y recordar que esa misma tarde estaba convocada la reunión del Club, en la que intervendría Doyle Brandon.

Sentía una tremenda curiosidad sobre la razón de que le acompañara su hermano pequeño. Mere intentó recopilar la información que le venía a la mente pero logró poco. Le sonaba haber escuchado rumores de que este vivía como un ermitaño, hasta el punto de achacársele que sufría una deformidad o incluso alguna enfermedad infecciosa. Bueno, pronto saldrían de dudas. Eso sí, primero tendrían que distraer a sus padres.

Vestida y aseada se encaminó hacia la escalera, pero decidió desviarse ligeramente para hacer una breve visita a la alcoba de invitados por si John seguía allí. Después de todo era una forma de agradecer su sumamente agradable visita nocturna. A punto estuvo de abrir la puerta de golpe, pero por las voces que se filtraban a través de la rendija que había ocasionado el leve impulso dado, percibió que en el cuarto estaban, aparte de su futuro marido, sus hermanos Jared y Thomas, y si no le engañaba el tono que empleaban, conversaban acaloradamente.

—¡Mierda!, John, iba a ser una maldita pantomima. Tan solo tenías que distraerla, controlarla y después romper el compromiso —Mere escuchó el típico gruñido que solía lanzar su hermano cuando las cosas no salían como había planeado—. Era tan sencillo como obnubilarla con un simplón cortejo, en el que era evidente que iba a caer sin mayores complicaciones.

Por el pequeño espacio que le permitía vislumbrar la habitación, Mere observó que John únicamente llevaba puestos los pantalones, como si se acabara de refrescar, y sostenía su vaporosa camisa en la mano. La luz resaltaba los músculos de su espalda, esos mismos que ella había acariciado y aferrado la pasada noche. Su mente sabía que estaban conversando de algo que ella *no* quería conocer. Lo intuía por la frase que acababa de escuchar, por la mención a la pantomima. En ese mismo momento rogó para que no se refirieran a ella, que estuvieran hablando de cualquier otra cosa, pero, por favor, no de ella.

—¿Crees que no lo sé, que lo que ocurrió anoche se me fue de las manos? ¡Maldita sea! —con un furioso gesto John lanzó la camisa al suelo y se pasó ambas manos por el espeso cabello, desordenándolo—. ¿Qué diablos queríais que hiciera? ¿que permitiera que se sintiera no deseada, un desecho al que nadie quiere ni querrá jamás porque da más problemas que los que cualquiera quiere manejar? No me vengáis con esas porque, además, sois perfectamente conscientes de que…

Su mente, simplemente, fue incapaz de asimilar el resto de sus palabras, como si una barrera se hubiera erigido contra su voluntad para defenderla, para mantenerla sana. Pero por mucho que no quisiera escuchar más, ya había oído lo suficiente. *No deseada…* El sentimiento de vergüenza, de humillación, fue tal que por un momento sintió que se iba a desmayar, ella que raras veces caía enferma. Por favor, por favor, que lo de anoche haya sido un dulce sueño, un hermoso sueño ocurrido únicamente en mi mente. Podía repetirlo hasta la saciedad, pero sabía que era real, que la había visto desnuda, que él mismo la había desnudado y observado tal cual nació. Dios mío, desnuda… y rellena. Tenía gracia, pero ni tan siquiera se había dado cuenta de que las lágrimas corrían por sus mejillas. Se sentía insensible, como si fuera un sueño y ella observara desde una lejana esquina.

Lentamente se alejó de la puerta, sin ruidos, ni sobresaltos ni recriminaciones. Se sentía muerta.

No le costó demasiado refugiarse en su habitación, pero era chocante, no recordaba haber caminado los pasos necesarios hasta llegar a ella. Para cuando se dio cuenta estaba en sus aposentos y notaba que lo que hasta ese momento había definido como vergüenza y angustia se estaba transformando a marchas forzadas en ira, una ira tan profunda que le quemaba el pecho. Y quizá también en asco por las cosas que habían hecho hacía poco en ese mismo habitáculo, que ella había creído nacidas del amor y que él había fingido haciéndole creer que sentía lo mismo. *No deseada…*

Lo odiaba. Con lentitud, encogida y acurrucada, sentada en el suelo con la espalda contra la puerta de su alcoba, comenzó a rememorar las frases que había escuchado. Distraerla ¿de qué? ¿Controlarla? Solo una maldita cosa se le ocurría y era la reunión convocada por el Club del Crimen. Pues bien, si creían que la iban a desviar con sus maquinaciones, habían errado a fondo. John se podía olvidar de tener una prometida complaciente. Es más, lo que iba a encontrar era a una versión femenina de Lucifer, pequeña y endemoniada, a la que, por supuesto, no iba a poner una zarpa encima. Estaba más decidida que nunca a resolver el misterio de la muerte de Abrahams e iba a lograr que sintiera en sus propias carnes la sensación de no poderla manejar. Quizá así rompiera el compromiso. Lo que Mere tenía claro es que no le iba a facilitar la tarea al sinvergüenza ese. Eso sin olvidar a sus queridos hermanos, por supuesto.

V

La discusión le había puesto de un humor de perros. El que le echaran en cara haberse acostado con Mere, cuando sabían perfectamente lo que sentía por ella, le había revuelto las tripas. Estaba de acuerdo en que todo había comenzado como una estúpida broma acerca de que él era el único capaz de manejar al torbellino, acrecentado con el fiasco de la prisión, pero ellos sabían que lo que su mente había comenzando a rumiar hacía ya tiempo, llevaba asentado aun más tiempo en su corazón. ¡Joder!, no se trataba de que fuera el único capaz de tratarla, sino de que le chiflaba hacerlo. Le tenía totalmente loco y no digamos ya ese precioso cuerpo que le ponía duro con solo atisbarlo de lejos. Pensar que les quedaban dos semanas para sellar su unión, le tenía desasosegado y ansioso, aun más sabiendo las delicias que le esperaban en el lecho.

Al menos los hermanos de Mere habían abandonado su cuarto con la seguridad de que la amaba con locura, aunque, como había dicho Thomas, era ridículo que intentara ocultar sus sentimientos por Mere, ya que al parecer se ponía como un oso enrabietado cuando alguien ajeno a la familia la rondaba.

Tras un último vistazo al espejo de cuerpo entero situado junto a su cómoda, decidió que era el momento de bajar a la reunión ya que, seguramente, estarían intentando decidir la mejor manera de recibir a los invitados y no quería perderse la diversión. Con la mente y el cuerpo satisfechos salió de su cuarto a grandes zancadas. No veía el momento de volver a verla.

En el saloncito los criados habían preparado el servicio de té acompañado de un esponjoso pastel y un surtido de pastas caseras, de esas de nata que tanto le gustaban. Ya estaban casi todos, arrellanados en los butacones alrededor de la mesita central.

Todos salvo la enana. Eso extrañó a John que no sabía la razón, pero sentía cierta congoja, como si presintiera que algo no iba bien. Desechó el pensamiento. Ella aparecería en cualquier momento llenando de energía la habitación y aliviando esa tonta sensación. Inclinado para alcanzar uno de los dulces, sintió una pequeña corriente de aire que indicaba la entrada de alguien en el saloncito y se giró con una sonrisa en los labios, pero para su sorpresa no era Mere, sino la abuela Allison. Su rostro reflejaba seriedad y preocupación. Tras observar a los reunidos, comentó que le estaba costando lo inimaginable sacar a su hijo y a su nuera de la mansión y que estaba agotando los últimos cartuchos de su inventiva con la finalidad de buscar alguna excusa. En resumidas cuentas, que necesitaba ayuda.

Entre todos resolvieron que la salida más airosa sería recurrir a la abuela, quien ya comenzaba a sopesar la posibilidad de acudir con los padres de Mere a un exposición de pintura. Resultaba evidente que ello conllevaría prescindir de la presencia de la abuela, pero lo vieron como un mal menor. Ya tendrían tiempo a posteriori de ponerle al tanto con las novedades.

VI

Mere suspiró. Ya no tenía remedio, lo hecho, hecho estaba. Sus padres y su abuela se habían quedado patidifusos. El repentino *me gustaría irme a vivir una temporadita con la abuela, al menos hasta la boda. Tengo nervios prenupciales* les había caído de sopetón. Las mentes de sus padres se perdieron entre las nubes de posibilidades que podrían haber dado lugar a su decisión, pero su perspicaz abuela la miró fijamente y Mere comprendió al instante el sentido de su mirada. *Tú y yo, cielo, hablaremos más tarde...*

Mientras esperaba fuera de la salita de invitados a que la abuela informara a los reunidos de los últimos acontecimientos, Mere recopilaba fuerzas para hacer frente a John y a su hermano Jared. Maldita sea, pero iba a aguantar el tipo en la reunión y por Dios que nadie se iba a dar cuenta de la angustia que sentía. Y mucho menos el causante de ella. Confiaba en que para cuando se enterara de su decisión ya estaría instalada con la abuela, protegida y resguardada. Lejos.

Con un ligero suspiro y tras besar en la mejilla a la abuela cuando salió de la salita, Mere entró en el cuarto. Allí estaban Norris, tan distinguido como siempre, Jules, vestida como una monja de clausura de lo apretujado que llevaba el escote, y Julia, todo lo contrario, con colores llamativos, que chocaban radicalmente y se mataban con el color de su cabello y su tez. También estaban *ellos*, sentados tan tranquilos, como si hacía apenas una hora no la hubieran hundido en un fango tan hondo que casi podía paladearlo. Con sigilo se ubicó entre Julia y Jules, negándose a desviar la mirada hacia el otro lado de la sala.

Apenas unos segundos más tarde Havers anunció la presencia de los hermanos Brandon dándoles entrada en el cuarto, lo cual Mere agradeció ya que sentía en su persona el cálido peso de la mirada de John. Alejó de su mente todo pensamiento ajeno a lo que estaba por ocurrir. Había llegado el momento.

VII

A Doyle Brandon ya lo conocía. A pesar de ello no dejó de apreciar su apostura. Peter Brandon resultaba impactante. ¿Enfermo infeccioso?, ¡un rábano! Era sin duda uno de los hombres más llamativos que había conocido en su vida. Costaba apartar la mirada de esos ojos negros como pozos. Tenía gracia, pero los hermanos no se parecían ni en lo más mínimo. Y no era la única a la que causaba tal impresión. Julia lo recorría con la mirada de forma descarada, haciendo que el hermano mayor frunciera el entrecejo; y Jules, obviamente, miraba a todas partes menos al centro de atención del momento.

—Buenas tardes, señoras. Señores —saludó con una breve inclinación el mayor de los hermanos. Estos estrecharon afectuosamente la mano de Norris como si lo conocieran y les agradara.

—Siéntense, por favor —les indicó John— y si les parece, lo mejor es que evitemos andarnos por las ramas. Entiendo que a todos nos interesa el asunto que nos ha traído aquí, pero si te parece, Doyle, primero nos agradaría conocer el motivo por el que tu hermano ha acudido a la cita.

Los hermanos cruzaron una mirada que dio a entender muchas cosas. Para sorpresa de los presentes no fue Doyle, sino Peter quien comenzó a hablar. Su voz era tan profunda como sus ojos.

—Desconozco lo que hayan podido oír sobre mí, pero no soy un ermitaño, al menos no por propia voluntad. Hace un par de semanas cumplí veintinueve años y hace exactamente cuatro fui secuestrado por un grupo de personas que, si no nos equivocamos, son las mismas sobre las que ustedes están indagando.

Eso los dejó boquiabiertos. El primero en reaccionar fue John.

—Sigue, por favor.

—Por aquel entonces no teníamos tantos medios como ahora así que para sacar a la familia adelante Doyle y yo trabajábamos en la fábrica Saxton, en interminables turnos de casi catorce horas. Apenas coincidíamos en el trabajo.

—¿En la fábrica textil propiedad del duque de Saxton, la que se encuentra a las afueras de la ciudad?

—Ahí mismo. Imagino que conocerán las condiciones en las que se trabaja en las fábricas —por un momento dudó si continuar, dada la presencia de mujeres, pero prosiguió— parecen prisiones. Son lugares sombríos y malsanos. La enfermedad abunda y no es infrecuente que los empresarios empleen a criaturas menores de diez años. Ocasionalmente llegan a trabajar hasta críos de seis o siete años, incansablemente, en condiciones inhumanas, en turnos sin descanso. No aspiran aire puro sino el polvo que emana de las materias que manejan a diario. Por ello enferman y muchos jamás logran recuperarse. Y no reciben ni las gracias a cambio de dar la vida en esos malditos lugares...

—¡Por Dios! —exclamó Jules. Mere supo que le habían tocado su punto flaco, los niños.

Peter Brandon la miró fijamente inclinando la cabeza.

—No es eso lo peor. De tanto en tanto los hospicios venden grupos de niños a las empresas para que hagan de mano de obra, pero comenzaron a correr rumores de que no los empleaban únicamente para trabajos manuales de fábrica, sino que los adiestraban para otros fines. Al llegar ese día a casa se lo comenté a Doyle y decidimos que valía la pena indagar. Tan solo logré averiguar que el matasanos que solía *cuidar* de los críos enfermos los hacía desaparecer. Como si se esfumaran junto con los humos de la fábrica.

Se giró levemente hacia su hermano.

—No pude pasar la información a Doyle ya que esa misma noche, de camino a casa, fui asaltado por tres hombres. Lo siguiente que recuerdo fue encontrarme preso en mi infierno particular.

A nadie se le pasó por la mente indagar más allá.

—Y ¿por qué creéis que tu secuestro tiene que ver con lo que nosotros estamos investigando? —preguntó Norris.

—Porque al matasanos, se le conocía como "el dulce Cecil".

Las exclamaciones se sucedieron en la habitación.

—Hemos ido hilando los retales poco a poco. Hasta hace unos días en que Doyle escuchó a Cecil Worthington balbucear algo sobre unos huérfanos no cayó en la cuenta. ¿Y si "el dulce Cecil" era nuestro insípido y, aparentemente desvalido, Cecil Worthington? —se miró brevemente las manos, que temblaban algo—. Sé lo que me ocurrió a mí, pero todavía desconozco para qué adiestraban a los niños, si eran ciertos los rumores que circulaban por la fábrica. Lo que me quedó claro es que algo podrido ocurría y que nadie estaba dispuesto a hablar.

Se hizo un silencio sepulcral, quizá por la necesidad que tenían todos de asimilar la información recibida.

—Peter, ¿recuerda cómo se llamaba el capataz de la fábrica?

—No, lo lamento, pero podría describirlo. Era un hombre corpulento, de pelo canoso, cejas frondosas y ojos castaños. Sin rasgos llamativos, salvo su crueldad —titubeó— ¡un momento! Le faltaba el meñique de la mano izquierda…, sí, de la izquierda.

De golpe, Norris se levantó y se dirigió al lugar donde se encontraba colocada una silla decorativa junto a la puerta. Asió un portapapeles depositado encima y tras abrirlo rebuscó en su interior. Sacó lo que se asemejaba a una hoja de periódico, con la reseña de un fallecimiento. Volvió sobre sus pasos y extendió el papel para que Peter Brandon lo observara con detenimiento.

—Dios, es él —susurró Peter con la voz ronca—. ¿De dónde habéis sacado esto?

Norris tomó de nuevo asiento, aferrando en la mano el pequeño trozo de papel.

—Como ya conocéis, hace muchos años que regento una librería con una clientela selecta y supongo que en el barrio es un secreto a voces mi afición por echar una mano a la policía en sus pesquisas. Pues bien, esta primavera se acercó un día a la tienda un hombre que actuaba de forma extraña. Ese hombre era Jonah Abrahams. La impresión que me dio fue la de un hombre acorralado. No sé, fue una sensación. Volvió en varias ocasiones y actuaba como un náufrago que de repente ve tierra a lo lejos, expectante, pero resultaba difícil sonsacarle información —con un pequeño gesto de disculpa dirigido a John, continuó con su relato— hasta que en su última visita habló con Mere.

—¿Qué?

Ya estaba, de nuevo ese sonido atronador. ¡Ja!, como si le importara un ápice. Por el momento era una mujer libre. Mere decidió acallarle con una mirada portentosa, pero no funcionó. Así que cambió de táctica. Tomó las riendas de la situación e inició su propio relato, dirigiéndose a los hermanos.

—Me pareció un hombre agradable, aunque la conversación resultó de lo más extraña. Meneaba la cabeza constantemente y se giraba hacia su espalda, así que al final logró que estuviera más atenta a la puerta que a lo que decía. Lo siento. Sabía que Norris había llegado al extremo de intentar sobornarle y tan solo había obtenido pequeños datos e información al azar, así que poco tenía que perder. Le pregunté, con mi natural sutileza, qué le tenía tan asustado y contestó una frase incoherente para mí. Literalmente dijo: "Están desapareciendo demasiados..., demasiados niños. Al final alguien indagará, aparte del joven obrero". Traté de tranquilizarle pero no surtió efecto; y lo cierto es que me preocupaba que se fuera y le ocurriera algo, así que se me ocurrió la gran idea de seguirle, de forma sigilosa, por supuesto, cuando abandonó la tienda —antes de escuchar de nuevo esa atronadora voz, se adelantó— lo sé, lo sé, ¿cómo se te ocurrió tal inconsciencia, Mere? ¿Estás chalada, Mere? —intentó incluso imitar la voz de John dirigiéndole una mirada retadora.

¿Era posible que hubiera emitido un gruñido el sinvergüenza? ¡Qué se atreviera a reñirle delante de todos! Que osara hacerlo... ¡Así le soltaría unas cuantas y *merecidas* verdades! Mere dio un sosegado repaso a los asistentes con la mirada y esperó un poquito. Nada. Simplemente la miraban, con asombro unos, enfurecido el troll, y con sumo interés los hermanos Brandon, como si ella se asemejara a un ¿pájaro exótico? Bueno, al menos estos no le lanzaban miraditas piadosas. Cuestión aparte eran John y su hermano. Jared estaba pálido y John..., John estaba color escarlata. Por supuesto, al ogro le faltó tiempo para intervenir.

—Tú y yo, al finalizar esta reunión, vamos a hablar largo y tendido, cariño.

Evidentemente la mirada portentosa no había surtido efecto. Le daba igual, iba a escaparse en cuanto terminara la reunión, veloz como un conejo. ¿Sonaba eso a cobardía? ¡Bah! Optó por continuar.

—Tras casi perderle de vista en un par de ocasiones, observé que un carruaje comenzaba a perseguirle y que ¡el lerdo de él no se daba cuenta! Más tarde intenté dibujar el coche de caballos pero me salió un triste garabato. Lo siento. ¡Por Dios!, no hago más que decir que lo siento.

—Con razón —se escuchó una voz masculina plagada de sorna que pertenecía a su futuro ex prometido. Mere escogió ignorarla y continuó.

—El vehículo se le acercó y el señor Abrahams terminó por subirse a él. En ese mismo momento me di cuenta de que nos habíamos adentrado en una zona un tanto peculiar de la ciudad, lo que se confirmó cuando dos ¿caballeros? se me acercaron y, bien, cómo decirlo, me hicieron una extraña proposición. Bueno, en resumidas cuentas, les golpeé con mi bolso, apareció una multitud, entre ella numerosas mujeres llamativas y muy escotadas, enseguida la policía, y terminé, no sé cómo, en prisión, con la didáctica, por decirlo de alguna manera, compañía de esas vaporosas señoras. Fue lo último que supimos del capataz hasta que leímos en los periódicos la noticia de su fallecimiento.

En el saloncito se hizo un silencio sepulcral.

—Muy bien, y ¿qué hacemos ahora?

VIII

La iba a estrangular. ¡Maldita sea! Su futura mujer era una incontinente y entrometida aventada. Para evitar matar a alguien ni tan siquiera quería imaginar lo que esos cabronazos le habían propuesto. ¡Dios! Razón tenían los Evers con su obsesión por controlarla, siendo tal peligro en potencia. Cuanto más la miraba, ahí sentada, toda remilgada, con las manitas juntas reposando en su regazo, lanzando a los hermanos Brandon miradas dulzonas y consiguiendo embaucarles a tenor de las sonrisas idiotas que mostraban sus rostros, más se afianzaba su intención de vigilarla como un halcón. Por todos los demonios que no iba a permitir que desapareciera de su vista durante el puñetero resto de su vida.

Se daba cuenta de que la conversación continuaba, y la ordenada sesión se convertía en un gallinero, pero le costaba seguir el hilo ya que no podía sacarse de la cabeza lo que había narrado la enana. Julia decía no sé qué al mayor de los Brandon de que su idea era ¿insulsa?; Jules y Peter Brandon se medían con las mirada, como si el contrario fuera un interesante rompecabezas; Jared…, Jared estaba mirando al infinito y Norris escuchaba el parloteo con paciencia, hasta que habló.

—Muy bien, podemos deducir sin temor a equivocarnos que Cecil Worthington era el matasanos de la fábrica y ello cuadra con su participación en la guerra de Crimea, ¿no es así, John?

—Sí, me consta que perteneció al decimotercer regimiento de los dragones ligeros y, si no me equivoco, aprovechando que había iniciado los estudios de medicina, intervino auxiliando a heridos. No me extraña que trabajara para la empresa en calidad de médico.

—De acuerdo —expresó Norris— sabemos lo de "el dulce Cecil", hemos ubicado a Abrahams, al que creemos que mataron para callarle la boca, algo turbio ocurría con los niños, al joven Peter Brandon lo eliminaron en cuanto comenzó a indagar —le miró brevemente antes de hablar con extrema suavidad— Peter, no sé hasta qué punto estás dispuesto a hablar, pero, piénsalo detenidamente. No te vamos a presionar, pero haznos saber si llegas a estar preparado para ello. Quizá dispongas de información que se desechó en su momento. No digo que fuera así, sino que contemples tal posibilidad —el gesto de asentimiento de Peter fue suficiente para Norris—. Falta tratar un último punto que creo que hemos pasado por alto y que no os va a gustar. Quienquiera que dirija esta organización criminal, porque sin duda es a lo que nos enfrentamos, sabe que Abrahams visitó la tienda en varias ocasiones, y el día que Mere terminó en prisión debían tenerle vigilado, lo cual conlleva que nos tenían a todos observados. Partiendo de esta base, imaginemos que suponen que Mere vio el carruaje en el que se montó el capataz y que podría identificar su emblema. Por supuesto, ellos desconocen que Mere tan solo es capaz de garabatear monigotes. Lo siento, niña, pero es lo que hay —observó a todos con detenimiento—. Hablando mal y pronto, hemos situado a Mere en el punto de mira, lo cual empeoró cuando intentó sonsacar información al beodo de Worthington en el baile.

—¡Joder! —tronó John.

El resto nada dijo, ya que todos pensaban exactamente igual.

*****

Capítulo 6

Tras la reacción inicial de rabia por no haber previsto las consecuencias de la torpe indagación de Mere, y digerir con dificultad el problema expuesto a la luz por Norris, las soluciones que fueron surgiendo variaron entre pintorescas, absurdas y extremas.

Los hermanos Brandon plantearon la contratación de un guardaespaldas, a ser posible un par de ellos, Norris optó por la clausura temporal. ¡Ja! ¡ni que fuera una monja! Jules fue a decir algo, pero tras sopesarlo se abstuvo; y Julia barajó la posibilidad de ocultarla en el tedioso campo, entre vacas. Mere prefirió no indagar acerca de la asociación de ideas en la mente de su compañera de aventuras. Lo peor surgió al final, cuando las restantes ocurrencias cayeron por su propio e insensato peso.

—Nos casamos mañana.

—¿Perdón?

—Ya lo has oído. Prácticamente está todo organizado. Hablaremos con el párroco y le plantearemos la cuestión. Es un hombre razonable, así que dudo que nos ponga pegas. Así te tendré a la vista en todo momento.

—¿Perdón? —repitió Mere. Parecía un papagayo...

—No pienso repetirlo, Mere. Tu oído funciona a la perfección, así que deja de buscar excusas.

—Una gran idea, hermano. Alguien debe controlarla —apoyó Jared, con una sonrisilla infantil de oreja a oreja.

Mere bufó.

—No puede ser. Estoy ocupada, extremadamente liada con los preparativos, bueno, más bien mamá, pero me voy a vivir con la abuela una temporadita para sanear mi mente —farfulló de corrido.

—De eso nada, niña. Si algo estás, es sana. Mañana nos casamos, así que hazte a la idea. Tus padres se alegrarán.

—¡Que no! —intentó cruzarse de brazos pero desistió al apreciar la mirada vidriosa del sinvergüenza, fija como un imán en sus pechos ¡Diantre!

Pese a lo vidrioso, la mirada de John no auguraba nada bueno.

Lo que había comenzado como una interesante reunión con cruce de información se estaba convirtiendo a pasos agigantados en el más que posible encarcelamiento de Mere en un matrimonio sobre el que sentía tremendas dudas. No, más que dudas, precaución. Y desde luego, no pensaba acostarse de nuevo con el troll, si podía evitarlo, por mucho que le gustaran todas esas cosas que habían hecho en varias ocasiones. Se negaba rotundamente a que la viera de nuevo desnuda y sin barreras. Estaban tan centrados el uno en el otro que apenas percibían la presencia de los demás.

—Vaaaya, esto es lo que se llama tensión sensual en una pareja, sí señor.

—¡Julia!

—¿Qué? No me digáis que solo yo lo aprecio —las sonrisas de los presentes confirmaban que compartían lo dicho por Julia. Hasta los hermanos Brandon intentaban disimular que sonreían con picardía.

Ninguno apartaba la vista del drama que se estaba desarrollando delante de sus narices. Finalmente y tras un pequeño gesto de pesadumbre, Doyle Brandon se irguió seguido de su hermano y se acercó a John.

—Estaremos en contacto, Aitor. Si surgen nuevas noticias os informaremos de inmediato —observó a Mere de soslayo. La comisura de sus labios se curvó —imagino que lo que viene a continuación es una cuestión privada a tratar en familia. Te deseo toda la suerte del mundo, la vas a necesitar.

John asintió como si comprendiera perfectamente lo que Doyle había dado a entender. ¿No se estaría refiriendo a ella? ¡Qué desfachatez! Julia tenía razón, el hombre era un descarado pomposo. Sin esperar contestación y con un leve atisbo de pena por parte de Peter Brandon, que se rezagó tanto como se lo permitió el decoro, ambos abandonaron la habitación. Evidentemente, les apenaba perderse lo que iba a ocurrir.

Tras el sonido de la puerta al cerrarse, John volvió a la carga.

—En cuanto hablemos con tus padres y el resto de tus hermanos, celebraremos la ceremonia en la intimidad. Más adelante ya organizaremos una fiesta con nuestras amistades. Tu madre y la abuela Allison estarán encantadas.

—Que no —insistió Mere— y no lo estarán.

—¿Ah, no? ¿Y eso a qué se debe?

Mere notaba la mueca de rebeldía en sus labios.

—A que saben que en el fondo, muy en el fondo soy una mujer que no está hecha para el matrimonio. Soy un espíritu libre. Una nómada. —Se sintió satisfecha de la seriedad con que se había expresado.

Las carcajadas seguro que se oyeron al otro lado de la ciudad. Parecía que le hubiera contado el mejor chiste del mundo. ¡Rábanos!, ella no era un mujer violenta pero le estaban entrando ansias de pegarle una patada. Hasta le temblaba la pierna de la furia. Pese a ello se contuvo y, dubitativa, observó a los demás. Estaban petrificados, examinando con extremo interés la disputa que estaba acaeciendo ante sus ojos. ¿Podría ser que nadie la apoyara? ¡Traidores!

Tenía la firme intención de gritarle que se callara, ¡pero ya!, cuando la puerta se abrió de nuevo y se adentró en la habitación el padre de Mere, murmurando, con el pelo revuelto y las mangas de su chaqueta arrugadas como si hubieran sido presa de alguna fiera.

—Menudo tostón de exposición. Hola Norris, amigo mío. Muchachas, ¿habéis organizado una de esas tertulias que tanto os agradan? —Se dirigió a sus hijos— a vuestra madre le ha encantado la muestra pictórica y me ha arrastrado de sala en sala tirando de mis mangas, hasta que me bailaban las pupilas de tanto colorido —suspiró de forma cansina— un suplicio. —Se volvió hacia John— Hola hijo, ¿a ti también te han enrolado en esas conversaciones tan profundas y aburridas? Mere, cielo, la abuela va a llegar de un momento a otro y querrá ayudarte a hacer el equipaje.

—¿Qué equipaje? —sin que lo hubiera notado, John se había colocado a su vera, rígido y mostrando los musculosos brazos tensos, prestos a ser utilizados, como si la fuera a aferrar en un momento de despiste. Suave y sutilmente intentó desplazarse en sentido lateral, pero el muy condenado le pisó la cola del vestido, atrapándola en el lugar.

—El de Mere —contestó su padre como si fuera una obviedad.

—Ya imagino, tío Harry —John pisó con más fuerza la tela, al tirar levemente Mere del vestido— pero, ¿por qué quería hacer hoy mismo el dichoso equipaje? —la voz surgía suave, monótona…, peligrosa.

—¿No te lo ha dicho?

—No, *no* me ha dicho absolutamente *nada*.

—Se va unos días con la abuela para acallar los nervios prenupciales. Es que la agotan.

John se aproximó aun más a Mere hasta el punto de que su cuerpo rozaba la espalda de ella.

—¿La agotan? Pues me temo que no va a ser posible, tío, ya que debemos contraer matrimonio mañana mismo. Verás, está embarazada... —Mere casi se ahoga. Se golpeó el pecho con vigor— de mí.

Se escuchó como si alguien soltara un saco de patatas y cayera al suelo desde cierta altura. El problema era que el saco de patatas era su padre. Enfurecida, se le pasó el sofoco de golpe, con la mano tiró del vestido hasta rasgarlo y se volvió enrabietada hacia el bruto.

—¡Has hecho que se desmaye, memo!

II

El escándalo que se originó fue apoteósico. Mientras Mere se afanaba en soplar por toda la sonrosada cara de su padre para intentar que reaccionara, Jules, tras levantarse del sillón a trompicones, se camufló entre los cortinones del inmenso ventanal que presidía la salita. Julia asomó la cara por la puerta y berreó un espeluznante *auxilio, tenemos un patatús,* y Norris, con una agilidad sorprendente en un hombre de su edad, se acercó al desmayado, ayudando a Jared y a John a incorporarlo con delicadeza y depositarlo cuan largo era en uno de los sillones ya despejados.

El personal de la casa se arremolinó a la entrada del cuarto intentando, con desesperación, cotillear lo que ocurría, hasta que un veloz torbellino, a codazos, se abrió paso entre ellos con una dignidad impresionante dada la esperpéntica situación.

Mere se reblandeció. Al fin había llegado su madre. Ella sabría qué hacer.

Nada más recorrer la escena con sus ojos, se volvió hacia ella.

—¿Otra vez has hecho que se desmaye, hija? —comenzó a dar suaves golpecitos en la mejilla a su marido y también a soplarle, como si el hecho más que ayudar a su esposo, la tranquilizara a ella.

A Mere se le atragantaron las palabras en la garganta.

—He sido yo, tía Mellie —la grave voz surgió con dureza.

—Diantre, Harry, espabila —iba a indagar más en la información libremente facilitada por John, pero su marido comenzó a revolverse en el sillón. Uno de sus párpados se abrió y gimió. Parecía que le estaban dando estertores.

—Hola, querida. Esto no es lo que parece —intentó incorporarse pero se desplomó de nuevo como un pesado fardo— tenías razón, toda la razón del mundo, Mellie. La situación se nos ha escapado de las manos sin darnos cuenta y creo que gran parte es culpa de mi madre, que llena de pájaros la cabeza de nuestra hija —susurró—. Tu hija menor se ha embarazado.

El silencio que siguió a la frase fue total. Los golpecitos y soplidos cesaron momentáneamente.

—No, *yo* la *he* embarazado —puntualizó John chasqueando la lengua, como si estuviera todo orgulloso del hecho. Mere lo observó con extrema atención ¿es que se iba a casar con un idiota?

—¿No te dije que no debíamos desmayarlo? —le gruñó Mere. John alzó las cejas— Te lo dije cuando…, cuando…, esas cosas, ya sabes, ¡rábanos! —se giró— Mamá, es una elucubración de su retorcida mente. No puedo estar embara..., bueno, *no creo* estar embarazada.

—¿Podrías estarlo?

No hizo falta que contestara. Su expresión lo hizo por ella. Las mentirijillas no eran lo suyo. Si debía reconocer algo, sin duda era eso, muy a su pesar. Incluso las piadosas y lastimeras le salían rematadamente mal.

—Muy bien —dictaminó su amorosa y, ocasionalmente, testaruda madre— os tenéis que casar ya mismo. El párroco es un hombre sensato y no pondrá pegas.

Mere se quedó pasmada y con la boca abierta. ¡Dios! La mente de John funcionaba como la de su madre. Daban pavor. Esto no estaba saliendo, para nada, como lo había previsto en su imaginativa mente. En esta sus padres la comprendían y consolaban, la apoyaban con pasión y, desde luego, no secundaban al energúmeno. Tal y como se estaba desarrollando la tarde presintió que había llegado el momento de sincerarse, y supo que iba a doler, que se sentiría humillada y avergonzada. Pero, total, ¿qué era un poquito más en un día que deseaba borrar de su abotargada mente? Adoraba a sus padres y jamás le había importado ponerse en ridículo ante ellos porque la hacían sentirse muy amada. A Norris lo percibía como un segundo progenitor y Jules y Julia eran sus fieles compañeras de aventuras. Jared estaba últimamente como atontado, y a John no pensaba mirarle a la cara en todo el tiempo que le llevara expresar lo que sentía en su mente y en su corazón.

De sopetón se sintió en paz consigo misma. Si no tenía más remedio que casarse lo haría, pero con las cartas descubiertas sobre la mesa, sin dobleces. Y que John entendiera lo que se le avecinaba. ¿Quería casarse? De acuerdo, pero bajo sus propios términos. Las palabras fluyeron de su boca.

—No quiero casarme, porque él no me ama. No puedo casarme porque me mataría estar atada a alguien que me ve como algo inevitable ¿sabéis? —la miraban en silencio, asombrados— y si hemos cometido alguna indiscreción por la que pudiera quedar embarazada, fue porque no quiso que me sintiera no deseada o como si fuera un paquete, un desecho que nadie quiere recibir por ser demasiado complicado o difícil de manejar. —Demonios, notaba que las lágrimas se agolpaban en sus ojos. ¿Estaría embarazada de verdad? Por lo que ella sabía las mujeres embarazadas eran muy sensibles a estímulos externos. Pese a ello y al nudo que tal idea le causó en el estómago, respiró hondo ya que jamás…, jamás lloraría por no ser amada delante de otras personas, eso era algo que guardaría para ella, en la soledad de su guardarropa, ahogando sus lloros para evitar ser oída.

Mere rompió la promesa que se había hecho a sí misma y, sin poder impedirlo, miró directamente a John. Algo no cuadraba. Debería sentirse avergonzado por haber sido descubierto, por sus burlas, por haberle llamado desecho, por hacer que se sintiera insignificante. En su lugar, su expresión era de inmensa sorpresa y quizá, tan solo quizá, un atisbo de traición. La estudiaba con detenimiento como si fuera un misterio inescrutable, de esos que tanto chiflaban a Mere, hasta que lentamente se le acercó.

—¿Escuchaste nuestra conversación, verdad? La que mantuvimos en el cuarto. Es importante, Mere, contesta, por favor.

Con los ojos pegados a la alfombra Mere respondió afirmativamente con una breve inclinación de la cabeza

—¿Toda? —esta vez lo hizo en sentido negativo—. Debiste hacerlo, amor, debiste quedarte hasta el final —inclinándose la besó en la coronilla y pasó el dorso de su mano por su mejilla con tal delicadeza que Mere apenas lo sintió. Desde su altura la miró con una expresión que jamás hasta ese momento había divisado en esos hermosos ojos, como si lo que fuera a decir resultara demasiado importante como para no atender. Mere no pudo definirlo, tan solo lo sintió—. Nunca dudes de lo que siento por ti, Mere. Tiene gracia, pero creo que nos hemos amado toda la vida y todos lo intuían salvo nosotros —soltó un suave risilla—. Nunca como en esta ocasión se ha cumplido el dicho de que los interesados son los últimos en enterarse —con la mano le alzó el rostro—. Para mí eres como el respirar, sin ti me ahogo. Eso es lo que siento por ti, Mere.

No dijo más y tampoco hizo falta. Dios mío, jamás había pensado que una persona pudiera derretirse al escuchar unas sencillas palabras, pero era posible. ¿Cómo había podido ser tan incrédula? Esa mirada lo decía todo. Todo aquello que ella había soñado y jamás imaginó que estaría al alcance de su mano. Debió haber comprendido que algo no encajaba. Los sentimientos que habían compartido la noche pasada, las caricias, el sexo maravilloso, no se podían simular. No lo pensó, simplemente reaccionó dejándose guiar por sus instintos.

—¿Me perdonarás por dudar? —barboteó instintivamente.

John la besó sin prisas, delante de todos como si no le importara, como si fuera lo natural. Y así se lo pareció a Mere.

—Lo haré, si nos casamos mañana.

—Eres terco.

—Sí, pero en esta ocasión vale la pena serlo. Si no por ti, hazlo por mí, por mi tranquilidad mental. Ya en una ocasión saboree la posibilidad de perderte y no puedo repetirlo.

Desde el fiasco espeluznante de la primavera pasada, al sacar a Mere de aquel agujero inmundo, supo que se estaba adentrando en un camino tortuoso al que ni por asomo iba a estar preparada para hacer frente por sí misma. Dios, era un torbellino tan impetuoso que con frecuencia actuaba antes de pensar, guiada por lo que creía correcto hacer en el momento. ¿Era insensata? Sí. ¿Era apasionada? En todo. En sus relaciones familiares, amistades, obsesiones, amores… Por todo ello necesitaba asegurarse de que podría protegerla, y la única manera viable era casarse.

—Cásate conmigo.

Mere dudó.

—¿Dejarás de intentar mangonearme?

—Ni por asomo.

—¿Dejarás de dar órdenes a diestro y siniestro?

—Ni en tus más dulces sueños, enana.

—¿Vamos a seguir haciendo esas cosas?

John le envolvió la cara con sus manos y comenzó a darle livianos besos en los labios.

—Ajá, todas las noches —susurró en su oído.

—¿Me lo prometes?

—Ajá.

Mere se irguió en toda su estatura. Entendió que la siguiente pregunta era importante para ella y rezó por acertar con la respuesta.

—¿Me dejarás seguir con las pesquisas del Club?

Sospechaba que por ahí iban a ir los tiros así que no le sorprendió demasiado. Sus entrañas tiraban en un sentido, decirle que no, que era demasiado arriesgado, que debía entender su postura. Su mente iba en consonancia, pero su corazón barruntaba que si contestaba lo anterior una parte de ella se marchitaría con el tiempo y quizá también su amor por él. Y eso lo mataría. Era así de simple y por ello la respuesta solo podía ser una.

—Lo haremos juntos.

Sintió unos brazos rodear su cintura y apretar, apretar con ansia, su carita presionarse contra su pecho y un sonido dulce surgir tembloroso.

—Me encantaría hacer eso —separó su rostro de donde estaba oculto y lo miró con esos inmensos ojos castaños, tan cálidos ¡Dios! ¿Algún día podría expresar todo lo que sentía por esa mujer pequeña y rellenita, que retaba a su cerebro, contestaba a las provocaciones con picardía o terminaba sus frases como si le leyera la mente? Lo dudaba. Se volvió hacia la expectante audiencia.

—Nos casamos mañana, familia.

El suspiro de alivio fue generalizado. Incluso el padre de Mere despertó de su letargo.

III

La tarde había resultado agotadora. Entre el asombroso espectáculo mostrado en la casa Evers por los dos tortolitos y su preocupación por Peter, estaba fatigado, pero el cansancio se mezclaba con cierta sensación de inquietud. Su hermano nunca antes había hablado tan abiertamente de lo ocurrido y su intuición le decía que eso iba a cambiar. Esperaba estar preparado para asimilar lo que entendía que era necesario escuchar, pero a la vez, temía intensamente el momento. Era la misma sensación, exactamente la misma, que sintió cuando entrevió por primera vez la espalda de su hermano, esas cicatrices y esas odiadas palabras que jamás le iban a permitir olvidar aquel infierno.

Tras descalzarse, se acercó al mueble bar. Alargó la mano hacia el brandy pero finalmente se decantó por un añejo whisky escocés que le había conseguido Rob en uno de sus misteriosos viajes. La ocasión lo merecía. No se sirvió demasiado ya que tampoco quería nublar su mente, tan solo relajar la tensión. Con el vaso a medio llenar se arrellanó en su butaca favorita, frente al fuego, y cerró los ojos, un ratito tan solamente, pensó, sintiendo la calidez de las brasas en el rostro.

Se despertó bruscamente al sentir en el hombro la palma de una cálida mano. Había llegado el momento. Su hermano menor lo observaba, con tranquilidad, como si la decisión la hubiera tomado hacía tiempo, pero le faltara decidir cómo comenzar.

—¿Me lo vas a contar? —preguntó a Peter.

—Sí, pero no me interrumpas, porque si paro no sé si seré capaz de continuar. Tan solo espero que una vez que lo haya sacado de mi mente, pueda repetirlo. Doyle, si no pudiera..., si fuera incapaz de...

—Yo se lo relataré a los demás, si tú no puedes.

—Gracias, hermano.

Doyle escuchó en silencio. Ya conocía parte, que había oído, como un inesperado ladrón, al presenciar las pesadillas de su hermano, pero ¡Dios!, sus pensamientos y su imaginación no se habían acercado, ni tan siquiera aproximado, a lo que había sufrido su hermano durante esos dos malditos e interminables años. La sensación de angustia y claustrofobia que sintió mientras escuchaba conteniendo la respiración, fue indescriptible, y por primera vez en su vida no consiguió retener las lágrimas.

IV

La casa era un completo desbarajuste. Su padre había desaparecido en combate y sus hermanos le siguieron de inmediato. Ni que organizar una boda fuera un castigo de los dioses a los blandengues mortales. Si las pisadas apresuradas no la engañaban, el personal de la casa correteaba de un lugar a otro. Daba igual, por el momento tenía bastante con la crisis en ciernes que se precipitaba en su habitación.

—Mamá, *no* pasa nada. Me pongo el que vistió la abuela Carlota el día de su boda y ya está.

—¡Es negro!

—¿Y qué más da?, si únicamente va a estar la familia más cercana.

—Y el cura, cariño. No olvides al cura. Si se nos desmaya de la impresión, estamos apañados. Es que parece un tanto enclenque y ¡es barbilampiño! —susurró su madre como si el referido pudiera escucharla por dictado divino y carecer de barba fuera un pecado mortal—. Si apretamos un poco más el corsé, seguro que entras —insistió.

—Mamá, ni con un milagro divino entro yo ahí.

Su madre comenzaba a parpadear incontrolablemente, lo cual era una señal *nefasta*. Profetizaba algún arrebato y era necesario ponerle tope antes de que diera inicio.

—¡Vale!, mamá. Haremos lo que quieras, pero pareceré una croqueta, que conste.

Observó la habitación con detenimiento.

—¿Me tumbo en el suelo para que me asfixies con el instrumento de tortura ese?

La sonrisa de su madre daba miedo. Tardaron exactamente cuarenta largos minutos en conseguir que el corsé permaneciera en su lugar, con gran esfuerzo. Mere se sentía a punto de explotar, no, a punto de que sus pechos rebosaran la parte superior del vestido o de que los minúsculos corchetes estallaran en una ensordecedora protesta. Entre ambas posibilidades lo cierto es que prefería la segunda. Con un breve vistazo a su satisfecha madre decidió tragarse su orgullo e intentar respirar lo estrictamente necesario, ni más ni menos. Si conseguía terminar el día sin ulteriores sobresaltos sería un milagro.

Tras un par de revoloteos a su alrededor y la aprobación mostrada por su madre con un enérgico palmoteo, dejaron atrás su viejo cuarto, testigo mudo de su vida. Los baúles se encontraban apilados en un rincón con gran parte de sus pertenencias, aunque no todas. Mere había indicado que dejaran parte de su ropa en los armarios. Al fin y al cabo tampoco iba a mudarse tan lejos como para necesitarlo todo, ya que John residía en la mansión contigua a los Evers. Una hermosa residencia de estilo clásico gobernada con una mezcla de mano de hierro y dulzura por el ama de llaves –la señora Johansson, Rosie para Mere y sus hermanos– a quien Mere adoraba porque siempre había sido su aliada en sus discusiones con John, y por haber soportado con verdadero estoicismo las carreras por la mansión del pequeño tornado.

Antes de abandonar el cuarto Mere se paró y observó cada rincón. Se aferró a su madre.

—Mamá, ¿estoy haciendo lo correcto? Ha sido todo tan rápido. ¿Y si me entra el pánico y me quedo muda en plena ceremonia? ¿O si de lo apretada que estoy me asfixio? ¿Y si...

—Cielo...

—...me arrepiento algún día? ¿y si ¡tengo trillizos!?

—¡Cielo! ¿le quieres?

—Sí, siempre le he querido.

—Entonces, cariño, deja de preguntar bobadas.

Mere se quedó momentáneamente paralizada.

—Vaaaale.

V

La ceremonia se celebró sin sobresaltos. Ni un solo incidente, pese a la inquietud de Mere. Acudieron todos sus hermanos y sus tres cuñadas, casadas con los mayores, además de aquellos que la habían visto crecer, sus amistades íntimas y el personal de la mansión, presidido por un emocionado Havers. Incluso su rollizo sobrino se abstuvo de llorar durante el culto, durmiendo plácidamente en brazos de Mae. Quizá lo único a destacar fueron las miradas relámpago del párroco a su rollizo escote, pero paró radicalmente en cuanto John, de soslayo, le dijo "Padre, controle esos ojos, demonios, si quiere mantenerlos abiertos y con su colorido habitual". Ahí cesó el problemilla de los ojos bailones.

Tras las firmas pertinentes de contrayentes y testigos, se desplazaron a la mansión y disfrutaron de una de las mejores veladas de su vida. Risas por doquier y abrazos, achuchones y bromas, dirigidas, sobre todo, al novio. Si hubiera estado embutida en un vestido acorde con su talla, hubiera rozado la perfección. Tres horas después Mere estaba agotada y llena a rebosar de comida. Sentada entre Julia y Jules intentaba moverse con cuidado e incluso llegó a pedir a Julia que le soltara algún corchete del vestido, pero no quisieron ceder los endemoniados, ni que su madre los hubiera pegado con algún ungüento especial para la ocasión.

Las campanadas del reloj de pared marcaron las doce de la noche y por las miraditas que John le llevaba lanzando desde hacía un buen rato, sabía que poco faltaba para que se acercara y anunciara que era hora de ir a su nuevo hogar. ¡Vaya!, no había duda de que lo conocía como si lo hubiera parido. Apenas habían transcurrido dos minutos cuando se le acercó.

—¿Nos vamos a casa, cariño?

—Dios, sí, así me puedes quitar este dichoso vestido... —los ojos de John comenzaron a brillar y Mere juraría que la parte frontal de su pantalón, ya de por si ajustado, comenzaba ¿a expandirse?— ...que me aprieta.

—¡Nos vamos! —berreó John de sopetón aferrándole la mano e izándola de su asiento.

Apenas tuvo tiempo de despedirse, aunque bien pensado, resultaba algo tonto ya que iba a trasladarse a una distancia de diez yardas como mucho. En cierto modo fue extraño. Su familia desperdigada por los escalones de entrada, despidiéndose, con ademanes suaves unos, enérgicos otros, mientras ella se adentraba en una vida en parte nueva y en parte ya hogareña y conocida. Se dirigía a un lugar amado y familiar, con el hombre que había esperado y deseado toda su vida, aferrado a su mano.

La llegada a su nuevo hogar no resultó menos bulliciosa que la salida previa. En la escalinata de entrada la esperaba el personal que había cuidado de John toda su vida, alimentándolo y protegiéndolo. En medio estaba Rosie, la dulce Rosie. Al llegar al último escalón la abrazó con calidez y cariño. Un cariño acrecentado con el transcurrir del tiempo, con el trato diario. Nada más recibirlo, Mere supo que iba a ser de esos abrazos que jamás en la vida podría olvidar. La apretó fuerte, contra su pecho y murmuró, para que tan solo ella lo escuchara, un: "Ya era hora. Hazle feliz, mi niña".

Y por Dios, que era esa su intención.

VI

Lo mejor era deshacerse de ellos sin rastros ni pistas. Degollarlos y quemarlos hasta que únicamente quedaran simples cenizas que desperdigar por las calles del East End. Le gustaba degollar. Le excitaba la aspiración sobresaltada que escuchaba al rasgarles la garganta, aun más el gorgojo posterior y la sangre espesa surgiendo a borbotones. Siempre por la espalda. Nunca lo veían llegar. Era tan emocionante...

Lo planteó dos años atrás cuando el muchacho se les escurrió de entre los dedos. Pero lo ignoraron y ahora la amenaza cada vez más sombría de los hermanos Brandon se cernía sobre ellos. ¡Joder!, podrían haberlos hecho desaparecer cuando eran unos muertos de hambre. Ahora les acechaban cada vez más cerca y otros les iban a la zaga.

El maldito librero y la vieja entrometida que siempre le acompañaba les iban a causar problemas, lo sentía en los huesos. Por otra parte no le importaría vérselas con los bomboncitos que les ayudaban, tan limpias y bonitas, sobre todo la pequeñita, la que siguió a Abrahams el día que lo degolló. La verdadera molestia era la familia. Esos cabrones de los hermanos no la dejaban a sol ni a sombra, y no digamos ya el gigante ese que vivía en la mansión contigua. El que parecía que se la comía con los ojos. Ese no era alguien con quien quisiera vérselas a solas, no señor.

Pese a ello, y para su eterno orgullo, en una ocasión logró acercarse lo suficiente como para olerle el cabello. Esa mata de brillante cabello oscuro, como la madera de roble. Olía a madreselva, salvaje y fresca como el bomboncito. Ji, ji, el jefe le había dicho que si todo salía como debía le dejaría probarla, después de él, claro, pero no le importaba ser el segundo plato. Nunca le había importado demasiado.

El jefe, joder. Lo veía todo tan sencillo el cabronazo ese. Si lo creía tan poco complicado ¿por qué no se manchaba esas inmaculadas y señoriales manos y lo hacía él mismo? Casi podía escuchar su ronca voz que arrastraba en ocasiones y que ponía el vello de punta. Tan frío…

Suspiró. No valía la pena hacerse mala sangre ya que era un cobarde, lo tenía asumido, y los cobardes no se enfrentan a lo que les asusta; y, por todos los diablos, ese enfermo le daba pavor. *Ellos* le daban pavor. Sobre todo *ella*. Aun más, después de lo que habían hecho con Abrahams.

El idiota ese se había ido de la lengua, y mira que el jefe había avisado de que lo que se hacía con los muchachos quedaba en casa; que el tinglado les estaba reportando demasiado dinero como para que alguno de ellos hablara. En el fondo sabía que Abrahams era un blandengue. Lo supo cuando le pilló llevando porciones de pan seco y queso a los chavales. Poco después de chivarse, ya estaba muerto. Tenía gracia, él lo había sentenciado al descubrirlo ante el jefazo, y él lo había matado a sangre fría cuando se lo ordenaron. No sintió pena ni remordimiento alguno. El agobio apareció al darse cuenta de que no había llegado a tiempo para evitar que hablara más de la cuenta con el librero. ¡Maldita sea! Con lo bien que iba todo... Todavía quedaba un trocito suelto en el pequeño desastre que se había iniciado como una pequeña bola de nieve que rueda colina abajo y que se estaba convirtiendo en un gigantesco alud. Y no podían olvidarse del cobarde del matasanos, Cecil Worthington. Al principio el brillo del oro le había tapado los pocos escrúpulos que tenía, pero, al parecer, el resplandor se iba apagando con el transcurso del tiempo.

Aunque bien pensado, quizá podría utilizar al nuevo. Este no sabía demasiado acerca de la organización porque así se lo habían ordenado. Le disgustaba ya que se creía un listillo. Tan guapito y listillo que le ponía enfermo. Así se lo había dicho al jefe, pero el cabrón ese le había roto un par de dientes del golpe que le había dado con ese maldito bastón metálico, por hacerle perder tiempo con cuestiones tan insignificantes. No había vuelto a abrir la boca al respecto, pero se la tenía guardada al listillo, vaya si se la tenía guardada. Dejaría que le cayese el muerto al nuevo. Él se encargaría de la otra parte.

—¡Eh, tú!, novato.

—Rob.

—¿Qué coño hablas?

—Mi nombre es Robert.

—¿Y a mí qué me importa, imbécil? Para mí eres y serás el nuevo. El jefe te va a encargar un trabajito, así que más vale que calles y hagas lo que se te ordena.

Había algo en el nuevo que le inquietaba, pero tras la reacción del jefe, no tenía intención de alzar de nuevo la voz. Era demasiado ágil y sigiloso para ser un simple peón. Algo no terminaba de encajar. Incluso había llegado a dudar si no sería un puñetero polizonte. Lo tendría bien vigilado...

—¿Es algo de la fábrica o tendré que hacer un nuevo viaje de traslado de muchachos?

—Es más sencillo aun. El jefe quiere que recopiles información sobre unos hermanos. Se apellidan Brandon y están forrados, los cabrones. Al parecer el jefazo quiere hacer negocios con ellos, pero antes desea tener información suficiente como para que no le salgan rana, ya sabes.

—¿Algo más?

—¿Te parece poco, listillo?

—Necesitaría saber algo más ¿Qué tipo de información busca?

—De todo tipo. Forma de vida, amistades, en qué negocios andan metidos, la relación entre los hermanos, lugares que frecuentan, si van de putas o les van los tíos, si están casados. ¡Coño! y yo qué puñetas sé. Todo es todo. Cómo son físicamente y todo aquello de lo que te enteres. Y el jefe ha recalcado que le interesa sobre todo el menor de los hermanos y sus hábitos de vida. ¿Entiendes, imbécil?

—Sí. ¿Y tú qué vas a hacer, Anderson?

¿Pero quién se creía el novato que era para hacerle preguntas? ¡A él! Pese a la mala uva que le entró repentinamente, decidió ser prudente.

—¿Te parece que es moco de pavo ser el recién nombrado capataz de una fábrica de telas? ¿Y más aun de la de Saxton? Además, lo que yo haga no es asunto tuyo, listillo.

Tras lanzar un escupitajo al suelo y con una sádica sonrisa en los labios se dirigió a la salida de la fábrica, pensando en la mejor forma de deshacerse del médico. Vigilaría su casa y a sus colegas.

VII

Mere no podía recordar en ese preciso momento, todas las veces que se había colado en la habitación de John desde que era niña o incluso siendo joven, jugando al escondite o para arrastrarle como acompañante a algún aburrido baile de temporada, ya que carecía, para su eterna sorpresa, de pretendientes.

La situación era tan diferente en esta ocasión. La habitación que grababa en sus pupilas con deleite se había convertido de la noche a la mañana en la suya y la iba a compartir con el grandullón. Se le iluminó de repente el cerebro.

—¿Dormiremos juntos? —las cejas de John se alzaron con intriga mientras depositaba sus gemelos en una bandejita sobre su cómoda— ya sabes, ¿en el mismo lecho y habitación o en habitaciones diferentes?

Se acercó a ella al tiempo que se iba desabrochando la camisa, dejando al descubierto ese pecho definido, del que Mere no podía apartar la mirada, hasta que lo tuvo a un suspiro de su rostro.

—¿Tú qué crees, enana?

—Yo prefiero en la misma habitación. Así podré controlarte cuando intentes controlarme —desde arriba se escuchó una risita, así que Mere decidió alzar la vista. La mirada del grandullón era soñadora. En cierto modo no esperas que semejante mirada sea la de un hombre adulto, sino más bien la de una doncella ruborosa y atolondrada, pero a él le iba como anillo al dedo y eso enterneció a Mere. Madre mía, su marido era como un pastelito.

—¿Qué habías comentado antes acerca de liberarte de cierto vestido?

—¡Oh!, sí, por favor! Si me lo quitas cuanto antes, haré lo que quieras, todo lo que me pidas.

—Pero ¿es que quieres volverme loco con las cosas que dices?

—Ajá.

—Eres una bruja ¿lo sabías?

—Hum.

Le resultaba imposible pronunciar palabra ya que John se había colocado a su espalda y había comenzado a desabrochar los horribles corchetes que le habían apretujado durante todo el día. El último prácticamente se rompió y sus pechos se liberaron. No pudo evitar masajeárselos ligeramente con sus manos para suavizar la leve incomodidad que persistía por haberlos tenido presionados durante tanto tiempo. Un gemido hizo que se girara levemente alzando la vista. Su recién estrenado marido se estaba lamiendo los labios, esos labios que obsesionaban a Mere. Madre mía, ¡ahora podía decir lo que pensaba!

—Me encantan tus labios, marido.

—¡Dios! y a mí tus pechos, así que estamos de enhorabuena ya que hacen una pareja perfecta.

Le bajó la camisola dejándolos al descubierto, inclinó la cabeza y la apoyó sobre su hombro derecho. Deslizó sus manos por su cintura y desde detrás aferró sus pechos con ambas manos ahuecándolos en ellas, sopesándolos. Ya comenzaba con el reguero de besos por el cuello, tras la oreja, por su mandíbula, lamiendo de tanto en tanto.

—Los tienes sensibles y sonrosados —comentó suavemente mientras comenzaba a masajearlos con esas manos grandes.

—Ha sido culpa de madre ya que el vestido de tía Carlota era negro.

—¿Eh? —las manos se pararon brevemente— ¿sabes, cariño? creo que ni en un millón de años podré llegar a deducir tus asociaciones de ideas, y eso me encanta. Ven aquí —la giró suavemente.

¡Rábanos! y a ella le volvía loca todo lo que hacía él. Al sujetarla por la cintura Mere lanzó un suave sonido de queja.

—¿Qué te pasa?

—Me duele algo la espalda ya que el vestido me apretaba. Mamá me ha embutido en él como buenamente ha podido.

—¿Y por qué no te has puesto otro?

—¿Humm? —no conseguía hilar pensamientos por el masaje tan fantástico que le estaba dando en la cintura y en las caderas.

—¿Que por qué no te has puesto otro?

—Porque era negro. No pares, por Dios... —su sonrisa era preciosa.

—Como usted ordene, señora Aitor.

Suavemente deslizó la falda por sus piernas hasta dejarla en el suelo y luego la enagua, dejándola totalmente desnuda. Con la mano le acarició el trasero, y después, sin apenas tiempo de observarla con detenimiento, John terminó de desnudarse, la alzó en brazos y la depositó en mitad del lecho, boca abajo, tras apartar a un lado las sábanas. El primer pensamiento de Mere fue lo mullido que parecía el colchón. Al siguiente segundo, todo pensamiento se disipó de su mente. Sentía sus musculosos muslos situados a ambos lados de sus caderas. Por un breve, brevísimo momento, dudo, se alzó sobre los antebrazos y se volvió. La visión la dejó boquiabierta. Un hombre hecho y derecho, hermoso y completamente excitado, que la recorría con la mirada como si fuera un banquete para los dioses. Le entraron ganas de juguetear.

—¿Qué vas a hacer?

Sus miradas se encontraron.

—Te voy a dar un masaje y después, por todos los infiernos, que te voy a amar como nunca antes te he amado.

—¿Mejor que lo del otro día?

Las comisuras de los labios se le izaron.

—Ajá, eso espero, enana.

—Vaaale —se reclinó nuevamente hasta que se le volvió a ocurrir algo. En esta ocasión permaneció con la cara hundida en la almohada.

—¿Podría darte yo un masaje después, antes de amarnos?

—Lo que quieras.

—¿Y explorarte lo que desee y tocarte donde quiera?

—Diablos, sí.

—¿Y chuparte y saborearte y hacer contigo lo que se me ocurra?

Se hizo un silencio que duró unos segundos. Mere alzó de nuevo la cara y se giró. John estaba petrificado, sudando y su miembro parecía a punto de explotar, erguido y enorme. Diantre, pero tenía toda la intención de explorar con sumo detenimiento todo ese espléndido cuerpo expuesto ante sus ojos.

—Dios, enana, o callas o tendremos un problema.

No le entró el más mínimo miedo.

—Vale, pero ¿me dejarás explorarte? Tengo mucha curiosidad.

—Comienzas a darme miedo…

Mere soltó una risilla y en contestación recibió una palmada en el trasero. No tardó en sentir las manos que resbalaban por sus piernas, con una lentitud pasmosa. Apenas habían llegado a la parte posterior de la rodilla cuando ya volvían por el camino recorrido, hacia abajo. Parecía como si con las yemas de los dedos quisiera memorizar cada recoveco, cada pequeña cicatriz. Subieron lentamente y avanzaron por los muslos hasta la parte baja del trasero. Con desesperación Mere notó que las manos bajaban nuevamente y no pudo aguantar, se retorció.

Escuchó una risilla que se atragantó en cuanto Mere decidió acomodarse abriéndose ligeramente de piernas. No había terminado de situarse cuando sintió que suavemente le apartaba la melena de la espalda y recorría con sus pulgares su columna vertebral, con una presión apenas perceptible. No subió nuevamente por el mismo recorrido. En su lugar fue depositando suaves besos por donde instantes antes habían paseado esas manos, esas dulces manos.

Con sorpresa Mere notó un ligero mordisco en la nalga derecha y luego otro y otro y otro más. Notaba que su respiración se aceleraba según esas manos se iban acercando al lugar entre las piernas que había dejado expuesto al abrirlas. Pero no llegó, sino que pasó de largo y comenzó de nuevo con el sinuoso masaje. Por Dios, le iba a dar un ataque al corazón en cualquier momento del furioso bombear que sentía. Se dio cuenta de que ya no la rodeaba con ambas piernas, cuando percibió que su mano se colocaba en la parte interna de su muslo urgiéndola a separarlo del otro. No tenía que insistir. Tan pronto sintió el leve empujón, abrió la piernas ofreciéndole espacio suficiente para que él situara su musculosa rodilla. A la primera se unió la segunda, y Mere, por instinto, separó ambas piernas con total desinhibición. Sintió cierto temblor en las manos que la acariciaban y escuchó la voz ronca de emoción.

—Me vas a volver loco con este cuerpecillo tuyo y esa sensualidad ¿sabes?

Sintió que lentamente se recostaba sobre ella, lo suficiente para que su pecho quedara pegado a la espalda de Mere y sus musculosos brazos se deslizaran bajo los suyos hasta alcanzar sus apretados pechos, soportando su peso, sin asfixiarla, haciendo que se sintiera simplemente deseada. En ese mismo momento percibió la presión del inmenso miembro que se deslizaba sobre la hendidura de su trasero, así que Mere se irguió levemente para girarse y quedar de frente, pero John no se lo permitió.

—No, amor, déjame amarte… Dioses, me encanta como hueles.

—¿Así?

—Ajá.

—¿Es posible?

John le dio un tentador mordisco en el cuello seguido de un provocativo lametón.

—Sí, es posible de esta manera y de muchas otras.

Madre mía, estaba intentando separarle aun más las piernas y con ello notaba su miembro acercarse a su sexo al tener más espacio. Sentía tantas sensaciones con los suaves mordiscos, el masaje de sus pechos y ese ir y venir ondulante de las caderas que sentía tras ella, que si no hacía algo de inmediato iba a desmayarse. En una de las retiradas hacía atrás de esas caderas, Mere alzó las suyas sintiendo la necesidad de que no se separaran.

—Hum, ¿estamos impacientes, mi amor?

—Sí, por el amor hermoso, como no me…

Le resultó imposible seguir hablando. Con un firme empujón de esas sensuales caderas se había adentrado en ella. El gemido que lanzaron fue mutuo. Después llegó un segundo empujón y Mere apretó con fuerza la almohada, estrujándola. John le mantenía totalmente abiertas las piernas con sus muslos. Parecía como si con esa postura él pudiera adentrarse en su cuerpo hasta lugares que no había alcanzado aun. Lo sentía tan adentro que le daba incluso miedo.

Se sentía tan, tan llena. Con cada empujón la invadía más hasta que le dio la impresión de que no podría soportarlo más, pero su cuerpo lo admitía. Lo acogía con ansia. La mezcla de dolor y placer la estaba volviendo loca, la lentitud con la que estaba entrando, el ligero dolor del inicio y la sensación increíble del deslizamiento, lento al principio, hasta que notó el impacto de su cadera en sus nalgas. Le siguieron unos profundos empujones que hicieron que sus piernas temblaran sin poder controlarlas ¿o eran las de ambos? ¿Acaso estaba intentando matarla de placer? Solo podía pensar en eso, en el increíble placer que estaba sintiendo, hasta que llegó el momento en que dejó de pensar y se dedicó a sentir. La fuerza de la embestidas iba a más, llegando a un punto en que era imposible distinguir cuando entraba o se retiraba, solo el roce, la presión, el golpeteo, el desplazamiento hacia la cabecera de la cama como consecuencia de los fuertes impulsos. Ya no podía aguantar más. Con las manos cubriendo las de él, sobre sus pechos y la cabeza girada en la almohada mientras él la besaba en el cuello, el hombro, la nuca, sintió que iba a explotar en cualquier momento.

—No puedo más…, por favor, no puedo.

Las penetraciones seguían y con ellas el placer se incrementaba hasta que llegó esa sensación. La sensación de dejarte llevar por tu cuerpo. Las contracciones incontroladas en su interior que hacían presión contra ese inmenso miembro, aprisionándolo, llegando a dificultar su avance, pero no lo detenía. Únicamente lo ralentizaba causando un mayor placer, si ello era posible. Unos pocos avances más y Mere sintió un calor en su interior, el estremecimiento en el cuerpo de John que indicaba que también había estallado, el cambio en el ímpetu de los empellones en el gemir que surgía de esos llenos labios, en la placidez de su cuerpo tras unos minutos y en el incremento en el peso sobre el suyo.

Tenía razón John, había sido aun mejor que el placer que ya habían compartido. Pensar en ello hizo que sonriera pícaramente.

Mere sintió que John suspiraba, tragaba saliva y se retiraba de ella con cuidado. Pese a ello dio un respingo. Le daba la impresión de que iba a seguir sintiéndolo dentro bastante tiempo. Con suavidad se recostaron de costado, el uno frente al otro, con las piernas entrelazadas.

—¿De qué te ríes, cariño?

—Tenías razón, toda la razón del mundo.

—¿Ah sí?

—Ajá, estaba impaciente y con motivo.

John se rió con ganas. Se giró para apagar la vela que alumbraba la habitación y sujetándola bajo los brazos la acercó y se tumbó sobre su cuerpo con la cara apoyada en su hombro. Con la mano derecha agarró las sábanas y cubrió a ambos. Tan solo se apreciaban sus siluetas, gracias a las brasas de la chimenea, que poco a poco iban perdiendo fuerza.

En esa posición, comenzaron a relajarse, pero Mere no podía dormir. Sabía que algo se le olvidaba. Hizo memoria mientras sentía la tranquila respiración de John. ¡Ya lo recordaba!

—¿Y el masaje que quería darte? ¡Has hecho trampa!

La carcajada de John retumbó en su oído y en toda la alcoba ¡Rábanos!, le chiflaba ese sonido.

VIII

Llevaba escondido unos días pero no iba a poder aguantar mucho más. Se había enterado de la muerte de Abrahams en la fiesta de los Evers, cuando la pequeña de la familia lo había insinuado de pasada, como si fuera una pequeña cuestión sin importancia. Lo que desconocía era que había derrumbado su mundo, esa vida que tanto le había costado mantener. Tenía gracia, el objeto de sus sueños eróticos, lo había hundido en la miseria ¿sería justicia divina? Si no fuera por la desastrosa situación en que se encontraba se hubiera echado a reír. Pero incluso sonreír le daba miedo por si le descubrían y alguien daba el chivatazo del lugar donde se escondía.

Tanto Abrahams como él llevaban un tiempo dudando acerca del trato dispensado a los muchachos. Al principio pensaron que les asignaban tareas habituales de la fábrica. Era simple. Abrahams los reclutaba en la calle o los compraba en el hospicio de Bath y él les daba el visto bueno físicamente, en su condición de médico de la fábrica. Comenzó a dudar cuando le trajeron a uno de los muchachos marcado con latigazos.

Calló al principio ya que era tan sencillo hacer la vista gorda y el dinero resultaba tan… goloso.

Abrahams parecía un animal y su fama era acorde a dicha imagen, pero él sabía que no era así, que también tenía sus dudas. Lo descubrió el día que llevó trozos de pan seco a la zona oscura, donde tenían encerrados a los chicos. Al preguntarle, contestó que era para alimentar a las ratas y evitar que estas royeran las telas, pero en la zona oscura no había telas. El capataz supo que lo había pillado. Después de eso la dinámica entre ambos cambió radicalmente. Comenzaron a conversar y descubrió a un hombre marcado por una vida perra al que las circunstancias habían arrastrado hasta ese maldito lugar. Al principio apenas hablaban de sus dudas, hasta que en primavera, Abrahams musitó algo acerca de cierto librero que solía tratar con la policía. En un primer momento se angustió ya que si la policía descubría lo que estaban haciendo, terminarían en prisión; pero después al enterarse de lo que hacían con los chavales, sobre todo con los de más edad, decidió apoyarle. Calcularon y sopesaron todas las salidas. Abrahams hablaría con el librero y él intentaría reunir pruebas suficientes para que ambos pudieran cubrirse las espaldas. Si iban a las autoridades con esta historia los tacharían de enfermos y además, debían tener en cuenta que el escándalo salpicaría a gente importante.

Sentían miedo, y a la vista del resultado, con razón. Ignoraba si el capataz había llegado a confesar algo al viejo, pero él había ido obteniendo pruebas con infinita paciencia. Tenía nombres y descripciones. Se las sonsacaba de los muchachos cuando los atendía en la zona oscura. Se arrepentía. Se arrepentía tanto de no haber hecho algo, lo que fuera. Ahora era demasiado tarde para su amigo. Había llegado el momento de salir de la ratonera.

IX

Se sentía tan a gusto. Estaba sobre algo cálido y suave, pero a la vez, firme. Todavía en medio del despertar caviló acerca de qué podría ser eso tan cómodo. Comenzó a indagar con la mano y aspiró profundamente. El olor era inconfundible, ¡estaba sobre John! Su corazón se aceleró de inmediato hasta que recordó que todo estaba bien, que estaban casados y que... ¡podía hacer con él lo que le diera la gana!

Se le ocurrieron tantas ideas que por un breve momento su cerebro se ofuscó. Era lo que le solía ocurrir por tener una imaginación tan calenturienta. Lo primero era lo primero. Incorporarse con suprema lentitud para evitar que John se despertara. Le costó lo indecible e incluso hubo un momento en que el grandullón murmujeó algo incomprensible salvo la palabra *enana*. Con plena satisfacción pensó que hasta soñaba con ella.

Incorporada del todo se quedó mirando a su señor marido tendido en el lecho, todo despatarrado, con el pecho al descubierto, y las piernas tapadas por las sábanas, agotado seguramente por la actividad nocturna. Ella no le iba a la zaga, sentía el cuerpo algo dolorido y, diantre, juraría que aun podía sentirlo en su interior.

Sin duda, eso le satisfacía. Lo que la dejaba insatisfecha era que permaneciera tapado. Había llegado el momento de observar, curiosear, toquetear y saborear. Mere sonrió con descaro. Con solo observar ese musculoso pecho y esos bíceps ya le estaban dando arritmias, rábanos. Pero el torso lo había visto ya en numerosas ocasiones, lo que se le ocultaba a la vista era lo que la intrigaba. Lo había sentido dentro, muy dentro pero ahora quería estudiarlo con detenimiento. Apartó lentamente las sábanas con la mano. Lo primero que le llamó la atención fue el vientre tenso y sin una gota de grasa. Ciertamente qué mal repartido estaba el mundo. Le chiflaba como se le marcaban esas caderas robustas y esos muslos. Madre mía. Con el índice no pudo evitar recorrer esa larga extensión pero se paralizó de inmediato al notar un ligero movimiento de John.

Le observó detenidamente hasta que decidió que seguía dormido. Sus ojos se dirigieron a esa parte de su anatomía tan radicalmente opuesta a la de ella. ¡Vaya! era muy grande, alargado y grueso. Aunque por cómo lo sentía al entrar en ella, no le sorprendía. Nuevamente acercó su mano y lo agarró. No le importaba demasiado que se despertara. Incluso casi mejor. Lo sospesó. De inmediato notó que se agrandaba. Uauh... pensó, y se quedó mirando fijamente, más próxima cada vez al objeto de su atención.

Algo le dijo que la estaban observando. Alzó la vista y se percató de que John la estaba escudriñando atentamente con los puños cerrados y tiesos, como un poste. Lo único que se movía era su miembro, que crecía a pasos agigantados.

—Demonios, enana, dime que ya has terminado de observar.

Mere sonrió de oreja a oreja.

—Ni por asomo. Anoche me dijiste que por la mañana podría hacer lo que quisiera.

—No seas cruel y ten un poco de piedad, cariño.

Lo cierto es que parecía estar sufriendo. Nada le impedía expresar su curiosidad.

—¿Te duele?

—¿En este momento? —se observó a sí mismo— ¿tú qué crees?

—Que está enorme y parece a punto de explotar.

No lo podría haber descrito con mayor precisión.

—¿Por qué no te acercas y me alivias algo? No me hagas suplicar.

La imagen del grandullón suplicando la puso nerviosísima y excitada. Mere se acercó a trompicones posicionándose a su costado, de rodillas. Sorpresivamente le agarró del miembro, en un impulso, haciendo que John arqueara las caderas. Mere sintió la convulsión de este en su mano. Era inmenso, por Dios. Comenzó un suave masaje por toda su largura. Suave y despacio. Lento.

—Más rápido —gimió John.

La reacción no se hizo esperar. Incrementó el tempo de las caricias, haciéndolas más agresivas. Deslizó los ojos por ese glorioso cuerpo que comenzaba a transpirar. De esos suculentos labios salían suspiros y gimoteos. Y a Mere le encantaba ya que se los causaba ella. Al parecer estaba haciendo algo bien. John lanzó una mezcla de entre quejido y gemido. Mejor que bien… Resolvió aumentar la velocidad y en pocos segundos, las caricias se vieron acompasadas con el vaivén de las caderas de John. Se notaba a sí misma cada vez más tensa y húmeda ya que la visión que percibían sus ojos era impresionante. Mere sintió la necesidad de algo. De hacer algo. Sin pensar, dejándose llevar por el instinto se inclinó y rodeó la inmensa cabeza del miembro con sus labios. No dispuso de más tiempo.

—¡Joder! —gritó John.

A continuación sintió que se estremecía y que su boca se llenaba de algo cálido y suave. Con la lengua acarició la punta y chupó.

—¡Dioses!

En esta ocasión no le permitió seguir jugando con su boca. John separó los muslos al máximo y aferrándola bajo los brazos la arrastró hacia él, ubicándola en el hueco entre ellos. La agarró del trasero y lo apretó con codicia. La besó con lentitud recorriéndole el interior de la boca con calma, con avidez. Repentinamente le aferró la parte trasera de los muslos y se los abrió al tiempo que cerraba los suyos dejando a Mere a horcajadas sobre él. Acarició el contorno de sus caderas, su cintura y siguió por las costillas, causándole un ligero cosquilleo que hizo que ella se retorciera.

—¡John!

Las manos siguieron su ascendente camino hasta llegar a los pechos. Pero no se detuvo. Afianzó sus manos en la zona y la elevó a pulso, hasta que quedó sentada sobre su cintura y los pechos a la altura de su voraz boca. Con los dientes mordisqueó el pezón izquierdo y a continuación lo lamió. Era una completa tortura hasta el punto que Mere comenzó a encogerse. Esos dientes y esa lengua... Mere tan solo era capaz de aferrarse a su pelo y sentir.

—Demonios, de nuevo estoy ansioso por ti. Cielo, ¿estás muy dolorida? —a la vez que le preguntaba una de sus manos había resbalado hacia abajo, hasta su hendidura y con extrema delicadeza separaba los rizos que la cubrían, adentrando suavemente un dedo en ella. Mere se apartó ligeramente ya que estaba bastante dolorida. John no insistió.

—Dios, cariño, lo siento pero me tienes loco. No me di cuenta de que te hacía daño.

Mere se separó de él, de esa boca.

—¡No lo hiciste! Lo de anoche fue... maravilloso. Es tan solo que eres muy grande e imagino...

—...que pasará algo de tiempo hasta que me puedas acomodar sin quedar algo dañada, sobre todo si nos amamos varias veces —terminó por ella John.

Mere se le quedó mirando. Le amaba.

—Ven aquí —la extendió sobre él— queda poco para que bajemos a desayunar e imagino que los cotillas de tus hermanos, y si no me equivoco unas cuantas personas más, querrán apreciar por si mismos nuestro estado de salud.

Ahora lo miró espantada. John le besó en la punta de la nariz.

—Debemos reponer fuerzas para enfrentarnos a semejante huracán, enana —le palmeó el trasero y después se lo acarició. Era una dulce manera de despertar.

*****

Capítulo 7

I

Mere decidió que su familia era cualquier cosa menos normal. Podría jurar que en otras familias se concedía a los novios cierto periodo de transición. Al fin y al cabo, el matrimonio era un paso arriesgado en la vida de una persona, una decisión esencial, trascendental, ¿angustiosa? Podía salir bien, regular o rematadamente mal. Su mente rugía mientras firmemente sostenida de la mano por John, se deslizaba por la escalinata de su nuevo hogar en dirección al salón, impresionada por el alboroto que se escuchaba en su interior.

El escándalo resultaba inconfundible. La secta Evers al completo, reunida y al acecho. Intentó sin demasiado esfuerzo soltar su húmeda mano para restregársela en el vestido, pero John afianzó con firmeza su presa, como si temiera que si se le daba la oportunidad fuera a desaparecer. Mere contempló brevemente la posibilidad de sentarse en uno de los escalones como forma de protesta hasta que su familia se diera por enterada y evacuara la mansión, pero en su fuero interno sabía que resultaría inútil. John la llevaría en volandas, enfureciéndola y, para colmo, sus hermanos eran unos tercos insistentes, además de cotillas, capaces de instalarse en la habitación hasta que pudieran verla y darle su bendición.

Su mente rebuscó obsesivamente cualquier forma de escaqueo. Nada surgía.

—¿Y no podríamos volver y achucharnos un poquito más? —susurró esperanzada. Pese a encontrarse situada tras él, dos escalones por encima, el grandullón aun le superaba con creces en estatura.

—No me des ideas, enana. —tras besarle en el cuello y la punta de la nariz prosiguió su camino tirando de Mere con más ímpetu.

John conocía a su familia, sus defectos, manías, preocupaciones y lealtades. Al fin y al cabo, se había criado entre los Evers; por ello, no extrañó a Mere que su previsión resultara tan exacta como un reloj de fabricación suiza. Estaban todos a la espera, expectantes, y el escrutinio al que sometieron a ambos tan pronto cruzaron el umbral, fue detallado y exhaustivo. En realidad fue más bien un fugaz e intenso repaso corporal seguido de gestos paternales de satisfacción. Mere no pudo evitarlo.

—¿Hemos pasado la prueba? —lanzó extendiendo los brazos, girando sobre sí misma y terminando con un ligero traspiés.

Sus hermanos se observaron entre sí.

—Estamos satisfechos, renacuajo.

—¡Que no me llaméis eso!

—¿Estamos protestones hoy o es que alguien no quería levantarse de la cama en un día tan espléndido e íntimo? —su hermano Jared enarcó las cejas. Las risillas, incluida la de John, que sonaron por todo el salón hicieron que Mere se sonrojara hasta la raíz del cabello.

—Dejad a vuestra hermana en paz —su santa madre se le acercó y tras observarla detenidamente la abrazó contra su pecho—. Hola cariño, veo que el matrimonio te sienta bien. Estás sonrosada —la frase ocasionó un incremento en el volumen de las risas y un ocasional e insinuante silbido. Su madre sonrió con dulzura—. Cielo, ignórales y bienvenida al farragoso y agotador mundo de las mujeres casadas.

Esa extraña, y por otro lado típica, bienvenida tranquilizó a Mere ya que si su madre había disfrutado tantos años de matrimonio, ella también podría. Claro que al gruñón le encantaba mandar mientras que su padre era un bendito varón. Se encogió de hombros. Ya bandearía los problemas según surgieran. Por ahora tenía toda la intención de ponerse morada a suculentos bollitos de crema y empanadas con leche durante el desayuno familiar, ya que el día se había abierto ante sus ojos brillante y soleado. Agarrando uno de pasada, en dirección a unos de los asientos situados junto a la larga mesa de cedro, y tras relamerse, suspiró de placer, satisfecha, mientras se ubicaba entre su hermano Jared y su propio, y en exclusividad, señor esposo. Repitió en su mente esa palabra varias veces. Esposo. Sonaba a gloria…

—¿De acuerdo, cariño?

¡Oh, oh! Tragó como buenamente pudo el resto de la empanada.

—¿De acuerdo?

—Sí, que si estás de acuerdo —demonios, el ceño del gigantón ya empezaba a fruncirse.

—Creo que no te ha escuchado, cuñado. ¡Ja! Tan solo lleváis un día de casados y ya te ignora —a Mere le surgió un casi incontrolable arrebato por escupir a su hermano Jared en el ojo. Se giró fulminándole con la mirada.

—Sí escucho, so lerdo —el ceño de John aumentó—. No te lo decía a ti, sino al tontolaba ese —con su índice señaló a su hermano. Dirigiéndose a John de nuevo musitó, rebosando dulzura— ¿qué decías?

Ahí estaba de nuevo esa femenina y atolondrada risilla. Como su hermano volviera a sonreír, tan siquiera mentalmente, se iba a abalanzar sobre él, bollitos incluidos, y al demonio con todo.

—Maldición, Mere. No es que no te cuente las cosas, sino que no me escuchas cuando hablo —runruneó su marido resignado.

—¡Sí escucho!, casi siempre... —Las cejas masculinas se enarcaron hasta el infinito— ¿Algunas veces? Bueno, no todos tenemos tu portentoso poder de concentración, marido.

Vaya, parecía que el sonido de esta última palabra sosegaba a la bestia. Incluso sonreía. La miraba de nuevo de forma hambrienta. Mere comenzaba a reconocer esa mirada y lo que la solía acompañar. Solo imaginar lo que estaría cruzando por la mente de John le provocaba una inquietante mezcla de sudores y escalofríos.

—Estaba comentando que mañana, tras volver del despacho, podríamos salir de compras.

—¡Oh!

Diantre. Odiaba salir de compras, probarse infinidad de vestidos hasta el desfallecimiento y que la pincharan con los alfileres al tener que soltar las apretadas costuras para agrandarlos. Siempre ocurría igual, las refinadas y estilizadas costureras la miraban como si fueran a enfrentarse al mayor reto de su existencia, lo que terminaba siendo una pesadilla en toda regla; aunque el ir acompañada del grandullón podría resultar una experiencia nueva. Se le ocurrió una idea prodigiosa.

—¿Y por qué no hacemos una cortísima visitilla a la tienda de Norris y... —las caras de los presentes, de todos los presentes, incluido su amoroso padre, se tornaron recelosas— ...y le invitamos a tomar un té con pastas?

—No era eso lo que ibas a decir —soltó su marido. ¡Rábanos! ¿Acaso le leía el pensamiento?

—No, no te leo la mente, enana. Simplemente he convivido contigo años y años y sé cuando planea algo y tiene toda la intención de ocultármelo. A tu avanzada edad ya deberías haber aprendido que es más sencillo rendirse y soltarlo cuanto antes. Tienes la endemoniada costumbre de...

Mere le observó con detalle ¿Le acababa de llamar *vieja*? Sacudió la cabeza a ambos lados. Tenía que haber sido un lapsus de su oído interno o externo o que su cerebro no procesaba bien esa mañana.

—Y bien, ¿me lo vas a contar o tendremos que discutir de nuevo?

¡Vieja! Su mente se había congelado en tal espeluznante palabra. Se negaba sistemáticamente a moverse hacia adelante ni hacia atrás y mucho menos a atender lo que intentaba explicar el gruñón. Congelada, sin más, en esas horripilantes palabras, *avanzada edad.* Sentía que la furia se iba adueñando de ella.

—¡Meredith!

—Estoy estupenda, ¡podenco!

Su padre y sus hermanos se le quedaron mirando como si hablara en un idioma desconocido para ellos, ajeno a su entendimiento, y John no les iba a la zaga. Se dirigió exasperado hacia la única figura en todo el salón que en esos momentos podía vislumbrar los derroteros por los que navegaba el pensamiento de Mere

—Tía Mellie, habla con ella porque a mí me falta un suspiro para pegarle un bufido o darle unos azotes para ver si entra en razón ¡de una maldita vez! —por un breve momento pareció sopesar si llevar a cabo su amenaza, incluso lo acompasó con un corto movimiento hacia la figura femenina, pero se le adelantaron—. Y dile que me atienda cuando hablo, y ¡que no me llame podenco!

—Hija, claro que estás estupenda y... lozana.

Mere abrió los ojos como platos. La boca hizo de acompañamiento hasta que la cerró de golpe, tras digerir lo escuchado.

—Y ahora, además de vieja, ¿gooorda?

—No, cielo, he dicho lozana.

Mere lanzó un vistazo desconfiado en dirección a su madre hasta que distinguió la sinceridad en su rostro. Se relajó, pero no duró, ya que desde el otro extremo de la habitación se escuchó una especie de murmullo quejumbroso, seguido de un sonido incomprensible y otro amortiguado.

—Y qué si está lozana, a mí me chifla redondita y rolliza... —se escuchó el reconocible sonido de un pisotón— ¡No me pises, idiota! Es que me gusta así...

La escena que se presentó ante Mere al girarse era difícil de creer. Sus hermanos rodeaban a John, cercándole, evitando que se escurriera entre ellos mientras este último se sujetaba el pie izquierdo e inclinado y parejo a su mismo nivel, se encontraba Jared intentando taparle la boca, sin obtener resultado alguno.

—Es que me gusta tener donde agarrar así que no puede convertirse en uno de esos palos de escoba tiesos y envarados que a... —mordió la manaza que le intentaba tapar la boca.

—¡Me has dado un tarisco! —con un raudo paso hacia atrás Jared comenzó a inspeccionarse al detalle los mordisqueados dedos.

Mere salió de su estupor. Decididamente su familia se salía de la norma, pero pese a ello, eran los suyos y además, lo que había logrado escuchar le bastaba para paliar su mal humor.

—Estáis actuando como niños ¿Queréis dejar en paz a mi recién estrenado marido?

—¿Ahora sacas la cara por él?

—Claro, es mi marido —simplemente, por la expresión instalada en el rostro de su grandullón, valía la pena doblegar algo su orgullo. Tan solo un poquito, nada que no pudiera enderezarse más adelante—. ¿De verdad te gustan mis curvas aunque sean muchas?

Su marido le sonrió con total desvergüenza y su cálida mirada la recorrió desde la punta del cabello al borde del largo vestido.

—Sin tus muchas curvas no serías mi Mere.

Mere infló el pecho.

—A mí también me gustas, tal como eres, marido.

La sonrisa recibida le fue devuelta con creces.

II

El intrigante cerebro de la enana estaba planeando algo y, por todos los diablos, que tenía la intención de descubrirlo, aunque al final tuviera que recurrir a medidas drásticas. Ya decidiría cuáles más adelante.

Por el momento tenían cuestiones más acuciantes que tratar. Para ello debían organizarse con esmero y sobre todo olvidar el tema de las curvas voluptuosas de su mujer, diablos.

Tras el desconcierto inicial, el desayuno había transcurrido con normalidad. Bueno, lo que se podría llegar a definir como orden dentro del caos. Lo habitual y normal en su ajetreada vida junto a los Evers. Tras devorar varias empanadas, lanzar varias miradas de advertencia al peligro andante con el que se había desposado y esperar que los tíos y los hermanos de Mere, salvo Jared, dejaran el salón, entraron a tratar el tema que les interesaba. Los hermanos Brandon habían enviado una nota a través de uno de sus lacayos y el texto desprendía cierto tono de urgencia. Era escueto e… inquietante.

> *Noticias recientes. Convendría verse tan pronto os resulte posible. Si lo estimáis oportuno podríamos reunirnos en nuestra residencia a las cinco de la tarde. Ya hemos dado aviso a la señorita Brears, a la señorita Sullivan y a Edmund Norris.*
> *Saludos*

Apenas le dio tiempo a filtrar la información y ya se notaba cómo el pequeño cerebro de su mujer hervía de emoción. John decidió sortear el gasto de energías que tarde o temprano tendría que agotar, a fin de arreglar el posible desbarajuste que, en sus ansias de ayudar, organizaría Mere. Como decía la tía Mellie, con el tiempo se agudiza la astucia y el instinto de preservación. Una de las personas más inteligentes sobre el planeta, sí señor, sobre todo a la hora de manejar al torbellino.

—Muy bien, ¿cómo lo hacemos?

—Tenemos la reunión, John, y no podemos posponerla —comentó Jared, asestándole un codazo. Ambos miraron disimuladamente a Mere.

—¿Qué no me estáis contando?

—Nada.

—Nada.

La veloz respuesta surgió al unísono.

—Ahora *sé* que me estáis ocultando algo —se volvió hacia John, cruzándose de brazos. Le daba igual que su mirada se clavara en sus pechos, ¡que lo disfrutara!, ya que si seguía por ese camino no los iba a otear en mucho tiempo—. En la salud y la enfermedad, en la riqueza y en la pobreza…, y en la verdad y sin mentirijillas hasta que la muerte nos separe y bla, bla, bla… Llevamos un día casados y ya estas ocultándome información privilegiada. Y para colmo sabes que me mata la curiosidad cuando me escondes información. Eso es perjudicial para mi cerebro.

—Pues te aguantas.

III

No se lo podía creer. Ya volvía a las andadas, ocultándole cosas *por su propio bien.* ¿No podía haber elegido para enamorarse a un hombre más manejable, moldeable, sensible, menos bruto? Se la llevaban los demonios. Lo único que no soportaba en este mundo era que alguien se guardara información, y ese resultaba ser el pasatiempo favorito de su marido.

Muy bien, él se lo había buscado y a pulso. Tampoco le contaría los planes que había trazado su mente y le daba igual acudir por su cuenta, o acompañada de Jules o de Julia, a visitar a Norris en la tienda. Ni que fuera una zona peligrosa de la ciudad o desconocida para ellas. Por su mente se paseó, con parsimonia y en detalle, la imagen de las muchas y previsibles reacciones de John a su futura escapada y tragó, con algo de dificultad, el nudo que se le había formado en la garganta. Pese a ello, estaba decidida. Seguiría investigando por su cuenta y estaba convencida de que Julia se le uniría con decisión. Jules también, aunque quizá algo temblorosa y renqueante.

—De acuerdo —lanzó con un suspiro que esperó que pasara por resignación— si consideráis que no debéis contarme cuál es el objeto de la reunión o la identidad de los reunidos, no seré yo quien insista, me educaron mejor que todo eso. —Elevó la barbilla con suprema dignidad y elegancia. Esperaba que la imitación de la reina Victoria en aquel cuadro que observó detenidamente en aquella muestra tan aburrida, estuviera dando resultado.

—¿Qué estás tramando?

Elevó aun más la barbilla. Digna como una reina, ante todo.

—¿Por qué miras el techo?

Mere descomprimió el cuello y pateó el suelo ¿Es que no distinguían la dignidad cuando la tenían delante de las narices? Los hombres eran torpes. Resolvió ignorar la última pregunta.

—Nada de nada. Simplemente estoy de acuerdo con vuestra opinión.

John se acercó veloz con un par de zancadas y se situó frente a ella, rozándola, mirándola con absoluta sospecha.

—Te lo repito una vez más, Meredith, ¿qué tramas?

—¿Y por qué iba a tramar algo?

—Porque antes de dar tu brazo a torcer tendrías que haber gruñido, protestado, intentado convencernos y has obviado todo eso, lo cual no hace sino lograr que me ponga en guardia —uno de sus dedos, el índice, se coló en su escote y la acercó hacia él hasta que ni una mota de aire circuló entre ellos— ¿lo vas a contar por voluntad propia o prefieres esperar a que me enfade y reaccione?

—¿Me vais a decir de qué se trata esa misteriosa reunión, marido?

—Cuando sea el momento oportuno y no antes.

Mere titubeó.

—Muy bien, no tramo nada salvo intentar ayudar a resolver el lío en el que nos encontramos. Recuerda que estuviste de acuerdo.

—Mere, como terminemos en una situación parecida a la del año pasado te aseguro que no te van a manosear otros el trasero, sino que seré yo quien te lo deje rojo como un tomate y extremadamente dolorido.

Le lanzó la mirada más angelical que pudo plasmar en su semblante.

—Eso no pasará. Soy una mujer cautelosa y extremadamente sigilosa.

—¡De eso nada!

—Lo soy cuando me apetece.

—O sea, nunca —John movió la hermosa cabeza con resignación y paró unos segundos para ver si Mere cedía. No lo hizo—. Cariño, no puedo leer tus pensamientos ni obligarte a contar aquello que no quieras, pero prométeme algo.

Mere inclinó hacia un lado la cabeza, de forma apenas perceptible, mientras las cálidas manos de John se alzaban y rodeaban sus mejillas.

—¿Qué?

—Que tendrás cuidado. Esto, sea lo que sea con lo que hayamos topado, es serio y peligroso. Una muerte siempre esconde algo e indagar acerca de ello supone acercarnos al origen de la amenaza —con su dedo índice moldeó la ceja de Mere, casi de forma inconsciente, sin darse cuenta de lo que hacía—. Todo esto no tiene semejanza alguna con esas novelas de aventuras que tanto te agradan, ni eres una de las heroínas salvadas por su amado, ni yo el héroe enmascarado que toda mujer desea que la salve —le sujetó el rostro alzándolo hacía el suyo—. Esto es la vida real, Mere. Me niego a que nos perdamos el uno al otro sin haber tenido tiempo de amarnos como queremos. Promételo y me daré por satisfecho.

La voz apenas le salía pese a intentarlo. Tuvo que tragar en dos ocasiones y aspirar una bocanada de aire para que el sonido surgiera.

—Tenía pensado hacer una vista a Norris y convencerle para echar un vistazo a la fábrica Saxton.

Las manos apretaron.

—¡Maldita sea, Mere!

IV

Pasado el mediodía había conseguido eludir a Anderson y colarse a hurtadillas en casa de los hermanos Brandon. Le había costado un triunfo deshacerse de esa rastrera sabandija y no tuvo que esperar demasiado a que los dueños de la casa le descubrieran.

Nada más entrar se había deshecho de su barba rala postiza e intentado soltar su engrasado cabello rubio. Era increíble como una suave capa de grasa oscurecía el tono del cabello hasta obtener un castaño claro o unos sucios ropajes alejaban a la gente.

—Pareces agotado, Rob —Peter le acercó una copa de delicioso coñac.

—Lo estoy, amigo. Exhausto —Saboreó la embriagadora bebida—. ¿A qué hora van a llegar todos?

—En el mensaje Doyle ha fijado la hora hacia las cinco de la tarde.

—¿También mi padre?

—Sí. Al fin y al cabo es el cabecilla de ese dichoso Club del Crimen que han montado en la tienda.

—Bien. —Cerró los ojos y se relajó. Llevaba días en guardia y se encontraba extremadamente tenso. Estaba deseando poder relajarse y no lo había logrado hasta asegurarse de haber despistado al capataz y de que otros indeseables no le hubieran seguido. Suponía que en un lugar seguro podría hacerlo, pero dejó de intentarlo hacía un buen rato ya que, al parecer, su mente no estaba por la labor. Lo mejor era dejar que todo siguiera su curso puesto que con forzar las cosas rara vez se obtenían buenos resultados.

La puerta del despacho se abrió dando paso al mayor de los hermanos Brandon.

—Confirmado. No parecen haberte seguido pero, maldita sea, Rob, no debiste venir. Después de lo que nos has adelantado te estás jugando el cuello por nosotros.

Rob le miró directamente y cerró los ojos dejándose arropar por los cojines que lo envolvían. La mirada había sido más que significativa y Doyle captó su intención de inmediato.

—Ya me callo.

Doyle suspiró. La sorpresa que se habían llevado al descubrir a Rob, tendido en el tresillo de su despacho, sucio, con los ropajes descuidados y rasgados, el postizo tirado a un lado y el sucio cabello todo alborotado, les iba a durar un tiempo. Lo único que conocían de la operación en la que estaba trabajando de incógnito, era que le obligaba a realizar cansinos viajes a Bath y que en las raras ocasiones en que se dejaba caer por su casa, aparecía más y más demacrado. Habían optado por esperar a estar todos para que relatara lo ocurrido. Tan solo les había adelantado que le estaban vigilando y que ellos podrían tener problemas.

Comenzaban a preocuparse y Doyle llevaba un largo rato sopesando la posibilidad de forzarle a quedarse con ellos, aunque fuera empleando la fuerza bruta. Prefería no llegar a ese extremo, pero si ocurría no dudaría en hacer lo necesario; sabía que Peter haría lo que fuera por el hombre que lo encontró y sacó del maldito infierno. No tenía la intención de perder a un gran amigo. Antes muerto.

El mechón rubio que le caía desordenado por la frente le daba una apariencia juguetona que contrastaba inmensamente con los rasgos varoniles. Era un hombre guapo. Doyle sonrió para sus adentros. Si Rob le escuchara le miraría con pillería, con esa cara que derretía a las mujeres y provocaba que los hombres se irguieran tensos como gallos de corral.

Pese a su apariencia, se le veía extenuado. Sabía que tenía que haber acontecido algo significativo para que Rob mandara al garete sus precauciones y se presentara sin avisar, o que estuviera dispuesto a reunirse con su padre y los restantes miembros del Club. Dios, desearía dejarle descansar hasta que las profundas ojeras desaparecieran, pero no era una buena idea.

Doyle hizo un gesto a Peter, quien sacudió suavemente el hombro de su amigo sobresaltándole. Instintivamente Rob se adoptó una postura defensiva.

—Tranquilo, amigo, tranquilo —susurró Peter— ¿Nos vas a contar al menos algo de lo que ocurre?

Rob se irguió y se acomodó en el sillón. Tras sorber una pizca de alcohol, habló.

—¿Os suena de algo un tipo llamado Anderson?

Los hermanos se miraron.

—No.

—¿Un tipo brutal, grande, con una leve cojera que le hace inclinarse hacia la derecha y una pequeña cicatriz que le cruza la ceja derecha?

—Ni idea ¿por qué?

—Es el actual capataz de la fábrica Saxton —esperó un segundo— ¿conocéis a Colin Saxton, el dueño de la fábrica?

Peter se tensó. Doyle, tras dirigirle un vistazo, contestó.

—No hemos tratado personalmente con él. Durante el tiempo que trabajamos en su fábrica jamás se dirigió a nosotros. No se dignaba a mezclarse con la mano de obra. Tras enriquecernos e introducirnos en las altas esferas hemos conversado fugazmente. Nuestra impresión es que está interesado en nuestros negocios, pero que me desuellen vivo si voy a hacer cualquier tipo de trato con un tipejo que se aprovecha de criaturas para obtener beneficios.

—Está bien. Esto ha de quedar en esta habitación. Scotland Yard lleva meses recibiendo denuncias esporádicas de desapariciones de niños. Nos constan al menos cinco críos desaparecidos y dos niñas de edades comprendidas entre los catorce y los diecisiete. Salieron de sus casas y simplemente se esfumaron. Al ser hijos de familias sin posibilidades únicamente se pudo asignar al caso una mínima partida de hombres y no se logró nada. Absolutamente nada.

—¿Te asignaron el caso?

—No. Al principio se lo dieron a un par de agentes, los cuales no se puede decir que se esforzaran mucho. Pero había algo que me chocaba en todo ello. No sé la razón pero mi mente lo asociaba con la desaparición de Peter. Cuando entonces indagué, hasta encontrarlo, hubiera jurado que me estaba acercando a algo gordo y ahora me arrepiento de no haber rebuscado más —dio un golpe con el puño en el brazo del sofá— al principio les pedí al par de agentes que llevaban la investigación que me avisaran si surgía algún dato interesante, pero resultaba evidente que estaban desbordados, así que solicité de mi superior que me diera acceso al caso. No solo accedió sino que me ha puesto al frente. Pese a ello somos pocos. Yo y dos agentes, Wilkes y Evans, pero están muy verdes. Avanzamos muy poco hasta hace una par de meses.

—¿Cuando nos comentaste que estabas en un nuevo caso?

—Sí.

—¿Tiene alguna relación con esos condenados y misteriosos viajes a Bath?

Rob contempló a Doyle con cierto aire de orgullo y admiración.

—No pierdes detalle ¿verdad?

—Lo intento, amigo, lo intento. Sobre todo en lo referido a las personas que quiero.

Rob sonrió y deslizó sus manos desordenando su ondulado e indomable cabello más de lo que estaba. Respiró profundamente.

—¿Sabéis? siento la misma sensación, exactamente la misma, que noté en su día cuando te encontramos, Peter. Y por todos los infiernos, en las pocas ocasiones en que he ignorado ese aviso me ha salido el tiro por la culata. Esta vez no pienso fallar.

Peter se adelantó ubicándose a la vista de Rob.

—Entonces no fallaste, amigo.

—Tardé mucho en localizarte, demasiado.

Peter se arrodilló junto a él.

—¡No!, ya vale con lo de culparte. No fue culpa tuya, ni de Doyle, ni mía. Fueron ellos —su voz no vaciló.

—Peter, ¿y si nos estuviéramos acercando, por primera vez en mucho tiempo, a los que te secuestraron?

—Chico, sería capaz de darte un beso en la boca y si me apuras, hasta con lengua.

Los tres rompieron a reír a carcajadas y ello suavizó el ambiente como ninguna otra cosa lo hubiera logrado. Doyle lo agradeció. A veces dudaba acerca de cuál de ellos había salido más tocado de la maldita desgracia que habían sufrido, si su torturado hermano o su agotado amigo.

—Esperaremos a los demás y decidiremos cómo actuar.

V

¡La había encerrado en la habitación! ¡De nuevo! En estos momentos odiaba a su esposo. En la próxima ocasión no iba a soltar prenda y haría lo que le viniera en gana. El bárbaro ni tan siquiera había hablado tras el exabrupto lanzado. La había cargado al hombro, había subido a grandes zancadas las escaleras y la había dejado encerrada durante horas, tras tirarla como un saco de verduras en la cama. Las únicas palabras que habían surgido de su boca eran *ahí quietita hasta que vuelva*. Y para colmo había tenido la desfachatez de apuntarle con un dedo.

Su única distracción había sido la frugal comida que le había subido Sally, que llevaba años sirviendo en la casa de John, bueno, su casa ahora.

Tras pulular como una peonza por la alcoba planeando las formas más sutiles de tortura hasta que su mente no dio para más, se le ocurrió revolver toda la habitación rebuscando el juego aquel de aparatitos mágicos que le había regalado Norris y enseñado utilizar para el previsible supuesto de que la encerraran. ¡Ganzúas!, así las había llamado. Estaba segura de haberlas traído consigo. Efectivamente, las tenía, por lo que las extrajo de su estuche de cuero y arremangándose las entorpecedoras faldas se arrodilló junto a la puerta.

Probó con la primera sin resultado. Con la segunda, algo más grande, parecía que la cosa mejoraba. Casi lo había logrado, un poquito más a la derecha y…

Tan concentrada estaba que no le dio tiempo a reaccionar al escuchar pisadas, el descorrer del cerrojo y el golpetazo de la puerta al abrirse súbitamente le provocó una ridícula caída sobre el trasero, con el vuelo de las faldas, de nuevo, a la altura de la cintura. Apretando el vestido contra los muslos alzó la vista.

El grandullón estaba erguido como una estatua y las comisuras de los ojos verdes estaban arrugadas, ¿como si estuviera aguantando la risa?

—Cariño, empiezo a preguntarme si lo haces a propósito para mostrarme tus partes bajas y provocarme.

Mere apretó aun más la ahuecada tela de la falda y entrecerró los ojos. Si su señor marido quería guerra, la iba a tener.

—No pienso hablarte. Me has encerrado como a una cría malcriada.

—Ajá —sus ojos se paseaban por la figura amontonada en el suelo.

—¿No me vas a ayudar?

—No por ahora. Me gusta verte ahí tirada en el suelo con los bajíos al aire.

Con no pocos esfuerzos, gruñendo, se giró quedando medio tumbada en el suelo, boca abajo, con lo que su trasero quedó al descubierto y apoyándose sobre las manos se incorporó hasta que sintió un musculoso brazo rodear su cintura y alzarla presionándola contra un duro pecho. Sus pies no tocaban el suelo, lo cual odiaba, así que sacudió las piernas al tiempo que pellizcaba el brazo. Lo único que logró fue un pellizco en su nalga.

—¡Ay! ¡no hagas eso!

Lo siguiente fue una palmada y un firme agarrón.

—¿Te vas a estar sosegadita por una vez en tu vida?

—Puede, si me sueltas.

Mientras hablaban John se iba dirigiendo hacia la cama. Mere frunció el ceño.

—¿No nos iremos a acostar a estas horas, no? No siento sueño y además son casi las cuatro. En media hora tenemos que salir camino de la mansión Brandon.

—¿Qué tenías en la mano cuando has caído redonda al suelo?

—Nada.

—Ya.

—Vale, son ganzúas —Mere, bailoteó las cejas, toda orgullosa— Sé utilizarlas.

John la depositó sobre el lecho, extendió sus faldas hacia uno de los lados y con todo el descaro del mundo se aposentó sobre ellas, aprisionándole de forma muy, pero que muy efectiva.

—¿Ahora eres una delincuente en potencia?

—No, podenco, es para escap...

John le metió la lengua hasta casi la garganta, así de sopetón, sin indicación previa de intenciones. Lamió la de Mere y se la mordió levemente y todo pensamiento se esfumó de su mente. Repentinamente paró, sobresaltándola.

—¿Pero qué haces?

—He decidido que cada vez que me llames eso, te voy a besar para que calles, bien sea cuando estemos a solas, delante de la familia, incluso delante de la reina si se diera el caso. Más vergüenza vas a pasar tú que yo cuando te meta la lengua donde debe estar, delante de todos.

—No te atreverás.

John calló, cruzándose de brazos.

—Vale, te atreverás.

—Y como lo repitas, aunque sea de forma inconsciente, y si estoy de humor... —diantre, parecía un tiburón con esa turbadora sonrisa — ...igual me da por sobarte un pecho.

—¡No puedes hacer eso!

—Ah, ¿no? ¿y quién me lo va a impedir?

Mere intentó liberar sus faldas. La situación resultaba ridícula por lo que decidió actuar como una mujer madura.

—John, soy una mujer adulta ¿no?

Odiaba la expresión dubitativa en el rostro de su marido.

—Como me hagas eso, te pienso manosear el miembro.

Su marido se atragantó, la miró sorprendido y rió.

—Dios, enana, nunca dejarás de sorprenderme. Hagamos un trato. Dejaremos los manoseos para la intimidad o la familia y a la reina la aparcaremos en su trono. En cuanto a los besos no hay negociación que valga.

Mere se arrellanó contra el firme costado.

—Me gusta cómo funciona tu mente.

Ojeó al hombre sentado a su vera. Madre mía, pero era suyo. Y la quería a ella..., a ella. Imaginaba que pasaría un tiempo hasta hacerse totalmente a la idea, quizá a base de repetírsela.

—¿Sigues enfadado?

—¿Tú qué crees?

—Que... ¿no?. Yo no lo estoy y me has dejado encerrada durante horas.

—Diablos, enana. Vas a ser mi perdición.

Giró su torso y se inclinó, clavando sus labios en los de Mere, empujándola con su cuerpo hasta dejarla tendida. Mere alzó los brazos y le sujetó el rostro, acariciándolo, comenzando a lamer y chupar esos suculentos labios. Sintió brevemente su peso hasta que notó como ubicaba ambas rodillas junto a sus caderas y le alzaba con impaciencia el vuelo del vestido por encima de la cintura. Dios santo, pocas veces lo había percibido tan ansioso. Desde luego, si el endurecido bulto del frente de sus pantalones era una señal de su excitación, estaba totalmente enardecido.

Apenas le dio tiempo a respirar. Una de sus manos se coló por debajo de la enagua sujetando con dureza su trasero. Le iba a dejar marcas y a Mere le encendía esa falta de control. Siempre presintió algo salvaje y apasionado en él, pero hasta ahora nunca lo había sentido en sus carnes. Mientras le seguía devorando la boca, esa mano se deslizó hacia abajo arrastrando las enaguas. Agarró con vigor la nalga y se valió de su tremenda fortaleza para arrastrarla hasta que quedó completamente tendida sobre la cama. Mere intentó abrir las piernas para que ese calor que sentía entre ellas desapareciera pero le estorbaba la enagua que envolvía sus muslos. Intentó bajar la mano para tirar de ella cuando escuchó el inconfundible sonido de la tela al rasgarse. En lo que le pareció menos de un segundo se encontró con los muslos plenamente desplegados, abiertos con codicia, y a su marido entre ellos frotando su dureza contra la entrepierna de Mere, con los pantalones aun abrochados.

A Mere le pareció la sensación más erótica de su vida.

John no paró. La senda de reposados besos bajó por el cuello hasta llegar al escote. Mere escuchó otro sonido rasgar el aire. ¡Dios santo! Había rasgado el corpiño. Con ambas manazas ahueco los pechos y se deleitó frotándolos con sus mejillas, ásperas con un principio de barba. Mere se retorció logrando únicamente que una de esas manos soltara los pechos y descendiera hasta su hendidura. No paró ni titubeó. Metió el dedo medio hasta el fondo con un fuerte impulso.

—¡Por Dios! —gimió Mere. Con su mano intentó cubrir la de John para ralentizar algo el movimiento pero él se la retiró.

—Hum. ¿Te gusta lo que te hago? —sacó de nuevo el dedo y en la siguiente embestida introdujo dos, causando en Mere una mezcla de dolor e intenso placer. Siguió con un suave ritmo pero pronto, demasiado pronto, lo aligeró. Cada vez más rápido, con mayor urgencia como si esperara algo y tuviera toda la intención del mundo de presenciarlo.

Otro de sus dedos la estaba frotando justo por encima de la entrada y la estaba volviendo loca. Mere se escuchaba a sí misma gemir y musitar algo, pero no podía precisar el qué. No podía aguantar más el placer y su interior se contrajo contra esos dedos, esos maravillosos dedos que seguían sin parar. Optó por suplicar.

—John, por el amor de Dios, para, no puedo aguantar más —intentó cerrar los muslos pero toparon con el torso y manos de John.

Su marido simplemente sonrió como si guardara un secreto.

—Sí que puedes.

Se deslizó más abajo mientras esos dedos seguían en su interior. Aprovechando que había liberado algo de espacio Mere trató nuevamente de cerrar las piernas. John se paralizó momentáneamente y con la mano que tenía libre empujó contra la parte interna de los muslos, abriéndolos completamente, pese a la leve resistencia de Mere.

—Déjalos así.

Madre mía, esa voz le ponía la carne de gallina. Su interior se contrajo de nuevo.

VI

John sonrió hasta que sus ojos se fijaron en sus dedos metidos hondo, muy hondo en el cuerpo de Mere. Su pene se contrajo completamente causándole dolor. Cómo una sencilla y totalmente sensual imagen podía ponerle a cien, era un misterio. Solo con ella le ocurría. Ver sus dedos dentro de ella e imaginar lo que tenía intención de hacer a continuación era suficiente para hacer que casi explotara. Intentó tranquilizarse pero le resultó imposible. Sudaba. Ese calor le aprisionaba los dedos y sintió nuevamente otra contracción del suave interior. Los curvó ligeramente y Mere alzó las caderas cerrando levemente las piernas de la impresión.

—No. Déjame verte…, abre los muslos.

Maldita sea, pero necesitaba que estuviera expuesta, era la misma necesidad que sentía al comer o al dormir. Intentó abrir los dedos en su interior, pero, Dios, estaba tan apretada contra él… Finalmente decidió dejarlos quietos.

VII

Se iba a morir en cualquier momento. John no sacaba los dedos y estaba haciendo unas cosas…, unas cosas inimaginables y seguía deslizándole lentamente hacia abajo. Mere no podía imaginar a dónde iba a ir. Ahora le estaba mordiendo la parte interior de los muslos, tras separarlos con fuerza. Seguía por las ingles. ¿Qué estaba haciendo, por el amor de Dios? Intentó alzar la cabeza pero se sentía agotada. El sexo la dejaba en un estado mezcla de estupor, plena satisfacción y extenuación.

De repente lo sintió. Un lengüetazo en el lugar que previamente le había acariciado y dado golpecitos hasta volverla loca. Otra vez. Instintivamente alzo las caderas.

—No pares, por favor…, por favor, ahí, justo ahí…, sí.

John elevó brevemente la cabeza.

—Dios, enana, tu sabor me vuelve loco.

Los dedos se retiraron suavemente y en su lugar le invadió algo carnoso y cálido. ¡La había penetrado con la lengua! Por un instante dudó pero le pudo la escalofriante sensación de sufrir una nueva oleada de intenso placer. Su marido era un demonio.

La oscilación de la lengua aumentó y en seguida la acompañó un dedo, que se introdujo en esta ocasión con una lentitud insoportable. Mere sintió que le llegaba muy adentro. Entre la lengua y el dedo y las sensaciones que le causaban no podía pensar.

Sin saber cómo, había terminado al borde de la cama, con la cabeza de John entre sus muslos y este arrodillado en la alfombra. Sentía que no iba a durar mucho y él también debió percibirlo. Su mano izquierda soltó el muslo de Mere y mientras seguía con el ritmo sinuoso que había impuesto, se desabrochó el comprimido pantalón. Para entonces Mere tenía tres inmensos dedos en su interior dándole un tremendo placer. Sintió su retirada, dejándola vacía y cómo a la entrada se posaba la inmensa cabeza del miembro de John. Se tensó levemente ya que sabía que le iba a doler al principio. Notó presión y varios ligeros empujones hasta que su cuerpo dejó paso a la intrusión. La sensación fue menos dolorosa de lo que pensaba. Exquisita. En esta ocasión no le dio tiempo a acomodarlo, pero le dio igual. La fuerza de los embates la sacudían completamente, sus caderas chocaban. Mere abrió los ojos y la imagen que tenía delante quedó grabada en su mente. Con los pantalones simplemente desabrochados y la camisa entreabierta, su marido empujaba con una fuerza tremenda. Cada penetración la sentía más hondo.

Entonces John abrió los ojos y sus miradas se entrelazaron. Lo que cruzó entre ambos fue puro sentimiento y Mere estalló de nuevo, estrujando la enorme carne que sentía dentro. John le siguió de inmediato. El calor se extendió por el interior de Mere hasta que su marido, exhausto, se inclinó y se apoyó sobre tu pecho. La besó en los labios. Se los mordisqueó.

Nada dijeron porque no hizo falta.

VIII

Resultaba obvio que debían cambiarse de ropa, sobre todo Mere. John se sorprendió con la agresividad que había exhibido, pero en los momentos en que estaban juntos era incapaz, totalmente impotente, de controlarse; como si hubiera retornado a la preadolescencia y las hormonas se le hubieran revuelto. Su único alivio era esperar que según fuera saciando su hambre por Mere esa pérdida de control se fuera minimizando.

Una vez vestido, se giró para atar el corpiño a la enana. En cuanto se giró y la olió de nuevo, se puso como una piedra. ¡Joder! Estaba apañado sin con solo olerla se le desmandaba el cuerpo…

Intentó colocarse el miembro de la forma más cómoda posible dentro de sus estrechos pantalones y mientras ataba los corchetes comenzó a divagar, a intentar distraerse con pensamientos anti lujuriosos, reuniones con los ingenieros, las pantuflas de la tía Mellie, el moño de la duquesa de La Mere. ¡Vaya!, ese último pensamiento funcionaba. Se volvió a colocar el miembro, algo más desinflado hacia un lado.

—Nos queda poco tiempo, ¿llegaremos? —con ambas manos Mere se colocó el enredado cabello. Resultó inútil.

—¿Tengo muy mal el pelo? ¿Parezco una loca aventada?

No podía decirle que parecía una mujer con la que su marido se había acostado hasta dejarla en un estado desastroso. Si lo hacía se negaría a salir de la habitación y ya llevaban retraso.

—Estás…, hermosa —una buena salida, así evitaba mentir.

Una sonrisa iluminó el semblante de Mere.

—¿Al final, quienes vamos?

—Jules, Julia, Norris, Jared y nosotros. Imagino que los hermanos nos estarán aguardando. La abuela no ha regresado de la campiña. Además, hemos tenido suerte ya que la reunión de la que habíamos hablado antes…

—¿La misteriosa?

—Esa misma. Antes de subir, Jared me ha comentado que ha llegado una nota informando que se posponía para mañana, así que podemos acudir a la cita de los Brandon sin problema.

—¡Vaya por Dios! Entonces no podremos ir de compras.

—No vas a escurrir el bulto, Mere.

—Es que *odio* ir de compras.

—Ya, pero en esta ocasión iremos juntos, si nada nos lo impide claro.

La conversación se prolongó mientras se dirigían a la entrada de la casa y John dio gracias a los cielos de que su mujer fuera un desastre despistado, porque otra persona se habría fijado inmediatamente en el gesto de horror de una de las jóvenes sirvientas al cruzarse con ellos, cuando su vista se congeló aterrada en el pelo y el sonrosado escote de la señora de la casa. El rubor en el juvenil rostro al imaginar el origen del desastre casi llegó a incomodar a John.

El corto viaje hasta la mansión de los Brandon discurrió intentando arreglar la calamidad en la que se había convertido la mata espesa y brillante. Al llegar había mejorado una pizca.

La casa era espléndida, de oscuro ladrillo rojo, propio de la zona en la que se encontraba ubicada la mansión, en el elitista barrio de Park Lane. Amplia y resguardada de las inclemencias por frondosos árboles; a primera vista podía dar la impresión de una fea solidez, oscurecida por la sombra de la verja de entrada, pero dicha sensación resultaba engañosa.

A Mere le agradó el edificio. Clásico, pero sencillo, de su gusto.

Imaginaba, por las maneras mostradas por sus dueños, que el interior iría en consonancia y no se equivocó. El salón al que les condujo el dispuesto mayordomo era sencillamente masculino. Práctico y espacioso. En tonos cálidos y oscuros con amplios butacones de cuero y un maravilloso mueble bar con tallas exquisitas.

Les estaban esperando los hermanos Brandon y junto a ellos se encontraba un tercer hombre rubio, alto y con aspecto de acumulado cansancio. Ello, pese a todo, no ocultaba que era apuesto, de complexión estilizada. A Mere le agradó la clara mirada de sus claros e inmensos ojos azules, casi azulones.

El aspecto de los hermanos, desde luego, era difícil de olvidar. Tan diferentes…

Los tres inclinaron la cabeza en deferencia y les invitaron a sentarse. Así lo hicieron, gustosos, y Mere se arrellanó ligeramente. En seguida apreció que los tres lanzaban continuas miradas fugaces a su cabello y retiraban la mirada para volver a hacerlo de nuevo. Con la mano intentó arreglar el desbarajuste pero ello solo logró atraer más atención hacia donde no quería. Optó por ignorarles. Eso sí, a su marido le lanzó una mirada fulminante.

¡Le había dicho que estaba hermosa!

—Si me permiten la osadía, y dado que el trato que tendremos en adelante imagino que será cercano, les propongo aparcar el protocolo y dirigirnos los unos a los otros con familiaridad. Por favor, llamadme Doyle. A mi hermano Peter, ya lo conocéis y este... —señalando al hombre alto y rubio— es Robert, un gran amigo, prácticamente de la familia.

—Imagino que los demás, salvo la abuela, llegarán en breve —adelantó John.

—¿Tiene la premura del aviso algo que ver con Robert?

—Sí, pero si os parece, podríamos esperar a que estén todos presentes.

Ninguno se opuso, quedando la habitación sumida en un cómodo y amigable silencio.

IX

Llevaba un par de horas apostado en la esquina situada frente a la tienda del viejo, pero no se decidía a entrar. El miedo le paralizaba.

Un viejo colega había acudido a su escondrijo para avisarle de cuándo podría localizar al librero en la pequeña tienda, pero notaba un hormigueo en la nuca. Un maldito hormigueo que no tenía ni idea de lo que podía significar. Quizá que le estaban siguiendo. Desde la muerte de Jonah veía fantasmas por todas partes.

Decidió lanzarse. Ahora o nunca. Cruzó la embarrada calle y antes de entrar atisbó por la pequeña ventana desde la que se veía todo el interior. Ahí estaba el viejo. Solo.

X

La sombra que surgió del callejón en el que momentos antes había estado agazapado el médico, se movió con sigilo. Había tenido realmente mucha suerte al vigilar a los colegas del matasanos ya que le habían llevado justo a la diana y con un regalito añadido. Podría matar dos pájaros de un tiro.

Con los dedos acarició el cuchillo de mango de nácar que utilizaba para las ocasiones especiales.

Esta era una de ellas.

*****

Capítulo 8

I

Llevaba retraso. La nota de los Brandon indicaba las cinco de la tarde y no había terminado de cuadrar las cuentas. Como no apretara el ritmo iban a comenzar la reunión sin su participación y siempre era mejor oír las noticias de primera mano. Además, se sentía sumamente intrigado con el contenido de la misiva.

Apenas transcurrieron unos minutos cuando escuchó la campanilla que anunciaba la entrada de un cliente. Miró brevemente los números y agradeció la distracción ya que las operaciones matemáticas jamás habían sido su fuerte. Dejó la trastienda para atender al visitante.

No le gustó. Tan pronto le vio supo que algo no iba bien o que algo iba a empeorar. Incluso su aspecto le desagradó. Un lobo con piel de cordero fue la impresión que le causó a primera vista. Norris se acercó con cautela.

—¿Deseaba algo?

Incluso los oscuros ojos eran huidizos.

—Querría hablar con el dueño.

—Soy yo.

—Bien…, bien —titubeó— Lo que vengo a tratar no es sencillo de plantear —con la mano efectuó un gesto que abarcó la tienda— ¿dispone de algún lugar donde hablar con tranquilidad?

—Depende de lo que quiera hablar.

—De Jonah Abrahams.

Era Worthington. Lo había presentido. Hubiera deseado no estar a solas en esos momentos, pensó con resignación, pero la vida no siempre le daba a uno lo que quería.

—De acuerdo, pasaremos a un pequeño reservado que hay en un lateral de la tienda, pero antes cerraré la entrada.

El pequeño cubículo, porque no podía definirse de otro modo, estaba lleno de cajas y cambalaches pero poco le importaba ya que no estaba ahí para impresionar a nadie sino para recibir información de una vez por todas. Observó atentamente al hombre que sabía era clave en todo el maldito embrollo.

—Usted es Cecil Worthington ¿verdad?

Este lo miró expectante y algo asombrado.

—¿Cómo sabe de mí?

—Eso no importa en este momento. Lo que sí importa es que tras hablar conmigo, Jonah Abrahams fue asesinado y créame, no fue una muerte dulce. No deseo que me ocurra lo mismo ni a alguno de mis allegados.

—¿Qué sabe o qué le contó Jonah?

—Me contó lo de los muchachos y que le seguían. No tenía aspecto de ser alguien asustadizo, pero parecía aterrado.

—Está bien. Jonah y yo coincidimos trabajando en la fábrica textil de los Saxton. Mi tarea resultaba simple: dar el visto bueno a los trabajadores en potencia y cuando enfermaban, tratarlos. Jonah era el capataz.

—¿Eran amigos?

—No al principio, pero después las cosas se fueron… complicando y decidimos que la unión hace la fuerza —por un breve momento su mirada quedó perdida— claro que, para lo que sirvió…

—¿Qué le ocurrió?

—No estoy seguro. Las cosas se estaban poniendo tan feas que nos estábamos planteando acudir a la policía, pero carecíamos de pruebas. Decidimos atacar por dos frentes, yo recabaría cuantas pistas pudiera reunir y Jonah hablaría con alguien que tuviera acceso a la policía sin ser del cuerpo.

—Yo.

Worthington le miró con detenimiento y asintió. Norris decidió dejarse de rodeos.

—¿Qué demonios ocurre en la fábrica?

El médico se miró las manos. Temblaban.

—¿Sabe qué es la esclavitud? No me refiero a la que obliga a un hombre a trabajar hasta terminar desfallecido, pero al caer la noche vuelve a su casa o habitación a dormir y recuperar fuerzas para seguir el día siguiente con el mismo ciclo, sino a la esclavitud física y mental, el derrumbe físico y mental de cuerpos o mentes aun no formados. Algunos, los menos, mueren al poco tiempo y no puedo hacer nada por ello. Otros aguantan y pierden lo humano que todavía les queda. Ninguno escapa. Ellos están enfermos.

—¿Quiénes? ¿A qué demonios se refiere?

Worthington rehuyó la pregunta.

—¿Quiénes son ellos, Worthington? —este le miró como si mentara al diablo en persona y chistó para que callara.

—Saxton y ella —susurró con una voz apenas perceptible—. La última vez que los vi...

Se sobresaltaron. En la tienda se había escuchado el nítido sonido de un cristal roto.

Ambos quedaron paralizados..., y la mirada de Worthington brilló de pánico.

—¿Tiene salida trasera la tienda? —susurró el médico.

—No desde este lateral.

Le miró fijamente a los ojos.

—¿Lleva algún arma encima? —apretó los ojos como si a fuerza de hacerlo Norris fuera a contestar lo que quería escuchar.

—No.

Los ojos perdieron parte de su brillo y con ello las ganas de luchar.

—Entonces estamos muertos. Vienen a por nosotros.

Norris ignoraba lo que estaba ocurriendo, pero, por los clavos de Cristo, no iba a morir sin pelear, por las muchachas, por su hijo y por Allison. Sobre todo por ellos dos.

—¿Quién demonios ha venido y por qué dice a *por nosotros*?

Se escucharon pisadas cautelosas sobre los cristales rotos en el suelo.

La inquietud de Norris crecía por momentos y con ella la humedad en su frente. Notaba el corazón en un puño. Quienquiera que fuese la persona que les estaba acosando, lo hacía sin prisas, sopesaba el terreno, y Norris intuía que debía saber dónde estaban escondidos, que carecían de escapatoria. Iba lento, como si disfrutara con el miedo.

Worthington no contestó. En su lugar se desabrochó el abrigó rasgándolo casi y de su interior extrajo una pequeña libreta de piel de res, descolorida por el uso. La apretó contra su pecho para extender el brazo a continuación y ofrecérsela a Norris.

—Aquí tiene todos los datos que he conseguido reunir. Solo es información, no son pruebas concluyentes pero podrán ser un punto de partida —su rostro se volvió hacia la puerta. Los pasos se acercaban. Casi podía sentir la respiración al otro lado de la puerta.

—¿Qué contiene, maldita sea? —susurró Norris.

—Lo que lo relaciona con las casas. Los muchachos y las casas, ¿entiende?

—No, tiene que decirme más...

—No hay tiempo. No nos queda tiempo... —inclinó la cabeza agudizando el oído.

Worthington le aferró el brazo.

—Si no salgo de esta, haga lo que yo no tuve el valor de hacer —apretó— ¿me oye? Júrelo, ¡júrelo!

Norris asintió con la cabeza y en ese instante supo lo que iba a ocurrir a continuación.

El cobarde había dejado de sentir miedo. Sin mediar palabra, Worthington se abalanzó sobre la puerta, la abrió de golpe y chocó con un enorme bulto que se perfilaba a contraluz. Algo pedía a Norris que se sumara a la pelea, pero otra pequeña parte le indicaba que debía esconder la libreta, que era lo único que les permitiría descubrir aquello que llevaban buscando tanto tiempo. Supo de inmediato dónde ocultar el libro.

Lo siguiente surgió de forma natural. Se adentró en la tienda porque no tenía otra posibilidad, no cuando la vida de alguien pendía de un hilo.

II

Ya eran más de las seis y nada parecía justificar la ausencia del viejo Norris de la reunión. Era tan extraño en él. Los presentes casi habían agotado los temas intrascendentes de conversación.

Hacía tiempo que Jules y Julia se habían incorporado al grupo y en cierto modo la ubicación en la que se habían colocado llamaba la atención de Mere. Julia junto a Doyle, a un brazo de distancia el uno del otro, lanzándose centelleantes miradas. Ahí burbujeaba algo indefinible pero a la vez poderoso. Emocionante. Jules cerca de Peter, temerosa, como si acercarse más fuera a dar pie a algo para lo que no estaba preparada. Era curiosa la forma en que se miraban de reojillo. Jared deambulaba de una punta a otra de la estancia. Un culo inquieto ya desde niño, y con la edad no había variado un ápice, incluso en casas ajenas. Ciertas cosas no cambiaban.

¡Maldita sea!, podía intentar distraerse con idioteces pero ello no ocultaba que se estaba inquietando por momentos. Con la punta del zapato comenzó a golpear el borde de la mesita situada frente a ella, para ver si alguien reaccionaba y decidía actuar. Nadie se movió.

Su paciencia terminó por esfumarse.

—¿Es que a nadie le parece extraño que Norris no haya llegado o que al menos no haya enviado una nota anunciando que se iba a retrasar?

Todos se tensaron como si su voz hubiera dado rienda suelta a sus miedos.

—Se le habrá complicado algún asunto —comentó Doyle, pero no sonaba tan seguro como parecía.

—Quizá, pero no votaría por ello. No, algo va mal. Padre no…

La sorpresa estalló unánime en los invitados.

—¿Nuestro Norris es *tu padre*?

Quien al parecer era el hijo de Norris miró a Mere con algo parecido al aprecio.

—Si *vuestro Norris* es cierto librero erudito y metomentodo, incapaz de dejar de meter los morros donde nadie le llama, sin duda es mi señor padre.

—Así que tú eres Rob. La abuela te conoce.

—¿Qué abuela?

—¿No conoces a la abuela? —indagó Mere como si su mente no asimilara esa posibilidad.

Los demás escuchaban con atención.

—Parece ser que no. ¿Es tu abuela?

—Claro, y se podría decir que es el alma gemela de tu padre. Siempre están juntos y se terminan las frases el uno al otro, como el gruñón y yo. Cualquiera diría que…

La patada que recibió por debajo de la mesa dolió, diantre. ¿Acaso ahora que estaban casados creía el grandullón que iba a poder hacer lo que le viniera en gana? Se giró y frunció el ceño. La patada que lanzó fue puro instinto y dio en plena espinilla.

—¡Diablos, Mere! —John frotó con brío la parte delantera de su pierna. En seguida extendió la mano y tapó la boca de Mere mientras sonreía a los presentes.

—Tiene una imaginación desbordante, lo que a veces nos ocasiona algún que otro problemilla insignificante. Rob, espero que tengas en cuenta que lo que ha comentado Mere es una apreciación nuestra y no un hecho en sí… —contempló al hijo de Norris—. Maldición, por la expresión de tu cara, imagino que tu padre nada te ha comentado.

—Ahora que lo mencionas, no. No me había comentado que estuviera interesado en una mujer.

A Mere se le ocurrió algo que jamás había pensado con anterioridad.

—Pero puede estarlo ¿no?

Todos, absolutamente todos se giraron hacia ella.

—Quiero decir, nada se lo impide ¿no?

Seguían mirándola como si le hubieran salido cuernos y rabo. ¡Necesitaba ayuda!

Dio un codazo a John.

—Si no me equivoco, lo que mi atolondrada esposa quiere saber es si tu padre está comprometido con otra señora.

Por un momento Rob sonrió.

—No, no parecía estar atado o encariñado con nadie, aunque ahora entiendo el porqué. Desde luego, se ha guardado para sí mismo lo de vuestra abuela.

A Mere se le apareció otra ocurrencia en la mente.

—¿Sabe tu padre que estás metido en todo este jaleo?

—No creo. Hasta hace unas horas tampoco yo sabía que padre y su Club anduvieran tras la pista de los hombres que ando persiguiendo. Y antes de que me lo preguntes, sí, conozco la existencia del Club, no la identidad de sus miembros hasta el momento, pero sí el hecho de que padre instigara su creación.

John intervino.

—¿En qué sentido estás mezclado en el tema?

Rob suspiró resignado, cogiendo fuerzas para relatar la historia vivida hasta entonces.

—Doyle y Peter ya están al tanto de algo. Desconozco si mi padre alguna vez ha llegado a hablaros de mí.

—Sí, aunque no en demasiadas ocasiones. Nos solemos centrar en los misterios del momento —Mere se encogió de hombros.

La sonrisa que apareció en el rostro de Rob resultaba contagiosa. Mere se sorprendió al no haber caído en el parecido. La sonrisa era clavada a la de su padre. La seriedad retornó al ambiente.

—Soy inspector de Scotland Yard. Llevamos meses tras una red dedicada al secuestro de jóvenes pero no obteníamos pista alguna. Nuestros confidentes o se niegan a hablar por temor, o realmente desconocen lo que ocurre, por tanto se trata de una organización de las peligrosas.

—¿Cuántos meses?

—No llega al medio año. La investigación se inició como consecuencia de unas denuncias. El equipo lo formamos un inspector y dos agentes, por lo que podréis imaginar la sensación de impotencia que sentimos. Hace dos meses un chivato, bastante fiable, acudió a nosotros y dijo que unos tipos estaban buscando a alguien con cierta educación, que supiera leer y no tuviera problemas en viajar. La información que nos facilitó fue que se trataba básicamente de ir a recoger muchachos a otras ciudades y trasladarlos a Londres sin hacer preguntas. Era demasiada coincidencia, así que optamos por que uno de nosotros se infiltrara en la organización. Quién debía ser, resultaba evidente…

—¿Y tiene algo que ver con las desapariciones?

—Sí, pero paso a paso. Al llegar me dijeron que acudiera a la fábrica Saxton y allí hablé con un elemento a tener en cuenta. Se trata de un tipo llamado Anderson, actual capataz de la fábrica. Le nombraron tras la muerte de un tal Abrahams y mi olfato me dice que está involucrado en su muerte.

—¿Llegaste a conocer a alguien más?

—Algún matón sin importancia, pero quien mueve los hilos es Anderson y protege al que dirige la red como si su pellejo dependiera de ello.

—¿Cómo sabes que está relacionado con las desapariciones?

—Llevaba unas dos semanas trabajando para Anderson, vigilando un par de casas por orden suya.

—¿Casas?

—Sí. La razón no la he podido averiguar. Se trata de los domicilios de dos banqueros, gente acomodada y de mediana edad. Casados, pero sin familia. Los investigamos en el Yard pero todo parecía normal.

Las caras de los que le rodeaban parecían desconcertadas.

—¿Sabes la razón para ello?

—No, pero está todo relacionado. Tan solo debemos descubrir lo que une las piezas.

—Pero nada tiene sentido —indicó Mere— ¿qué pueden tener en común las casas de unos banqueros con Bath y con las desapariciones de los niños?

—Todavía no lo sabemos —el gesto de Rob fue elocuente. Trasladaba cierta sensación de desamparo—. Bien, el capataz me ordenó que hiciera un petate ya que en un par de horas salía de viaje en busca de un paquete. El destino, Bath, más concretamente el hospicio de Santa Clara. En el primer viaje me acompañó Anderson. Mi sorpresa fue mayúscula. Tras hacer noche en la ciudad, de madrugada nos reunimos con una pareja. Conducían un carruaje desvencijado. No dijeron palabra y sin más, me entregaron las riendas. Pregunté al capataz de qué demonios se trataba, y contestó que si quería conservar la lengua en su lugar, metiera las narices en mis asuntos.

Las exclamaciones en el cuarto parecieron sobresaltarle.

—Dios, lo siento —se incorporó y se acercó a la chimenea, extendiendo las manos como si necesitara calentarse —supongo que estar en guardia constantemente hace que cambies, que te embrutezcas aunque no quieras.

John le alentó a seguir con un gesto.

No apartaba las manos del apreciado calor que desprendía el fuego. Mere se dio cuenta en ese momento de que también los hermanos Brandon se hallaban erguidos, tensos. Los examinó a todos. No eran solo los hermanos, incluso ella había cerrado las manos en forma de puño.

—Creo que en ese primer viaje perdí algo…, algo de integridad.

—¡No! —la exclamación surgió de Peter Brandon— No. Era eso o arriesgarte a que te descubrieran, amigo mío, o a que te mataran.

—Quizá si hubiera hecho caso omiso a ese mal nacido, si hubiera abierto la parte trasera del vehículo.

—¡Para! No eres el culpable, Rob.

Mere y John cruzaron sus miradas. Algo ocurría y no entendían qué.

—¿A qué os referís?

Rob no parecía en condiciones de hablar y Doyle recogió su testigo.

—Al cabo de dos noches apareció en los muelles de la zona norte el cadáver de un muchacho de diecisiete años, Bobby McDougall. Su madre había denunciado su desaparición tres semanas antes, en Bath. Quienes lo recogieron al parecer comentaron que era un chaval llamativo, con un hermoso pelo rojo. Rob cree que lo vio de soslayo por una rendija de la tela que tapaba la parte trasera del carromato.

Rob intervino de nuevo.

—Juraría que llegué a ver de refilón esa cabeza y esa cara dentro del carro. Si hubiera hecho algo…

—Habrías muerto. Quizá no ese mismo día, pero te habrían borrado del mapa como a Abrahams. No dejan cabos sueltos, Rob. De eso podemos estar seguros —expuso John. Y Mere se dio cuenta de que no le faltaba razón.

Estaban mezclados en un asunto que ponía los pelos de punta. Sabía, al girarse hacía su marido, que sus temores se estaban reflejando en su expresión y por ello no le extrañó que la alzara suavemente y la sentara en sus muslos. Nadie pareció sorprenderse con su acción, como si comprendieran perfectamente la necesidad de cobijo, de apoyo o simplemente de cercanía. La besó en la mejilla, con uno de esos besos de mariposa como gustaba a Mere definirlos, tan suaves y profundos.

Rob, tras reponerse algo, continuó.

—He realizado otros dos viajes a Bath, al mismo hospicio y a otro diferente, y siempre acompañado, vigilado. Es evidente que Anderson no se fía de mí, aunque tampoco es de extrañar. Es un tipo cauteloso. Sospechamos que en los carros van los muchachos secuestrados. En los últimos meses se han denunciado tres nuevas desapariciones.

—¿Sabéis dónde dejan a los muchachos?

—Lo estamos intentando, pero somos tres, solo tres, para un maldito asunto que debiera tener todo un regimiento detrás. Sabíamos dónde se dejaba la carga así que Wilkes, uno de los agentes a mis órdenes, se dedicó a vigilar la siguiente entrega. No conseguimos nada salvo que recibiera una cuchillada de uno de los matones de Anderson. Finalmente, ayer ocurrió algo que hizo que acudiera a vosotros —con un gesto señaló a los hermanos Brandon— Anderson dio la orden de vigilaros y recabar cuantos datos pudiera obtener de vosotros, recalcando que el mayor interés recaía en Peter.

Los hermanos fruncieron el ceño en un gesto parejo. Rob continuó.

—Por primera vez ha surgido una pista entre la red de secuestros y los Brandon —su expresión reflejaba inquietud— presentí desde el comienzo que la desaparición de Peter tenía que ver con el caso.

—Puede, Rob, pero no puedes estar seguro.

—No. Estoy casi seguro. Resulta demasiada coincidencia que Anderson decida de sopetón investigaros.

—¿Y si fuera simplemente como te dijo, que Saxton quiere entrar en tratos de negocios con nosotros?

—¿Y averiguar hasta el nombre del sastre que fabrica vuestros calzones?

Todos callaron. Tenía razón, no era algo habitual.

—Quizá nosotros tengamos una posible pista —anunció John.

Mere lo veía venir, sabía que su marido lo iba a mencionar y se le había olvidado pedirle que no la obligara a hacerlo. Con hacer el ridículo en una o dos ocasiones como mucho, era suficiente; más, podría afectar su autoestima, aunque el bruto de su esposo lo creyera imposible.

Rob abrió los ojos de forma llamativa.

—¿De qué hablas?

—El día que Mere siguió a Abrahams, este subió a un carruaje que lucía un emblema en su costado. Mere lo vio con claridad aunque le cuesta algo —de reojillo miró a su enfurruñada mujer— solo un poquito, plasmar lo que vio.

Rob no dudó.

—¿Podrías dibujarlo?

¡Rábanos! Odiaba hacer eso.

Mientras Mere divagaba intentando trazar en su mente un bosquejo de lo que había visto, Peter se hizo con hojas y pluma.

Mere agarró el material como si fuera la soga del cadalso y tras dirigir una mirada envenenada al bruto, se puso a la tarea. De fondo escuchaba frases sueltas de la conversación que continuaba ajena a ella o palabras que le llamaban la atención, pero bastante tenía con lo suyo.

Bueno, no había quedado tan nefasto como en la última intentona.

—Ya está —su expresión era de satisfacción. Se parecía bastante a lo que había visto.

Todos se giraron y nadie habló. Eso sí, parpadeaban.

—Parece… un burro lanudo.

La ojeada que lanzó a su marido tendría que haberle volatilizado, y más al ver que se aguantaba la risa. ¡El muy canalla! Eso sí, su sonrisa se congeló en cuanto apreció la expresión de Mere.

—Bueno, valía la pena intentarlo por si os recordaba a algún escudo o emblema.

Las miradas que recibió eran difíciles de interpretar, así que optó por cambiar el rumbo de la conversación.

—¿Y qué se puede hacer?

—Hemos estado tanteando todas las posibilidades. Lograr algo en las entregas y recogidas de los muchachos está descartado ya que jamás me permitirán hacerlo solo. La investigación relacionada con las casas está en punto muerto al no haber logrado nueva información; y para colmo mi superior se ha negado rotundamente a ampliar el número de agentes. La única idea que se nos ha ocurrido es demasiado alocada para seguir adelante con ella.

—¿Cuál es? —lanzó Mere.

John enarcó las cejas.

—Introducir a alguien en el grupo de muchachos y así lograr meter a uno de los nuestros en el interior de la red, pero no disponemos de ningún agente que pueda hacerse pasar por un chico joven, y además es excesivamente arriesgado.

A Mere la maraña de ideas casi le embotó la mente.

—¿Y quién dice que deba ser un hombre? ¿Por qué no una mujer disfrazada de muchacho?

La explosión fue inmediata. Casi cayó al suelo del bote que pegó John.

—¡Por nada del mundo, enana! Aunque que tenga que pegarte con cola a mi costado el tiempo que dure pillar a los cabrones que están metidos en esto.

Mere suspiró con resignación.

—Cielo, te estás adelantando a los acontecimientos.

—Y un cuerno..

—¡John! Hay damas delante.

—Ya, y te conocen lo suficiente como para imaginar lo que discurre por tu cerebro, así que seguramente estarán jurando en hebreo para sus adentros. ¿Sí o no? —se giró hacia Jules y Julia quienes sacudieron con entusiasmo sus cabezas apoyando sus palabras. Se volvió hacia Mere todo satisfecho— ¿Ves?

—¿Podríamos hablarlo con tranquilidad y sosiego, en la intimidad?

—Si quieres, sí, pero vas a lograr cero patatero, amor.

—Eso no es hablarlo.

—Ajá.

—Sabes que si me chinchas reacciono.

—No en esta ocasión, cielo, o te las verás conmigo.

—¡No puedes impedirme hacer lo que quiera!

—¿Ah, no?

—No.

—Y eso ¿quién lo dice?

—Yo, so bruto.

—Pues este bruto te dice que no.

A Mere se le habían agotado las ideas. Resultaba meridianamente imposible razonar con él cuando actuaba así. Daba igual. Ya se lo camelaría cuando no tuvieran una expectante audiencia. Pese a ello, por Dios que iba a decir la última palabra.

—Eres un ¡podenco!

El beso que siguió a continuación delante de todos, diablos, la humedeció por todas partes. La saboreó y se deleitó con ella, con su sabor, su olor y su evidente vergüenza, el muy canalla y la derritió por completo.

Mere lo miró, medio mareada. ¿De qué acababan de hablar? De fondo se escuchaban risillas aleladas.

—Estabas avisada.

III

Salió del almacén con cautela ya que sabía que le estaba esperando. Tras el arranque insensato de Worthington tan solo había alcanzado a escuchar un breve forcejeo y después un silencio sepulcral. Apenas se escuchaban sonidos salvo los pocos que se filtraban desde la calle, y por encima de todos, su corazón golpeando salvaje en su pecho como un maldito martillo de obra, veloz, constante. Había vivido demasiados años como para desconocer lo que significaba y el sabor agrio que palpaba en su boca lo atestiguaba. Miedo. Puro y simple temor.

Antes de internarse en la negrura del otro lado, se colocó instintivamente sus anteojos con firmeza sobre el puente de la nariz, ya que esa era una de sus peores pesadillas, perderlos y quedar sin visión, totalmente desamparado y expuesto.

En la amplia habitación saturada de altas y tenebrosas estanterías plagadas de polvorientos libros no se escuchaba ni el zumbido de una mosca. ¡No! Un susurro a su izquierda, casi imperceptible.

Quizá fuera arriesgado pero se deslizó intentando no hacer ruido. Dos pasos a su izquierda. Nada. Otros dos. A punto estaba de dar otro cuando la puntera de su calzado chocó contra algo sólido, un bulto tendido en el suelo. Supo quién era, ya que si el médico hubiera logrado llevar a cabo su plan, no se mantendría ese maldito silencio. Se agachó y el bulto se contrajo.

—Worthington ¿está bien? ¿Estamos solos? —susurró.

Otro estremecimiento. Las manos extendidas de Norris se apoyaron en el pecho vuelto hacia él. Estaba cálido y húmedo, pringoso.

—Acuchillado…, me ha acuchillado. Váyase…, sigue en la…

La voz surgió de la nada, sin que Norris consiguiera ubicar su posición.

—Dime, librero, ¿crees que por la información recibida de Abrahams vale la pena morir?

Dios mío.

—¿Estás sordo, viejo?

No veía nada a su alrededor. La escasa luz que accedía desde el exterior apenas servía para atisbar algo, impidiendole distinguir incluso lo que tenía delante, a un palmo de su nariz, pero Norris presentía que el asesino conocía su ubicación junto a Worthington.

—El matasanos está muerto o poco le falta para unirse a su amiguito... —una risa espeluznante llegó desde alguna zona a su derecha. Su mirada se concentró en ese lugar pero resultaba imposible captar movimiento alguno.

Sus opciones eran limitadas y supo que esa noche iba a resultar malherido o algo peor, y no estaba preparado. Tenía tantas cosas pendientes, sobre todo, con Allison. Por Dios, no podía morir sin verla y decirle que la amaba. No podía.

Se maldijo por todo el tiempo desperdiciado. Quizá si diera largas y de alguna manera consiguiera entretener a la sombra al otro lado de la tienda, alguien podría llegar a tiempo. Era lo único que se le ocurrió.

—¿Me vas a matar?

No le contestó. En el silencio estaba la respuesta.

—¿Por qué?

—Por indagar en lo que no debías, viejo —sonó un arrastrar de muebles, más cerca—. Nos jugamos demasiado para permitir que dos viejos entrometidos y un par de muñequitas trastoquen nuestros bien elaborados planes.

Norris perdió los nervios al escuchar la velada amenaza.

—Como las toquéis, os mato…, juro que os mato.

—La mayor puedes quedártela, librero, aunque no está nada mal para su edad. Las otras, ya veremos…

Le estaba provocando y casi, casi… Norris calculó la distancia entre su ubicación y la puerta, la maldita lejana salida. Era demasiada para su edad, para su velocidad, para sus viejos y cansados huesos. Jamás había deseado tanto volver a su juventud, a la fortaleza de sus primeros años, como en ese exacto momento. Quizá entonces hubiera tenido una oportunidad, aunque fuera ínfima.

Al menos el asesino ignoraba que Worthington le había entregado la libreta.

Permaneció como una estatua y desistió de lanzarse sobre la salida. Nunca llegaría a cruzarla. Si quería salir de esta tendría que pelear y así tener…

Sintió el aliento en la nuca.

¿Cómo había sido tan idiota? Con sus palabras le había indicado dónde estaba, tan claramente como si él mismo le hubiera guiado.

El asesino era un hombre grande, su presencia se hacía sentir a su espalda y se confirmó cuando Norris notó una mano seguida de un musculoso brazo rodear su cuello, y una sibilante voz, como la de una serpiente, musitar en su oído.

—Es el momento de rezar, viejo.

El golpetazo que sintió en el costado y el calor le pillaron por sorpresa. ¿Le había golpeado? No, por favor... Norris notaba quemazón, un tremendo calor en el área del golpe y se fue deslizando hasta quedar sentado en el suelo, su espalda apoyada en las piernas de su atacante. No pudo dejar de pensar en la extraña escena que debían ofrecer. Siguió sin sentir nada, salvo que algo largo, profundamente hundido en su costado, salía de su cuerpo. Le había apuñalado.

Comenzaba a percibir en toda la extensión de su cuerpo cierta pesadez, una relajación contra la que le costaba pelear. Las piernas que le servían de respaldo, se movieron y cayó tendido en el piso. Esa aterradora voz habló de nuevo.

—Adiós, viejo. Me despediré de tu parte de tu mujer y de las florecillas que tanto proteges.

¡No!, no, por favor. Debía aguantar y avisarles, como fuera. Dirigió la mano a su abierto costado y apretó, con la poca fuerza que le quedaba. El dolor le atravesó. Tenía que aguantar. Por ellas. Por su mujer.

IV

Era noche cerrada cuando salieron del domicilio de los Brandon y con rapidez pusieron rumbo a casa. La reunión había terminado en plena discusión entre el matrimonio.

No terminaba de entender cómo alguien tan inteligente podía despachar con tanta ligereza las precauciones necesarias en un tema de calado como el que afrontaban. Mere no le hacía caso. Había intentado razonar con ella, pero cuando se ponía terca parecía una mula incontrolable. Finalmente no le había dejado otra opción que prohibirle categóricamente inmiscuirse más allá de lo que ya estaba.

La reacción fue de lo más previsible. Su mujer había apretado los suaves labios, entrecerrado los ojos y mirado fijamente. El significado de los tres gestos unidos solo podía implicar una cosa: que tenía un serio problema entre manos.

—Sigo inquieto —comentó Jared desde el asiento de enfrente del carruaje. John se volvió hacia su mujer situada lo más lejos posible de él dentro de las estrechas dimensiones del interior. Mere no apartó la mirada de la calle, ni siquiera para hablar.

—¿Estás pensando que deberíamos hacer una visita a la tienda de Norris?

—Sí. Por lo que le conozco, resulta raro que no avisara de la imposibilidad de acudir a la reunión. No me agrada.

—Tienes razón —secundó John.

Con un suave golpe de aviso en el techo, indicó al cochero el nuevo destino.

Al llegar apenas se perfilaba la puerta de entrada a la tienda, tanto por el escaso alumbrado que iluminaba la calle, como porque estaba situada en un entrante cubierto por una oxidada tejavana. Pese a ello, en seguida descubrieron que el cristal de la puerta estaba resquebrajado. Sin llegar a salir del vehículo, John hizo un gesto al cochero.

—Williams, quédese vigilando y proteja a su señora. El Señor Evers y yo entraremos en la tienda. Si escucha cualquier ruido, por pequeño que sea, aléjese con ella.

—¡No!, yo no os dejo solos. Tengo la sombrilla y podría…

—A callar, Mere, y haz lo que se te dice —su manaza se posó con fuerza en el muslo de Mere y la miró en silencio.

Por primera vez en su vida la mirada de John la dejó sin palabras. En ese momento entendió que su marido podía llegar a ser un hombre extremadamente peligroso. Tragó saliva en seco y asintió sin pronunciar sonido alguno.

Ambos se bajaron y esperaron a que el carruaje se alejara para empujar levemente la puerta. Un olor dulzón, empalagoso, les alcanzó la pituitaria. El olor a sangre coagulada. Maldita sea.

John se internó en la oscuridad el primero. Jared le seguía, pegado prácticamente a su espalda, ambos portaban las armas que habían cogido del interior del carruaje. La estancia estaba revuelta pero no demasiado. Había libros sueltos desperdigados por el suelo y varias sillas volcadas, pero nada que no pudiera arreglarse con una sesión de limpieza. Se quedaron quietos unos minutos hasta comprender que los intrusos hacía tiempo que se habían ido.

—Busca lumbre, Jar.

Apenas tardaron los candelabros en aclarar a la vista una escena que jamás hubieran imaginado. A unos metros del lugar en el que se encontraban estaba el cuerpo de Cecil Worthington tumbado sobre un amplio charco de su propia sangre. Por la palidez del rostro y las manos, llevaba muerto escaso tiempo. El chaleco empapado en sangre y el limpio corte en la garganta indicaban con claridad la causa.

No se veía ningún otro cuerpo, así que quizá hubiera esperanz...

—¡John! —la urgencia se reflejaba en la voz— ¡Maldita sea...!

Se adentró en la tienda temiendo lo peor. Lo que sintió al acercarse fue congoja, por intuir lo que iba a encontrar, por desear con ansia no hallar lo que imaginaba, por Mere que esperaba fuera angustiada, por Jared cuyas manos ya estaban empapadas en sangre.

Temió lo peor. Se acercó con rapidez por si la vida del anciano no se le hubiera escapado del todo, por si hubiera una posibilidad, aunque fuera pequeña.

—¿Vive?

Jared presionó los dedos contra el cuello de Norris y acercó su oído al pecho del hombre al que su mujer adoraba.

—¡Sí! A duras penas, pero sí.

Detrás de ellos se escuchó un sonido estrangulado. Sin necesidad de girarse supo que su mujer no le había obedecido. John se volvió. Estaba tan pálida... Sus ojos castaños parecían llenar esa carita expresiva. Repentinamente sintió una mezcla de angustia e ira; contra ella por no hacerle caso y contra el mundo por hacer sufrir a quien no lo merecía.

—No, John..., por favor. Por favor... —su voz surgía tenue, temblorosa.

No podía permitir que viera lo que iba a ocurrir. Se dirigió a su cuñado y no dio opción.

—Jar, sácala de aquí. Ya. No la dejes verle así...

—¡No! Debo quedarme con él, por si..., por si...

—No. Llévatela, Jared.

—Por favor, *necesito* estar con él.

Sus ojos le imploraban... Maldita sea, sabía que no debía pero se sentía incapaz de apartarla. Si el anciano moría merecía hacerlo junto a un ser querido y ambos se amaban tanto, como padre e hija.

John extendió su mano ensangrentada. Mere la alcanzó sin dudar y se arrodilló junto a Norris aferrándole con una manita la cara y con otra colocándole los anteojos sobre el puente de la nariz, con un gesto tan amoroso que a John se le contrajo el corazón. No quería que ella le viera morir.

—Jar, ve volando a casa del doctor Brewer y sácalo del lecho si fuera necesario. No podemos arriesgarnos a trasladarle hasta que le vea.

Su cuñado no perdió tiempo. Como le había indicado, voló en busca de ayuda.

V

Tras la retirada de los invitados, la discusión se había trasladado al grupo formado por los hermanos Brandon y Rob. Entre otros temas se centraba en la condición mermada del último y en su insistencia en acudir a la tienda junto con sus amigos.

—Es sencillo, Rob. No vienes con nosotros.

—Y un cuerno, Doyle, —se sentó para atarse los cordones de los zapatos— es mi padre.

—Lo único que vas a lograr es entorpecernos.

Al escuchar esas palabras, Rob se enfureció. ¿Acaso no lo entendían? Su padre podía estar herido o…, y a sus amigos les preocupaba que él se fuera a desmayar del agotamiento. Era ridículo y estaban perdiendo un tiempo precioso. Intentó hacerles ver lo que sentía.

—Tengo que ir porque puede que le haya ocurrido algo. Ya sabéis que suele quedar hasta altas horas de la noche a solas en la tienda y empieza a tener sus achaques. Además está metido en todo este asunto y maldita la gracia que me hace que resulte notorio que trata con la policía ¿Es que no lo entendéis?

—No.

La expresión en el rostro de Peter era impenetrable. Rob supo que le resultaría imposible dialogar con él o tan siquiera convencerle, así que optó por actuar. Se levantó de la silla después de atarse el segundo cordón y se dirigió con paso cansino a la puerta. La mano que se posó en su hombro le impidió continuar.

—Suéltame, Peter.

—No.

Su paciencia se consumió. Reaccionó con la furia que llevaba comprimida en su interior desde que a uno de sus mejores amigos se lo llevaron hacía tantos años, el mismo que en ese momento le impedía acudir en busca de su padre. Su mente se nubló y simplemente reaccionó en un ambiente donde sabía que podía.

El puñetazo que lanzó dio en el aire. La sensación que sintió a continuación fue encontrarse presionado con la cara contra el suelo, el brazo izquierdo retorcido a su espalda y un tremendo peso sobre su parte posterior. Intentó retorcerse pero la manaza que le sujetaba el brazo presionó este hacia arriba, contra su omóplato.

Diablos, dolía pero no iba a dar su brazo a torcer.

—Eres un cabrón —intentó golpearle con las piernas, sacudiéndolas con los talones, pero el pesado cuerpo se deslizó, sentándose sobre su trasero y la parte trasera de sus muslos. Estaba totalmente atrapado. Le había inmovilizado con esas puñeteras llaves de lucha que a él le chiflaría conocer y casi había suplicado que le enseñara.

—¡Demonios, Peter, suéltame de una puñetera vez! ¡Me haces daño!

La presa se aflojó algo, no demasiado. Rob giró el rostro hacia un lado y observó al bestia que le tenía amarrado. Seguía imperturbable.

—Si os prometo quedarme al margen si hay cualquier tipo de pelea, ¿me soltarás?

—No.

—Maldita sea. Doyle, dile que me suelte, que no puede controlarlo todo y menos a mí —desde el suelo miró a Doyle— se trata de mi padre… —Rob apoyó la mejilla contra la lustrosa madera, estaba tan cansado y esta estúpida pelea solo servía para agotarlo todavía más.

La súplica velada enterrada en el enfado llegó al hermano mayor. Se acercó hasta donde se encontraban ambos, presa y depredador, tirados en el suelo.

—Tiene razón, Peter. Tiene derecho a ir en busca de su padre.

—No —Rob notó la tensión en el cuerpo que le mantenía sujeto, en la rigidez de los muslos a ambos lados—. Logrará que le maten, como aquella vez en los muelles o aquel caso con los pozos de ratas.

La sujeción de nuevo se afianzó.

—Esto es diferente, hermano. Viene con nosotros y no estará por su cuenta en ningún caso.

Paulatinamente el peso sobre sus muslos se fue relajando y una mano le dio un sonoro cachete en la parte baja de la espalda y otro más sólido en el trasero. El amarre se soltó y Rob flexionó el brazo que le había mantenido sujeto. No era la primera vez que su amigo se obsesionaba con su seguridad, y jamás le había contado la razón. Desde que lo recuperaron del maldito infierno, Peter lo vigilaba como un halcón y la situación había empeorado desde que había asumido el control de la investigación. Había intentado hablar del tema en numerosas ocasiones con su mejor amigo pero se cerraba en banda, como si hablar de ello fuera a hacer realidad sus temores, fuera lo que fuera lo que sospechara que le podría ocurrir si se alejaba de su vista. Quizá algún día…

Peter no tardó en hablar.

—Promete que si pasa algo no intervendrás y lo dejarás en nuestras manos.

—Está bien.

—Promételo.

Dios, que terco era.

—¡Está bien! —su amigo no movió un músculo— prometido, ¿estás contento ahora y podemos movernos?

A continuación el pequeño de los Brandon lo asió del hombro, lo acercó a su cuerpo y lo envolvió en un abrazo de oso. No había Dios que lo entendiera, aunque llevaran así desde la adolescencia. Ya debería estar acostumbrado a las rarezas de Peter y a su obsesión por protegerle. La ansiedad que sentía se aflojó algo. Por fin actuaban e iban en busca de padre. Había pasado demasiado tiempo para su gusto.

VI

Nunca un periodo de tiempo le había parecido tan eterno. Jared y el doctor Brewer tardaron cerca de veinte minutos en aparecer y por el aspecto que presentaba el segundo, su cuñado había participado en vestirle para la ocasión. La cremallera del pantalón estaba abierta, la camisa mal abrochada y sus pies estaban cubiertos por unas desgastadas zapatillas.

Fue casi como si los dioses leyeran sus súplicas. Necesitaban ayuda urgente para trasportar al herido a casa cuando aparecieron los hermanos Brandon y Rob. La situación se descontroló por unos instantes con la reacción de este último al ver el estado en que se encontraba su padre. En su ansia por acercarse entorpeció la labor del médico hasta que este, superado por la situación, pidió que lo alejaran. Solicitó que apartaran a ambos, a Mere y a Rob, para poder trabajar. No les gustó, e incluso el hijo de Norris peleó por un breve momento, pero Peter Brandon no le dio opción. Estalló un brutal puñetazo en su mandíbula dejándolo inconsciente. John le observó cargar el peso de su amigo con algo parecido a la ternura.

—Lo entenderá cuando recobre el conocimiento —susurró Peter. John no estaba tan seguro.

El doctor Brewer estabilizó al herido como pudo, colocando contra la herida una especie de compresa, vendándola después aplicando presión y entre todos movieron el cuerpo como si se tratara de una frágil figura de porcelana de Doulton. El viaje hasta la casa fue una pesadilla. Desde luego, el pequeño de los Brandon lanzaba unos tremendos puñetazos ya que el hijo de Norris seguía inconsciente envuelto en sus brazos, y Mere no soltaba la mano de Norris, musitándole palabras casi sin sentido.

John notó que estaba aterrada por el sonido de su vocecilla. Sonaba exactamente igual que cuando la libró de la cárcel el año pasado.

Ni a sí mismo podía explicar el tumulto de emociones que notaba agolparse en su interior, pero lo que tenía claro es que ganaba el enfado dirigido hacia la enana. Una ira como jamás había sentido y, por todos los diablos, en cuanto recibieran noticias del doctor ambos iban a hablar largo y tendido.

Hasta entonces esperarían juntos en el salón de su hogar, sin probar bocado por la angustia, pese a que Rosie había dado orden de elaborar una suculenta y ligera cena.

Mere permanecía sentada junto a Jared, como si percibiera su ira, y en cierto modo más le valía, porque si en estos momentos protestaba por la forma en que la había tratado o le dirigía cualquier mirada acusadora, estallaría y le daría la tunda que tenía preparada para cuando estuvieran solos. Le picaban hasta las palmas de las manos solo de pensarlo. Esta vez ninguna súplica, discursito o carantoña de su pequeña y entrometida esposa iba a evitar lo que llevaba tiempo gestándose.

*****

Capítulo 9

I

Esperaron dos horas hasta que el médico salió de la habitación de invitados y les dio la noticia de la gravedad del estado de Norris. Mere aspiró para sosegarse. Se negaba a pensar hasta en la mera posibilidad de que ese tierno y maravilloso hombre fuera a desparecer de su vida. Simplemente, tenía que reponerse, ya que le necesitaban con su ternura, su mordacidad y sobre todo, su apoyo incondicional. Y él las necesitaba a ellas para volverle loco, para esconderle la copita de coñac cuando lo notaban achispado y para recordarle que no se colocara los calcetines desparejados.

Una vez recobrado el conocimiento, con la mandíbula algo inflamada y tras lanzar a Peter Brandon una mirada que indicaba cierto tipo de retribución por el tiempo que había estado grogui, Rob se había acomodado con su padre en la espaciosa alcoba, de vigilia. Si ocurría cualquier cosa les avisarían de inmediato, tanto a ellos como a los hermanos Brandon, quienes a su vez se habían instalado en la habitación contigua a la del herido.

Mere no sabría indicar quién les preocupaba más, si el padre o el hijo. Seguramente ambos.

Por el momento prefería no pensar en lo que podría ocurrir ya que no estaba preparada para lo que pudiera pasar. Se encontraba sentada en el lecho con su camisón atado hasta el cuello, a la espera de que apareciera su señor marido. Desde hacía unas horas, tenía un nudo enorme instalado en el estómago que le había impedido, para su desgracia, ingerir la deliciosa cena que había preparado Rosie. Sus ojos se dirigían constantemente a la puerta de la habitación. Algo le decía, bueno, más bien la expresión que había oteado en la cara del ogro cuando se había retirado a dormir, que esa noche iba a tener problemas. Serios y acuciantes problemas.

No debería haber desobedecido a John, pero eso era como pedir peras al olmo y más en la situación en la que se lo ordenó. ¡Ja! Que le dejara solo ante el peligro. Un marido jamás debería pedir eso a su mujer y menos, ordenárselo. ¿Y si le hubieran herido? ¿o si le hubieran dado un coscorrón y se hubiera olvidado que estaban casados como ocurrió con el memo de Lord Autcliffe? ¿o si hubiera habido una pelea? Ella tenía su sombrilla para defenderse…, aunque la punta fuera roma. Daba igual, con ella podía cascar cabezas.

¿Es que John no pensaba subir al cuarto? Lo estaba haciendo a propósito para inquietarla, seguro. Sabía de sobra que la espera le revolvía el estómago, sobre todo porque intuía que el gruñón estaba totalmente enfurecido.

De acuerdo, estaba dispuesta a suplicar. La puerta se abrió de golpe. Vale, suplicar no le serviría de nada.

II

Mientras subía por la escalinata, tras el último vistazo a los Norris, la furia que había estado intentando acallar mientras habían permanecido reunidos se iba incrementando exponencialmente. Con un pensamiento malicioso que sabía que ningún marido debería tener hacia su mujer, caviló que no le gustaría estar en el suave pellejo de su linda esposa. Se relamió planeando lo que a continuación iba a hacer. Desde luego, el pequeño demonio se iba a llevar el susto de su vida. Había llegado el momento de que escarmentara de una vez por todas.

Por los clavos de Cristo, nada más entrar en la habitación se dio cuenta de que la brujilla iba a utilizar el sistema de la súplica. Que lo intentara, que en esta ocasión no le iba a servir de nada. Tocaba ser brutal.

Se dirigió hacia el armario mientras comenzaba a deshacer el lazo del cuello. La imagen que le había ofrecido su pequeña liante, envuelta en su pudoroso camisón, tapada desde el cuello hasta los tobillos y con las sábanas arremolinadas a su alrededor, le puso como una piedra. Ya esperaba encenderse en cuanto la viera, por cómo reaccionaba su cuerpo a su cercanía, y además le venía como anillo al dedo para lo que tenía pensado.

—Desnúdate, Meredith.

Incluso desde donde estaba escuchó el sonido sorpresivo que hizo. Bien, la había sobresaltado. La observó brevemente.

—Desnúdate, no lo repetiré de nuevo.

Jamás había visto a su mujer tan colorada. Claro que no tanto como lo iba a estar al finalizar la noche.

III

Diantre, estaba resultando bastante peor de lo que esperaba. No le había dado opción ni de hablar. Pues no tenía la más mínima intención de desnudarse. Mere subió las sábanas hasta que le taparon el cuello, y más no, porque no pudo.

Con inquietud no dejaba de observar los movimientos de su marido junto al armario. Si no fuera porque la situación era tensa hubiera disfrutado como una posesa del espectáculo que le estaba dando. Con parsimonia se estaba desnudando ante ella. Bueno, de espaldas a ella. Vaya, menudo trasero tenía su grandullón. Redondo y firme, bastante más que el de ella. Las manos le hormiguearon con la necesidad de extender y sobar. Y esos músculos de la espalda…, y los muslos…, ¿estaba babeando?

Al fin se volvió y a Mere casi le dio un espasmo. Su marido estaba excitado. Más que excitado. Con los ojos entrecerrados, una expresión peligrosa y con su miembro inmenso, como un mástil, apuntando hacia ella, se iba acercando con pasos calculadores, sopesados. El corazón de Mere comenzó a latir a un ritmo frenético.

—No te has desnudado, Mere.

—No —las cejas del gruñón se enarcaron— ¿hace frío?

—No querida, yo diría que hace calor así que baja las sábanas y desnúdate.

—No me parece muy buena idea. Verás, el día ha sido horrible, extenuante, y estoy, no, *seguro* que estamos agotados.

Las cejas se fruncieron.

—Da igual, cielo, porque hoy…, vamos a aprender una lección esencial para que nuestro matrimonio vaya como la seda.

—¡Ya va como la seda!

—Claro, cuando te sales con la tuya y haces lo que te viene en gana.

John había alargado la mano y estaba intentando bajar las sábanas. Mere las aferró con ambas manos y tiró. John estiró de nuevo. Mere las sujetó con manos y piernas.

Nada la preparó para el brusco tirón que sintió dejándola únicamente cubierta por el camisón. La clara y algo vidriosa mirada de su marido la recorrió de pies a cabeza y se posó en la zona oscura entre sus piernas que se transparentaba a través del fino camisón.

Mere instintivamente unió los muslos.

—No hagas eso.

—¡No hago nada!

—Muy bien. Tú lo has querido.

Empujó con insistencia a Mere contra las almohadas y con la otra mano subió de un golpe la ropa dejándola expuesta. Con sus manazas le separó con vigor los muslos y la palma de su mano derecha quedó firmemente presionada contra su sexo. Quieta, como retándola a decir algo.

Intentó de nuevo cerrar las piernas pero esas inmensas manazas no le dejaban.

—Abre los muslos, Mere.

—¿Para qué? —la vocecilla salió fina, con apenas volumen.

—Tú, sepáralos.

Mere resolvió complacerle, por esta vez, aunque la situación se escapaba a su imaginación e incluso a su lógica. No era la primera ocasión que la acariciaba o tocaba ahí, incluso John parecía tener cierta querencia por esa entrada a su cuerpo y por sus pechos, claro, pero esta ocasión parecía diferente a las anteriores. Era como si quisiera retarle y hacerle ver que podía hacer con ella lo que quisiera.

Decidió que la mejor maniobra era recapitular ya que no le agradaba nada la dirección por la que se adentraba la situación y su instinto le decía que lo que venía a continuación no le iba a gustar.

Como estatuas, parecían dos gladiadores enfrentados, y uno de ellos no paraba de meter mano en las zonas privadas del otro. Y ese, desde luego, no era ella.

—¡Ay Dios!

Dos enormes dedos acababan de introducirse en su cuerpo, con lentitud, y su marido la observaba con fijación. Mere dirigió ambas manos al lugar que sentía cada vez más caliente y las posó sobre la de John, intentado estirar del enorme pulgar pero la única reacción que logró fue que los dedos ubicados profundamente en su interior se curvaran, haciéndole ver las estrellas.

—Dios, para…, para ya.

—No. Y por todos los demonios que vas a aprender que no tienes nada, absolutamente nada que hacer si intentas enfrentarte a un hombre adulto e incluso a un joven, en tu caso. —Esos endiablados dedos entraron aun más en su interior con una fuerza constante hasta que los nudillos apenas se veían entre la mata de vello. Mere comenzó a estremecerse—. Hoy te voy a dar un susto de muerte, Mere, pero mejor yo que cualquier desconocido.

—Por Dios…, estás muy adentro.

—Entonces imagina la sensación de unos dedos que no tengan en cuenta lo delicado de tu interior o que les importe bien poco, Mere.

Sonaba tan… enfurecido. Mere apretó con fuerza los labios al notar que los dedos salían sin miramientos y con otro fuerte impulso retornaban hasta el fondo.

—Espera…, espera ¿por qué tendría que imaginar nada de eso?

—Diablos, Mere —el movimiento de los dedos siguió y con la otra mano John apartó de su camino las manos de Mere— ¿es que no se te ha pasado por la cabeza que los cabrones que te propusieron sexo el día que seguiste a Abrahams podrían haberte violado allí mismo?

—¿Violado?

—Sí, Mere, violado…, metértela hasta hartarse sin importar que te negaras, doliera o desgarrara.

Los ojos de Mere se agrandaron hasta llenar su cara y tragó saliva.

—Jamás se me ocurrió.

La siguiente penetración fue muy dura, causando casi dolor. Mere reaccionó.

—Maldita sea, Mere. Esto no sería nada en comparación y créeme que si quisiera ya estarías más que violada en este mismo lecho.

—¿Por qué me estás haciendo esto?

El vaivén de esos inmensos dedos cesó levemente para continuar en seguida, provocando que Mere encogiese las piernas. En esta ocasión John le dio con la palma de su otra mano un leve azote y ella abrió las piernas de nuevo dejando su centro abierto para él. Mere seguía tendida sobre la cama pero se había incorporado algo, apoyada en sus codos y miraba en todas direcciones salvo a su esposo. John se había sentado junto a su cadera y no paraba con sus movimientos sinuosos. No paraba y a Mere le estaba costando concentrarse pese a los repentinos picos de dolor cuando esos dedos llegaban demasiado lejos o lo hacían con brusquedad.

Paulatinamente John fue ralentizando el movimiento hasta que dejó los dedos quietos, como al principio.

—¿Has comprendido lo que intento hacerte ver, Mere?

Mere se encontraba a las puertas del llanto. Un repentino calor le subió desde el estómago hasta el pecho. Furia sin adulterar.

—Que eres un cerdo.

Con ambas manos, tras incorporarse bruscamente, empujó el amplio pecho de su marido, separándole de ella.

La expresión sorprendida de John le acongojó algo pero no lo suficiente para amilanarse. Con un ágil salto que pilló por sorpresa al grandullón saltó de la cama hacia el otro lado de la habitación y quedó en pie con las piernas plantadas firmemente sobre el piso.

—Y que jamás me rendiré sin pelear, aunque me vaya la vida en ello —rábanos, había empeorado la situación con su escapada. El grandullón se estaba incorporando con la sinuosidad de un felino y los músculos se le marcaban por toda la extensión de su impresionante cuerpo. Había despertado a la fiera y le estaban entrando hasta trembleques.

—Eso no significa que no intente dialogar, claro. —Se estaba acercando sin prisa acechándola y disfrutándolo, rodeando el pie de la cama en silencio.

Mere se lanzó de cabeza hacia el otro lado con lo que John se paró de golpe, ladeó su hermosa cabeza como si lo que veía lo dejara atónito y habló con voz ronca, muy ronca y para colmo su miembro seguía monstruoso... y bamboleante ¿Sería eso normal? ¡Si estaban en plena pelea! Él parecía de lo más cómodo con la incomodidad de Mere. Desde luego, su marido era de lo más desinhibido en la alcoba.

—Hoy no me apetece dialogar, Mere. Me apetece tener sexo salvaje.

Era lo último que hubiera esperado escuchar Mere.

—¡Pero si nos estamos peleando!

—No, tú te estás peleando conmigo.

—Pero si acabas de meterme los dedos hasta el ombligo.

—Y de seguido va mi pene, amor.

Mere entrecerró los ojos.

—De eso nada.

—¿Ah, no? ¿Y quién me lo va a impedir? —seguía quieto, pero desde luego Mere no iba a dejar de estar atenta al más ligero movimiento— ¿una cosita pequeña como tú?

Mere se sintió sumamente ofendida.

—¡No soy pequeña, memo! Soy tamaño normal.

Una sonrisa apareció en el rostro del energúmeno. Mere decidió apelar a su sentido común.

—Marido. Esto es... algo grotesco. Los matrimonios debieran llevarse bien y...

—Tener mucho sexo salvaje.

Mere pateó el suelo.

—¿Quieres dejar de decir eso?

—No. ¿Acaso no quieres sexo bestial en nuestra relación?

No podía llegar a comprender cómo la situación se le había podido escapar tanto de las manos.

—¡Quieto ahí!

—De eso nada. Ya hemos hablado más que suficiente. Hoy me vas a cabalgar, amor.

Vaaale, su marido había perdido la chaveta ¡Quería salir a montar a caballo!, ¡En plena discusión! Su madre le había dicho que podía desesperar a alguien pero no hasta tal punto.

—Es de noche.

—Evidente, enana.

—No se debe cabalgar de noche.

La sonrisa en la cara de su marido la puso de puntillas, presta a saltar. No le gustaba nada la forma en que la miraba, bueno en la que miraba la zona donde el camisón cubría sus pechos, caderas y triángulo de vello entre sus piernas. Le faltaba enseñar los dientes.

—Te aseguro que en nuestro caso, sí que se puede.

Mere empezaba a sospechar que estaba hablando de algún tipo de cabalgada que nada tenía que ver con caballos.

Las arrugas en las comisuras de los espléndidos ojos de su gruñón, se acentuaron.

—¿Qué te hace gracia?

— Hum…, nada.

—Entonces deja de mirarme así.

—¿Cómo?

—Como si estuviera envuelta en tu guarnición favorita.

—Enana, contigo no necesito guarnición.

Sonaba raro pero a Mere le encantó. Dio un corto paso, cauteloso, hacia su marido.

—¿Vas a ser suave de ahora en adelante?

—Depende.

—¿De qué?

—De que hayas captado mi intención —el rostro de John perdió su candor y se tornó serio—. No es una broma, Mere. No te das cuenta de lo apetecible que resultas y si alguien intentara propasarse sin tenerme a mí, a tu familia o amigos cerca, te sería imposible impedirlo.

—Lo sé, John, no soy tonta.

—Entonces, ¡actúa en consonancia, demonios! —John se pasó la mano por su negro y rebelde cabello como si hubiera agotado la paciencia acumulada para el día.

Mere extendió los brazos intentando reflejar su desesperación.

—John, no puedo vivir mi vida con miedo. Me lo han inculcado durante toda mi existencia, mis padres, mis hermanos, la abuela, tú... —John la miraba sorprendido, como si fuera la primera vez que pensara en tal posibilidad—. Si así fuera no valdría la pena vivir ¿no lo entiendes? Vivo y amo con pasión. Te amo con pasión... —siguió acercándose hasta rozar el vientre plano de su marido. Alzó la vista hasta alcanzar esos transparentes iris verdes— y ello conlleva que disfruto de todo como si no fuera a vivirlo de nuevo. Si me pides que no lo haga así, no me conoces, nunca lo has hecho y hemos cometido el mayor error de nuestras vidas.

Su marido la contemplaba boquiabierto. Repentinamente la alzó en sus brazos y Mere, con toda naturalidad, rodeo su cintura con las piernas. Las manazas de John agarraron sus nalgas y la apretaron fuerte, restregándola contra su torso como si deseara impregnarse para siempre de su olor. Su boca la devoró, con hambre, con un hambre nunca sentida hasta entonces. Con su lengua llenaba su boca y Mere no le iba a la zaga. Le encantaba lidiar con su juguetona lengua y morderle porque por experiencia sabía que lo excitaba a rabiar.

Esta ocasión no fue diferente. El bulto que sentía bajo su trasero se notaba enorme y eso le encantaba. Si había algo que denotaba la intensidad del deseo de su marido era eso y nada podía ocultarlo.

Cargándola se dirigió a la cama y se tendió con ella encima. Sentada sobre su pelvis, con el camisón apiñado a su alrededor, se quedaron paralizados.

—Tienes razón, —susurró John— no podría soportar que no me amaras si no fuera con todo tu corazón o pasión. Y sí te conozco, Mere, te conozco mejor que tú misma. Igual que tu a mí y por ello estamos destinados a estar juntos, amor.

Mere sonrió, mostrando esos hoyuelos que pocas veces asomaban en sus mejillas, únicamente cuando su sonrisa era profunda.

—Para siempre.

Se tendió sobre el firme cuerpo de su marido y se dejó llevar. Con una sutileza que parecía ajena a unas manos tan poderosas, John abrió los pequeños botones del camisón, lo izó sobre su cabeza, retirándolo a un lado y se quedó observándola.

—Eres hermosa —con su largo dedo trazó un camino imaginario desde su cuello hasta su ingle izquierda, haciéndola estremecer.

Creía entender a qué se había referido antes con que le iba a cabalgar. La idea le pareció tan sensual y provocativa…, el poder de dirigir y guiar comenzaba a sonarle a las mil maravillas.

Se alzó sobre sus rodillas, desplazando su peso y con ese simple acto separó ambos cuerpos logrando que el grandullón gruñera por la sensación de pérdida. Le ojeó el rostro y brillaba por el sudor, mientras se mordisqueaba el grueso labio inferior. Mere rió para sus adentros. Diantres, le encantaba la noción de control y sabía que John le seguiría la corriente en lo que hiciera.

Inclinó los hombros hasta que sus pechos rozaron el fornido torso y besó el mismo labio que John se estaba mordisqueando logrando que lo soltara. Tan pronto lo liberó Mere lo lamió una y otra vez, hasta que de la boca de su marido surgieron gemidos descontrolados. Mere sintió unas manazas posarse en sus caderas pero con sus manos se libró del calor que desprendían, colocándolas de nuevo en su lugar de reposo inicial aunque para ello requiriera algo de fuerza, como si la voluntad de su marido estuviera en guerra con su deseo.

—Promete que te estarás quieto y me dejarás hacer —pidió con travesura, en un suave susurro. Su marido no reaccionó— ¿John? —esas manos de nuevo iniciaban sus andanzas y otra vez fueron retiradas por las de menor tamaño— ¿John?

—¿Qué?, por todos los santos… —resopló— ¿es que quieres enviudar joven? —Mere no pudo evitar lanzar una risilla pecaminosa.

—No, quiero gozar contigo.

—¡Al fin!, por todos los demonios. Se buena y no pares.

—¿Te estarás quieto?

—No creo que pueda, cariño.

—¡Por favor!

—Lo intentaré.

—¿Me lo prometes?

—De eso nada, enana. Como mucho, lo intentaré…

Mere valoró la extraña promesa. Era suficiente. Optó por lamer el grueso cuello y la reacción inmediata fue el movimiento incontrolable de su nuez de Adán. Desprendía un olor tan masculino, propio de él e indefinible. Lamió de nuevo, mordisqueó y lo que se agitó sin control fue su miembro varonil. Siguió hacia abajo hasta lograr definir con sus labios la larga extensión de ambas clavículas. Algo llamó la atención de Mere ¡Vaya! Su marido tenías los pezones erectos, totalmente erectos. Con el índice acarició el derecho pasando por encima con suavidad y rozándolo con la uña. El enorme cuerpo se estremeció. Pues sí que era sensible a los estímulos su señor esposo. Y a ella, verle así, le hacía perder la vergüenza.

Se le ocurrió probar otra cosa. De sopetón dejó caer su peso sobre la pelvis de John, aprisionando su miembro contra su vientre.

—Diablos, Mere, no voy a poder estarme quieto —le temblaba el cuerpo— y como no me tomes pronto, me voy a correr como un maldito adolescente —lo decía como si sufriera.

—Pues hazlo.

—No, maldita sea, quiero estar dentro de ti cuando estalle, envuelto en tu calor.

Hasta ese momento no pensó que pudiera estar sufriendo, no pensó que el placer le causara cierto tipo de dolor, un dolor exquisito pero dolor al cabo, y no estaba dispuesta a que su gruñón sintiera que le estaban torturando por una estúpida promesa lanzada al aire por un tonto capricho.

Ya había aguantado más que suficiente. Con la mano aferró el pulsante y mojado miembro y lo guió hasta la entrada de su cuerpo. Se alzó sobre sus rodillas y con un placentero vaivén onduló la cadera frotando la gruesa cabeza del pene. Su John gimoteó de nuevo como si hubiera perdido la capacidad de hablar.

Adentró con suavidad la formidable punta en su interior, con lentitud, tanta que podía sentir como forzaba el espacio necesario para hacerse el hueco suficiente y seguir deslizándose hacia dentro. Mere no quería apresurarse. Ya que se le daba la oportunidad, deseaba saborearla. Contrajo los músculos internos de su sexo y los aflojó. Su John tembló.

—Dios, Mere, no hagas eso, por Di…

No lo pudo evitar. Basta que dijera que no lo repitiera para que su cerebro diera la orden de hacerlo.

—Diablos, Mere, que no aguanto más… —todo su cuerpo transpiraba y a la luz de las velas, se le veía tan hermoso desde arriba, desde el punto de vista de Mere.

Se deslizó con lentitud empalándose poco a poco y llenándose de él hasta acoger en su interior la casi totalidad del miembro. Todavía le costaba cobijar toda su extensión desde un principio ya que necesitaba acomodarlo con calma para evitar sentir dolor. Por ello le gustaba tanto esta postura, porque ella controlaba el paso y la velocidad.

—Ay, madre mía.

Había lanzado las campanas al vuelo con antelación porque no había terminado de regocijarse en la sensación de poderío que sentía, cuando el enorme miembro de John la llenó por completo empujándola hacia arriba con el súbito impulso provocado por la pelvis de este.

Los minutos que siguieron fueron pura percepción sensorial. Meré se limitó a apoyarse en sus rodillas mientras el gruñón, con los talones plantados en la cama, mantenía un ritmo apremiante, más y más veloz con cada empuje. La llenaba con toda la intención de poseer hasta el último recoveco. Ya no sabía si con las penetraciones contraía o no sus paredes internas, tan solo le parecía que el espacio disminuía por momentos aprisionando el pulsante miembro o que este se iba ensanchando hasta dilatar tanto su interior que Mere no distinguía el dolor del placer. Le parecía imposible saber si era uno u otro.

Sus muslos temblaban incontrolablemente hasta que sintió que esas suaves y al tiempo ásperas manos le palpaban y magreaban los llenos pechos y bajaban hasta posarse en su cadera, aferrándola con fuerza. Esa fue su perdición. La contracción inicial fue brutal. Ambos gimieron con una mezcla de intenso dolor y deleite hasta que los movimientos pararon segundos o minutos después. Meré había perdido la noción del tiempo.

Cayó agotada sobre el sudoroso pecho. Cuando sus respiraciones se hubieron relajado y acompasado, se rió.

—Me estás dejando sorda con el retumbar de tu corazón —intentó incorporarse pero las pesadas manos se ubicaron en su trasero presionando hacia abajo.

—No, quédate quieta.

—Pero…

—¿Qué? —murmuró adormilado bajo su extenuado cuerpo.

—Estás aun en mi interior —Mere alzó con dificultad la cabeza. Hasta esta le pesaba de la languidez que cubría su cuerpo.

—Ajá.

—¿No sales?

—No. Estoy demasiado a gusto como para moverme —analizó lo dicho por Mere, medio adormilado— ¿te duele?

—No…, pero sigues estando grande.

—Enana, soy grande.

—Vaaale. ¿Podremos dormir así?

—Hum…

No lo podía creer, el grandullón ya estaba medio roncando. Mere le besó en medio del pecho pensando en la opresión que sentía dentro del suyo. Tanta, que a veces le daba miedo sentir todo ese amor y ternura hacia alguien. Le beso de nuevo donde acertaron a alcanzar sus labios.

John sonrió medio dormido y murmuró.

—No creas que te vas a librar de la tunda que mereces, enana. Hoy me has agotado pero mañana…

Mere iba a contestar pero un largo dedo se posó sobre su boca y la acarició.

—Mañana, amor…, mañana será otro día y será duro. Ahora duerme, lo necesitamos.

Mere suspiró, reposó la cabeza con suavidad y casi sin notarlo cayó en un profundo sueño con su marido aun en su interior.

IV

Estaba calentita pero en una postura incómoda y quizá por ello había despertado. Abrazado a ella como un pulpo estaba John, con el precioso rostro cubierto de un espeso principio de barba y respirando con la tranquilidad de un niño pequeño por encima de la coronilla de Mere. Tendidos de costado con las piernas entrelazadas se encontraba tan a gusto que optó por no moverse ni un milímetro. No deseaba despertar al grandullón y lo cierto es que por nada del mundo quería hacer frente a la realidad del día por llegar. ¿Por qué la vida no era más sencilla?

Prefería no pensar, ni levantarse del lecho, o retrasarlo cuanto le fuera posible. Jamás antes se había contemplado a sí misma como un avestruz, de esas que esconden la cabeza bajo tierra para no sentir dolor ni angustia, pero esta mañana tenía miedo de lo que fueran a escuchar de boca del médico, tanto miedo…

Apartó el pensamiento de su mente. John se removió e introdujo el muslo con mayor precisión entre los de Mere. Sonrió medio en sueños y murmujeó un satisfecho *ahí, cariño*. Mere respondió de forma inconsciente a esa sonrisa y por un momentito pensó que le encantaría poder adentrarse en los pensamientos del gruñón.

Sabía que tardaría en despertar. Apenas habían compartido mañanas como matrimonio, pero Mere ya tenía claras ciertas cualidades de su marido. Le gustaba dormir desnudo, casi todas las noches terminaba cubriendo a Mere como una calurosa manta de lana y a lo largo del sueño mantenía el contacto con el cuerpo de Mere con cualquier parte del suyo, una mano, un pie, su cuerpo entero. Como si en su subconsciente temiera que le fuera a ser arrebatada.

Se había casado con un oso de peluche enorme, cuya mayor diversión solía centrarse en despertarla en mitad del más profundo sueño, bien entrada la noche, para hacer el amor con lujuria y desenfreno.

A Mere le apasionaban todas esas cualidades, sin duda.

Las otras, que fluctuaban durante el día, la terquedad, la necesidad de controlarlo todo, lo mandón que era, estaba dispuesta a soportarlas por el bien común.

—Hola, enana —el grueso muslo se adentró aun más, hasta tocar fondo —necesito un beso mañanero.

Otra cosa que no dejaba de sorprenderle es que despertaba siempre de buen humor, ni gruñón ni malhumorado. Le chiflaba su señor esposo.

Mere lo besó con un casto beso que sabía de sobra que ni por asomo le sería suficiente. Perdió exactamente un segundo en arrastrarla hacía él y darle ese sensual beso con el que a diario comenzaban el día.

—¿Estás preparada? —no hacía falta que se explayara ni diera más explicaciones. Se miraron a los ojos.

—Tengo miedo, John.

—Ya lo sé, cariño, pero ocurra lo que ocurra, estaremos juntos.

Se deslizó de la cama hacia un costado, quedando en pie, desnudo y a la espera, hasta que alargó la mano extendiéndola hacia Mere.

No podían retrasarlo más.

V

La realidad, para no variar, llegó demasiado pronto y con ella las angustiosas noticias que habían empeorado al amanecer. El ambiente de la casa era cada vez más enrarecido y nadie quería hablar, pero todos pensaban lo mismo. La infección se había apoderado del cuerpo del anciano, su débil cuerpo peleaba como si la vida le fuera en ello, y así era. Rob se negaba a apartarse del cuerpo tendido y Peter parecía la sombra del anterior.

Rosie tampoco abandonaba la habitación, atendiendo a Norris, colocando sobre su frente y pecho telas frescas humedecidas continuamente para intentar bajar la temperatura del febril cuerpo. Incluso los labios habitualmente sonrientes de Rosie estaban apretados, temblorosos como si intuyera lo que se avecinaba.

En el saloncito estaban congregados ellos, Doyle, y en cualquier momento se les unirían Jared y los padres de Mere. Mere jamás llegó a saber el origen de la fuerte amistad que los unía, simplemente había sido así desde pequeña. Era una de esas cosas que jamás te cuestionas, como respirar aire.

Tenían gracia las ocurrencias que se planteaban en momentos como el presente, extrañas y a destiempo.

—Ayer noche mandé aviso a la abuela —comentó John. ¡Por Dios, la abuela! Iba a ser un golpe tremendo para una mujer que ya había recibido demasiados en la vida. Mere sospechaba que ella y Norris se amaban, lo había recreado en su mente tantas veces, incluso había fantaseado con una posible boda.

Ahora todo estaba perdido y tenía miedo, mucho miedo, a la reacción de su abuela ya que si ella no estaba preparada y se negaba a admitirlo ¿podría hacerlo la abuela?

Pese a todo, Mere agradeció a John con la mirada el haber pensado en ello, porque si algo tenía claro era que si ocurría lo peor, su abuela debía estar con el hombre al que amaba con todas sus fuerzas.

Continuamente lanzaban furtivas miradas a lo alto de la escalinata. El doctor estaba tardando demasiado, llevaba casi media hora atendiendo a Norris y Mere desconocía si eso era buena o mala señal y tampoco quería preguntarlo por miedo a la respuesta.

Se escucharon los pasos acercándose y sintió un puño atenazarse en su pecho. Alguien agarró su helada mano y la envolvió en calidez, John.

El aspecto del médico era de cansancio y sus ojos también lo reflejaban. Se estaba colocando las mangas arremangadas y nada decía, parecía estar preparando la frase, decidiendo la mejor manera de expresarse.

Mere estaba a punto de gritar que lo soltase, que necesitaban oír lo que fuera, pero no pudo ya que sonó la aldaba del portón de entrada. ¡Dios!, la abuela.

La palidez y el agotamiento del rostro femenino, súbitamente avejentado, eran palpables y el estado de su vestido lo acentuaba. Pero fueron esos ojos habitualmente brillantes, los que quedaron clavados en la memoria de Mere. Opacos. No eran los ojos de su abuela sino los de una extraña que sufría lo indecible.

No supo cómo se acercó a ella ni cómo aferró su mano. De repente estaban de frente ambas, con su diferencia de estatura, pero en esta ocasión y por primera vez, tocaba que Mere asiera las riendas y guiara a su perdida abuela. Alzó esa arrugada y suave mano hasta sus labios y la beso suavemente. ¡La quería tanto!

Se volvió hacia su marido y le dio a entender su intención. No requirieron palabras. Con extrema dulzura despojó a su abuela del grueso abrigo, del ladeado y casi suelto sombrero, mientras la mirada de esta se dirigía insistentemente al piso superior y tiró suavemente, iniciando el camino que a ambas aterraba. El doctor las siguió con decisión.

La habitación se encontraba en penumbra, aunque no falta de corriente al estar el balcón ligeramente abierto permitiendo la entrada de una suave brisa. La abuela soltó la mano de Mere y se acercó al lecho con lentitud, hacia la figura recostada en una butaca ubicada junto a la cama.

Mere observó callada cómo la abuela posaba con ternura la palma de su mano sobre la mejilla del hombre agotado que en estos momentos estaba adormilado. Nada más sentir el roce, esos hermosos ojos azules se elevaron y se notó la comprensión en ellos. Abandonó con suavidad la butaca, con extrema dulzura besó el dorso de la mano de la abuela y salió de la alcoba tras acariciar la cabeza de su padre, con amor.

A Mere ver eso le provocó un nudo en la garganta que no podía ni quitar, ni tragar. Sus ojos se llenaron de lágrimas no caídas.

El hijo se parecía *tanto* al padre. Sin una sola palabra Rob Norris abandonó la habitación y Mere dudó, pero al final resultó sencillo, no podía dejar a la abuela sola. No podía.

VI

Ver a su mujer subir por las escaleras arrastrando con suavidad a la abuela había sido una de las cosas más duras que había tenido que permitirse hacer en su vida. Si Norris moría…

En la puerta aparecieron las figuras agotadas de Rob, de Peter y la del doctor Brewer hablando con una quietud engañosa.

—Si aguanta las próximas horas, puede que tenga alguna posibilidad, pero le voy a ser muy franco…, es difícil. Comienzo a sospechar que el cuchillo con el que apuñalaron a su padre estaba impregnado de alguna sustancia, quizá veneno. La infección apareció a gran velocidad, incluso tras limpiar a fondo la herida y desinfectarla. Eso no es habitual.

—¿Está seguro?

—Es la hipótesis más lógica. Al no ser la herida mortal de necesidad, debía haber mejorado tras las curas, pero no ha sido así. Sé que luchamos también contra la avanzada edad del paciente, aunque, en este caso, la fortaleza del señor Norris tendría que haber sido un punto a favor de su curación. Además…

—¿Qué?

—Desprende un olor muy peculiar, almendrado, sus pupilas están extremadamente dilatadas y la zona externa de la herida presenta una irritación muy peculiar.

—¿Cianuro? —dijo John.

—Eso sospecho, o incluso algo de estricnina o arsénico ya que es sencillo de obtener. Lo siento mucho —ratificó el doctor.

—¡Dios santo! ¿Me está diciendo que no tiene cura? —lanzó Rob y se dejó caer con las manos sobre el rostro en una de las butacas que llenaban el salón. El médico prosiguió.

—Es relativamente fácil obtener esas sustancias ya que por regla general se emplean para matar a ratas o moscas e incluso algunas mujeres también las utilizan como producto de belleza a fin de suavizar la piel.

—¿Cómo es eso posible, por Dios? ¿No hay controles?

—Mínimos. A partir de cierta cantidad el comprador debe firmar en el *Libro de venenos* de la farmacia. En cantidades inferiores el descontrol es completo.

—Resultaría imposible seguir cualquier pista.

—Ya ha ocurrido en alguna ocasión y la policía poco o nada pudo hacer ya que sus pesquisas de toparon con un muro infranqueable. Para desgracia del sistema de este país, un asesino lo tiene muy fácil si quiere evitar que le pillen, tanto como comprar pequeñas cantidades de veneno en distintas farmacias, cantidades que no lleguen al peso necesario para que conste una firma —sus ojos reflejaban la impotencia que sentía. —Lo lamento tanto, caballeros.

Rob alzó la vista y miró directamente al médico, suplicante.

—¿Qué se puede hacer?

—Por el momento, esperar. Ya hemos hecho todo lo posible, asegurar una buena ventilación, acomodar a su padre e intentar disminuir la fiebre aplicando compresas frías. La lucha contra el veneno le corresponde a él. Es un hombre fuerte, así que no pierda la esperanza, aun no.

Esperaron, no les quedaba otra opción.

VII

El grito se escuchó en el piso inferior y tras él los sollozos desgarradores. Después el silencio. No podía ser. Las miradas de John y Rob se cruzaron y sintieron en su corazón que lo temido había ocurrido. El movimiento fue inmediato, se lanzaron a la puerta y ascendieron los escalones, de dos en dos, de tres en tres, conteniendo el aliento. Detrás avanzaban los hermanos.

La escena a la que se enfrentaron les paralizó. Contra la cabecera de la cama se apoyaba la abuela Allison, rodeando con sus brazos el cuerpo inerte del hombre que había querido hasta el final, acariciando acompasadamente su plácido rostro. Mere estaba sentada en el suelo, al lado del lecho, no lejos de ambas figuras, con la mejilla apoyada en el dorso de la mano del anciano, caída a un lado del colchón y húmeda de lágrimas. Su mujer tenía la mirada perdida en la distancia. Ya no se oían sollozos. No se escuchaba nada.

El hijo se adelantó con la mandíbula apretada y la espalda rígida. Con delicadeza se sentó junto a las figuras tendidas en el lecho y su mano se apoyó en el pecho de su padre, lo acarició y separó con lentitud las arrugadas manos de la mujer que lo había enamorado. Su padre, no podía permitirse derrumbarse, no ahora, delante de las mujeres. Ellas eran lo primero.

Aguantó como pudo el nudo, ese maldito nudo que le atenazaba la garganta y casi, casi rompió a gritar al sentir una mano posarse en su hombro. La sacudió porque si en ese momento sentía cualquier tipo de cariño, compasión, piedad, lo que fuera, perdería las formas y caería hundido en la miseria. Su padre…

Después lloraría por ese hombre al que adoraba y del que el destino le había impedido despedirse.

Las frías manos de la abuela Allison quedaron donde las había deslizado Rob con delicadeza y este cargó con el encogido cuerpo de su padre, apretándolo fuerte, con desesperación, contra su amplio pecho. No podía permanecer en el mismo cuarto con las mujeres porque no había tan solo una víctima, eran más y tenían que atenderlas. El peso que soportaba le pareció tan liviano, no lo relacionaba con la fuerza de su padre, con su vitalidad.

Se giró hacia sus mejores amigos y estos, sin pronunciar palabra, le precedieron en el camino que jamás pensó que llegaría tan pronto. Afianzó su angustiosa carga, besó la frente de la única familia que le quedaba y había perdido, abrazó por última vez al padre que lo había guiado y amado toda su vida y siguió a Peter.

John observó con un sentimiento indescriptible la dulzura que un hombre, prácticamente desconocido para él, había empleado con la abuela y se juró a sí mismo, en ese mismo momento, mientras las figuras con su triste carga desaparecían de su vista, que el hijo del hombre que acababa de perder la vida en su casa le tendría siempre como aliado.

Con suavidad para no sobresaltar a su mujer se arrodilló a su vera y alzó el redondo rostro por el que se derramaban lágrimas sin llanto. Mere atrapó su mano enlazando los pequeños dedos con los suyos.

—¿Se me ha muerto?

John no supo que contestar.

—No ha muerto ¿verdad? —la vocecilla temblaba.

Tan solo se le ocurrió sentarse a su espalda, colocarla con dulzura entre sus piernas extendidas y rodearla con los brazos, cobijando esa adorada cabeza en el hueco de su cuello. Lloraría cuando estuviera preparada, no antes, y él estaría esperando como lo había estado su vida entera. Necesitaba entereza y él se la daría porque se necesitaban ambos, necesitaba el amor de la mujer a la que abrazaba por encima de cualquier otra cosa.

Los sonidos y los pasos se arremolinaban sobre sus cabezas. John no tenía intención de moverse hasta que fuera necesario, pese al drama que estaba ocurriendo junto a ellos. Solo pensaba en lo que se debía sentir al perder a la persona amada.

Su corazón y su mente pidieron por la anciana que parecía no reaccionar a nada de lo que ocurría a su alrededor. No veía lo que ocurría, pero lo oía. Escuchaba la preocupación en el tono de voz que empleaba el doctor Brewer y en las peticiones que con premura hacía a Rosie.

John quería ayudar pero su mujer era lo primero. Ella era lo primero...

VIII

Mere no iba a llorar, no hasta que se asegurara de que su abuela estaba en condiciones de enfrentarse a lo que había ocurrido.

No recordaba cómo había llegado al suelo y a estar envuelta en los reconfortantes brazos de su marido. Tan solo sabía que él estaba ahí para ella y se sintió, en cierto modo, llena, acompañada. A solas con él lloraría y gritaría, no antes.

Le angustiaba el estado de la abuela. No había llorado, estaba quieta como un pálido fantasma y no reaccionaba a las preguntas. No reaccionaba a nada, ni a su familia ni tan siquiera a ella. Rosie había preparado una habitación en el ala este de la casa, en tonos azules, acogedores y entre las dos la habían desvestido. Ni siquiera entonces rechazó la ayuda, algo impropio en ella en otras circunstancias. Pero no eran circunstancias normales, no lo eran... Se había dejado hacer como una niña y la angustia de Mere se incrementaba por momentos. ¿Podía alguien perder la cabeza para evitar enfrentarse a un dolor tan agudo? No quería conocer la respuesta, por favor, no quería, pero la pregunta no dejaba de atormentarle la mente.

Sabía que era puro egoísmo, pero se sentía incapaz de perder a su abuela, a esa enérgica y vivaz mujer, además de al hombre que la había enternecido tanto con sus fantásticas historias e invenciones.

—¿Abuela? —preguntó con suavidad. Mere se dio cuenta que Rosie tragaba en respuesta a la falta de sonido alguno por parte de la mujer que parecía no responder a las palabras, ni a los abrazos, ni incluso a los besos.

—Abuela, por favor... —Mere alzó la pasiva mano— necesito que me hables... —ni un sonido— no puedes dejarte morir ¿me oyes? Abuela... —Mere sentía el llanto agolparse en la garganta hasta que su cuerpo no pudo más. El sollozo surgió desgarrador y detrás siguieron los demás. Rota la barrera, fluyeron sin contención.

Todo le daba igual. Su abuela no reaccionaba y ella lo único que sabía hacer era llorar como una niña. Se dejó caer al suelo, a los pies de la mujer que casi la había criado y el llanto salió sin control, un llanto del interior, incontrolable. Los segundos pasaron con ella arrodillada y las figuras en pie rígidas.

—No llores, mi amor.

No podía parar, se sentía incapaz.

—No llores, Mere... —la mano que se posó sobre su cabeza, le acarició y la figura que hasta entonces había estado ajena a todo la envolvió en su calor. El olor la reconfortó, ese olor mezcla de campo y lluvia.

—¿Abuela?

—Ya he vuelto, cariño y no pienso irme.

El llanto se reanudó y las dos mujeres se abrazaron, buscando el contacto para curar al menos una pequeña parte del dolor que sentían.

IX

Tardaron dos días en celebrar el sencillo funeral. Mere siempre supo que Norris era un hombre querido, pero aquello..., aquello no lo esperaba. Hombres y mujeres arremolinados bajo la sombra de los árboles, algunos apartados mostrando en soledad el respeto que creían que el hombre que estaban enterrando merecía; y otros cerca del lugar de enterramiento, sin temor ni vergüenza de dar su último adiós.

En cierta extraña forma no le inquietó que no se escucharan sollozos, como si no casaran con el recuerdo del anciano. Eso aligeró algo la opresión que sentía, lo suficiente para aguantar hasta el final. Eso y la tensa figura situada a su lado. Sabía por qué John estaba tremendamente tirante. Esperaban que el asesino apareciera por terreno sagrado. Imaginaban que querría asegurarse del fallecimiento. Y si, como barruntaban, el asesino era el tal Anderson, estarían al acecho. Solo esperaban la señal de Rob, el único capaz de reconocer el semblante del capataz.

Desde el lugar en el que se encontraban Mere intentó descubrir a Rob, entre las personas que presenciaban el funeral. No había podido acudir libre y sin disfrazarse a la despedida de su padre. A punto había estado de mandar todo al demonio, y nadie se lo hubiera achacado jamás, pero finalmente por su padre, por la abuela, por todos ellos, por los muchachos muertos y por los que permanecían desaparecidos, supo que tendría que acudir suplantando alguna identidad. Cuando todo hubiera terminado Mere esperaba que pudiera presentar sus respetos sin ocultarse, sin disfraces.

X

—¿Está muerto y enterrado?

—Sí, jefe.

—¿Y bien? ¿Para qué crees que te mandé, imbécil, para darte un paseo entre la alta sociedad? ¿Quién estuvo?, ¿qué se dijo?, ¿estaba la familia?, ¿llegó a hablar antes de morir?, dame detalles…

El segundo al mando tembló mientras Anderson comía con fruición una raja de sandía tras despiezarla con ese inquietante cuchillo del que jamás se separaba.

—Acudió mucha gente al cementerio, tanta gente adinerada como pedazos de basura, vagabundos. No sé la relación que pudieron tener con el viejo —se encogió de hombros—. La vieja estuvo allí y la muy loca no iba de negro… —cesó de reír cuando apreció la mirada helada posada en él—. Jefe, quizá se equivocó usted con eso de que eran amantes. La vieja parecía más decidida que otra cosa. Creo que las mujeres, nazcan donde nazcan, son seres raros, jefe, y estas adineradas más todavía.

El afilado cuchillo raspó la superficie de la mesa, chirriando.

—Las otras también estaban. La pequeñita y golosa, la que tanto le gusta a usted y al jefazo, estaba pálida y temblaba algo. Creo que para esa el golpe ha sido duro. La grandota y la que parece que se va a derrumbar con un soplido la acompañaban.

—¿Qué hombres había?

Cometía un error, pero no iba a ser él quien se lo hiciera ver, no señor. El jefe se centraba en los hombres pero, por experiencia personal, sabía de la astucia de las mujeres, y esas cuatro eran sagaces y peligrosas, sobre todo la vieja. En cierto modo, en el funeral, le recordó al jefazo. Ese punto de frialdad y determinación que helaba el cogote.

Le daba igual, no era él quien se la jugaba con el jefazo.

—Estaban los Evers al completo, el que se casó hace poco con la cosita dulce…

—¿John Aitor?

—Ese mismo, jefe, y por nada del mundo me gustaría vérmelas con él.

—Calla, idiota. Es tan solo un hombre, como cualquier otro.

—Claro, pero aun así, jefe.

—¿Alguien más que se colocara cerca de ellos?

—Sí, los hermanos esos que están en boca de todos. Los ricachones que se codean con la alta sociedad pese a que salieron de las cloacas.

—¿Viste al pequeño? —la sorpresa resultó evidente en la voz de Anderson.

—De lejos, pero sí.

—¿Cómo es?

—¿Eh?

—Físicamente, ¿cómo es físicamente?

—Pues no sé, jefe, normal...

La mirada que recibió no vaticinaba nada bueno, así que con esfuerzo hizo memoria.

—Alto y moreno. Musculoso. Con rasgos bien definidos, salvo la cicatriz de la cara y los ojos...

—¿Qué?

—No sabría decirle, jefe. Extraños.

—¿Por qué?

—Parecía como si te leyeran la mente al mirarte; y estaba alerta, no sé, jefe, como si buscara algo. Ahora que lo pienso..., el otro hermano, el de los ojos casi transparentes también parecía actuar igual —quedó pensativo—. No me gustan esos dos.

—¿Y el otro?

—¿Quién?

—El grande.

Consideró la respuesta antes de hablar.

—También parecía alerta. ¿Qué está pasando, jefe?

—Nada que sea de tu incumbencia. Puedes irte.

Le faltaban dos pasos para salir de esa claustrofóbica habitación, dos endemoniados pequeños pasos y le estaban pareciendo eternos.

—¡Espera!

¡Mierda!

—¿Viste a alguien rubio?

¿Sería una pregunta trampa, joder? Conocía lo mucho que le gustaban los jueguecitos al jefe.

—Hombre, jefe, por haberlos, sí, unos cuantos, como no me concrete algo más...

—Alto, pelo rubio y espeso, guapo, en la treintena, ojos azules, de un color muy llamativo. ¿Te suena que alguien parecido estuviera en el entierro?

—No que yo viera, pero había un gentío tremendo, jefe, y puede que se me escaparan detalles.

Esperó con la lengua trabada al paladar.

—Vete.

En pocas ocasiones había sentido más alivio que en esa al cruzar la puerta que daba al despacho del capataz. Algo se estaba cociendo y esperaba estar lejos para que al estallar no le alcanzara la mierda. Su parte estaba hecha.

En cuanto el torpe salió del despacho, Anderson evaluó la mejor manera de trasladar las noticias a Saxton. No le iba a gustar un ápice y con lo cabrón que era seguro que le culpaba a él, aunque hubiera matado al viejo. La posibilidad de que este le reconociera había desaparecido con su muerte y aunque no hubiera sido así y hubiera sobrevivido, no habría podido identificarle salvo por la voz.

Sintió cierto alivio. Sabía que su tono de voz se salía de la norma, cascado y muy grave, demasiado…, pero pedirle que al matar no hablara era como pedir a un bebé que no mamara. Nadie podría impedir que disfrutara y le había gustado matar al viejo, había olido su miedo y su rabia. Se levantó del asiento con lentitud.

Aunque los problemas parecían estar enderezándose, algo se les escapaba, algo que no alcanzaban a ver y su olfato le decía que los malditos Brandon andaban detrás.

El último fleco que le molestaba era algo que se le había ocurrido esa misma mañana. ¿Por qué demonios se había arriesgado Worthington a salir de su escondrijo y visitar la tienda del muerto si no era para hacer algo más que hablar con este? Algo quedaba en el aire y no le hacía ninguna gracia tener que volver a la escena de un crimen, aunque fuera la que él había creado y vivido. Y menos aun le apetecía tener que narrarlo a quien no permitía que quedara impune un mínimo desliz. Saxton.

Al menos *ella* no estaría presente ya que por lo que le habían comentado estaba entretenida con otro desgraciado.

XI

Habían transcurrido tres días y cada vez se sentían más inquietos, por ocultar, por mentir y por esperar a que despertara. Necesitaban información y cuanto antes. El plan, elaborado deprisa y corriendo al descubrir que no había muerto, resultó improvisado y con unas consecuencias imprevistas en un primer momento.

John no sopesó el efecto de ocultar a su mujer que el hombre que adoraba había sobrevivido al ataque. Cuando Rob y los Brandon se lo dijeron sintió tal alivio que a punto estuvo de decírselo a Mere, pero debatieron y decidieron esperar. El funeral debía celebrarse y las reacciones debían ser fieles a los sentimientos para evitar que los asesinos sospecharan. Porque estaban seguros de que quien hubiera intentado asesinar a Norris, acudiría a observar el funeral como si se tratara de una obra de teatro orquestada por él mismo.

De las consecuencias cada uno respondería en su momento. John temía hacer frente a las suyas, temía que ella no le perdonara y no le faltaría parte de razón.

Los cuatro hombres colocados en círculo rodeando al que descansaba, de mayor edad, parecían cuchichear.

—¡No! No podemos arriesgarnos a que lo intenten de nuevo y ten por seguro que lo harán si descubren que ha sobrevivido.

—Me pedís que siga mintiendo a mi mujer, a mi muy perspicaz mujer, y se me están agotando los motivos para evadirla.

—Lo que pedimos es que protejas las vidas de personas que en estos momentos están desamparadas y solo nos tienen a nosotros. Quizá si Mere ve que estuvieron dispuestos a acabar con mi padre, caiga en la cuenta de que pueden ir a por cualquiera de ellas.

—Joder, Rob, no conoces a la enana. Basta que crea que han matado a tu padre para que vaya tras los culpables con fijación y memoria de elefante.

—Entonces ¿qué propones?

—Contárselo, y también a la abuela Allison, y ya de paso, a Julia y Jules.

—A la señorita Brears, no.

La firmeza de la contestación y la convicción en su tono, sorprendió al grupo. Doyle no daba pie a discusión alguna. Tan estupefactos estaban que nadie rompía el mutismo.

—Vale, danos una razón lógica por la que me pides que se lo oculte a mi mujer, te niegas a que Julia se entere pero nada dices en relación a la abuela y Jules.

Doyle se quedó inmóvil mientras era el centro de atención de los demás. Sus mejillas se colorearon. Su hermano comenzó a reír entre dientes y la mirada del mayor empezó a despedir rayos.

—Peter, como no te calles, te callo yo —las risas alcanzaron al nivel de suaves carcajadas.

—Ha caído el imbatible —el cuerpo de Peter se sacudía con la risa y comenzaba a contagiar a los demás.

—¿Dónde?

Las miradas sorprendidas se sucedían.

—En las garras femeninas.

—¡No jodas! —esta vez fue Rob quien lanzó la exclamación. Se giró hacia Peter como una flecha—. Me debes veinte libras.

Peter esquivó el golpe lanzado por su hermano mayor.

—Sois como gallinas cluecas, los dos —Doyle se volvió hacía John y al ver el humor reflejado en su expresión rectificó— bueno, los tres. Lo que quiero decir es que es una entrometida incompetente y peligrosa que no se para a pensar antes de actuar. Un largo suspiro se escuchó a su izquierda. La pulla surgió de John con naturalidad, como si ya lo tuviera asumido.

—Bienvenido al club de los esposos o futuros maridos de las damas del Club del Crimen. Prepárate para enfrentarte a una úlcera.

Las carcajadas se incrementaron despertando al anciano postrado en la cama.

De golpe se giraron hacia el sonido susurrante de los ropajes al ser retirados.

—¿Papá?

Norris intentó hablar pero le resultó imposible hasta dar unos sorbos del agua cristalina que le alcanzó su hijo.

—¿Lo saben ellas? —todos se miraron con una brizna de inseguridad— ¿lo saben? —la ansiedad en la forma en que los miraba era casi tangible.

—No.

—Contádselo.

—¿Y si la noticia se extiende y llega a oídos de tu atacante?

Norris quedó pensativo pero la siguiente frase surgió sin dudar.

—Prefiero eso a que ellas sufran.

—¿Estás seguro?

—Nunca he estado tan seguro de algo. Tráelas, hijo.

Su hijo asintió con la cabeza y salió del cuarto.

—Necesito verlas —musitó y quienes lo rodeaban supieron que esas palabras no estaban dirigidas a ellos. La habitación quedó envuelta en quietud.

—¿Llevo mucho tiempo inconsciente? —se recostó en las almohadas. Estaba extenuado.

—Tres días desde el ataque.

—¿Y todo el mundo me cree muerto?

—Sí. Los únicos que estamos al tanto somos nosotros.

—¿Qué demonios enterrasteis?

—Un rechoncho muñeco de paja, vestido con tus mejores galas.

—¿Sabéis lo que cuesta un buen traje?

—¡Fue idea de tu hijo!

Claro, y como su hijo no estaba en ese momento, no tenía a quien echar la bronca. Menudos ladinos estaban hechos los muchachos.

Doyle se sentó al borde de la cama.

—¿Qué te ocurrió, viejo?

Había echado en falta ese "viejo" del muchacho. Era el único que se atrevía a llamarle así en su presencia, pero, era extraño, siempre lo fue, y con el transcurso del tiempo no había cambiado ya que seguía sonando cariñoso, nunca despreciativo, cuando lo pronunciaba.

Permaneció quieto recordando.

—Pasé miedo, mucho miedo, y creí que iba a morir… —la pesada mano del mayor de los Brandon se posó en su delgado brazo. Su vista quedó fija en la frágil extremidad. Tendría que recuperar peso—. Estaba terminando las cuentas y a punto de recoger cuando apareció Cecil Worthington y… ¡Dios santo! —se movió con brusquedad— ¿está vivo, sobrevivió al ataque?

—No. Le degollaron y apuñalaron. ¿Qué recuerdas hasta que perdiste el conocimiento?

—Estaba aterrado y me pidió ayuda ¿sabéis?, y no pude hacer nada —suspiró—. Al final supo que estaba perdido y recuperó el coraje… —su mirada se encendió— y creo que conocía a su asesino. Es más, creo que lo atrajo él mismo a la tienda sin percatarse de ello.

—¿Qué nos puedes decir del asesino?

—Que, desde luego, no era la primera vez que mataba. Acechaba, el maldito, como si lo disfrutara…

—¿Llegaste a verle?

—¿El rostro? —Doyle asintió— no. La voz…, solo escuché su ronca voz. Creo que jamás la olvidaré. Cuando dijo que se despediría de mi parte de… —su cuerpo se tensó repentinamente como si hubiera sufrido un sobresalto— ¡Dios santo!, muchachos, las tienen controladas…

John supo a quién se refería en cuanto las palabras surgieron de los labios y la furia que entró en su cuerpo aplastó todo lo demás, pensamientos, sentimientos, odio hacia el asesino, ira contra un cobarde que se enfrentaba al más débil… Su enana se encontraba en el punto de mira de un asesino y desconocían la fuente del peligro. Dios, no la iba a dejar a sol ni a sombra, aunque la agobiara con su actitud, aunque se enfurruñara. No importaba. Solo tenía que asegurarse de vigilarla. Si le ocurriera algo…

Sonaron suaves repiqueteos en la puerta. Había llegado el temido instante y se prepararon para enfrentarlas. La única duda era cómo reaccionarían ellas al comprender el alcance de lo que les habían ocultado.

XII

—Abuela, come algo, anda. Rosie las ha preparado especialmente para ti —las galletas llenaban las manos de Mere.

Su abuela seguía con la mirada fija en el horizonte. Llevaba al menos cincuenta minutos con la vista atravesando el empañado ventanal del saloncito y a Mere le estaban flaqueando las fuerzas para animarla. Era tonto lo que intentaba, si no se sentía con ánimo ¿cómo iba a lograr que otro lo tuviera?

Habían dejado a los padres de Mere, junto con Julia y Jules, atendiendo a los conocidos de Norris, a los que fueron amigos de Norris, pensó Mere con una punzada en el pecho.

Decían que la pena no se sentía físicamente. Menuda mentira podrida.

—Abuela, quizá deberíamos buscar a John ¿no crees?, o ir una temporada al campo, o puede que…

—Debemos cazarlos —la mirada de la abuela era resuelta.

¿Cazar? Mere miró a su alrededor. Gracias al cielo estaban solas porque si la abuela perdía la cabeza, por todos los demonios, que solo lo presenciara ella.

—Cazar a quien lo hizo —volvió la mirada hacia su nieta— los vamos a coger, y como me llamo Allison, que para cuando terminemos con esos malnacidos habrán maldecido el día en que decidieron matar al hombre que…, matar a….

Para su abuela había llegado el momento de enfrentarse a la cruda verdad. Le habían arrebatado al hombre con el que reía, hablaba y disfrutaba de la vida; y nada podía hacer, salvo hundirse o pelear hasta agotarse para no pensar.

Mere tenía claro que la ayudaría a pelear, porque la otra opción era impensable, simplemente impensable para ella.

Los ojos de su abuela estaban llenos de lágrimas por derramar y lo harían, una vez hubiera acabado todo.

Se levantó y se dirigió hacia la abuela con intención de sentarse a su lado pero la puerta de la habitación se abrió dando paso a Rob Norris. Parecía extrañamente calmo y no les dio tiempo a saludarle.

—Señoras, ¿serían tan amables de acompañarme? —a su espalda asomaba Jules y, algo apartada, Julia intentaba terminar una conversación con un canijo caballero con la mirada clavada en su voluptuoso escote—. Debo mostrarles algo en el segundo piso.

Ambas se unieron al grupo. No tenían nada mejor que hacer.

XIII

El primero que accedió a la alcoba fue Rob y a los que la ocupaban les hizo un gesto para que se prepararan. Desde la puerta se apreciaba claramente a la persona que ocupaba el lecho.

Ascendiendo los pisos su cerebro había intentado adelantar algo para paliar el golpe, pero tras la escenificación de dos inquietantes secuencias en su desatada mente, desistió decidiendo que nada como la realidad para traspasar las neblinas de una agotada y protectora mente. Aunque el choque fuera brutal.

Se apartó del camino al traspasar el umbral y escuchó la aspiración sofocada de aire que lanzaban según iban accediendo a la cámara. Las reacciones le asombraron, no por su intensidad, sino porque no supo cómo actuar hasta que la anciana que no perdía de vista al hombre tendido en la cama, cayó arrodillada en el suelo. Se inclinó para auxiliarla como fuera, pero parecía que no le veía ni le escuchaba, con su mirada fija, sin apartarla del hombre que al verla caer derrumbada, se esforzó por incorporarse y con un tremendo dolor bajó de la cama para acercarse a la desfallecida mujer a la que había causado de forma involuntaria un dolor insoportable.

Arrastrando los pasos su padre llegó a su altura y se agachó lentamente hasta que ambos quedaron de rodillas, uno frente al otro. Sin tocarse. Mirándose.

Estaban presenciando algo que no debían, al ser intrusos de algo muy íntimo, pero las jóvenes también necesitaban asegurarse de que la persona que creían que habían arrancado de su vida, vivía. Débil y tocado, pero aun vivo.

Como hijo amaba a su padre y como hombre se enorgullecía de él, del amor que provocaba en otros. Tenía un buen corazón y eso se reflejaba en esas mujeres que le adoraban.

Su pecho quedó henchido, y sin hacer ruido se alejó de la pareja unida en el suelo de una habitación oscura en un segundo piso de una mansión, de una pareja que se había perdido y se había reencontrado.

En el pasillo se apercibió de que era el último en dejarles a solas. Observó a sus amigos y la sombra que hasta hace unos minutos circulaba entre ellos se había borrado de un plumazo, con una imagen grabada en la retina.

Las protegidas de padre estaban abrazadas, hablando. No, parloteando excitadas y emocionadas. Tenía gracia, pero no lloraban. Eran fuertes y todavía no habían alcanzado la fase de apreciación del engaño y del consecuente enfado. Rob valoró la tranquilidad de John ya que le tocaba bregar con el torbellino de su mujer, y por nada del mundo le agradaría estar en su pellejo, no señor.

Doyle no perdía de vista a Julia Brears y, en cierto modo, Rob entendió su fascinación con esa mujer. Era hermosa en un sentido singular. Rebosaba ansia de vivir. La pequeña y vivaracha mujer que reía envuelta en los brazos de esta última se lanzó a los brazos de su marido como una exhalación.

—Está vivo, mi amor, ¡está vivo! —los pequeños brazos enlazaban la cintura de John y le apretaban—. ¿Cómo es posible? Ayer mismo celebramos el funeral y asistimos todos, pero él ha tenido que estar todo el tiempo…

Una fracción de tiempo bastó para que comenzara a hilar ideas, y por el ceño cada vez más fruncido, resultaba evidente que la conclusión que estaba alcanzando se escapaba a lo imaginado. La palidez en el rostro de su marido se iba acentuando al tiempo que las manitas que rodeaban su cintura se iban soltando.

La comprensión se había completado y por la inteligencia que se vislumbraba en la mirada que alzó hasta trabarse con la de su marido, ningún detalle se había quedado en el camino.

—Tan solo dime, dime que hoy mismo has descubierto que había sobrevivido, que no me lo has ocultado a sabiendas de cómo me sentía… —la mirada no se desvió en ningún momento de él y su marido tampoco la apartaba.

—Lo supe anteayer.

Por segunda vez Rob se sintió como el pervertido testigo de una escena que no era para sus ojos. Por ello decidió retirarse tras indicar a los demás que hicieran lo propio.

XIV

—¿Cómo has podido? —susurró. La sensación de traición la notaba agria, en el sabor acre que ascendía por su garganta, en el temblor de sus manos—. Eres mi marido y ante todo debería poder confiar ciegamente en ti.

—Puedes y lo sabes, Mere.

La carcajada salió ácida, sin rastro de humor.

—¿Puedo? —inclinó la cabeza hacia un lado— ¿cómo te sentirías tú si nuestras posiciones se invirtieran, John? Sé sincero. ¿Me perdonarías que te hubiera ocultado algo semejante?

—Traicionado.

—Con eso has dicho suficiente y has contestado a mi pregunta.

—Mere, has de entenderlo…

—¿El qué? ¿Que me estaba hundiendo en la miseria y mi marido, pese a saberlo, lo ha permitido?

—¡No, maldita sea! Que pese a saberlo también conocía lo mucho que amas al viejo y que hubieras hecho cualquier cosa para protegerlo.

—¿A qué te refieres?

—A que estará a salvo siempre que crean que ha muerto, Mere. Lo que hemos hecho era necesario para mantenerlo escondido y fuera de peligro, tanto por su imposibilidad para defenderse en su estado actual, estando herido, como por la necesidad de que todos le creyeran muerto. ¿Acaso no te has dado cuenta de que podría identificar a su atacante? —las palabras salían como un torrente caudaloso—. ¿Crees que no me he roto la cabeza buscando otras salidas para evitar ocultarte que Norris seguía vivo? —se frotó la cara con las manos en un gesto de desesperación—. ¡Mierda, Mere! Me conoces de toda la vida y sabes lo que eres para mí…, sabes lo que me ha costado hacer lo que creíamos era lo mejor en estas circunstancias.

Su mujer le observó con fijeza, tensa, de esa forma en la que resultaba imposible adivinar lo que iba a decir o cómo iba a reaccionar.

Debía tener paciencia y aguantar el tipo. Lo supo desde el día en que descubrió la verdad y no se la contó.

—Sí, y también sé que eres terco y extremadamente protector, y que no me harías daño salvo que no tuvieras otra salida.

Esta frase le sorprendió tanto que dejó de pasearse como un león enjaulado por el iluminado pasillo y observó atentamente a la pequeña figura ubicada junto a la entrada de una de las habitaciones que invadían el segundo piso. Hasta en las conversaciones más tensas le sorprendía esa pequeña mujer sensata y apasionada. Cierta paz se asentó en su pecho, pero seguía inquieto.

—¿Estás segura de lo que dices? No puedo prometer que no vuelva a ocurrir algo semejante a lo largo de nuestro matrimonio.

—Sí, aunque eso no significa que no esté enrabietada pero quizá, tan solo quizá, hubiera hecho lo mismo en tu lugar.

—¿Mucho?

—Mucho ¿qué?

—Enrabietamiento.

—Mucho no, muchísimo.

—En la escala del uno al diez…

—No hay escala para medirlo, podenco.

—Mere… —el aviso se traslucía en el sonido de su voz.

—Ni se te ocurra besarme en estos momentos, porque soy capaz de morderte.

Los ojos verdes brillaron.

—Bueno, cielo, por experiencia sabes que un buen mordisco en ciertas partes me pone…

—¡Uf! —se giró como una tromba en dirección a la puerta. No alcanzaba a comprender cómo de un *no pienso perdonarle en la vida* habían llegado a *me encanta que me muerdas*. Su matrimonio era una experiencia totalmente fuera de lo normal. ¿Tendría que preocuparse?

Se le ocurrió algo y de nuevo, como una exhalación, se dio la vuelta chocando prácticamente contra el inmenso pecho situado a su alcance. La guantada que le dio en medio del mismo, le supo a gloria.

—Se me olvidaba. Si por tu propio bien, tuviera… ¿cómo decirlo?, que ocultarte algún dato sin importancia, espero la misma reacción por tu parte, marido.

—Mere, sabes que en cuanto me dices algo así, me pongo en guardia y mi salud se resiente. ¿Quieres tener a un marido enfermo y angustiado?

—¡Ja!

—Un marido enfermo necesita cuidados y mimos, muchos mimos…

Ya estaba saliendo del cuarto pero el otro seguía con su tararira.

—Y mordisquitos, cielo, no lo olvides, sobre todo en cierta parte sensible y…

Si no escapaba al final le iba a dar ese mordisco y lo malo es que el gruñón lo disfrutaría. Bajó los escalones sintiendo una paz que había perdido hacía tres días y se prometió a sí misma no volver jamás a dar por sentado el hecho de merecer ser feliz. Aceptaría la felicidad envuelta en cualquier forma de paquete y sin protestas. Era una lección bien aprendida.

XV

La reunión estaba resultando un completo desbarajuste, peor que cualquier gallinero, con cuatro gallos peleones, esperando la incorporación de un pavo real, tres gallinas cluecas a punto de poner huevos por la tensión y una pareja de ancianos que al menos mantenían la compostura entre tanto revoloteo.

—¿Esperamos a Jared?

—No. Ya se incorporará a la discusión en cuanto llegue.

El aspecto de Norris había cambiado como de la noche al día y el miedo acumulado en el pecho de Mere iba desapareciendo con el mismo discurrir del tiempo que, lento, iba sucediéndose.

Los demás parecían sentir la misma tranquilidad pasmosa que ella, salvo quizá Julia que estaba arrebolada como una pomposa remolacha. Algo le decía a Mere que el causante no era otro que el hombre con los ojos más impresionantes de la sala. ¡Vaya! Qué ojos tenía el condenado…

El codazo que recibió en la cadera la despertó de su ensimismamiento y entre labios siseó: "Solo miraba, bruto".

La contestación fue escueta y de nuevo entre labios, entre los labios más carnosos y apetitosos de la sala: "Pues mira a otro lado, lo vas a avergonzar".

Algo le decía a Mere que un hombre como Doyle Brandon no se avergonzaba así como así; bueno quizá sí, ya que ¡se estaba poniendo colorado! Oooh, esto se estaba poniendo la mar de sabroso…

Uno de los hombres con aspecto más amenazante que había conocido en su vida, rojo como un tomatillo como consecuencia de la mirada que Julia tenía fija en sus labios. Mere, con una sonrisa de oreja a oreja, lo supo. El pobre desgraciadillo estaba perdido. Julia lo aborrecía y él estaba loquito por sus huesos.

La entrada del pavo real desvió su febril imaginación hacia derroteros más serios. Mere intuía que tenía que ver con la misteriosa reunión a la que John y su hermano habían hecho referencia el otro día, esa que hacía que se carcomiera por averiguar de qué se trataba. Al parecer, por fin iba a descubrirlo.

Norris tomó la palabra una vez estimó que Jared había aposentado su inquieto trasero en una de las mullidas sillas que habían trasladado de otras habitaciones para acomodar a todos.

—Jared, ¿han salido ya vuestros padres de la casa?

—Sí, los acabo de dejar instalados en casa, con Dean y Thomas. Están cansados, Norris, cansados mentalmente y no me extrañaría que cualquiera de ellos apareciera a media noche por aquí para asegurarse de nuevo de que estás vivito y coleando.

El golpe había sido duro, muy duro, para todos y pasaría tiempo hasta que las embravecidas aguas se calmaran. Norris asintió y continuó.

—Todos conocéis la descripción de mi atacante, un hombre grande, y lo más característico, su voz. Sé que es poco, pero estad atentos a una voz casi con la tonalidad de un bajo, desgarrada. Bueno, en realidad esta reunión es para otra cosa. John…

El testigo se trasladó a este.

—Por lo que sabemos hasta ahora, Saxton es un elemento central en todo esto y por ello debemos acercarnos cuanto podamos. Por lo que comentó Rob está interesado en vosotros —su mirada se dirigió a los hermanos— y también hace unos meses se interesó por nuestras empresas, más específicamente por las de ingeniería. No le di demasiada importancia porque no era una relación que me interesara especialmente dada la nefasta fama que tienen sus fábricas.

La tensión comenzó a palparse en el aire.

—Ahora me preocupa que el interés coincida con la época en que las pesquisas del Club incrementaron.

—¿Te citó para hablar de negocios?

—Sí, y mantuvimos una única reunión.

La sorpresa fue colectiva.

—¿Y nos lo dices ahora?

Mere lo fulminó con la vista pero el trol la ignoró totalmente.

—¿Alguien más lo sabía?

—Jared.

—¿Qué ocurrió?

—En resumen, nada que resaltar. Fue una mera cita de negocios pero me dio ocasión de hacerme una primera impresión del hombre, y no me pareció una persona capaz de dirigir una red criminal de la entidad de la que hablamos.

—Diablos, John. No se iba a presentar como el hombre que secuestra chavales para mejorar la opinión que tuvieras de él —gruñó Doyle.

—No sé explicarlo, pero no me pareció un hombre cruel, más bien un hombre entrado en años, cansado y con cierta tendencia a beber de más. También me presentó a su hijo.

—Sigue.

—Muy bien. A raíz de enterarme, en la fiesta en la que Mere cayó despatarrada al suelo, que estaba metida en todo este berenjenal y que Cecil Worthington era el punto de mira de sus torpes indagaciones —la patada que le lanzó Mere falló por milímetros, y con la mirada, John le prometió una golosa retribución— optamos por investigar por nuestra cuenta. Sabíamos que Cecil trabajaba en la fábrica, y yo guardaba un pasado común con él al haber coincidido en la misma época luchando en la guerra de Crimea, aunque fuera en diferentes regimientos. El resto fue sencillo. Concerté una nueva cita con Saxton comentándole que había cambiado de opinión y que podía estar interesado en hacer negocios de ahora en adelante. La contestación no tardó en llegar. La reunión estaba previsto que se celebrara hace unos días, pero recibimos una nota solicitando que se pospusiera. No indicaron la razón. Como preguntar hubiera resultado excesivo, al carecer apenas de trato, estuvimos de acuerdo. Se va a celebrar mañana por la noche.

—¿Tan pronto? —farfulló Rob.

—Sí, sé que no tenemos apenas tiempo pero no hay otra opción que acudir. Al parecer va a haber una fiesta en la mansión Saxton y hemos sido invitados, junto con nuestras esposas.

El cerebro de Mere se iluminó con ideas a cada cual más estrambótica.

—Ya lo puedes olvidar, enana.

—¿El qué?

—Acudir a la fiesta conmigo. Por nada del mundo te voy a meter en la boca del lobo.

Abrió la boca para protestar, pero el testarudo de su marido alzó el dedo índice amenazante, con ese gesto que hacía que a Mere se la llevaran los demonios.

Decidió circunvalar la oposición que mostraba su señor esposo.

—¿Y si pudiera ayudar?, ¿y si entre las mujeres de la fiesta obtuviera algún tipo de información?

—Sí, claro, como la mejor manera de hacer "piti puan", "micrimiar" o como demonios se llame esa cosa que está de moda —se atrevió a lanzar el cabeza de chorlito de su hermano, estando rodeado de mujeres, rencorosas mujeres si las provocaban más allá de cierto límite…

—Es "petit point" y "macramé" y es realmente costoso hacerlo bien, so ignorante —el bufido que soltó Jules sobresaltó a todos, pero a ninguno como a Jared, quien entrecerró los ojos dejándolos reducidos a pequeñas rendijas.

Este quedó alucinado. ¡Vaya con la pequeña ardilla!, no le faltaban los dientes. Tendría que observarla atentamente en el futuro no fuera a ser que quien arrastraba en sus locas e insensatas extravagancias a su atolondrada hermana fuera esta personilla y no al revés. Curiosa reacción, sí señor. Había fuego en ese cuerpecillo insulso.

Rob intervino.

—Maldita sea, pues lo conveniente sería que los cuatro pudiéramos acceder a la mansión.

—¿Quiénes? —preguntó Peter con cierta inquietud.

—Quién va a ser —su mejor amigo le miraba como si le hubiera surgido por arte de magia una segunda cabeza sobre los hombros— John, vosotros dos y yo.

—No me parece una buena idea.

Ahora todos le miraban como si le hubiera salido un tercer ojo en la frente.

Rob comenzaba a enfadarse.

—¿Se puede saber qué diablos te pasa, Peter? —miró brevemente hacia las mujeres— con perdón, señoras, es que este lerdo me sulfura.

—No puedes entrar en esa casa. Iremos nosotros tres.

La barbilla de Rob rozaba sus rodillas. Miró hacia Doyle buscando una explicación que él no alcanzaba a comprender, pero por la mirada que exhibía el hermano mayor, estaba tan asombrado como el que más.

—Me importa poco lo que digas en este momento, Peter. Iremos los cuatro, y por Dios, que no lo vas a impedir salvo que me des una sensata razón que haga que lo reconsidere.

Peter le miraba con ojos de halcón y los labios apretados en una fina línea. Los nudillos de ambas manos, blanquecinos de la presión ejercida.

—¿Quieres saberlo?

—Sí, ya va siendo hora ¿no crees, amigo?

—Está bien. Pero no os va a gustar a ninguno —por un momento pareció plantearse el callar —pero necesito que las mujeres dejen la habitación.

La protesta debió haberse iniciado de inmediato, pero algo en el sonido de su voz avisó de que no era el momento ni el lugar, de que si necesitaba espacio para contar lo que fuera, no iban a ser ellas quienes se lo fueran a negar.

Con lentitud las mujeres abandonaron la habitación llegando únicamente a escuchar las primeras palabras de Peter Brandon.

—Las amenazas eran lo peor…, lo demás…, llega un momento en el que…

Mere se alegró de no tener que presenciar lo que su marido iba a escuchar en esa habitación cerrada. Lo agradeció en el alma.

*****

Capítulo 10

I

No sabía si estaba preparado para narrarlo, no lo sabía. De lo que sí estaba seguro era de que de alguna manera debía impedir que Rob se aproximara a esa familia. Doyle conocía lo que le había ocurrido, pero no esa parte, el último retazo que guardaba para sí mismo, como si fuera un pecado, como si él no hubiera sido víctima sino cómplice. Enderezó la espalda y miró a su mejor amigo.

—Las amenazas eran lo peor, lo demás…, llega un momento en el que te da igual todo —respiró profundamente—. Recobré el conocimiento en un lugar oscuro, atado con cadenas, colgando del techo. Salvo los pantalones estaba desnudo, ni siquiera me habían dejado los zapatos. No recuerdo cuánto tiempo pasé allí, quizá un par de meses. Me alimentaban y empleaban un mecanismo para alargar las ataduras, sobre todo a la hora de comer o dormir. Eran extremadamente cuidadosos. Y siempre, antes de que llegaran las visitas, me vendaban los ojos, los muy cabrones.

Se desplazó del lugar que ocupaba, en pie junto a la puerta, hasta sentarse en una butaca orejera situada junto al ventanal. Así la sensación de opresión disminuía.

—¿Qué relación tiene tu cautiverio con que acuda a la mansión Saxton, Peter?

—Enseguida lo entenderás. Mucho más adelante descubrí que me habían estado vigilando largo tiempo, desde que llegó a sus oídos que andaba haciendo preguntas indiscretas. Nunca supe quién era el vigilante, pero no era al único al que mantenían controlado. Creo que el que me capturaran fue aleatorio —su vista se alzó hacia donde se encontraba su hermano— podrías haber sido tú, Doyle, y, por Dios, que doy gracias porque no lo fueras.

—¿Qué quieres decir? —preguntó Rob.

Peter ignoró la pregunta y siguió como si no hubiera escuchado. Se le quedó mirando pero nada dijo.

—Al principio sentía la presencia, escuchaba su respiración pero nadie hablaba. Permanecía en la habitación unos minutos y se retiraba, repentinamente, como si algo le hubiera enfadado. Eran dos y poco a poco comencé a reconocerlos por el olor. El de él era una extraña combinación de tabaco y colonia. El de ella... —aspiró por las fosas nasales para eliminar la súbita necesidad de vomitar. Mierda, después de tanto tiempo solo con rememorar el olor sentía nauseas. —Si me preguntáis a cuál de ellos odio más, no titubearía. Ella gana. Me trasladaban aproximadamente cada cuatro o cinco meses, pero no podría precisar ya que el tiempo llega a difuminarse.

—¿Llegaste a coincidir con alguna otra persona?

—¿Otros cautivos?

—Sí.

—En dos ocasiones, pero era tan extraño. Intentaba hablar para evitar perder la razón pero no me contestaban, maldita sea, nunca contestaron salvo en una ocasión. Por el tono de voz era más joven que yo y estaba aterrado. Apenas habló, tanto por falta de fuerza como por miedo. Yo hablaba y hablaba de la familia, de mi vida, de Doyle y... de Rob, y creo que eso le calmó algo. Únicamente alcanzó a decir que los entrenaban en función de lo que se esperaba de ellos. Solo eso. Y desde entonces me cuesta apartarlo de mi mente, me cuesta mucho, pero no consigo imaginar a qué se refería. Para cuando quise darme cuenta oí sonido de golpes y no volví a escuchar esa voz. Si lo hubiera sabido no habría hablado, pero era joven, estúpido y estaba asustado.

—¿A qué demonios te refieres, Peter? —barboteó Rob, con exasperación.

—A que se obsesionó contigo, maldita sea.

—¿Quién, Peter? ¿A quién demonios te refieres?

—A él.

La conversación se paralizó hasta que la retomó con cansancio.

—Mi problema era ella y antes de que lo preguntéis, no podría reconocerles salvo por la voz y por su maldito olor. Él aparecía con menos frecuencia, se limitaba a observar y escuchar todo lo que hablábamos cuando estaba la puta esa o al quedarme solo. Creo que disfrutaba, se excitaba con el sufrimiento ajeno. Ella acudía todas las puñeteras semanas.

—¿Para qué?

Rob sabía que esa pregunta abriría de nuevo la caja de pandora para su mejor amigo, pero si no lo sacaba de su pecho de una puñetera vez, lo iba a arrastrar con él a su infierno particular y, por todos los demonios, no lo iba a permitir.

Peter apretó los ojos con fuerza y tras abrirlos segundos después, los miró a los ojos, descansándolos finalmente en su hermano.

Este hizo un suave gesto de apoyo.

—Comenzó con caricias al principio, nada más. Llegaba con el sonido del roce de sus faldas, pasaba una de sus manos por mi espalda o por mi pecho o… por mis labios, y desaparecía durante otra semana. Con el transcurso del tiempo sus avances aumentaron hasta que intentó besarme. Creo que jamás lo olvidaré. Fue mi primer enfrentamiento con la zorra y el momento en el que comprendí lo enfermos que estaban. Al mostrar oposición me asieron, me tiraron del pelo y una voz masculina me dijo al oído que era sencillo, si me negaba a hacer lo que ella quisiera, me traerían de compañero de celda a mi mejor amigo, y que en parte lo deseaba, esperaba que me negara para disfrutar con un nuevo juguetito. ¡Dios! —su mirada no se apartaba del entarimado suelo— al momento entendí que se refería a ti, Rob —las expresiones de quienes le rodeaban expresaban una cierta combinación de sorpresa, ira y rabia, intensa rabia, por lo que había tenido que sufrir para sobrevivir—. Por mi culpa un maldito hijo de puta se había obsesionado contigo, jamás podré perdonármelo. Por eso debes entenderlo, ¿y si en un momento de descuido por mi parte, desapareces? Creo que perdería la cabeza. Sería mi culpa ¿entiendes?, mi culpa.

—¡Y una mierda, amigo! No lo sería, los únicos culpables serían ellos, no tú, jamás tú. Y si es necesario te lo meteré a golpes en esa dura mollera.

La angustia que asomaba a los ojos del menor de los Brandon se difuminó algo, no del todo, pero si algo, y un fantasma de sonrisa asomó a sus labios.

—Eso sería, si pudieras, canijo —suspiró con sosiego y continuó—. Lo que yo desconocía, por aquel entonces, era que, desesperado por localizarme, habías entrado a trabajar como agente en Scotland Yard y que ello dificultaba el que te secuestraran. Pero esa voz, se notaba la desesperación en ella y en las cosas que decía, las amenazas… —Peter se pasó las manos por el rostro, áspero con algo de barba crecida.

Rob intervino.

—¿Y si lo decía únicamente para aplacarte?

—No.

—¿Cómo lo sabes?

—Porque lo sé, amigo, créeme.

—Joder, Peter, tiene que darnos algo…

—¡No, Rob! Lo sé.

Las miradas de ambos se cruzaron hasta que Rob desvió la suya con un gesto de resignación.

—Está bien por ahora, amigo mío. En algún momento tendrás que contármelo todo.

Esperaré a que te sientas preparado, no antes —en sus labios se formó una sonrisa que aligeró el ambiente—. De todos modos sabes que me puedo cuidar solo y con lo que nos has contado, no tienes más remedió que enseñarme esa forma de lucha que tanto me chifla.

La segunda sonrisa desde el inicio de la conversación asomó a los labios del menor de los Brandon.

—Eres un cabronazo…

—Y a mucha honra, y terco, así que ya sabes, no tienes escapatoria. De todos modos ¿sigues pensando que no debería ir a la reunión en casa de los Saxton?

—No lo sé, —suspiró— reconozco que puede que me esté basando en mi intuición o incluso en mi miedo, más que otra cosa, pero pensemos un poco. En cuanto me puse a indagar en la fábrica Saxton, me secuestraron, así que lo lógico es pensar que alguien de esa familia o relacionado con esa familia no quiere que se investigue lo que sea que ocurre allí. ¿El duque de Saxton? Sería lo más lógico al ser él quien más tiene que perder.

—¿Y si no tiene que ver con Saxton?

—El origen de todo es la fábrica, así que tenemos la primera oportunidad de meter las narices ahí. Es nuestra mejor pista, muchachos.

—Entonces, vale la pena acudir, aunque nos arriesguemos a que las personas que te tuvieron prisionero estén en la fiesta. Incluso puede que reconozcas su voz o su olor —la mueca en el rostro de Peter mostraba sin trabas la repugnancia que le causaba el simple pensamiento—. Peter, estaremos allí contigo y si por casualidad los descubrieras, podrías avisarnos a todos, avisar a Rob para que esté preparado.

Este confirmó la idea agitando con firmeza la cabeza.

—No me gusta, ¡joder! No alcanzáis a comprender las mentes retorcidas y las perversiones que…, que llegaron a… —quedó callado como si sorpresivamente se hubiera dado cuenta de lo que iba a narrar.

John intervino.

—Estaremos los cuatro y en guardia. Después de lo que has relatado no perderemos de vista a Rob y estaremos al tanto por si reconoces a alguien. Pero cuantos más vayamos, más posibilidades tendremos de descubrir algo.

Miró atentamente a todos.

—Enviaré una nota a Saxton, anunciándole que me agradaría acudir acompañado de tres caballeros con los que habitualmente hago negocios y con los que estoy convencido que le agradaría tratar. Esperemos que no rechace la propuesta. Tendremos que tener un plan elaborado para mañana.

Las palabras fluyeron de la boca de Norris por primera vez desde el inicio de la reunión.

—Prometedme que tendréis mucho cuidado y que actuaréis con prudencia —sus ojos se posaron en Peter, haciéndole entender que dejaba en sus manos el bienestar de su hijo, porque confiaba en él plenamente, como lo había hecho toda su vida. Peter se lo agradeció con una dulce sonrisa—. Si todo está relacionado quizá mi asesino ande rondando la zona y no quisiera que os pillaran desprevenidos estando en terreno desconocido.

Otro punto sobre el que preocuparse. Norris continuó.

—¿Qué vamos a hacer con las mujeres? No van a estarse quietas a la espera, y si se conforman con estarlo, es que ha llegado el momento de ponerse histéricos.

El gemido fue colectivo pero ninguno tan agónico como el de John.

II

En una amplia sala al otro extremo del ala este de la mansión, el aire que se respiraba era ligero, tanto por los ventanales abiertos de par en par, como por la iluminación extrema de la salita, unida al ánimo que presentaba el grupo de mujeres que en esos momentos engullían como posesas las pastas y dulces que habían sobrado del día anterior.

Mere optó por devorarlas a pares ya que eran ligeramente escuchimizadas y además debía, no, sentía, la necesidad de recuperar el peso que había perdido con el disgusto sufrido los días pasados.

—Mientras los hombres planean, creo que deberíamos replantear la situación.

—Rábanos, ya era hora de que se hiciera cargo una mente brillante, y nadie como la abuela para intrigar. Por supuesto, ella la secundaría siempre hasta caer derrengada y desfallecida. Con elegancia, claro.

—Si no me equivoco los hombres van a intentar apartarnos *por nuestro propio bienestar*, sin saber, los pobres inocentes, que lo único que van a lograr es que insistamos con terquedad.

—Bien dicho.

A Jules le pasaba algo o bien estaba poseída. Mere olfateó, ya que la etérea lady Feversham le había comentado en una de sus apocalípticas conversaciones en una de las pocas ocasiones en que no pudo esquivarla, que en plena posesión demoníaca olía a azufre. Dejó de hacerlo en cuanto se dio cuenta de que no tenía ni la más remota idea de cómo olía tal elemento.

—Algo lleva rondándome la mente una vez que esta se ha sosegado y asentado —comenzó la abuela.

—¿Qué? —indagó Mere.

—Mere, conocías bien a Pipi ¿verdad?

—¿Quién? —indagó Jules.

—Cecil Worthington. Su apodo era Pipiolino, pero no me preguntes el origen, mi mejor presunción es que era por su cabezón y su engolada vocecilla de pájaro. Y tenía algo de pluma, aunque más bien parecía un pulpo de ojos saltones —Mere se sobresaltó tras recibir un guantazo—. Lo siento, ya sé que hay que tener caridad cristiana con los muertos pero es que era muy, muy, pero que muy pesado, en vida.

Julia apretó los labios para evitar reír. Era un difunto, por Dios.

—¿Era tonto?

—No, abuela. Era simplemente insistente y pesado, y pulpo e incontinente verbal y… —Mere recibió la mirada correctora de su abuela— lo lamento —carraspeó— nunca me pareció extremadamente inteligente, un término medio diría yo.

—¿Para qué crees que fue a visitar la tienda de Norris?

—¿Para hablar con él?

—¿Aun guardáis las llaves de la entrada a la tienda?

—Sí —contestó Julia con ojos luminosos.

Si su intuición no fallaba, Julia estaba percibiendo lo que su abuela tramaba. Ella no había llegado ni a los aledaños, por lo que dejaría que la marea incontrolable de pensamientos de su abuela siguiera su curso.

—Si no me equivoco, en el cuerpo del fallecido no encontraron libreta de apuntes alguna ¿verdad?

La mente de Mere parpadeó con insistencia avisando de lo que estaba por llegar. Ya comenzaba a otear por dónde iban los tiros, y la idea era portentosa, arriesgada y turbadora. Una aventura de esas que le chiflaban en extremo. Necesitarían pantalones. Retornó, con cierta dificultad, a la conversación.

—Cierto. No se encontró nada.

—Pero siempre llevaba una encima ¿verdad?

—Sí, yo misma presencié en más de una ocasión cómo realizaba apuntitos, y lo cierto es que me moría por cotillear, pero la vigilaba como un poseso, como si fueran las joyas de la corona en forma de papel. En una ocasión, mientras bailábamos un horripilante vals intenté colar la mano por su pechera para cogerla pero el muy lerdo pensó que me estaba insinuando.

—Entonces, ¿se os ha ocurrido lo mismo que a mí?

Todas se miraron ansiosas deseando que cualquiera de ellas diera el primer paso. Como era habitual la fogosidad venció.

—Pienso que o bien se le cayó la libreta en la tienda o la escondió antes de que lo mataran.

—Entonces…

—Mientras los hombres se entretienen en la fiesta a la que no tienen intención de llevarnos y se mantienen ocupados, deberíamos seguir con tesón esa pista y hacer una corta e intensa visita a la tienda.

—¿Las cuatro?

—Al menos tres. Una debería estar preparada por si surgen contingencias inesperadas.

—¿Cómo cuáles?

—La posibilidad de que nos descubran, entre otras…

—Tendremos que inventar alguna historia y que sea muy creíble. No sé vosotras, pero creo que el gruñón puede leerme la mente y ya sabéis que soy una inepta mintiendo. Tendrá que ser una mentira asentada en parte de verdad. Dicen que son las mejores.

La abuela cogió papel y pluma.

—¿Os parece si nos ponemos con el plan y distribuimos tareas?

El acuerdo fue unánime.

—Conviene comenzar con la confección de los trajes. Necesitamos telas oscuras y gorros para las tres. Localizar una forma de traslado, idear el engaño perfecto para que los entrometidos no sospechen y, sobre todo… —calló al ocurrírsele una idea— ¿Conocéis a algún miembro de la familia Saxton?

—Yo he coincidido con alguno de los hijos del duque de Saxton en las pomposas fiestas que organiza mi madrastra. Es más, si no me equivoco, en la última de las sesiones de ocultismo de esas que tanto la embelesan, estuvo invitada Selena Saxton, la nuera del duque.

Mere brincó como si un atizador le hubiera pinchado en el trasero.

—¿La incomparable?

—Esa misma.

—¿La niña bonita de las fiestas, la de más éxito, la más hermosa?

—Sí.

—¿La babosa esa?

—En persona, Mere.

—¿Y qué hacía?

—Intentar contactar con los espíritus, supongo, como los demás beodos alelados.

—¿Entonando cantos acompañados de espasmos raquíticos?

—¡Mere!

—Abuela, es que es insufrible y gangosa. En una ocasión me dijo que las ranas infladas como yo deslucíamos *el hermoso entorno* que rodeaba las fiestas a las que solía acudir.

—¡Vaya bruja! —bramó enfurecida Jules. Definitivamente estaba poseída.

—Eso digo yo, y la muy engreída se refería a sí misma cuando hablaba de *hermoso entorno*.

—Eso es inseguridad, cariño. Inseguridad oculta en un paquete bonito y estirado a más no poder. De todos modos, es un dato a tener en cuenta por si coincidimos de nuevo con ella.

—Vaaale, pero no respondo si vuelve a insultarme.

—Si lo hace, prometemos ayudarte a la hora de estirar de esa impresionante melena dorada y larga.

—¡Julia!

—Ya me callo.

—Señoritas… — interrumpió la abuela— otra cuestión a la que creo que no se le está dando la suficiente importancia es la vigilancia de las casas a las que se refería Rob. Por lo que indicó eran los hogares de gente acomodada, banqueros, pero no llegó a mencionar los nombres de las familias que residen en ellas.

—Pues tendremos que obtener esa información y para ello hay que interrogar sutilmente a Rob. ¿Quién lo va a hacer?

—En realidad ese dato lo conocen los seis hombres, pero en mi opinión, el más fácil para sonsacar información es Jared.

—Estupendo. ¿Alguna voluntaria?

Todas, salvo Jules que permanecía con los brazos cruzados y los labios fruncidos, izaron las manos. Estaban ansiosas por comenzar el juego.

—De acuerdo, señoritas, lo haremos por sorteo y entraremos todas en el saco. Esto es un club con participación plena.

Con un suspiro, Jules asintió, rindiéndose. Tardaron un rato en organizarlo hasta que la mano inocente sacó del saquito de raso el nombre de la afortunada.

—¡Por Dios!, si me odia, acabo de llamarle *so ignorante* delante de todos.

Las sonrisas de las demás les llegaban de oreja a oreja. El destino, sin duda, era un verdadero misterio y actuaba conforme le daba la gana. La afortunada era Jules.

La concentración era la madre de la organización, así que siguieron con la distribución de tareas. Tardando apenas unos minutos en cuadrarlo todo. Eran como un perfecto escuadrón, mentalizado para la batalla. Feroces. Letales. Temblorosas. La complacencia que sintieron todas fue inenarrable. Relucían hinchadas de satisfacción.

III

Asomaron las cabezas para ver si los hombres seguían en la reunión y al ver que así era, decidieron que era el momento de acudir a revolver en las habitaciones para rescatar viejas telas o trajes de la época juvenil de John, bueno, de la infancia, si tenían en cuenta la altura que ya por aquel entonces exhibía el susodicho.

Mientras Jules entretenía a Rosie con preguntas insípidas sobre la mejor forma de batir huevos, si con tenedor o con espátula o todos al tiempo o vertiendo uno tras otro, Mere y Julia se escurrieron al piso superior.

—¿Dónde guardan los trajes viejos? —la inquietud se reflejaba en la voz de Julia.

—No sé. Tan solo hace un par de semanas que vivo aquí.

—Ya, pero has recorrido esta casa toda tu vida, así que ¡piensa!

—¿En el ático?

—Mere, no me gustan nada los áticos.

—Ya sé, cariño, pero en esta ocasión vas a estar conmigo y llevaremos lumbre —parecía el mundo al revés, la poderosa mujer encogida y la pequeña engrandecida ofreciendo un apoyo a quien debería apoyarla.

—¿Y si se apaga? —los ojos castaños de Julia se veían enormes en su delicada cara— no puedo, Mere, no puedo quedarme a oscuras aunque esté contigo.

—Vale. Haremos una cosa. Me esperarás en el rellano del piso inferior y así, si alguien se acerca, das la alarma. Silba ¿de acuerdo?

—Ajá. ¡Espera!, no sé silbar, lo único que consigo es babear mucho.

—Entonces, no sé, haz lo que quieras.

—Puedo graznar.

Mere se quedó tensa dudando de si le estaba tomando el pelo.

—Mi madrastra tiene un cuervo de mascota.

—Esa señora es muy rara, Julia.

—¡Ja!, dímelo a mí.

—Vamos.

Ambas figuras se encaminaron con cautela hacia el piso superior, no demasiado iluminado, en cuyos pasillos colgaban innumerables cuadros paisajísticos, hermosos, de los que Mere no tenía conocimiento, como si estuvieran allí ocultos a la espera de enfrentarse a la mirada de visitantes despistados. Mientras subía los últimos peldaños, tras dejar atrás a Julia haciendo ruiditos raros, ensayando un posible graznido, intentaba con gran esfuerzo mental, idear la mejor forma de llevar los pantalones hasta la sala donde esperaban las demás. ¿Funcionaría lo que estaba visionando su mente? Lo dudaba, pero le parecía el mejor medio de ocultar los ropajes. Quizá si el cotilla de su marido no la observaba con excesivo detenimiento o, a ser posible, si evitaba encontrarse con él…

Alcanzado su destino, el desván le pareció a Mere una isla del tesoro en plena ruidosa ciudad, con inmensos baúles agrietados repletos de recuerdos de la infancia de John, desconocidos para ella y quizá también para él. Parecía como si alguien, de forma metódica y con extremo cariño hubiera ido salvaguardando los recuerdos de una larga vida para desempolvarlos y rememorar. ¿Rosie quizá?

Le habría encantado curiosear hasta que el fino polvo invadiera su ansiosa y entrometida mente, pero sabía que le faltaba tiempo. En cuanto el gruñón saliera de su larga reunión iría en su busca y captura, por lo que para entonces ya tendría que haberse desvestido, calzado los ropajes y colocado encima su vestido. Vamos, un milagro.

Desesperada rebuscó en armarios y arcones a la velocidad que le permitían sus extremidades, hasta que al fin localizó las prendas. Ahora tocaba poner en marcha toda su inventiva y esfuerzo.

IV

Como no bajara pronto se iban a meter en un buen fregado. Optó por asomarse por la baranda para vigilar el piso bajo, no fuera que los seres masculinos hubieran decidido terminar con la misteriosa reunión. ¡Venga, Mere, que nos van a pillar... y mis graznidos suenan a reclamos de vaca!

El ruidito le anunció que al fin bajaba del ático. Pero los crujidos de los escalones no eran normales. ¡Al subir no habían chirriado tanto! Dios mío.

Lo que bajaba por los escalones se parecía a Mere, pero era tan ancho como alto, no, más ancho que alto. ¡Estaba redonda, grotesca! y andaba como un tentetieso, apoyada en la barandilla para poder avanzar, como si le resultara imposible doblar las articulaciones.

—Mere, ¿qué has hecho?

Con supremo esfuerzo se alzó las faldas y Julia descubrió la razón de la rigidez que exhibía.

—¿Cuántos pantalones te has embutido?

—Paré con el sexto ya que las perneras no pasaban; y pesan mucho ¿No se romperá el piso, verdad? Creo que peso como un tonel.

A Julia le preocupaba más su estado. Estaba roja e inflada como la grana madura y sudaba como un pollo escaldado.

—¿Cómo demonios vamos a llegar hasta abajo? ¡Son tres pisos!

—Ve a por Jules y entre las dos me podéis ayudar.

—¿Y no sería mejor que te quitaras todo?

La mirada que recibió podría haberla achicharrado.

—¿Con lo que me ha costado ponérmelos? ¡Ve por Jules!

Mientras esperaba a Julia, intentó sentarse en uno de los escalones pero cayó como una plancha rígida e inamovible, enorme y pesada. No podía doblarse y se notaba amarrada como un pavo relleno en Navidad a la espera de ser sacrificado. Miraría al techo hasta que llegara el pelotón de auxilio.

V

La abuela se estaba inquietando. No era tan complicado localizar unos cuantos trajes ¿o sí? Aunque, bien pensado, se trataba de las tres mujeres más atolondradas del mundo a la hora de intrigar y despistar.

Sí, correspondía inquietarse. A punto estaba de salir en busca de las muchachas cuando dos mujeres adultas cruzaron el umbral esforzándose al máximo para arrastrar a través del piso, a una inflada figura de la que sobresalían unos diminutos piececillos que se afanaban en dar cortitos pasos marcha atrás, intentando impulsar y auxiliar en su esfuerzo a las otras dos agotadas figuras.

No pudo evitarlo. Rompió a reír y las tres caras sofocadas se giraron en su dirección, enfurruñadas.

—Lo siento, hijas. pero esto es…, es…

—Es que Mere no ha querido quitarse la ropa y ¡me ha pegado al intentar soltarle unos de los pantalones! —extendía la mano como si resultara evidente la marca del leñazo que le había dado.

—No tienes nada, hija —la mano despareció al momento entre ¿graznidos?— además, no creo que hubiera sido buena idea ver corretear a una Mere desnuda por la casa.

—¡Abuela!

Decidió callar antes de que la rolliza figura tendida en el suelo explotara.

Entre todas lograron despojar a Mere de las camisas y pantalones, calcetines, cinturones e incluso de los jirones de tela que había ubicado al azar entre los ropajes *por si resultaban útiles*.

Tardaron una eternidad y durante la faena no dejaron de vigilar la puerta como halcones.

El suspiro de alivio fue colectivo cuando terminaron, sobre todo, el de Mere.

—Dios mío, me siento hasta estilizada y liviana —su expresión era de extremo placer—. Bueno, chicas, los hombres llegarán en cualquier momento. Ya sabemos todas cuál va a ser la excusa para despistarlos. Julia, tendrás que convencer a tu madrastra para que organice una de esas sesiones de espiritismo para mañana y después podemos posponerla. Dile que invite a la babosa.

—¿Quién?

—Selena Saxton, *la melenas* para nosotras.

Las risillas se sucedieron.

—Así no mentiremos al decir que mañana tenemos una reunión mientras ellos van a investigar. Lo que no sabrán es que se ha cancelado hasta más adelante. Coged cada una dos pares de juegos de trajes para arreglarlos durante lo que queda de tarde y por la noche. Mañana deberá estar todo listo.

—Yo me encargo de organizar el traslado hasta la tienda —apostilló la abuela.

—Muy bien, a las siete menos cuarto de la tarde nos encontraremos en la parte trasera de mi casa. Los padres de Mere han viajado al campo por unos días, así que tenemos vía libre ya que los hermanos se encuentran de viaje por negocios. Así que, señoritas, los astros nos son favorables.

Un espantoso trueno retumbó en la distancia. ¿Sería premonitorio?

VI

Era la primera vez desde que estaban casados que no quería ir a la cama, y su marido le estaba lanzando miradas preocupantes. Maldita sea, casi escuchaba el engranaje de su cerebro traquetear sin descanso. Era el momento de optar por medidas drásticas.

—Abuela, ¿no habíamos quedado en turnarnos para cuidar de Norris?

—No, cariño.

—Sí, abuela, haz memoria.

—¡No, cielo! Tenemos labores pendientes que hacer esta noche.

Los rostros de los comensales giraban en una u otra dirección siguiendo las palabras y el de John reflejaba un aspecto totalmente calculador.

Las manos de Mere comenzaron a transpirar. Su marido sospechaba, así que solo cabía una opción, despistarle o entretenerle como fuera, para que dejara de hacer conjeturas. Le agotaría con amor. Y empezaría con un masaje.

La abuela se levantó después de saborear el exquisito postre, y se despidió de ellos tras lanzar una mirada de advertencia en dirección a Mere, como avisando de que debía arreglar el estropicio causado con su precipitación durante la cena. Los demás siguieron su ejemplo y les dejaron solos.

¡No podían abandonarla aun! No estaba preparada para enfrentarse al grandullón.

¿Y si adivinaba lo que pasaba por su mente? ¿Y si lograba sonsacarle información? ¿Y si se le escapaba a ella solita esa información? ¡No podía acostarse con él!

—Vamos cariño, subamos a acostarnos —Mere tragó saliva dos veces y, sin otra posibilidad de llamar la atención del gruñón, asió la mano extendida y se dirigieron a su habitación.

Tras escuchar el sonido de la puerta al cerrarse y de la ropa desprendiéndose de un glorioso cuerpo, supo que debía hacer algo, pero ya.

—John, ¿te han dado alguna vez un masaje?

El gesto de su marido fue casi risible. Sus manos quedaron paralizadas en el botón de la cintura del pantalón y lucía una figura que derretía los huesos de Mere.

—Sí.

—¿Sí?

—Claro.

—¿Dónde?

—En las casas de baños.

—¡Oh! ¿Y podría ir yo a que me dieran uno?

—¡No!

—¿Por qué no? A mí me encantaría recibir un masaje…

—Pero no ahí.

Estaba funcionando a la perfección. Lo tenía obnubilado con el tema.

—¿Y por qué no? y no me digas *porque no*. Ya sabes que necesito información detallada.

—¿Quieres un masaje? Te lo daré yo, enana, y encantado de la vida.

—De eso nada, es hacer trampa. Yo quiero que me lo de un profesional.

—No hay tal profesional para una mujer.

—¿No? Eso es discriminatorio. Y si una mujer dolorida y achacosa quisiera un buen masaje relajante que la dejara como un flan y calentita ¿dónde tendría que acudir para recibirlo?

Los ojos de su marido se iban agrandando según hablaba. ¿Habría dado demasiados detalles?

—Mere, en tu caso, de las manos de su marido. Te aseguro que para que otro hombre o mujer, si se diera el caso, ponga sus manos en ciertas partes redondas de tu cuerpo tendrá que pasar por encima de mí.

Mere comenzaba a refunfuñar.

—Entonces, ¿no hay masajistas para mujeres?

—No pienso contestarte, enana.

—Pues que sepas, que si no me lo cuentas, le preguntaré a la abuela.

—¡Dios!

—Eso mismo.

—Muy bien. En las casas de baños las mujeres que dan masajes no solo ofrecen eso, sino que también…

—¿Qué?

—Ofrecen servicios sexuales.

Si esperaba que se fuera a escandalizar, estaba apañado. ¿Acaso no la conocía de sobra?

—¡¡Oh!! Qué interesante. ¿Se puede ir a mirar?

—Enana…

— ¿Qué ofertan?

—¡Mere!

Su señor marido parecía medio escandalizado y eso divirtió tremendamente a Mere. Le encantaba aturullarle.

Subrepticiamente dirigió la vista al reloj de mesa ubicado en la recámara junto a la ventana. Había transcurrido una hora, ya quedaba menos. Si la noche discurría como tenía pensado, su marido tendría tanta información chocante acumulada en el cerebro que caería rendido hasta el día siguiente. Si algo había aprendido era que el exceso de información agotaba.

—Marido, tengo toda la intención, durante este extraño matrimonio, de comentarte todo lo que pasa por mi cabeza. Eso es lo que debería ser un matrimonio ¿no? Libertad absoluta y contar a la otra mitad todo lo que pase por la mente.

—Mere, a veces asustas.

La respuesta de Mere fue una risilla malévola que causó un leve respingo en John.

—¿No querrías que hablara contigo con total libertad de todo lo que pienso?

—Sí. Lo cierto es que me chiflaría poder descubrir cómo funciona ese pequeño cerebro, pero mi salud es importante también.

Mere ignoró la puntilla lanzada.

—¿No ves? Es sencillo. Bueno, ¿qué favores sexuales ofrecen?

—Mere, no estarás planeando algo ¿verdad?

—¿Yo?

—Ay Dios, ya empezamos. ¿Recuerdas la última vez que tuvimos una conversación parecida?

—No

—Yo sí, enana, y al parecer no te asusté lo suficiente.

Mientras hablaban el grandullón se había ido aproximando hasta situarse junto a ella en el lateral de la cama y había comenzado a desabrocharle el vestido, con lentitud. Mere no pudo aguantarse.

—Eres una gran doncella, amor.

El azote en el trasero era previsible. El suave beso en los labios, no tanto.

—¿Quieres un masaje o no? —por el deambular de las manos ese masaje ya estaba comenzando. El vestido había caído con descuido al suelo, Mere había quedado en camisola y enaguas, ya desatada la primera, y esas manazas estaban masajeando sus apretados pechos. Una verdadera delicia.

Cubrió con sus manos las de su marido, paralizando su sensual recorrido.

—Sí, pero antes quisiera dártelo yo a ti.

La reacción inmediata de su marido fue un incremento en la respiración y la aparición del enorme y familiar bulto presionado contra la parte delantera del pantalón. Con su mano derecha Mere presionó ese inmenso bulto y el grandullón empujó contra la palma y de seguido y sin aviso previo, como un poseso, se despojó de la ropa que aun cubría su cuerpo y se lanzó sobre la cama, boca abajo, causando un cantarina carcajada en ella. Le encantaban las reacciones de su marido ya que nunca sabía por dónde iba a salir.

—Soy todo tuyo, cariño, pero antes hazme un favor. Quítate la ropa interior, amor. Sobra.

Por todos los…, su grandullón se había girado y se apoyaba en un costado, acomodándose para mirarla con ojos brillantes.

—¿Me vas a mirar?

—¡Dios!, cariño, siempre he soñado con este momento.

—¿Sí?

—¿No querías que nos contáramos nuestros más oscuros secretos? Pues ahí va el primero. He tenido sueños húmedos contigo desde que tengo razón suficiente para darme cuenta de que me volvías loco y uno de ellos es el que, al fin, se va a cumplir ahora. Que te desnudes para mí, con lentitud, prenda a prenda, mostrando ese voluptuoso cuerpecito.

Dios santo, los calores le llegaban a oleadas. Al carajo con las vergüenzas. Si no aprovechaba el momento, se arrepentiría toda su vida. Además iba a cumplir el deseo de su señor marido quien la hacía sentir tan hermosa y voluptuosa y bella…, y lo adoraba.

Con su mano derecha bajó lentamente el ligero tirante de su camisola hasta que quedó colgando en el brazo; con suavidad hizo lo mismo con el otro, bajando la suave tela hasta que la generosa parte superior de sus pechos quedaron expuestos a la ávida mirada de su marido. Mere echó un ligero vistazo a John. ¡Madre mía! Estaba tan tenso. De su posición original, tendido de costado, se había erguido, y se encontraba sentado e inclinado ligeramente en dirección a ella, como si cierta atracción tirara de él. Mere dudaba que aguantara sentado en el lecho mientras ella se desnudaba y ese pensamiento le hizo sentirse poderosa.

Con movimientos suaves a la par que sencillos, deslizó la camisola por su torso hasta que quedó reposando junto al abandonado vestido, y deslizó sus propias manos por su busto hasta ahuecar esos pechos que le habían acomplejado toda su vida adulta. Los acarició con lentitud bajo la abrasadora mirada de su gruñón.

Inmediatamente los movimientos sobre la cama quedaron paralizados. No se escuchaba ni un mero crujir.

Mere se giró de espaldas al lecho y deslizó las enaguas por sus caderas y muslos, de nuevo pausadamente, inclinándose. Nuevo sonido de ropajes se escuchó y Mere giró levemente la cabeza en dirección al ruido.

John se había colocado de rodillas y se aferraba a uno de los almohadones como si la vida le fuera en ello. Los nudillos, blancos, de la fuerza con que oprimía el cojín y la vista clavada en sus cuartos traseros mientras se relamía los labios. ¡Por Dios! ¿Se habría sobrepasado con la tortura? Decidió girarse de nuevo y quedar de frente y sus pechos y vientre sintieron la mirada fija, abrasándolos.

Se acercó otro paso al lecho, soltándose de camino la espesa melena castaña hasta que alcanzó la altura de su cadera, y el cojín se rasgó soltando plumas blancas por toda la habitación.

—¿John?

No le contestaba. Apartó con la mano un par de plumas flotantes, vaporosas, y dio un par de pasos más hacia su marido que estaba quieto como una estatua, como las de los libros de historia griega, las de desnudos.

—¿Cariño?

—¿Hum?

—¿Te ocurre algo? —Mere efectuó un nuevo avance, con sigilo para no espantar al grandullón. Algo ocurría y su marido no le daba pistas, así que no quedaba otra opción que preguntar.

—He estallado.

—¿Estallado?

Con las manos señalaba insistentemente su hinchado y enorme miembro. Mere dividía su atención entre la mirada de John y su inmenso y casi amoratado pene. No sabía muy bien qué decir, así que barboteó lo que pasó por su mente.

—¿La pilila?

—¿La qué?

—Ya sabes… —ahora era Mere quien insistentemente indicaba el miembro que se iba agrandando por momentos ante sus propios ojos— la pi…li…la —repitió lentamente para que su marido absorbiera la información facilitada —la abuela dice que es como se la conoce en la intimidad.

—¡No a la mía!

—¿No?

—La mía no tiene nombre, Mere.

—¿Por qué? Según la abuela es la mejor amiga del hombre; espera, creo que dijo del hombre perturbado.

—Por eso mismo.

—Vale. Le diré a la abuela que no estás perturbado y que es una sin nombre.

—Mere, lo que estoy es a punto de estallar de nuevo, si no dejas de referirte a mi pilila, ¡demonios!, a mi miembro, de semejante manera.

Eso le preocupó en serio, por lo que se acercó de golpe, bamboleándose entera.

—¡Por Dios! —bramó el bruto.

—¿Y ahora qué?

—Que me vas a matar…

—John o me dices ahora mismo qué demonios te pasa o me voy a dormir con Rosie —enfurruñada se cruzó de brazos con extrema dificultad.

—Joder, Mere, no hagas eso —las manos de su gruñón seguían llenas de suaves plumillas, como si tuviera que aferrase a algo con desesperación para evitar abalanzarse sobre otra cosa.

Desde luego la noche estaba resultando hasta demasiado entretenida para lo que tenía planeado.

—¿Y bien?

—¿Segura de querer oírlo?

—Hemos quedado en contar libremente todo aquello que nos cruce la mente, así que, sí. Estoy más que preparada y no pienso desmayarme.

—Muy bien, tú lo has querido. Con solo olerte, verte desnuda y envuelta en esa melena, me he corrido, y en cuanto te has acercado moviendo esos pechos y caderas y muslos, y toda tú, me he vuelto a poner duro como una endemoniada piedra.

—¡Ah! ¿Y eso es malo?

—¡Y yo que sé! Solo me pasa contigo. Y me niego a preguntárselo al doctor Brewer...

—Si quieres se lo pregunto yo, cariño.

—¡Mere!

—O a la abuela, que tiene mucho mundo.

—Mere...

Dios mío, se le acababa de ocurrir.

—¿No se te irá a caer, no? —la risilla que se le escapó a su marido la tranquilizó. Si se le fuera a desprender de sus bajos, no reiría...

Suspiró con exageración haciendo que sus llenos pechos se ondularan frente a la mirada ¿extraviada? de su señor esposo.

Los brutales labios que devoraron su boca le impidieron continuar y las manazas con restos de plumas aferraron su blando trasero, izándola y depositándola en el lecho, quedando recostada en diagonal con la cabecera. John se colocó encima tras apartarle los muslos con sus rodillas y acomodarse entre ellos.

—Amor, el masaje tendrá que esperar a mañana.

Desde luego, no iba a ser ella quien discutiera eso mientras esas manos y esa boca la enardecían.

Un par de minutos después había olvidado en su totalidad los planes trazados para esa noche.

VII

—¿Habéis localizado al muy cabrón?

—No, jefe. Perdimos la pista en la calle Eastbourne.

Anderson permaneció absortó hasta que se levantó de la butaca de cuero.

—Si aparece, traedlo de inmediato. No admito ovejas descarriadas, y menos a aquellas que deciden por su cuenta.

—Sí, jefe.

—¿Lo tenemos todo preparado para mañana?

—Claro, jefe. A las siete y media es noche cerrada y la calle está realmente mal alumbrada. Calculamos que a esa hora el agente que vigila la entrada a la tienda habrá terminado con la ronda por lo que tendremos vía libre para poner patas arriba el lugar.

—Muy bien. No quiero que quede rincón alguno sin vaciar. El imbécil del matasanos tuvo que acudir por algo a la tienda y no solo para mantener una interesante conversación con el viejo. Lo quiero todo revisado.

—¿Alguna otra orden, jefe?

—Si os topáis con alguien, matadlo y deshaceos del cuerpo en el Támesis. No quiero testigos indeseados. ¿Entendido?

—Alto y claro, jefe.

—Espero que esté todo terminado para las nueve. Hora y media es más que suficiente para rebuscar en toda la puñetera tienda. En cuanto terminéis, volved a la fábrica con lo que hayáis encontrado. Estaré esperando.

—El jefazo ¿también estará esperando a ver lo que encontremos?

Esperaba que no. Cada vez que posaba la vista en ese, le recorría el cuerpo un abrumador escalofrío. Esa mirada…

—No es asunto tuyo; pero, no. Tiene planes.

Si no se equivocaba, el alivio no solo le llenó a él, también a las dos comadrejas que le iban a acompañar el día siguiente.

Sabía que debía preguntar ya que al jefe no le gustaba dejar pingajos al azar.

—Jefe ¿y si surge alguna incidente o cosa inesperada?

—¿Como por ejemplo?

—No sé, jefe, cualquier cosa.

Parecía que en vez de contestar iba a insultarle con las palabrotas a las que ya estaba prácticamente acostumbrado.

—Lo dejo en tus manos. Pero no te equivoques, no se te ocurra errar con aquello que decidas o tu lengua dejará de llenarte la boca.

La contestación no le sorprendió, pero le alarmó. Creía capaz de cualquier cosa al animal que tenía por jefe.

VIII

Si no fuera porque sus propios oídos habían sido el recipiente de la noticia, jamás se lo hubiera creído, ni por todo el oro del mundo. ¡La enana iba a acudir a una sesión de espiritismo! No es que se lo hubiera contado ella, sino la abuela Allison, pero aun así le costaba asimilarlo. La expresión de Jar, antes de salir hacia la campiña en busca de sus padres, había resultado igual de cómica que la suya, o al menos eso suponía por la expresión en la cara de la abuela.

La enana quería hablar con los muertos. ¡Ja! Estaba deseando escuchar de esos preciosos labios el resultado de la experiencia, pero eso sería al volver de la fiesta de los Saxton.

Recorrían las callejas de Londres, llenas de viandantes a esas horas pese al poco apacible tiempo. La cita con Saxton había sido concertada a las siete menos cuarto de la tarde y había mostrado sumo interés en que acudiera acompañado de tan *ilustres* caballeros, como había plasmado efusivamente en su nota. Ello de por sí ya les causaba grima.

Estaban preparados para las contingencias que pudieran surgir, armados hasta los dientes y con una oferta sensacional de negocios que abriera desmesuradamente el apetito insaciable del duque de Saxton y les franqueara las puertas de su sucio imperio. John intuía lo que le interesaba de sus empresas de ingeniería, y si no había tratado anteriormente con el duque, se debía más a la mala fama de las condiciones laborales de sus fábricas que al previsible lucro a obtener del potencial negocio que pudieran sellar. Ya estaban llegando y cada uno de los cuatro hombres que llenaban el lujoso carruaje enviado para recogerles se afanaba tanto en poner en orden las armas que guardaban ocultas en su ropa como en sopesar las posibles salidas de la boca del lobo en la que voluntariamente estaban metiéndose.

—¿Llevas el cuchillo bien oculto? —preguntó Peter a su compañero de asiento.

—Sí, madre, los dos que me has dado.

—¿La pistola?

—No, Peter. Hubiera resultado un tanto raro semejante bulto en la cintura ¿no crees? —Rob dudó un momento— ¿Tú llevas?

—Sí.

—¡No fastidies! ¿Dónde diablos la llevas?

—Asida al pecho —las miradas de todos se clavaron en la zona indicada.

—No se nota.

La satisfacción brillaba en la sonrisa exhibida. El carruaje se detuvo y con ello desapareció la sonrisa de esos labios de nuevo ligeramente crispados.

La mansión reflejaba todo aquello que les desagradaba. Apariencia en su estado más puro, para asombrar e incluso amedrentar a aquellos que traspasaban las puertas de forjado hierro. Frías e inaccesibles.

El interior rezumaba riqueza tanto por los extensos tapices con motivos cinegéticos, de origen italiano y francés, colgados de las paredes, como por las lámparas de Murano en forma de araña que alumbraban la mansión, las alfombras persas en tonos pastel con un brillo satinado y los suntuosos y tallados muebles que invadían hasta el más mínimo rincón del salón al que un lacayo vestido de librea les condujo con presteza.

El salón se encontraba repleto de gente vestida con sus mejores galas, engalanada con sus preciadas joyas, y por el volumen de las risas y conversaciones, el alcohol no paraba de circular.

Tan pronto cruzaron las dobles puertas que daban acceso al salón de baile, las curiosas e intrigantes miradas de numerosas personas, si no de la totalidad, les examinaron con avidez. John había imaginado que ocurriría lo de siempre, lo que en ese mismo momento estaba viviendo, pero pese a ello, la sensación de ser un muñeco de exhibición se aposentó en el centro del estómago.

Siempre le había desagradado la forma en que la mayor parte de las mujeres, y no pocos hombres, le miraban, sin disimulo ni pudor alguno, recorriendo la extensión de su cuerpo y rostro como si en su mente lo imaginaran desnudo. Sabía que debía haberse acostumbrado hacía tiempo, pero le incomodaba tanto…

En esta ocasión la impresión degradante se acrecentó debido a la curiosidad que generaban sus compañeros a los que observaban con el mismo interés. Imaginaba que la sensación de estoss no se alejaría demasiado de la suya, aunque también barruntaba que estarían habituados a ello.

Desde la zona del salón en la que se ubicaron alcanzó a ver a su anfitrión. Apenas había envejecido desde su último contacto. Se trataba de un hombre gallardo para su edad, de porte distinguido, pelo espeso, canoso, y un bigote y cuidada barba encanecida, poco acorde con los dictados de la moda. Sus ojos despiertos y vivos, eran de un color azul cálido, de mirada directa. Seguía sin parecer el cabecilla de una organización criminal, pero eso no significaba que no la dirigiera o que ellos fueran a lanzar sus precauciones al aire.

Se acercó a ellos con paso firme.

—Caballeros, bienvenidos. Me alegro de que al fin hayamos logrado apartar nuestras diferencias para tratar de negocios que podrían resultar muy lucrativos —mientras hablaba había ido estrechando la mano de todos con un apretón firme—. Si les parece, y mientras los invitados disfrutan de la velada, podríamos reunirnos en un apartado para estar más cómodos. En breves momentos se nos unirán mis hijos.

Asintieron sin hablar por tratarse de lo esperado ya que no era infrecuente que este tipo de reuniones se gestaran en medio de fiestas organizadas con dicha finalidad.

El despacho al que accedieron parecía ser el del propio anfitrión; una habitación que despedía cierta impresión de uso diario por la forma en que estaba distribuida. Los cómodos muebles desprendían a gritos haber acomodado a demasiadas personas, si se tenía en cuenta la desgastada piel que lucían, aunque no daban sensación de pobreza o abandono.

—Antes de comenzar, le felicito, Aitor. Si no me equivocó ha contraído matrimonio recientemente con una preciosa damisela.

¡Maldita sea! La reunión comenzaba *de culo y cuesta abajo*, como solía decirse. Tan pronto esos labios mentaron a Mere, sintió un vuelco en el pecho y toda la sensación de tranquilidad se tornó aprensión. Tenía que controlarse, tenía que hacerlo, y en cierto modo, las miradas de sus amigos lo lograron.

—Gracias, Saxton. ¿Cómo lo supo?

El duque mostró una ligera sorpresa y duda, como si no pudiera detallar el origen de la noticia y no hubiera esperado semejante pregunta.

—Lo cierto es que me cuesta precisarlo, pero si no me equivoco, fue mi mujer o mi preciosa nuera.

—Claro, las mujeres no pierden detalle de esas cuestiones.

—Cierto, cierto…

John decidió que era mejor comenzar antes de que se abalanzara sobre el capullo e intentara sonsacarle toda la información que habían ido a buscar.

—Imagino que seguirá interesado en la maquinaria para facilitar la producción de su telar.

Los ojos que le enfrentaban brillaron de avaricia.

—Nunca mejor dicho, amigo mío, *facilitar la producción*. Así evitaríamos recurrir a una mano de obra vaga y debilitada por el hambre.

—Efectivamente, aunque no le voy a engañar, Saxton, no han desaparecido del todo las reservas que tuve en su día acerca de los rumores sobre el no excesivo buen trato dispensado a sus trabajadores o incluso la temprana edad de algunos de ellos.

—Estupideces extendidas por la competencia. Le puedo asegurar que no es cierto, ya que mis hijos así me lo han asegurado.

—Pese a sus palabras comprenderá que si voy a tratar con usted y mis socios van a invertir en su empresa, queremos disponer de acceso libre a las plantas de producción.

A la espera estaban de la contestación cuando la puerta lateral del despacho se abrió dando paso a un hombre que por su aspecto físico, gritaba a los cuatro vientos que era hijo del hombre con el que estaban reunidos. El mismo aspecto con treinta años de diferencia.

—Señores, permítanme presentarles a mi hijo mayor, Laurence. Hijo, estos son el señor Aitor, al que ya conociste en la última reunión, los señores Brandon, Doyle y Peter, y el señor Norris.

Nada más entrar el primogénito en la estancia la noción de acogida descendió varios grados. Donde el padre había sido agradable y llano, el hijo mostraba una patente actitud de rechazo. Resultaba no tanto insultante como desagradable.

—Señores —se acomodó junto a la butaca en la que estaba sentado su padre, manteniendo respecto de los demás su posición de pie—. Imagino que padre les habrá indicado que no soy partidario de un incremento en la producción mediante maquinaria especializada. Verán, no soy amigo de las máquinas, considero que el hombre realiza perfectamente esa labor.

—Claro, sobre todo, los menores de edad, que disponen de dedos ágiles y escasa protección en caso de accidentes —las palabras habían surgido de Rob y nada más decirlas la mirada que recibió del destinatario de las mismas fue una de las más envenenadas de las que John había sido testigo en toda su vida.

—¿Algún problema con las condiciones laborales de nuestros trabajadores, señor Norris?

—Si usted no lo tiene, quizá debería replantearse…

—Señores, señores, por favor —intervino el duque— hijo, sabes lo que opino. Señor Norris, esos rumores, como les he indicado anteriormente, han sido divulgados por la competencia y son falsos. Mis hijos controlan de forma exhaustiva el estado de salud de los trabajadores e incluso la fábrica dispone de un médico dedicado a su asistencia.

—Claro, claro. ¿No era el Señor Worthington ese médico al que se refiere?

Las cejas del duque se fruncieron.

—¿Por qué dice *era*?

—Porque hace unos pocos días fue asesinado, si no me equivoco, junto a otra persona, en una librería.

El hijo intervino.

—Y *si no me equivoco* y nos atenemos al informe policial fue en el curso de un atraco a la tienda. Una pura y simple desgracia, si me permiten decirlo...

—Y *si me lo permite,* ciertamente extraño ¿no cree?, en medio de tantos rumores... —apuntilló Doyle.

—¡Ya es suficiente, Laurence! —al anciano duque no parecía agradarle desconocer ciertos datos relacionados con la fábrica y, al parecer, nada sabía de la muerte de Worthington—. ¿Dónde está Martin?

—Ha habido un pequeño problema del que le han avisado hace unos minutos y no podrá unirse a nosotros. Me ha pedido que le disculpen por el imprevisto.

El duque se volvió hacia sus invitados.

—Martin es mi segundo hijo y el amor de Celeste, mi actual mujer. Lamentablemente su madre murió hace unos años y a mi hijo le costó superarlo. Lamento su ausencia ya que me hubiera agradado que le conocieran. Es un buen hombre, sí, un buen hombre.

La frase le resultó extraña a John, ya que por su propia experiencia, un hombre no menta cuestiones, en cierto modo familiares, ante desconocidos. Quizá la intención del duque fuera simplemente distender el ambiente, agriado por la llegada de su estúpido hijo. Puede que la intención fuera otra, pero no iba a pararse a pensar sobre ello, no con tanta tensión en el aire.

Decidió ayudar a aligerar la tensión.

—Entonces, Saxton, ¿está dispuesto a iniciar un fructífero negocio con nosotros o lo dejamos, por el momento, para que lo hable con sus hijos?

El duque apenas parpadeó.

—Hacemos negocios, señores. Tan pronto sentemos las bases del mismo, nuestros abogados se encargarán de redactar el papeleo —la sonrisa de satisfacción en el rostro del anciano no podía ocultarse—. En cuanto a lo que ha solicitado antes, de tener acceso a las plantas textiles, mis letrados se pondrán en contacto con ustedes para indicarles los trámites necesarios para ello y entregarles los pases de acceso libre, sin restricciones...

—¡Padre! ¿No crees que Martin debería tener conocimiento de esto?

La mirada del padre fulminó al hijo y con ella sus fútiles protestas.

—El día que las empresas os pertenezcan podréis hablar y decidir cuanto queráis, hasta entonces, la decisión está tomada —se giró hacia sus invitados—. Disculpen las formas de mi hijo, caballeros. En ocasiones la juventud y la sobreprotección están reñidas con la visión de una buena oportunidad.

John suspiró para sí con alivio. Quizá la reunión no había resultado como esperaban, pero habían logrado lo que andaban buscando: acceso a la fábrica para indagar. Tan solo esperaba que los trámites no se extendieran tanto como para que se pudiera enterrar toda la porquería que se ocultaba allí.

IX

Lo que llevaba esperando tantos años, se lo habían puesto en bandeja frente a sus propios ojos, esa misma noche, y lo mejor era que nunca les iban a descubrir. No lo podía permitir, no ahora, cuando le habían pasado la miel por los labios.

Llevaban tantos años con sus juegos que la sensación de poder aumentaba con el paso del tiempo.

Lo sintió en cuanto entraron, sintió que eran ellos, que era él, con su cuerpo bien formado, su rubio y leonado cabello y esos ojos que no conseguía apartar de sus sueños.

Con el paso de los años se había convertido en un hermoso hombre, pero esa maldita sombra, como *ella* lo llamaba, el que se les escurrió de entre los dedos al escapar, seguía acompañándole pese a los años transcurridos. Siempre juntos, dificultando sus planes para su rubio juguete...

Jamás debió haber relatado las intenciones que tenía con respecto a él. Debió guardarlo para sí mismo, para sus fantasías. Debió haber imaginado, por la forma en que *la sombra* hablaba de *su juguete,* que se querían como hermanos, con un amor fortalecido con el trato, caracteres parecidos y juegos de infancia compartidos. Pero eso no importaba ya que era *su juguete,* suyo y no del que se escapó, ni del otro hermano. Suyo. Suyo o de nadie.

Había esperado demasiado para lograr lo que parecía tener al alcance de la mano. Un escalofrío anticipado recorrió su cuerpo, la excitación le recorría las venas y el corazón le palpitaba como hacía años que no ocurría.

Se lo había dicho hasta la saciedad a ella, que *la sombra* les iba a dar problemas ya que no se parecía a ninguno de los anteriores, ya que jamás se rindió. Pero a ella le obsesionaba con ese cuerpo perfecto, esa piel dorada y esos ojos negros como profundos pozos. Incluso lo marcó para saber que era de ella, que siempre sería de ella, hasta la muerte. Ella no entendía que *la sombra* la odiara cuando ella le amaba tanto.

Recordaba aquella sesión. Una de las mejores. Y solo de rememorarlo se estaba excitando. Si tan solo pudiera acercarse para recordar como olía y asociarlo a aquel momento. Uno de los mejores de su vida. Caliente y sangriento.

Daría lo que tuviera, una fortuna, por ver su espalda marcada. Disfrutó tanto de lo que *ella* le hizo.

Ella también observaba, aunque intentaba que no se notara, pero sus ojos se dirigían inevitablemente hacía ellos. La miró con un punto de maldad. Se alegraba de su sufrimiento, ya que sabía que estaba pensando en tenerle de nuevo atado y a su merced, como un adicto al opio que ve pasar ante sí el mayor y más suculento cargamento sin poder tocarlo.

Pese al ansia por acercarse sabiendp que no era el momento, lo mejor era que ellos no les reconocían. Lo tenía al otro lado del salón recordando las horas deliciosas que habían disfrutado con él, las formas en que le habían hecho gritar hasta quedar ronco, llorar, pero nunca suplicar, el muy cabrón.

Mientras tenían en su poder a *la sombra*, había soñado en tantas ocasiones las mejores formas de torturar al objeto de su obsesión, a su juguete. Porque con este no podía emplear las habituales, debían ser especiales y únicas, solo para él.

Cerró las manos para aplacar la ansiedad de tirar de ese leonado y rubio cabello, tirar hasta que su cuello casi se quebrara, para soltarle y repetirlo hasta que suplicara. Marcar ese esbelto y bello cuerpo para que supieran que era suyo, que lo era desde hacía muchos años, desde que lo hizo suyo cuando *la sombra* se lo regaló, al relatar su vida compartida.

Si *la sombra* hubiera averiguado que se sentaba en la celda contigua para escucharle hablar de su juguete, habría callado como un muerto. Sonrió, ya que ese seguía siendo su secreto.

Esperó, oculto frente a la puerta de acceso al despacho, tras hacer un sutil gesto a su compañera. No podía dejar de verle por última vez, incluso arriesgándose a llamar la atención por su extraña conducta.

La puerta se abrió después de un rato y su pulso se aceleró, lo notaba en el cuello, en sus muñecas.

Era hermoso y debía tenerlo, por encima de todo. Necesitaba compartir lo que sentía al ver a su juguete tan cerca, con ella. Se acercó al lugar que su compañera de juegos ocupaba junto a ese decrépito carcamal, quien nada más verle, comenzó a llenar el silencio con su insípido hablar.

—Querido, hacía tiempo que no te veía…

—No el suficiente —murmuró sin que la vieja pudiera oírle. Total, estaba medio sorda pese a que siempre se sentía en guardia al estar cerca. Esos ojillos penetrantes le amedrentaban.

—Estábamos comentando acerca de los apuestos hombres que han acudido hoy a la fiesta.

Miró con intriga en dirección a ella. No podía ser casualidad.

—No creo conocerles, pero las jóvenes asistentes al baile han lanzado unos cuantos suspiros de embeleso, y no es de extrañar, pocas veces he visto un grupo de hombres tan bellos, sobre todo el más alto, el de los ojos verdes.

Era boba, la vieja. ¿Acaso no era evidente que el más bello era su *juguete*? Sintió una ira repentina hacia el ignorante y molesto vejestorio que hablaba sin saber. Hubiera deseado poder callarla para siempre, tapando esa arrugada boca que hablaba y hablaba sin cesar…

—Ciertamente, querida. A cada cual más hermoso, pero yo me decantaría por el que muestra una cicatriz que le recorre el rostro. Es…, siniestro.

La mirada sorprendida de la anciana se posó en ella, en su compañera de juegos.

—Pero, querida, estás casada.

—Pero no ciega, amiga mía.

El cloqueo que siguió atrajo la atención de varias parejas y al volverse para medir la atención no deseada, su mirada se cruzó con esos ojos azulones que le mareaban. Su respiración se paró totalmente. ¿Habría sentido, como él, ese algo que los unía? Eso esperaba.

X

Se sentía inquieto con un desasosiego que nacía de la experiencia. Le observaban y desconocía quién. Lo intuía pero si lo comentaba Peter no le dejaría respirar. También palpaba cierta alarma en él, y si en algo confiaba, era en el instinto de su mejor amigo. La sensación se acrecentó al salir del despacho. Su mirada barrió el lugar, pero demasiada gente disfrutaba de la velada.

Se sintió sucio por un instante, como si en lugar de en un salón rodeado de deslumbrante belleza estuviera en una cloaca abandonada.

Los ruidos se sucedían, una joven alegre con una cantarina risa le calmó algo y la carcajada que surgía de una anciana garganta llamó su atención. Una abuela reía por algo que había comentado una hermosa mujer de rubio cabello y ambas estaban acompañadas por un hombre vestido todo de oscuro, alto y musculado, de facciones marcadas e impasibles ojos azules que se cruzaron con los suyos.

Le desagradó instantáneamente pero lo dejó pasar. No era la primera vez que le ocurría. Finalmente decidió compartir su inquietud.

—Peter, creo que están aquí. Me noto inquieto como en aquella ocasión en los muelles ¿recuerdas?

—Lo sé. Presiento que ella está aquí, pero hay demasiada gente. Es imposible que pueda reconocerles por el olor, imposible, se cruzan tantas colonias y perfumes que embotan los sentidos —se giró lentamente hacia él—. ¿Has sentido algo? —Rob nada dijo

—¿Rob? —insistió su amigo.

—Me siento sucio, mierda, como si me miraran de una forma…, ¡y no sé quién!

—¿Te ha llamado alguien la atención?

La imagen del hombre de los ojos azules se le cruzó por la mente, pero no cuadraba con la risa ingenua de la anciana que le acompañaba. No. No podía ser.

—No.

Peter se dirigió a todos.

—Lo mejor es que demos una vuelta por la fiesta y estemos atentos a cualquier cosa que nos cause curiosidad. Si en media hora no hemos logrado algo, dudo que esta noche resulte mejor de lo que ya ha sido.

Todos mostraron su acuerdo y se separaron en parejas, John y Doyle, Peter y Rob. Hablaron con los invitados pero se negaron rotundamente a bailar pese a las numerosas insinuaciones y no demasiado sutiles invitaciones. El ambiente de la celebración les desagradaba.

XI

Cuatro extrañas figuras convergieron en el lugar de encuentro en el que habían quedado. Eran exactamente las siete menos cuarto de la tarde y estaba oscureciendo.

Un cochambroso carruaje estaba apostado a su espera para llevarlas al lugar que la abuela había concertado con el harapiento cochero.

—¿Y si tiene pulgas?

—Te aguantas —dictaminó Mere.

—Es que me salen ronchones con las pulgas…

—¡Por Dios, Jules! Estaremos demasiado ocupadas para controlar si una diminuta pulga te muerde el trasero.

—Vale —refunfuño esta mientras seguía murmujeando acerca de lo sucio que estaría el carro y de las *múltiples* enfermedades que podían pillar en contacto con sustancias indeseables y pegajosas.

La abuela se estaba alterando por momentos. La idea que hace unas horas sonaba audaz, estaba perdiendo fuelle a marchas forzadas. ¿Y si a alguien se le ocurría ir a la tienda o la policía la seguía controlando? La imagen de las tres jóvenes entre rejas le heló la sangre.

—Hijas, ¿y si lo dejamos para cuando vuelvan los hombres?

La pregunta no recibió contestación. Las miradas y gestos elocuentes fueron más que explícitos.

—Muy bien. Calculo que llegaréis a la tienda pasadas las siete, de noche. El cochero esperará hasta las siete y media en la calle perpendicular a la tienda, saliendo a la derecha, por tanto, tendréis una media hora larga para buscar la famosa libreta.

—¿Y si no logramos dar con ella?

—Volvéis de todos modos, hayáis encontrado o no lo que buscamos —las muecas indicaban que no estaban demasiado convencidas—. No hay otra opción ya que no tendréis otra forma de volver a casa. Mere, promete que serás sensata.

—Sí, abuela.

—¡Mere! O lo juras o me uno a vosotras.

—Ya no puedes. Esta vestida de forma inadecuada para asaltar tiendas, abuela —esa mirada penetrante de su abuela la estaba poniendo nerviosa—. Lo prometo ¿contenta?

—Ni por asomo. Jules, tendrás que controlar a ambas.

—¿Yo? Pero si siempre me ignoran.

—Pues en esta ocasión si tienes que arrastrarlas de los pelos, lo haces, aunque les arranques unos cuantos mechones.

El brillo malévolo de los negros ojos de Jules preocupó a Mere. Su amiga, sin duda, estaba poseída.

El abrazo apretujado de su abuela indicaba a las claras el grado de inquietud que sentía, pero a pesar de ello y con cierta anticipación, subieron al desvencijado carromato. Jules, tapándose la nariz como si alguna pulga fuera a saltar e invadir sus vías respiratorias.

La previsión de oscuridad se cumplió al dedillo. Era noche cerrada y no circulaba un alma por la calle, por lo que apenas tardaron en llegar al destino. Las mejores condiciones para un asalto.

Julia echó mano del juego de llaves y tras pelear con la cerradura, con dedos temblorosos, entraron en la revuelta tienda.

XII

El jefe era el hijo de puta más afortunado del mundo. Justo el mismo día en que habían decidido vigilar la tienda los tiernos pajarillos habían optado por meter los morros donde no debían.

La satisfacción al pensar en el regalito que iban a llevar al jefe casi le hizo perder los estribos.

Si no se equivocaba en la tienda habían entrado tres de las cuatro mujeres que traían al jefe por la calle de la amargura. En cierto modo ahí estaba la ironía de la cuestión. La pena era que a la vieja no la había visto. Quizá no participara en el juego como las más jóvenes para evitar que su vejez ralentizara el plan que se traían entre manos.

En cuanto las figuras descendieron del carro, fue más que evidente que eran mujeres disfrazadas. Quizá dieran el pego a alguien que no prestara demasiada atención a lo que ocurría a su alrededor, pero no a él. El sutil vaivén de las caderas y la forma en que llenaban los trajes sobre todo la pequeñita, la favorita del jefe, eran inconfundibles.

Tan pronto llegaran sus compañeros comenzaría la diversión. Sí señor, la noche se estaba convirtiendo en una de las más interesantes de los últimos meses.

Esperó unos minutos, con ansiedad, a que llegaran sus compañeros de andanzas. Les iban a encantar las noticias. Al sentir su presencia se giró, pero solo estaba Gordon.

—¿Dónde coño está tu hermano?

—Se ha encontrado con un conocido y está intentando darse el piro, así que me adelanté.

—¡Maldita sea! No podemos esperar. Llevan un buen rato en la tienda y si las dejamos salir podemos perder esta oportunidad, ¡joder! ¿Cuánto va a tardar tu hermano?

—No lo sé, unos minutos o algo más. A ese amigo le resultaría extraño que se largara sin charlar y dijiste que no llamáramos la atención…

Su impaciencia por pillar a los pajarillos con las manos en la masa chocaba con la precaución, sobre todo después de la amenaza del jefe de cortarle la lengua. Pero si perdían la oportunidad de pillar a las mozas sería peor.

—Muy bien, entraremos en la tienda y esperemos que tu hermano llegue a tiempo. Escucha con atención. En la tienda acaban de entrar tres personas, tres mujeres.

—¿Qué coño…?

—Calla y escucha, imbécil. Dos parecen sencillas de manejar, una es de baja estatura y otra es algo delgaducha. La que me preocupa es la que queda. Es tan alta como tú y parece tener la fuerza de un buey. ¿Has comprendido?

—Sí. Que tenga cuidado con la grande.

—No, idiota. Cuidado con las tres, pero sobre todo con la alta. Entraremos a la vez, yo iré a por la grande y tú a por la pequeña. Y si tu hermano no llega para cuando hayamos terminado, le rajo el cuello.

XIII

Tras adentrarse en la tienda y encender un par de velas olorosas que llevaban consigo, sus ojos se clavaron inmediatamente en la extensa mancha oscura que cubría parte del piso. No era lo mismo verlo que imaginarlo, ni de cerca. Saber lo ocurrido hacía poco en el mismo punto que pisaban en ese momento les puso la carne de gallina. Mere se dirigió a Jules, quien seguía restregándose las manos en los faldones de la chaqueta intentando eliminar cualquier resto pegajoso cosechado en el infecto carro que les había servido de medio de transporte. Mere abrió los ojos al verla. Por Dios, se restregaba las palmas con desesperación. *Debían* distraerla antes de que quedara sin piel.

—Jules, mira en la zona delantera de la tienda mientras Julia y yo nos dedicamos a la parte trasera y el pequeño almacén.

No perdieron tiempo ni escatimaron esfuerzos. Tras diez minutos de intensa búsqueda comenzaban a flaquear. Les quedaba por rebuscar en el pequeño almacén lateral de la estrecha tienda, donde se encontraban en esos momentos, desesperadas.

Ya había transcurrido casi media hora y el tiempo se les echaba encima.

—Esto es una pérdida de tiempo, chicas. Podríamos pasar horas rebuscando y no encontrar nada. Debemos pensar en esto desde otro punto de vista.

—¿Cómo cuál?

—No sé, si estuvierais aterradas con un asesino siguiendo vuestros pasos y tuvierais algo de mucho valor que conservar ¿qué haríais?

—Esconderlo, sin duda.

—Pero ¿dónde?

—En un lugar donde no esperaran encontrar algo valioso…

—Exacto.

—…y jamás se les ocurriera mirar.

Las tres callaron hasta que la mirada de Julia se paró en una sencilla cesta repleta de hojas desechadas y desperdicios de toda clase. No podía ser tan sencillo…

—Es el lugar perfecto. ¿Por qué buscar en un lugar lleno de basura apestosa?

Jules se acercó lentamente como si temiera tener demasiada suerte. Se agachó y volteó el contenido, dando a los objetos volcados varios golpecitos con la punta del zapato, hasta localizar una pequeña libreta de piel, sucia, desgastada y cubierta de restos de comida.

—Dios mío, ¡la tenemos!

Jules señaló con el índice lo que parecía una libretita desgastada y muy sucia por lo que fue Julia quien se agachó y tras limpiar algo el exterior, desató la pequeña lazada que la envolvía hasta retirar con cuidado la suave encuadernación. La expresión de su rostro alarmó a las demás. Alzó la vista y parecía demudada.

—No tiene sentido —extendió la libreta en dirección a Mere, quien la recogió, repasando con sus dedos la sedosa cubierta.

Dios mío, por esto había muerto un hombre. Por una cosa tan pequeña. Volvió la primera hoja y entendió lo adelantado por Julia. Estaba repleta de anotaciones con tachones y borrones en los márgenes. Una primera parte contenía números en apariencia aleatorios y determinados nombres. Mere leyó varios intentando que cobraran cierto sentido, pero era inútil.

03—03—65—CL en B— 05 tot(3vy2h)/ 2—R/1—otros
:Lancaster, Hamstead/ Matthews.
12—12—66— EULAL en L—03 tot(2vy 1h)/2—R/1—otros
No seguro, Carmichael/ Harrigan
04—09—68— CL en B—02 tot(2v)/2—R Sullivan, el único.

A continuación nombres que para la mente que los escribió debían tener relación con lo anterior ya que cada línea comenzaba con el número correspondiente a las anotaciones anteriores, pero para ellas se asemejaban a hojas en blanco.

03—03—65—986 libras —Lancaster(marfiles y plata), Hamstead (cadenas y plata)
—diez por ciento
12—12—66—339 libras —Carmichael (oro, sortijas y plata)—diez por ciento...

Los apuntes continuaban y continuaban hasta llenar al menos dos hojas enteras. Las reseñas que seguían hacían referencia a nombres propios y apellidos, lo que parecían ser fechas de nacimiento y descripciones.

Diantre, tanto esfuerzo y habían topado con un intrincado jeroglífico, para lo que les servía… Un completo misterio pero tampoco les extrañó. Lo contrario hubiera sido demasiado sencillo ya que al ritmo que iban nada salía como esperaban.

Mere se giró hacia las demás y entregó la libreta a Julia que la escondió bajo su blusa.

—Debemos llevar esto a casa cuanto antes y enseña…

A sus espaldas se escuchó un sonido inquietante, el de la puerta de entrada al abrirse o entornarse, y desde luego, no corría el viento suficiente como para empujarla. El estómago se le contrajo. ¡Por Dios, eran idiotas! No se les había pasado por la cabeza que al igual que ellas, el asesino de Cecil hubiera tenido la misma idea.

Y no llevaban armas. ¡No sabían manejar armas!

Enlazó la mano de Jules y apoyaron la espalda contra la pared, intentando evitar hacer el más mínimo ruido, incluso respirar. El miedo le atenazaba la garganta y apretó aun más la mano de Jules.

Julia estaba escondida bajo la mesa que ocupaba gran parte de la estancia y en ese mismo momento Mere se dio cuenta de que estaban a oscuras, totalmente a oscuras. Habían apagado las velas para que ninguna luz llamara la atención desde el exterior. ¡Por Dios! Las iban a matar y apenas llevaba casada tres semanas.

Si sobrevivía a esta pesadilla John la iba a estrangular y empezaba a pensar que en parte se lo merecía, por osada e insensata.

El pavor que sentía aumentaba por momentos, pero tenía claro que no iba a quedarse quieta como un fiambre a la espera de que la apuñalaran como a Cecil Worthington. Arrastró los pies hacia la salida tirando de Jules tras de sí.

¡Hacían demasiado ruido con los zapatos! Se agachó, se quitó el derecho esgrimiéndolo como arma y decidió que ahora o nunca. Lanzando un chillido que hubiera enorgullecido a Medusa se abalanzó sobre una de las figuras que se recortaban contra el cristal de entrada. ¡Y le sorprendió!

No supo de dónde sacó la puntería pero con el tacón le golpeó en los morros. A su espalda escuchó una refriega y comprendió que Jules, la temblorosa Jules, había hecho lo mismo, exactamente lo mismo que ella, abalanzándose sobre el otro.

Mientras el malnacido al que había golpeado se recuperaba miró hacia Julia y gritó con todas sus fuerzas que se fuera, que corriera en busca de ayuda, en busca de John. Lo repitió y repitió hasta que no pudo chillar más, ya que el hombre al que había golpeado se había incorporado y estaba enfurecido. Le decía no se qué de puta y me las vas a pagar, pero era raro, lo escuchaba en la lejanía. Su atención estaba dividida entre Julia, a la que con inmenso alivio vio cruzar el umbral corriendo, Jules que seguía forcejeando con el otro atacante y el maldito zapato que seguía en su mano.

Su atención se desvió hacia Jules hasta que la vio caer redonda tras recibir un brutal puñetazo del mal bicho con el que peleaba. Con el zapato aun en la mano se lo lanzó al hombre que tenía frente a sí y se abalanzó tan veloz como pudo hacia el repugnante hombre que inclinado sobre Jules levantaba el puño con intención de rematarla. No podía permitirlo. No a Jules.

Sin pensar lo que hacía, se tiró sobre la espalda del hombre y se aferró a ella con todas sus fuerzas mientras lanzaba puñetazos donde alcanzara a dar. Con sus piernas le rodeaba la cintura con fuerza para no desprenderse y con sus puños seguía golpeando y golpeando... La furia había aparcado el miedo.

Siguió pegando pese a que notaba que iba perdiendo las fuerzas, hasta que un violento tirón de su cabello la impulso hacia atrás cayendo contra el pecho del hombre al que antes se había enfrentado. Sacudió las piernas y seguía intentando alcanzar al que tenía delante o detrás, le daba igual. Simplemente debía distraer su atención de Jules, como fuera.

Sintió un fuerte golpe en la cabeza que la atontó, después otro en el lateral de la cara que la dejó sin fuerza y una desagradable voz que le hablaba, que le decía algo sobre Jules, que solo necesitaban a una y que ella era la preferida..., no tenía sentido..., decía que se lo iba a pasar muy bien con ellos..., que era un bonito pajarillo...

No entendía lo que decía, sintió que la izaban en volandas, flotando, mientras algo cálido y espeso le resbalaba por la cara, y ya no supo más...

XIV

Su paciencia se estaba agotando debido a la sensación de pérdida de tiempo. Habían terminado por reunirse de nuevo los cuatro a fin de huir de las pegajosas jovencitas que abundaban en el baile y decidir si continuar con la búsqueda o dejar la fiesta, cuando el tieso lacayo que les había acompañado al llegar se acercó con premura hacia ellos.

—Señor Aitor, tenemos un ligero problema en la puerta de entrada y hemos trasladado la incómoda situación a la zona de servicio. ¿Querría acompañarme?

Los cuatro cruzaron sus miradas. ¿Y si era una trampa?

—¿De qué se trata?

—Acompáñeme, por favor.

—Primero, indíqueme de que se trata.

—Un... joven, un tanto peculiar, pregunta por usted y parece... estar rozando el llanto. Hemos intentado ahuyentarle para que deje de molestar pero está siendo... difícil de controlar y ciertamente tajante. Ha dicho que si no habla con usted o con cualquiera de los señores que le acompañan comenzara a lanzar *berridos sobrehumanos* —con una mueca de disgusto continuó— como comprenderá, no podemos permitir tal escándalo.

El lacayo se hizo a un lado con total naturalidad para evitar llamar la atención.

—Se me olvidaba. Ha pedido que les trasladáramos lo siguiente: *Mere en apuros. También Jules.*

El terror que sintió en cuanto escuchó esas palabras borró lo demás. Como una tromba, seguido de cerca por sus amigos, siguió al lacayo apremiándole para que urgiera el paso.

****

Capítulo 11

I

La imagen que se grabó en su retina fue la de una figura encogida, tanto por el frío como por el miedo, en una esquina de la abarrotada cocina, rodeada de curiosos que en nada ayudaban. John se acercó de inmediato, abriéndose paso con facilidad y alzó el delicado rostro. Era Julia, por Dios, una Julia con los ojos enrojecidos y el rojo cabello enmarañado.

—¿Julia, qué demonios ha ocurrido y por qué estás vestida así?

Sin darle tiempo a contestar Doyle se posicionó entre la acurrucada, silenciosa, forma y los curiosos apiñados a su alrededor que la observaban como a un muñeco de feria. Pidió a quienes les contemplaban atónitos que les dejaran espacio, que dejaran de rodearlos. Nadie retó esa mirada helada.

Se aproximó por detrás de Julia, la alzó como si apenas pesara y envolvió en sus cálidos brazos. Con una de sus manos retiró un mojado mechón que ocultaba parte de su rostro, tras acariciar su mejilla con suavidad.

—¿Qué ha ocurrido, querida?

La suave y ronca voz surgió calmada, como si hablara con alguien quebrado, logrando ocultar a la temblorosa mujer encogida y envuelta en su calor la urgencia que debía sentir.

John no pudo contener la suya.

—Julia, por favor. Se trata de mi Mere… y de Jules. ¿Qué ha ocurrido?

La figura perdió paulatinamente la mirada extraviada y sacó del interior de su camisa una pequeña libreta que agarraba con tensas manos como si se tratara de un tesoro. La apretaba con desesperación. Habló con una fina vocecilla.

—Encontramos la libreta pero unos hombres entraron en la tienda y hubo una pelea y…

—¿Qué tienda?—preguntó John pese a conocer la respuesta.

—La de Norris.

—¡Dios santo…!

Los enormes ojos se estaban llenando de lágrimas.

—Lo siento…, lo siento tanto…, sé que no debimos ir, no debimos…

—¿Están vivas?

Su corazón parecía no latir a la espera de la contestación. Si ella no vivía no sabía lo que iba a hacer…, no imaginaba su vida sin su Mere.

—Por favor, ¿están vivas?

—No lo sé, cuando escapé para pedir ayuda estaban peleando con los zapatos, y no sé cuántos eran…, no había luz por lo de las velas…, y el cochero protestó…

Era evidente que no estaba en condiciones por la parrafada sin sentido que acababa de lanzar entrecortadamente.

La frialdad que invadió a John le recordó la guerra. Le importaba una mierda matar, mutilar o destrozar por ella, y por todos los diablos, que si se la habían quitado…, los mataría uno a uno.

—Doyle, llévala a mi casa y pon al tanto de todo a la abuela Allison y a Norris. Que manden aviso a Jared con la máxima urgencia y a Dean y Thomas pese a que están en Gales. Que emprendan inmediatamente camino de vuelta. No a mis suegros…, por ahora. Nosotros cogeremos al vuelo un coche de caballos e iremos a la tienda del viejo.

Actuaron con total sincronía.

Doyle envolvió en brazos a Julia como si llevara un regalo de valor incalculable, traspasó el umbral de la mansión, dejándola atrás entre miradas y susurros de asombro de los criados y se acercó al carruaje que permanecía en la acera, disponible para cuando lo requirieran.

Subió rápidamente con su carga, ayudado por los demás, y mientras se acomodaba escuchaba atentamente lo que decía John.

—En cuanto te ocupes de Julia, envía de inmediato uno de los carruajes con Williams y un par de hombres armados hasta los dientes y ordena que avisen al doctor Brewer para que atienda a Julia y por si fueran necesarios sus servicios… —su vista se centró en la exhausta figura que había caído rendida en brazos del mayor de los Brandon. Ya les contaría en su momento todos los detalles, no ahora. Ahora tenían que recuperar lo que era suyo.

El carruaje desapareció en la distancia y John se volvió hacia los demás

—A una manzana de distancia encontraremos un cochero que nos lleve. En marcha. —Mientras hablaba no perdían tiempo en poner a punto las armas. John sacó un cuchillo curvo de afilada hoja, de aspecto antiguo. Lo observó con lentitud y lo introdujo en el interior de su holgada manga.

El resto del viaje no se cruzó palabra alguna, preparándose cada uno de ellos para lo peor, aunque se les revolvieran las entrañas. Sabían lo que podría ocurrir a dos mujeres jóvenes y temían, tanto como deseaban, llegar al lugar donde las vieron por última vez, rogando al cielo que siguieran vivas, aunque fuera algo maltrechas. Cualquier cosa menos muertas, por favor…

Tan centrados estaban en Julia y lo ocurrido con Jules y Mere que la libreta entregada por la primera había quedado olvidada en el interior del negro abrigo de Peter. Segura y a buen recaudo…, pero olvidada.

II

Miraba la figura que descansaba en el lecho sin retirar la vista. Pese a los días transcurridos no se había librado aun de la desesperante sensación de haber quedado abandonada por el único hombre que la comprendía y la había amado sin reservas. Dudaba que ese sentimiento, o al menos su recuerdo, fueran a desaparecer en mucho tiempo y sería difícil, realmente difícil, borrar la huella del miedo sufrido.

Eran las ocho y las niñas ya deberían haber terminado. La intranquilidad que sintió al verlas partir hacia la tienda se había transformado en punzante miedo. Debió haber hecho caso a sus instintos y aplazarlo, pero la impulsividad de la juventud era tan contagiosa…

—¿Allison? —el arrugado y varonil semblante del hombre que adoraba lucía las marcas de apoyo de la almohada y se enterneció.

—Hola, cariño —se inclinó y posó un delicado beso en los resecos labios.

—¿Qué ocurre?

Tenía gracia, desde el día en que se conocieron, tantos años atrás, había atesorado esa impresión de adivinar el ánimo del otro sin necesidad de palabras. Ahora no le daba la bienvenida a esa capacidad ya que si hurgaba un poco, le contaría la razón de sus miedos. Puede que, en el fondo, lo ansiara, a fin de deshacerse de ese peso que sentía en el pecho, pese a saber que se enfurecería con ella.

—¿Me lo vas a contar, querida? Desde aquí escucho la rueda de tu cerebro girar y girar… —sonrió levemente— y salvo que quieras que me maree…

¿Cómo decírselo? De sopetón.

—Mandé a las niñas a revolver tu tienda.

El silencio fue sofocante y el glacial tono de voz lo empeoró.

—Repítelo.

—Que envié a las niñas a buscar en la librería, porque estamos convencidas que Worthington fue a algo más que a…

—¡Dios, Allison! —con gran esfuerzo se incorporó de la cama con una de sus manos presionada contra la herida.

—¿A dónde vas?

—Sois precipitadas e insensatas e… ¡idiotas! ¡Las cuatro! —caminó tres pasos pero hubo de apoyarse en la pared porque se tambaleaba— ¡maldita sea! Dame la ropa.

—Pero estás herido…

—Ya lo sé y ellas en riesgo ¿Es que no tenéis sentido común? —farfulló—. ¡Mierda! y los muchachos están en la mansión Saxton. ¡Maldición!

Jamás había escuchado tantos improperios juntos. Ello indicaba el grado de enfado del hombre que deambulaba a trompicones, en camisola y descalzo por la habitación, intentando localizar ropa para cubrirse.

—No, no puedes salir, estás herido. Iré yo…

La mirada que recibió indicaba bien a las claras lo que opinaba de su idea y comenzó a enfadarse. De acuerdo que había sido un soberano error dejarlas marchar, pero la intención había sido buena. Además, ellos siempre las excluían de sus planes, así que no les dejaban más opción que tirar por su propio lado. De acuerdo, eran idiotas y no había excusa que sirviera.

—¿Y si encuentran la agenda de Worthington?

La mirada incrementó un par de grados en frialdad.

—La agenda la escondí yo después de que Worthington me la entregara el día que nos atacaron.

Dios santo. ¿Qué habían hecho?

III

¿Ya era por la mañana? Rábanos, tenía un dolor de cabeza que convertía en nimio el martilleante zumbido de oídos. ¿Y por qué no podía mover las manos para pasárselas por la cara? Algo le molestaba a un lado del rostro y no conseguía alcanzarlo. ¿Por qué no podía? Intentó mover las manos pero algo las mantenía firmemente sujetas.

Probó a entreabrir los ojos, pero la punzada que sintió fue como si le clavaran una aguja en plena pupila. Mejor esperar a que el dolor remitiera algo.

Intentó recordar qué había ocurrido, pero estaba todo tan borroso y lejano. ¡Los hombres! Los hombres se la habían llevado. ¿Y Jules?

—¡Jules, Jules! —el grito surgió espontáneo, sin pensar.

No hubo contestación, no se escuchaba el zumbido de una mosca, ni circulaba aire alguno, solo el repetitivo golpeteo de goteras.

Las ganas que sintió repentinamente de llorar le indicaron el problema en el que estaba metida. Pese al espantoso dolor de cabeza, abrió los ojos, con lentitud y recorrió el lugar en el que estaba. Parecía una zona abandonada, espaciosa, con maderos rotos y esparcidos por el suelo y paredes descubiertas, de piedra o de tierra, no podía apreciarlo del todo, llenas de moho. Olía a una mezcla extraña de humedad y alguna sustancia que le costaba identificar, intensa, que le invadía las fosas nasales. El único acceso al lugar era una pequeña puerta de madera con un par de robustos cerrojos. La habitación estaba vacía. Al menos seguía con la ropa en su sitio.

Las malas noticias eran que se encontrada en medio de la habitación atada con sogas a una silla de madera, las piernas firmemente sujetas a las patas y los brazos torcidos a su espalda, igualmente prisioneros. ¿Y si aparecían?

Agudizó el oído intentando captar lo que fuera y alcanzó a escuchar el golpe de una puerta cerrándose y pasos, suaves pasos que se acercaban. Tiró con desesperación del amarre que la mantenía quieta en el lugar, pero no se aflojó ni un ápice.

Las pisadas se oían más y más cerca y no sabía dónde estaba ni quién la retenía. De lo único que estaba segura es de que tenía un dolor de cabeza inmenso, avasallador y de que estaba aterrada. Pero ellos no se darían cuenta de su miedo, antes muerta.

Mala elección de palabras, por todos los demonios. Ya venían.

IV

Se estaba abrochando la camisa de forma lenta, torpe y se negaba a que ella le ayudara. Dos intentonas habían resultado más que suficientes, sobre todo cuando en la segunda le había apartado la mano con una suave palmada y una mirada enfurecida.

—La terquedad es el recurso de los tontos enfurruñados.

—Y la idiotez el de los necios insensatos, querida, y no me provoques salvo que quieras comenzar una buena discusión.

—No quiero. Es solo que…

—Se os fue la cabeza y, como siempre, nos toca recoger los platos rotos.

—Si nos hubierais dicho lo de la agenda, nada habría pasado.

—Si hubiera estado en condiciones y hubiera imaginado lo que vuestras calenturientas mentes planeaban, no dudes que os lo habría contado.

—Si no lo hubierais…

Estaba tieso como un poste a la espera de la siguiente frase, pero Allison se contuvo, tanto por la palidez sudorosa que comenzaba a mostrar Norris como por carecer de argumentos para sostener su empecinada posición.

Pese a no estar en su naturaleza recular, se encontró que estaba a punto de hacerlo.

Sus palabras estaban al punto de surgir, pero no tuvo ocasión.

—¡Señora Allison, señora! —una doncella se encontraba al otro lado de la puerta prácticamente gritando y por el sonido de su voz, parecía inquieta o, peor aun, asustada

—Acaba de llegar el señor Brandon, señora, y trae consigo a la señorita Brears que no parece estar en la mejor de las condiciones. Rosie me ha mandado para que les avise y baje usted de inmediato.

No fue necesario cruzar palabra alguna.

—Ve, querida, y manda a algún criado para que me ayude a bajar. Date prisa, —quedó callado un segundo, pero prosiguió— Rosie no hubiera avisado si no fuera urgente.

Ello incrementó el miedo surgido después de haber escuchado el temblor en boca de la criada. Rosie era una mujer templada que rara vez perdía la compostura, por lo que algo malo, realmente aciago, había ocurrido. Sentía en los huesos que estaba relacionado con las niñas, sus niñas.

Tras lanzar una mirada a su espalda antes de abrir la puerta y vocalizar, en silencio, un *lo siento tanto* en dirección al hombre que aguantaba en pie como podía, con el corazón en un puño se unió a la joven doncella y comenzó a avanzar, pero le costaba. Sentía las piernas pesadas como si su cerebro, en contra de su voluntad, errara al lanzar a los músculos las ordenes necesarias para moverse. Como si su mente presintiera que lo que le esperaba allí abajo le iba a hacer daño de alguna manera.

Siguió a Ellie, la jovencísima criada, hasta la puerta que daba a la salita anexa al comedor.

—Señora Allison, ya se ha dado aviso para que venga el doctor Brewer y no creo que tarde en llegar —se inclinó brevemente y desapareció con una rapidez que hubiera enorgullecido a una fibrosa liebre.

Extendió la mano hacia el pomo de la puerta, pero le tembló y apoyó suavemente la frente en la fresca madera. Tenía que entrar, así que se obligó a abrir la pesada puerta. Al fondo de la salita y al calor de la chimenea estaban abrazados dos cuerpos, no, la figura más grande abrazaba a la más pequeña. La imagen era tierna. Y si no hubiera sentido tanto pánico, la hubiera grabado en sus recuerdos para siempre, pero lo único en lo que se centró fue en el temblor del cuerpo aterido, en los arañazos que recorrían su rostro y en su palidez.

En cuanto se dio cuenta de que se acercaba, Julia saltó de los brazos que la amarraban y se arrojó en su dirección.

—¡Allison!, no debimos ir, aunque encontramos la agenda, pero había unos hombres... —estaba a punto de echarse a llorar, lo notaba por la forma compulsiva en que Julia tragaba sin nada que tragar, por la forma en que apretaba los labios y la abrazaba causandole casi dolor— John y los demás han ido a buscarlas, pero..., y sí, cuando salí corriendo estaban peleando. Las dejé, Allison, las dejé, cuando debí luchar por ellas... —las lágrimas comenzaron a rodar por esa ovalada cara y a ella se le atragantaron las palabras hasta que la angustia de los ojos que la miraban se reflejó en los suyos.

Haría lo que fuera por sus niñas y ahora tenía que ser fuerte, aunque estuviera hundida por dentro, porque eso hacen las madres y esta mujer fuerte en el exterior y frágil por dentro, la necesitaba, la necesitaba como nunca.

—Cielo, no. Hiciste bien. Actuaste como debías. Seguro que localizan a Mere y a Jules y todo queda en un susto, cariño, ya verás. Ahora vamos a atender esos rasguños... —Doyle Brandon las miraba con una mezcla de asombro, curiosidad y pesadumbre, como si hubiera alcanzado a comprender el inmenso cariño que unía a las mujeres que atentamente observaba.

Sintió una mano que le apretaba el hombro. Edmund le había seguido hasta abajo, pero no quería girarse. ¿Y si apreciaba en la mirada del hombre que quería, que la culpaba por lo ocurrido? No podría afrontarlo, así que en silencio se dedicó a limpiar las pequeñas heridas en la carita de Julia, hasta que llegara el doctor Brewer, o noticias de sus otras niñas.

Mientras la curaba pensó que no era una mujer religiosa, pero rezó a los dioses, a la Virgen, a quien pudiera oírle, que le ayudaran a traer a salvo a sus pequeñas. A todas.

V

Estaba preparado para todo, menos para lo que más temía. Peter y Rob, sombríos, esperaban a que el carruaje parara, sin decir palabra.

No era necesario por el momento, no hasta que llegaran. Y el viaje era corto, lo sabía, pero sentía la urgencia de lanzarse a la calle y echar a correr como si sus piernas pudieran recorrer más rápido que el coche de caballos el trecho que le separaba de la tienda. Sabía que no, que era imposible, pero su corazón no atendía a razones. Sentía tal mezcla de inmenso temor y rabia. Al fin entraban en la maldita calle.

—John ¿cómo quieres hacerlo?

—¿Lleváis las armas?

—Sí.

—Entraré primero. Necesito saber si…, si…

Sus amigos asintieron al entender a qué se refería.

—Estaremos a tu espalda y seguiremos tus órdenes. Tú mandas. —John se volvió y agradeció que le acompañaran, lo agradeció en el alma.

Descendieron del carruaje sin que hubiera parado del todo y con rapidez se situaron a ambos lados de la puerta, un segundo, dos…, hasta que John la empujó con la mano. Seguía siendo noche cerrada, por lo que estaba oscuro, olía a humedad y al olor dulzón de la sangre seca. Cruzaron el umbral y siguieron la indicación de John de distribuirse con sigilo por la tienda.

No estaban. Tan sencillo como eso, y tan abrumador a la vez que causó un vuelco a su corazón. Le dolía el pecho. La única posibilidad era que se las hubieran llevado a las dos.

La furia inmensa que sintió le quemaba por dentro. Jamás antes había sentido semejante cólera hasta el punto de nublar la mente.

Antes de darse cuenta de lo que hacía estrelló el puño contra la puerta de acceso al diminuto almacén y se escuchó un gemido, tan suave que podría haber pasado por un maullido, pero no lo era. Alguien se ocultaba bajo la raída tela que cubría la mesa. Con espantosa lentitud espero a que Peter apartara el paño. No era Mere. No era ella.

Era Jules, que les miraba con ojos asustados, a la espera de algo ¿quizá otro golpe? Los moratones ya comenzaban a mostrarse en el pómulo izquierdo y desde la comisura de la boca un rastro sanguinolento se deslizaba hasta la barbilla. Dios, la habían golpeado.

No pudo evitar pensar en Mere. Si la habían lastimado no podría responder como un ser humano, no podría. La opresión en el pecho aumentaba y sabía, por experiencia, que estaba llegando al límite. Si no la encontraban…

Peter, con extrema dulzura, sacó de debajo de la descascarillada mesa a Jules, que presentaba peor aspecto del que parecía. Aparte de los golpes apreciables a primera vista, por la forma en que se encogía no era de extrañar que hubiera recibido golpes por todo el cuerpo, en el vientre o las costillas.

John sintió la necesidad de protegerla, al menos en la medida en que podía, por ella, por Mere, por sí mismo, ya que si no hacía algo perdería la cabeza y necesitaba saber...

Nada más acercarse y cogerla en brazos, ella asentó la cabeza con los suaves rizos en el hueco bajo su barbilla y lo dijo, dijo lo que más temía, lo que no quería oír…

—Se la han llevado, John. A mí me dieron por muerta pero a ella se la han llevado —lloraba suave, como lo hacía todo, reteniendo los sentimientos— dijeron que…

—¿Qué?

—Qué era un regalo para el jefe y que se iba a alegrar porque… —enmudeció como si no quisiera escuchar lo que iba a decir aunque lo supiera de antemano.

—¿Jules?

—…porque era su favorita, tan preciosa.

Su corazón se paró y sintió ganas, unas ganas horribles de llorar como nunca antes había sentido, ni de niño.

—Hablaron pensando que yo estaba muerta. Dijeron que la retendrían hasta que llegara él, y el otro le respondió que hasta mañana no iba a estar. Lo decía como si le fastidiara tener que esperar, —Jules hablaba atropelladamente como si de no decirlo de inmediato, temiera olvidar algún dato esencial— como si no estuviera de acuerdo. John, no me gustó ese hombre, me daba miedo. Al final comentó que Anderson estaría impacientándose y que debían moverse antes de que enfureciera.

Rob lanzó una exclamación y en adelante asumió las riendas, en parte para quitarle la carga a John.

—¿Estás segura que dijo Anderson, Jules? Es importante.

—Sí.

—¿Dijeron algo más?

—Que habían tenido suerte, que estaba libre.

—¿El qué?

—La zona oscura.

—¡Dios!

Jules sentía lo mismo, esa misma sensación de impotencia, pero estaba demasiado dolorida y acongojada para poder expresarlo. Al menos, ya no tenía miedo al estar entre amigos, entre familia. Eran ellos, los que se habían llevado a Mere, quienes deberían alarmarse ya que John los mataría. Si de algo estaba segura, era de eso. La mirada del hombre que la sostenía con gentileza, no engañaba. Destilaba odio.

Quedaba recuperar a Mere. Habían descubierto la identidad del hombre que había dado la orden de llevársela y el lugar en el que seguramente se hallaba. Disponían, finalmente, del curso de la noche para trazar un plan y rescatarla.

VI

No había abierto la boca pese a llevar un rato quieto, observándola desde su altura. Desconocía quién era, pero grabó en su mente sus facciones y constitución para describirlo e incluso intentar dibujarlo. Alto y corpulento, mucho, casi tanto como su gruñón, con una leve cojera apreciable cuando andaba, y sobrecogía en cierta extraña forma. Esa mirada…

Lentamente se giró y alcanzó una silla de respaldo de madera que le pasó el malnacido con el que ella había peleado y que la había golpeado en la tienda. Se acercó y colocó el mueble con el respaldo vuelto hacia ella sentándose a horcajadas, a muy poca distancia, demasiado para la tranquilidad de Mere. Parecía cómodo, disfrutando de la inquietud que percibía en ella.

Dios santo, se le estaba revolviendo el estómago del miedo y se sentía vulnerable con esas ropas masculinas, desnuda. Se prometió a sí misma que haría caso a John y no le desobedecería más…, si salía de esta.

—¿Qué hacías en la tienda, Meredith?

La respiración se le congeló. Conocía su nombre…

Las ganas casi incontrolables de llorar aparecieron con mayor fuerza, así que tragó y respiró hondo. Por nada del mundo lloraría delante de este engendro, aunque se ahogara con sus propias lágrimas.

¿Qué decir? ¿Cómo podía entretener a…?

El dolor fue brutal. El golpe con el dorso de la mano le dio de lleno en la comisura de la boca, rasgándosela. Saboreó su propia sangre.

—Podemos seguir y seguir hasta que hables o me canse…, y tardo en cansarme, pichoncito, sobre todo con alguien tan sabroso como tú.

Las piernas comenzaron a temblarle, fuera de control, ocasionando el disfrute del hombre que la miraba con una sonrisa escalofriante. Izó la mano de nuevo y Mere se encogió, pero el golpe no llegó.

—Aunque quizá sea mejor otro método contigo ¿no crees? Al fin y al cabo eres una dulce mujercita y no se debe tratar así a una señorita.

La aprensión de Mere no desapareció a pesar de esas palabras. Por el contrario, creció cuando ese rostro, en el que sobresalía una cicatriz que atravesaba una de las cejas, se acercó a unos centímetros del suyo y se giró rozando con esa mugrienta boca su mejilla. Resbalaron los húmedos labios por esta dejando un repugnante rastro viscoso. Mere intentó alejar su cara pero una nudosa mano se cerró en torno a su nuca impidiendo que se separara.

—¿Qué ocurre? ¿No soy lo bastante bueno para ti, zorra?

La mano que la mantenía sujeta agarró su melena y tiró de ella con fuerza.

—Por favor, ¿qué quiere?

—Saber, preciosa, saber.

—¿El qué?

—Qué hacía una cosita como tú en la librería de un muerto.

—Era mi amigo; íbamos a recoger algunas cosas.

—¿De noche y disfrazadas? Dime, ¿acaso te parezco idiota?

No alcanzó a ver el movimiento de la mano que aferró su barbilla.

—Te doy diez segundos para que contestes, perra.

Esos ojos sin vida nada adelantaban y Mere se dio cuenta de que trataba con alguien sin remordimientos y comprendió que estaba perdida. Totalmente.

Su mente comenzó a discurrir a mil por hora y lo único que pasaba por ella era qué haría su marido de estar en su lugar, si le resultara imposible pelear.

Ganar tiempo, eso era lo que intentaría.

Tan solo quedaba idear algo para entretenerlos y rogar que John llegara a tiempo. Recordó lo dicho por su abuela, que lo mejor era entremezclar verdad y mentira y esperar que diera resultado, por el tiempo que durara, al menos.

—¿Y bien?

—Era la única forma de entrar ya que la policía vigilaba la tienda. La versión oficial de la muerte de nuestro amigo fue que habían entrado a robar...

—¿Y?

—Creemos que la policía tenía razón.

La presión sobre su barbilla comenzó a resultar dolorosa.

—¿No me estarás mintiendo, verdad?

—No, digo la verdad —Mere cerró los ojos ya que si estos eran el espejo del alma, el hombre que la retenía iba a tardar dos segundos en matarla.

—Muy bien, imaginemos que eres prudente y dices la verdad, entonces ¿qué estaban buscando los presuntos ladrones?

—Un plano. Un antiguo esquema del subsuelo de Londres, de las afueras.

Liberó su barbilla y alejó su siniestro rostro lo suficiente para que ella se permitiera respirar con cierta libertad.

—¿Un plano?

—Sí, por lo que sabemos se lo iba a entregar un conocido que se llamaba Cecil Worthington, pero desconocemos si se lo llegó a dar.

Por favor, por favor, que funcionara, que siguiera preguntando lo que quisiera...

—¿Qué contenía el plano?

—No estamos seguros.

La cruel mano se posicionó nuevamente en la parte posterior de la cabeza, los dedos enterrados en el cabello tiraron de nuevo.

—¿*Qué* contenía el puto plano?

—¡Está bien!, está bien. La ubicación de un inmenso cargamento de opio.

El brillo patinado que gradualmente apareció en la mirada del hombre que seguía sujetándola con firmeza, la tranquilizó algo. Avaricia. Incomprensiblemente había picado el anzuelo que le había lanzado.

VII

La reunión de urgencia en el salón comenzaba a adquirir tintes surrealistas o dramáticos. John miraba anonadado de un lado a otro intentando calmar los nervios, pero le era imposible con semejante locura y disparate.

Jared seguía sin aparecer pese a que el mensajero había salido en su busca hacía rato, pero no le extrañaba ya que el camino resultaba prácticamente intransitable con las lluvias caídas en los últimos días. Hasta el tiempo parecía pelear en su contra. Esperaba que llegara en cualquier momento, y es que ¡Dios!, pocas veces había necesitado tanto tener a su lado a ese loco insensato.

Dean y Thomas tardarían en llegar y no estarían para el inicio del ataque. O comenzaban a trazar un plan lógico y organizado en un par de minutos o estaba decidido a hacer lo necesario para sacar a su mujer del lío en el que se había metido.

—¡Suficiente! —el rugido resultó mano de santo. Todos, absolutamente todos, quedaron petrificados y expectantes—. Tenemos media hora como mucho para decidirnos. Julia y Jules están atendidas y en buenas manos, la abuela las vigilará. Por lo que ha adelantado el doctor ambas estarán doloridas unos días pero no llegará a más. Ahora, centraos, ¡diablos!... —inspiró profundamente, pero daba igual, el inmenso agujero en el vientre seguía en su sitio— somos cuatro y con nuestros hombres bastantes más. Tenemos dos opciones: asaltar la fábrica arriesgándonos a que Mere..., o encontrar en los próximos minutos una idea, por sencilla que sea, que nos permita acceder a la fábrica y sacarla de allí. El problema de la segunda opción es la desventaja en el número, ya que no podríamos entrar todos a saco, y dudo que pudiera resistir no ser yo uno de los que entren en el condenado lugar —los huesos de sus manos parecían a punto de quebrarse de la fuerza con que se apoyaba sobre la mesa, centrando su atención en los presentes—. Las ventajas de la primera opción son el número y la sorpresa de nuestra parte, pero sus inconvenientes no es necesario que os los indique y no dudo que sabeis que me aterran. Pero lo que tengo claro es que no puedo dejarla donde está. No puedo, solo imaginar lo que pueda estar pasando… ¿Qué demonios podemos hacer?

Peter se removió en su lugar, sin apenas cambiar de posición junto a Rob.

—Ha quedado claro que se la han llevado a Anderson a la zona oscura. Lo malo es que no estamos seguros de la ubicación de esta, así que si optamos por situarla en la fábrica y dejamos de lado otras opciones, puede ocurrir que nos equivoquemos y perdamos la pista de Mere —se fijó brevemente en la postura, rígida, de John—. Pero no tenemos otra opción ya que como mucho disponemos hasta mañana, que será cuando llegue el jefazo.

—Si esperáramos, podríamos cazar al cerebro de los secuestros —puntualizó Doyle.

—No —la contestación brotó rotunda— no me arriesgaré a que esté cautiva más tiempo del que resulte inevitable.

Doyle no se opuso en absoluto. Peter mucho menos, al haber sufrido en sus propias carnes lo que Mere estaba pasando, mientras ellos discurrían cómo liberarla.

Este último extendió su agudo examen a todos los presentes.

—Creo que cuando desperté tras mi secuestro, estaba en ese lugar, oscuro, húmedo de goteras, pero no de lluvia, sino de filtraciones de algún tipo, quizá de corrientes subterráneas; no debemos olvidar que la fábrica se encuentra junto al cauce del río.

—Tiene lógica —apoyó Doyle.

—Entonces, hemos de decidirnos y centrar nuestros recursos en un solo lugar. ¿La fábrica?

Todos esperaron a que John decidiera. Era su llamada y solo él podría contestarla.

—Sí. No tenemos otra salida.

Dios santo, en un segundo estaba decidiendo el destino de su torbellino. ¿Y si fallaba al decidir? No podía pensar en eso ahora, no podía.

—De acuerdo. Dispuesto eso, falta concretar la forma de entrar —intervino Rob—. La idea de asaltar de improviso todos a la vez, me parece peligrosa, extremadamente peligrosa y dudo que hallemos a Mere viva si nos descubren, John.

Este se sentó en una de las sillas que permanecían vacías a la espera de ser ocupadas.

—Lo sé, maldita sea, lo sé —se frotó el rostro con desesperación— ¿qué propones? A él le costaba mantener la cordura y pensar.

—Entrar yo mismo, por mi cuenta y riesgo.

—¿Has perdido la cabeza?

—¿Te has vuelto loco?

Los gritos fueron lanzados al unísono por los hermanos Brandon.

Rob alzó las manos con un gesto apaciguador, pidiendo calma y que le dejaran explicarse.

—Sé que asumo riesgos, pero vale la pena ¿no creéis? Ya estoy dentro y me conocen, aunque Anderson recele. Querrá saber qué ha ocurrido y así ganamos tiempo. Preveo que me va a caer una paliza por su parte pero quizá pueda inventarme algo que calme sus sospechas y así consiga acercarme a Meredith. Solo sé que vale la pena intentarlo.

—Iré contigo.

—¿Has perdido tú la cabeza? —la expresión en la cara de Rob al mirar a Peter rayaba en lo cómico.

—Vas a lograr que te maten. Sabes luchar, pero no como yo.

—No hace falta que lo digas así, diablos. Sé defenderme y con ello es más que suficiente, y además…

—Y hay algo que no has tenido en cuenta…

—¿Qué?

—Que si no funciona y Anderson está al tanto de lo de los secuestros de los muchachos y de lo que me ocurrió, conoce a la zorra que me torturó y al cabrón que te quiere para él.

Rob inspiró a la vez que tragaba con la garganta totalmente reseca.

—Exacto, amigo. El mismo al que por nada del mundo querrás acercarte.

—No parece probable, Peter. Piénsalo —Rob le miró atentamente como pidiendo que estuviera de acuerdo—. ¿No crees que si Anderson lo supiera, no me habría entregado ya a ese cabrón? Además no creo que me asocie con aquel que busca Saxton. Con la barba y el disfraz, en nada nos parecemos.

Peter dudó.

—Puede que no lo haya descifrado ya que actúas de incógnito y lo cierto es que dudo que conozca a fondo lo que pasa por la mente enferma de quien da las órdenes, al menos, en relación contigo. Aun así es *demasiado* riesgo.

—Entonces, dame otra alternativa. Dámela y la seguiré sin dudar. O cualquiera de vosotros.

Nadie intervino ya que a nadie se le ocurría idea alguna, aunque resultara descabellada.

—Aun así, he de intentarlo.

—Eres un jodido insensato, Rob.

—Me arriesgaré, Peter. Tengo que hacerlo y lo sabes.

—No, no lo sé —insistió con los labios apretados— podemos buscar alguna otra forma que permita que al menos dos de nosotros entren en la fábrica. Uno es demasiado arriesgado y si eres tú...

—¿Cómo?

John no participaba. Que Rob se pusiera en riesgo por su mujer era algo que debía decidir por sí mismo, aunque lo agradeciera en el alma.

—Presentándome como alguien que necesita trabajo con desesperación o alguien dispuesto a servir de matón. Yo qué sé, demonios. No dejaré que vayas solo.

Las miradas de ambos se cruzaron para apartarlas en seguida con precipitación.

—No funcionaría. El único al que no reconocen como relacionado con mi padre, soy yo —respondió sombrío Rob—. A vosotros os vieron en el funeral, mientras que a mí no pudieron, al acudir disfrazado.

—¡Maldita sea!

—Eso mismo —movió las manos en señal de *te lo dije*. Fijó la mirada en todos, uno tras otro—. De acuerdo, está decidido.

Al girarse a su izquierda para enfrentar cualquier oposición se encontró envuelto en un abrazo de oso, que le quitaba el aliento. John lo abrazaba como si su vida dependiera de él, y quizá así era.

—No sé cómo, pero algún día, tarde o temprano me necesitarás y por Dios que ahí estaré, amigo.

El abrazo duró dos segundos hasta que se separaron con los rostros enrojecidos como si les hubieran pillado con la mano en el tarro de los dulces, avergonzados.

La contestación de Rob fue sencilla, carraspeó y sonrió, sin más. A continuación, miró de soslayo a Peter, pero no se dirigió a nadie en concreto.

—Apuntalado lo anterior, se me ha ocurrido una idea, aunque no os va a gustar a ninguno.

Los hermanos alzaron las cejas indicando bien a las claras que nada que proviniera de él les iba a sorprender o que ya estaban acostumbrados.

—Peter, noquéame.

Las bocas de todos, repentinamente abiertas, contradecían de lleno el gesto anterior. El cuarto permaneció en silencio mientras todos asumían que el plan, con sus riesgos inherentes y extrañezas, como la surgida hacía unos segundos, iba tomando forma. John inhaló el cargante aire que le rodeaba con algo más de calma.

Tan solo faltaba por conocer el contenido del inesperado plan de Rob para dar inicio a la caza.

VIII

Una sombra de duda comenzaba a oscurecer los pétreos ojos que no le quitaban la vista de encima.

—¿Opio?

Por un breve instante pareció que iba a echarse a reír a carcajadas. Tenía que seguir como fuera y abrir el apetito de la ambición del hombre colocado frente a ella. Le dolía todo y seguía saboreando el rastro de herrumbre de su propia sangre que permanecía en su lengua pese al tiempo transcurrido. Humedeció sus labios, con suavidad al rozar la herida abierta en ellos.

—No sabemos mucho, tan solo que lleva oculto y embalado años. Hace unos meses surgió el rumor de que había llegado a manos de un excombatiente de la guerra de Crimea unas cartas a las que acompañaban unos planos que indicaban la localización del escondite de un cargamento de opio, aquí en Londres. Ese hombre era Cecil Worthington.

Mere se tranquilizó. El interés del engendro permanecía intacto.

—Eso no tiene sentido. Alguien lo hubiera encontrado.

—Eso no lo sé. Únicamente conozco lo que nos comentó Norris. Dijo que Cecil Worthington se había puesto en contacto con él para que le ayudara a localizar en su librería un mapa del subsuelo de las afueras de Londres, actualizado, para cotejarlo con el que tenía en su poder.

—¿Y?

—Sé que Norris finalmente ubicó la zona, no exacta pero sí aproximada, del lugar indicado en el viejo mapa.

—¿Y cómo coño llegó ese opio al país?

—Con la prohibición en China de la comercialización del opio cultivado en la India, la Compañía británica de las Indias Orientales se encontró con un tremendo excedente y por lo que parece, un par de compañías con base en la ciudad, compraron ingentes cantidades, pero la situación se alargó en el tiempo y optaron por colocar la droga en algún lugar donde se conservara o al menos de ralentizara su deterioro.

—¿Y dónde demonios está ese mapa?

—Eso es lo que fuimos a buscar a la tienda. No podíamos permitir que cayera en…

—¿Mis manos?

En dos zancadas se abalanzó sobre Mere y tiró del cabello arrancando en el camino algún mechón, por el horrible dolor que sintió. La otra mano cubrió su boca reabriendo la herida de la que comenzó a manar de nuevo sangre fresca.

—Como me mientas, no voy a esperar a que él venga, muchacha estúpida. No volveré a ser un segundo plato —esos repugnantes labios rozaron su pelo y sintió como inhalaba.

—Me gusta como hueles, siempre me ha gustado, a madreselva.

A Mere el nudo que ya tenía asentado en el estómago, en cuanto escuchó la frase, se le acentuó, pero con ello llegó también un hilillo de esperanza. Se lo había creído.

—Mandaré a alguien a la tienda a encontrar el plano. Si vuelve con las manos vacías, tú y yo nos lo vamos a pasar muy, pero que muy bien.

Mientras vertía sus asquerosas insinuaciones, una de sus manos agarró con fuerza, haciéndole daño, uno de los pechos y ella no podía hacer nada más que soportarlo. Apenas pudo retener las ganas de vomitar, de patear o luchar. Pero no podía. No con esas malditas sogas. Lo único que le servía, por el momento, era su inventiva e imaginación. Y por todo lo que le era querido que la iba a ejercitar como jamás lo había hecho con anterioridad.

—¡Gordon!

El enjuto hombre con el que había forcejeado en la tienda asomó la cabeza por el quicio de la astillada puerta de entrada a la *cueva* como había comenzado a definir al lugar en el que estaba presa.

—¿Jefe?

—Quiero que vuelvas a la tienda de nuevo —sin aviso previo esa áspera manaza afianzó el agarre en su pelo—. ¿No nos encontraremos alguna sorpresita inesperada, verdad? Porque eso no me complacería para nada y alguien tendría que pagarlo, ¿entiendes?

Mere asintió ya que la voz no le respondía. ¿Y si no llegaban a tiempo?

—No —susurró al carecer de fuerza en la voz. Estaba asustada, dolorida y quería volver a casa, a su casa con John y sentirse segura de nuevo entre esos brazos. Solo eso. Necesitaba sentir esos cálidos brazos de nuevo.

Lo único que recibió en el frío que la rodeaba fue un nuevo lacerante apretón de esa mano mientras ladraba sus instrucciones.

—Ve con tu hermano y esta vez dile que no se distraiga. Os quiero de vuelta en tres horas a lo sumo. Si surgen problemas, os volvéis. Ya dispondremos de tiempo más adelante, cuando el panorama esté más despejado. Aunque no nos vendría mal contentar al jefazo cuando llegue.

—Jefe ¿y qué vas a hacer con el pajarillo? —la cara mostraba indecisión por la respuesta que iba a recibir como si temiera haber metido las narices demasiado hondo y el fango pudiera salpicarle.

—Te importa una mierda, idiota.

—Claro, jefe. No es asunto mío. Ya mismo salimos jefe —caminaba hacia atrás y si la situación no fuera tan angustiosa hubiera resultado hasta ridícula—. Ya estamos *salidos*, jefe —farfulló enseñando la desdentada boca.

—¡Calla ya, idiota! y mira a tu espalda de una puñetera vez que te vas a desnucar.

El tal Gordon se encogió, al parecer habituado a tal trato, y tras girarse en redondo dejó el cuarto a toda prisa.

—¿Por qué fueron tus hombres a la tienda de Norris?

La mirada de asombro que recibió Mere la paralizó completamente, como si su cuerpo le ordenara instintivamente que callara, que no era el momento de preguntar. No intuía, ni por gestos ni por otras formas de expresión, cómo se iba a tomar ese hombre enorme la intrusión en sus asuntos.

Lo que menos imaginaba, fue lo que ocurrió. Que contestara.

—¡Qué coño! Para lo que vas a durar, encanto...

Lo dijo de una forma que heló la sangre en las venas de Mere, como si fuera a verter todos sus secretos de última confesión y le diera igual porque uno de los dos, confesor o pecador, fuera a morir y lo revelado quedaría entre ellos y el creador.

—Llevábamos tiempo siguiendo a tu viejo amigo, el muerto —soltó una espantosa carcajada, como si tan solo él supiera un secreto terrible y le agradara—. Yo lo maté con mi cuchillo preferido. Cortarlo fue como rebanar mantequilla, tan suave…

Miedo y asco. Eso fue lo que le provocó el hombre cuya mirada no se apartaba de ella. Terror por estar frente a alguien capaz de apuñalar y matar, disfrutar con ello y relatarlo como si se tratara de un juego; y asco por estar cerca. Ansiedad, una asfixiante ansiedad, por verse impedida para alejarse de ese pozo de maldad que emanaba de cada poro del cuerpo del hombre que seguía mirándola impasible.

—¿No dices nada? Una entrometida como tú que calla. Quizá el pajarillo esté aprendiendo… —con el pulgar repasó el contorno de sus labios retirando algo de sangre y lo llevó a su boca.

La repulsión que experimentó Mere se reflejó en su rostro.

—¿No te agrada mi muestra de adoración?

Se negó a responder y giró la cabeza para rehuir a la figura que seguía a la espera. Quizá pudiera imaginar estar lejos…

—¡Contesta!

La vuelta a la realidad fue brusca.

—¡No! —su genio pudo con su precaución. Lanzó un mordisco directamente a la nariz que estaba al alcance de su boca, pero se le escurrió por los pelos.

Los dientes chirriaron por la rabia. Le habría arrancado con placer la punta de la nariz.

Esa odiosa risa llenó de nuevo la cueva y para colmo, ¡hizo eco!

—Vaya, vaya, la peligrosa fierecilla ha vuelto —su sonrisa le recordó al dibujo de una hiena—. Me alegro ¿dónde estábamos? —se sentó de nuevo en la silla situada frente a ella, alejándose a una distancia prudente, apoyó los antebrazos en el respaldo y su barbilla sobre estos—. ¡Ah, sí! No puedo negar que disfruté con tu viejo amigo y con el matasanos —lanzó un teatral suspiro— ¿cómo decirlo? Nos estaban causando problemas al meter las narices donde no les incumbía.

¿Se atrevería a preguntar? Si, valía la pena, aunque le costara algún golpe y disponía aun de unas horas.

—¿Dónde?

—¿Dónde qué?

—Dónde metían las narices.

—Así que nos carcome la curiosidad ¿no es así, pajarillo? ¿Mereces que te lo cuente? —la risa suave que lanzó le puso el vello en punta—. En los asuntos de los muchachos. Creímos que esos idiotas iban a hablar y se trataba todo de un puto cargamento de opio en las cloacas de Londres —las suaves carcajadas retumbaron en la cueva.

—¿Qué muchachos?

—Los que compramos para la fábrica y entrenamos para que accedan a las casas.

—¿Qué fábrica?

—La fábrica de la que soy capataz.

Lo dijo con cierto tono de orgullo. Y algo lejano, un recuerdo escondido hasta ahora, retumbó en la mente de Mere. ¡Dios mío!

Se trataba de Anderson en persona. Del capataz al que se había referido Rob en la reunión, el que le había encargado vigilar esas casas e ir a los hospicios.

Mere tembló tanto por miedo como por excitación. Tenía al alcance de la mano la fuente de información por la que habían estado esperando tanto tiempo. Podía arriesgarse y preguntar —so pena de excederse y que la respuesta llegara en forma de golpes o algo peor— o callar e intentar evitar que el peligroso hombre al que se enfrentaba, se encolerizara. Recordó las advertencias de Rob acerca de la brutalidad de la que hacía gala y que no dudaba en utilizar, pero había tanto en juego, tantas vidas…

Rezó una corta plegaria porque llegaran a tiempo, porque John llegara a tiempo y no la encontraran muerta ya que tenía que hacerlo, decidió. Tenía que obtener información por si salía del embrollo en el que estaba hundida.

Rezó por ver de nuevo al hombre que amaba, acariciarle, olerle, mirarle, solo pedía eso.

Apartó esos pensamientos de su mente y envalentonada continuó, sin saber qué esperar de vuelta.

—¿Qué significa *entrenar para que accedan a las casas*?

Lo dijo de la forma más tranquila y calma que pudo para evitar el arranque de cólera esperado.

Lo extraño fue que lo que recibió fue información. Una gran cantidad de información que escapaba a la imaginación y la adentraba en un inquietante y espeluznante horror.

IX

—No —la figura cruzada de brazos con las piernas, ligeramente separadas, plantadas en el suelo y los labios firmemente fruncidos, no atendía a razones. Es estos momentos era lo más parecido a lo que se conocía como una empecatada y terca mula. ¡Dios! Doyle adoraba a su hermano, pero a veces no sabía cómo tratarlo y acababa con su paciencia.

No había forma. No con la cuestión sobre la que discutían. Si había un tema que convertía a Peter en un ser totalmente irracional e ilógico era el que estaban tocando en ese mismo momento aprovechando que el objeto de la conversación no se encontraba presente. Rob.

—Se va a coger un enfado descomunal, y con motivo —intentaba que lo que decía entrara en la dura mollera de su hermano menor— no puedes decidir lo que le conviene por tu cuenta y riesgo y menos sin previo aviso.

—Tan solo, mírame.

—Joder, Peter. Es un hombre adulto y...

—Es demasiado confiado e inocente y otras muchas cosas. ¿Recuerdas los muelles y la corrupción en las peleas de los pozos? —Doyle elevó los brazos como indicando *ya estamos otra vez*— si no le hubiera seguido y sacado de apuros, me lo habrían destrozado. No piensa, y necesita un perro guardián.

—Y ese eres tú, claro.

—¿Quién si no?

—Cualquier día se va a hartar, a enfurecer y...

—¡Ja! Que lo intente. Puede decir misa cantada, para lo que le va a servir... Y además...

John observaba boquiabierto a los hermanos y su debate, hasta que la discusión terminó de golpe y porrazo con la estruendosa vuelta a la habitación del objeto de la misma, quien traía el aspecto de haber deambulado y cruzado solito el desierto del Kalahari. Extenuado.

—Ya están al tanto padre y la abuela Allison.

John sonrió levemente al darse cuenta de la naturalidad con que el hijo de Norris había aceptado el rol de la nueva mujer en la vida de su padre. Con naturalidad y total aceptación. Era un buen hombre.

Pasando de largo frente a John se dejó caer en uno de los sillones, estiró suavemente los músculos de la espalda y se pasó la mano por el espeso cabello claro.

—Después de mucho explicar, debatir y gruñir, al fin han aceptado que el plan que se nos ha ocurrido es el menos arriesgado, bueno más bien el único que...

—Querrás decir el que se te ha ocurrido y que es a ti a quien te parece que conlleva un riesgo aceptable.

Las cejas rubias se fruncieron sobre los hermosos ojos.

— ¿Ya empezamos de nuevo? Lo hemos hablado y...

—De eso nada. Lo habrás hablado tú, aunque para el caso que me haces, no sé para qué me digno intentar meter sentido común en esa cabeza de chorlito.

—Entonces no lo hagas, si es una pérdida de tiempo —el retintín estaba exclusivamente dirigido a la altísima figura oscura, tensa como la cuerda de un violín, al que había molestado sobremanera el tonillo de ironía que encerraba la frase.

—Y entonces ¿quién te ayudará cuando estés metido en el barro hasta tu bonito cuello?

—Doyle.

—¡Serás idiota! Eres insensato, memo y estás empezando a cabrearme —con el énfasis dado a cada insulto avanzaba en dirección a Rob, quien en cuanto hubo apreciado el avance de su mejor amigo, se había levantado precipitadamente a fin de rebajar en algo el dispar posicionamiento de ambos. La diferencia de estatura de unos cuantos dedos no podía remediarla.

—Pues, vaya novedad, tú, cabreado. Mira como tiemblo.

A Peter le faltaba un suspiro para enseñar los dientes y darle un mordisco. Sus caras se encontraban a un palmo de distancia y parecían a punto de reventarse a golpes, por lo que John sopesó seriamente la posibilidad de intervenir antes de que la tranquila reunión inicial se transformara en una contienda pugilística. A punto estaba de interponerse entre ellos cuando de reojillo apreció que el mayor de los Brandon se encontraba totalmente relajado, por lo que, como reflejo, su cuerpo se distendió. Al parecer la actitud de los dos hombres era algo más habitual que excepcional.

—Chicos.

Los búfalos enfrentados seguían bufándose el uno al otro y casi chocando cornamentas.

—¡Chicos!

Ambos se giraron en su dirección.

—Pongamos en práctica el plan que es hora de avanzar.

Miró brevemente a Doyle, quien asintió de inmediato y le tomó la palabra con parsimonia.

—Peter, noquea al canijo.

La mirada maliciosa del menor de los Brandon se clavó en el hombre algo más bajo que tenía frente a sí, quien nada más oír la frase abrió los azulones ojos como ciruelas maduras. Se giró como una exhalación hacía el hombre que con una siniestra sonrisilla le observaba, inclinada la cabeza en su dirección.

—No, no, espera, demonios, tengo que prepararme para lo…

No tuvo tiempo de explicarse como hubiera deseado. El fugaz puñetazo que le dio de lleno en plena cara haciendo rebotar su cabeza hacia atrás y caer desplomado contra el que esperaba para cargar el peso de su cuerpo, se lo impidió. La facilidad con que Peter sujetó el desplomado cuerpo, cargándoselo al hombro y manteniéndolo sujeto con una mano apoyada en la parte superior del muslo del desmayado, hacía entrever la descomunal fuerza encerrada en el musculoso cuerpo.

Con la carga colgando como un saco de harina, se puso en marcha.

—Vamos allá. Tardaremos en llegar alrededor de media hora y dejaremos al memo este en la entrada a la fábrica, en un lugar visible —la mano que mantenía firme en el muslo se crispó levemente. No quería mostrarlo, pero la preocupación le carcomía. ¡Joder!, lo iban a meter en la boca del lobo, donde toda su vida había peleado para no quedar atrapado. Se adelantó a lo que iba a decir su hermano mayor.

—Doyle, ni lo intentes, porque no voy a cambiar de opinión. Le doy veinte minutos para que intente camelar a Anderson. Más allá de ese tiempo, entraré y no prometo dejar vivo a quien se cruce en mi camino.

Su hermano mayor le miró con desasosiego y algo parecido a ansiedad.

A John le fue difícil precisar la impresión que le causaron esas palabras, pero supo que Peter guardaba una parte oscura en el interior de su persona, una parte con la que intentaba luchar, hasta que algo que entendía como suyo quedaba expuesto o en peligro y en esos casos lo dejaba fluir sin barreras. Ello le provocó una amalgama de sentimientos cruzados. Un inmenso alivio por tener a semejante hombre de su parte, una pizca de lástima por el hombre que colgaba desvanecido, ajeno a todo, en el amplio hombro, y quizá algo de diversión por el cuadro que presentaban y la estrecha relación que mantenían.

Gracias a eso se sentía algo menos angustiado. Comenzaban a moverse, tenían una especie de plan e iban a por Mere, todos ellos; y por todos los diablos que no volvería sin traerla de vuelta. Antes muerto.

Mientras se dirigían a la puerta de salida, tras recoger de pasada sus armas puestas a punto una y otra vez, trataban de no dejar puntadas al azar. No podían permitírselo.

—Calculo que no podemos tardar más allá de un cuarto de hora, si superamos ese tiempo las probabilidades de que haya heridos se incrementan —todos lo habían pensado sin llegar a expresarlo en voz alta. No era necesario—. La fábrica está a la orilla del Támesis y disponemos de la ventaja de que la zona principal con la maquinaria, apenas suele estar custodiada, a los sumo un par de vigilantes.

—A ellos hemos de sumar a Anderson y a otros tantos hombres que estarán en la zona oscura —precisó John—. No existen edificaciones en los alrededores de la fábrica y alguien deberá estar al tanto de que no se acerque nadie por el río.

—¿Doyle?

Con un breve gesto este expuso su conformidad con la idea, así que Peter continuó bosquejando la dichosa y alocada planificación.

—Por la información de que disponemos, en la zona trasera de la nave principal tiene que estar excavada la zona oscura, que hace años se empleaba de almacén. Es nuestra única posibilidad. Si no han cambiado el acceso desde que trabajamos allí, al fondo de la nave hacia el lateral derecho está la entrada a los despachos y la sala de reuniones. En algún rincón de esas habitaciones localizaremos la entrada al maldito infierno.

Doyle reanudó el resumen de lo desarrollado entre todos, mientras Peter desplazaba el peso muerto que seguía soportando al hombro con la intención de subir al coche de caballos que esperaba para trasladarlos a las afueras de la ciudad. Con suavidad entregó su carga a su hermano y se acomodó en uno de los cómodos y esponjosos asientos. Tan pronto se encontró a gusto extendió de nuevo los brazos para amoldar la forma del cuerpo que aun seguía sin sentido entre sus muslos desplegados.

Lo ubicó de la manera que le pareció más segura para la integridad de ambos y desde detrás rodeó su pecho con los brazos pegando a su torso la espalda del hombre, ligeramente más menudo. Apoyó la bamboleante cabeza en su hombro dejando que los suaves mechones acariciaran su cicatriz. Sin darse cuenta le colocó un bucle tras la oreja en un gesto que mostraba el cariño que se profesaban.

—De acuerdo, en cuanto recojan a Rob, tras dejarle tirado a la entrada, esperamos quince minutos…

—Veinte —corrigió Doyle.

—Veinte putos minutos, los suficientes para que mantenga entretenido, líe al capataz y lo distraiga cuando entremos nosotros. Si como suponemos, el capataz está en la zona donde retienen a Mere, no querrá perder de vista a ninguno de ellos y si actúa conforme lo que es, un cabrón que no se fía ni de su sombra, los mantendrá a ambos a plena vista para controlarlos. Eso juega a nuestro favor. Para entonces esperemos que Rob haya recobrado el sentido y marque el acceso a la zona oscura, como hemos quedado. Pareció que iba a añadir algo pero se abstuvo.

—Creo que eso resume todo —terminó John—. Veinte minutos después de la entrada de Rob, le seguiremos tú y yo —el gesto indicó a Peter— Doyle, tendrás que quedarte en el exterior para prevenir visitantes inesperados y por si aparece Jar, que lo hará en cualquier momento y como un toro enfurecido. Cuando le tocan su punto débil, o sea a Mere, pierde la cordura, así que prepárate, ya que lo tendrás que contener y, créeme, no es fácil.

Con una ligera crispación en los labios este asintió. Haría lo necesario y para ello contaba John.

Todos se miraron mientras rodaban, adentrándose en los oscuros y empobrecidos barrios de las afueras de la ciudad. Dos hombres limpiaban, una vez más, las armas que portaban y otro apretaba con fuerza la figura que rodeaba con sus brazos mientras oteaba el exterior por la ventana, reproduciendo en su mente la posible secuencia de hechos que iban a dar inicio en cualquier momento.

Peter afianzó en su lugar el peso que sostenía entre los brazos. No podían fallar.

X

Tardaron exactamente cinco minutos en recoger del enlodado suelo el cuerpo de Rob que comenzaba a mostrar síntomas de estar recuperando la consciencia. Un hombre, tan solo un hombre, se había encargado de aferrarlo bajo los brazos y arrastrarlo al interior de la extensa construcción que albergaba la fábrica, al menos en apariencia.

La esperanza en lograr que el plan discurriera por buen camino se acrecentó. Un solo hombre.

Doyle se deslizó entre las altas matas sin segar que rodeaban la fábrica, bordeando una senda ligeramente despejada que conducía a un destartalado muelle repleto de tablones resquebrajados y apolillados. Situado en una posición desde la que controlaba un amplio perímetro que abarcaba tanto la entrada a la fábrica como el río que bajaba lento sin excesivo caudal, se agazapó. La imagen del río le satisfizo ya que la marea baja dificultaría la entrada por esa vía de mercancía, intrusos o personal.

Los demás se ocultaron tras unos inmensos vagones llenos de desiguales trozos de carbón preparados para ser empleados en las máquinas, y esperaron inquietos. No por agobiarse iba a transcurrir el tiempo con mayor rapidez, y poco podían hacer salvo esperar.

XI

—¿Cómo pudieron?

La sonrisa que el capataz había mantenido en los labios durante todo el relato se acentuó.

—Con facilidad, con sorprendente facilidad.

—¿Cuántos a lo largo de todos estos años?

—Decenas, mi dulce y curioso pajarillo. De ambos sexos, pero he de reconocer que funcionan mejor los muchachos. Al fin y al cabo la mujeres maduras suelen estar desatendidas por sus maridos, las pobres, y nosotros simplemente les damos la felicidad que merecen.

—¡Son unos cerdos!

Las carcajadas en esta ocasión brotaron espontáneas.

—Muchacha. Tienes fuego, sí señor. Me voy a divertir contigo.

Se negaba a imaginar, ni a pensar tan siquiera, en lo que insinuaba en cuanto le daba ocasión. Antes llegaría John, lo sabía. No podía desviarse de la conversación, debía hacer que siguiera aunque lo que estaba escuchando le revolviera las tripas.

—¿Cuánto han ganado?

Los porcinos ojos brillaron repletos de codicia.

—Una fortuna, y por ello comprenderás que ninguna personilla curiosa y entrometida va a fastidiar los planes que con tanto éxito hemos llevado a la práctica durante años.

Le repasó el cuerpo con la mirada.

—En cierta forma, voy a echar en falta tus contestaciones, muchacha. Hacía tiempo que nada, salvo matar, me hacía disfrutar tanto.

Por Dios, tenía delante a un enfermo, a tan solo unos pasos, y estaban conversando a la espera de que volvieran sus secuaces. Si la situación no era irreal, que bajara Dios a verlo.

Tenía que lograr que siguiera hablando.

—¿De dónde los sacan?

—¿A quién?

—A los muchachos.

—Los compramos en los hospicios y los trasladamos de noche y vigilados. De vez en cuando tenemos una petición especial y los obtenemos de otras formas —movió las cejas insinuando algo que Mere prefería no indagar—. Como ya te he dicho este negocio no para de crecer y, tiene gracia, pero los petulantes caballeros y damas que se las dan de buenas personas son de lo más pervertido y vicioso. Eso sí, otra gran fuente de ingresos.

—¿Y la policía?

—¿Acaso crees que van a malgastar recursos en investigar la desaparición de unos cuantos muchachos? —sonrió de nuevo—. Eres algo inocente o tonta de remate, muchacha.

—¿Y yo? No creerás que mi marido, padres y hermanos no van a remover cielo y tierra hasta encontrarme, porque lo harán.

La sucia mano recorrió su cara siguiendo una pavorosa senda por cuello, hombro y pechos hasta llegar a su cintura y cadera.

—Es que nadie te va a reconocer, cielo. Para cuando hayamos terminado contigo serás un pedazo de carne a la orilla del río. Carroña para los animales.

El aliento de Mere se trabó en su pecho. Estaba muerta y no quería pensar en la forma de morir, no quería, ¡tenía tanto miedo! Y ¡dónde estaba John!, por favor.

Algo debió de percibir el capataz porque la mano ascendió de nuevo y quedó acariciando su mejilla. Mere instintivamente trató de apartarse.

—¡No! Si vuelves a apartarte, te corto la lengua. Y sería una lástima ¿no crees?, no podríamos conversar más.

Ella asintió con los ojos inmensos en esa carita sucia de restos de polvo y lágrimas. Era atrayente, el sufrimiento le agradaba. Pero nada podía compararse con el olor del miedo. Y ella, aunque era fuerte, lo despedía a raudales. Intentaba que no se notara y eso le excitaba mucho. Si no fuera porque temía aun más al jefazo, se la habría tirado ya un par de veces. Lástima.

La expresión en el rostro de él había cambiado. La miraba de una forma que le estaba poniendo la carne de gallina y sintió la urgente necesidad de distraerlo, quizá era una premonición, pero supo que debía entretenerlo como buenamente se le ocurriera.

—¿En qué hospicios compran a los muchachos?

Anderson sopesó si continuar. En cierto modo le agradaba que alguien se diera cuenta de la brillante organización a la que pertenecía y que estaba funcionando a pleno rendimiento sin que hasta ahora un alma hubiera sospechado o conectado con las desapariciones, hurtos y robos de joyas y otros metales preciosos. La policía era imbécil y hacía tiempo que deseaba mostrarlo al mundo.

Bueno, ella no era el mundo pero la satisfacción de ver el asombro en esos ojos castaños, casi, casi valía tanto, porque ella era inteligente y alcanzaría a ver la audacia y el inmenso intelecto del cerebro que actuaba tras la trama.

—Muy bien. Tenemos varios en Bath y alguno en Londres. A los que recurrimos con más frecuencia son Santa Clara en Bath y Santa Eulalia en Londres.

En la mente de Mere una pequeñísima y fugaz imagen bombardeó su cerebro, unas líneas sin sentido entre barras y números, pero le resultó imposible fijarla antes de que se esfumara.

—En cuanto llegan, comienza la divertida selección. La mayoría se destina a puñetera mano de obra, para eso son adquiridos. Pero unos pocos, con ciertas... ¿cómo decirlo?, cualidades ventajosas, se separan para un intenso adiestramiento.

—¿Quién lo decide?

—Ellos, el jefazo y ella.

—¿Quiénes son ellos?

El silencio fue opresivo y Mere pensó que no iba a contestar.

—Saxton y ella, su mujer.

—No puede ser, el duque es un hombre respetado y tiene una edad, y además...

De nuevo esas espeluznantes carcajadas.

—No el Saxton en el que piensas, cielo. Este te aseguro que no es mayor, aunque lo de respetado no te lo discuto. Quizá la mejor forma de expresarlo sea *temido*. Sí, temido es la palabra. Ella es otra historia, está loca. Hermosísima, con esa jodida cabellera dorada por la que cualquier hombre mataría, pero totalmente desquiciada y enferma. —Sus ojos la miraron directamente y de repente quedaron mortalmente serios—. Si yo la defino así, que reconozco que a veces se me va algo la cabeza, imagina cómo será la zorra. Un pajarillo cómo tú no querría cruzarse con ella, no señor.

La angustia que sentía no podía ir a más. Esa cabellera dorada solo la tenía una mujer y estaban enfrentadas. Tenía que asegurarse.

—¿La zorra es Selena Saxton?

Los ojillos se entrecerraron con aprensión, una aprensión que daba miedo ver reflejada en ese malicioso rostro.

—¡Ya he hablado suficiente sobre ellos! Me agrada tener mi lengua y mi cuello donde están.

Le había dado el alto, de forma clara y no deseaba enfadarlo...

—Bien, bien. No preguntaré sobre ellos.

Como si hubiera comprendido que se había excedido y hablado de más, Anderson comenzó a pasearse como un león enjaulado haciendo que las tripas de Mere se revolvieran.

Dios santo, no debía haber preguntado lo último. El ambiente en la cueva por parte de su captor se había tornado de juguetón a helado. Notaba cómo luchaba entre la necesidad de esperar y las ansias de hacer lo que le apetecía; y esto último aterraba a Mere.

La decisión la tomo en una de las vueltas, al parar súbitamente y lanzar una exclamación de *¡qué coño, me lo merezco!*

Estaba perdida y el tiempo agotado.

En su imaginación apareció la imagen de unos hermosos y cálidos ojos verdes con tintes grises, llenos de humor y amor. Más allá la figura enorme del hombre con el que había conversado durante la última hora, acercándose mientras se frotaba las manos y sonreía con pura maldad.

XII

¿Le llevaban arrastrando por algún sitio? ¡Increíble! Por el dolor que sentía en el pómulo derecho, había funcionado. ¿Sería cabronazo? ¡menudo leñazo!

Abrió un poco los ojos, bueno el que no parecía inflamado, y observó que alguien, un hombre, lo arrastraba asido por las axilas hacia el fondo de un pasillo al que rodeaban enormes máquinas de hilar ¿algodón? ¡Sí! Estaba dentro pero tenía que alcanzar, de alguna forma, como fuera, la tiza que llevaba guardada en el bolsillo del pantalón para marcar la dirección del lugar al que le conducían.

Se removió ligeramente obteniendo en respuesta un ligero gruñido y unas palabras sobre que pesaba como un plomo. Cayó desplomado al suelo cuando el idiota que lo cargaba lo soltó para cambiar de posición y arrastrarlo por los pies. La posición de este le favorecía ya que lo había agarrado dándole la espalda.

Aprovechó que no miraba para extraer con sigilo la tiza y dejar una línea entrecortada a lo largo del camino por el que avanzaban.

¡Coño! Le estaba haciendo polvo la espalda al habérsele salido la camisa de los pantalones, raspándose con el áspero suelo. Al menos el trasero lo tenía bien cubierto.

Siguió arrastrándole un breve trecho hasta que cruzaron el umbral de una puerta entreabierta que terminó de abrirse con una suave patada.

—¡Anderson!

Empezaba el juego.

—¡Jefe!

Desde el lugar en que estaba tumbado sintió la vibración de una puerta al cerrarse y algo más, las pisadas de alguien grande. Anderson.

—¿Qué coño quieres, rata? ¿No ves que estoy ocupado? Espera a que vuelvan Gordon y los otros.

La información alivió buena parte de la preocupación de Rob. ¿Estaban en la fábrica únicamente Anderson y el tipejo que le arrastraba? Dios, ojalá fuera así. Quizá pudiera con ellos por su cuenta. Todo dependería de dónde y cómo estuviera Mere.

Le soltaron las piernas de golpe y el tal rata se apartó dejando vía libre para que el otro viera lo que se ocultaba parcialmente tras él.

La exclamación de asombro fue la esperada. Una sombra enorme se posicionó a su costado y lanzó una patada contra su cadera, que por el dolor iba a dejar un buen morado, y se acuclilló.

—Vaya, vaya… ¿A quién tenemos aquí? Al niño bonito de la casa, aunque no tan bonito como quisiera —la risilla casi hizo que Rob chirriara los dientes—. ¿Qué te ha pasado, lindo? ¿No has dejado satisfecho a algún amante?

Recibió otra endemoniada patada en las costillas.

—¿Está inconsciente?

—Eso parece jefe. Al iniciar la ronda alrededor de la fábrica, lo encontré tirado en la entrada y a nadie a la vista. Quien lo dejó abandonado lo habrá dado por muerto o le habrá importado un carajo.

—Es nuestra noche de suerte. Dos pajarillos de un solo tiro —se volvió hacia el hombre calvo y con perilla que con esfuerzo lo había movido—. Tráelo, rata, que hay mucho de que hablar.

Anderson se adelantó dejando el trabajo duro al subordinado.

Sintió que unas manos rodeabab de nuevo sus tobillos y que se adentraban en una zona poco iluminada y húmeda a la que accedieron tras cruzar una puerta en la que al pasar dejó una señal blanca. El camino estaba marcado.

Tardaron un rato en llegar por la dificultad en bajar unos escalones. A punto estuvieron de lanzarlo rodando. Lo habrían hecho de no habérseles ocurrido que lo podían matar del golpe antes de interrogarle. Cruzado el escollo, se removió como si estuviera recobrando el conocimiento y abrió el ojo que mantenía sano. Observó sin vergüenza los alrededores y a los hombres que le miraban con malicia. Ya no tenía que ocultar que había recobrado el sentido.

—Vaya, vaya, ya ha vuelto del dulce mundo de los sueños...

¡Dios! odiaba al capullo ese que se creía tan gracioso. Intentó incorporarse del suelo, pero una inmensa manaza se lo impidió con un brutal empujón y le dio la vuelta quedando la cara contra el terroso suelo. Sintió cómo le ataban las manos con una gruesa soga. ¡Maldita sea! Como le cachearan le iban a descubrir los cuchillos ocultos.

Al levantarle sintió un ligero mareo y a empujones le guiaron hasta una puerta descascarillada. Lo que descubrió en su interior le hizo jurar en silencio y al tiempo suspirar de alivio.

Estaba viva aunque maltrecha. La habitación, si podía llamarse así, estaba abandonada, con las paredes de tierra erosionada en las que aquí y allá aparecían argollas clavadas, algunas unidas con cadenas a las paredes. Estaba sucio y olía a cerrado y a sufrimiento. Por un breve instante imaginó a Peter en este maldito lugar y apretó los puños maniatados.

Mere estaba sentada en medio de la habitación en una destartalada silla, con la carita sucia y el labio partido, restos de sangre en la cara y el cuello de la camisa. Lo que más le preocupó fue que su blusa estaba medio desabrochada mostrando parte de sus generosos pechos y el cinturón que abrochaba el pantalón a medio abrir.

Intentó indicarle con la mirada que se tranquilizara, que estaba a punto de terminar todo.

—Rata, trae otra silla —mientras daba las órdenes sacó un arma que llevaba en la parte posterior de los pantalones y apuntó a la cabeza de Rob.

Al demonio con la posibilidad de huir..., por el momento.

La espera fue realmente corta. No creía que hubiera transcurrido ni un minuto cuando se escuchó el arrastrar de un mueble y el rata introdujo una silla en la habitación. La posicionó junto a la de Mere y con un gesto brusco, tras mover el arma, Anderson le indicó que tomara asiento.

No se lo pensó dos veces.

—Muy bien, chico. ¿Por qué has aparecido tirado en la entrada de la fábrica y quién te ha dejado la cara como un mapa?

—Hice lo que me habías mandado, ni más ni menos —movió la mandíbula, porque, joder, la fuerza del ogro era descomunal y su mentón al parecer de gelatina—. Vigilar a los hermanos. Indagué en los alrededores de la mansión, pregunté en los comercios donde compra su personal, y finalmente me aposté frente a su casa para controlar las entradas y salidas. Lo siguiente que recuerdo fue un puño inmenso rebotar contra mi cara. El resto ya lo conoces.

—Así que fuiste lo bastante torpe como para que te pillaran —se acercó lentamente y colocó el cañón del arma bajo su barbilla. Con este le alzó el rostro—. Dime entonces, niño bonito, ¿para qué me sirves?

La respiración de Mere se escuchó a través del sucio paño que cubría sus labios e impedía que hablara.

Anderson recorrió la varonil figura con detenimiento y una mirada viciosa. Retiró el arma del lugar donde la mantenía quieta y con su mano izquierda agarró el hinchado mentón.

—Quién sabe, podríamos venderte a un gran precio.

El ojo que permanecía abierto se entrecerró y Anderson lo captó al momento.

—Veo que no te gusta lo que digo ¿eh?, niño bonito. Te jodes, listillo. Lo estabas pidiendo a gritos creyéndote mejor que nadie.

—Tengo información.

Los endemoniados ojos no apartaban la mirada.

—¿Acerca de…?

—Lo que andan haciendo los hermanos Brandon últimamente.

—Habla.

—Estaban investigando a un tal Worthington.

—¿Otros tras el matasanos?

La risa sibilina de Anderson resultó desagradable, tremendamente desagradable.

Mientras hablaba, Rob calculaba el tiempo que le quedaba para entretener al cabronazo que no soltaba el arma. Se acercaba el momento. Tenía que lograr de alguna forma, de cualquier forma, que se centraran en él y se alejaran de Mere.

Se levantó de la silla sorprendiendo a ambos hombres.

—¿Qué coño haces? ¡Siéntate, imbécil!

Dio un corto paso hacia Anderson y se dio cuenta de que *el rata* se situaba detrás de este. Ambos daban la espalda a la puerta. Tenía que desviar la dirección del cañón que apuntaba a la mujer que permanecía a su lado, así que dio otro breve paso hacia adelante y a su izquierda. Con ello consiguió que Anderson y el matón retrocedieran, aproximándose algo más hacia la endeble puerta y…, se enfurecieran.

—¡Quieto, imbécil! o te vuelo la tapa de los sesos, valgas o no una fortuna.

No podía mirar a su derecha para avisar a Mere, no podía, si quería desviar la atención de ella.

La puerta estalló en mil pedazos. Instintivamente se abalanzó sobre Anderson quien se había girado del asombro al escuchar el estruendo, y le dio un tremendo cabezazo en pleno costado, cayendo al suelo ambos por la inercia de la carrera. ¡Mierda! tenía los brazos a la espalda y estaba en desventaja. Tras un mínimo forcejeo, sin dificultad alguna, el bestia ganó la posición superior y se sentó sobre su cintura aprisionándolo contra el suelo, aplastándole. Con ambas manos comenzó a apretar su cuello, con fuerza…, no podía respirar. Mientras boqueaba lo único que se le ocurría era qué estúpido, por Dios, Peter se iba a cabrear aun más…

XIII

¿Pero qué estaba haciendo? ¡Le iban a matar! ¡Siéntate!

La sensación de alivio que sintió al ver a sus captores cruzar la puerta acompañados del hijo de Norris, jamás la podría explicar, aunque estuviera prisionero como ella, porque sabía lo que significaba: que John estaba cerca, su John venía a por ella.

Fue como ver un recoveco de maravillosa luz en una oscura cueva. Hasta que Rob se levantó de la silla situada junta a la suya provocando que Anderson le apuntara directamente. Por favor, siéntate, siéntate…

No podía gritárselo con la maldita mordaza y le entraron ganas de llorar, de chillar como una posesa de la impotencia que sentía.

Repentinamente todo estalló. ¿Qué demonios estaba pasando? Su corazón bombeaba a mil pulsaciones. La puerta había explotado hacia el interior de la cueva. Rob y Anderson rodaron por el suelo, cerca, pero apenas lo apreciaba con la polvareda y los trozos de madera esparcidos por todas partes. Forcejeó contra las sogas, con toda su alma porque lo sabía, simplemente sabía que este era el instante de pelear. Si no lo hacía, no habría otro.

Estiró de las cuerdas rasgándose las muñecas, haciéndose sangre y comenzó a notar que se aflojaban algo. Otro poco y casi, casi…, hasta que sintió la fría sensación del afilado metal en la garganta, apretando. Se quedó helada.

Pasaron uno, dos segundos, hasta que la espesa polvareda comenzó a disiparse y alzó la vista. Sus ojos se trabaron de inmediato con los verdes de su marido, fríos y helados, que no la miraban directamente sino que estaban clavados en su cuello.

Desvió la vista y lo que vio a tres metros la congeló aun más. Rob se encontraba tendido en el suelo, con las manos atadas tras de sí, boca arriba, y el bestial capataz sentado a horcajadas encima, con las manos rodeando su cuello, pero ya no apretaban. No se movían ni un milímetro porque si lo hicieran el curvo cuchillo posado en el cuello de Anderson, le rajaría la garganta de lado a lado.

Mere no podía explicar cómo lo sabía, pero así era, por la expresión del oscuro hombre ubicado a la espalda del capataz que lo mantenía sujeto por la barbilla, alzada levemente para colocar en mejor posición el acerado puñal. Ese impresionante rostro estaba impasible, con la cicatriz resaltando en el impactante rostro y no apartaba la oscura mirada de la azulona y algo perdida del hombre caído en el suelo. Su pulso no temblaba ni un poco.

No ocurría lo mismo con el cuchillo que tenía colocado en su propia garganta. Por Dios, notaba el filo resbalar acompañado por el leve temblor de la mano que lo sujetaba. Necesitaba ver esos ojos verdes. Como si su marido lo hubiera presentido, esa necesidad, esos hermosos ojos se desviaron hacia ella. Sintió paz. El inmenso amor que los llenaba, le dio paz. Si le rajaban el cuello al menos le habría visto de nuevo y sentido ese amor que la llenaba.

Quieta como una estatua, percibió que algo iba a ocurrir por la postura de John. Se preparaba para algo.

Escuchó un horrible gorjeo, a nada comparable, y el cuerpo de su marido se lanzó a gran velocidad hacía el lugar donde estaban y sujetó el brazo que mantenía el cuchillo contra su cuello. Escuchó un extraño silbido y notó el brazo que agarraba el cuchillo aflojarse a la vez que lo sujetaba John.

Sintió calor en el cuello, no demasiado, y dolor. ¡Dios santo! ¿Le había cortado? ¡Le había cortado! Al tiempo que escuchaba un horripilante crujir y la caída de un cuerpo a su espalda, algo cálido comenzó a resbalar suavemente por el cuello, su cuello, que notaba como adormilado.

Con algo de brusquedad apartaron la mordaza de su boca e intentó hablar pero no pudo, no podía casi hablar, maldición. Tan solo surgió un ridículo cacareo. Las sogas de sus manos se aflojaron y cayeron inermes a sus costados. ¿También tenía dormidas las manos? Ni que fuera la bella de las extremidades durmientes. Se rió para sus adentros… Algo le decía que estaba en shock, quizá el pensar en cuentos infantiles le dio una pista…

Intentó girar la cabeza para ver lo ocurrido con Anderson, pero John se lo impidió situándose suavemente entre sus piernas que permanecían atadas a las patas de la odiosa silla.

—No, amor, no mires —esas enormes, adoradas y bienvenidas manos le alzaron la barbilla—. No pasa nada, cariño. Te ha dado un leve pinchazo en el cuello, pero apenas sangra.

Algo suave y claro presionó contra la zona que notaba acalorada y una de esas manos agarró la suya y la posicionó sobre el pañuelo.

—Aprieta, cariño.

Le estaba atando los botones de la camisa y luego el cinturón del pantalón. Con suavidad.

La mirada de Mere se desvió a esos labios carnosos, apretados en una rígida línea y sintió la necesidad de tranquilizar al hombre que prácticamente temblaba, mientras recolocaba la ropa con gentiles manos en su lugar. Como si el secuestrado y goleado hubiera sido él y no al revés.

—John.

No le atendió. Seguía concentrado en la estúpida ropa como si de distraerse fuera a despedazar algo o a alguien.

—¡John! No me han hecho daño. Estoy bien. Algo asustada, pero ya no, ya estás aquí —sonrió levemente, empezaba a recobrar la cordura que por un momento había salido volando de su mente—. He sido valiente e intenté morderle la nariz, pero se me escurrió.

Los ojos de su gruñón se abrieron como platos y esos labios maravillosos se curvaron, se acercaron a los suyos y le dio un dulce beso, con las manos rodeando con ligereza la dolorida cara.

—¡Ay!

—Dios, lo siento, amor —esas manos comenzaron a palparle el cuerpo, de arriba abajo presionando con suavidad aquí y allá.

—No me duele, aunque creo que tengo el cuerpo adormilado de estar tanto tiempo en la misma posición y la cara ¿algo morada? —el rostro de su marido se echó hacia atrás y devoró sus rasgos.

—Estás hermosa, mi amor. Para mí siempre estarás hermosa.

Dios mío, a su grandullón le resbalaba una lágrima por la mejilla y ella siguió su curso como una lela hasta que llegó a los gruesos labios. Su marido estaba llorando. En esta ocasión fue ella quien sujeto ese hermoso rostro entre sus manos.

—John, estamos juntos de nuevo. Por favor…, ya pasó todo —le besó en esos húmedos labios notando el salado sabor de la lágrima y apoyó su frente en la de él.

Estaban juntos y deseaba que el mundo hubiera desaparecido. ¡Cómo deseaba…! Pero sabía que no era posible. Se separó levemente de su gruñón y giró de nuevo la cabeza para ver lo que ocurría tras la inmensa figura que permanecía arrodillada entre sus piernas. La manaza de su marido le cortó el paso.

—No, cariño.

Mere dudó.

—¿Está muerto?

—Sí.

—¿Seguro?

—Sí.

—¿Me lo prometes?

—Lo prometo.

Pronunció la frase que en parte le aterraba y en parte necesitaba pronunciar.

—Necesito asegurarme —no pudo apartar la vista de su marido, para que entendiera que era algo que no deseaba hacer, sino que lo necesitaba, aunque le aterraba ver lo que el cuerpo de su marido le ocultaba a la vista.

John se levantó con suavidad, se apartó y Mere miró. ¡Dios mío! El enorme cuerpo del hombre que la había tratado brutalmente y al que tenía pavor, estaba encogido como una muñeca de trapo, con la cabeza casi separada del tronco y rodeado de un charco de sangre que lo salpicaba todo, empezando por la cara espantada de Rob, la cara que en estos momentos trataba de limpiar Peter con un arrugado pañuelo mientras le hablaba suavemente, sin que Mere alcanzara a escuchar lo que decía.

Estaba vivo, Rob estaba vivo. Algo magullado por las marcas que mostraba su garganta, pero entero. El suspiro de alivio que lanzó Mere llegó a oídos del hombre que dejaba que le limpiaran como si fuera una dócil marioneta. Pareció como si ese sonido lo sacara del trance en el que estaba sumido. Desvió la azul mirada hacía ella y llevándose una mano a su cuello, como para ocultarlo de la vista femenina, le sonrió con esa sonrisa tan característica de Rob. Tan dulce.

La mano que limpiaba el rostro que sonreía quedó paralizada de golpe. Temblaba ligeramente.

Mere supo que jamás olvidaría lo que había hecho ese maravilloso hombre. Ahora lo entendió. Había centrado su atención sobre él para desviarla de ella. Las ganas de llorar de emoción le llenaron el pecho.

Cuando estuvieran en casa, en su tranquilo y seguro hogar contaría a todos lo que había descubierto en las pocas horas compartidas con el hombre que ahora yacía muerto a los pies de Rob y de Peter. En la enfermiza y corrupta organización que secuestraba y empleaba inocentes criaturas para hacerse inmensamente ricos llevándose por delante las vidas de hombres, mujeres y niños sin remordimiento o piedad alguna.

Al fin habían descubierto de qué se trataba. El problema era que carecían de pruebas ya que los hombres que pudieran haber hablado o testificado estaban tendidos, muertos a sus pies. Tendrían que idear algo para obtener esas malditas pruebas, pero eso no sería ni hoy ni mañana. Esa misma noche necesitaba que su marido la amara como nunca para recordarles que seguían vivos. Vivos y juntos de nuevo.

*****

Capítulo 12

I

Apenas disponían de tiempo atendiendo a los pocos datos adelantados entre temblores por Mere. Los secuaces de Anderson podían volver de la tienda en cualquier momento y no debían encontrar a extraños en la fábrica. Tampoco convenía que hallaran los cuerpos del capataz y el rata. Mejor que pensaran que habían desaparecido, que habían optado por huir con su prisionera aprovechando su ausencia, que se los habían llevado o cualquier otra razón que se les pasara por la mente. El motivo que imaginaran, daba igual. Nadie indagaría ni se molestaría en buscar y desde luego nadie daría parte de su desaparición. No convenía que la policía se pusiera a investigar cerca de la maldita fábrica.

Limpiaron los rastros de sangre de la manera que creyeron más efectiva, camuflándolos con tierra, y se alejaron de la zona oscura. Poco podían hacer con el destrozo de la puerta. Peter salió el último llevando a Rob a cuestas, sujeto por la cintura. John se adelantó cargando con Mere en brazos y por encima del hombro lanzó una última mirada al lugar que sentía como el infierno. Se juró a sí mismo que haría lo humanamente imposible para impedir que otros pasaran por lo mismo que él. Miró de soslayo a su mejor amigo. Lo que fuera necesario…

Caminaron aprisa y en silencio, hasta alcanzar la salida, donde todos aspiraron profundamente, con alivio.

Había aguantado sin llover. Tenía gracia, pero al final el tiempo les había acompañado y también las mareas. Tan pronto surgieron del complejo, Doyle salió de la zona donde había quedado vigilando y se situó al otro lado de Rob, asiéndole de la cintura. Le acompañaban cuatro fornidos hombres.

—Los coches están algo más adelante, en la curva del camino. Apenas unos pasos más —susurró Doyle una vez que se reunieron todos.

John se dirigió a sus hombres.

—En la zona trasera de la nave principal, bajando por unas escaleras al fondo de los despachos llegaréis a una habitación con la puerta destrozada. Dentro hay dos cuerpos. Sacadlos de allí y deshaceos de ellos como mejor estiméis. Lo dejo en vuestras capaces

246

manos. —El hombre que era la mano derecha de John asintió y comenzó a ladrar órdenes a los restantes. Se pusieron de inmediato en movimiento y apenas tardaron cinco minutos en aparecer con su penosa carga.

El primero en llegar a los carruajes montó en el pescante del coche más ligero y plenamente coordinados subieron los demás, cargando y desplazando los cadáveres que portaban a fin de introducirlos en el vehículo. Tras un breve gesto por parte de John iniciaron la marcha. Ellos utilizarían el segundo coche, algo más amplio.

Williams, la mano derecha de John, se quedó atrás e hizo lo mismo en el segundo coche sin necesidad de indicación alguna. Agarró las riendas y esperó a que todos se acomodaran.

Dios, le costaba incluso soltarla un momento. Le creaba zozobra, una zozobra que temía que jamás desapareciera. Sin perderla de vista, pese a saber que estaba tan segura en brazos de Doyle como en los suyos, se acomodó en el asiento y Doyle se la pasó con extrema delicadeza. A continuación los imitó sentándose en el asiento contrario. Le siguieron Rob, que permanecía aun algo atontado, y Peter, dejando en medio al anterior. Ya podían partir a casa con lo que habían venido a buscar.

Enseguida llegarían, pero mientras tanto necesitaba abrazarla y olerla para asegurarse de que estaba viva entre sus brazos.

II

La habían encontrado, pero ¡rábanos!, le dolía la cara como aquella vez, de pequeña, en que cayó del tiovivo de cabeza en aquel apestosillo charco. No, esta vez era peor, aunque juraría que el dolor lo suavizaba el más que bienvenido aroma de su grandullón. Se toqueteó la garganta con la punta de los dedos hasta que John cubrió su helada mano con la suya, más cálida.

Tan cerca del peligro... Si fuera posible se quedaría hasta la eternidad tal y como estaba, con la nariz pegada al cuello de su marido aspirando ese olor tan familiar, envuelta en sus cálidos brazos.

Había pasado *tanto* frío en la cueva, con el otro. Tanto frío y tanto miedo.

Notaba que estaba adormilándose, entre los murmullos de los demás que hablaban en un tono suave y recogido, quizá para no molestarla, aunque alcanzaba a escuchar una rasgada voz ¿la de Rob?, que decía a alguien algo acerca de que era ¿un cabronazo? con el puño demasiado suelto, excesivo mal genio, y que se preparara porque le iba a pillar desprevenido en cuanto estuviera descuidado y por la espalda. La respuesta, en forma de ronca y hermosa risa, quedó inmersa en la sensación de duermevela en la que se estaba dejando hundir lentamente…, tan a gusto y calentita…

La vuelta a la cruda realidad fue espeluznante. La vociferante voz de uno de sus hermanos la despertó de golpe y eso que no habían traspasado el umbral de la puerta. Los gritos y berridos se oían desde el exterior y eran inconfundibles. Jared en pleno ataque de histeria.

¡Rábanos! Su cabeza iba a estallar y con ella su paciencia. Incluso el suspiro de resignación que lanzó John dio a entender el cansancio que invadía a todos y la descomunal desgana por hacer frente a semejante tornado.

—¿Quién es ese búfalo almizclero? —lanzó la rasposa voz de Rob, antes de que Doyle le posara la palma de la mano sobre la boca al tiempo que Peter le ordenaba callar.

—Mi cuñado —la mirada de John se desvió de Mere a la ventanilla del coche de caballos, desde la que se disfrutaba de una visión directa y perfecta de la puerta de entrada a su muy apetecible casa hasta hacía brevísimos momentos—. ¿Y si nos quedamos aquí un ratito, hasta que Jar agote sus fuerzas?

Pobrecillo marido suyo, después de tantos años y todavía abrigaba esperanzas de que su hermano se civilizara.

—Sería inútil, cariño, y lo sabes. Le doy diez segundos para salir hecho una furia de la casa en mi busca.

Ni dos segundos habían pasado cuando la inmensa puerta de la casa se abrió, saliéndose casi de sus goznes, dejando a la vista del asombrado espectador la pequeña figura de Rosie con los brazos en cruz tratando de impedir la salida de todo un hombretón, con el enrojecido y perfecto rostro desfigurado por la ira. Esa hermosa boca iba a lanzar un improperio, con todas las de la ley, pero antes de iniciarlo su mirada pasó por encima de la canosa coronilla de la mujer que intentaba contener a una fuerza incontenible, clavándose con ansiedad en el carruaje que acababa de parar frente a la mansión.

Con suma facilidad volteó a la mujer de edad que le impedía el paso, dejándola suavemente en el suelo, bajó las escalinatas de tres en tres y poco faltó para que arrancara de cuajo la puerta del coche de caballos.

—Mierda, Mere, ¡es que no se te puede dejar sola! ¿Quieres matarme antes de llegar a los treinta? Eso no lo hace una amorosa hermana ¿sabes? Eso lo hace…

Le conocía tan bien…, y estaba aterrado.

Su hermano solo chillaba y farfullaba si algo había logrado traspasar su gruesa piel hasta el punto de angustiarle y este era uno de esos momentos. Le brillaban los ojos y resoplaba entre palabras. O le tranquilizaba o le daría un patatús.

Con la palma de la mano empujó el amplio pecho de su marido en dos ocasiones para que aflojara los brazos, una tercera vez hasta que finalmente la soltó, se apoyó en sus temblorosas piernas y se dejó caer en los adorados brazos de su hermano mayor, nacido con una ventaja de doce tontos meses.

La abrazó como si quisiera soldar sus huesos a los suyos para evitar perderla de vista de nuevo, y las manos de Mere frotaron esa enorme y agarrotada espalda, intentando que paulatinamente fuera desapareciendo el temblor de su cuerpo. Mientras permanecía pegada a su hermano, colgando sus pies a una buena distancia del suelo, a su espalda escuchó el rápido descenso de John del carruaje y la despedida de los Brandon, mientras Rob seguía parloteando, sin cesar, con esa rasgada voz, pese a los gruñidos, órdenes de que callara e incluso imaginativas amenazas de los hermanos.

Con su inmensa manaza Jar empujó la cara de Mere hacía atrás para observarla con claridad. El reflejo de la luz que se filtraba por la puerta de entrada de la mansión lo permitía y gracias a ello, por encima del tenso hombro de su hermano, avistó en los escalones de entrada agolpados a todos, callados, sin atreverse a soltar ni un ligero suspiro, como si no creyeran que la tenían de vuelta donde debía estar. Entre los suyos.

III

¡Por los clavos de…! La habían golpeado y él no había estado allí para impedirlo. Esperaba que el malnacido que lo hubiera hecho estuviera bajo tierra o esa noche tendría trabajo del que ocuparse. Su cuerpo rugió con la necesidad de devolver el golpe recibido por su diminuta hermana. Miró intencionadamente a John y sin necesidad de palabras, este supo lo que preguntaba.

Necesitaba saberlo para respirar con tranquilidad, tenía que saber que ella estaba segura. John meneó la cabeza y fue suficiente. Estaban muertos.

Suavemente soltó el menudo cuerpo y lo traspasó a los brazos del hombre que lo miraba con inquietud, con los ojos llenos de necesidad de volver a tocarla. Si él había sentido tal angustia cuando la abuela le había narrado lo que estaba pasando, no creía posible imaginar lo sufrido por su mejor amigo.

Resultaba evidente que tendría que tranquilizarles a ambos, a su pequeña hermana y a su enorme cuñado.

Y se le había ocurrido la mejor de las maneras para sosegarse todos, incluido él. Sí señor, pensó, la mar de satisfecho consigo mismo, una idea extremadamente lúcida. Propia de él.

IV

—Ni hablar —la corta respuesta estaba dirigida a la inmensa figura de su insistente mejor amigo y desde hacía poco, cuñado, que intentaba asomar la cabeza para otear algo a través de su cuerpo, hacia el interior del dormitorio—. Vamos a estar bien, mejor que bien y la mar de tranquilos al saber que estás en la alcoba de al lado. ¿Contento?

—No demasiado, la verdad.

¿Estaba haciendo Jared pucheros? No se lo podía creer.

Tenía dos problemas esta noche. No, tres. El primero ya estaba solventado, aunque le había supuesto un esfuerzo sobrehumano hasta el punto de casi..., casi mandar al carajo a toda la familia e invitados que permanecían alojados en su casa, porque al parecer no querían alejarse demasiado de su mujer, por si acaso. Había terminado agotado de convencer, prometer y jurar ante los santísimos que su mujer no se le iba a escurrir de entre los brazos esa noche y desaparecer en la oscuridad.

El segundo también estaba solventado. Había mandado a Norris a su domicilio para que cuidara de su ronco, cotorro y algo maltrecho hijo y, en fin, para que Peter no lo terminara de estrangular. La despedida de Mere había durado una eternidad entre mimosos abrazos y besuqueos.

El tercer problema lo tenía ante él, vivito y coleando, haciendo chocantes pucheros en un hombre adulto y con la ropa de dormir firmemente agarrada entre sus musculosos brazos. ¡Ja! Ni que le fuera a enternecer...

—*No* me vas a convencer.

—¿Ni un poquito?

—No

—¿Ni hasta que os durmáis?

—No

—¿Serviría de algo una pequeña suplica?

—¿Qué te parece?

—Que eres muy terco.

Menuda novedad.

—¿Y si se resiente mi salud mental? Soy muy delicado...

¡Dios! A punto estuvo de reír. ¡Delicado! ¡Si tenía la gruesa piel de un hipopótamo! Nadie ganaba a Jared a terquedad, pero no en esta ocasión.

—¿Más de lo que ya está? Lo dudo.

—Suplico a las mil maravillas y..., siempre funciona.

—Ahora no.

Jared resopló, frunció la boca y cargó de nuevo, insistente.

—Apenas me muevo mientras duermo y no ronco.

Las cejas de John se enarcaron involuntariamente.

—Vale, lo justito en un hombre de mi tamaño.

—¡Que no!

—Y soy blandito, doy calorcito por las noches y no soy un pegote, como tú..., y huelo bien y además Mere...

Suficiente. Dio un paso atrás y le cerró la puerta en las narices mientras escuchaba la risilla del pequeño torbellino hundida entre las sábanas.

Mientras se dirigía a la cómoda a dejar los gemelos y las monedas escuchaba el sordo sonido de refunfuños y protestas al otro lado de la puerta, pero ya se cansaría. Si algo caracterizaba a Jared, entre otras cualidades, era que, pese a su casi inagotable terquedad, se conformaba enseguida cuando apreciaba que las opciones quedaban totalmente agotadas.

—Entonces, ¿no le dejamos dormir con nosotros, en medio?

John gimió mientras se despojaba de la camisa y los apretados pantalones quedando tan desnudo como el día en que nació.

—Me estarás tomando el pelo ¿no?

—¿Tú qué crees? Cómo le dejemos entrar, no nos lo quitamos de encima en una temporada y lo cierto es que esta noche te necesito para mí solita, marido y...

Esperó a ver lo que iba a decir a continuación pero al no escuchar sonido alguno, se volvió hacia ella, con rapidez. Algo no iba bien e intuía lo que era.

Le miraba con esos enormes ojos castaños y brillaban a rebosar de lágrimas retenidas.

Se acercó con lentitud como si su mente le dijera, le avisara, de que no debía hacer movimientos bruscos. Se sentó junto a ella en el lecho y posó la palma de su mano sobre su ligeramente hinchada mejilla, con tanta suavidad como pudo, como supo, emplear. Dios, si su enana se echaba a llorar, por el nudo que sentía trabado en la garganta, no tardaría en acompañarla.

Se había vuelto un blandengue desde la boda.

Algo le impedía apartar la vista hasta que una de esas suaves manos cubrió la suya y la voz femenina salió en un hilillo tembloroso.

—Solo podía pensar una y otra vez en que no volvería a verte… —John calló porque ella necesitaba hablar y aunque se le retorcieran las entrañas, por todos los infiernos que escucharía hasta que no pudiera más y aun así continuaría escuchando—. Me dijo… —ella tragó saliva con dificultad— …me dijo que cuando terminaran conmigo, ya no le serviría a nadie —alzó esa acongojada mirada—. Al principio hablaron acerca de esperar a quien daba las órdenes, pero al final se enfadó y cambio de opinión de repente. Si no hubierais llegado…, yo… no sé…, no sé lo que…

Dios, le estaba destrozando escucharla, pero no podía cambiar lo ocurrido aunque diera su vida y todo lo que tuviera para echar atrás en el tiempo. No podía. Lo único que cabía era escuchar y borrar esos recuerdos con algo bueno, con algo que hiciera que esa noche terminara de forma totalmente opuesta a como habría finalizado de no haber llegado a tiempo. Y eso podía hacerlo.

Con extrema suavidad se deslizó hasta quedar con la espalda contra la cabecera de la cama y rodeó al pequeño torbellino entre sus brazos. Con una de sus manos le giró el rostro y besó con gentileza la herida que mostraba en la comisura del labio. Una y otra vez, hasta que sintió como ella apretaba su brazo comenzando a responder a sus caricias.

Esta noche ella llevaría las riendas ya que lo necesita para sentirse segura, amada y no amenazada. Harían lo que ella quisiera.

V

¿Cómo era posible que supiera lo que necesitaba? Los besos que le daba al borde de los labios comenzaron a erizarle la piel. Necesitaba sentirle para recordar que estaba viva.

Con su mano izquierda lo empujó levemente contra las almohadas e inició un reguero de suaves besos por su mentón, cuello, lamiendo bajo el lóbulo de la oreja. Notó cómo se estremecía.

Tenía que cambiar de posición, así que con un suave y al mismo tiempo rápido movimiento se situó frente a él con las rodillas a ambos lados de sus firmes caderas. Se sentó sobre ellas y de inmediato notó apoyado contra su camisón el inmenso bulto oculto a la vista. Movió en círculos su propia pelvis arrancando un gemido de esos labios entreabiertos. Observó con sigilo a su marido y decidió grabar su imagen en su memoria, por si acaso, para siempre. El hombre más hermoso del mundo por dentro y por fuera, aguantando por ella el impulso, la necesidad de moverse, con el cuerpo tenso y excitado, los puños apretados y una transparente patina brillante cubriéndole entero.

Se acercó a ese rostro y plantó un dulce beso en los labios entreabiertos, lamiéndolos, para continuar hacia abajo, lentamente, hasta llegar al duro pecho. Con las manos agarró los puños cerrados y los abrió entrelazando sus dedos con los de él.

Hoy necesitaba asegurarse de que lo tenía junto a ella, que no era una ilusión de su imaginación ni seguía en aquella tétrica cueva. Necesitaba memorizar con sus manos, su cuerpo, hasta el último rincón.

—Date la vuelta.

Los ojos de su gruñón se abrieron de sopetón y la miró, indagando, la mirada llena de provocación y expectación. Mere se encogió de hombros e hizo un suave gesto con la cara imitando un giro al mismo tiempo que lo hacía con el índice de su mano derecha. Le sonrió y su marido le devolvió la sonrisa hasta que quedó oculta al girarse sobre su costado y quedar tendido boca abajo, con un leve gruñido, apoyados los entrecruzados antebrazos en el almohadón, bajo su cabeza.

Mere se maravilló de la inmensa extensión de esa espalda. Era perfecta.

Con extrema lentitud posó las manos en el espeso cabello negro e inicio un suave masaje con las yemas de los dedos. El masaje que el momento o las circunstancias inoportunas no habían permitido que diera hasta este momento.

El ronroneo que salía de entre los labios de John indicaba a las claras que su marido estaba disfrutando mucho, y ella no le iba a la zaga. Sentía la piel tersa y caliente. Siguió un camino descendente por la columna vertebral, parando aquí y allá, hasta llegar a la estrecha cintura y los glúteos.

Fue incapaz de resistirse. Pellizcó suavemente esa redondeada nalga.

—¡Demonios!

En seguida dio una suave palmada y acarició el mismo lugar en el que estaba centrada su atención.

—¿Sabes? Debiera estar prohibido que un hombre tuviera semejante trasero.

Su marido volvió la cabeza con un aire de picardía que dejó a Mere medio debilitada por lo que decidió hacer lo que en ese momento le apetecía, estirarse cuan larga era sobre esa impresionante parte posterior, que recibió el peso con un notorio estremecimiento y un perceptible gemido.

Su gruñón aguantó la postura exactamente cinco segundos. Sus manos aferraban con fuerza la almohada.

—Cariño, por Dios, ¿me puedo girar?

—Hum…, un poquito…, espera solo un poquito.

—Cariño…

—¿Hum?

—Necesito girarme.

Mere separó la mejilla que permanecía apoyada sobre esa inmensa extensión de piel ya que la voz reflejaba cierto temblor y urgencia.

—¿Te ocurre algo?

—Puede.

—¿Puede qué?

—Que esté aprisionado y…, te siento entera apretada contra mí y…, me va a dar algo si seguimos así.

Mere se sentó de golpe, torpemente, quedando a horcajadas sobre la cintura de John.

—Peso mucho, ¿verdad? Lo siento, cariño, no lo pensé, es que estaba tan a gusto y…, estás cálido, suave y…, pasé tanto frío.

Con un veloz movimiento su marido se giró de costado hasta quedar tendido de espaldas y fue entonces cuando Mere entendió lo que quería decir con lo de aprisionado. Lanzó una repentina risilla.

—Oh.

—Se me estaba torciendo.

La risilla fue a más.

—Y cortando la circulación…, y tienes el peso perfecto, amor y…, si no te hago el amor en este mismo momento…, me muero —el tenso rostro de John hablaba sin necesidad de palabras de la desesperación que sentía.

Dios mío, adoraba a su marido. El único hombre capaz de hacerla reír en un momento en el que se sentía tan insegura y perdida, que la hacía sentirse deseada y amada y sobre todo, protegida.

Sin previo aviso copió el movimiento anterior de su cuerpo y se desplazó hasta quedar tumbada sobre John, cuidando de ubicar el engrosado e hinchado miembro entre sus muslos y situando estos abiertos a ambos lados del tenso vientre. Enmarcó con sus manos el precioso rostro y lo besó con la intención de hacerle ver lo que sentía, con lentitud, saboreando esa dulce boca, memorizándola. Separó los labios para respirar alzando la cabeza y él siguió desesperado su movimiento, intentando evitar que se distanciara, mientras susurraba un *por favor, no te vayas o un por favor, sigue besándome*. Mere no pudo diferenciarlo e hizo lo que le pedía porque ambos deseaban lo mismo, amarse sin restricciones, sin miedos y sin tontas vergüenzas.

El calor que sentía aumentaba con ese beso que no terminaba, con esas manos que apartaron con suavidad su camisón hasta pasarlo por la cabeza en un breve segundo en el que separaron sus bocas, con el ondular de esas duras caderas y las cada vez más insistentes caricias de esas gloriosas manos.

Su John comenzaba a retorcerse mientras se besaban, como si su cuerpo, separado de su mente, buscara por sí mismo el alivio que necesitaba y tenía al alcance. Mere no se lo pensó, alzó las caderas y con una facilidad que, por extraño que pareciera, se asemejaba a la familiaridad que daba la práctica, situó la entrada de su sexo sobre el inmenso miembro y descendió lentamente, con una lentitud apabullante.

Las manos de su marido apretaron sus carnes perdiendo el poco control que le quedaba, al tiempo que ella admitía más y más ese duro miembro en su interior hasta acomodarlo entero. Seguía siendo enorme y con una leve sonrisa Mere pensó que eso no iba a cambiar y que le encantaba, qué demonios, sentirse tan llena, a punto de explotar con la sensación de temer que la traspasara o llegara demasiado lejos, pero al mismo tiempo, deseándolo por el extremo placer que sabía que iba a recibir.

Solo de pensarlo, apretó la carne que la invadía contrayendo su interior, una y dos veces. Una tercera fue la perdición de su gruñón. El exabrupto que soltó encantó a Mere y decidió que bien valía unos insinuantes mordiscos en esos carnosos labios.

—Dios santo…, ¡por favor! Mere…, me vas a…, matar.

Pegados los labios y acariciándose, sonrió traviesa y tuvo que contestar.

—De eso nada… —otra caricia— …mi gruñón, lo que hago…, es…, ¡Dios! —no podía seguir hablando, simplemente resultaba imposible. Estaba empujando dentro de ella con una fuerza tremenda hasta llegar tan a fondo que casi, casi dolía sin llegar a hacerlo sino que en el último instante se convertía en puro placer.

Mientras se dejaba llevar entrelazando sus lenguas en un sensual y pecaminoso baile Mere sintió el deslizamiento de una de esas juguetonas manos acercándose hasta su sexo, hasta la zona que la volvía loca y en esta ocasión, no fue diferente. Tan pronto comenzó a acariciarle, suavemente al principio y con más insistencia al poco, notó que se iba aproximando la sensación que ya reconocía, esa que hacía que dijera e hiciera cosas que solo con él se atrevía, con el hombre que tenía bajo ella y la estaba amando con total abandono.

Ambos estaban a punto de explotar, lo sentía por el comienzo de las contracciones y los casi desesperados golpetazos de las caderas de su marido contra las suyas, uniéndose y separándose con violencia hasta que sintió ese inmenso placer recorrerle todo el cuerpo y el rugido que contra sus labios lanzó el grandullón. ¡Dios! Temblaban al unísono agotados y totalmente satisfechos, con él aun en su interior, moviéndose con suaves penetraciones, sin llenarla totalmente, hasta que cayó desplomada sobre él, totalmente agotada.

—Me has agotado, marido.

Sintió casi como si pudiera verla, la mueca satisfecha de su gruñón. El suave gorgojo que vibró en la masculina garganta acompasó el gesto y Mere besó la piel más cercana a sus labios.

—Agotada…

La suave palmada en el trasero fue la contestación que recibió

—…y satisfecha.

Ahora recibió un suave beso en el enmarañado cabello. Esperó un segundo y alzó la cabeza para mirar directamente esos ojos relucientes y la ladeó con curiosidad.

Su marido, ¡se sonrojó!, cerró los ojos dejando escapar un tranquilo suspiro y acomodó a Mere contra su cuerpo, relajando el suyo totalmente, envolviéndola con uno de sus brazos.

—Durmamos, amor. Mañana tienes mucho que explicar y necesitas estar despejada y fresca.

Mere asintió y se dejó colocar al gusto del grandullón. Lentamente fue cayendo en un profundo sueño, pero no antes de escuchar brotar de labios de su esposo un *plenamente amado*. Con eso le valía.

VI

En el acogedor comedor parecía estar celebrándose una competición de engullir, e incluso Rosie insinuó, de pasada, que la despensa iba a quedar vacía al ritmo en que invitados y habitantes de la casa devoraban los suculentos panecillos y bollería elaborada para acompañar el desayuno. Tras idas y venidas, revoloteos por la mansión y alguna que otra pérdida por los desconocidos pasillos, habían logrado reunirse en el comedor sin incidentes de consideración, a fin de dar cuenta del sabroso desayuno y reponer fuerzas para sobrellevar lo que vendría después.

El cuadro que presentaban era cuestión aparte. Julia seguía con el rojo pelo todo enmarañado, pese a la intensa sesión de cepillado, y los ojos hinchados, tremendamente inflados, hasta el punto de apreciarse unas diminutas rendijillas en medio de los mofletes. Jules había amanecido de todos los colores habituales propios de las diferentes fases en la corta vida de un moratón, y Jared seguía refunfuñando con los ojos inyectados en sangre, según él por falta de sueño, mientras lanzaba elocuentes miradas en dirección a John, quien, por supuesto, lo ignoraba para su inmenso fastidio. Pese a ello la actitud más sorprendente era la que mostraba la abuela, afanándose en organizar y agenciar papeles y plumas para los presentes, y tinta, mucha tinta. ¡Y no había zampado ni una minúscula delicia de las expuestas al alcance de la mano!

Mere la observaba acumular tinteros y tinteros para, a continuación, disponerlos con cautela en medio de la mesa. ¿Para qué tantos? Ni que fueran a bebérselos. Los demás también observaban con curiosidad sus movimientos, pero solía resultar más efectivo y menos cansino dejar a la abuela hacer a su antojo.

Únicamente faltaba que llegaran los Norris y los Brandon y estarían al completo.

Quedaban un par de panecillos encima de mesa cuando el rollizo mayordomo anunció la llegada de los cuatro hombres, y para variar, sus voces discutiendo se escuchaban sin excesiva dificultad desde el interior de la habitación.

—Póntelo.

—¡Que no!

—No puedes andar por ahí con esas marcas, demonios —refunfuñó Peter al tiempo que cruzaba el umbral de la puerta tras Rob, extendiendo en su dirección un pañuelo color mugre.

—Vaya si puedo, no pienso ponerme esa cosa al cuello, parezco un, un… —Rob no parecía encontrar la palabra indicada mientras daba manotazos al pañuelo que colgaba a su lado—. Si entro en comisaría con eso puesto al cuello se van a carcajear todos, si tuviera algo de color, quizá, tan solo *quizá,* me lo pensaría.

—¡Por todos los infiernos! —Peter comenzó a girar alrededor de Doyle intentando alcanzar al terco número uno de la casa, según decía entre gruñidos— yo me lo pondría si fuera necesario.

—Claro, tú te pones cosas que jamás vestiría yo…

—¡Eres una mona presumida!

Rob frunció el entrecejo y paró de golpe chocando casi contra el hombre que le perseguía.

—¿Y eso qué significa?

—Pues, eso.

—Repítelo si te atreves.

—Mona presumida —el reto que se apreciaba en la frase mientras lo decía con total sorna, parecía a punto de sacar de sus casillas al hijo de Norris, por el exceso de color que se había agolpado en su rostro.

En esta ocasión fue Norris padre quien se situó en medio de ambos, en cuanto Peter hizo ademán de acercarse e ir a anudar el pañuelo en el cuello de su hijo. De un tirón se lo arrancó de las manos, mientras Peter protestaba y Rob ¿le sacaba la lengua? al enfurruñado moreno, a espaldas de su padre.

Eran una verdadera distracción y su comportamiento hacía que su presencia fuera de lo más entretenida. Por un rato lograron que las penas desaparecieran y una sonrisa cubriera los labios de todos.

Pero apenas duró el respiro. Mere inspiró profundamente e intentó tranquilizar los nervios, había llegado el momento de ponerse serios. Pese al cansancio evidente reflejado en el semblante de todos, y las variadas y diversas heridas que mostraban, tocaba reunir toda la información recabada hasta el momento y rememorar lo ocurrido aunque ello le hiciera retomar emociones y sensaciones que deseaba olvidar por encima de todo.

Se sentaron todos alrededor alternándose hombres y mujeres como si los primeros sintieran la necesidad innata de protegerlas incluso en un ambiente seguro. Se miraron hasta que John tomó la palabra.

—Mere ya me ha contado con detalle lo que ocurrió —apretó los puños en un impulso imposible de controlar—. También lo que consiguió sonsacar mientras estuvo…

Con placidez Mere situó su mano sobre el puño cerrado logrando que su marido se girara hacia ella, momento que aprovechó para sonreírle.

—Cariño, no pasa nada. Estoy tranquila y segura y por nada del mundo permitiré que lo que hizo ese hombre me rompa. No lo conseguirá.

No se escuchaba ni un tenue sonido en el salón salvo el de las respiraciones. Mere se giró con tranquilidad hacía su familia, hacia sus amigos.

—Lo que me ocurrió me lo quedo para mí y mi marido —quedó callada un instante y prosiguió— el resto, me dejó asombrada. Conocíamos, no, intuíamos muy poco de lo que está ocurriendo. El animal que me mantuvo retenida lo narró porque jamás creyó que fuera a escapar, y menos aun, que le fuera a sobrevivir, y lo cierto es que no puedo deciros la razón de ello. Simplemente habló como si lo necesitara. No sé…

—Prosigue, Mere —la serenidad suficiente para animarla surgió para su sorpresa de su imprevisible hermano.

—Ya sabíamos lo de los hospicios. En ellos compran a los niños e hizo referencia concreta a los de Santa Clara en Bath y Santa Eulalia en Londres. No podría deciros pero algo cruzó mi mente, un pensamiento fugaz, cuando mencionó ese dato y hoy, tras levantarnos, he intentado recordar.

Todos la miraban expectantes.

—Las anotaciones de Worthington.

Se miraron esperando que cualquiera de ellos anunciara que alcanzaba a comprender la relación de lo dicho con lo anterior o que sacara la agenda de la manga y la situara en medio, al alcance de todos.

Nadie lo hizo.

—¿Dónde está la agenda?

—¡Maldición! —gruñó Peter— en mi abrigo.

Faltó tiempo para que Rob metiera baza.

—¿En cuál de ellos? ¿En el negro o en el otro negro? No espera, en el otro que tienes de color negro. Yo seré una mona presumida pero tú eres un soso merengoso, y para colmo, olvidadizo.

La patada dio en la espinilla del hombre situado en la mesa frente a él. La mirada que recibió en respuesta fue entre jocosa y aviesa.

—La necesitaremos —insistió Mere—. Algo de lo que dijo Anderson me trajo a la mente lo apuntado en ella. No sabría deciros hasta verla, pero hay algo…

—¿Recordáis lo que ponía?

—¿En la primera parte de los apuntes o en la segunda? —indagó Norris

—En la primera. Aparecían números al comienzo de cada anotación y después otra indicación —intentó hacer memoria, pero le costó—. Se me quedaron en la mente las dos primeras. Lo he estado pensando e intentando hilar con lo descubierto y creo que los números iniciales son fechas; lo siguiente creo que hace referencia a los hospicios de donde sacaban a los muchachos. No sé…

Repentinamente Peter se levantó de la mesa y en seguida, como un resorte, Rob. La mirada que recibió el segundo resultó elocuente.

—¿Qué haces?

—Acompañarte.

—¿A dónde?

—A tu casa, a por la agenda.

—¿Y cómo sabes que voy a hacer eso?

—Porque es lo que yo haría y te leo la mente —la sonrisa le llegaba de oreja a oreja.

La mueca en la cara del moreno traslucía una mezcla de exasperación, asombro y algo más indefinible. Optó por ladear la cabeza y dirigirse a los demás tras lanzar un más que perceptible suspiro.

—Apenas tardaremos, continuad con la reunión que ya nos pondremos al día en cuanto volvamos —mientras hablaba echó a andar adelantándose a su rubio amigo, mientras este le preguntaba si de verdad creía que era una mona presumida porque le gustara ir arreglado. La respuesta del hombre más alto no alcanzaron a oírla, pero sí la risilla que siguió y el *eres idiota* que recibió en contestación. Tras escuchar que la puerta principal se cerraba, la abuela no se anduvo con reparos.

—Sigue, cariño.

—Compran en los hospicios a muchachos de ambos sexos, aunque vino a insinuar que daban preferencia al masculino. La gran mayoría trabaja en lo que se espera de ellos, como mano de obra, pero a unos pocos se los separa del resto. No dijo a donde los llevaban, pero sí lo que hacían con ellos.

—¿Qué?

—Los fuerzan a prostituirse.

—¿¡Qué!?

—¿¡Cómo!?

Las exclamaciones surgieron de inmediato e incluso alguno sacudió la cabeza como si creyera tener los oídos taponados.

—Lo que habéis oído. Anderson dijo que a ciertos muchachos con determinadas cualidades...

—¿Qué cualidades?

—No lo dijo, pero imagino que referidas a su aspecto. Muchachos resultones o guapos.

—Pero eso es enfermizo —la frase surgió de boca de Doyle.

Mere decidió soltar toda la información de un tirón. Bastante había tenido con asimilarlo como para tener que repetirlo hasta que entrara en las momentáneamente desconcertadas mentes que la rodeaban.

—Lo retienen y enseñan hasta que dependen plenamente de ellos. Supongo que si intentan huir, los matan. Para esos animales poco puede significar la vida de un muchacho o muchacha sin dinero, que proviene de un estrato social bajo, hijos de familias numerosas con demasiadas bocas que alimentar. Seguramente se aprovechan de ello. Si os acordáis, por lo poco que Worthington contó a Norris antes de que lo asesinaran, al parecer ningún muchacho había logrado escapar. Quizá los chantajean, no lo sé. Al final, de tanto tratar con el demonio, incluso quizá terminen por verlo como normal o puede que los gane la codicia.

—¿A qué te refieres?

—Los entrenan para dar placer y como víctimas seleccionan a mujeres de mediana edad. Por lo que comentó Anderson se centran en mujeres a las que sus maridos ignoran, necesitadas de atención, y, quién sabe, también de cariño. El medio por el que logran que se conozcan no lo mencionó, así que tendremos que descubrirlo.

—Dios santo. Esto es...

—Una salvajada. Lo sé. Mientras lo escuchaba de boca de Anderson me sentí enfadada, no sé, furiosa. Lo decía como si fuera un pasatiempo cuyo fin último era lograr una inmensa fuente de ingresos, como si fuera la mejor idea del mundo. Los miraba y veía a un animal, no a una persona. No sé..., no puedo explicarlo. Simplemente no puedo.

—¿Por qué dices fuente de ingresos? —la pregunta vino del otro lado de la mesa, de la amoratada Jules.

Mere exhaló aire y de nuevo aspiró. Iba a necesitar una buena bocanada para continuar.

—Porque eso es lo que logran, obtener dinero. Anderson reconoció que había obtenido una fortuna.

—¿Cómo?

—Los muchachos roban.

—¿Dónde?

El asombro estaba instalado en el semblante de todos salvo en el de su marido, aunque el que había mostrado hacía unas horas, cuando le adelantó la información, se asemejaba bastante.

—De lo simple que resulta es hasta sorprendente. Localizan a mujeres adineradas, casadas siempre, cuyos maridos las ignoran por el motivo que sea: no las quieren, desean a otras personas, tienen amantes, es un matrimonio impuesto o concertado…, hay cientos para elegir; me refiero a los motivos. Supongo que también habrá demasiadas mujeres en tal situación. Imaginad —el movimiento de sus manos exteriorizó su desazón— una mujer desgraciada, insatisfecha con la vida que lleva, que de repente se ve sorprendida por las atenciones de un hermoso joven. Se hace ilusiones, al fin alguien que parece apreciarla, quererla. Finalmente cae en la red y se convierten en amantes —hizo una pausa— su marido desconoce lo que ocurre.

La expresión de la abuela indicaba a las claras que sabía lo que iba a narrar a continuación.

—La relación se asienta hasta que la mujer comienza a sospechar o descubrir que le faltan joyas, piezas de valor de la casa o dinero. Lo que dio inicio como una maravillosa aventura, llena de pasión y diversión, se convierte en su peor pesadilla. Se encuentra en una situación sin salida. Sola, rabiosa y avergonzada. El hombre que creía que la amaba o deseaba había planeado todo para robarle y ella no puede hacer absolutamente nada, salvo que quiera originar un escándalo impensable, por ella, por su marido, por su familia, por todo. Caería en la más absoluta deshonra y su marido la repudiaría.

Las mujeres que rodeaban a Mere apenas respiraban como si se estuvieran poniendo en la piel de esas desgraciadas.

—Debemos pararlo de alguna manera.

—¿Mencionó Anderson a cuántas mujeres habían destrozado?

—No, pero dijo que habían ganado una fortuna.

—¡Por Dios!

Mere entendía las expresiones y juramentos que lanzaban. A ella le entraban ganas de gritar y jurar cada vez que pensaba en esas mujeres y en esos muchachos, porque también ellos eran víctimas. Víctimas de un grupo de canallas sin escrúpulos.

—Mientras Anderson me relataba todo estaba tan aterrada que me resultaba imposible pensar. Solo me centraba en intentar entretenerle hasta que llegarais pero cuando me rescataron no pude evitar que mi mente comenzara a pensar y pensar, creo que hasta he conseguido dibujar en mi mente un pequeño esbozo. ¿Recordáis lo que comentó Rob de que Anderson le mandó vigilar una serie de casas de gente adinerada propiedad de banqueros? ¿Y si fueran los domicilios de las próximas víctimas ya seleccionadas?

John tomó la palabra.

—¿Recuerdas lo que aparecía en la agenda de Cecil?

—Números, al principio de cada anotación; y por la forma, yo me inclinaría a pensar en fechas concretas. Después, nombres. Lo he pensado detenidamente y creo que estos pueden hacer referencia a las familias a las que pertenecen esas mujeres. Mujeres atrapadas en ese horror que puede que estén siendo chantajeadas.

La expresión de todos mostraba repugnancia y la de la abuela, también compasión y dolor.

—Aparecía una segunda secuencia de datos que comenzaba con las mismas numeraciones que las de la primera parte. Si los números fueran fechas, y los nombres, los de esas mujeres, quizá consigamos relacionarlas con algún robo que haya sido denunciado, no por ellas, porque no lo harían para evitar el escándalo, sino por algún otro miembro de la familia que ignore que el robo ha ocurrido desde dentro sin que esas mujeres pudieran impedirlo.

—También se incluían cantidades en libras —añadió Jules.

La abuela decidió participar.

—Puede que fuera lo que obtenían en dinero en efectivo o el valor que Wothington calculó que obtuvieron de las casas…

Mere decidió que era el momento de facilitar el resto de información.

—También descubrí algo más.

Todos se callaron.

—Sé que fue arriesgado —lanzó una mirada de soslayo y, en cierto modo, pidiendo perdón a su marido por el riesgo asumido— pero pregunté a Anderson quién elegía a los muchachos. En un primer momento reaccionó de forma extraña, es difícil de explicar, dudó, pero finalmente lo dijo.

Parecía que nadie iba a preguntar, como si temieran escuchar la respuesta, y Mere tampoco podía esperar.

—Mencionó a Saxton y a ella.

—¿Al duque?

—Eso pensé yo, y antes de controlarme creo que mostré desconfianza. Es difícil intentar repetir la conversación palabra por palabra. No me lo pidáis, ya que no podría salvo, quizá, la respuesta que me dio. Dijo que no hablaba del Saxton en el que yo pensaba, en referencia al actual duque, sino de otro Saxton que no es mayor, aunque sí respetado. Lo que más me chocó fue lo que dijo a continuación, que la mejor forma de definirlo era como una persona a la que se teme. Lo recalcó. La palabra que empleó fue *temido*.

Norris avanzó en voz alta lo que todos pensaban.

—¿Temido? Solo nos quedan dos posibilidades. Laurence, el hijo mayor del duque, o Martin, el hijo menor.

—Quien está casado con la babosa, no lo olvidemos.

—¿Con quién? —preguntó John.

—La babosa, ya sabes.

John frunció el ceño e intentó descubrir a quién se refería el torbellino.

—Ni idea.

—Vaaale, me refiero a Selena Saxton, la reina de las fiestas, con su hermosa y ondeante melena rubia, ojos azules, alta, cuerpo perfecto, estatua grecorromana... ¿Nada?

—No.

Mere sonrió.

—Cariño, eres extraño. Los hombres dejan regueros de babas a su paso.

—Sigo sin tener ni idea.

—Me llamó rana inflada.

El pasmo se instaló en la cara de su grandullón. Su marido de nuevo lucía esa rara mirada como si ante él tuviera un hallazgo extraño con ocultos recovecos en los que esperara encontrar tesoros asombrosos. Le encantaba esa mirada algo extraviada.

—¿Por qué?

—Iba vestida de verde porque los restantes vestidos se me habían quedado algo, ejem…, justos.

Su marido sonrío.

—Entonces, ¿no la apreciamos ni un poquito? ¿no?

—No

—Vale —el hermoso rostro se iluminó— ¿no será a ella a quien te referías cuando me lo has contado todo por la mañana, no?

—Sí, cariño, la *melenas*.

—Ajá.

Mere casi palpaba las oleadas de impaciencia que emanaban de los demás porque estaban ansiosos por descifrar de qué hablaban en clave matrimonial.

John, al igual que ella, debió percibir lo mismo, por lo que decidió aludir al breve encuentro con los Saxton en su mansión, durante la dichosa fiesta a la que fueron invitados.

—Nos reunimos con el duque y el hermano mayor, pero no llegamos a conocer al menor. Con Laurence Saxton ya había coincidido cuando nos encontramos con ocasión de la propuesta de negocios que me hicieron. Al menor no le conozco.

A John se le ocurrió de repente algo.

—Me decanto por el hijo menor como el hombre al que se refería Anderson y si así fuera, estaríamos ante la persona responsable de idear, llevar adelante el plan y sostener la organización a la que nos enfrentamos.

—¿Por qué lo dices tan seguro? —indagó Doyle.

John vaciló, hizo una pausa y se orientó levemente en el asiento que ocupaba en dirección a Doyle.

—Creemos que a Peter lo secuestraron hombres dirigidos por la persona que está al frente de la organización para evitar que siguiera preguntando. Molestaba y lo quitaron de en medio. Lo retuvieron el tiempo suficiente como para que identificara al hombre que dio la orden, al menos por el olfato —titubeó como si seleccionara con cuidado las palabras—. En la fiesta de los Saxton nos reunimos con el viejo duque y su hijo mayor —las siguientes palabras las pronunció con la mirada fija en el mayor de los Brandon—. Estuvimos lo suficientemente cerca, sin que en el despacho le distrajeran la mezcla de colonias o perfumes que flotaban en el resto de la casa, como para que lo llegara a reconocerlo y no fue así. No los asoció a sus recuerdos, por lo que el único hombre que queda es Martin Saxton —su rostro parecía petrificado—. ¿Y si lo que parecía a simple vista no fuera tal? Lo lógico es pensar en el duque, que es el dueño, y por tanto, el que manda, y quiere evitar ser descubierto, pero, ¿y si fuera su hijo el que se ha aprovechado de la fortuna y las empresas de su padre para medrar y montar un más que turbio negocio a sus expensas? Cuadraría a la perfección. Puede que el padre ignore lo que está ocurriendo bajo sus propias narices…

Volvió la mirada en dirección a su pequeña mujer.

—Mere también preguntó al cabronazo de Anderson si con *ella* se refería a Selena Saxton. No lo confirmó, pero la describió con cierto detalle. Habló de una hermosa cabellera dorada y por la locuaz, por no decir otra cosa, descripción que Mere me dio esta mañana, unida a la información que nos ha ofrecido ahora mismo, tenía que referirse a ella. Añadamos que son matrimonio y el círculo se cierra. Tendríamos a las dos cabezas pensantes.

—También me avisó acerca de ella, como alguien con quien mejor no cruzarse. La describió como fría y cruel. Ninguna de nosotras la conoce hasta tal punto pero podemos acercarnos lo suficiente, incluso tenemos una excusa… —todas sabían a qué se refería —con la sesión de ocultismo.

Los hombres enarcaron sus cejas.

—Ya os lo contaremos con más detalle, pero tenemos la posibilidad de aproximarnos a ella.

Norris se levantó, estiró levemente sus agarrotados músculos e inició un suave paseo alrededor de la amplia mesa provocando que todos se giraran conforme pasaba junto a ellos.

—De acuerdo. Tenemos lo siguiente: compran muchachos en los hospicios, los retienen y entrenan para lograr acceder a casas adineradas a través de las damas que las habitan. Para cuando esas pobres mujeres llegan a darse cuenta del pozo en el que han caído, carecen de salida, salvo que quieran terminar repudiadas y arruinadas. Los jóvenes amantes se aprovechan de ellas y del acceso facilitado a sus mansiones para robar; y no creo que nos equivoquemos demasiado si estimamos en una fortuna los ingresos que hayan podido obtener. Tenemos la información facilitada por el capataz…

—El más probable candidato a ser el cabecilla de la maldita trama es Martin Saxton, si nos atenemos a lo indicado por John; y, desde luego, tiene lógica lo que ha dicho, ya que si fuera el hermano mayor Peter lo habría reconocido al instante —continuó la abuela. Coordinados como siempre—. Finalmente, esto último debemos enlazarlo con lo que Anderson avanzó sobre Saxton y *su mujer*. La describió centrándose en su dorada cabellera. Todas la conocemos y coincide con la descripción —la abuela observó al resto de las mujeres presentes y todas confirmaron lo dicho por Mere.

Norris quedó pensativo.

—El maldito problema es probarlo todo. Carecemos de la más mínima evidencia. Disponemos de datos y elucubraciones. Una agenda con garabatos que hemos hilado en nuestras mentes y suposiciones. No disponemos ni de testigos, ya que están todos muertos, sobre todo Cecil y el antiguo capataz de la fábrica, ni la identidad confirmada de alguna de las víctimas, cualesquiera que sean esas desdichadas mujeres o los muchachos secuestrados.

—Al menos tenemos aquello de lo que carecíamos hace una semana —continuó la abuela— información sobre la que investigar. Tan pronto traigan la libreta cotejaremos los datos para ver si concuerdan con lo que Mere ha recordado.

A esta se le iluminó la mente.

—Y tenemos a Rob. Con la poca información de la que disponemos podrá investigar con los recursos de Scotland Yard.

—Pero no podrá…

—Ya sé que están muy limitados en personal y medios, pero podrá abrir puertas que a nosotros nos es imposible. Si los nombres que aparecen en la libreta son los de las familias a las que pertenecen esas mujeres, tenemos un punto de partida. Y quizá se haya denunciado algún robo en esas casas.

—El problema es cómo orientar la investigación. Si es oficial, será difícil ocultar lo ocurrido a esas mujeres y terminaran por sufrir lo que han intentado evitar, el ostracismo. No desearía tener eso sobre mi conciencia.

—Yo tampoco —la rotunda frase emanó de Julia, y Jules asintió con la cabeza.

Norris posó su mirada en cada uno de los asistentes a la reunión.

—En eso estamos todos de acuerdo —esperó que nadie le contrariara—. Finalmente se me ocurre otro pequeño problema. Desconocemos dónde esconden a los muchachos cuando los trasladan desde los hospicios. Tiene que ser un lugar lo suficientemente discreto como para que no llame la atención el continuo movimiento de gente; un lugar alejado o bien camuflado de alguna forma. Uno de los hombres de Rob ya terminó herido, por lo que es de prever que vigilan la zona constantemente. Quizá la única manera de entrar y tener acceso a los chicos sea infiltrando a alguien. No sé, deberemos planearlo con mucho detenimiento.

—Nosotros pondremos todos nuestros recursos a disposición de la investigación

—aprovechó para lanzar Doyle. Su gesto era de preocupación—. No estoy seguro de si mencionarlo, ya que por ahora no pasa de ser una conjetura, pero si fuera cierto y confirmáramos que los animales que idearon todo esto y retuvieron a mi hermano son Martin Saxton y su mujer, no me creo capaz de parar a mi hermano. No creo, ni tan siquiera, *querer* parar a mi hermano.

Todos le observaron detenidamente. Las mujeres con algo de sorpresa ya que desconocían el alcance del odio que sentía el menor de los Brandon por quienes lo retuvieron, y por extensión el hermano que los miraba con esos impresionantes iris casi transparentes.

¿Cómo decir que esperara, que aguantara, a un hombre que tenía al alcance de la mano la venganza que había esperado obtener durante tanto tiempo?

Mere dudaba que alguien lo llegara a intentar. Ella, desde luego, no iba a ser quien lo hiciera. Esas personas estaban enfermas y dañaban a los demás por su propia ambición. No merecían piedad. Lo que sí merecían era tener a sus espaldas el tipo de depredador que Mere intuía en Peter Brandon. Letal.

Doyle continuó expresando lo que en su interior le obsesionaba.

—No quiero pedir a mi hermano que no haga lo que lleva esperando tanto tiempo y aunque lo aceptara por sí mismo, no ocurrirá. Por Rob. Es sencillo. Matará a quien sea necesario para protegerle y nadie, absolutamente nadie, será capaz de pararle, ni tan siquiera yo.

VII

Les estaba costando Dios y ayuda llegar a la mansión, para desesperación de Peter. Y, desde luego, lo conocía demasiado como para parlotear cuando el ogro estaba en pleno estado de efervescencia protestona. Sonrió levemente recibiendo del hombre sentado en el asiento de enfrente una mirada torcida y hasta habría jurado que a punto había estado de lanzarle una ¿patada?

Las calles principales por las que trataban de circular sin resultado palpable, estaban abarrotadas, en pleno trasiego comercial mañanero, y para colmo, no excesivamente lejos de su destino, había volcado un carro repleto de semillas ocasionando incluso mayor desconcierto en la calle.

—Bajemos, Rob.

Tras descender con agilidad, Peter ordenó al cochero que los esperara a unas calles de distancia, entre dos vías algo menos transitadas, y tomaron rumbo a la mansión.

—¿Qué te ocurre? —aquello que se negaba a contar estaba asentado en la mente de su amigo. O conseguía que lo soltara de una puñetera vez o iba a perder los nervios en cualquier momento. ¡Él! Un hombre de lo más paciente y complaciente. ¡Ja! Hasta rimaba.

La contestación de Peter fue apretar el paso dificultando su avance y decidir atajar por una de las poco recomendables callejas de las que continuamente se hablaba en el Yard. ¡Mierda! Se iban a meter en líos. Su olfato rara vez fallaba en ese sentido.

Pasaron junto a dos mujeres que parecían payasos por el exceso de pintura acumulada en la cara, quienes, en cuanto Peter pasó junto a ellas, comenzaron a insinuársele, casi con desesperación. ¡Por favor! Tampoco es que fuera tan guapo… Incluso le ofrecieron sus servicios ¡gratis! ¡Varias veces!

A él nunca le pasaban cosas semejantes. Por el contrario, le ocurrían cosas como las que surgieron por ambos lados del lugar en el que se había detenido brevemente debido al espectáculo ofrecido por esas lagartas. Cuatro hombres se le aproximaron mientras Peter se iba adelantando sin darse cuenta de lo que ocurría a sus espaldas.

Maldita sea, tres de ellos eran grandes, más que él, aunque no llegaban al tamaño de Peter, y ¡diablos! tenía graves problemas. Uno rondaría su misma edad y los restantes le sobrepasarían en diez años por lo menos. El más joven tenía el aspecto de un insufrible dandy.

No le gustaba nada, pero nada, la forma en que este último, y al parecer cabecilla del condenado grupito, le recorría con la mirada. Lo hacía igual que esas mujeres habían devorado con la vista la altísima, bien formada, figura de Peter.

—Hola, amigo, ¿por qué no te vienes a jugar conmigo un ratito? Nos podríamos divertir y te enseñaría un par de cosas…

Dos se le habían colocado justo delante impidiendo que viera dónde estaba Peter, y los otros dos a su lado; aunque bastante tenía con concentrarse en el problema surgido. Además, él se las apañaba estupendamente por sí solo.

—¿No me has oído, guapito?

Le estaba poniendo de los nervios el imbécil ese.

—Te he oído y no me interesa —Rob se tensó—. Ahora, dejadme pasar.

Dio un paso hacia el hueco que quedaba entre ellos, pero se lo cerraron de golpe.

—¿Acaso no te gusto lo suficiente?

—Tú lo has dicho.

—Vaya, vaya, así que te gusta duro ¿eh? —la mirada fija en sus labios le estaba poniendo de los nervios— mejor para mí.

—Os lo digo por última vez. No me va lo que propones, así que dejadme pasar y nos evitaremos todos una situación desagradable.

—¿Y si te dijera que me importa poco lo qué digas y que te vas a venir conmigo quieras o no?

Rob se tensionó aun más. ¡Dios! se había dejado las armas en casa de John. Era idiota de baba y la bronca de Peter sería monumental, por decirlo suavemente.

El tipejo que hablaba se le acercó dos pasos invadiendo su espacio con lo que no tuvo más remedio que recular hasta que chocó contra un monumental y duro pecho. ¿Había un quinto al que no había visto? ¡Mierda! Esta sí que parecía enorme.

—Te diría que estás muerto si intentas ponerle un simple dedo encima.

La tensión se aflojó algo, solo un poco. La pared a su espalda era Peter.

Los cuatro energúmenos fruncieron el ceño.

—No te metas en esto, amigo. Es entre nosotros y el guapito. Nadie te ha dado vela en este entierro o ¿acaso el muchacho es tuyo?

Mientras hablaban Peter se había colocado entre él y esos imbéciles y ello en cierta extraña forma lo enfureció. No era un tonto insensato que necesitara de un guardaespaldas, maldición. Era un hombre adulto con años de trabajo en el cuerpo de policía a sus espaldas como para saber manejarse en situaciones como esta. Lo único que reconocía, como mucho, era que el gafe solía ser su compañero de andanzas.

—Tú lo has dicho. Es mío.

Pero, ¿de qué demonios hablaban?

—Yo no soy de nadie, idiotas.

¡Le ignoraban sin quitarle la vista de encima!

—Pues ya puedes irte olvidando de él. Tenemos un encargo que nos va a reportar mucha pasta, amigo, así que apártate de nuestro camino y nos lo llevaremos sin armar jaleo.

La voz de Peter surgió plana. ¡Dios santo! Peter estaba enfurecido y en ese estado era tremendamente peligroso. Estos imbéciles no sabían lo que se estaban jugando. Además, había dicho algo sobre ¿un encargo? ¡Qué demonios!

—A ver, *amigos*, no soy de nadie y desde luego no pienso irme con quien no quiera, al menos voluntariamente.

El jefe del pequeño grupo lo miró lentamente desde la cabeza a la punta de los pies, y, de nuevo, posó los ojos en sus labios más tiempo del necesario. Rob apreció por el rabillo del ojo cómo Peter cerraba los puños y se posicionaba para embestir.

—¿Por qué no callas y dejas esa boquita para el uso que tenemos pensado darle más tarde, guapo?

Los colores le subieron por todas partes como hacía años que no le ocurría. Levantó el puño con toda la intención de partir la cara a ese cabrón, pero encontró aire. El tipejo estaba tirado en el suelo inconsciente y con la cara cubierta de sangre, como un saco de patatas.

Otro de los atacantes intentaba lanzar torpes golpes en dirección a Peter pero este los esquivaba con una facilidad desconcertante. Su cuerpo era un movimiento fluido. Armonioso y letal. Hermoso.

Las otras dos sabandijas no esperaron a que su amigo los destrozara. Huyeron como si los persiguiera una horda de hunos enfurecida. Para cuando Rob se dio cuenta sendos hombres estaban tendidos en el suelo, sin conocimiento, y Peter se ajustaba su ropa ligeramente arrugada.

Rob explotó.

—¡Podía haberme encargado yo solo!

La mirada que recibió terminó de rematar la faena y le enfureció del todo.

—¡Joder, Peter! Puedo valerme por mí mismo ¿sabes?

Su amigo nada dijo.

—¡Peter!

Apretaba los labios y seguía sin contestar.

Rob alzó bruscamente los brazos casi en señal de rendición, hasta que finalmente el más alto habló.

—No podemos permanecer aquí por si el jolgorio se ha oído en las calles adyacentes. Además, debemos llevarnos al listillo —Rob imaginó que se refería al de la lengua suelta.

—¿Para qué?

—Para sonsacarle, amigo. Ha dicho que ha recibido un encargo y evidentemente está relacionado contigo. Querían secuestrarte. El motivo, dudo que nos vaya a gustar por las cosas que insinuaba, pero tenemos que saber quién se lo ordenó y para qué te quieren. ¡Maldita sea! esto se nos está escapando de las manos. Quien sea, está lo suficientemente desesperado como para intentar secuestrar a un inspector de policía. No me gusta, Rob, no me gusta nada.

—Puede que esté relacionado con alguno de los casos que he investigado estos últimos años y no con en el que estamos metidos ahora.

Mientras las palabras fluían de su boca se dio cuenta de lo improbable que sonaba y no necesitó observar esa negra mirada para confirmar que su amigo pensaba lo mismo. El sarcasmo con que contestó Peter tampoco es que fuera necesario.

—Claro, Rob, un timador o un ladrón; no, aquel fullero al que el año pasado diste una segunda oportunidad, querrían tu dulce boca para follarte.

—¡No seas bestia!

—¡No! No seas tú inocente. ¿A qué coño crees que se referían? ¿A qué te iban a emplear de catador oficial? ¡Dios! No se te puede dejar solo. Hazme un favor y mueve el culo. Y por todos los santos, si puedes evitarlo y sin meterte en más líos de los necesarios, ve a avisar al cochero para que acerque el coche. En cuanto metamos al cabrón este en el carruaje, pasamos por casa, recojo la libreta y nos volvemos por el mismo camino. Al otro lo dejaremos tirado en el suelo como forma de advertencia, aunque imagino que sus amiguitos habrán salido disparados a dar el chivatazo del desastroso resultado del intento de secuestro.

Rob fue a hablar.

—¡Ni una palabra! y te voy a decir una cosa de una vez por todas. El día que me demuestres que puedes luchar como yo y que me venzas, o que puedes estar una semana sin meterte en los endemoniados líos de los que te suelo sacar, juro que haré caso de lo que me dices y te dejaré respirar. Mientras tanto, te aguantas. Y no solo por mí, sino también por la salud mental de Doyle y, sobre todo, por la de *tu bendito padre*.

Esto último le llegó al alma. Peter empleaba armas pesadas en la discusión ya que sabía de sobra que Rob haría cualquier cosa, cualquiera, por su padre. El condenado apostaba sobre seguro.

Las miradas, a cual más terca, se cruzaron, hasta que Rob, refunfuñando, se volteó y echó a correr en dirección a donde habían enviado al cochero. En el lugar no habían aparecido aun curiosos pero no tardarían en hacerlo. Con la punta del zapato Peter empujó el cuerpo del hombre que había logrado enfurecerle como pocas veces le había ocurrido.

¡Mierda! Iban a por Rob, e intuía quién lo había ordenado. Si supiera la identidad de ese pervertido, sería tan fácil, lo mataría con sus manos para borrar para siempre de su mente esos enfermizos planes para con su amigo. Su mejor amigo, porque eso es lo que era, ni más ni menos. Su amplio pecho le dolió por un brevísimo momento, pero lo ignoró. No podía hacer otra cosa.

VIII

Esperaba tener buenas noticias y si las acompañaba el regalo que deseaba por encima de todo…

No veía el momento de tenerle para él a solas. Ambos le obsesionaban, su juguete y la pequeña flor que comenzó a llamar su atención cuando la vio seguir a Abrahams entre callejas sucias y destrozadas, ajena a las depravadas miradas que recibía de aquellos con quienes se cruzaba.

Una verdadera pena que ella se hubiera casado, aunque eso no era obstáculo para él. Tampoco es que tuviera intención de casarse con ella. Con una risa cruel pensó que era demasiado…, inquieta para domarla como le gustaría. Además con las mujeres era diferente, no podía emplearse tan a fondo como con ellos, como tenía intención de hacer con su juguete.

Había dado la orden de que los separaran, que lo distanciaran de su sombra y que se lo trajeran como fuera, empleando los medios necesarios, pero que evitaran, en la medida de lo posible, marcarles. Eso solo le correspondía a él.

Seguía cansado. Tras la fiesta todo se había revuelto y habían resurgido necesidades que llevaban apagadas mucho tiempo, necesidades que su mujer no podía cubrir.

Un brusco salto del coche de caballos lo sacó de su ensimismamiento. Iba camino a la fábrica y comenzaba a marearse con el traqueteo del coche.

Algunos de los trabajadores estarían ocupando sus puestos, otros estarían cambiando el turno y esperaba que Anderson estuviera aguardando su llegada. Tenían que concretar los siguientes pasos a adoptar. Se estaban aproximando, si atendía a las cerradas curvas que acababa de tomar el carruaje, y apenas unos segundos más tarde avistó las verjas que daban acceso a la propiedad donde se ubicaba la fábrica. El guarda de día dejó paso libre al reconocer el carruaje del dueño de la empresa y siguieron por el camino adelantando a esporádicos trabajadores que se aproximaban, con andares cansinos, a la entrada del edificio.

Resguardándose del frío matutino descendió del coche y se extrañó de que el capataz no lo recibiera de inmediato. Cruzó la puerta que abrió otro uniformado guarda y caminó sin distracción por el largo pasillo hasta el fondo, hasta su lujoso despacho. Sus hombres de confianza lo siguieron.

Nadie le esperaba y eso le inquietó. Algo fallaba.

Se estaba desprendiendo del abrigo, la bufanda y el sombrero cuando unos suaves toques en la puerta le importunaron. Sería Anderson. Los golpes se repitieron y ello le extrañó aun más.

—Adelante.

A pesar del permiso nadie traspasó la puerta por lo que, tras un gesto suyo, uno de sus hombres la abrió.

Los personajes que entraron en la habitación eran la mano derecha del capataz, Gordon y su fornido hermano. Traían unas caras que vaticinaban malas noticias. Sin duda, algo iba rematadamente mal.

—¿Dónde está Anderson?

—No lo sabemos, jefe. Cuando volvimos de la tienda, ya no estaban en la zona oscura y habían volado tanto Anderson, como el rata y el pajarillo.

Por un momento disfrutó con la idea de colocar una bala entre ceja y ceja al miserable que le estaba mareando con su parloteo de animal, pero algo le dijo que entre toda esa maraña de balbuceantes palabras flotaba algo importante, que el sentido era otro totalmente diferente al que a primera vista parecía indicar.

—Despacio.

El asustado hombre tragó saliva.

—Eres Gordon, la mano derecha de Anderson —surgió en forma de afirmación, no de pregunta y los ojillos del hombre se abrieron a la par que su desdentada boca. Le temía y eso le gustaba.

—Ayer por la tarde Anderson nos envío a la tienda del librero para ponerla patas arriba. Estaba convencido de que el traidor había ido para algo más que para hablar con el viejo. Cuando llegamos nos llevamos la sorpresa del siglo… —se paró intentando sondear el humor del imprevisible hombre que le miraba con helados ojos azules, sin que le sirviera de nada, absolutamente de nada— aparecieron tres mujeres. Las mismas que habíamos estado vigilando.

¡Vaya! Parecía que al señor Saxton le agradaba lo que escuchaba, así que se animó.

Quizá saliera intacto de esta.

—La pequeñita rolliza, la grandota y la floja. Hubo algo de pelea y nos trajimos a la primera.

¡Pues vaya! El jefazo estaba reaccionando a lo que decía, había aparecido una mueca en el labio ¿cómo si sonriera? Dios, hasta su sonrisa ponía los pelos de punta.

—Tráemela.

Tragó saliva, la poca que tenía.

—Ese es el problema jefe, que nos mandó de nuevo a la tienda mientras él y el rata se quedaron esperando y al volver…, no estaban. Puf, esfumados.

La rapidez con la que se movió el cuerpo grande y musculoso no fue normal. Estaba a cinco pasos de distancia y de repente, lo tenía encima, agarrándole del cuello, apretando. Su hermano no movió un músculo, el cabrón. Temía demasiado al diablo, como lo conocían a sus espaldas.

—Repítelo.

¿Cómo? si le estaba ahogando, por favor, por favor. Recurrió a manotear el fortísimo brazo que agarraba su cuello. Manoteo y manoteo hasta que brillantes lucecitas comenzaron a aparecer ante sus ojos, por dentro, como si las viera desde el interior de su cabeza, hasta que la presión se aflojó y pudo respirar y toser.

—Creo que se los llevaron, jefe. La puerta está rota y creo que hay restos de sangre en el suelo.

La furia casi le nublaba la vista. La había tenido al alcance de la mano, pero por la codicia del capataz se le había escapado. Más valía que permaneciera fuera de su vista o no respondería de sí mismo.

—¿Qué más?

El inútil que le miraba con terror temblaba tanto que parecía a punto de desmayarse.

—Nada, jefe, lo juro. Llevamos esperando desde que llegamos y no ha aparecido Anderson y no sabemos qué hacer, jefe.

Poco le faltaba para matar al gusano, y lo disfrutaría, ¡vaya si lo haría! Al menos le entretendría hasta que llegaran noticias del asunto que ocupaba su mente esa mañana y que esperaba recibir en los próximos minutos.

—¡Señor Saxton!

¿Acaso no podían armar más escándalo? Estaba rodeado de incompetentes.

—¡Señor Saxton! —los gritos traspasaban la puerta— tres hombres, uno de ellos algo magullado, dicen que deben hablar con usted con urgencia, señor

Abrió la puerta con brusquedad y se topó con el encargado de la planta de tintados, quien dio un paso atrás al enfrentarse a sus ojos.

Respiró para amarrar sus instintos, los que le hacían matar, los que hacían que le *gustara* matar. Que le fascinara…

—¿Dónde están?

—En la zona de la maquinaria.

—Hágalos pasar.

—De inmediato, señor— le faltó tiempo para escapar como alma que lleva el diablo. No había funcionado.

En cuanto accedieron al despacho lo supo, por lo que decidió no gastar energías. Simplemente observó a los hombres que habían vuelto sin lo que quería con desesperación y se acercó al que mostraba señales de golpes en la cara. Sin gestos bruscos, ni aviso de tipo alguno, le hundió la nariz hasta el cerebro, de un golpe.

Cayó muerto sin hacer ni el más mínimo ruido, como a él le agradaba. Le molestaba sobremanera que suplicaran.

Se giró hacia los cuatro hombres que permanecían mudos y encogidos en la habitación e hizo un gesto a sus hombres, quienes se situaron detrás de los anteriores

—Me desagrada que no se cumpla lo que ordeno —se dirigió a los hombres que habían vuelto sin su juguete y aun permanecían con vida—. Hablad.

—Fue el hombre que le acompañaba, jefe. El enorme y moreno con la cicatriz, el que da miedo. Ese hombre no es normal. Ni le vimos moverse y para cuando nos dimos cuenta, había tumbado a Víctor —su mirada se ladeó hacia el hombre caído con la cara hundida y su rostro se llenó de una palidez enfermiza— y al señor Webster. Admito que huimos porque la forma en que acabó con los dos…, pero después volvimos jefe, lo juro, volvimos en seguida —se inclinaba hacia adelante como si su cuerpo presionara para que le creyera— pero solo quedaba Víctor. El señor Webster ya no estaba.

¡Maldición! No debió mandar a Webster con los demás. Sabía la curiosidad que le generaba el juguete por la forma en que escuchaba atentamente cuando hablaba de él, de las cosas que le gustaría hacer en cuanto lo tuviera a mano.

Ella se enfurecería. Se había quedado sin su actual diversión con la desaparición de Webster y no le agradaría para nada.

IX

No habían surgido otros problemas, aparte del paquete que llevaban en el carruaje, amarrado como una de esas salchichas que elaboraban los comerciantes alemanes afincados en la ciudad.

Justamente, durante el corto espacio de tiempo en el que Peter había entrado a la mansión, su prisionero había comenzado a recobrar el conocimiento y a revolverse como una sanguijuela. Gracias a que habían tenido la precaución de atarle en corto las manos, porque para cuando volvió al carruaje se encontró a los dos hombres en su interior en un estado, por no decir otra cosa, desconcertante.

Rob enfurecido hasta las trancas, rojo como un grullo, y el impresentable que llevaban a interrogar mostrando una mueca de satisfacción. Incluso, ¡le pilló lanzando un beso a su amigo!

—¿Qué coño pasa aquí? —bufó Peter mientras ascendía al coche, tras haber localizado y recogido la pequeña libreta de Worthington.

—Nada.

Se giró hacia el impresentable con una mueca desagradable, este no tardó en contestar.

—Estábamos hablando con tranquilidad ya que tu amigo comenzó a preguntar. Lo que ocurre es que aquí, el rubio es muy tímido y no le agradaron las respuestas. Si hubiera…

Las palabras se le quedaron trabadas en la garganta junto con la manaza que la apretó. Esos envenenados ojos que hasta hace un rato habían mirado con traviesa indulgencia al rubio, le llenaron de pavor. Con ese hombre no se jugaba.

Para cuando se dio cuenta le había amordazado con un horrible pañuelo, impidiéndole hablar, aunque lo cierto es que estando el brutal moreno delante no iba a seguir con sus juegos con el rubio. Daba miedo con esos ojos, esa siniestra cicatriz y esa perfecta figura, más incluso que el jefazo.

Pese al miedo no pudo dejar de pensar en el otro.

¡Joder! Entendía la obsesión de Saxton con el segundo. Tenía algo que hacía que desearas tenerlo en tu poder y hacerle cosas, cosas deliciosas. Rió para sus adentros. Quizá fueran esos ojos o esa boquita de piñón o ese bien formado cuerpo o la asombrosa aura de inocencia que exudaba el condenado.

Si no fuera por el enorme hombre situado junto a él ya habría intentado escapar.

Con el moreno delante no tenía posibilidad alguna. No, después de ver cómo luchaba, la mala baba que gastaba y lo extremadamente protector que era con el otro hombre.

—¿Qué te ha dicho? —lanzó el peligroso.

—Nada.

—Rob, ¿qué demonios te ha dicho?

—¡Nada, joder!

El moreno frunció el ceño.

—Más tarde hablaremos tú y yo, amigo.

El rubio seguía mirando por la ventanilla. Lo había dejado en shock con los pocos y selectos datos que le había regalado, detalles centrados en lo que Saxton quería hacerle. Su cara, la expresión de su cara no tenía precio.

Lo que tampoco tendría precio iba a ser la conversación al respecto entre ambos hombres y la pena era que se la iba a perder. Por ahora bastante tenía con aguantar lo que le echaran encima, porque si hablaba, el jefazo… Miró de reojo al hombre con la vista fija en el rubio. Le preocupaba y mucho ya que con otros sabía que podría resistir. Este era diferente.

X

Planeaban la forma más suave de informar a los dos hombres que faltaban acerca de la identidad de los cabecillas de la organización. Fue unánime la decisión de que la fuente de la información fuera Doyle y también de que si, como adelantó este, Peter se enfurecía y salía disparado como un exhalación en busca de Martin Saxton, le retendrían entre todos. Si resultaba necesario, iba a ser realmente dificultoso ya que Peter era un magnífico luchador nato.

Seguían debatiendo cuando las puertas se abrieron con un tremendo golpe y apareció la figura del hombre del que hablaban. Al principio Mere pensó que había ocurrido algo, que el hombre que cargaba al hombro era Rob y que le habían herido o algo peor. Su pecho se comprimió de la impresión y asió la mano de su John apretándola con fuerza hasta que vislumbró la rubia figura entrando tras los dos primeros. Respiró con algo más de tranquilidad.

Con tanto sobresalto, no sabía si iba a salir muy sana de todo esto.

John devolvió con suavidad el gesto y tras soltarse se acercó a Peter. Entre ambos colocaron la carga en una silla que Jared colocó en medio de la habitación. Todos se miraron con sorpresa.

—¿Peter? —Doyle se dirigía a ambos al indagar.

—Intentaron atacarnos y secuestrar a Rob —las exclamaciones y gruñidos ahí estaban de nuevo.

Más sobresaltos. Al menos esta vez su corazón no había saltado descontrolado.

—¿Quién? —lanzó Norris tras aproximarse a su hijo y mirarle a los ojos directamente.

—Imagino que Saxton —Peter no perdía de vista la reacción del cautivo al decir el nombre. Ahí estaba, la dilatación de las pupilas y la expresión de asombro que la mordaza no ocultó—. Confirmado. Fue Saxton, el hijo de puta —se adelantó hacia el impresionado hombre al que todos miraban y desde su tremenda altura le preguntó— ¿Por qué?

Este orientó la mirada hacia Rob e hizo un gesto en su dirección.

—¿Está relacionado con Rob?

Se encogió de hombros. Peter hizo ademán de ir a quitarle la mordaza, pero Rob, apoyando su mano en su antebrazo, no le dejó.

—No, primero convendría que nos pusieran al día de todo. Traemos la libreta. Hagamos lo que teníamos pensado. Después tendremos tiempo de interrogar a este…, a esta basura.

El asco que traslucía el sonido de su voz asombró a todos ya que no era hombre de guardara rencores u odios. Era Rob.

Algo había ocurrido desde que salieron de esta misma habitación por la mañana, pensó Mere, algo que había trastocado a ese hombre. Si así lo creía oportuno lo mejor era hacerle caso. Iba a hablar y a apuntar lo que pensaba cuando se le adelantó el grandullón.

—Estoy de acuerdo —miró a todos, recibiendo asentimientos en contestación, por lo que salió un momento del comedor y volvió con Williams—. Custodiad a este hombre hasta que os avise y tened cuidado, es… — Peter lo confirmó con el gesto que hizo a la muda pregunta de John— …peligroso. Dejadle la mordaza puesta y no atendáis a nada de lo que intente decir.

De inmediato Williams, con ayuda de otros dos hombres, desapareció de la vista arrastrando al hombre que lanzaba miradas de odio en todas direcciones.

—Sentaos.

De nuevo la alargada mesa se llenó. Peter alcanzó la libreta y la abrió en la página que marcaba la primera anotación.

"03—03—65—CL en B— 05 tot(3vy2h)/ 2—R/1—otros
:Lancaster, Hamstead/Matthews"

Mere se lanzó de cabeza.

—Es lo que os dije. Creo que el primer grupo hace referencia a una fecha, tres de marzo del año sesenta y cinco, y justamente detrás es lo que recordé fugazmente mientras hablaba con Anderson. CL en B. ¿Y si se trata de Santa Clara en Bath?

—De acuerdo, imaginemos que es así. ¿Y lo demás? —preguntó Jared.

—No lo sé.

—Sigamos el criterio asentado antes. Tenemos la primera fecha y podríamos indagar si en esa fecha compraron muchachos en el hospicio.

—No os olvidéis de la segunda parte —Jules cogió la manoseada agenda y leyó en voz alta— "03—03—65—986 libras, Lancaster (marfiles y plata), Hamstead (cadenas y plata—diez por ciento)". Si se han denunciado robos en esas casas, los objetos denunciados como tal puede que coincidan con lo que escribió Cecil Worthington.

Hasta ese momento Rob y Peter se limitaban a escuchar.

—Eso lo podrían hacer mis agentes, pero antes os agradeceríamos un breve resumen de lo que nos hemos perdido.

Tardaron lo necesario para explicarlo con detalle y la reacción de los dos hombres acorde con sus temperamentos, no se hizo esperar. Rob juró y lanzó maldiciones. Peter calló como un muerto, sus ojos turbulentos.

Doyle no le quitaba la vista de encima.

Les narraron todo salvo la última parte, la de la identidad de los cabecillas. Lo dejaban para el final, para cuando estuvieran preparados, plenamente preparados para intentar parar al menor de los Brandon.

—¡Dios! Es una locura, una completa locura.

—Sí, y por eso debemos pararles con pruebas sólidas.

—De acuerdo, mañana mismo hablaré con mi superior para que me asigne más personal. Si los nombres que aparecen en el apunte son de las familias en las que se infiltraron, tendremos que interrogarles —se le ocurrió algo— ¿Alguien tiene relación con ellas o algún conocido?

—Yo —la respuesta surgió de la abuela— Marietta Lancaster es una buena amiga.

—¿Te ves capaz de acudir a su casa y hablar con ella? —preguntó con suavidad Norris.

—Sí. Tiene mi edad, pero sus dos hijas coinciden con el tipo de mujeres que podrían ser las perfectas víctimas. Espero que no, que no sea el caso, pero sí, lo haré.

—Bien —continuó Norris. Se dirigió a Rob— hijo, deberéis investigar lo que ocurre en los hospicios y las familias que aparecen anotadas. Propongo que nos centremos en la primera anotación, los Lancaster, los Hamstead y la familia Matthews. Deberán ser familias que reúnan los requisitos que hemos averiguado.

—También tendremos que interrogar al hombre que habéis capturado.

—Lo haré yo —contestó Peter —me ayudará Rob.

—No.

La mirada que lanzó a este el más alto expresaba bien a las claras que algo quedaba pendiente entre ellos, pero los demás lo dejaron pasar, incluso Doyle. Si quería, ya le contaría su hermano lo que ocurría. No era el momento de presionar.

Había llegado lo que temían. Con un gesto suyo, Jared y John se situaron frente a la puerta y las mujeres se hicieron a un lado, con tranquilidad. Norris se colocó junto a su hijo apoyando una huesuda mano en su hombro.

Doyle se acercó a su hermano hasta que este quedó a su alcance. Con suavidad posó la palma de su mano derecha en su rostro y fijó su mirada en la interrogante de su hermano menor, en esos profundos pozos negros.

—¿Qué ocurre?

—Creemos saber quién es, Peter.

El cuerpo de su hermano sufrió una tremenda transformación, pero esos ojos permanecieron fijos en él.

Odiaba el dolor, el odio y la rabia que iban apareciendo en ellos.

La voz que salió de los llenos labios no parecía la de su hermano. Era irreconocible.

—Dilo.

Doyle buscaba las palabras, las malditas palabras.

—Dímelo, hermano.

Los ojos brillaban como si reflejaran fuego. El mayor de los Brandon habló.

******

Capítulo 13

La sorpresa fue mayúscula para todos. La furia estalló en la persona que jamás hubieran imaginado y quien hubo de retener, resultó ser quien en principio todos creyeron que iban a tener que parar a la fuerza. A todos los pilló desprevenidos la rabiosa explosión, salvo a Peter. Cuando consiguieron reaccionar, este tenía aprisionado contra la pared a su mejor amigo, y Rob peleaba como si le fuera la vida en ello, enfurecido.

El desconcierto cundía en la repentinamente sofocante habitación y todos revoloteaban alrededor de la maraña de piernas y brazos, intentando, en la medida de lo posible, evitar ser alcanzados por cualquiera de las móviles extremidades.

—¡Suéltame! —gritó Rob entre dientes, encolerizado. Apoyaba las palmas contra la pared e intentaba presionar, empujando en sentido opuesto, pero la fuerza que tenía a su espalda era demasiada. No lograba moverse ni una mísera pulgada a pesar de su rabia, esa rabia volcada y convertida en pura adrenalina. Con un rápido y brusco movimiento Peter colocó esas manos a la espalda y las mantuvo sujetas valiéndose de una de las suyas.

—¡Que me sueltes!

La única reacción fue una mayor contención contra la pared por parte de Peter. Con una de sus fuertes manos colocadas en la nuca del hombre de menor tamaño, la otra sin soltar sus manos y uno de los gruesos muslos entre los de Rob, este carecía de salida. No tenía forma de moverse y por la relajación gradual del rígido cuerpo, Mere se dio cuenta de que ya nada impedía que le soltaran. Se había rendido.

Nada salvo quizá Peter, quien mantenía su amplio pecho firme contra la espalda del hombre.

—¡Peter!

—¿Vas a estarte quieto y volver a tus cabales?

Con un brusco movimiento, intentando pillar por sorpresa al opresor, Rob trató de zafarse, pero Mere en seguida se dio cuenta de que no podría contra el terco amarre de

Peter. Por mucha fuerza que empleara, no podría.

Rob giró levemente el encendido rostro hasta que su mejilla izquierda quedó apoyada contra la fría pared.

—¿Yo? Tiene gracia ¿cómo puedes *tú* estar tan tranquilo? ¿Acaso no tienes sangre en las venas?

Eso molestó al menor de los Brandon, muchísimo. Mere lo notó por el refuerzo en la dura presión contra el cuerpo más menudo, la intrusión del muslo más profundamente entre las abiertas piernas de su amigo y la mueca de incomodidad que apareció en el rostro de este como consecuencia del fuerte apretón.

Ambos estaban furiosos, contra sí mismos, contra el otro, contra el mundo, contra los animales que torturaron a uno y con ello destrozaron el espíritu del otro.

Los hombres eran eso, bobos de baba.

Mere miró a ambos atentamente, sus empecinadas expresiones, la rigidez de sus sólidos cuerpos, la manera en que respondían el uno al otro, y sonrió. Observó a los demás, que expectantes esperaban a ver cómo se solucionaba la situación, sin intervenir, sabiendo que entre los dos hombres era mejor no inmiscuirse, y sonrió aun más. Suspiró.

Si alguien no intervenía y si la testaruda mueca de Rob era un indicio de sus intenciones, podían permanecer hasta la eternidad clavados contra la pared, así que Mere se acercó y posó la palma de su mano en la amplia e inflexible espalda del hombre demasiado concentrado en sujetar como para atender a lo que le rodeaba.

Se sobresaltó, apretando algo más, generando un débil sonido de protesta de la figura que Mere no podía visionar al taparle la visibilidad el inmenso corpachón.

—Joder, Peter, me haces daño.

Esa suave queja y el calor que desprendía la delicada mano en su espalda ocasionaron lo que quizá otros no hubieran logrado, que Peter soltara su firme agarre de golpe. Rob se giró con brusquedad, enfrentándose furioso a lo que fuera, a todos si fuera necesario, al maldito y traicionero mundo. Sentía tanta ira, tanta furia que le recorría el cuerpo. No entendía, no *podía* comprender la frialdad con la que su amigo había recibido las noticias. Los odiaba tanto como él o más, de una forma profunda y callada, tenaz.

Por eso y por tantas otras cosas, estaba enfadado; y, de acuerdo, lo reconocía, quizá había perdido algo los nervios. Pero, ¡joder!, y para colmo le había impedido hacer lo que le pedía el cuerpo...

—Eres un bruto, amigo.

—Y tú un alocado que piensa antes de actuar y por ello siempre, siempre te metes en líos.

—Eso no es cierto y lo sabes.

—¿Ah, sí?, porque lo dices tú.

De nuevo se iban aproximando como la llama a la flor, por reflejo. Rob permanecía con la espalda contra la pared, pero Peter avanzaba despacio, cauteloso, como un depredador. A Mere le recordó a esos felinos grandes que cazaban en la India, hermoso, sugerente y mortal. En cierto modo le recordaba tanto a su John, la parte esa oculta que solo a ella dejaba entrever...

Así no iban a ninguna parte, por lo que Mere, farfullando, se situó en medio de los dos y les sonrió con esa carita dulce que causaba estragos, al menos entre los hombres de su familia.

¡Vaya! También con los hombres *ajenos* a la familia.

Ohhh, le encantaba...

Sendos varones la miraban con sorpresa desde su tremenda altura, como si una impertinente personilla que apenas les llegaba al pecho se hubiera escurrido entre sus piernas, sin que se hubieran dado cuenta, para sorprenderles o ¿abroncarles?

Sus rostros mostraban recelo, un incomprensible recelo, en su opinión. Ni que fuera a atacarles aprovechando un descuido.

—Señores, ¿podríamos centrarnos?

Al parecer, y por la expresión de sus caras, ninguna mujer les había hablado así en su edad adulta, lo cual, en sí mismo, ya era bastante extraño. Pues ya era hora, que tenían trabajo que hacer y, mucho.

—Rob, si es Martín Saxton no podemos entrar en tromba en su mansión y estrangularle, como has anunciado a grito pelado. Necesitamos pruebas, sólidas pruebas, para incriminarles y no simples suposiciones que es de lo que disponemos hasta el momento. Nadie mejor que tú debería saber eso —hablaba atropelladamente, siempre le ocurría cuando se sabía observada—. Por eso tenemos un país con reglas, procedimientos y derechos que deben ser respetados, aunque en este caso entren ganas de pasarlos por alto y aplastar a esos gusanos babosos e inmundos —esto último quedó prácticamente en un susurro, pero lo suficientemente alto como para que le escucharan, causando una leve sonrisa en ambos.

Bueno, al menos había logrado rebajar la tirantez en el ambiente. A ver cuánto duraba. Con semejantes gallos de corral enjaulados todos juntos, sobre todo los dos que acababa de mangonear, en la medida de lo posible, claro.

II

Terminaron agotados de planear, hasta el punto de que nada más apoyar la cabeza en la almohada, a altas horas de la noche, cayeron rendidos sin ni siquiera recordar el momento en el que se durmieron profundamente. La maravillosa sensación de estar acurrucada, tendida de costado con su señor esposo ubicado a su espalda, pegado como una lapa desde el pecho hasta las pantorrillas, la envolvía. La gloria en verso.

La mañana amaneció con otro aspecto totalmente diferente, y según iba avanzando empeoraba a pasos agigantados. Por un lado el día había amanecido gris, nublado y tristón a más no poder. Por otro, su gran idea no estaba recibiendo, ni mucho menos, la aceptación esperada, y la cuadrada mandíbula de su marido lo demostraba a las claras. Como no aflojara o siguiera apretando a ese ritmo la blanca dentadura, se iba a romper una muela de las grandes de atrás.

Y para colmo la esperaba, plantado a los pies de la cama con los brazos cruzados, ¡a que le diera explicaciones!

Ni que se hubiera secuestrado o pegado a sí misma.

—¿No crees que es excesivo?

—No.

—Es que no sé qué quieres que te diga. Dímelo y lo haré.

—Dos días, Mere, llevo esperando *dos largos e interminables días* a que me des explicaciones de tu *insensata* e *idiota* conducta.

Iba a hablar pero su histérico marido atajó su intención de exponer su parecer.

—¡Casi te matan! Y *al parecer* ya se te ha pasado el puñetero susto. ¿Quieres noticias frescas? A mí, ¡no! ¿Es que no tienes un gramo de sensatez en lo que oculta esa enmarañada cabellera?

Abrió la boca para contestar pero la inmensa figura apostada frente a ella ¡le chistó!

—Y, para colmo, me sales con otra de tus *chifladas* ideas.

—Pero… —estaba confusa— ¿por qué no te parece una gran idea?

—¿Qué por qué? —la miraba como si se hubiera transformado en un ente extraño.

Faltaba que la tocara con la punta del dedo para ver si era real.

Por su parte solo podía otearlo alucinada, decidiendo que ni en cien años comprendería los extraños engranajes de la mente de su marido.

—Muy bien. Para empezar ni en tus más aventurados y disparatados sueños pasarías por hombre. Eres bajita cariño, aunque hasta ahora nadie haya tenido el valor de anunciártelo, muy, muy, pero que muy bajita.

—De eso nada. Soy normal, tirando a…

—¿No irás a decir alta? —el malhumor seguía asentado en el varonil rostro.

—…más bien normalita.

Si no erraba demasiado, a su grandullón se le estaba agotando la paciencia y la última vez que ocurrió no pudo sentarse en un par de días. Quizá lo mejor fuera prepararse para echar a correr como una ágil y veloz liebre.

—Ven aquí, Mere.

Adiós a la idea de escapar como alma que lleva el diablo.

—Espera, espera, es importante. Me estabas diciendo la razón por la que te opones a llevar a la práctica nuestra idea.

Quizá, con mucha, mucha suerte, se le olvidara la orden de que se acercara, aunque no iba a abrigar demasiadas esperanzas, no con el terco de su gruñón.

—Vaya, vaya, ahora ya no es *mía* sino *nuestra.*

—Claro, *nuestro* femenino plan —sonaba la mar de satisfecha— del Club.

—Por supuesto… —el sarcasmo llenó la habitación— de acuerdo, si así lo quieres, así lo tendrás. Entre otros impedimentos y aparte de lo corto de la estatura —levantó de inmediato el dedo índice avisando que ni se le ocurriera protestar— ni queriendo podrías tapar esos sugerentes y voluptuosos pechos y hacer que desaparecieran de tu torso o alisar esas curvas caderas; y ya no hablemos del trasero, ese suculento trasero que en nada de tiempo va a estar rojo, cariño, realmente rojo…

Mere parpadeó. Parecía que hablaba de un guiso.

—Ni en un millón de años. Sería tonto hasta pensarlo y por último...

—¡John!

—Por último, antes muerto que permitir que te metas de nuevo en la boca del lobo. O sea, enana, sobre mi gigantesco cadáver.

Notaba que empezaba a enfurruñarse. Al menos debiera escucharle con algo de interés.

—Vale, mi muy *tozudo,* planteémoslo de otra perspicaz manera.

—Mere... —la advertencia se olía a millas a la redonda.

—Intento ser sutil.

—Ni sutil, ni gaitas. ¡Qué no!

Llevaban discutiendo por lo menos media hora desde que ella había despertado con dulces besos a su gruñón. El comienzo había sido delicioso hasta que por un extraño, muy extraño giro de la sumamente interesante conversación había soltado sus innovadores planes para intentar descubrir la casa o la choza o el lugar o lo que demonios fuera, donde retenían y ocultaban a los muchachos. Ni siquiera la posibilidad de que se pudiera rescatar a aquellos que aun conservaran algo de cordura, hizo mella en la inmensa pared mental levantada por el trol.

—No estás apreciando la visión de plan en su conjunto.

—No cariño, lo que estoy es visionando el más que probable resultado. Tú, perdida por los mundos de Dios, a saber dónde, obligada a prostituirte, pasando de hombre en hombre... —calló como si le resultara odioso o angustioso tan siquiera imaginarlo—. No podría ¿sabes? Maldita sea, Mere, no es buena idea, sea cual sea el punto de vista desde el que quieras observarlo en detalle, es una desastrosa idea.

—Tendría extremada precaución y estaría Rob. Además tampoco vosotros os alejaríais demasiado. No con todo lo que nos jugamos.

El gigantón no se movía, ni hablaba, ni refunfuñaba, ni gruñía lo cual encendió hasta lo inimaginable su medidor de alarmas.

—Ven aquí, Mere.

—¿Para qué?

—Mere...

—Es que pareces furioso, prefiero que te calmes antes de acercarme más allá de lo necesario.

—Mere..., que te acerques.

—Jamás de los jamases, por ahora.

La inmensa figura se aproximó a la cama, donde permanecía sentada a la espera de que cambiara de opinión, ofreciera otras ideas factibles o se le pasara el indudable malhumor que gastaba en esos momentos. Para su sorpresa se dejó caer a su lado, de golpe y casi rebotando, con solo los pantalones puestos, a medio abrochar.

La estaba poniendo nerviosa, por no decir otra cosa. Le miró de reojillo. Dios santo, estaba guapísimo con esa sombra en el mentón que le daba un aspecto tan salvaje, hasta que fijó la vista en la alzada comisura de sus carnosos labios.

Lo estaba haciendo a propósito, el muy empecatado.

Sacudió su atontada mente ya que tenía que centrarse e intentar hacerle comprender. Era esencial que la escuchara.

—John, por los muchachos y las chiquillas que retienen —su mano se posó en la oscurecida faz—. No podría vivir tranquila sabiendo que pude hacer algo, por tonto que pareciera, pero preferí esconderme en mi segura burbuja, protegida y a salvo. Me carcomería por dentro y también a ti.

John cruzó los brazos tras la cabeza y se acomodó contra las almohadas, fija la vista en el alto techo. Resopló con tono melodramático, pero Mere supo que estaba pensando, sopesando detenidamente lo que acababa de decir. Con una sonrisa se dio también cuenta de que su marido, con naturalidad, había hecho lo de siempre, había extendido una de sus piernas hasta rozarle, tocarle para saciar esa necesidad de sentirla segura junto a él. Nada más percatarse de ese sutil roce, habló con voz ronca.

—No quiero sentir de nuevo esa impotencia, enana… Me niego a que corras riesgos para impedir que otros los sufran. Mi límite llega hasta ese punto, cariño, y no soy ni seré flexible al respecto. No más planes ni aventuras por vuestra cuenta. No más sustos ni sorpresas desagradables.

—¿Y si fuera yo quien estuviera retenida y forzada a amar a quien no quiero, a robar a quien me ordenan, y no pudiera impedirlo y me diera cuenta de que no tengo salida ni forma de ayuda?

—Maldita sea, Mere.

—No, cariño. O si estuviera en la situación de una de esas desgraciadas mujeres hundidas sin remedio. Ahí fuera hay muchachos esclavizados, aterrados y apabullados. Aunque sean unos pocos, vale la pena pelear por ellos —con la mano acercó esa hermosa cara, esos claros ojos a los suyos—. Dime que me equivoco y te juro que lo dejaré pasar, lo haré aunque me cueste, porque entiendo lo que sientes, tu punto de vista, lo *entiendo.* Y porque tampoco quiero arriesgarme a perder lo más maravilloso de mi vida.

—Lo sé, enana, y en cierto modo me cuesta no mandar todo al garete y actuar. Sin pensar, tan solo actuar, pero tú eres lo primero. Puedes desgañitarte hasta quedar sin voz, pero jamás, mientras sienta lo que está en mi corazón, me convencerás.

Bajó uno de sus brazos a la altura de Mere, rodeó con la mano su nuca y envolvió los dedos en los largos mechones.

—Dime algo, Mere, ¿si fuera al revés, me dejarías actuar por mi cuenta arriesgándome a que me hirieran, sabiendo que la otra persona espera a que…?

Mere tapó con su suave mano esos labios, para que dejara de decir esas cosas, para que dejara de meter en su mente todas esas posibilidades, ese miedo que la corroía en cuanto escuchaba el mero riesgo de que saliera herido o peor.

Se dio cuenta de repente. Sin más. Por Dios, ¿cómo había podido ser tan, tan malditamente egoísta? Pedía lo que no estaba dispuesta a dar y con ello dañaba al hombre que más amaba, a un hombre bueno y honrado que a pesar de todo la perdonaba sin dudar, sin temer, sin parpadear. Sintió ganas de llorar, de maldecirse por haber sido tan tonta y egoísta.

John echó el rostro hacia atrás liberando sus labios.

—Tienes razón —acarició ese expuesto rostro— tienes razón, mi grandullón. No tendrás que decirlo de nuevo. Jamás.

La sonrisa que apareció en esos labios valió la pena. Era sencillo, también él era lo primero y por nada del mundo lo haría sufrir de nuevo, por mucho que la apasionaran la aventura o el romance, nada la impulsaría a arriesgarse, salvo que lo acordaran entre los dos. Solo así.

—Así que…

Se miraron a los ojos, sus piernas rozándose, sin moverse, hasta que él habló en susurros, acariciando con su aliento los labios de Mere.

—…juntos o nada.

No iba a discutir eso.

—Juntos.

La espléndida cara de su gruñón se relajó, pero la mirada se tornó apasionada, traviesa y ello disparó todos los avisos en su mente. Intentó, sin que se diera cuenta, deslizarse hacia el borde de la cama, hacia un lado. Tocaba ser una cobardica liebre pero una de esas manazas trabó el camisón, posándose encima. ¡Demonios!

A ver con qué le salía ahora, aunque no costaba demasiado imaginarlo.

—Tenemos algo pendiente, enana —esperó a ver si Mere decía algo— ¿No creerás que vas a escapar de rositas después de la semana que me has dado, no?

El resoplido surgió sin poder evitarlo y solo de oír la frase se le tensionó todo el cuerpo, sobre todo el trasero.

—La última vez no me pude sentar en una semana.

—Pues en esta ocasión, me da que van a ser dos.

Los ojos se le pusieron como platos, inmensos, fijos en el trol.

No podía creer lo que veía. Cuasi desnudo se había aposentado, bien apoyada la espalda contra la cabecera de la cama, y se daba suaves palmaditas sobre los musculosos muslos, indicándole que se tumbara sobre ellos.

¡Estaba de broma! Miró de soslayo la puerta de la habitación.

—Ni se te ocurra, Mere. En dos pasos te alcanzaría y no te iba a gustar, para nada, lo que te iba a hacer.

No había derecho. Le obligaba a elegir el mal menor, como si ello fuera posible.

—¿Y no podríamos negociarlo?

—¿Tú qué crees?

—Haría lo que quisieras.

—Créeme, amor, ya lo vas a hacer.

Miró al gruñón todo repantingado a unos palmos de distancia de ella. Se le ocurrió algo.

—¿No podrías dármelos de pie?

La risilla le puso los pelos de punta.

—Déjame que lo piense… No.

El chillido que lanzó al verse sujeta e izada en volandas tuvo que traspasar todas las paredes de la casa y el berrido, cuando sintió que le subía el camisón dejando su trasero al descubierto, fue peor. Sentía la cara roja como un tomate plenamente maduro, blandito, y más al agolparse la sangre en ella.

Notó deslizarse la inmensa manaza por uno de los glúteos acariciándolo mientras decía algo así como que era precioso y una penita pena lo rojo grana que iba a quedar ¿Se estaba riendo? ¡Demonios! Ni que estuviera disfrutando…

Con sus manos intentó tapar su trasero pero el bruto una y otra vez las apartaba hasta que al parecer se cansó y sujeto ambas a su espalda.

—Prepárate, enana.

¡Eso era sadismo! La espera a que cayera el primer azote resultó peor que el azote en sí. Mere sonrió.

Bueno, tampoco era para tanto… Vale, quizá picara un poco, o un mucho, diantres.

Tenía que parar, pero, ¡ya! Escocía a rabiar.

—Para, para, pero… ¡ya! O no te…, ¡ay! …vuelvo a hablar en un año ¡podenco!

Ay, Dios mío, ¿había sido eso un suave beso en su enrojecido trasero? Lo cierto es que no lo sabía seguro por lo insensible que se le estaba quedando su parte trasera. ¡Menudo bruto!

—¡John! O me sueltas o me voy a dormir con Rosie.

El azote que siguió a la frase sí que dolió.

—Vale, me voy a dormir al otro lado de la enorme cama y a ignorarte.

—¡Ja! No te lo crees ni tú —un nuevo cachete— ¿vas a obedecerme de ahora en adelante?

¡Ja! Antes desmayada que contestar.

El azote fue repentino y ¡en el otro glúteo!

—Mere… —la advertencia se filtraba junto con el sonido de la voz y al girarse algo, por el rabillo del ojo ubicó la mano del grandullón posicionada bien alto. A mucha distancia del trasero. Madre mía, ese iba a doler.

—¡Sí!

—¿Si qué?

—¿Eres el mejor?

La risilla la sorprendió.

Cayó otra palmada más suave, casi acariciando.

—¿Vas a ser manejable y me harás caso?

—Lo prometo.

—Júralo.

—Lo juro por mi trasero.

La risa sonó de nuevo.

—Mi pobre y dolorido trasero ¿Me dejas frotarme?

Inmediatamente sintió sueltas sus manos y cada una de ellas cayó sobre cada uno de los doloridos glúteos. Ardían ¡rábanos!

A gatas se desplazó hasta quedar tendida al lado de su gruñón, quien para mayor descaro pasaba la palma de su mano, esa arma mortífera, por su plano vientre, como si ya echara en falta la sensación del choque con su blando trasero.

Su marido era, sin duda, un hombre imprevisible y en ese mismo instante la miraba de una manera que le erizaba la piel, incluso la magullada del trasero. Una mirada que conocía demasiado bien. Desde los verdes iris brillantes deslizó su propia vista por el fuerte cuello, los impresionantes y firmes hombros, esos pectorales, marcados abdominales, hasta alcanzar el inmenso y presionado bulto que encerraban los pantalones.

Desde luego que conocía esa mirada apasionada. Y si no se equivocaba demasiado, enseguida iba a disfrutar de esa boca y esas manos enloquecedoras.

Su John se giró apoyándose sobre su costado, mirándola de frente y colocó una de sus manazas sobre la cadera de Mere, esa ¿curvilínea, había dicho? cadera sobre la que había hablado en detalle hacía un rato. Esa cadera que se estaba calentando como por arte de magia ¿No estaría intentando camelarla? Dios mío, estaba deslizando esa mano hacia abajo por el muslo, lentamente, hasta la pierna y comenzaba a subir el borde del opaco camisón, con parsimonia.

La iba a matar de gusto, por favor, esos endemoniados dedos.

Con un suave movimiento cogió su tersa pierna por la rodilla y la posicionó sobre la cadera cubierta con el pantalón y fija la mirada verde en la suya, siguió subiendo el camisón hasta que quedó trabado bajo sus sensibles pechos. Sus ojos le abrasaban mientras le recorrían el cuerpo. Tenían que parar, tenían que parar, que estaban todos esperándolos abajo antes de que la abuela partiera hacia la casa Lancaster. Y además, le acababa de dar una tunda. Los matrimonios no se amaban después de eso ¿no? Tendría que preguntarle a la abuela sin falta.

¡Por Dios! Ya estaba de nuevo con esos dedos, metiéndolos donde le chiflaba, muy adentro.

—¡Espera! —los dedos quedaron quietos, totalmente paralizados y ella respiró lentamente. ¡Demonios! Los había curvado en su interior ¿a propósito? Observó a su marido detenidamente y por la mirada pícara que reflejaba su rostro, agarró firmemente la manaza con las suyas y tiró deslizando esos dedos hasta que quedaron en el exterior. Lanzó un quejido, la iba a matar.

Le miró. ¿Sus carnosos labios hacían pucheros?

¡Qué demonios! Aferró de nuevo esa placentera mano y la colocó donde debía estar, en el lugar del cual la había apartado hacía nada. Su marido gimió, lanzó una jocosa risilla de diablillo y le dejó hacer a su gusto y al de ella, por todos los santos, también al de ella, *sobre todo* al de ella.

Mientras una de esas diabólicas manazas seguía penetrándola con los dedos, con dos enormes dedos hasta los nudillos convirtiendo sus piernas en gelatina, la otra intentaba desembarazarla del molesto camisón. Lo que ella tenía claro es que no podía ayudarle. Bastante tenía con las apabullantes sensaciones que le estaba causando entre las piernas, sensaciones cada vez más deliciosas. Esos dedos se movían rápido, cada vez con mayor intensidad. Esos dos dedos que la estaban haciendo perder la cabeza, Dios, ahora eran tres. Entraban y se retraían y no iba a poder aguantar…

Intentó deslizar el muslo hacia abajo pero él introdujo el suyo entre sus piernas, separándolas. Seguía marcando un pavoroso ritmo, sin descanso hasta que ella quiso tomar parte activa, necesitaba acariciar al igual que era acariciada, dar placer, desnudar a su hombre y deslizar sus desocupadas manos por toda la extensión de su torso, bajando hacia la cintura del pantalón, tirar ligeramente del mismo hasta separarlo del duro vientre y soltar esa ceñida abotonadura contra la que presionaba ese duro miembro.

Su John siempre le daba placer, era una cuestión que estaba ahí como el transcurso de las estaciones, las heladas noches de invierno o los cálidos rayos de sol del verano, se aseguraba que lo alcanzara y solo entonces se dejaba ir plenamente por lo que ya era tiempo de que las tornas cambiaran de lugar, se invirtieran, para que su marido entendiera y apreciara que también él podía ser salvaje y dejarse llevar, sin miedo a emplear toda la fuerza acumulada en su cuerpo o a dejar escapar sin restricción alguna el ansia, el deseo y la pasión que Mere percibía en su interior cuando la amaba.

Le tocaba volver loco a su marido e intuyó por dónde empezar como si un duendecillo de repente se lo hubiera soplado al oído.

Desconocía si en alguna ocasión le habían besado por toda la inmensa extensión de su dorada piel o devorado o rozado piel contra piel, mordisqueándole. Lo que tenía claro es que no iba a pasar de ese día, sin sentir todo ello en sus carnes y ella lo iba a disfrutar. Ambos lo iban a disfrutar.

Se estremeció con las sensaciones que le estaba causando. Le iba a costar dar ese primer paso, vaya si le iba a costar, pero estaba decidida. Intentó cerrar los muslos, de forma semejante a la anterior y de nuevo su marido trató de mantenerlas abiertas pero en esta ocasión Mere paró el avance con una de sus manos.

—¿Mere?

—Espera.

La mano que permanecía entre sus piernas titubeó por lo que aprovechó ese instante para situar su otra mano sobre la más grande y caliente, tan caliente. Aferró el pulgar y tiró de él, provocando que esos dedos se deslizaran por segunda vez hacia el exterior. Mere gimió, dioses, lo que le iba a costar...

—Mere, cariño, ¿te he hecho daño?

—No, Dios, no. Hoy quiero darte placer.

La sorpresa de su gruñón se evidenció en la quietud de su cuerpo, de sus manos, apoyada una en la cara interna del femenino muslo, al borde de su humedecido sexo y la otra en la cadera, presionándola como si temiera soltarla.

—¿Placer?

Mere casi rió al escuchar el desconcierto en la grave y ronca voz.

—Ajá.

Abrió esa dulce boca para preguntar de nuevo pero Mere se le adelantó, acercando sus propios labios presionando firmemente, abriéndolos juguetonamente con su lengua, repasándolos en su plenitud y mordisqueando el labio inferior, ocasionando un comienzo de gemidos y un aumento en la tensión de esas manos que permanecían paralizadas donde estaban.

—¡Dios santo!

No le dejó hablar más, ni susurrar. Devoró su boca de la misma manera en que había aprendido de él, recorriéndola y recreándose en su sabor, en la pequeña mella del colmillo, en la ligera rugosidad del paladar. Acariciando con su boca, solo con su boca. ¡Estaba tan excitado! El sudor comenzaba a perlar su frente, sus pezones rígidos y su pene a punto de explotar las costuras del pantalón. John cerró brevemente la boca como si no pudiera soportar más.

—Abre tu boca para mí, mi gruñón.

—Dios, enana, estás jugando con fuego. ¡Diantre!

Conocía por experiencia que le agradaba que le diera pequeños mordiscos, pero, al parecer, que los extendiera al mentón y al lóbulo de la oreja, sobre todo en el cuello junto a este lo descolocaba totalmente. La mano posada en la carnosa cadera de Mere se fue deslizando hasta cubrir parte del trasero presionando suavemente, intentando apretar las pelvis de ambos, pero ella la agarró y apartó hasta que decidió que era mejor que la situara sobre las sábanas. En esta ocasión era ella quien iba a tocar y él quien se dejaría amar.

Deslizó sus labios por el cuello, lamiendo el pequeño hueco en el límite con el pecho. Bajó más hasta los erectos pezones y la palabra perfecta para definir lo que estaba haciendo era *recrearse* con las reacciones de su gruñón. La elevación incontrolable de las viriles caderas acercándolas a ella a impulsos y los espasmos al abrir y cerras esos puños traslucían el ansia por poseer. Dios mío, era sensual.

III

Le iba a matar de placer si seguía con lo que estaba haciendo. Del beso más puñeteramente erótico de su vida había pasado a que el jodido cuerpo se le erizara y ya no digamos su pene. Le sentía a punto de reventar, dolorido contra los endemoniados botones y para colmo en cuanto intentaba mover sus manos para agarrar algo de esa carne que lo tenía atontado, las sigilosas manitas se lo impedían volviendo a colocar estas, una y otra y otra vez, encima de la ropa de cama.

¿Acaso no se daba cuenta de lo que estaba dejando libre, sin ataduras? Dios… ¿Qué le estaba haciendo ahora? La madre del…

Ese aliento caliente resbalando por su pecho, lamiendo los pezones hasta que no pudo hacer otra cosa que cubrir su propio pene con su mano y presionar algo, para centrarse en algo más que esa boca y esa endiablada lengua. Ahí…, por favor…, ¡diablos!

¡No llevaban ni un mes casados! y ya tocaba todos sus botones con maestría, de forma innata, desequilibrándolo totalmente hasta casi perder la cordura, como ahora. Sintió que introducía uno de esos dedos bajo la cintura del pantalón y con la otra trataba de envolver a través de la tela su inmenso pene, que sentía lleno a rebosar, ansioso por entrar en ese húmedo calor que lo enloquecía.

No podía aguantar más quieto, ni aunque su vida pendiera de ello.

—Mere, amor, prepárate.

—¿Eh? —la mirada de su enana centelleaba, imaginaba que de forma semejante a la suya.

¡Dios! La amaba. Siempre la amó y siempre la amaría, la necesitaba como la sangre en sus venas. No dejó, en esta ocasión, que parara el movimiento de sus manos. Envolvió con una la exquisita y ovalada mandíbula y dirigió la otra a la bragueta del pantalón. Llegaría como mucho a desabrocharlo, pero no a quitárselo, no en la condición en que ella le había puesto.

Demonios, pensó, como cualquier descontrolado adolescente. Eso era lo que le hacía su mujer, lo perdía en tal burbuja de sentimientos y sensaciones que le superaban. Placer, amor, pasión. No los distinguía, solo sentía por ella.

Mientras peleaba con la bragueta le devolvió el beso, con creces, hasta que ella solo gemía, esos gemidos que le mareaban.

La sensación al liberar su miembro fue exquisita y dolorosa, por saber que podría hundirse en ese calor y por la necesidad de hacerlo de inmediato. Soltó su mentón y con un veloz giro la colocó de espaldas a la cama y se ubicó entre esos dulces muslos, bien abiertos para él, ¡cómo le enloquecía! Pero antes se acercó a los turgentes pechos, tan llenos. Los lamió, los mordió, no sabía lo que hacía, respondía solamente a lo que le pedía el cuerpo haciendo que la menuda figura que aprisionaba contra el colchón se retorciera, gritara y pidiera tregua.

No se la podía dar. Imposible. Alzando esos voluptuosos muslos los colocó rodeando sus propias caderas, los talones de los pies apoyados contra sus glúteos, posicionó la ancha y resbaladiza punta en la hendidura hecha para él y entró hasta el fondo, de un golpe, sin avisar, sin preliminares. No podía aguantar.

Durante un par de respiraciones no se movió, intentando controlarse, dentro hasta la base, sabiendo que si ella se contraía estaba irremediablemente perdido; y quizá su torbellino lo entendió porque sintió la presión constante y no repentina sobre su pene. Gruñó. Tan estrecha, por Dios, la sentía tan estrecha. Salió un poco, lo suficiente para juguetear con las caderas. Penetró y salió, suave al principio, con movimientos más secos y violentos, en seguida.

—Muévete, amor.

La cadencia del ritmo pasó de nuevo a ser suave, con golpes largos y profundos, tan profundos que ella se estremecía con cada choque de caderas. Mierda, sabía que llegaba hondo, ensanchando a la fuerza esas tiernas paredes, muy profundo, pero ella le envolvía entero haciendo que perdiera de vista absolutamente todo. Tan prieta.

Intentó mantener el ritmo, intercalándolo con impulsos repentinos y fuertes, pero hacía rato que se había dado cuenta que era una pelea perdida de antemano. Ella lograba lo que nadie había conseguido, que se dejara arrastrar por la pasión, el amor, por ella, simplemente ella.

Se movieron al unísono, gimieron a la vez, se devoraron el uno al otro, giraron en la medida en que así lo sentían, cálidos, sudados, estremeciéndose…

Y juntos estallaron, en brazos el uno del otro. Saciados.

Entre suspiros de inmenso placer, besando suavemente esos enrojecidos y jugosos labios y acariciando ese redondo trasero pensó que enseguida bajarían adonde les estaba esperando alguien, eso, alguien, que ahora no recordaba quien era.

Pero antes, sentía la urgencia de decir algo, algo que se iba abriendo paso en su relajada mente.

—Te amo, mi enana.

IV

Las miradas que les lanzaron al bajar con un retraso de media hora dejaron su rostro del mismo color que seguramente exhibía su trasero. Más aun tras levantarse disparada en cuanto se sentó de golpe al olvidarse del triste estado de su enrojecida parte trasera.

Todos estaban desperdigados por el saloncito de invitados y la calma parecía predominar en el estado de ánimo general. La abuela, Jules y Julia sentadas en uno de los tresillos con numerosos papeles desperdigados frente a ellas; Norris junto a su hijo, examinando de cerca las marcas que, algo difuminadas, todavía destacaban en su cuello; y los hermanos Brandon con las cabezas unidas hablando, o más bien debatiendo, algo relacionado con las mujeres, por las reiteradas miradas subrepticias que el mayor desviaba en dirección a Julia.

John no se anduvo con protocolos, tras saludar brevemente a todos los reunidos.

—¿Cómo lo vamos a hacer?

—Ya he mandado aviso a la familia Lancaster y Marietta está encantada de recibirme. Va a resultar extraño ya que es una mujer aguerrida y desconozco cómo recibirá las indagaciones. Si alguna de sus hijas fuera una de las mujeres chantajeadas, tendremos que lograr que hable y convencerla para que denuncie. No sé si lo hará. Me parece tan, tan difícil. —Se dirigió a Mere— cariño, ¿me acompañarás?

—Claro abuela y John vendrá con nosotras —resultaba extraño que todos estuvieran sentados y ella en pie.

John la miraba fijamente con una leve sonrisilla en los gruesos labios.

—Cariño, pero, *siéntate*.

La petición de su John la pilló desprevenida. Su marido no tenía una idea sana. Le encantaba esa vena traviesa aunque ya se vengaría, tarde o temprano.

—No, gracias, *querido.* Prefiero estirar las piernas, mis *cortas* piernas —todos, absolutamente todos, les miraban con ojos especulativos. Tenía que desviar la atención del evidente doble sentido en la conversación—. ¿Los demás qué haréis?

Comenzó Rob.

—Intentaré que mi superior me escuche. Lo de que haga caso de mis recomendaciones ya son palabras mayores. El hombre es desesperantemente idiota, suavemente hablando. Comenzaremos a investigar si ha habido denuncias de robos o allanamientos en casas de la clase alta, de gente adinerada.

—Nosotras nos dedicaremos a organizar la sesión de ocultismo en casa de Julia y a prepararnos para hacer frente a Selena Saxton —Jules se alisó, de forma que parecía apacible, el estirado pelo, pero ninguno de los presentes perdió el detalle del temblor de su estilizada y delicada mano—. Quizá consigamos algún dato que nos sirva.

—No creo que sea buena idea —las palabras surgieron de Doyle mientras con tozudez mantenía la vista en la figura femenina situada frente a él. Julia.

—Es que no tienes que creer nada, Doyle Brandon —farfulló Julia.

—Doyle, me llamo Doyle. Lisa y llanamente Doyle, demonios. ¿Cuántas veces he de repetírtelo?

—¿Hasta la saciedad? —la voz de Julia rezumaba socarronería.

¡Oooh! algo que no llegaba a pillar ocurría entre esos dos, hasta el punto de que el hombre de los ojos plateados empezaba a enrojecer ¿de enfurruñamiento?

Esos dos o terminaban odiándose o, como el grandullón y ella, inseparables. Se inclinaba por la segunda y le encantaba la mera idea.

Todos se giraron hacia Peter.

—Yo tengo una cita con mi amiguito de ayer.

Mere se estremeció. Dios santo, por nada del mundo desearía estar en el pellejo de ese hombre.

—Mejor dicho, *tenemos* una cita con ese gusano

Por el brusco giró de la cabeza de Rob en dirección a su mejor amigo, no le agradó en absoluto la aclaración.

—No, dije que *no* te acompañaría.

—Déjate de bobadas, Rob —las oscuras cejas comenzaban a fruncirse— en cuanto vuelvas de comisaría nos metemos con ello.

—No lo repetiré, Peter. No haré lo que quieres, *no* en esta ocasión.

—Es por lo que ocurrió en el carruaje ¿verdad?

—No es asunto tuyo.

Por la forma en que crispaba las manos era evidente su incomodidad, pero ni eso paró al inmenso y terco hombre que no echaba marcha atrás.

—¡De eso nada! Y queda entre nosotros pendiente esa maldita conversación.

—Vete a paseo.

Rob se levantó disparado de su asiento junto a su padre, y de inmediato su movimiento se vio reflejado por el de Peter, al lado de su hermano quien suspiró resignado.

—No me agobies, Peter.

—¿Agobiarte? ¿Qué eres ahora, una delicada damisela a la que no se le puede hablar de lo que le incomoda?

Rob entrecerró esos azulones ojos fijos en la oscura figura que había avanzado dos pasos en su dirección.

—Eres un terco insistente, pero ¿sabes qué te digo? Que en este caso, puedes desgañitarte, que te diré nada de nada.

La coletilla final de la frase rezumaba sarcasmo y provocación. Algo que hizo que el otro rechinara los dientes.

—*Eso* lo veremos —Peter se adelantó otro paso cerrando los puños.

Demonios, esto se complicaba, pensó Mere. Al paso que iban terminarían a golpes y la distancia entre ellos era cada vez menor…

Le dio un ligero cachetazo a su marido para que calmara las embravecidas y tortuosas aguas.

Finalmente quien intervino fue Norris, una costumbre que parecía estar implantándose en sus reuniones y que agradecía tanto. Su serenidad lograba apaciguar las mentes e inquietos pensamientos de todos ellos. Le recordaba a los tiempos en que los miembros del Club del Crimen se concentraban en la trastienda de la tienda, antes de que todo se convirtiera en una absoluta locura, antes de que se les escapara de las manos y comenzaran a matar a seres humanos por codicia.

—Hijos, por favor, no es el momento de pelear. Bueno, de pelear más allá de lo habitual.

Fijó la mirada en ambos, que parecieron relajarse de inmediato, hasta que el más alto contestó.

—De acuerdo —se dirigió de soslayo a Rob— pero no te librarás de esa maldita conversación, así que hazte a la idea…

Este resopló a modo de contestación mientras murmujeaba bajito: *y un cuerno*. Norris se ubicó en medio de la línea de visión entre su hijo y Peter y tras unos segundos, continuó hablando.

—Todos tenemos algo que hacer, salvo en principio, Doyle y un servidor. Mere y Allison están cubiertas con John, pero me preocupan Jules y Julia. Si nuestra *ella* es Selena Saxton, es muy peligrosa y me desagrada profundamente que acudan solas.

—Yo les acompañaré —intervino el mayor de los Brandon.

—¿Con qué excusa?

—Ya se me ocurrirá algo de camino, no os preocupéis.

Algo estaba tramando, algo que iba a dejar pasmada a Julia por la forma en que la examinaba, una mezcla de cautela y atrevimiento.

—Estupendo. Yo me quedaré a la espera y alerta, por si alguno requiriera apoyo de cualquier tipo.

—Y yo dejaré órdenes explícitas a Williams, para que haga lo que estimes necesario —recalcó John.

Todos se miraron, unos rezando para que no surgieran contratiempos, otros preparándose para enfrentarse a aquello que les había tocado en suerte. Peter y Rob lanzándose dentelladas con las miradas, y el más anciano pidiendo por la seguridad de los que iban a salir de la sombra protectora de la mansión. Sentía preocupación, una inquietante premonición de la que no conseguía liberarse.

Segundos después desfilaban atravesando la puerta de entrada en grupos. El primero en dirección a la mansión de la familia Lancaster, otro en dirección al domicilio de Julia, Rob de camino a la comisaría y Peter preparándose para una tarea en la que prefería no pensar.

Norris quedó atrás contemplándoles, absorbiendo las figuras que se iban alejando de él y las unas de las otras. Se giró con brusquedad y cerró la puerta. La suerte estaba echada.

V

No esperaba que la negativa se mezclara con sorna y cierto punto de insulto, ni que le hiciera sentirse de nuevo como un novato con miedo a salir a la calle.

Habían insistido en mantener la desastrosa entrevista. Lo habían visto tan claro los tres hombres que conformaban la unidad ¿Cómo era posible que el hombre que tenía en sus manos sus carreras, se hubiera mofado de ellos a la cara? Estaba tan furioso.

—Inspector, ¿qué hacemos?

Rob miró a sus hombres sabiendo que seguirían sus órdenes a rajatabla pese a las trabas impuestas por su superior.

—No puedo pediros que me sigáis, podríais perder vuestro trabajo.

Ambos, Wilkes y Evans se giraron el uno hacía el otro, y se decidieron, cruzando una fugaz mirada.

—No nos lo pide, jefe y nunca lo hará ¿verdad? Esto, lo que vamos a hacer, lo que *debemos* hacer, es decisión nuestra.

—Gracias, muchachos pero si sale mal, *os aseguro* que *yo* habré dado la condenada orden.

No necesitaba decirlo ya que los hombres entendían lo que eso implicaba, que la cabeza de turco de ser preciso alguna, sería la de él, sin arrastrar consigo a otros.

Iba a continuar pero un grito le sobresaltó.

—Inspector, ¡inspector Norris! El inspector jefe solicita su presencia de inmediato.

¡Maldita sea! ¿Qué querría ahora el inepto ese?

VI

La abuela Allison apretujaba entre sus manos los guantes color marfil y no era algo que acostumbrara hacer. Nunca ante extraños y rara vez en familia.

—¿Abuela? —Mere enlazó su brazo con el de ella y cubrió con su mano las que aferraban los guantes—. No estés nerviosa.

Parecía afligida.

—¿La conoces mucho?

—¿A Marietta? —Mere contestó asintiendo— desde jovencitas. Es una buena amiga con la que no es necesario hablar a diario ni parlotear de forma superficial. Está y ha estado ahí en los malos momentos, siempre. Es una gran mujer. Si alguna de sus hijas está sufriendo lo que nos figuramos, no puedo asegurar cómo reaccionará. Las adora.

—¿Crees que repudiaría a su hija?

—¡No!, jamás.

—¿Entonces?

—No sé, cariño. Lo que vamos a adentrar en esa casa son malas noticias, noticias no deseadas, seguramente inesperadas, y me ha tocado a mí portarlas.

Mere apretó suavemente esas inquietas manos. Si pudiera ahorrar a su abuela el mal trago…

Por el modo en que se enderezó en el asiento junto a ella supo que habían llegado o estaban en las cercanías así que se abrochó el abrigo mientras el carruaje terminaba de parar frente a la mansión Lancaster.

Era curioso, ya que no estaba ubicada lejos del domicilio de los hermanos Brandon, quizá a dos calles de distancia, por lo que las edificaciones se asemejaban en su arquitectura clásica y sencilla. El jardín que bordeaba la casa estaba muy cuidado. Alguien en la mansión era un gran apasionado de las flores y los parterres.

Pasaron por una luminosa entrada, debido en parte a las maravillosas vidrieras en cálidos tonos que enmarcaban la puerta de entrada por la que se filtraba la luz, y accedieron a un saloncito que servía tanto de lugar de entretenimiento como de recibimiento de visitas.

La mujer que les esperaba era, físicamente, el polo opuesto a su abuela. Esperaba a una mujer de aspecto regio al asociarla con ella y lo que encontró fue una mujer menuda y rellenita con las mejillas sonrosadas y arrugas al borde de los agudos ojos y la sonriente boca. La ropa que vestía pintaba cómoda, acorde con la mujer que la llevaba, y a Mere le encantaron los zapatos gastados por el continuo uso.

Una mujer a la que poco importaban las apariencias. De las que le gustaban, no las cacatúas que solían reírse de ella en las aborrecidas fiestas a las que se veía obligada, en ocasiones, a asistir.

Las viejas amigas se saludaron como si llevaran sin verse unos minutos en lugar de un par de meses, con la naturalidad de la confianza y la desvergüenza de la edad. No se andaban con remilgos.

—Hola querida, me alegro mucho de verte, y en compañía nada menos —esos vivos ojos les recorrieron con la mirada a ella y a John, y al parecer lo que vio le agradó—. Es tu nieta ¿verdad?

—Sí.

—Me recuerda a ti con cincuenta años menos —los ojillos se desviaron hacia John, quien se acercó y depositó un caballeroso beso en el dorso de la mano— y él, a mi Duncan —la risilla que compartió con todos hablaba de un profundo amor por su marido—. Me agrada conocer a tu familia. Mis niñas vendrán en un momento. Espero que no os importe.

—No, hace mucho que no las veo.

—Casi desde que las enredabas con tus cuentos de princesas y ranas. Te quieren mucho, querida.

Se giró con suavidad e hizo sonar una campanilla, apareciendo de inmediato una joven doncella.

—Lily, di a la señora Hansen que pueden subir el té junto con el acompañamiento que haya preparado —mientras esta se dirigía a la puerta con la mano les indicó que tomaran asiento.

Todos lo hicieron y esperaron en tensión. Resultaba tan complicado comenzar una conversación en la que sabían que harían sufrir a alguien querido.

—Allison, ¿qué ocurre?

Su abuela se orientó hacia ella con aire de desconcierto. Su amiga sonrió.

—Nos conocemos hace demasiado para andar con rodeos.

Lo que había presentido, una mujer directa y llana, sin tapujos. Le gustaba. De lo que no tenía la menor idea era de la contestación de su abuela, de si la afrontaría también sin trabas o dudaría dado lo intrusivo del problema a tratar. Era decisión de la abuela y ellos la secundarían.

—¿Tus hijas son felices?

Bomba al canto. ¡Rábanos! Su abuela no se caracterizaba por la sutileza.

Ahí estaba la respuesta. En la repentina rigidez del cuello de su anfitriona, en el cierre brusco de los puños, el fruncimiento de sus labios y el descontrol al tragar saliva, tras pasar la punta de la lengua por los resecos labios. Por un reducido espacio de tiempo pareció que no iba a contestar, que quizá intentara desviar la respuesta por cauces seguros, pero eso no valía con los buenos amigos, porque estos te conocen demasiado, tus reacciones, tus expresiones, tus impulsos.

—¿Cuánto sabes?

—Bastante. ¿Cuál de ellas, Marietta?

Tragó espasmódicamente, intentando contener el temblor de la voz.

—Mi pequeña Amanda. Para cuando nos lo contó ya era tarde para hacer algo que no fuera callar.

—Aparte de ti, ¿quién lo sabe?

—Mi Duncan y nuestra hija mayor.

—¿Su marido?

—No todo. Ese impresentable la humillaría y su padre tendría que matarlo. No dudéis ni por un segundo que mi Duncan no lo haría. Mataría por sus hijas. Y yo también.

No se atrevían a intervenir, y en cierto modo tenía cierto morboso sentido. Las mujeres se miraban fijamente, como si no hubiera presente nadie más, quizá así lo sintieran ambas. Una escuchaba a su amiga y daba a entender que la apoyaría en lo que fuera. La otra hablaba, sin dudar, liberándose de una pesada losa en el pecho. Sacándolo de su interior, confiándolo a alguien de fiar.

Mere no alcanzaba a imaginar lo que esa madre había tenido que pasar, que sufrir. Dios, y cómo había soportado tener que convivir con un hombre que no amaba a su hija lo suficiente.

La puerta se abrió y entró en la habitación una mujer que a Mere le pareció despampanante, hermosa, con una belleza etérea y frágil. Paseó la mirada por todos ellos y se sonrojó. Ni siquiera se adentró demasiado en la habitación, quedó sentada de costadillo en una silla de terciopelo estampada situada junto a la puerta, sin fuerzas. Se tapó el rostro y Mere únicamente alcanzó a escuchar un *estoy acabada*.

La madre se acercó rauda y tras cerrar la puerta que permanecía entornada, se arrodilló junto a la exhausta figura.

—No, mi amor. Son amigos…, amigos, cariño, de confianza —enmarcó el rostro de su hija con sus regordetas manos—. Sabíamos que tarde o temprano iba a ocurrir, cielo, pero al menos son buenos amigos, casi familia.

Con la cara todavía semioculta por sus manos se dobló hacia el lugar que ocupaban y miró directamente a la abuela. Abrió los ojos casi saliéndose de sus cuencas.

—¿Tía Allie?

La abuela no se quedó paralizada. Se levantó y se acercó a las dos formas que se consolaban mutuamente.

—Sí, hija, soy yo, y entre todos ya se nos ocurrirá algo.

VII

Estaba muerto. No sentía los dedos ni las piernas y sabía que era inútil pedir por su vida. Quizá si no se hubiera metido con el rubio…, pero había sido tan imbécil como para agotar sus cartuchos por unas estúpidas ganas de jugar con la mente del hombre que obsesionaba al diablo.

Ni idea de dónde se encontraba y tal desorientación le carcomía. Le pudría la noción de ir a morir sin saber el lugar en el que ocurriría. Era su miedo particular, aparte de la muerte en sí.

Ya volvían. Sabía que entre la población de la ciudad había orientales, bajitos y silenciosos, que no se entremezclaban con otras razas, pero no había oído hablar de un chino o japonés o lo que coño fuera el hombre que con una voz casi sin acento, desapasionada, que se expresaba en un extraño inglés, lo estaba machacando. Con esos dedos que se le clavaban por el cuerpo ocasionándole un dolor inconmensurable y desconocido hasta que él llegó con su frío tormento mientras el otro, el de la cicatriz, observaba.

Había intentado aguantar con todas sus fuerzas y sabía que tenía fortaleza para soportar lo que le echaran, pero Dios, no esta vez, no con ellos.

Se rió con ironía. Había pensado en Dios. Si algo mostraba su desesperación, el grado de miedo y dolor que sentía, era eso.

Se le acercaban. El que atormentaba, sin mostrar pasión ni pesar, cumpliendo al dedillo los mandatos del otro, el de los ojos negros como el carbón y el hermoso rostro desfigurado por la cicatriz que lo hacía más perverso, si ello era posible.

Esa voz ronca retomó lo que había dejado hacía poco.

—Así que, sirves de puta a la mujer y de ayudante al hombre en sus perversiones.

Parecía una estatua, cruzados de brazos, inmenso, vestido totalmente de negro.

Escupió algo de sangre al suelo. Odiaba el sabor.

—Ya lo he dicho.

—Guang, adelante.

Dios, no. Otra vez, no.

—¡No!, te diré lo que quieras…, por favor.

—¿Dónde organizáis vuestros jueguecitos?

—En un burdel.

—¿Cuál?

—El de la avenida Radcliffe.

—Esa zona es famosa por las casas de acogida para prostitutas, no por los burdeles.

—Por eso mismo —miró con odio al hombre que daba las órdenes, al hombre que escapó— ¿Acaso buscarías un zorro dentro de un gallinero o rondando alguno?

—¿Cada cuánto tiempo?

—Cada dos semanas como mínimo.

—¿La próxima?

Si lo chivaba podía darse por muerto y si no lo decía…, estaba fiambre de todos modos y cansado, tan cansado.

—En siete días a contar desde mañana.

—¿Cómo funciona?

—Tienen un acuerdo con el dueño, desconozco el trato —del golpe que recibió salpicó de sangre la pared ubicada a un metro— ¡Lo juro!, lo juro. Me limito a acudir, entrar por la puerta trasera, dar la palabra clave para lograr el acceso y me acuesto con ella mientras él nos mira.

—¿Hace algo más?

—Le gusta golpear y —dudó sobre las palabras que iba a pronunciar— habla en voz alta.

—¿Sobre?

Mierda, si contestaba, eran capaces de destrozarle.

—¿¡Sobre!?

—Tu amigo. El rubio.

Se percibió el aumento de tensión en el cuarto o donde coño se encontraran. La furia irradiaba del poderoso cuerpo.

—¿Qué dice? y no preguntaré dos veces.

Maldita sea, no tenía salida posible.

VIII

—Creí que me amaba —murmuró— me sentía tan sola. Nicholas, mi marido, me rechaza. Hace años que no mantenemos relaciones maritales y me enfrenté a él ¿saben? Era joven y algo idealista. De la paliza que me dio me fracturó un par de costillas, la clavícula y el brazo.

Su madre se cubrió la boca con la mano. No lo sabía.

—Mamá, no podía, no pude contártelo. Era ridículo pero me sentía culpable, sentía que por mi causa no me deseaba, llegué al punto de creer normal que me rehusara. Viví en un infierno durante años hasta que apareció el hombre que creí más guapo, sensible y atento del mundo.

—¿Cómo os conocisteis? —Mere necesitaba saberlo, la forma en que accedían a las casas.

—Fue contratado como jardinero. La burla que esconde todo ello es que me enamoraron sus manos, la suavidad con que trabajaba con las rosas era algo que ya no asociaba a mi vida. Era lo opuesto a la dureza y frialdad de mi marido.

—Hija... —la amiga de la abuela se encontraba al borde del llanto.

—Mamá, no llores —le acarició suavemente el encanecido y desarreglado moño—. Fue un pequeño refugio en una vida sin sentido y maravilloso hasta que comencé a sospechar. No podría decirles cómo, pero sentía que algo no iba bien. Comencé a dudar y mis sospechas se confirmaron el día que Arnette, mi hermana mayor, me dijo que creía que alguien del servicio estaba robando en la casa. Simplemente lo supe. Clay estaba robando.

—¿Clay?

—Clay Harrison. Así se presentó en esta casa y se le contrató como tal, de jardinero. Yo acostumbraba a ayudar en el cuidado del jardín. Siempre me apasionó ¿saben?, desde pequeña.

A Mere se le ocurrió en ese mismo instante, al escuchar la frase.

—¿Cree que él estaba al tanto de que le gustaba tanto la jardinería?

Amanda permaneció pensativa rememorando.

—Sí. Podría jurarlo.

Los tres cruzaron miradas y John recordó lo que dijo el muchacho cautivo que compartió brevemente su celda con Peter: *los entrenaban en función de lo que se esperaba de ellos.*

Dios santo, elegían a la presa, la estudiaban, y si era factible, le daban lo que más deseaba. La envolvían, enredaban y chantajeaban hasta que carecía de salida. Menudos sinvergüenzas.

John se dirigió a Marietta Lancaster.

—¿Cómo lo supisteis?

—Mi Duncan siempre ha tenido un cierto sexto sentido para percibir el ánimo de las mujeres de su vida y supo que algo le ocurría a nuestra pequeña. En realidad, fue sencillo. Acudió a nuestra hija y le dijo que ante todo era sangre de su sangre y que aceptaría todo lo que viniera de ella. Nuestra pequeña se derrumbó y lo contó todo, absolutamente todo.

Todos quedaron extrañamente enternecidos. No era habitual que un padre actuara así. A Mere le recordó a su padre, a su maravilloso padre y dio gracias porque hubiera hombres de tal calado. No abundaban en esos tiempos.

—Yo estaba fuera, visitando a una hermana y me mandó aviso de inmediato —se dirigió en esta ocasión a su hija—. Nuestra hija debía saber que siempre, de forma incondicional, tendría el apoyo de sus padres, siempre, —con un gesto tremendamente maternal, besó la mojada mejilla de su hija— siempre.

No le extrañaba que su abuela y esta mujer fueran amigas íntimas.

—Lo denunciamos.

—¿Qué? —la abrupta pregunta surgió de John.

—En cuanto supimos lo que nuestras hijas sospechaban, confirmamos que faltaba en la casa gran cantidad de plata y un grupo de marfiles de gran valor que Duncan trajo de la India. Era lo de menos, pero lo tuvimos claro. La única opción era denunciarlo a la policía, y así lo hicimos.

Algo traspasó de nuevo, fugazmente, el cerebro de Mere y apareció la imagen de la agenda. Nada. Ya intentaría recordar más adelante. Dudó antes de preguntar.

—¿Qué ocurrió con el marido de Amanda?

La sonrisa que asomó a los labios de Marietta hizo que Mere deseara escuchar la respuesta.

—Tuvo una conversación la mar de interesante con mi enorme marido de la que salió con los dos ojos morados, agarrándose el costillar y cojitranco. Veamos, no es que deseé el mal a nadie, pero en esa ocasión hubiera apreciado sobremanera dejarle yo misma algún que otro moratón. Además…

La frase quedó a medias con la entrada al cuarto de un hombre tan distinguido como alto. Casi tan alto como su John. Todo en él llamaba la atención, pero sobre todo la perfecta simetría del rostro. Un hombre apuesto que en su juventud debió causar estragos.

Se dirigió derecho hacia su mujer y la besó en los labios, a su hija en la coronilla y después, a la abuela en la mejilla denotando una tremenda familiaridad.

—Hola, Allison, querida —miró a todos con detalle. Su mirada brillaba con inteligencia—. ¿Tu nieta y su marido?

La abuela asintió.

—Bienvenidos a nuestra casa —besó con delicadeza la mano de Mere y estrechó la de John— supongo que mi mujer os habrá puesto al corriente.

—Sí— contestó la abuela.

—¿Dónde os habéis quedado?

—En la denuncia —contestó John.

—¡Ah! la inútil denuncia —el ceño del recién llegado se arrugó—, al descubrir lo que faltaba en la casa, lo denunciamos, y a partir de ahí no tuvimos noticias. Esperamos un par de meses a ver qué ocurría, pero fue inútil. Me harté de esperar y acudí a indagar qué tal iba la investigación. No podría describir mi sorpresa cuando se me informó que no constaba realizada denuncia alguna y que nadie con el nombre de Clay Harrison aparecía censado.

Los tres invitados le miraron alucinados.

—Como lo oís. Nada. En ese momento me di cuenta que el tema tenía mucho más calado de lo que al inicio creímos. Alguien en la policía intentaba tapar el asunto y era muy, pero que muy eficiente. Esa vía estaba cerrada. A Marrie, mi mujer, se le ocurrió que quizá no fuéramos los únicos a los que había ocurrido algo semejante por lo que las mujeres comenzaron a organizar fiestas de té para observar si alguna actuaba de forma extraña.

Su mujer tomó la palabra.

—En las reuniones comentábamos por encima lo que había ocurrido en nuestra casa para examinar sus respuestas. Llevamos tres meses en ello y creemos haber detectado al menos tres casos. Pero, sobre todo uno, es diferente. La reacción de esta mujer no fue la de alguien avergonzado, sino furioso. Como si en ese momento se viera reflejada en otras mujeres, pero había algo distinto…

—¿Estaría dispuesta a denunciar todo, no solo los robos sino el chantaje? Para destruirlos necesitamos pruebas, el testimonio de alguien que lo cuente todo, absolutamente todo. Tendría que tener claro que se enfrentaría al escándalo, seguramente su matrimonio quedaría roto y ella apartada de la sociedad.

—Es tan injusto —la vocecilla surgió de la mujer que había estado en su misma situación pero había tenido la bendición de tener a unos amorosos padres y hermana que jamás le iban a dar de lado.

—Lo es, hija, pero intentar cambiarlo es como tratar de invertir el curso de las mareas —el cabeza de familia se dirigió a los tres—: Si hay algo que me supera es que se aprovechen de las mujeres. No puedo soportarlo y por ello estamos dispuestos a llegar hasta donde sea necesario.

La siguiente intervención sorprendió a todos. La hija menor de los Lancaster mostraba una seguridad no apreciable hasta entonces.

—Yo hablaré con ella, acerca de todo lo que me ocurrió y no ocultaré parte alguna. Quizá con el testimonio de ambas logremos algo.

Se giró hacia sus progenitores hasta que estos avalaron su propuesta, en silencio.

—¿Quién es esa mujer?

Por la corta pausa que inundó la habitación supieron que les iban a sorprender.

—La marquesa de Wright.

¡Dios mío!, y tanto que les habían sorprendido. Jamás hubieran imaginado que la bella marquesa fuera a ser uno de los objetivos de estos malnacidos. Lo bueno era que tenía fama de ser una mujer medio asilvestrada, criada en las tierras altas y que jamás llegó a acomodarse a la estricta y puritana sociedad inglesa. A Mere siempre le gustó mucho esa mujer. No se andaba con estupideces. La siguiente frase brotó de sus labios con naturalidad.

—Amanda, ¿podría acompañarte cuando te reúnas con ella? La conozco de hace tiempo, no demasiado, pero es una mujer que me agrada mucho.

Esta aceptó la ayuda con una suave sonrisa. Parecía una mujer diferente de la que había entrado acongojada al cuarto.

—De acuerdo, —intervino John— un buen amigo es inspector de Scotland Yard por lo que podrá indagar acerca de esa maldita denuncia desaparecida.

—Muy bien —respondió Duncan Lancaster— pero avisadle que tenga cuidado, mucho cuidado. Algo me dice que si va de frente le pararán de golpe.

John maldijo en voz baja. Era tarde para avisarle, ya estaría pidiendo refuerzos y trasladando toda la información de la que disponían.

IX

—Jules, no creo que padre esté en casa cuando lleguemos así que nadie pondrá objeciones a lo de la sesión de ocultismo.

La curiosidad hacía que los ojos de Jules centellearan.

—¿Alguna vez has estado en esas reuniones?

—No, diantre. Son estrambóticas y no digamos ya los que acuden. A mi madrastra le chiflan esas cosas, y yo, ya sabes que intento estar lo menos posible en casa —de reojillo no dejaba de mirar la impresionante figura del hombre que se encontraba sentado, tan pancho, frente a ellas en el coche de caballos.

La mano de Jules cubrió la suya y lanzó lo que todos tenían alojado en el fondo de la mente.

—A mí ya me conocen y no se extrañarán de que aparezca por tu casa, pero ¿cómo vamos a explicar la presencia de Doyle?

La mueca de Julia dio a entender la molestia de tener al hombre pegado como una lapa a sus faldas, y para colmo la sonrisilla que lucían sus labios la estaba poniendo sumamente nerviosa, y esos ojos…

—Dime, Doyle Brandon, ¿cuál va a ser la excusa?

Aguantó uno, dos, tres segundos…, hasta diez, en el que su paciencia se agotó al completo. Quizá funcionara la sorna con el hombre más empecinado del mundo.

—Y yo que creía que los caballeros contestaban a las damas cuando se les pregunta —lanzó un teatral suspiro— a dónde ha ido a parar esta sociedad…

¡Vaya!, ni siquiera la sorna funcionaba.

—¿Hola? Tierra a Doyle Brandon…

La imponente figura se enfrentó a ellas y tuvo la desfachatez de dirigirse a Jules, directamente, ignorándole a ella. No podía con ese hombre, ¡la superaba!

—Estimada Jules, di, por favor, de mi parte a la señorita Brears, aquí presente, que he decidido ignorarla hasta que se dirija a mí por *mi nombre de pila* —en esos labios se dibujó una sonrisa apenas perceptible— o querido. También puede tratarme de estimado o incluso, maravilloso. Por el contrario, si sigue con la enfurruñada y hosca actitud mostrada hasta ahora, puede esperar aposentada en ese portentoso trasero hasta la eternidad.

—¿Portentoso? ¡Portentoso!

—Ajá, —seguía hablándole a Jules, el condenado— portentoso, sin duda. Por otro lado, dile que no sufra ya que la excusa que tengo preparada le va a encantar.

—De acuerdo, Doyle.

Julia se volvió alucinada hacia su amiga que se reía sin pudor de ella, que al sentir su mirada encima ¡se encogió de hombros!

¡Se había pasado al enemigo! Por esos malditos ojos plateados, seguro.

Tan entretenida estaba con lo que estaba presenciando dentro del carruaje que apenas se dio cuenta de que habían llegado.

Su casa no se parecía a las mansiones de sus amigos, pero por nada del mundo iba a avergonzarse. Tampoco la zona en la que estaba construida era de lo más selecto de la ciudad. Era un barrio de gente acomodada, sin demasiados excesos, acorde con la forma de ser de su padre, un adinerado banquero que jamás consideró necesario una mansión de lujo o la apariencia externa de riquezas para vivir con holgura. La sobriedad era su lema y su familia no podía hacer otra cosa que seguir sus pautas.

En consonancia con ello, la amplia casa de tres alturas, de corte sencillo, rodeada de un jardín no excesivamente grande, ocupado en gran parte por una caseta que hacía las veces de almacén y una pequeña caballeriza, no destacaba de las que lindaban a ambos lados. A Julia siempre le había agradado la casa en sí. Otra cuestión era lo que opinara su madrastra o sus hermanastras, quienes no perdían tiempo en reclamar un traslado a una enorme mansión a la que habían echado el ojo hacía tiempo.

Por ello y por las continuas discusiones que generaba el tema en la casa, intentaba huir del desagradable ambiente en cuanto era factible y solo Mere, Jules y la abuela conocían la causa de que se refugiara tan a menudo en la trastienda de la librería. Allí se encontraba protegida, acogida y a salvo.

Tan pronto el carruaje se detuvo, la blanca puerta principal se abrió y asomó la pánfila cara de Bridget, la doncella que se ocupaba del mantenimiento de la casa y la cocina.

Fue casi risible la expresión de sus ojos cuando cayeron sobre la figura del hombre que se había bajado del coche y en esos momentos las ayudaba a descender ¿Le estaba mirando el trasero aprovechando que estaba de espaldas?

—Buenos días, Bridget. ¿Está mi madrastra en casa?

—Sí señorita. Está esperándoles y ya ha comenzado con los arreglos para la celebración de la fiesta de los espíritus. Ya han sido enviadas la mayor parte de las invitaciones y encargado el refuerzo en el personal de la casa. Lo que puede que no espere es la llegada del distinguido señor.

En respuesta al piropo, Doyle se lo agradeció con una agradable sonrisa, haciendo que los papos de Bridget casi explotaran del calor generado.

Abrió la puerta y pasaron a la práctica salita de costura y descanso. En ella se encontraba una robusta y morena mujer entrada en años y en carnes, sentada a una mesita ovalada repleta de sobres y papeles. En cuanto escuchó la llegada de su hijastra, no se contuvo.

—Julia, llevo esperando una eternidad y mi corazón no está para inquietarse con...

Lo que iba a decir quedó atascado en su laringe en cuanto su mirada recayó en el hombre que acompañaba a su hijastra y a su amiga. Sus manos de inmediato intentaron recomponer su peinado.

—Pero querida, ¿cómo no me has avisado de que íbamos a tener ilustres invitados? —la mirada que le lanzó anunciaba represalias y Julia tragó con dificultad—. Haz el favor de presentarnos.

—Madrastra, a Jules ya la conoces. Te presento a Doyle Brandon, es...

No le dejó seguir. El energúmeno se aproximó a su madrastra como si la casa fuera suya y con un descaro imprevisto besó el dorso de la ofrecida mano.

—Buenos días, señora Brears. Es un verdadero placer conocerla. Quizá mi presencia resulte una sorpresa, pero decidí que la mejor manera de hacer lo que tenía planeado era en persona y de inmediato. Como comprenderá me es difícil esperar más allá de lo necesario...

Todas le miraban como si hablara en chino mandarín.

—Ya me dirá, señor Brandon, y por favor, después de semejante introducción no me mantenga con la intriga.

—Es sencillo señora. Quisiera pedir en matrimonio la mano de su hija.

Sin duda, no había escuchado bien. Su mente últimamente le jugaba malas pasadas. Solo cuando su madrastra chilló como una banshee y comenzó a saltar sobre sus inflados pies se dio cuenta de que lo que había creído escuchar era efectivamente lo que el idiota había dicho.

La acababa de meter en un jaleo monumental e irremediable que no tenía marcha atrás. Lo iba a matar.

X

La tranquila reunión para recopilar información fue todo menos lo esperado. En esta ocasión se reunieron en la mansión de los Brandon, en el despacho de cuero, como Mere había cogido el gusto de llamarlo. Tras volver de la mansión de los Lancaster, se pasaron por casa y comieron con Norris a quien adelantaron lo descubierto, y como todos, se sorprendió muchísimo al averiguar la identidad de la marquesa de Wright.

Había quedado con Amanda Lancaster en reunirse con la marquesa en un par de días y rezaban para que fuese receptiva a sus planes ya que sin su ayuda de pocas evidencias dispondrían. Cierto que Amanda se ofreció a contarlo todo a la policía, pero llegaron a la conclusión de que iban a necesitar más. Por lo menos el testimonio de uno de los hombres utilizados como anzuelo para infiltrarse en las casas, que facilitara todos los datos y componentes de la organización y no desapareciera de la faz de la tierra como Clay Harrison.

Si eran sinceros consigo mismos, algo prácticamente imposible.

Eran las siete pasadas y estaban todos congregados, salvo Rob, que se estaba retrasando, y ello no les agradaba un pelo después del aviso lanzado por Duncan Lancaster. Nada.

Cada minuto que pasaba estaban más inquietos.

—Quizá debiéramos acudir a la comisaría para verificar que está ocupado o se ha entretenido con algún caso —a Mere no le extrañó que Peter lanzara la idea. Estaba más sombrío que de costumbre.

Había obtenido información del hombre que les había atacado el día anterior. Aparte de confirmar la identidad de Martin Saxton, había descubierto que era el amante de Selena Saxton, que su marido era un demente pervertido completamente obsesionado con Rob y que se reunían periódicamente en una zona problemática de la ciudad.

Sobre el estado en que había quedado tras el interrogatorio nadie había querido preguntar.

También en casa de Julia había ocurrido algo fuera de lo habitual,. Una sempiterna sonrisa permanecía clavada en el habitualmente serio rostro de Jules. Y si ello no fuera suficiente como para alertar el sentido de la curiosidad de Mere, las llameantes miradas que lanzaba Julia a Doyle hubieran bastado por sí solas. Al hombre se le veía tan satisfecho como a un halcón con el buche bien repleto, y Julia estaba simplemente colorada o quizá morada de ¿frustración?

Tenía que averiguar lo ocurrido.

Al menos, la fiesta esa de los muertos estaba organizada para coincidir con el día indicado por Peter para la reunión en la casa de citas. Lo difícil iba a ser planear la manera de retener a Selena Saxton para evitar que acudiera a su cita con sus amantes y con ello lograr pillar desprevenido y a solas al demente.

El plan estaba tomando forma poco a poco, aunque hilar todos los puntos era como hacer bolillos, era importante no errar al colocar el separador.

Tenían cuatro vías de investigación en marcha: la reunión con Elizabeth Wright para intentar que hablara; coincidir con Selena Saxton en la sesión de espiritismo e intentar parar a la mitad del monstruo que formaba la pareja; localizar a otras de esas mujeres a través de la policía; y la más compleja, infiltrarse en la organización para localizar el lugar donde tenían presos a los muchachos.

Dios santo, estaba en parte aterrada; a pesar de tener junto a ella al grandullón le asustaba lo que iba a hacer. Mucho. Y para colmo, aun no había llegado Rob, pieza esencial en el plan de infiltración.

Lo habían comenzado a debatir en cuanto volvieron de la mansión Lancaster. Era unánime la impresión de que la única con la estatura necesaria para pasar desapercibida era ella. Las curvas eran otro asunto, pero había ideado algo que a su marido no le había hecho ninguna gracia. Ya lo hablarían esa noche y harían pruebas.

Faltaba concretar las fechas. Sabían que el próximo cargamento de muchachos estaba al caer esa misma semana, e imaginaban que la tarea de trasladarlos recaería de nuevo en Rob. Pese a la desaparición de Anderson dudaba que les diera tiempo a instruir a otro con los datos necesarios para ello. Pero antes tendría que coincidir con el nuevo al mando y volver a pasar por el tamiz de este, no había otra solución. Era la única oportunidad para descubrir dónde estaban los chicos.

Le tocaba a ella infiltrarse.

Diantre, todo se estaba precipitando y le estaba entrando miedo, un pavoroso miedo. En dos días la reunión con la marquesa, en una semana la grotesca fiesta de los muertos en casa de Julia y la cita concertada en el burdel.

Se acercó al gruñón hasta que su cadera presionó contra la de él. Eso logró que se relajara algo. Necesitaba sentirlo cerca. Cualquier error y se meterían en problemas. Tenía tanto miedo de arriesgarse y perderlo todo.

XI

¡Joder!, no cabía en sí del asombro. El hijo de mala madre ese le había amenazado, ¡a él! ¡Por hacer su trabajo!

Cómo había podido estar tan ciego. Ahora todo tenía sentido: el personal mínimo, las trabas a la hora de recibir ayuda, la imposibilidad de acercarse a sus otros superiores y solicitar consejo. ¡Maldito cabrón!

Se tocó con ligereza el cuello en el que aun se apreciaban las marcas. Todavía le molestaba.

Apretó los puños. Ese cabrón no sabía con quién se había metido. Si sus defectos en parte lo definían, desde luego la tozudez era uno de ellos. Llevar la contraria a las órdenes, pelear cuando le decían que se rindiera, enfurecerse con la injusticia y matar por su familia y amigos si los amenazaban veladamente, sobre todo a su padre, redondeaban su carácter.

Como se atrevieran a tocar un pelo de la cabeza de padre…

Imaginaba que le vigilaban, así que en lugar de dirigirse hacia su casa, callejeó hasta que logró despistar a sus seguidores, a costa de buscarse problemas en las callejas en las que se adentró.

Ya les había perdido de vista. Respirando con mayor tranquilidad se dirigió a casa de Peter. Hablar con él y con Doyle lograría que aclarara las ideas.

XII

Algo iba mal, rematadamente torcido. Si algo caracterizaba a Rob era su puntualidad y se estaba inquietando. Le desagradaba tanto que se encontrara solo y lejos de él. Así no había manera de protegerle, ¡joder! Y para colmo se habían separado tras discutir.

Había dejado al hijo de puta con Guang, desde luego, era el lugar más seguro para evitar que escapara. El honor de su amigo quedaría en entredicho si lograba huir, por lo que eso jamás ocurriría. En ese sentido estaba tranquilo, y una vez que llegara el tontolaba quedaría totalmente relajado.

Le había costado tanto desembarazarse de la furia que le había invadido por la tarde, una furia ciega al escuchar de boca del hombre que habían interrogado lo que Martin Saxton decía sobre Rob. Mataría con sus propias manos a ese enfermo, aunque fuera lo último que hiciera, tanto por lo que le hicieron a él, por sus sufrimientos, sus malditos recuerdos, sus cicatrices y el rechazo a todo lo que le hiciera debilitarse, por destrozar sus posibilidades de ser feliz, de amar o de sentir, como por lo que tenía planeado para Rob.

Por enésima vez ojeó el reloj. Era tarde y todos habían retornado a sus casas. Incluso Doyle había salido a acompañar a Julia y a Jules a sus respectivos domicilios pese a las innumerables protestas y gruñidos de su prometida.

Dios, estaba deseando escuchar de boca de su hermano cómo había terminado *prometido*. Quizá por arte de magia…

De nuevo dirigió la ansiosa mirada oscura al maldito reloj. Los minutos parecían horas. Creyó escuchar cerrarse la puerta de entrada, pero no podía asegurarlo, las paredes de la casa eran demasiado gruesas y su oído no era tan fino como quisiera.

La sensación de alivio en el pecho, en su mente, al observar que la puerta se abría y que la estilizada figura de su mejor amigo aparecía tras el mayordomo, le dejó sin respiración. Repentinamente, como si faltara oxígeno en la concurrida habitación.

Pero, ¿qué coño le estaba pasando últimamente? Ni que el estado de su amigo guiara su propio estado emocional. ¡Joder!

Era sencillo. Él no se emocionaba. No se angustiaba sin razones de peso, de verdadero peso. Entonces ¿por qué diablos no conseguía apartar al tontolaba de su mente? No importaba. Al menos estaba vivo y coleando, el rostro ligeramente sucio, las malditas marcas en su cuello que seguían siendo apreciables a simple vista, jadeante como si hubiera corrido varias millas y enfurecido.

De lo que no había duda era que traía noticias frescas y que no eran agradables.

XIII

Dos horas eran más que suficientes para llevar a la práctica lo de ocultar unas simples curvas, pero su esposo repetía hasta la saciedad que de sencillas, nada. Le iba a desquiciar los nervios.

No. La propia situación le iba a desquiciar totalmente. El panorama era caricaturesco. Ella con la enagua como única prenda sobre su cuerpo, en pie con los brazos en alto y su trol sentado en la cama, con tropecientas mil vendas a su alrededor, los ojos a la altura de sus pechos, mirándolos con una fijeza preocupante y patidifuso.

—Cariño, tienes que vendarlos, no hipnotizarlos.

Esos verdes ojos subieron por su cuello y su rostro hasta alcanzar su propia mirada.

—Te va a doler…

—Pero qué demonios crees que llevo puesto todos los días, ¿una túnica vaporosa y todo al aire? Cariño, la ropa que llevamos a diario sí que es un instrumento de tortura, no apretujarme un poco los pechos…

—Y las caderas —lo decía mientras se las acariciaba por encima de la enagua.

¿Es que estaba atontado? Lo oteó con detenimiento. Vaya, su marido parecía angustiado con la idea de envolverla en vendajes. Ni que la fuera a amortajar. Uf, qué idea horripilante…

—¿No me estarás imaginando amortajada?

Los llenos labios se combaron.

—No, enana. A tanto no ha llegado mi desesperación.

—Me alegra, cariño. De lo contrario me hubiera preocupado algo. ¿Seguimos?

Habían reunido vendas de todo tipo, finas y de gran largura, más cortas, gruesas, de diferentes tonos…, una locura. Mere centró la vista en la que tenía aspecto más sedoso y fino. Solo faltaba que le salieran sarpullidos.

—Esa.

—¿Cuál?

—La fina de color marfil.

La manaza se extendió y aferró la seleccionada. La sujetó con ambas manos y Mere elevó de nuevo los brazos esperando sentir que comenzaba a envolverla, pero nada.

—¡John! Por todos los…

¡Oh! Eso había sido un beso. Bajó la vista y se quedó alelada mirando la cabeza de su señor esposo apoyada contra sus pechos mientras frotaba su áspera mejilla contra la llena suavidad de estos. Intentó empujarle en el hombro, pero era como una mole. Inamovible.

—Cariño, tienes que vendarme, no frotarte contra mí.

Mere no podía apartar la vista de esa negra cabeza que se deslizaba hacia uno y otro lado con languidez, como si lo que estaba haciendo fuera un verdadero placer, hasta que sin desubicar esa hermosa cara se giró hacia un lado, algo hacia arriba y la miró, gimió suavemente y besó el pecho más cercano a su boca.

Dios, quería volverla tarumba y que se le cayeran las enaguas de golpe.

Y al pasa que iba, buen camino llevaban para ello. Nada más pensarlo sintió la enagua deslizarse hasta quedar trabada a sus pies y que era aferrada por la cintura hasta caer sentada sobre los duros muslos de su marido, que rodeaba con los suyos esa estrecha cintura.

Los besos no habían parado en los pechos, seguían su curso hacia arriba hasta que esa cálida boca llenó la suya. Qué demonios, ya se amortajaría después de amarse.

—¡Espera! —se separó quedando a poca distancia de ese inmenso pecho aun cubierto por la clara camisa de seda—. Dime que esto no es para distraerme y que se me olvide lo de vendarme como *un momio*.

Sin decir una palabra aferró con esa enorme mano la suya y la metió entre sus cuerpos hasta apoyarla sobre su entrepierna.

¡Vaya! Estaba descomunal.

—Cielo, te prometo que después de amarte te vendaré toda enterita, ahora lo que quiero es *comerte* toda enterita, si me dejas, claro. Estoy dispuesto a suplicar —esa sonrisa hacía que perdiera la cabeza y este caso no era diferente de los otros. Al final quien suplicaría sería ella, pero no le importaba, no con él. Con él se sentía libre y amada, ¡tan amada!

Aferró la misma mano que John había empleado para que sintiera su dureza y la situó en su sexo, a la entrada del mismo y la presionó cubriéndola con la suya. Su marido no necesitó indicaciones, comenzó a acariciar de inmediato siguiendo el compás que ella marcaba al acariciar ese rígido miembro con su mano libre. Siguió hasta que Mere no pudo aguantar más y rasgó la parte delantera del presionado pantalón, logrando una suave carcajada y un *eres una pequeña fiera* de labios de su marido.

Le molestaba que estuviera tapado, así que comenzó a desprender la camisa que le cubría, dejando expuestos los amplios hombros, el perfectamente moldeado pecho y el musculoso vientre. Le chiflaba mirarle.

Notando las sensaciones que le estaba causando esa mano aventurera, esos dedos ya adentrados en su hendidura, comenzó a besarle, en esos labios carnosos, en el hoyuelo de la barbilla, el mentón y a mordisquearle. Eso la sacaba de sus casillas hasta el punto de sentir el inmenso miembro que acariciaba en su mano convulsionarse y supurar. Las venas destacaron más de lo que lo hacían y Mere incrementó el ritmo de las caricias, hasta lograr una carencia casi salvaje. Su John estaba perdiendo la cordura, lo notaba por los gemidos y los suspiros que lanzaba entremezclados con algún ronco grito, por el incremento en la profundidad y velocidad de los embistes de esos largos dedos que la estaban causando oleadas de placer, y ante todo, por la rigidez del pene que sentía como suyo. La calidez espesa que notó en su mano le indicó lo que esperaba en cualquier momento. Su John había estallado y ella le iba a seguir enseguida. Esos dedos la estaban volviendo loca, la rapidez con que la penetraban era trepidante y casi causaba dolor, un dolor entremezclado con hilarante placer, un inmenso placer. No podía más. Cerró los muslos, intentó cerrar los muslos, pero él no le daba tregua. Seguía y seguía mientras le susurraba palabras al oído hasta que toda ella se estremeció, no solo su interior. Sus músculos internos estrujaron esos endemoniados dedos que seguían con un suave vaivén, muy suave, hasta quedar quietos en su interior.

Mere sonrió.

—Me vas a dejar defenestrada cualquier día, amor.

Su gruñón soltó una agotada y espléndida risilla.

—Nos defenestraremos juntos.

—Hum, suena bien.

Seguían aferrados, sentado él al borde de la cama con la mano todavía en su interior, entre sus cuerpos, e hizo algo que sabía que la descolocaba. Sacó suavemente esos dedos y con una pasmosa parsimonia, se llevó la mano a los enrojecidos labios y se los lamió unos a uno.

—Dios, me chifla como sabes, enana.

Esta vez ella no se cortó ni dudó. Soltó el miembro, algo más flácido e imitó el movimiento de su marido, introduciéndose el dedo índice y después el medio, con voluptuosidad, en la boca.

—Y a mí me encanta tu sabor, mi grandullón.

Madre mía, había desatado las puertas del infierno. Si no lo hubiera observado de cerca, jamás habría sido testigo de la dilatación repentina de esas pupilas hasta hacer desaparecer el verde del iris, ni habría sentido la repentina dureza del pene que hasta hace unos segundos se apoyaba, suave, contra su vientre. Ya no descansaba sobre su carne, sino que se bamboleaba, inmenso, entre ambos cuerpos.

Atacó como una fiera salvaje su boca y con un brusco movimiento la izó y dejó caer sobre su erecto miembro. Incluso distendida con la intrusión previa de los dedos, las paredes de su sexo se tuvieron que esforzar al máximo para ubicar al intruso, al caliente y enloquecedor intruso que asentó un ritmo infernal desde el principio.

Dios santo. No sabía si iba a poder soportarlo, no por segunda vez en tan corto espacio de tiempo. Su hombre la iba a matar a placer.

Dejó de pensar y se dedicó a sentir. Esas penetraciones hasta el fondo, hasta casi sentir la ancha punta en el vientre, el roce con cada embestida en esa zona que hacía que viera las estrellas, acompañada de las caricias de esas manos, una frotando constantemente ese lugar y la otra acariciando sus pechos, esos pechos causantes de la sesión de sexo más alucinante de su matrimonio.

Apenas aguantaron, los embistes se sucedían y ella devoraba la boca de su marido mientras acariciaba su pecho, esos rígidos pezones, tan sensibles a su tacto.

¡Madre mía! En esta ocasión explotaron al unísono. Nada más sentir ese calor en su interior y las convulsiones del enorme miembro expandiéndose algo más hasta dilatar al máximo sus paredes internas, ella se contrajo una y otra vez masajeando con ello la carne que seguía en su interior.

—¡Dios, Mere! Me vas a matar…

Sonrió ya que sabía exactamente lo que iba a responder.

—De eso nada. ¿A quién defenestraría, entonces?

Su marido sonrió. ¡Diantre! Le encantaba hacerle reír en la cama.

Agotados, se tumbaron cruzados en el lecho. Él de espaldas y ella cubriéndole, con él todavía llenándola. Mere besó ese pecho definido y levantó la cabeza con supremo esfuerzo.

—¿Y si dejamos lo de las vendas para la mañana, cuando estemos menos agotados y pringosos?

La respuesta la susurró tras arrastrarla sobre su cuerpo hasta adentrase en el lecho, desprenderse de la poca ropa que les cubría y tapar a ambos con las frescas sábanas.

—Ya sabía yo que no solo me había casado contigo por tu precioso cuerpo, cariño. Esa mente me vuelve loco.

Se acomodó sobre el firme corpachón, rodeada por los robustos brazos, una de las manos sobre su trasero, como siempre, y se dejó llevar, saciada totalmente, por el letargo, un maravilloso letargo.

Ya afrontarían los problemas mañana. Esta noche disfrutaría del tierno abrazo de su gruñón.

*****

Capítulo 14

I

Estaba tan enfurecido que le rechinaban los dientes. Ni siquiera el vaso de whisky preparado por Doyle había logrado aplacar su furibunda cólera. Había llegado estando únicamente Peter en la mansión y para rematar semejante asco de día actuaba de forma que le estaba dejando completamente pasmado. Pasmado y al filo, mala combinación para estar a solas con alguien de confianza y cercano. De ahí a que saltaran chispas y estallara una monstruosa discusión iba un diminuto suspiro. Rehuía su mirada y en cuanto se acercaba algo, un mínimo pasito, reculaba como si le fuera a contagiar la peste bubónica.

Estuvo a nada de olfatearse a sí mismo. Quizá había pisado algo desagradable.

Le faltó tiempo para sonsacarle qué demonios le ocurría, cuando la insólita reunión se vio interrumpida por la apaciguadora llegada del hermano mayor. Al menos con Doyle de mediador evitarían los golpes. Bueno, eso y el hecho de que quien siempre terminaba tendido en el suelo como consecuencia de una llave de esas raras, fuera él, disminuían sus ganas de bronca.

Bastante amoratado y dolorido estaba ya como para recibir más golpes.

Se notaba ansioso por soltar la información que bullía en su mente, pero antes necesitaba otro traguito del reconfortante alcohol. Inspiró profundamente y se lanzó.

—Me han amenazado.

—¿Qué? —el gruñido surgió de Doyle. Peter quedó petrificado.

—Al llegar a la comisaría, y tras debatir con mis hombres acerca de todos los datos recabados, fijamos un plan. Lo primero iba a ser obtener información sobre las denuncias registradas en los últimos dos años que coincidieran con las pautas marcadas por el caso; ya sabéis, gente adinerada, robos en sus domicilios, objetos de considerable valor, parejas sin hijos. Intenté acceder a los registros y ahí comenzaron las trabas. La respuesta inicial fue "no sin el permiso expreso de inspector jefe".

—¿Tu superior?

—Sí, el inspector jefe Albridge.

—¿El inspector jefe inepto, *el lombriz*?

—Ese mismo. Quien yo creía un inepto total ha resultado ser un hombre completamente corrupto. Intentar reproducir la conversación es como entrar en un limbo nebuloso. Me di perfecta cuenta, nada más acceder al despacho, de que no era bienvenido, pero eso es algo esperado ya que siempre he sentido cierto ligero rechazo en su actitud, pero nada que ver con lo de esta ocasión. No me dio opción a plantear absolutamente nada. De entrada y a gritos me dijo que qué demonios estaba pensando para solicitar examinar los registros de denuncias. Que me dejara de idioteces si quería seguir siendo inspector.

—¿Así, sin más ni más?

—Sí. La sorpresa fue inmensa y al principio no reaccioné, hasta que me dijo de soslayo que me estaba adentrando en arenas movedizas y que si no me quedaba quietecito me iba a hundir y nadie, absolutamente nadie, iba a extender su mano para que escapara del lodoso fango.

—¿Qué hiciste? —en esta ocasión preguntó Peter. ¿Por qué demonios le preguntaba qué había hecho? Lo que todo macho con sangre caliente hubiera hecho, ¡coño! Darle una rabieta.

—Casi veía rojo del enojo. No sé, creo que le berreé algo como que me encantaba el delicioso fango y que nadie, ni siquiera la reina, me iba a apartar de la investigación de un caso que al parecer extendía sus garras hasta la supuestamente incorruptible policía.

—¡Joder, Rob! Viva la sutileza… —expresó Peter.

Lo que le faltaba.

—Tú no estabas presente, así que te callas.

En respuesta Peter se cruzó de brazos, ofendido.

—¿Qué más ocurrió? —como siempre Doyle, sosegado, se centraba en lo que tenía importancia.

—Me informó que no me convenía enfrentarme a él ni a las personas interesadas en que la historia no saliera a la luz. El cabronazo me preguntó con estas mismas palabras "¿qué tal se encuentra su padre? Si no me equivoco hace poco sufrió un penoso percance". ¡Dios! tuve que contar hasta veinte. Poco faltó para que me abalanzara sobre él y lo placara contra la pared.

Peter enarcó las cejas. Dios, odiaba que hiciera eso.

—¿Qué hiciste? —siguió Doyle.

—No me anduve por las ramas. Le pregunté si estaba amenazando a mi familia y el muy hijo puta me dijo que le alegraba ver que seguía siendo tan *perspicaz* como siempre.

—¡Joder!

—Eso digo yo.

—¿Confías en algún superior, sin reservas?

Sí, lo hacía y, por todos los diablos, esperaba que no le hubiera alcanzado la corrupción. No a él.

—El superintendente Stevens.

—¿Confías en él?

—Sí.

—¿Lo suficiente?

—Como en mí mismo.

La curiosidad apareció en los ojos oscuros de Peter, pero ahora no tenía tiempo de explicarse. No ahora.

Maldita sea. Todo, absolutamente todo, se estaba descontrolando y eso le ponía en alerta. Como colofón de un día de perros, tenía que acudir a la fábrica, al haber recibido un poco tranquilizador mensaje a través de su contacto en los muelles para que acudiera a medianoche. Su instinto le decía que tocaba prepararse para un nuevo y desagradable traslado de muchachos, y si no se colaba demasiado, sería en tres o cuatro días a tenor del tiempo que transcurría desde que le avisaban hasta que se ponía en marcha. También conocería al nuevo capataz.

Este viaje sería diferente ya que se infiltraría alguien y todas las apuestas recaían en la pequeña Mere por lo que tendría que andar con pies de plomo. No le agradaba nada poner en riesgo a una mujer y menos si era uno de los suyos.

Desde luego, en peor momento, imposible; y para más inri aun, no había comentado con los hermanos lo de la cita en la fábrica, aunque ya era hora. El tiempo se le echaba encima y tendrían que organizar algún plan colateral, para afrontar cualquier eventualidad.

No podía aguardar así que empezó a compartir información.

Se le hizo eterno. Entre datos, preguntas y cortas discusiones con el ogro transcurrió casi una hora y llegaba el momento de partir ya que le quedaba un buen trecho hasta la fábrica. En cuanto finalizara la reunión, pasaría de nuevo por la mansión para que los hermanos quedaran tranquilos. Se lo había prometido para evitar que Peter le acompañara, y lo cumpliría, pero después se lanzaría de cabeza a su acogedora casa donde le estaría esperando un refunfuñón padre, aun más preocupado que sus posesivos amigos.

Tenía casi treinta años, ¡por Dios!, y lo trataban como a un lactante.

Estaba deseando acurrucarse en su mullida cama y dormir el sueño de los justos. Si todo salía como esperaba le quedaba poquito para tirarse de cabeza al lecho.

II

Por extraño que pareciera se habían levantado relajados, algo doloridos pero plenamente laxos, hasta que dio comienzo el más que torpe intento de momificarla.

—Enana, sigues teniendo curvas.

—Ya lo sé ¡rábanos!, pero tienes que imaginarme con una camisa encima y algo de abrigo. Entonces las curvas desaparecen.

Su marido la agarró de las caderas, la giró en redondo y Mere imaginó lo que estaba haciendo por el calorcillo que comenzó a percibir en su parte inferior.

—Lo del trasero, va a ser imposible.

—Quieres ser más positivo ¡diantre! —refunfuñó— es cuestión de taparlo con algo, un jersey o una chaqueta que llegue por debajo de las caderas.

—Claro, cariño ¿y si te la quitan? En cuanto vean esas redondeces, se les va a iluminar el cerebro, y la libido.

—John, no todo el mundo tiene una mente calenturienta y menos conmigo.

—¡Ja! Eso lo dices para tranquilizarme, y podrías evitártelo ya que ni queriendo lo vas a lograr.

Estaba como una momia. La palabra que pensó la noche anterior antes de la agotadora sesión amatoria, iba como anillo al dedo. Amortajada.

Había tenido que achuchar a su gruñón para que la envolviera bien prieta. Pese a todo el esfuerzo, parte de sus rechonchos pechos se desbordaban por la parte superior y su marido no hacía más que acariciar lo que se asomaba.

Le dio otra palmadita en la mano.

—¡Quieres parar de una vez!

Se acercó, cautelosa para que no estallaran las vendas, hasta el espejo de medio cuerpo situado junto al armario y se observó detenidamente.

Lo lograrían. Camuflando algo la suave cara, dibujando algo de ojeras y calando una gorra sobre su cabeza, pasaría por un muchacho, al menos el tiempo suficiente para que la llevaran al mismo lugar donde retenían a los chicos. Una vez localizado, tendrían pruebas sólidas del infecto negocio organizado por esos enfermos.

—¿No se podría...? no sé, ¿rellenar algo la cintura? Es que parezco un reloj de arena.

Sobre su cabeza se reflejó en el espejo el pecho y precioso rostro de su marido que la recorría con avidez hasta bajar la cabeza y besarla suavemente en el desnudo hombro.

—Es lo mejor que podemos hacer. Encima te puedes vestir con una camisa que cuelgue fuera de los pantalones y una gruesa chaqueta. Al menos el tiempo nos favorece. Con el frío que hace todo el mundo va bien abrigado.

Mere suspiró e intentó inflar el vendado pecho.

—¡Qué haces! —los ojos verdes de su gruñón se estaban desorbitando.

—Probar el grado de flexibilidad por si tuviera que respirar profundamente, o escapar, o chillar como una loca —se giró chocando casi contra el musculoso cuerpo de John— no puedo más, ¿me ayudas a salir de esta mortaja?

—Con gusto, enana, con mucho gusto.

Apenas tardó en desenredar las largas vendas, enroscarlas y guardarlas a buen recaudo para reiterar la prueba en otro momento, ya que convenía que se habituara a llevarlas puestas. Mientras John terminaba de hacerlo, Mere recordó lo que se le había pasado por la mente en la casa Lancaster.

—Cariño, creo que hemos hilado otro de los datos de la libreta de Worthington —se aproximó desnuda a la mesilla situada en su lado de la cama y extrajo del pequeño cajoncito la copia de los apuntes de la agenda.

—¿Qué fue lo que dijo Marietta Lancaster que había robado en su casa el tal Clay? —¿por qué demonios le estaba mirando fijamente su marido, siguiendo sus movimientos? y ¿por qué se relamía los labios?

¡Oh! Estaba desnuda, como el día en que la parieron. Había perdido la vergüenza. El culpable era el matrimonio que la estaba convirtiendo en una descarada desvergonzada, y su marido ayudaba a ello con su costumbre de dormir desnudo y pasearse como Dios lo trajo al mundo delante de sus narices. Es que todo se pegaba menos la hermosura.

Asió la bata de seda del grandullón y se la colocó como buenamente pudo, arrastrándola por los suelos, con las mangas a la altura de las rodillas, y su marido la miraba raro. Que hombre más extraño. Extraño y tierno.

—Gran cantidad de plata y un grupo de marfiles muy valioso, de la India —la voz surgió algo ronca.

—Mira —se acercó de nuevo a su marido a grandes pasos y le colocó la hoja con la indicación que le interesaba bajo la recta nariz—. Pone "03—03—65—986 libras—Lancaster (marfiles y plata), Hamstead (cadenas y plata—diez por ciento". El hombre apuntó los objetos que robaban en cada casa. Ahí está, Lancaster, marfiles y plata. Lo que no termino de imaginar es a qué se pudo referir con lo del diez por ciento. La cantidad de 986 libras me parece una cuantía baja para el valor que comentaron que tenían los bienes robados. No sé, diez por ciento, pero ¿de qué?.

—Quizá las casi mil libras sea el diez por ciento del valor de lo que robaron. Diez mil libras de valor aproximado sí que cuadraría con el valor de lo hurtado —añadió John tras sujetar la hoja con sus manos.

—Tendremos que comentársrlo a los demás.

Su marido tan solo asintió por lo que Mere presintió que le iba a decir algo.

—Mere…

—¿Hum? —comenzó a sacar una muda de ropa interior y la ropa de casa ya que no habían planeado salir. Tenían todo el día de hoy para terminar de organizar la reunión con la marquesa de Wright y esperaba por la tarde la visita de Amanda Lancaster. Además, seguro que tarde o temprano se pasaban los Brandon y Norris y su hijo para ir desarrollando el tema de los muchachos.

—Cariño, atiende.

La voz de su marido rezumaba seriedad por lo que Mere se giró inmediatamente.

—Quiero que vayas armada.

Su sorpresa fue inmensa.

—Pero, ¡no sé manejar armas! y soy desastrosa. ¿Y si se lo clavo o disparo a quien no debo o a mí misma? Ay, Dios.

—Lo sé, lo sé, pero me sentiría más tranquilo.

—¿Y no podría enseñarme Peter a bloquear y, cómo se dice, a noquear a un enemigo, aunque sea grande?

—No estaría de más pero si quieres parar a un hombre, cielo, agárralo de las pelotas, bien fuerte.

Guau, esa era información privilegiada.

—¿Cómo?

—Con una mano y se las retuerces. Créeme, cariño no recordará ni el nombre de su madre.

—Vaaale.

—Aun así, quiero que vayas armada.

Supo que una contestación afirmativa era lo que su grandullón necesitaba escuchar, no idiotas protestas sobre no saber utilizar armas, ni largas para evitar portarlas, aunque se volara el dedo gordo del pie, y por todos los santos que le iba a dar el gusto, por él, porque simplemente así lo necesitaba y ella podía dárselo.

—¿Cuchillo, puñal o pistola?

La sonrisa de oreja a oreja de su grandullón le llenó el corazón y el alma. Estaba asustada y no temía reconocerlo, pero pasaría por encima de quien fuera necesario, aplastaría a quien se interpusiera, sin compasión ni remordimientos, para volver a donde pertenecía, a los brazos de su John.

Tenía que quitar la preocupación del corazón de su marido, aunque fuera por unos breves momentos, en el refugio de su habitación, ellos solos.

—No me veo con un látigo, cariño.

La risilla dulzona de su señor esposo aligeró algo su propia preocupación. Eso y que sabía que en esta ocasión ninguno de ellos la perdería de vista y además, estaba el ejercito de hombres de confianza de John, empezando por su mano derecha, Williams.

—No me des ideas, cielo.

Quien rió ahora fue ella. Dios, ese hombre tenía su corazón en un puño. Tanto, que casi dolía.

III

El día se estaba convirtiendo en una caja de sorpresas y la mayor acababa de salir de los refinados labios de Jules.

—Me habéis oído perfectamente: que Julia se nos casa.

El rojo tornado enfurecido se giró en dirección al foco de la noticia.

—¡De eso nada! Y como alguien repita semejante patochada de nuevo, va a tener un serio problema conmigo. Eso, un problemón.

—Pero, hija, te vas a casar.

—¡Qué no! El energúmeno ese me ha tendido una trampa ladina y, y…

—Imposible de arreglar…

—Eso —chilló Julia, derrumbada en medio del tresillo, con la cara colorada haciendo un espantoso juego con su roja y alocada cabellera— ¡No eso, no! Le he planteado que digamos que por un golpe de calor extremo…

—¿En invierno?

—…interno o corporal o lo que sea, me da igual, se le fue la cabeza; pero, ¡se niega! y me dice que con el paso de los años ¡terminaré por comprenderle! —se dirigió a la abuela— ¡me va dar algo en cualquier momento! No me quiero casar, soy carne de soltería.

—Vale, hija. No nos angustiemos y centrémonos. No te pueden obligar a casarte…

—Eso díselo a mi madrastra. Ya está organizando la boda.

—…aunque el novio sea muy guapo, rematadamente apuesto con esos ojos y ese trase….

—¡Abuela!

—Bueno, ¿y dónde está el apuesto presunto novio?

—En su mansión, supongo. Maquinando y ¡disfrutándolo! Ayer noche, tras dejarnos sanas y salvas en casa, le dije que no quería verlo ni olfatearlo hasta que fuera estrictamente necesario. Creo que se me ofendió, ni que fuera una delicada amapola. Todo enfurruñado y tieso me dijo que más tarde, refiriéndose a hoy, imagino, se acercarían a compartir si había alguna novedad.

—De acuerdo, ¿preparamos el plan para la sesión de ocultismo hasta que se incorporen todos?

Estuvieron de acuerdo y sus mentes ya comenzaban a trabajar febrilmente en ello. Todas menos la oculta por la melena roja más impactante de todo Londres.

—¿No os doy ni un poquito de pena?

—¡No!

IV

Llevaban desayunando apenas cinco minutos cuando llegó el aviso de los hermanos. Tras liquidar los asuntos de diario en el despacho se pasarían por la casa ya que tenía noticias *apremiantes.*

¡Apremiantes! Solo con la palabra se sentía acongojada.

Poco se explayaban en la corta misiva, pero no era de extrañar, no con los últimos inquietantes descubrimientos.

El día había amanecido helado provocando la necesidad de caldear la casa antes de que terminara todo el mundo de despertar. También había llegado aviso de Dean y Thomas de que faltaba poco para que llegaran. Y a Mere no le hizo ninguna gracia la posdata firmada por Thomas: "Decid de mi parte al renacuajo, que como se meta en otro lío estando yo fuera de casa, se las tendrá que ver conmigo. Dadle también un achuchón de mi parte, que me ha dado un susto de muerte. Dean está de acuerdo".

A su señor marido y al cotilla de Jared, por supuesto, les había encantado la apostilla, comentando que las mentes brillantes antes o después se encontraban las unas a las otras.

Los hombres de su familia eran obsesivos y tan, tan modestos, ¡uf! Menos mal que sus padres vivían en la inopia, que si no... Engulleron como posesos los bollitos, panecitos, empanadas y tostas que Rosie había preparado como si intuyera la necesidad de tenerlos contentos y aplacados, y nada más apropiado para lograrlo que una suculenta comida. Con los estómagos a rebosar se abrigaron, y tras besarla, se dirigieron al despacho, dejando a Mere jugando con las migas desperdigadas por el mantel, a la espera de que terminara de levantarse la abuela o llegaran Julia y Jules. Debían comenzar a planear seriamente la forma de distribuirse para cubrir cualquier eventualidad que pudiera surgir.

Dejó de jugar con la comida y alcanzó otro panecito relleno de pasas. Estaban deliciosos.

No había terminado de tragar cuando la puerta se abrió dando paso a la abuela a la que se iluminaron los ojos al ver la ingente cantidad de bollería y pastelería colocada en la mesa a la espera de hambrientos comensales.

—Madre mía, hija. Si seguimos así, dudo que vuelva a instalarme en mi casa, con la pinta que tienen los desayunos y las comidas y las cenas y he vuelto a engordar.

Siempre había sospechado de quién había heredado su vena glotona. Mientras comenzaba a dar buena cuenta a los alimentos le comentó lo de las misivas tanto de los Brandon, como de sus hermanos y expuso la primera de sus preocupaciones.

—¿Cómo lo hacemos?

—¿El qué?

—Repartirnos.

—¿La comida?

—¡No, abuela!, con la marquesa, para lo de la casa de citas, la sesión de los muertos.

—Hija, hazme un favor...

—¿Hum?

—No lo llames así, suena fatal.

Desde que Norris había sobrevivido, a su abuela se le había ido la cabeza.

—Hija, en cuanto lleguen Jules y Julia comenzaremos a organizar lo de la sesión de ocultismo. Por la tarde nos reuniremos Amanda Lancaster, tú y yo y hablaremos de la mejor forma de plantear la situación a la marquesa. En cuanto lleguen los hombres organizaremos lo de la infiltración en la organización y el asalto a la casa de citas. Es bueno que lleguen tus hermanos, sobre todo Thomas. Con el genio endemoniado que tiene cuando estalla, es de agradecer tenerlo cerca.

Todas las ideas revoloteaban por la mente de Mere, bullendo enardecidas. Con la edad estaba perdiendo la paciencia ya que si no estaban al llegar sus amigas, iba a salir en su busca, ya.

A punto estaba la ocurrencia de salir de sus labios cuando el mayordomo las anunció. Jules apareció con un sombrero calado hasta las cejas y una maravillosa bufanda que le tapaba hasta la nariz, por lo que más que verla, imaginó que era ella. Nadie, absolutamente nadie, salvo ella, podía estar tan contenido en semejante embrollo de situación. Por el contrario Julia vestía un estampado abrigo rojizo, que para variar cuadraba de forma horripilante con su cabello, el cual caía medio desordenado por un costado de su cabeza con el peinado totalmente desarmado. Parecía un nido de golondrinas y habría que recomponerlo antes de que apareciera *su prometido*. Mere rió para sus adentros...

—Ohhh, comida sabrosa.

—No os contengáis, chicas. Dad buena cuenta que está delicioso.

—¿Estamos de mal humor?

—¡No! Estoy inquieta y he comido demasiado.

Se desprendieron de la ropa de abrigo mientras Rosie rellenaba los platos medio vacíos.

—Rosie, que voy a echar a volar en cualquier momento de lo inflada que me siento.

—De eso nada, querida, estás tan preciosa como siempre.

Su Rosie que la miraba con buenos ojos.

—Mi madrastra ya ha enviado las invitaciones y como colofón ha logrado que la guía espiritual sea Madame Pompidour —Julia entrecomilló con los dedos esto último causando variadas sonrisillas a su alrededor— ya sé, ya sé, chicas, sin chistes, por favor. Las invitaciones son para la noche del sábado, dentro de siete días, a las siete de la tarde. Según la madame la hora perfecta para llamar a los espíritus es hacia las once de la noche. Al parecer están sosegados, puede que ¿después de una cenita tardía? —la risa que lanzó Julia rallaba en lo maquiavélico.

—¿No le ha extrañado que queramos participar?

—Algo. Me ha lanzado una mirada torcida y me barrunto que piensa que nuestra intención es sacar faltas a sus sacrosantas sesiones, pero la he tranquilizado, bueno, he tratado de tranquilizarla, diciendo que el sentimiento que nos mueve es el de la curiosidad en su estado más puro, con lo que al parecer la he medio convencido. Igual piensa que ha captado a tres pichoncitos en sus redes.

—Da miedo tal y como lo pintas.

—En principio acudiríamos las tres y me consta que ya se ha enviado la invitación a Selena Saxton. Calculo que desde que llegue el último invitado, con el retraso inherente a alguno de ellos, hasta que finalice la sesión tras la cena, serán las doce de la noche, entrando en la madrugada. A partir de ese momento hemos de buscar alguna excusa para entretener a *la melenas* y que no acuda a su cita en el burdel. Y si nada surge, tendremos que retenerla a la fuerza.

Se miraron las unas a las otras. ¿Y si esa mujer llevaba armas o resultaba ser, como preveían, una demente descontrolada? No podían dejar el resultado al albur, no, si querían ayudar a que los hombres capturaran a Martín Saxton.

—¿Cuándo van a llegar los hombres con esas noticias *apremiantes*?

—Imagino que antes del almuerzo.

—¿A qué creéis que se referirán? —indagó Jules. Se la veía tan nerviosa como a Mere.

Ninguna se atrevió a elucubrar salvo la abuela.

—Creo que se acerca un nuevo cargamento.

Como un resorte todas los ojos recayeron en Mere. Dios, se le iba a formar una úlcera.

V

Habían tenido suerte, mucha suerte. El encuentro con el nuevo capataz había transcurrido arriesgándolo todo. Como siempre, se había colocado la barba postiza y humedecido el cabello para darle cierta apariencia o aspecto de sucio, y como en las anteriores ocasiones, había colado. Se notaba el apremio en los preparativos y el descoloque por la desaparición de Anderson. Pero como en toda organización criminal las hienas estaban al acecho en cuanto había que cubrir una vacante y esta no era diferente.

Se acercó a caballo a la fábrica agradeciendo la luna llena. En Cotton, el caballo percherón que empleaba para desplazarse en estos casos y al que adoraba, aunque se rieran de él. Un pura sangre habría llamado la atención y aunque hubiera querido, que no era el caso, el limitado salario de un inspector no daba para más. Además Cotton los superaba a todos en tozudez y buen carácter. Por eso congeniaban tanto.

No perdieron tiempo dándole instrucciones. El miércoles se encargaría de la recogida de un nuevo cargamento en Windsor, facilitando el complejo plan que estaban elaborando al ubicarse mucho más cerca de Londres que Bath. Desconocía que las redes de la organización se extendieran a otras ciudades, pero no iba a quejarse. Veinte millas, veinte endemoniadas millas en las que en el viaje de vuelta tendría que fingir un percance y lograr introducir a Mere en el carromato. Como era habitual en un gafe nato como él, también tenía su parte negativa debido a que iría acompañado de uno de los secuaces de Anderson al que, si no se equivocaba, le había sentado a cuerno quemado no haber cubierto el puesto vacante dejado por este.

Mala combinación. Un gafe con un resabiado y rencoroso compañero de viaje. Lo habitual en su vida llena de baches.

Estaba agotado. Siempre que tenía que acudir a la fábrica se ponía en guardia por la sola posibilidad de cruzarse con Martin Saxton, y después se quedaba flojo como un merengue debido a la adrenalina.

Demonios, se le había olvidado. Todavía tenía pendiente la conversación con Peter, esa jodida conversación. Ahora no podía pelear con su amigo, esta mañana no tenía las fuerzas necesarias, pero algo le avisaba de que tenía que acudir preparado ya que de esta no se iba a librar. Entre otras causas porque había quedado en pasarse por la mansión Brandon para recogerles de camino ya que padre se había adelantado, intuía que por las ganas de ver a la abuela.

Se sentía feliz por su padre, le había tocado en suerte una gran mujer. Ojalá encontrara otra para sí.

En su mente aparecieron fugazmente unos profundos ojos negros, pero los apartó a una recóndita y escondida esquina, sin darle mayor importancia.

VI

Resultó más sencillo de lo que creían el acoplar ideas y planes.

Ya tenían fecha para la recogida de los muchachos y no había marcha atrás. En tres días los recogería Rob. ¡Uf! ¿Por qué demonios se ofreció? ¡No estaba preparada! ¡Ni por asomo! Era torpe e inconsistente y más torpe y…

La mano de John se posó en su trasero, sobre la ahuecada falda pero sintió algo raro, como si no les separaran tres capas de tela. Su corazón se encogió y supo que sus ojos reflejaron su miedo o simplemente, que su marido supo leer en ellos como en un libro abierto. Al girar los enormes ojos en su dirección y por la mirada de su gruñón supo que con un leve sonido por su parte, mandaría todo el plan al demonio.

Le faltó poco, tan poco, pero de la nada en su mente se formó la imagen de Amanda Lancaster seguida de los atormentados ojos negros de Peter. No necesitó más.

VII

Se aproximaba y no iba a poder pararlo. La expresión de Peter era de empecinamiento y querría saber al detalle lo que le había dicho el hijo de puta que intentó secuestrarle, el que estaba bajo las órdenes de Saxton. Y si algo no le apetecía era repetir lo que ese animal le había dicho, y a Peter menos que a nadie. Prefería no profundizar en las razones para ello, pero tenía claro que no deseaba contarlo y mucho menos ponerse rojo como un tomate y sudar del apuro.

¿Cómo se le dice a tu mejor amigo que el hombre que lo retuvo, que lo torturó cree estar enamorado de ti, quiere hacer contigo cosas que no debería hacer un hombre a otro, cosas que le hacían sentirse incómodo y más al tener que expresarlas? ¡Maldita sea!

¿Es que no podía tener una vida tranquila, con una buena esposa e hijos rollizos que le recibieran al llegar a casa y…? Menudo aburrimiento ¿A quién quería engañar?

—Tenemos que hablar —la profunda voz sonó a su espalda.

¡Joder! Estaban en la salita que últimamente empleaban para reunirse, en la mansión Aitor. Todos se habían desplazado hacia la salida una vez atados los flecos necesarios para poder seguir con el plan en marcha, y él estaba medio atontado. Con sus pájaras mentales se había despistado y, claro, Peter no había dudado en pillarle desprevenido.

Maldita sea. No pintaba nada bien su terca expresión. Sintió la urgencia de huir.

—¿Ahora? Tengo prisa.

—Qué curioso, últimamente siempre tienes prisa estando a mí alrededor.

—Será porque actúas rarito.

—No digas memeces.

—De memeces, nada. Dime lo que te ocurría ayer noche en tu casa y yo te contaré lo que pasó en el carruaje con ese cabrón.

Peter entrecerró los ojos. Sabía que odiaba que le acorralaran pero tendría que aguantarse. Estaba actuando de forma extraña, no, peor, como si se tratara de un desconocido y odiaba cómo le hacía sentir esa actitud. Si percibía esa emoción, ajena hasta ahora entre ellos, estaban apañados y se negaba a dejarlo pasar, no lo permitiría. Y a terquedad ni siquiera Peter le ganaba.

Lo intentó de nuevo.

—¿Qué te pasa?

—Nada.

Así que esas teníamos.

—Muy bien.

Con paso resuelto se dirigió a la puerta y cogió el pomo para abrirla del todo, pero una fuerte mano sobrepasó su hombro y la cerró de golpe. Quedó paralizado. ¡Qué demonios!

Tiró de nuevo del pomo, pero la mano que presionaba la puerta a la altura de su cara, empujó aun más.

Notaba la inmensa presencia a su espalda, cálida y extremadamente tensa, como un resorte a punto de estallar. Sus manos comenzaron a transpirar, ajenas a cualquier tipo de control. Sintió el corazón encogido y no quería girarse ya que no sabía si estaba preparado para lo que se iba a encontrar: un puñetazo, un grito, a un Peter enfurecido...

Lo único que tenía claro era que no podían permanecer así para siempre, ambos apretados en la misma dirección contra la cerrada puerta, así que apartó la mano de su mejor amigo de un contundente golpe y se volvió, enfadado, encontrándose con la barbilla de este a la altura de los ojos, demasiado cerca, demasiado.

Apoyo su mano sobre el amplio pecho y empujó con suavidad.

—Pero, ¿qué diablos te pasa, Peter? Apártate.

Hubo una leve vacilación en el inmenso cuerpo como si las órdenes que daba su cerebro estuvieran en contradicción con el movimiento de su cuerpo, como si fuera a..., como si...

Empujó de nuevo pero no se movió. Alzó la mirada y esos ojos, oscuros y brillantes como pozos, estaban mirando fijamente sus labios. ¿Pero, qué demonios le ocurría? Le estaba poniendo de los nervios y seguía sin ceder. ¡Dios!, era como intentar mover un condenado monolito.

Con algo de aprensión, empujó de nuevo, hasta que logró que Peter diera un paso hacia atrás permitiéndole respirar.

No podían seguir así y no sabía qué diablos le estaba pasando a su amigo, qué demonios estaba pasando por su compleja mente. Fue a abrir la boca para romper el silencio, ese hielo repentino que se había adueñado del ambiente mezclado con un calor, un tremendo calor, cuando la puerta se abrió bruscamente empujándole, golpeando la parte trasera de su cabeza y su espalda, y olvidó todo lo demás.

Sintió una extraña mezcla de alivio y amargura.

—¡Joder! Menudo daño.

—¿Qué hacéis? —los ojos plateados de Doyle asomaron por la puerta entreabierta.

—Yo, intentar salir del cuarto; Peter, vete tú a saber... —le dio un suave golpe juguetón en el brazo, con algo de fuerza. De alguna manera tenía que aligerar la tensión entre ellos y olvidar lo ocurrido, arrinconar esa extraña sensación.

¿Qué carajo estaba pasando? Se notaba totalmente descolocado y odiaba la sensación que ello le provocaba. Quería volver al estado de cosas anterior a todo este maldito asunto, aunque por la expresión en el regio rostro de su amigo en el que sobresalía esa maldita cicatriz, quizá fuera demasiado pedir. Dios, esperaba que no.

Peter no respondió y decidió volver a dar otro golpe, más fuerte. Nada, así que alzó de nuevo el puño preparándose para un tercer...

—Cómo lo hagas una tercera vez, te despanzurro.

Ya había vuelto su mejor amigo y se había alejado el extraño.

Por el tono y la leve sonrisa que suavizaba ese rostro supo que lo había logrado y el alivio que sintió en las entrañas fue como si un sediento viera una jarra llena de cristalina agua. Una tranquilizadora sensación, lo suficiente para intentar olvidar los últimos cinco minutos más inquietantes de su vida. Y ¿por qué demonios le bombeaba el corazón a mil por minuto?

VIII

Optaron por reunirse con Amanda Lancaster, la abuela y ella. Era curioso pero la mujer que llegó a su casa tenía un fin y se notaba. Estaba dispuesta a hacer lo que fuera necesario para atrapar a quien se había burlado de ella, a quien la había herido en lo más hondo. La sensación que transmitía era de un furioso dolor que nada parecía poder aplacar salvo confrontarlo con el hombre que lo había causado, pero era algo tan improbable. Sentir en tus adentros esa mezcla de sentimientos que poco a poco te van corroyendo era demasiado, incluso para imaginarlo.

Todavía le faltaba enterarse de toda la historia y desconocía cómo iba a reaccionar. Pensándolo bien, incluso ignoraban si tenía trato con los Saxton.

¡Diantre! No se les había ocurrido. Estaban cómodamente sentadas tomado un suave té afrutado y Mere se estaba carcomiendo, deletreando con los labios en dirección a la abuela "y si es amiguita de la melenas", pero no había forma. Ni que su abuela estuviera como una tapia.

Bien pensado, daba igual porque tenían que asumir el riesgo y rezar porque pensara lo mismo que ella, que era un florero insulso que ocultaba una venenosa serpiente.

Vale, allá iba, y que fuera lo que Dios quisiera.

—¿Conoces a Selena Saxton?

Los ojos de la abuela casi cayeron al té de lo mucho que los abrió.

—¿Quién?

—Saxton.

—¿La mujer de Martin Saxton?

Ay, pintaba mal.

Su invitada las observaba con un ligero tinte de extrañeza en la mirada.

—Te seré sincera, me parece una mujer desgraciada.

—¿Desgraciada? —la voz casi se le trabó— ¡Me llamó rana inflada!

La tacita de té que manejaba la buena mujer casi se derramó por todos lados mientras apretaba los labios para no echarse a reír.

—No tiene gracia.

La risilla resonó en toda la habitación y no tardaron en unirse las demás. Intentando aguantar una sinsorga risa, Mere intentó explicarse.

—Vale, puede que tenga un puntito risible. ¿Por qué dices que es desgraciada?

—No sé. Quizá sea que una mujer desgraciada reconoce a otra de inmediato. Qué triste ¿verdad? —acariciaba el borde de la taza pensando en algo de lo que estaba claro que no iba a hacer partícipes a las demás—. No creo que su marido la quiera; por el contrario parece despreciarla y la ignora, e incluso en una ocasión presencié un pequeño altercado entre ambos. Ella le recriminaba que pasaba demasiado tiempo con sus padres y no creo que a estos les agrade su mujer. No podría explicarlo con palabras, es una simple apreciación y lo cierto es que quizá no sea del todo imparcial. Hubo un tiempo en que me veía reflejada en todas las mujeres o puede que quisiera que así fuera. Una mala época.

Y ahora ¿qué hacían? Andaba muy descaminada la mujer. A ver cómo le relataban lo *desgraciada* que era el bendito pajarillo, o mejor dicho, el sarnoso buitre. Esto iba a doler.

IX

—¿Muy sorprendida?

—Eso es quedarse corto. No habló al menos durante un par de minutos hasta el punto de que estuve a nada de pellizcarle para ver si reaccionaba.

—¿Y reaccionó?

—Sí, aunque no hay duda de que es una mujer de efectos retardados. Como responda así en la charla con la marquesa, igual se nos asusta y nos deja empantanadas pensando que somos tontas. No sé, cariño, hoy lo veo todo negro y yo no soy así.

Mañana estaba concertada la reunión con la marquesa en casa de los Lancaster, pero no era eso lo que llenaba su mente, ni mucho menos. No conseguía liberar sus pensamientos de todas las horribles posibilidades que podían surgir en el viaje de vuelta de Windsor. Y aunque su John nada decía, Mere sabía que le ocurría exactamente lo mismo.

Tenían que sobreponerse y pensar en positivo ¿Cómo era eso que decían? El gafe atrae al gafe, y no sé qué más…

¡Estupendo! Lo que le faltaba para que el día fuera horrible del todo. Estaba perdiendo memoria. ¡Se estaba quedando reseca! ¡A su edad! ¡Dios mío!

—Cariño, ¡creo que me estoy resecando!

—¿Eh?

Se acercó a pasos agigantados al espejo para iniciar la búsqueda intensiva de canas entre los sedosos mechones y de reojillo oteó cómo su grandullón la seguía con la mirada, sin perderla de vista, expectante, como si no supiera lo que iba a pasar a continuación.

Por el reflejo del espejo Mere vio, con asombro que, sin dudar, su marido se incorporaba, atravesaba a gatas la cama hasta posarse sobre el suelo y con agilidad, se dirigía hacia ella hasta situarse a su lado, esperando ¿con precaución?

Indicó con un gesto las raíces del cabello.

—Ya sabes…

—No.

—Sí, ya sabes

—¿Tienes un pelo hermoso?

Los hombres no se daban cuenta de lo que en determinados momentos tenía verdadera importancia, y esto la tenía.

—Creo que me estoy secando, seguramente por los sustos que me he llevado estas últimas semanas.

Desde su altura la miraba, remiraba y no podía parecer más perdido ni aunque quisiera.

—Cariño, hablas en chino.

—No, hablo en nuestro idioma.

—No, enana, te aseguro que no, hablas de no sé qué de secarte y ni te has bañado, ni mojado.

—Se me olvidan las cosas.

—Como a todos.

—Olvido los refranes.

—*Siempre* has odiado los refranes y te los inventas.

—¿Y si me olvido de algo importante en el viaje de vuelta con los muchachos y por mi culpa les hacen daño, o Rob tiene que luchar, o no logro evitar que me descubran, o...?

El pulgar de la mano derecha de su John apoyado suavemente en sus labios impidió que continuara. Mere intentó seguir, necesitaba hablar, decirle que si le pasaba algo que supiera que le amaba, que siempre le había amado y este último mes había sido el mejor de su vida, que si ocurría una desgracia tenía que seguir con su vida. Que tenía que..., que...

Le estaban entrando unas terribles ganas de llorar y no conseguía reprimir las estúpidas lágrimas. Se le escapó un sollozo.

—No tenemos por qué hacerlo —la voz ronca de su marido temblaba tanto como ella— tan solo, dilo y lo pararemos.

Sus pupilas estaban tan dilatadas como cuando la amaba, Dios, los ojos, tan cálidos, eran el espejo del alma de su gruñón, hermosa, cálida y sin dobleces. Hizo lo que tenía que hacer, rodeó con sus brazos esa estrecha cintura y apoyó su mejilla en su esternón, igual de tierno, y aspiró hondo. Memorizar ese olor, para recordarlo por si acaso, apaciguó la necesidad de hacer eso, la necesidad de retener su olor.

Sin apenas tiempo de absorberlo se sintió rodeada por esos brazos y elevada con suavidad hasta que ambos cayeron sobre el mullido colchón, quedando hundidos de costado, uno frente al otro, simplemente mirándose.

—Juntos.

Su John tragó con dificultad.

—Juntos.

X

No durmió bien, por primera vez desde que estaban casados. Los sueños de Mere fueron inquietos, perturbadores y solo cuando el cuerpo de John la abrigó, tendiéndose parcialmente sobre ella, se tranquilizó y cayó de nuevo en un sueño relajado. Hacía frío y estaba tan a gusto bajo ese calor, incluso tras despertar con los suaves rayos que se filtraban por la rendija entre los cortinones de raso.

Con extrema suavidad se giró, ubicada aun bajo ese peso, hasta quedar orientada hacia él.

Le encantaba mirarle por las mañanas, en las raras ocasiones en que ella despertaba antes, el rostro relajado, ensombrecido por la barba que no llegaba a ocultar ese sensual hoyuelo de la barbilla. La pasada noche se durmieron en brazos el uno del otro, no hicieron el amor pero resultó tanto o más íntimo.

Se acercó y posó sus labios en aquellos que adoraba. Una y otra y otra vez hasta que en ellos comenzó a asomar una sonrisa, una suave sonrisa. Mere sonrió también.

—Quiero otro.

Dios, era travieso y a ella le chiflaba que lo fuera. No, era más que eso, le encantaba darle la réplica.

Le mordisqueó el labio inferior y se fue deslizando hasta la zona que sabía que le hacía enloquecer y le pegó un lametón y otro suave mordisco. Ya notaba la dureza presionada contra ella y nada los separaba, ni una brizna de aire.

Por un instante sintió miedo, miedo de que fuera la última ocasión en que se amaran, pero apartó el pensamiento en cuanto surgió. Estaba resuelta y no permitiría ni un solo temor que mermara esa seguridad. Y aunque no permitiera que fuera el último, lo iba a aprovechar, vaya si lo iba a aprovechar como si lo fuera.

Besó de nuevo los carnosos labios y deslizó su mano entre sus cuerpos hasta alcanzar ese miembro totalmente rígido causando que un suave gemido surgiera de los labios que besaba, ¿o había sido ella? Ya no distinguía. El calor que sentía hacía que le rugieran los oídos y las manos ya totalmente despiertas de su marido se habían dirigido como flechas a aferrar una su nuca para profundizar el beso que estaban compartiendo y la otra a ahuecar sus pechos. Sentía que los sopesaba y apretaba, acariciando los pezones totalmente erectos ocasionando que se humedeciera entera, para él, solo para él.

Sabía que no iba a tardar en amarla, lo intuía por la tensión que percibía en su cuerpo y le encantaba, pero se estaban besando con dulzura, con suavidad, esta ocasión era diferente. Actuaba meloso, tierno y la estaba desquiciando. Intentó urgirle con un impulso de las caderas que se apretaron contra ese descomunal miembro pero no varió el paso. Seguía con esas caricias en sus pechos dejándolos tan sensibles, hasta que la apoyó contra los almohadones y murmuró un *quieta*.

Dios santo, sabía lo que iba a hacer y solo de pensarlo se estremeció. Esa generosa boca se deslizó con leves pausas por el hueco entre sus pechos frotando una de sus mejillas sin descanso contra su tersura, causando que el interior de Mere se contrajera, incontrolablemente. Bajaba más y más hasta que esa poderosa cintura se ubicó entre los muslos semiabiertos de Mere.

—Sepáralos, amor.

Lo hizo, sin dudar, deseando lo que estaba por llegar tanto o más que él. No alcanzaba a decidir qué prefería acariciar, si el sedoso y espeso pelo negro, el fuerte cuello apretado contra su vientre o esa espalda musculosa que poco a poco iba saliendo de su alcance.

Con una sensación de lujuria tal que casi la hizo temblar sintió como la besaba y mordisqueaba las caderas mientras las afianzaba con sus manazas. Intentaba revolverse pero no podía con esa tremenda presa, solo podía dejarse acariciar mientras tiraba de ese negro pelo para no perder la cordura…

—¡Por Dios!

Ya estaba. Esa calidez húmeda la estaba acariciando, suavemente al principio, esa maldita lengua que la enloquecía hasta lo inimaginable. No podía mover los muslos, no mientras esas manos que ardían como ascuas siguieran agarrándolos, para desplegarlos a su gusto.

Estaba incrementando el ritmo y con ello los latidos del corazón de Mere, la aparición de un calor abrasador y una fina capa de sudor semejante a la que le cubría a él. Cada vez más y más calor hasta que sintió adentrarse lentamente en su cuerpo unos de esos largos dedos y parecía que no terminaba de tocar fondo. La combinación de esa prodigiosa lengua y esos dedos la volvían loca, totalmente loca. Sentía la presión agolpándose en su interior, entre sus piernas, en su pecho, la invasión de un segundo dedo que, por favor, parecía que le iba atravesar el vientre, la aceleración en las penetraciones y en los movimientos de esa lengua que la estaba torturando con placer, con un tremendo placer.

No iba a poder aguantar mucho más. Como introdujera otro dedo o persistiera en el incremento del ritmo de las caricias iba a explotar. Ya no sabía dónde le estaba acariciando a él o si estaba tirando del pelo para separarlo algo o arañando, no podía pensar, solo sentía esas caricias y suaves mordiscos en el centro de su placer y esos dedos, esos endiablados dedos. Supo en cuanto le metió el tercero por la inmensa presión unida al ligero dolor causado por la entrada y la salida, el vaivén continuo, cada vez más rápido.

—Dios, Dios, espera, cariño…

Tenía que escucharle, no podía más.

XI

Lo enloquecía, así de simple. Su suavidad, la forma en que lanzaba pequeños suspiros, la manera en que se retorcía en cuanto la besaba, esos pechos, diablos, esos pechos que eran su maldita obsesión. Su olor, que lo ponía como una piedra, hambriento, saciándose solo si la poseía una y otra y otra vez.

No podía parar aunque se lo pidiera, no mientras sintiera en su boca ese sabor que era suyo y ese calor que atrapaba sus dedos en adelanto a lo que iba a sentir en pocos segundos. ¡Demonios! Solo de pensar en su miembro dentro, hasta el fondo, lo ponía a cien, notaba cómo se engrosaba con esa imagen, lo único que podía pensar, lo demás eran sensaciones. Tan ardiendo, se sentía ardiendo.

—Dios, Dios, espera, cariño…

No, no, no, por favor. Ni queriendo podría dejar de amarla. Tras una última penetración se deslizó hacia arriba contra su cuerpo, su miembro presionando contra ese cuerpecito hecho para él, tenso, hinchado al máximo, esperando acceder a ese calor.

Alcanzó esos labios y ambos saborearon el sabor de su hembra, entremezclado en sus bocas, en su saliva, se devoraron el uno al otro, disfrutándolo…

—¡Joder!

Poco le faltó para correrse al sentir esa mano envolviéndolo y apretando, recorriendo su enorme longitud con deleite.

Era una bruja, su enana, y lo iba a volver loco. Notó que lo posicionaba a su entrada y simplemente empujo.

Escuchó su gemido, suave. Sabía que era enorme y ella pequeña y algo de dolor le causaba al sobrepasar la entrada, sentía su miembro presionar y obtener espacio mientras ella gemía con una mezcla de inmenso placer e incomodidad.

Dios, tenía que ser suave, lento, pero le costaba tanto, ¡maldita sea!, lo que deseaba era penetrar a fondo, hasta sentirse totalmente acogido en ese vientre. Presionó con las caderas hasta llenarla casi entera, no del todo, y salió hasta que solo la punta permaneció en su interior y empujó, dejándose llevar, generando un chillido en ella que se transformó enseguida en gemidos de placer. Le encantaba dar placer a su torbellino.

Entre esa calidez, la presión que se incrementaba sobre su miembro, esas pequeñas manos arañando su espalda, esa boca que lo devoraba y esos dulces gemidos que quedaban atrapados en esta, perdió la noción de todo, del tiempo, de sus alrededores, solo la sentía a ella como si lo cubriera con su aroma y se dejó llevar por las sensaciones, lo volvía loco. Incrementó el ritmo por pura necesidad, hasta alcanzar una cadencia salvaje, brutal que a ambos enloquecía.

Sintió los suaves temblores del cuerpo que cubría, de esas caderas y la presión repentina, inmensa sobre su miembro y estalló con ella, al tiempo, pero siguió adentrándose en ese calor, más lentamente. Casi dolía del cúmulo de sensaciones, cada vez más suave, hasta que todavía en su interior dejó caer su peso sobre ella, las cabezas unidas sobre la almohada, ligeramente giradas la una hacia la otra.

La tenía a su lado, esa cara preciosa con alguna peca desperdigada en las mejillas, esa gloriosa melena totalmente enredada y esos ojos castaños en cuyos iris danzaban pequeñas vetas doradas. Su mujer, su corazón.

XII

Lo primero que impactaba en la mujer era su melena, negra como pluma de cuervo, brillante, ondulada. Todo lo que Mere siempre quiso tener, con resultados nulos, claro. Quedó como una mema con la boca abierta observando el ondular de las curvadas caderas, perfectamente proporcionadas con el resto de la impresionante figura. En belleza le pareció el equivalente femenino a su John. Hermosa y salvaje, natural.

Todo en ella era hermoso hasta los rasgados ojos dorados creando una combinación tan exótica.

Siempre le había gustado el desapego que manifestaba hacía las normas de etiqueta y la sensación de aprecio se acrecentó al aproximarse con la mano extendida, hablando con una voz profunda y suave.

—Usted debe ser Meredith Evers, he oído hablar mucho de usted.

Mere no pudo retener su descontento.

—Ay, qué horror, me vio caerme en la fiesta de mis padres ¿verdad? Y mis enaguas lilas le espantaron.

Esos rojos labios se curvaron.

—No, aunque oí hablar del incidente, pero no hice caso de lo que decían las matronas chismosas. Y seguro que de haber tenido esas mismas enaguas me las hubiera puesto con gusto —le agradaba esta mujer—. Prefiero hacerme por mi misma una impresión y rara vez hago caso de lo que dicen los demás.

—Entonces, marquesa... —Mere estrechó la mano extendida— tampoco haré yo caso de las bobadas de las uvas pasas que se entrometen en las vidas ajenas en lugar de arreglar las suyas.

La marquesa la observó con la cabeza levemente reclinada como si viera algo poco habitual.

—Creo que nos vamos a arreglar a las mil maravillas.

—Yo también.

Mere sintió como si hubieran sellado un pacto, libre y voluntariamente, fresco y sin ideas preconcebidas. Le encantaba.

—Hechas las presentaciones con Meredith, marquesa, le presento a su abuela Allison Gallagher.

La marquesa repitió su abierto gesto con la abuela acercándose y estrechando su mano. Hechas las presentaciones Amanda Lancaster planteó la posibilidad de dejar aparcado el aburrido protocolo mostrándose receptivas al instante.

Hablaron de un par de trivialidades, pero resultaba evidente que con mujeres como ellas no servían en absoluto para llenar ni el silencio ni el tiempo, por el contrario enfriaban el ambiente que era lo último que deseaban. Mere no pudo aguardar.

—¿Y si nos centramos en cuestiones con sustancia en lugar de hablar de mascotas o del inestable tiempo?

Todas se giraron hacia ella, sorprendidas y aliviadas, a juzgar por sus por sus expresiones. Esperaba que el brusco corte se recibiera con generosidad y así fue. Los cuerpos y extremidades se relajaron y el aire se caldeó.

—Por mi parte, estupendo —contestó la mujer que era considerada como una de las más hermosas de Londres y por extensión del país—. Me encantaría que me dijeran la razón de esta invitación. Desde luego lo agradezco, ya que de vez en cuando necesito poder hablar con mujeres con dos dedos de frente, pero algo me dice que esto va mucho más allá de una mera charla, y por lo que adelantó en la fiesta del té del otro día, presiento que lo es. ¿Quién empieza?

Desde luego no se andaba con revoloteos alrededor del meollo. Para sorpresa de Mere, quien se lanzó a los lobos fue Amanda.

—Ya sabe que robaron en nuestra casa.

—Sí.

—Lo que no sabe es quién lo hizo.

—¿Su amante?

Las bocas abiertas de par en par fueron unánimes. Incluso la de la abuela, hasta que se dio cuenta y la cerró de golpe. Con el dedo índice empujó la barbilla de Mere hasta lograr que esta también la cerrara y eso que estaba casi atascada del asombro.

—Tengo treinta y tres años y no soy una cría. He tenido dos maridos, al primero lo amé muchísimo, mi Laird, pero murió en la mar. Mi segundo marido es un pedante con el que me casé por conveniencia y nos ignoramos mutuamente. Él tiene sus amantes y yo me dedicaba a montar a caballo, pasear, leer y mi pasatiempo favorito, cocinar.

Tenía gracia, pero a semejante mujer no le pegaba disfrutar de la cocina. Qué clavado era el dicho de que no se debe juzgar un libro por su cubierta ya que te puedes perder la delicia de un tesoro oculto.

—Me encanta investigar, probar, mezclar sabores, inventar platos y degustarlos y sé que no es algo que se espere de una dama, pero estoy tan aburrida de hacer lo que se *espera de una dama*, ni que estuviéramos muertas en vida.

—Y tanto —recalcó Mere. Es que la mujer tenía toda la razón.

—No tengo hijos, tuve uno, pero se me murió pequeñito... —su rostro se ensombreció al recordar una pena insuperable—, así que mi vida iba pasando lentamente entre fogones, volviendo loco al personal de mi casa, a los que adoro y me aguantan lo indecible pero, me faltaba algo y lo encontré en Trevor.

—¿Trevor?

Mere ya estaba imaginando miles de posibilidades, pero la principal ahí estaba. Uno de los muchachos. No pudo evitar indagar.

—¿Trevor entró en la mansión a trabajar como cocinero?

—Como ayudante de cocina.

¡Dios santo, era uno de ellos!

—¿Cuánto logró robar?

—Un brazalete y dos pares de pendientes.

Maldita sea, pobre mujer.

—¿Cuánto hace que no sabes de Trevor?

—Media hora.

—¿Cómo?

—¿Qué?

La pregunta la lanzaron casi a gritos Mere y Amanda.

—Me enamoré como una niña se enamora de su primer amor ¿sabéis? De un hombre ocho años más joven. De un hombre que me dio cariño, pasión, risas, amor. Es simple, me enamoré.

Las lágrimas llenaban los tristes ojos de Amanda, quizá evocando los momentos que pasó antes de saberse engañada. Apretaba las manos con fuerza y estaba rígida y Mere sintió la necesidad de sentarse a su lado y cubrir con su mano las de ella. Lo hizo sin avisar ni pedir permiso. Se acercó y en respuesta recibió un apretón de esas manos que se aflojaron nada más sentirla. Odiaba que esa mujer estuviera sufriendo tan solo por haber deseado ser amada, por haber creído serlo y por haber anhelado paliar su soledad con alguien que creía honesto. Lograrían que lo superara, entre todas lo conseguirían. No sabía el porqué pero estaba convencida de ello.

Elisabeth Wright no paró, seguía hablando con tranquilidad y en ciertos momentos a impulsos, rogando quizá en su fuero interno que no la pararan, o puede que así lo percibieran las mujeres que la rodeaban. Y todas respondieron a la silenciosa petición.

—Al principio me miraba y opinaba sobre algún condimento. Lo cierto es que me molestaba que se inmiscuyera, pero la costumbre hace el cariño y me habitué a tenerlo cerca, comenzamos a hablar, a reír, a compartir recetas, y de pronto, sin más, me di cuenta que tenía frente a mí al hombre de mi vida. Y el idiota de él se negaba a dar un paso como si algo se lo impidiera, algo oscuro. Intuía que sentía lo mismo que yo, pero no hacía absolutamente nada así que me lancé. Lo acorralé un día y le dije que me besara.

Sonrió de una forma traviesa, Mere casi, casi, hubiera deseado presenciar la escena.

—La cara que puso casi lo estropea todo porque me eché a reír, pero algo en sus ojos cambió y dejó atrás lo que temía. Terminamos embadurnados de harina y yema de huevo y fue maravilloso.

—¿Sabes lo que le impedía avanzar?

—Sí. Semanas más tarde se derrumbó y me lo contó. Lo que le hicieron, que no se llamaba Trevor sino William, que les odiaba a muerte y que estaba cansado de esconderse. Que pelearía por mí y por él.

—¿A qué te refieres?

Dudó un momento.

—¿Por qué no se lo preguntáis a él?

Quedaron desconcertadas al principio, pero enseguida se sintieron sobrecogidas con la posibilidad de escuchar los crudos hechos de boca de uno de los muchachos que intentaban ayudar.

—Imaginábamos a qué venía, lo que me ibais a plantear, por lo que quedamos en que si el tema de la reunión era lo que había vivido, nadie mejor que él para narrarlo —esperó a que las demás dieran su visto bueno—. Tendré que mandar recado a determinado lugar y estará aquí en media hora.

Examinó a las mujeres que le devolvían miradas fascinadas.

—Solo os pido que le dejéis narrarlo al ritmo y manera en que lo necesite. La ocasión en que me lo relató... —tragó con dificultad como si el mero hecho de pensar en volver a escuchar lo que sufrió el hombre al que quería la fuera a dejar más marcada de lo que ya estaba— ...fue dura.

Le respondieron con firmes asentimientos.

XIII

No sabían qué esperar, pero no lo que entró por la puerta. No entró un muchacho, sino un hombre. Esos ojos castaños eran los de un hombre que había vivido demasiado para su corta vida. Un cuerpo en plenitud y una mente madura con la mirada llena de ternura hacía la mujer que puede que le hubiera dado la poca felicidad que había conocido hasta el momento. Esa mirada enterneció a las mujeres que estudiaban acongojadas a la pareja.

—Buenas tardes, señoras.

Las presentaciones fueron sencillas y sintieron, en cierta chocante forma, comodidad en el ambiente pese al calado del tema que iban a tratar a continuación.

—Imagino que mi mujer les habrá adelantado algo.

—Sí —la abuela sonrió con ternura al hombre alto, de rasgos dulces y agradables, en los que destacaba un hoyuelo de la mejilla izquierda. Ya lo había acogido bajo su ala, pensó Mere y no le extrañaba—. No demasiado, tan solo algo.

Suspiró, se sentó junto a Elisabeth y esta aferró una de sus manos.

—Tenía dieciocho años recién cumplidos cuando me secuestraron. Al parecer cierta dama se encaprichó conmigo al verme en la feria. Verán, mis padres regentaban un pequeño comercio de reparación de calzado, pero a mi padre le encantaba la orfebrería y elaboraba hermosas piezas que exhibíamos aquí en Londres. Veníamos de Warwick y permanecíamos en esta ciudad aproximadamente una semana hasta el fin de feria. Me encantaba y eso fue mi perdición.

Mere se sentía incapaz de hablar, de preguntar, y aunque lo hubiera deseado, el nudo en su garganta se lo hubiera impedido. Dios, no sabía si estaban preparadas para escuchar lo que estaba por llegar. En su mente apareció la hermosa figura del hermano menor de los Brandon. Había pasado por lo mismo o peor, mucho peor.

—Peleé, vaya si peleé, en cuanto se me pasaron los efectos de las drogas, e intenté escapar hasta en dos ocasiones. Me cogieron y me destrozaron, pero eso...

—Eso no necesitan saberlo, cariño.

Las miradas de la marquesa y el hombre al que quería se cruzaron levemente pero fue suficiente para que se entendieran, como ella y su gruñón.

—Al recuperarme me dijeron que mi madre había sufrido un percance, que alguien la había empujado en la calle ocasionando... —paró un momento y apretó la mano que agarraba— ...que se cruzara con un carro. Salió herida del percance, herida pero viva. Fueron brutales. La próxima vez se asegurarían de que alguien de mi familia muriera, mi padre, mi madre o mi hermano menor, Ron. Con eso acabaron conmigo e hice lo que me pidieron, dejé que me usaran y me entrenaran.

—¿Coincidió con otros muchachos?

—Con dos, pero ocasionalmente. Apenas nos dejaban relacionarnos. Deben saber algo: no todos están retenidos a la fuerza o bajo amenaza, por el contrario, los que se ven obligados a vigilar son los menos. Quizá, no al principio, pero con el paso del tiempo, con las cosas que nos obligaban a hacer y a vivir, se perdía, no sé..., no la cordura, pero sí el distinguir lo que era correcto y lo que no. A la gran mayoría les perdía el vicio y sobre todo la avaricia. Si juntan ambos, imagínense.

—¿A qué se refiere? —preguntó la abuela— y por favor tutéanos.

—De acuerdo —sonrió algo más relajado—. Presupongo que sabéis que seleccionan con extremo cuidado las casas y los objetivos. Mujeres solas, abandonadas, y las investigan con sigilo. Infiltran en las casas a los *vigías*. Llaman así a los muchachos entrenados para obtener información. Y cuando creen que es el momento oportuno, toca ir a por todas. Bien, la cuestión es que al final les puede la codicia porque de todo aquello que consiguen robar, una parte es para ellos, para el *vigía* y para el *topo*. Así nos definen a los demás.

—¿Cuánto? —indagó Mere aunque ya se lo imaginaba.

—Un dos por ciento del valor para el *vigía*, un ocho por ciento para el *topo*.

Otra duda resuelta. La del diez por ciento al que hacía referencia Worthington.

—Podían suponer grandes cantidades por lo que muchos, la gran mayoría, dejaban de pelear y se dejaban arrastrar por la marea; y en parte no les culpo, no después de lo que nos hacen pasar. Llega un momento en que no puedes más, incluso piensas en…, piensas en quitarte la…

—¿Y su familia? —en esta ocasión fue Amanda Lancaster quien preguntó.

Se miró las manos que temblaban unidas a las otras y siguió.

—Seguros y a salvo, y con eso me conformo. Suelo ir a Warwick y los observo de lejos, en silencio, hasta que llegue el día en que pueda acercarme sin tapujos, sin temer por sus vidas y abrazarlos, simplemente abrazarlos.

Susurró la última palabra como si lo hubiera soñado o imaginado tantas veces en su mente que acrecentó el nudo formado en la garganta de Mere. El hombre que tenía frente a sí era un hombre valiente y con una fuerza de voluntad que ella no creía tener. Ver a tu familia tan cerca y al tiempo no poder tocarles, hablarles, abrazarles, era vivir en el infierno.

Tenía que seguir adelante, recordó la sensación de miedo de hacía unas horas, las ganas de echarse atrás, pero ¿cómo iba a hacerlo? Cada vez encontraban más víctimas bajo las garras de esta gente, personas heridas o hundidas con amenazas a sus seres queridos, con tortura. Tenían que terminar con ellos.

—¿Qué hizo que no te rindieras?

—Ella. Estaba tan destrozado que cuando accedí a la mansión Wright, estaba dispuesto a todo, pero la primera imagen de ella logró que algo de ese peso desapareciera. Estaba... —lanzó una sensual risa, que casi hizo estremecer a todas la mujeres que lo rodeaban. Dios mío, ¡qué risa!— …con el pelo embadurnado de harina, el delantal lleno de trocitos de frutas pegoteadas y los labios llenos de chocolate y cuando le dijeron que había llegado otro ayudante de cocina, se giró hacia nosotros, sonrió y, Dios santo, tenía los dientes llenos de chocolate y… me enamoró.

Solo de imaginarlo a Mere se le escapó una risilla adorable. Trevor, o mejor, William se giró hacia ella y sonrió.

—Al principio, me bufaba por que invadía su espacio pero poco a poco comenzamos a hablar, a inventar recetas, a reír y me di cuenta de que estaba irremediablemente perdido y jamás podría engañar o dañar a esta mujer. Pero no veía salida alguna hasta que me la dio ella. Eso y lo que ocurrió, señoras, me lo guardo para mis recuerdos y mi corazón.

Fue natural y repentino. La marquesa posó su mano en la mejilla del hombre, volvió su cara en su dirección y le dio uno de los besos más dulces que Mere había presenciado en su vida. Dulce y repleto de cariño.

—¿En qué situación se encuentran ahora?

—Es complicado. Los hombres que se pliegan a la organización por estar amenazados o incluso los que siguen voluntariamente, tienen cierta libertad de movimientos, pero en mi caso tengo una silueta.

—¿Silueta? —no entendía lo que quería decir

—Sí, un hombre de confianza del anterior capataz, que me mantiene vigilado. Por eso hemos de ser precavidos. Llevo seis meses intentado recopilar información para la policía y llevándoles objetos que creen que robo de la casa de Elisabeth para evitar sospechas.

—¿Y de dónde los sacas?

Contestó la marquesa

—Tengo una fortuna propia, mía, que recibí al fallecer mi primer marido, aunque todo el mundo crea que es del actual. Haremos lo que sea necesario para pillar a estos…, a estos… —entrelazó los dedos con William—. A Magnus, mi primer marido, le hubiera encantado emplearla como lo estamos haciendo. Pese a lo ya gastado, apenas se nota.

—En cuanto dispusiéramos de la suficiente información íbamos a acudir a la policía y esperamos que junto con nuestros testimonios los paren de una vez.

—No podréis. Está corrupta —adelantó Mere

Ambos la miraron, fijamente.

Había llegado el momento de relatar su parte de la historia y no les iba a gustar. Al menos había logrado un gran avance, estaban dispuestos a hablar. Lo único que faltaba era descubrir a alguien honesto en los cargos superiores del cuerpo de policía y llevarles todos los datos, una vez reunidos. Nombres, testimonios, documentos y, sobre todo, el lugar donde mantenían a los muchachos. De lo primero, localizar a alguien honesto, se tendría que encargar Rob. Del resto, entre todos. Y para ello Mere jugaba un papel esencial. Aterrador, pero esencial.

XIV

Estaba furiosa y no había conseguido descargar toda su frustración, pese a destrozar a latigazos la espalda del último juguete, el cincuenta y siete. Le habían quitado de entre las manos al cincuenta y seis. Al parecer había errado al llevar a la práctica una orden de su compañero y había desaparecido.

Le gustaba ponerles nombres numéricos. ¡Era tan divertido! y más que suficiente. Para ella no tenían otros nombres.

Martin todavía no le había devuelto al trece, la sombra, como le gustaba llamarle y cada año que pasaba sentía que la ira se iba acumulando en su interior ¿Acaso no entendía que lo necesitaba, que era suyo, que ella lo hizo suyo al marcarlo? ¿Tan difícil era de entender? Solo con pensar en él, le hormigueaban las manos, el cuerpo. Ese rostro tan hermoso en el que había dejado su marca aquella maravillosa noche. Permanecía grabada en su mente la forma en que la sangre resbalaba por ese precioso rostro, hacia abajo, más y más hasta gotear en el suelo. Tan roja y sabrosa.

Nunca se olvidaría de ella, no mientras tuviera espejos en los que reflejarse. Pero lo que más echaba en falta era esa palabra, la que marcó en su cuerpo, la que demostraba que era suyo y de nadie más, ni siquiera de Martin. Suyo. Suyo. Suyo. Mío. Mío. Mío. Rió para sus adentros. Sonaba a ambrosía.

Le echaba de menos y estaba segura de que él a ella también. Habían compartido tantas cosas, tanto dolor y gritos, y eso unía más que cualquier otra cosa. Instintivamente tocó su cabello, sujeto con sus cortantes alfileres, camuflados como horquillas para el pelo, su joya más preciada, con la que había compartido tanto dolor.

Martin le había prometido que no tendría que esperar demasiado. Se lo había dicho y Martin siempre cumplía. Salvo aquella vez en la que se le escapó su trece. No podía llorar, no mientras le rodeaba el resto de la familia.

Aburridos. Insignificantes. Ignorantes. Repugnantes.

Suspiró con deleite, el sábado se acercaba y Martin le tendría preparada alguna sorpresa, seguro. Apenas podía aguantar de la excitación.

XV

Era un cabrón y estaba aprovechando para darle una paliza delante de Mere y John porque sabía que ello contendría sus respuestas.

Al día siguiente salían hacia Windsor, él y Robbins, el impresentable que le habían colocado de acompañante para el viaje, y Mere estaría preparada para la vuelta, en el punto concertado.

Los preparativos estaban prácticamente ideados y finiquitados. Solo faltaba que se les uniera algo de suerte, pero mejor no contar con ella y dejarlo todo en manos de una buena organización y coordinación.

Llevaban una hora en casa de Peter, en el piso bajo en el que se encontraba su sala de entrenamiento. La idea se le había ocurrido a Mere, por lo que no pudo protestar y además, qué diablos, al fin iba a lograr sonsacar a su amigo alguna de esas misteriosas llaves que le había enseñado Guang o que había aprendido en su viaje a Oriente.

Formaban parejas. Guang con Mere; a él le había tocado con el ogro y le estaba dejando para el arrastre.

Su padre le había pasado aviso de que acudiera a casa de Peter, que le esperaban para entrenar. La sola idea le había dejado medio alelado. ¡Entrenar! ¿Para qué? Al principio no había caído, por lo que fue a ciegas, sin ropa adecuada y sin mentalizarse.

La sorpresa al llegar fue de las de no olvidar. Estaban Mere y John junto con el pequeño Guang y Peter.

La sala era espaciosa y acogedora, con las paredes cubiertas por paneles de clara madera, al igual que el suelo. Numerosas ventanas altas por las que se filtraba luz solar bordeaban el perímetro de la habitación caldeando el aire que los envolvía. Olía a una mezcla de humanidad y olores aromáticos, difíciles de discernir, pero embriagadores.

En cuanto llegó, Peter lo recorrió de arriba abajo, se rió con esa sonrisilla torcida que daba miedo y le dijo que subiera, que en su habitación tenía ropa adecuada. Lo que definía como *ropa adecuada* resultó ser una especie de holgada camisa blanca de algodón que le quedaba grande y que imaginó era de Peter; por el olor que desprendía, seguro que era de Peter; y un pantalón tremendamente flojo que se ataba a la cintura con un delgado cordón y que arrastraba algo debido a la diferencia de estatura entre ambos. Dudó si dejarse puesto el calzón pero al final optó por quitárselo para evitar sudarlo, quedando totalmente desnudo bajo la ropa que se había colocado.

La pequeña Mere vestía algo parecido y, si no se equivocaba demasiado, la ropa que llevaba era de Guang, solo que había tenido que arremangarla. Los ojos de su marido estaban desorbitados y por los movimientos incómodos que mostraba mientras estaba sentado, no eran lo único que tenía desorbitado, el hombre.

Claro que no le extrañaba demasiado ya que ella era un regalo para los ojos, con ese pequeño y potente cuerpecito que la ropa masculina recalcaba.

—¿Quieres dejar de mirarla así? —cuernos, no le había oído aproximarse.

—Es que está preciosa.

—Y su enorme marido está delante, listillo.

—Sí, pero no puede apartar los ojos del trasero de su mujer —soltó una risilla.

Su amigo suspiró.

—No tienes remedio.

A diferencia de él, Guang y Peter vestían amplios pantalones, semejantes al suyo, oscuros, pero la parte superior estaba cubierta por una especie de suave casaca cruzada, atada a la cintura con un cinturón también del mismo color y tela. Al condenado le sentaban bien los colores oscuros. Iban descalzos.

Habían practicado varios movimientos pero en todos terminaba con el culo en el suelo y Peter mirándole desde arriba con una sonrisa pícara, sin que una sola gota de sudor cubriera su cuerpo. Él estaba muerto en vida, sudando como un pollo y para terminar de arreglar el desaguisado se le estaba cayendo el pantalón y no hacía más que subirlo hasta la zona donde correspondía. En dos ocasiones casi se le había escurrido.

—Si se te cae, se te cae. En plena pelea no paras para subirte los pantalones, Rob.

—Sí, claro y mostrar a todos mis partes privadas.

—Por mí no te preocupes —la vocecilla era femenina.

—¡Mere! —ese era su marido.

—¿Qué?, no tiene nada que no haya visto.

Los verdes ojos de John no cabían en su rostro del pasmo.

—No lo que él tiene, vaya, sino lo que todos tenéis —el rostro de su marido se estaba poniendo púrpura y Guang se estaba tapando la boca con el dorso de la mano— no quiero decir que haya visto *la pilila* de Peter o de Rob o del buen hombre ¿chino? este, el señor Gong ¿verdad? —señaló a Guang e hizo una suave reverencia, toda satisfecha— tan amable que me está enseñando a matar, digo a luchar, ¡qué horror! me estoy liando.

—Sí, cielo, mejor si lo dejamos aquí antes de que me digas que también has visto *la pilila* de Guang.

—John, ¡lo vas a avergonzar!

—¿Yo?

—Lo que quería decir es que todas son parecidas.

Las carcajadas de los hombres la sobresaltaron e intrigaron.

—¿No es así?

—Cariño, tú y yo esta noche vamos a tener una larga conversación.

Dios, le encantaba esa mujer y su marido. No se parecían a ningún matrimonio conocido, aunque le recordaban algo a la forma de actuar de Julia y Doyle. Quizá algún día pudiera compartir con alguien todo, de la misma forma en que lo hacían ellos.

—Sigamos —Peter le hizo un gesto con las manos para que se acercara a él. A ver cómo terminaba ahora, boca arriba, boca abajo, o desmayado—. A propósito, ¿quién diablos es el superintendente Stevens?

—¿No deberíamos cambiar de pareja? —había metido la pata. En cuanto lo dijo, lo supo. Lo notó en la ligera tensión del cuerpo que tenía frente a él y en la forma en que apretó algo los labios, pero no tenía la más mínima intención de hablar de Clive Stevens y menos tras escuchar la mala baba en la preguntilla de marras.

—¿Tú crees?

Tenía que arreglar el patinazo antes de que le partiera la cara.

—Convendría que Mere se enfrentara a un hombre corpulento para hacerse a la idea de cómo reaccionar.

—No te preocupes, amigo, que después cambiamos.

Estaba muerto.

—Quiero que me ataques.

—¿Cómo dices?

—Ya has oído.

—Ya, pero repítelo.

—Joder, Rob, que me ataques.

—¿Cómo?

—No sé. No, espera, sóplame a ver si me caigo.

—No hace falta ser sarcástico ¿sabes? —se posicionó relajado como le había enseñado, intentando no dar pistas ni mirar al lugar que tenía intención de golpear en cualquier momento, en cuanto Peter dejara de rodearle como una pantera, demonios. Al final, no dio sino que recibió un empujón en el hombro que le desplazó dos pasos hacia atrás.

—¡Me dijiste que atacara yo!

—Pero no mañana, demonios. ¿Acaso en una pelea te lo vas a pensar tanto? Venga renacuajo, no me seas nena.

Odiaba que le llamara eso y el muy cabronazo lo sabía. Lo estaba provocando. De reojo vio que Guang enseñaba alguna técnica a Mere mientras John no les perdía de vista. Parecía dirigir los golpes a la nuez del cuello.

Su cerebro se iluminó. Lanzó el golpe.

XVI

—Mañana me ayudarás de nuevo a enmomiarme?

—Sí, cielo, aunque podríamos probar con otras vendas más elásticas. Ayer se te quedaron marcados todos los bordes.

—Ya. Pero es que hay mucho que apachurrar.

Las comisuras de los dulces labios de su marido se alzaron. Ya desnudo, su estado habitual en cuanto se adentraba en la privacidad de su habitación, estaba sentado en medio del lecho mientras ella se desnudaba lentamente, quejándose cada vez que se movía. Por todos los santos, la sesión de pelea la había dejado hecha unos zorros.

—¿Ocurre algo entre Peter y Rob? —preguntó el grandullón. Mere intuía que algo llevaba danzando en su cerebro desde la práctica de lucha por la tarde. Peter había sido brusco y en ocasiones, hasta brutal con su amigo, sobre todo, al final cuando Rob había intentado imitar la técnica del cuello de Gong, Ganguan, Gingon, ¡no había manera! No lo retenía, y había terminado en el suelo, mirando al techo, con Peter sentado a horcajadas sobre él.

La forma en que había reaccionado este, levantándose como un rayo y saliendo espiritado de la habitación, como trastornado o furioso, y enrojecido como jamás le habían visto con anterioridad, le había chocado. Pero se le había olvidado, al reír con ganas, cuando Rob despatarrado aun en el suelo había anunciado que su contrincante se había replegado antes de que él lo hubiera destrozado con su inagotable fuerza y técnica de lucha para después lanzar un tembloroso quejido. No podía ni moverse del golpetazo recibido.

—Creo que sí.

—¿Qué?

—Tendrán que descubrirlo ellos solitos.

—Mere, otra vez con el idioma chino.

—Sí, cariño. ¡Auh!

A su espalda escuchó el inmediato revolver de sábanas y al volverse quedó parada con las manos en las medias al ver a su señor esposo a cuatro patas al borde del colchón al pie de la cama.

—¿Te duele?

—Como si me pincharan agujas por todo el cuerpo.

—Ven aquí, mi amor que yo te voy a aliviar —su gruñón daba palmaditas junto a él, en medio del esponjoso y hundido lecho.

No se haría de rogar. Se acercó de inmediato, tras quitarse la segunda media, y se dejó caer, boca abajo, en el exacto lugar marcado por esa manaza.

A su pituitaria llegó un aroma floral y elevó suavemente la cabeza en dirección a su marido. Tenía un tarro transparente en las manos a cuyo alrededor se centraba el intenso olor.

—¿Qué haces?

—Vas a recibir un relajante masaje, cariño.

No pudo retener la risa en su interior aunque la palmadita en el trasero la cortó de golpe.

—¿De qué se ríe usted, señora Aitor?

—De nuestras intentonas previas de darnos mutuamente masajes.

—Oh, sí, —la manaza acarició su glúteo derecho, con las yemas de los dedos— siempre terminan en sexo salvaje, del que a mí tanto me gusta. Bien pensado, siempre podemos dejar el masaje para otro día.

—No me tientes, marido. Pero te juro que si me das ese masaje y me dejas totalmente relajada, cuando pase lo de los muchachos y estemos de nuevo en casa —inevitablemente se tensó y su gruñón le acarició los muslos hacia arriba y hacia abajo. ¿Había comenzado ya el masaje?— haré, te haré, todo lo que quieras.

—¿Todo?

—Hum.

—¿Absolutamente todo?

—Ajá.

—Eso es tortura china.

—¿El qué?

—Tener que esperar.

Ahora sí que se rió.

—¿No sabes que las cosas buenas de la vida a veces se hacen de rogar?

—Como tú, mi enana, con lo que me costó cazarte.

—Hum.

Diantre, qué placer, esas manos, suaves, fuertes, delicadas, codiciosas, la tocaban por todas partes y eran mágicas. Iba a terminar como un flan, siempre que no toquetearan donde no debían en pleno masaje, claro que con su salvaje nunca se sabía.

Sin duda, su gruñón había tenido que recibir lecciones de algún tipo porque lo que esas manos estaban logrando no era normal, comenzaba a pesarle el cuerpo, sentía languidez. Le estaba presionando determinados puntos en los pies y parecía como si lo estuviera haciendo en el resto de cuerpo. Tenía que saber.

—Cariño…

—Dime —seguía subiendo por la pantorrilla, con movimientos circulares a veces y rítmicos otras.

—¿Dónde aprendiste a dar masajes? —se le ocurrió una nefasta idea— ¿no sería en los baños esos a los que me encantaría ir? —del azote en el culo no se libraba, seguro. Qué bien conocía a su marido. Llevando la mano a su espalda se frotó donde había caído la palmada, riéndose.

—Dios, enana, qué peligro tienes.

—¿Y bien?

—En la guerra.

Sabía que odiaba hablar del tema. Partió joven, con ideales y volvió marcado, agrio, y jamás habló de su estancia en la guerra, jamás, o al menos nunca cuando ella estaba presente. Esperó a que él decidiera seguir.

—El médico del regimiento, me enseñó. El estimado señor Harry Palmer —por la forma en que lo dijo Mere supo que le apreciaba mucho— juerguista y pendenciero, pero un gran médico y mejor hombre. Salvó muchas vidas, cariño. Y tenía una forma de ver la vida que hacía que me acordara de ti.

—¿Qué es de él?

Pasaron unos segundos y Mere intuyó la respuesta.

—Resultó malherido hacia el final de la contienda, intentando salvar a un joven cabo, un muchacho que jamás debió ser reclutado.

—Lo siento, cariño.

Se escuchó un suspiro.

—Yo también, enana, yo también. Con la guerra murieron hombres buenos. Algún día que sienta añoranza de lo poco bueno que aquello tuvo, te lo contaré.

El masaje había ascendido hacia las caderas. Escuchó y sintió como vertía algo más de aceite aromático en su trasero y posaba ambas manos en cada glúteo. Presionó en círculos, con suavidad, como si más que masajear estuviera acariciando.

—Tienes el trasero más apetitoso del mundo, enana.

Mere sonrió.

—¿Qué? —preguntó su grandullón mientras le daba un suave pellizco en uno de los papos.

—Cada vez que hablas de mi cuerpo, lo asocias con comida.

—No, cariño, es que cada vez que te veo desnuda, te comería entera y mi mente se obsesiona con ello y ya no digamos mi cuerpo —esas cálidas manos presionaron—. Mírame, Mere.

Se apoyó sobre los antebrazos, se giró y entendió lo que quería decir. Estaba impresionante con las rodillas a ambos lados de sus muslos, las amplias manos cubiertas de un brillo aceitoso y también parte de su torso, caderas e incluso rostro, como si nervioso, se hubiera restregado a sí mismo con esas manos, de forma inconsciente. Una figura imposible de describir de lo hermoso que era. Y destacando, rígido entre ellos, estaba ese inmenso miembro que la volvía loca. Ya empezaba a calentarse. Al carajo con el masaje.

Prefería hacer otras cosas y se incorporó saliendo de entre las piernas de su marido, volviéndose y quedando arrodillada frente a él, ocasionando que John lanzara un gemido.

¡Uy! ¿Le habría dado sin querer con los pies en la pilila?

Lanzó una pícara risa que por lo visto ponía a cien a su marido si se atenía a la repentina convulsión que observó en su pene, que aumentó en grosor y largura; rábanos, cada día parecía más grande. Se le ocurrió algo.

—¿Sigue creciendo?

Los ojos de su marido estaban algo nublados mirando fijamente sus pechos.

—¿Creciendo?

—Sí, a lo largo de tu vida.

Parecía que le costaba entender.

—¿El qué?

—La pilila.

Su marido sonrió.

—Me temo que ya la has bautizado ¿verdad cariño? —preguntó con resignación.

Mere se encogió de hombros haciendo que los ojos de su gruñón se dirigieran como flechas a sus pechos, como un imán.

—Enana, como sigas haciendo eso, estamos apañados.

—Vale, me estaré quieta.

—¡No!

—Vale, me moveré.

—¡Ahora no!

—Vale, pues ya me dirás —intentó cruzarse de brazos.

—¡Por Dios! Eso sí que no —parecía una extraña súplica en boca de su marido, así que dejó caer los brazos y le observó expectante.

Su marido le miró fijamente a los ojos, entrecerrándolos, como sopesando si le estaba tomando el pelo, hasta que habló.

—Crece cuando me excito, hasta cierto punto; y cariño, espero haber llegado al máximo de mi tamaño, porque si no tendríamos un grave problema, salvo que tú siguieras creciendo también, claro.

—Lo dudo mucho.

Era una situación tan erótica. Ya no permanecían de rodillas sino ubicados ambos uno frente al otro, ella de espaldas a la cabecera, casi rozándose, sentados sobre sus talones, transpirando, tensos, hablando con las voces entrecortadas, sabiendo que en cuanto cualquiera de ellos diera el primer paso iban a tener lo anunciado por John, sexo totalmente salvaje.

Extendió la mano, aferró el sexo de su marido, y juraría que se agrandó de nuevo, enorme. ¿Le habría engañado? Era tan suave y resbaladizo tras extender el cálido líquido que surgía de la punta por su extensión. Lo acarició con suavidad, lento, arañando con el pulgar las venas que sobresalían.

Observó a su marido y la respiración se le congeló en la garganta, totalmente. Inmenso, con los músculos del cuerpo contrayéndose, los puños abriéndose y cerrándose, los verdes ojos cerrados y los dientes apretados, respirando a un ritmo vertiginoso, se humedeció entera.

—Dios, te quiero tanto.

Esos ojos verdes, brillantes, vidriosos se abrieron de golpe y miraron los suyos, la boca relajándose se adelantó hacia ella obligándola, por la posición, a soltar ese miembro que tan bien se sentía en su mano, para posar sus carnosos labios sobre los de ella, humedeciéndolos con esa endemoniada lengua hasta que Mere cayó contra las almohadas con las rodillas dobladas.

Su John no titubeó, aprovechando el impulso y sin apartar esos sensuales labios colocó su cintura entre sus muslos, apartándolos con delicadeza con esas amorosas manos. Separó solo un momento los labios para decir "yo también te amo, enana" que contrajo el corazón de Mere, y ambos se dejaron llevar por lo que sentían.

Mere supo que iba a ser diferente porque tenían que soltar todo el miedo que sentían por lo que iba a ocurrir mañana, la aprensión y la tensión de saber que iban a correr peligro, que iban a aprovechar el momento como si fuera el último. Y así fue. Se amaron sin cortapisas, salvajes, rodando por la cama, entrelazada la pasión y el dolor, el ansia por amarse y no perderse. Las sensaciones eran maravillosas, agotadoras y profundas, demasiado profundas como para expresarlas de otra forma.

XVII

Horas más tarde seguían despiertos uno en brazos del otro, de costado en el blando lecho y Mere supo que debía decirlo antes de que fuera demasiado tarde.

Posó la palma de la mano en la mejilla de su marido y la dirigió hacia ella. Tenía que decírselo mirándole a la cara, la única forma posible.

—Si me ocurriera algo…

Su John posó la yema del índice sobre su boca.

—No, Mere, no.

No lo entendía, tenía que hacerlo y suplicó con la mirada hasta que él apartó la mano y tragó con dificultad, intuyendo lo que iba a escuchar.

—Te quiero, amor, y lo sabes —él solo asintió— y también sabes que mañana las cosas pueden torcerse —nuevamente esa hermosa cabeza se inclinó—. Prométeme que no te derrumbarás si algo me ocurriera, pelea hasta que no te queden fuerzas y aun así. Eres un luchador, siempre lo has sido y aunque uno de nosotros faltara, nadie podrá jamás quitarnos todo lo que nos hemos amado.

Los ojos de su marido brillaban y a ella se le estaba formando un horrible nudo en la garganta.

El amor de su vida alzó su mano y cruzándola sobre la de ella, entrelazados los brazos, la posó sobre su mejilla.

—No sé si querré vivir, Mere, si tú me faltas, no sé si querré...

—¡No! Por favor, por favor, no me digas eso.

No apartaban sus miradas.

—Prométeme que no te dejarás ir, que no me seguirás si ocurriera lo peor, por favor. Necesito oírlo.

—No puedo, mi amor, no puedo porque sería una promesa vacía.

—¿Y no podrías mentirme un poquito?

La suave risilla que surgió de la garganta de su marido o un sollozo entrecortado, ya no distinguía, hizo que sintiera un puño apretar su pecho.

Entrelazaron las piernas. Lo necesitaban. Su gruñón la besó en los labios suavemente, una y otra vez, con besos que le llegaban adentro, muy adentro hasta quedar de nuevo tumbados, esperando que les llegara el sueño.

—Duerme, mi amor, siempre estaré aquí para vigilar y protegerte.

Rezó, ya que no podía hacer más, por ellos, por todo; sobre todo porque el maldito destino no les quitara lo que tanto les había costado conseguir. Amarse.

*****

Capítulo 15

I

Estaba amaneciendo. Un día de principios de invierno, como cualquier otro, húmedo, frío, desangelado, pero *tan* diferente al resto. Se encontraba frente al espejo, con la barba postiza en la mano, vestido con los pantalones de faena y con el corazón bombeando sin parar. En cualquier momento esperaba ver a su padre entrar en la habitación con ojos angustiados, al igual que en cada ocasión en que se introducía de incógnito en uno de sus casos.

Su amoroso padre, que los malnacidos con los que peleaban casi, casi se lo habían arrebatado.

Dudó entre colocarse la barba o la camisa, justo en el momento en que escuchó abrirse la pequeña y delgada puerta de acceso a su cuarto. Bueno, llegó el sermón habitual de su pertinaz padre.

—Rob —no era la voz de su padre, sino otra, igual de familiar pero mil veces más grave y ronca.

¡Diablos! Peter.

El estómago le dio un vuelco. A través del pequeño espejo, lo suficientemente grande como para ver únicamente el reflejo de su rostro, observó cómo su amigo se situaba en el lateral de su todavía revuelta cama y su corazón incrementó la velocidad de los latidos, sin previo aviso, ni razón alguna que lo justificara. ¿Por qué se ponía nervioso, si no estaban enfadados ni discutiendo, por el momento?

Alcanzó con frenesí la camisa color crema y casi se la colocó al revés antes de volverse para fijar la vista en su mejor amigo, con un inmenso interrogante contenido en su mirada azul.

Sonreía con su más que evidente incomodidad, el muy cabrón, y llevaba algo oscuro y alargado en las manos.

—Peter, casi está amaneciendo, ¿qué haces aquí?

—No podía dejarte ir sin llenarte esa terca cabezota de instrucciones, algo de sesera y proveerte de armas, ¿no crees?

Rob sonrió. No tenía solución. El que nace mandón muere aun más mandón, nunca menos, y a Peter el dicho le iba como anillo al dedo.

—He dejado a Doyle en la cocina con tu padre, intentando tranquilizarle o mejor dicho sosegarse mutuamente, aunque no sé yo…

La mirada de Rob se fijó en lo que portaban las fuertes manos.

—¿Qué llevas ahí?

—¿Tu qué crees?

¿Le estaba provocando?

—Peter —el aviso en su voz le resbaló descaradamente por la gruesa piel de elefante mientras esos negros ojos brillaban de humor.

—Un regalo.

Los azulones ojos se le iluminaron, ocasionando que los de su amigo se llenaran de ternura.

—No tienes enmienda ¿verdad? —inclinó la cabeza y le recorrió con la mirada, provocando que tragara aire incontroladamente— los regalos te pirran y como sé que mis invenciones te vuelven loco, hace unos días decidí fabricar algo especial para ti.

—Dios, me va a dar algo como no me lo enseñes.

La inmensa figura se acercó lentamente dejando que apreciara la maravillosa obra de arte que llevaba entre las manos. Se asemejaba a unas suaves correas cruzadas, en cuya parte central se ubicaba una delgadísima y rematada funda. Sus ojos, curiosos e ilusionados se dirigieron a los negros que le observaban esperando a ver su reacción.

—¿Qué demonios es?

Peter hizo un suave gesto como pidiéndole permiso para aproximarse y él solo pudo asentir. Avanzó hasta quedar a un paso.

—Quítate la camisa.

—¿Qué?

—Hazme caso.

Notaba la ligera impaciencia en el tono de su mejor amigo, pero sus músculos no terminaban de moverse.

—Por favor…

Como seguía sin abotonar y flotando abierta mostrando parte del pecho, le resultó sencillo, pero al mismo tiempo le costó un triunfo hacer lo que le pedía, incluso tras la suave súplica.

Se sentía avergonzado y algo vulnerable, lo cual era estúpido; por Dios, era su mejor amigo y en más de una ocasión se habían bañado en el río desnudos, claro que de niños, no con el impresionante aspecto que tenia Peter ahora. ¿Por qué diablos se estaba poniendo colorado? Por todos los…, tenía que controlarse.

Peter extendió las manos en su dirección con cautela, como si tuviera miedo de asustarle y dejó que observara la piel trabajada con mimo, extremado mimo, por el brillo que mostraban las tiras de piel.

—Tendrás que cruzarlas sobre tu pecho y espalda, bajo la camisa, y las fundas quedarán ubicadas en la zona de tus paletillas, rozando los hombros para tener un fácil acceso a los puñales.

—¿Puñales? —Dios se estaba poniendo duro solo de pensar la maravilla que le había fabricado, como si le leyera la mente y supiera aquello que más deseaba, no, aquello que más necesitaba. Era un cabronazo, pero era *su* cabronazo.

Bueno, no suyo, en un sentido extraño, eso. Suyo, en el sentido de su mejor amigo, claro, eso quería decir, su mejor amigo, su inmenso mejor amigo. ¿Y por qué demonios estaba pensando estas idioteces?

—¿Cómo me lo pongo?

Peter indicó, con un ligero gesto de la oscura cabeza, que se girara, que le diera la espalda y así lo hizo. Esperó pero nada ocurría por lo que giró la cabeza hacia un lado, entrando la oscura forma en su rango de visión. Su amigo estaba quieto, absorto, mirándole la espalda desnuda, sus ojos resbalando por toda la extensión dirigiéndose hacia abajo ¿imaginando cómo colocarle la correa? Se volvió de nuevo mirando hacia la pared y el espejo hasta que sintió que deslizaba unos de los extremos encajándolo en el brazo y después, lentamente, en el otro.

Era suave, muy suave y ligero. Y faltaba algo.

—¿Qué va dentro?

Una mano aferró su antebrazo y le giró hasta quedar el uno frente al otro.

—Esto.

Peter sujetaba una funda en la mano y la abrió. Dentro había dos puñales con un aspecto de lo más extraño y estilizado, mortal, afilados como cuchillas.

—¿Los fabricaste tú?

—Ajá.

—¿Cuánto tiempo te llevó? Son hermosos.

—Y letales —Peter fijó la mirada en él. Le miraba de un modo extraño—. No importa el tiempo que me llevaran, lo que importa es que sean útiles. Tienen un equilibrio perfecto para ser lanzados y un filo que rasga todo, absolutamente todo

—sonrió con esa sonrisa que calentaba el aire que les rodeaba— así que, cuidado con esos deditos torpes, amigo mío. Vuélvete.

De espaldas por segunda vez, sintió que deslizaba esas máquinas de matar en las planas fundas, quedando los finos y labrados mangos rozando sus hombros, a una distancia perfecta para asirlos. ¿Cómo había podido calcular tan a la perfección las distancias? Tenía que saberlo o la duda se iba a implantar en su cerebro hasta desquiciarle.

—¿Cómo has conseguido...? —Peter no le dejó seguir.

—¿Calcular la forma para que encajara a la perfección?

—Sí.

—Conozco tu cuerpo como si fuera el mío, amigo —lo dijo mirándole de frente, y su mirada parecía querer decir algo importante, algo que Rob sintió que debía comprender, algo importante, realmente importante para Peter, pero no alcanzaba a aferrarlo, como si en parte tuviera miedo de llegar a comprender lo que significaba.

Eso lo dejó amedrentado mientras su amigo seguía observándole con los ojos entornados, las largas y curvadas pestañas casi ocultando las dilatadas pupilas que apenas se distinguían del color que las rodeaba y ¿por qué se estaba caldeando el ambiente de la habitación?

Tenía que decir algo, cualquier cosa, para romper la tonta y repentina tensión surgida entre ellos.

—Te prometo que los cuidaré con mi vida.

Su amigo lanzó una carcajada, una preciosa carcajada, de las pocas que surgían de esa boca.

—La idea es al revés, lerdo, que ellos cuiden de ti.

Sonrió en respuesta porque se sentía incapaz de hacer otra cosa.

—Ponte la camisa.

La alcanzó del mismo lugar donde la había depositado, encima de la cómoda junto al espejo, y se la colocó, con suavidad, encajándola en su lugar, sintiendo junto a su piel la tranquilizadora sensación que le ofrecían las dagas. Dios, eran sencillamente impresionantes. Apenas sentía el peso de lo ligeras que eran y...

Peter aferró ambos bordes de la camisa, tiró de ellos y lentamente comenzó a abotonársela, con calma, una engañosa calma, por la tirantez que se había adueñado de esas recias manos, formadas para luchar.

Algo iba a ocurrir...

—Rob, tenemos que hablar.

Su mente no dio la orden, podría jurarlo ante quien fuera. Sus malditas manos obraron a su libre albedrío al cubrir las de su amigo, parándolas de golpe, haciendo que esos ojos de obsidiana se dirigieran de inmediato hacia los suyos, las manos unidas. Apretó con fuerza, las miradas trabadas. La negra mirada cayó sobre sus labios. Sus bocas chocaron. Brutales.

Los alientos se entremezclaron, las manos temblaron unas encima de las otras, los cuerpos se tensaron asustados por lo que sentían. Su mente no conseguía procesar lo que le estaba ocurriendo. ¡Peter!, Peter le estaba besando, esos labios presionaban los suyos, suaves y calientes, agresivos y perturbadores, cada vez con más fuerza hasta sentir algo cálido que acariciaba su labio inferior. Esas compactas manos que hasta hace un instante estaban unidas a las suyas, se deslizaron hasta posarse en su desnuda cintura, rozando con sus yemas los cubiertos glúteos, apretando con fuerza, dándole calor, asfixiándole…

—¡Chicos! ¿Qué diablos hacéis? —la puerta se abrió de sopetón, y ambos dieron un salto librando un espacio entre ellos de al menos diez palmos.

—¡Joder! será… —el gruñido surgió de labios de Peter causando que su hermano lo mirara con esos ojos plateados, como platos.

Bajo el marco de la puerta Doyle observó con detenimiento la escena que ofrecían ambos hombres, el estado de semidesnudez de uno de ellos, la mirada furiosa que le lanzaba su hermano, sin cortapisas, y la azulona, totalmente perdida del otro, y sonrió, ampliamente, como si solo él conociera y se regodeara con un delicioso secretillo.

—Chicos, es hora de bajar. Cuando estemos decentes del todo, claro, y si habéis terminado con lo que he interrumpido, faltaría más ¿o queréis otro momentito para vosotros?

Con una risa de maniaco total lanzó un juguetón guiño a su hermano. Peter reaccionó lanzando un rugido y escapó a grandes zancadas en cuanto su hermano menor movió un pie en su dirección. Siguiendo un impulso natural, Peter persiguió al mayor pero antes de continuar permaneció en la puerta un instante, dubitativo, con la espalda en dirección al interior de la habitación, hacia su mejor amigo, los nudillos blancos contra el marco lateral de la puerta y habló en un susurro apenas perceptible.

—Júrame que volverás.

Rob tragó en seco. Entre lo sorprendido, atontado y aterrado que estaba, no pudo soltar palabra. Peter continuaba de espaldas, rígido como una barra de inflexible metal.

—Júralo, Rob.

—Lo intentaré, Peter, lo intentaré.

La tensa figura asintió con un gesto suave y partió en busca del hermano.

II

—Cariño, tienes que soltarme en algún momento. Nos esperan abajo.

Sentía los labios de su gruñón posados en su coronilla, los brazos la apretaban contra él como si estuviera desesperado y necesitara absorber su olor, su forma, todo.

—Te prometo que tendré cuidado. Además, Rob y todos vosotros estaréis muy cerca. A la mínima señal de peligro sé lo que hay que hacer.

—¿Llevas el puñal?

—Sí, en la bota.

—¿El otro?

—En el cinto, camuflado en la parte interior.

—Bien. Promete que no dudarás en utilizarlo si fuera necesario.

—Sabes que lo haré, por volver contigo haré lo necesario.

De golpe la apartó de ese musculoso cuerpo como si de pensárselo bien, le fuera a resultar imposible hacerlo más adelante. Rodeó con ambas manazas su carita y depositó un dulce beso en sus labios.

—Otra cosa, cariño. Hemos mantenido a tus padres unos días con la abuela, en la casa de campo, pero creo que se huelen algo ya que han mandado aviso anunciando que quieren una visita nuestra en un par de días. Y si no aparecemos por allí, han lanzado una velada amenaza en el sentido de, y lo digo literalmente: "os invadiremos una temporadita".

—Cuando esto acabe ¿podríamos ir a hacerles una visitilla? Les echo en falta.

—Claro, amor, en cuanto todo acabe haremos lo que quieras.

—Gracias —acarició ese fuerte mentón— ¿vamos?

Su marido la retuvo brevemente impidiéndole avanzar.

—Otro detallito…

Ay madre, no le gustaba nada, pero nada ese tono.

—Acaban de llegar Thomas y Dean, agotados, mojados, enfurruñados, llamándote a gritos y berreando, entre otras cosas. O sea, su estado natural, al menos el de Tom. Creo que no se fían demasiado de que te encuentres sana y salva. Les he jurado que estás toda entera y les he dejado en compañía de Jared, para que les adelante lo esencial.

—No quiero bajar —su señor marido suspiró—. Tarde o temprano tendrán que irse ¿no? —John seguía sin contestar—. Cariño, en cuanto baje y me vean con esta ropa les va a dar un soberano ataque de nervios, y ya les conoces, querrán acompañarme y se irá todo al traste. Los muchachos morirán y Rob se arriesgará en vano y…

—Cariño.

—Se irá todo al garete y bastante nerviosa estoy como para…

—Cariño.

—…pelearme con ellos, es que me agotan. Son tres y después nos arrepentiremos de…

—¡Enana!

—¿Qué?

—Respira hondo.

—No puedo, ¡me aprieta todo! —se señaló con frenesí el busto todo apretujado bajo la camisa, la chaqueta y el chaquetón— y las vendas reventarán y… —la situación era tan angustiosa a la par que irreal, que no pudo evitar la risotada nerviosa que se le escapó ocasionando que su marido inclinara la cabeza para estudiarla de cerca. Con una de sus manos alzó su abotargada cara toda enrojecida.

Ay Dios, pero ¿qué rábanos estaban haciendo?

—¿Quieres que baje a hablar con los brutos?

—Sí, hombre, y así seréis cuatro brutos encerrados solos en una habitación llena de objetos frágiles —sacudía la cabeza como si fuera la escenificación de una espeluznante pesadilla—. No, bajaré yo —dudó un segundo y aferró con desazón la enorme mano de su gruñón y tiró hacia ella—, pero tú conmigo.

Asidos de la mano se dirigieron a la salida de la habitación como si se fueran a enfrentarse a un pelotón de fusilamiento.

III

—Estás bromeando.

—¿Acaso mi boca se curva hacia los lados?

—No, pero contigo nunca se sabe.

—Vale chicos, quietos y a tranquilizarse.

Lo estaban acorralando y acechando, como cuando de pequeños jugaban a bandidos, y para aguar más la situación, estaba en desventaja sin Mere y John a su lado. Poco a poco habían conseguido desplazarle hasta que su espalda quedó contra el borde superior de la encendida chimenea, y por el calorcito que sentía en el trasero, más no podía retirarse, ni queriendo o se le chamuscaría una parte muy preciada de su anatomía.

Lo sabía. Sabía que con sus hermanos no iba a funcionar la torpe explicación. La única capaz de convencerles era la renacuajo y a pesar de sus capacidades para aplacarlos con una mirada, dudaba de que hoy fuera a colar. No le sorprendía la fiera respuesta de sus hermanos, tan diferentes en todo: reacciones, aspecto, humor, genio. Y en lo que concernía a su hermana, tan parecidos en su afán de proteger, amar y controlar.

Tan solo imaginar que le pudiera ocurrir algo a la personilla que los unía más que la sangre o los recuerdos que compartían, les helaba las venas. Por todos los diablos, hablaban de Mere, el ancla de todos ellos. Si le ocurría algo, cualquier cosa, no lo superarían. Así de simple.

Advirtió la implacable mirada de Tom y la vio reflejada en Dean. Si incluso este mostraba señales de semejante rabiosa terquedad, estaban acabados, a falta únicamente del brusco remate final.

—Chicos, sé el susto que os habéis llevado, ¡joder!, yo también, y para colmo cuando me avisaron estaba solo, pero es ella quien debe decidir, no nosotros.

—Y una mierda, so idiota —refunfuñó Tom mientras mesaba su oscuro cabello casi con desesperación— y si le pasa algo que…

—No me ocurrirá nada.

Todos, como un resorte se giraron hacía la vocecilla temblorosa y femenina que les llegó desde la puerta. Una pequeña y tiesa figura se apostaba en ella como si no se decidiera a entrar, pese a tener a su espalda a su gigantesco marido, presto a partirse la cara con quien fuera necesario para apoyar a su incontrolable mujer.

Esto iba a peor por momentos.

Se volvió hacia sus hermanos para graduar su reacción. Se habían quedado perplejos y completamente estáticos, recorriendo con la mirada el cuadro que presentaba su pequeña hermana, disfrazada de hombre. Thomas parpadeó varias veces, aleteando esas larguísimas pestañas que bordeaban unos ojos de un azul cristalino, cerrándolos una y otra vez al tiempo que sacudía la cabeza esperando que desapareciese la visión que había aparecido frente a sí.

Dios, sus dos hermanos eran idiotas.

Dean, por el contrario tenía la boca abierta de par en par y los verdes ojos desorbitados, clavados en el pecho de su hermana como buscando lo que obviamente faltaba.

—¡Estoy vendada!

Thomas optó por cerrar de nuevo los ojos con fuerza, tras escuchar el chillido, mientras Dean permanecía de forma obsesiva con la vista clavada donde era evidente que seguía faltando algo, dos redondos algos, como esperando, el muy lerdo, que fueran a volver en cualquier momento por ciencia infusa.

—¿Quieres dejar de mirarme fijamente el pecho?

—¿Dónde están? —el chillido de Dean penetró sus oídos hasta casi perforarle el tímpano— ¡tus globos!

Mere elevó los brazos desesperada y los cruzó sobre su pecho.

—¡Pechos! Se llaman pechos, so lerdo, y están por aquí —carraspeó— en algún sitio.

¡Vaya, podía hacerlo! Podía cruzarse de brazos. Oh, qué suerte tenían los hombres.

Tras girar la cabeza hacia su gruñón, con un gesto de total resignación, y volverla de nuevo hacia el interior de la acogedora salita, entró a buen paso, derecha hacia sus objetivos y con resolución cogió de la mano a cada uno de sus hermanos y con leves empujones, los sentó en el tresillo ubicado frente a la chimenea. La gravedad hizo el resto. Bueno eso y que los grandotes se dejaron hacer, como si les faltara la fuerza necesaria para oponerse o estuviera totalmente agotada por el exceso de nervios.

A continuación sostuvo dos sillas por el respaldo y las situó frente a sus hermanos. Ocupó una y con una leves palmaditas en el asiento indicó a su John que tomara asiento en la otra.

—Imagino que no estaréis de acuerdo con el plan.

—Imaginas bien, renacuajo —Thomas no tardó en responder recibiendo un codazo de Jar, sentado a su lado.

—Déjala hablar, al menos.

—No, que nos lía.

Dean seguía recorriéndola con la mirada, con la lengua casi colgando fuera de la boca.

Todos comenzaron a hablar, no, a vociferar a la vez, salvo el bobalicón de la lengua de trapo, dando inicio a la jaula de grillos en que se solía convertir toda reunión de los hermanos Evers. Ruidosa, enloquecedora y desquiciante.

—Por favor, chicos —al paso que iban, se veía suplicando— *necesito* que me apoyéis, por favor.

Sabía que era lo único que acallaría el estruendo, que les suplicara ser escuchada al menos una vez.

Callaron y la miraron con una mezcla de curiosidad, empecinamiento y sorpresa. Inmensa sorpresa.

—La única forma de parar a los hombres que perseguimos es que alguien se introduzca entre los muchachos, que *yo* me infiltre.

Todos abrieron la boca para hablar, pero Mere, sin apenas ruido, les lanzó un suave por favor.

—Los retienen, maltratan y con ello destrozan familias, destruyen a personas, a buenas personas que no lo merecen, por el solo hecho de necesitar ser amadas —con la mirada preguntó a Jared si sus hermanos estaban al tanto de todo y por la respuesta de esos tiernos ojos, lo estaban—. Casi matan a Norris, *mi Norris,* y solo por eso deben pagarlo. Pero hay más, mucho más. Hemos conocido a personas que han sufrido y siguen sufriendo y no deberíamos permitirlo. No, si podemos hacer algo, cualquier cosa. Necesito que me ayudéis. Sin vosotros no estaré entera ¿entendéis?, me faltará una parte y me enfrentaré a ellos aun más asustada de lo que ya estoy. *Por favor…*

—¡Mierda, Mere!, no nos hagas esto.

—Alguien tiene que hacerlo.

Lo estaban pensando y era más de lo que tenían hace cinco minutos.

—Dadme datos, detallados datos del plan —las firmes palabras salieron de boca de Thomas, su otro amoroso gruñón, y la opresión en el pecho, pese a los vendajes, se suavizó una pizca, una leve pizca provocando su siguiente movimiento, en respuesta a un impulso totalmente ingobernable.

Se lanzó sobre sus hermanos y se dejó caer en el regazo de su Tom, dándole un suave beso en su áspera mejilla.

—Gracias a los tres.

—Más te vale salir sana y salva de este desastroso plan, renacuajo, o tendrás un inmenso problema entre manos —con las manos le sujetaba la cara para que no desviara las mirada de esos intensos ojos claros—, y luego no digas que no estás avisada.

—Me doy por avisada. Y mi trasero también.

Su hermano la levantó de un impulso e hicieron lo de siempre, la ignoraron completamente reuniéndose los cuatro en círculo, como si la cosa no fuera con ella.

Intentó escurrirse, sin resultado, entre los altísimos cuerpos que rodeaban una de las mesas de la salita, e incluso sopesó la loca idea de pellizcar el trasero de alguno, pero finalmente optó por dirigirse a la cocina a llenarse algo el estómago, lo suficiente para taponar el tremendo agujero que sentía en la boca del mismo.

Ya le comentaría su grandullón el contenido de la conversación. Ahora necesitaba engullir algo con urgencia.

Tratar con sus hermanos siempre la agotaba y le daba hambre.

IV

En el carruaje nadie hablaba y John ya le había revisado hasta en tres ocasiones los cuchillos ocultos en el tobillo y en la cintura. Como lo intentara una cuarta le iba a dar un bufido. La estaba poniendo nerviosa, no, histérica.

Tenía las manos heladas y le sudaba el cuerpo. ¿Cómo eran posibles ambas reacciones si parecían incompatibles? El cuerpo se le estaba amotinando en plena tormenta.

El plan en principio parecía sencillo. Rob ya debía estar recogiendo al nuevo grupo de muchachos y sin tiempo que perder, emprendería el viaje de vuelta para cruzar al anochecer la zona marcada. Tenían aproximadamente dos horas para cruzar el camino con un obstáculo lo suficientemente voluminoso como para detener el carromato de los chicos y que Rob aprovechara el desconcierto para introducirla en la parte trasera.

Esperaban que, con suerte, ningún secuaz de los Saxton vigilara a los chicos apostado con ellos y que el compañero de viaje de Rob no sospechara y ayudara en la retirada del bulto que les impediría el paso.

Dios santo, eran demasiadas variables para que no fallara alguna.

Intentó no pensar en esto último, pero era prácticamente imposible a un par de horas de que ocurriera. En el carromato iban ellos y Jared sentados a un lado. Enfrente, los hermanos, y no podía decidir quién parecía más agitado.

El día anterior habían determinado el lugar más idóneo para forzar la parada y Doyle había adelantado hacía rato que faltaba poco para llegar.

Hacía frío, pero con tanta capa de ropa apenas lo apreciaba. Llevaba el cabello agarrado en la parte trasera de la cabeza, disimulado con la oscura gorra y habían empleado algo de tinte para que pareciera algo demacrada. En conjunto estaba convencida de que iba a pasar por uno más de los muchachos. *Tenía* que pasar por uno de ellos. Se negaba a pensar en otra posibilidad.

Miró hacia el exterior por la pequeña ventanilla por la que entraba un cortante frío. El camino no llegaba a estar nevado pero los árboles totalmente pelados daban a la campiña, poblada por suaves lomas que cubrían ambos lados del embarrado camino, el aspecto desolador propio del invierno. Ello, unido a la falta de tráfico, al estar a punto de oscurecer, facilitaba la consecución del coordinado plan. En principio, parecía tan sencillo…

Williams los dejaría en las proximidades del punto de contacto, siguiendo adelante con el coche de caballos que conducía y el que lo seguía con el resto de los hombres, hacia Windsor, hasta cruzarse con el carromato de los muchachos, continuaría en sentido contrario un buen trecho y giraría nuevamente en dirección a Londres una vez trascurrido el periodo de tiempo previsto y necesario para que hubieran despejado el camino, entretenido al compañero de Rob e introducido a Mere con los chicos. La pauta consistía en seguir al carromato en la lejanía pero sin perderlo de vista, una vez recogidos de pasada el resto de los hombres.

Dean y Thomas, junto con más apoyo, estarían a la espera en el camino de entrada a Londres indicado por Rob como el seleccionado para acceder a la ciudad.

El coche de caballos paró. Había llegado el momento.

Seguía siendo de día, pero no por mucho tiempo, por lo que apretaron el ritmo. Se notaba la humedad tanto del invierno como la emanada del río que discurría no lejos del punto en que estaban parados. Descendieron y tras un leve gesto de John, los carruajes siguieron adelante. Sin perder tiempo, colocaron el filo del serrucho que descargaron del coche, con dos asideros, uno a cada extremo, contra el tronco de un estrecho árbol e iniciaron la tarea de serrar, lento pero seguro.

Se arriesgaban a que algún viajero tardío pasara por el camino, pero a caballo no tendrían dificultad para sortear el árbol caído. Por el contrario, un carromato que soportara mucho peso, se vería obligado a liberar el camino para continuar viaje y con eso contaban.

Mere seguía inquieta, con una inquietud inevitable, mientras los hermanos terminaban de serrar el joven árbol y con la ayuda de John lo colocaban, atravesando diagonalmente el pedregoso y resbaladizo camino. Era lo suficientemente grande para impedir el paso, pero no para que lo saltara un único jinete.

Rodearon el objeto con las voluminosas y quebradas ramas bien visibles en la distancia y se colocaron a un lado, en la hondonada situada junto al camino. Precavidos, los cinco vestían de oscuro y bien abrigados ya que no era seguro cuánto tiempo tendrían que esperar a que llegara el hijo de Norris. A ello se unía que estaba recién entrado el invierno.

Llevaban lo necesario para protegerse y cuerda por si los muchachos iban atados.

Mere sintió que la rodeaban por detrás unos brazos que reconocería en cualquier parte, su John, y que su mano era aferrada por la de su hermano.

Así permanecería hasta que no tuvieran más remedio que romper el contacto. No antes.

V

Todo parecía discurrir como lo habían planeado. Al igual que en otras ocasiones, había recogido el cargamento de muchachos ya preparado en un punto concreto de la ciudad, con una pareja de intermediarios que le entregaron la relación de los chicos que llenaban la parte trasera del transporte. Doce muchachos. El número ideal para que uno más pasara desapercibido. Si hubieran sido pocos habría sido complicado explicar la aparición de uno sin razón para ello.

Solo había echado un vistazo rápido a la parte trasera y había sido más que suficiente. Las miradas llorosas y aterradas, suplicantes, le habían dejado un vacío en las entrañas. No sabía si esta vez iba a poder alejarse sin más, no después de lo que ocurrió con aquel muchacho pelirrojo, Bobby. Nunca olvidaría sus redondos ojos repletos de temor, un temor al que no pudo responder.

Observó de reojillo a su compañero de viaje, Robbins. Le desagradaba y mucho. Permanecía alerta y preveía dificultades para entretenerle o cuando menos distraerle. Maldita sea, ¿es que nada podía ser sencillo? Por una vez en su puñetera vida los hados o lo que fuera, podrían echarle un cable, un pequeño cable. No pedía más, solo eso. ¿O era esperar demasiado? Y para rematar la faena, le picaba a rabiar la barba postiza.

Entrecerró los ojos ya que comenzaba a oscurecer y se aproximaban a la zona caliente. Hacía un buen rato que se habían cruzado sin incidentes con el coche conducido por Williams y el que le seguía los pasos.

—¿Qué coño es eso? —la brusca pregunta surgió de su hasta ahora silencioso compañero de viaje. Ya habían llegado.

Como habían calculado, detuvo el carromato rozando el borde del camino, lo más próximo posible al lado, sin levantar sospechas.

Comenzaba la actuación de su vida.

VI

Escucharon el sonido de las ruedas acercándose lentamente hasta parar cerca, muy cerca, no más allá de un par de yardas. Permanecieron paralizados, intentando traspasar con la vista las sombras cada vez más densas, debido a la paulatina desaparición de la acogedora luz solar. Primero descendió Rob, jurando como un verdulero, aproximándose al tronco para llamar de inmediato la atención de su acompañante.

Tras un segundo aviso entremezclado con bufidos, jadeos y protestas por el peso del árbol, escucharon cómo requería, de malas maneras, la ayuda del grueso hombre con aspecto grasiento que torpemente bajó del coche, dejando tras de sí la escopeta cargada que no había soltado hasta el momento.

Ninguno se desvió del plan trazado. Los hermanos y Jared mantuvieron la atención en los hombres que en mitad del camino se esforzaban por arrastrar el obstáculo hacia el borde contrario al carromato, mientras John asía de la mano a Mere y la impulsaba por la suave cuesta hasta alcanzar la parte trasera del carro. Con su altura no tuvo dificultad en apartar la lona que cubría la salida y, alzándola en sus brazos, la introdujo en el espacio libre más próximo al cierre trasero.

A lo lejos se escuchaba la conversación que mantenía Rob con el otro hombre decidiendo la mejor forma de dejar espacio para que el vehículo pasara.

En el interior todos los ojos se dirigieron a ella. Eran jóvenes de entre dieciséis y dieciocho años. No creía que ninguno alcanzara la veintena. Tan jóvenes. Estaban atados con las manos a la espalda y por la forma en que estaban sentados parecían ateridos y desesperados. Y con su intrusión, asustados, sorprendidos y quizá algo esperanzados.

Y todos estaban amordazados. ¡Dios!, no habían pensado en eso. Miró con ojos interrogantes a su marido y susurró, tan bajo que este hubo de inclinar la cabeza hacia el interior del coche para lograr entenderla.

—¿Qué hacemos? Tienes que taparme la boca.

No iba a dejar que el pánico la engullera. No ahora. Su John revisó sus bolsillos sin resultado, y comenzaba a dirigirse hacia el costado cuando percibieron unas pisadas que se aproximaban hacia ellos, hacia la parte trasera del carromato. ¡Iban a descubrirles!

Miró con los ojos inmensos hacia su esposo pero este, como si nada ocurriera, le sonrió y desapareció de la vista.

Las pisadas cada vez se escuchaban más cerca.

—Robbins, déjalo y vuelve aquí de una puñetera vez —Mere escuchó la suave protesta de este—, que vengas, joder, que ya he conseguido hacer palanca con este otro tronco y me va a vencer el peso. ¡Que vengas, coño!

Los pasos dudaron y Mere se arrebujó en la esquina trasera del interior del cubículo, quieta, respirando apenas.

Exhaló aire al escuchar de nuevo alejarse las pisadas, poco a poco.

Madre mía, no sabía si lo que escuchaba era su corazón golpear, sus oídos retumbar o ambos al compás. De lo que estaba más que segura era que adoraba a Rob y en cuanto le viera le iba a dar un cacho beso en plenos morros aunque el gruñón se enfurruñara.

Aspiró de pura necesidad una buena bocanada de aire, agudizando el oído en caso de que volviera a acercarse y se sobresaltó al aparecer de nuevo la cabeza de su John por el borde del tablón que sellaba la salida trasera.

—¿Dónde te has…?

—Bajo el carro, shhh…, no hables cariño —del bolsillo interior de la chaqueta sacó un pañuelo oscuro.

—¿Cómo lo has…?

—De Peter.

—Es color mugre.

—Acércate un poco.

Así lo hizo, dejándose atar las manos a la espalda. Su gruñón depositó un suave beso en sus labios antes de cubrirlos con el pañuelo y acariciar suavemente su cara.

Fue a alejarse pero volvió sobre sus pasos y la besó de nuevo, en esta ocasión sobre el propio pañuelo y en la suave mejilla. La miró a los ojos en plena oscuridad y esos claros iris brillaban reflejando la luz de la luna.

—No te perderemos de vista —Mere asintió, incapaz de hablar— y si te ves en apuros, no dudes en hacer lo que hablamos, por favor, cariño, no dudes, por mí. Todo saldrá bien, te lo prometo ¿de acuerdo?

Ya no se oía la conversación a lo lejos. ¿Acaso John no se daba cuenta que tan solo se escuchaban los sonidos de fondo del bosque que les rodeaba? Gimió contra la mordaza pero esas manos no soltaban su rostro, frotando con dulzura sus mejillas.

¡Vete! ¡Tienes que irte, por favor, por favor, te descubrirán! Intentó que lo leyera en su mirada, en la forma en que trataba de zafarse de la sujeción. Debía alejarse mientras estuviera a tiempo. Escuchó al acompañante de Rob comentar que iba a asegurarse de que los muchachos estuvieran bien. ¡Dios! ¡Iba a mirar en el interior del carro!

Por un breve instante estuvo segura de que John no iba a seguir adelante, por la forma en que apretó los labios y esperó tenso, casi deseoso de enfrentarse al que se acercaba, deseoso de no alejarse de su mujer, hasta que ella susurró contra la mordaza un forzado *por favor* que él no podría entender pero que captó en su aterrada mirada.

John deslizó el pulgar de su mano derecha por la lágrima que se había escapado de esos castaños ojos y se alejó sin ruido, luchando contra sus impulsos, hacia la oscuridad del camino, veloz y sigiloso, sabiendo que dejaba atrás aquello que más quería.

VII

Se estaba mareando como una cuba con el traqueteo del carro y los pies se le estaban quedado congelados del intenso frío. En la lejanía escuchaba palabras sueltas que cruzaban los hombres sentados al frente del vehículo, pero estaba demasiado centrada en sofocar el inicio del mareo como para atender. Eso y escudriñar a los muchachos que la rodeaban mermaba sus fuerzas. Mere se daba cuenta de que la esperanza inicial que se vislumbró en las derrotadas miradas de algunos se estaba apagando, y hubiera deseado con todas sus fuerzas poder decirles que estaba allí para sacarles del infierno al que los habían arrojado, pero se arriesgaba a que la vieran sin la venda cubriéndole la boca.

Eran tan jóvenes algunos…

No podía permanecer callada, pese a saber que era lo más seguro, lo procedente, pero a veces actuar así estaba reñido con la compasión, con la humanidad, seguir en silencio frente a esos ojos que la taladraban hubiera ido en contra de todo aquello en lo que creía, contra su naturaleza. La mordaza estaba floja, lo suficiente como para retirarla un poco en dirección a la barbilla, luego ya trataría de volverla a su lugar o lo más cerca que pudiera sin llamar la atención.

Si era Rob quien ayudaba a sacarlos del carro, no tendría problemas, si era otra persona…

Frotó suavemente contra su hombro hasta que sintió que la tela de la mordaza se deslizaba algo, quedando trabada bajo los labios.

—No os asustéis y no intentéis quitaros las mordazas. Sabemos que a algunos os han secuestrado y a otros os han vendido en el hospicio —los miró intentando parecer segura, resuelta—. Necesito conocer cuántos de vosotros habéis sido secuestrados, ¿de acuerdo?

Esperó unos segundos que parecieron interminables, pero los muchachos comenzaron a reaccionar.

—Bajad la cabeza aquellos a los que hayan raptado —seis inclinaron la cabeza.

¡A seis de ellos, por todos los santos! Seis jóvenes destinados a vivir un cruel infierno.

—De acuerdo. Tendréis que escucharme con atención ¿vale? Trabajo con otras personas, buenas personas, para parar a los hombres responsables de arrancaros del lugar al que pertenecéis. Hemos logrado infiltrarnos y la razón es intentar averiguar el lugar donde van a retenernos para disponer de pruebas y conseguir que os liberen a todos —los miró atentamente—. Escuchadme, llegará un momento en que podamos hablar. Si alguno, cualquiera de vosotros habla de lo que está ocurriendo en este momento, dentro de este carromato, perderemos la única posibilidad que tenéis de escapar. La única.

Los movimientos que atestiguaban la ilusión de una posible huida, cesaron. Ello por sí solo indicó a Mere que los muchachos habían captado la importancia de permanecer en silencio, y ella lo agradeció en el alma.

VIII

En cuanto partió el carromato con su preciosa carga se desesperaron a la espera de que llegara Williams. No tardó, pero según se alejaba de la vista la parte trasera, una inimaginable aprensión comenzó a adueñarse de ellos.

—Ninguno ha planteado la posibilidad de que nos den esquinazo —la helada voz surgió de Doyle.

—No ocurrirá —contestó John.

—John…

—¡No ocurrirá! Somos demasiados para que permitir que ocurra.

—Lo más seguro es que así sea, pero hemos de prever toda contingencia y una es que logren desaparecer con los muchachos.

Esperaron una nueva reacción visceral.

—Si ocurriera lo que dices, es simple, iría a por Martin Saxton. Jamás permitiré que se acerque a Mere, jamás.

—O a Rob —el inciso salió de labios de Peter— si es necesario lo mataremos.

Ambos sellaron un pacto, en plena oscuridad, en el que ni esperaban ni exigían que participaran los demás. Quedaba entre ellos.

IX

Mere calculó que viajaron durante unas cuantas horas hasta que, todavía de noche, se adentraron en los alrededores de la ciudad, aun silenciosa y dormida. Habían calculado a la perfección el horario para evitar testigos no deseados, pero ello perjudicaba la vigilancia del carromato, al impedir que el coche que lo seguía se acercara lo suficiente sin que su presencia destacara demasiado.

Sabía que estaban ahí, que John por nada del mundo la perdería de vista, pero hubiera deseado verles en la distancia, escucharles. De otra forma se sentía asustada y desamparada.

No conocía la zona por la que transitaba el coche. Seguramente avanzaban por las afueras. Siguieron camino otro buen rato, doblando esquinas y orillando el Támesis, por el desagradable olor que a ráfagas les envolvía, hasta que se detuvieron en la parte trasera de un viejo edificio de tres plantas con aspecto ruinoso. El carromato accedió con dificultad a un pequeño jardín trasero en el que aguardaban tres fornidos hombres. En su pecho aumento el bombear del corazón.

—¡Bajad! —la voz tenía un acento tan cerrado que costaba comprender lo que decía— de ahora en adelante nos encargamos nosotros —estas palabras le erizaron el vello del cuerpo—. Si necesitamos ayuda, os avisaremos.

—Antes debo recoger un hatillo que he dejado detrás —esa voz sí era inconfundible.

Transcurrieron unos segundos hasta que apareció el rostro amigo. Con un dedo posado sobre sus labios, se le aproximó y recolocó con rapidez la mordaza en su lugar, recogió un bulto posado a los pies de uno de los muchachos y con su mano apretó el hombro de Mere.

Solo pudo asentir, agradeciendo con ese gesto lo mucho que ese hombre había arriesgado por ella, y lo observó partir. Ahora dependía de sí misma.

Junto con otro de los chicos estaba situada cerca de la parte trasera por lo que fue de las primeras en bajar, cayendo casi al suelo tras ser empujada sin miramientos, con las manos atadas a la espalda.

Los colocaron en fila, a los trece, de forma aleatoria, sin orden definido y rodeados por los hombres, esperando ansiosos y descompuestos.

Uno de estos no tardó en dirigirse a ellos.

—Tres reglas para vosotros: obedecer, callar y no molestar. Si hacéis lo que se os dice saldréis de esta con vida. En caso contrario, no querréis saberlo —la risa cruel que surgió de esos finos labios revolvió el estómago de Mere—. Los recogidos en el hospicio, a un lado —con la gruesa mano indicó su derecha— el resto a mi izquierda.

Se dividieron de inmediato. Siete, incluida ella, a la izquierda. Seis a la derecha.

Mere escuchó nuevas pisadas que se acercaban. Más hombres. Esto se complicaba.

A empellones los metieron en la casona, obligándoles a descender unas roídas escaleras. La humedad se colaba entre sus ropas, humedecía su piel y convertía en una pista de hielo el rocoso suelo por el que les obligaban a andar.

Algo no iba bien, tardaban demasiado y por mucho que anduvieran por el piso inferior de una casa era imposible recorrer tanta distancia. Apenas se veía por dónde pisaban al disponer únicamente para alumbrarse de las antorchas que sujetaban sus vigilantes ¿Qué demonios estaba ocurriendo? ¡Los trasladaban!

¡Dios santo, utilizaban túneles excavados bajo la casa!

La tensión le aceleró el pulso. John, sus hermanos y los demás vigilaban la casa, no los alrededores y desconocían que dispusieran de una forma tan sencilla y efectiva de hacer desaparecer a los chicos sin rastro. No estaban preparados.

No se había fijado demasiado en los alrededores, pero tenía la corazonada de que saldrían a través de otra casa igualmente abandonada.

¡Dios! Debieron presentir que no sería tan fácil localizar el lugar donde retenían a los muchachos o ya lo hubiera logrado el grupo de Rob. Siguió caminando mientras en su mente comenzaba a idear cualquier plausible plan para escapar. Y si podía conseguir que alguno de los muchachos lo lograra también, por todos los infiernos que lo intentaría.

La frialdad del puñal oculto en su bota le apaciguó un poco.

X

—Algo no va bien.

Todos comenzaban a pensar lo mismo mientras dejaban que el tiempo pasara, a la espera de que cualquiera de los que habían entrado en la desvencijada casa, saliera de nuevo. Nadie lo hacía. Se encontraban repartidos en varios puntos rodeando el lugar donde retenían temporalmente a los chicos, centrados en controlar la zona.

¿Y si algo se les había pasado por alto? Algo esencial…

No podía esperar, no con ella en peligro.

Echó a andar en dirección a la mole medio derruida, como si se tratara de un caminante ocasional. No avisó de sus intenciones a los demás ¿Para qué? No iba a tolerar que lo detuvieran y anunciarlo supondría perder un tiempo precioso. La calle permanecía vacía y la casa tétrica. Aprovechó las sombras para resguardarse hasta pegar la espalda contra la esquina izquierda de la fachada principal. Se deslizó, suavemente, hacia el patio trasero, ahora silencioso, en el que hacía un par de horas habían dejado a su Mere.

Oteó a través de las resquebrajadas ventanas pero ni un movimiento se apreciaba en el interior. Su pecho parecía a punto de explotar. La angustia comenzaba a agolparse en su vientre.

Sintió la presencia junto a él. Peter le seguía e imaginaba que el resto al presenciar su avance habrían imitado sus pasos. Se volvió para descubrir que no se equivocaba.

Lentamente rodearon la casona hasta que John alcanzó el acceso trasero. Sin vacilar empujó la destrozada puerta y accedió a una entrada desde la que se podía ascender al piso superior. Con un sobrio gesto indicó a Peter esa dirección y este se encaminó hacia ella sin hacer el más mínimo ruido, subiendo los escalones de dos en dos, con engañosa lentitud. En la mano agarraba un arma en forma de estrella, extraña.

Él siguió su instinto, se dirigió al sótano. En función del vistazo desde el exterior se orientó de inmediato y caminó, con cautela, hacía lo que parecía ser la cocina. Seguía sin escucharse un alma y ello le ponía de los nervios. Prefería mil veces luchar que enfrentarse a lo que comenzaba a sospechar. Por favor, que tuviera que luchar, a eso le podía hacer frente. A cualquier otra posibilidad…

Nada se salía de lo normal salvo la ausencia de todos los que habían entrado en la casa. Recorrió la cocina con la mirada, la mesa que permanecía en el centro, el oxidado fogón, los abandonados muebles, la puerta entreabierta al fondo… ¡La puerta! En un segundo recorrió la habitación.

—¡Joder! ¡Venid!

Las expresiones de los rostros indicaban a las claras que lo que menos deseaban había ocurrido bajo sus narices. Se los habían llevado y con ellos a Mere.

Una furia helada, siniestra, le sobrecogió. Sin tomar precauciones intentó descender por los escalones, pero un brazo se lo impidió. Golpeó sin mirar, necesitaba bajar ya, no esperar, *tenía* que descender en su busca, pero el brazo apretaba y al girarse se enfrentó a los negros ojos, insondables de uno de sus amigos.

—¡Piensa! John, piensa, joder. Si bajas sin lumbre puedes desnucarte y de nada servirás a tu mujer.

—¡Tengo que bajar! ¿Es que no lo entiendes? Le prometí que nada le ocurriría, que nada… —¡Dios! el nudo le impedía hablar, la ira contra sí mismo no le dejaba pensar— Doyle ha salido por la lumbre del coche de caballos y llegará en un segundo. John, amigo, debes sosegarte o los perderemos del todo.

—¡No digas eso! No lo digas, si fuera Rob ¿qué harías?

Esos ojos se agrandaron repentinamente hasta que una suave calma los inundó y susurró entre dientes, suave, como si lo que fuera a decir se lo estuviera arrancando del alma a la fuerza.

—Lo mismo que tú.

John hizo ademán de lanzarse escaleras abajo, pero de nuevo ese brazo le obstaculizó el camino.

—Y tú harías exactamente lo mismo que yo, amigo.

John no pudo replicar ya que, maldita sea, llevaba razón, pero no actuar, no ir en busca de la mujer que amaba iba en contra de sus instintos más básicos.

Peter aguardó algo y suavemente retiró el brazo, justo en el momento en que su hermano se acercaba con dos farolillos. John de inmediato arrancó uno de esas manos e inició el descenso por los escalones hasta dar con un pasillo escavado en roca, húmedo, frío, en el que se apreciaban aquí y allá pisadas en dirección al oscuro fondo. Mediría de largo tanto como tres manzanas de edificios y tras una veloz carrera, entre resbalones y juramentos llegaron a los escalones que ascendían de nuevo. Corrió más si cabe, pero intuía que de nada serviría. La salida daba a otra destartalada cocina en el piso bajo de otra casona a punto de derrumbarse.

Recorrió con ansia, cada esquina, cada oscuro ángulo, cada saliente, hasta que sus ojos toparon con algo familiar. En una esquina de la mesa apoyada contra una de las desconchadas paredes, tirado con descuido estaba el pañuelo, el maldito pañuelo con el que había tapado los labios de su mujer, la preciosa boca de su torbellino. Dios…

Lo cogió, lo apretó, encerrándolo en su puño, y perdió la noción de lo que le rodeaba.

No se dio cuenta al caer de rodillas, ni escuchó el grito desgarrador que lanzó. No sintió nada salvo dolor, el inmenso dolor por no haber cumplido una promesa. La promesa que jamás debió romper. Prometió a su mujer que la protegería y la había roto.

XI

Tal y como habían quedado, tras pasar por su casa y mudarse, se dirigió hacia la mansión Aitor, donde le esperaban su padre, la abuela y el resto de las mujeres. Algo le inquietaba, debió haber insistido a los hombres y participar en el traslado, aunque se hubiera ganado una paliza. De antemano sabía la respuesta pero quizá…

Sacudió la cabeza ya que era demasiado tarde para dar vueltas a esa posibilidad. Subió la escalinata de la entrada y llamó con un suave repiqueteo de la aldaba que pendía en la puerta no tardando el servicio en abrir y darle paso hasta la sala donde estaban todos reunidos ultimando los preparativos para la sesión en la que pretendían pillar a Selena Saxton, esperando noticias, reconcomiéndose por dentro.

Las preguntas no se hicieron esperar. Aguantó estoicamente hasta que callaron.

—Les dejamos en el punto de contacto y después nos echaron. Robbins me siguió como siempre, el condenado, así que me vi forzado a esquivarle y no me permitió volver donde los demás. A estas horas ya habrán sacado de allí a Mere y dejado vigilada la casa por si trasladan de nuevo a los muchachos. Creerán que han escapado y no darán la alerta por el miedo que tienen a Saxton, siempre que el elemento que capturó Peter el otro día, no mienta.

La siguiente pregunta, la que a todos preocupaba, la formuló la abuela.

—Entonces ¿todo ha ido bien?

—Hasta donde yo sé, sí. Dudo que los hombres hayan obrado de manera diferente a como lo planeamos, así que solo queda esperar a que lleguen con Mere y con alguno de los muchachos para plantar mañana a primera hora toda la información recabada *al lombriz* —el suspiro y relajación e incluso alguna risilla fue colectivo— a ver si se atreve a pararlo, el muy…

—¿El lombriz?

—Mi superior, papá, ya sabes.

—¿El atontado ese, del que despotricas en sueños?

Rob miró a su padre con los ojos desorbitados.

—¡Padre!

—Hijo, es que me preocupa el grado de desacuerdo que tienes con ese hombre. Le llamas inspector jefe lombriz mientras duermes.

—¡Eso no es cierto!

—Sí lo es.

—Que no.

—Sí, hijo. Más de una vez; muchas, en realidad.

—¡No me acuerdo!

—Claro, es que lo haces en sueños y a veces refunfuñas sentado en la cama con los puños cerrados y le dices que es apestoso y que ojalá le explotara la cabeza delante de la reina.

—¡Padre! Eso es privado.

—Oh, vamos, hijo, estamos en familia.

Y por las expresiones de *la familia*, lo estaban disfrutando enormemente. Los colores se le estaban agolpando en la cara. Nadie le iba a tomar en serio, solo faltaba que su padre les dijera que a veces tenía que dejar lumbre en su habitación para aparcar las pesadillas.

Tenía que parar la escalada antes de que fuera a más.

—Bueno, eso es lo de menos porque *no* va a ocurrir.

—¿Lo de la reina?

¿Le estaban tomando el pelo?

—¡Lo de explotarle la cabeza!

—Vale, hijo, no te sulfures, con la edad te estás agriando.

—¡Padre!

—Solo Peter te aguanta últimamente.

Lo que le faltaba, que sacaran el tema que más le aterraba en estos momentos. Después de lo del otro día, lo del…, eso que ocurrió. Un escalofrío le recorrió la espalda y comenzó a notar algo estrechos los pantalones.

Dios, tenía que pensar en otra cosa, pero ¡ya! No en esos labios, no en esos labios ni esa lengua. El lombriz, lo mejor era pensar en el lombriz, eso, en el apestoso lombriz. Gracias a los cielos daba resultado.

Le aterraba enfrentarse de nuevo a esos ojos oscuros. Y por nada del mundo iba a quedarse a solas con él, y menos medio desnudo.

Les dio tiempo a disfrutar de unos minutos de tranquilidad hasta que desde el interior de la casa se escuchó una tremenda algarabía, voces entremezcladas de hombres adultos, discutiendo unos, tratando de mediar otros, y supo que el plan se había malogrado al completo. El peso que sintió instalarse en su cuerpo, unido al cansancio de haber estado toda la noche alerta, conduciendo el carro, pudo con él. Se dejó caer en uno de los sillones y se quedó contemplando a los demás que entrecruzaban miradas de inquietud y preocupación.

La abuela y Norris se levantaron como resortes, al unísono, tan pronto se abrió por segunda vez la puerta de la habitación. Las mujeres permanecieron sentadas, enlazadas sus manos.

El aspecto de los hombres que cruzaron el dintel era de derrota, de un fracaso que se dejaba intuir en sus rostros, en sus posturas y en el aire que les rodeaba.

—¿Dónde está?

Nadie contestó.

—¿Dónde está mi niña? Por favor, ¿John?

La enrojecida mirada del hundido hombre al que se dirigía no parecía regir, estaba perdida y dolida, enfurecida. Los hombros encorvados como los de un anciano.

—Los perdimos, abuela…

—No —negaba con la cabeza como si no fuera suficiente con lo que sus labios negaban.

—Abuela, por favor.

—No quiero oírlo. Quiero a mi nieta, por favor, *necesito* tener aquí a mi nieta, segura, conmigo.

Los perforaba con esos ojos tan parecidos a los de ella, tanto que John no pudo sostener la visión de la angustia que comenzaba a reflejarse en ese magnífico y extrañamente calmo rostro, tan parecido al momento en que llegó a la casa en busca de un herido Norris.

Le era imposible dominarse, no con ella ahí fuera.

—Si en quince minutos no tenemos trazado un plan de rescate voy en busca de Martin Saxton y al infierno con todo. No permitiré que mi Mere, que mi Mere...

Jared y sus hermanos se colocaron a su espalda, en un apoyo tácito, inquebrantable. Nadie les robaría a su hermana.

XII

El sonido de esa fría voz le erizó el cuerpo y Rob supo que John no mentía, que lo haría y alguien moriría esta noche, de los suyos y de los de Saxton. Y no podía permitirlo, no si había una mínima posibilidad de intentar algo.

Miró a su padre y se entendieron sin necesidad de palabras. Sentía la mirada de Peter en su rostro e intuía que le estaba leyendo el pensamiento como si lo conociera mejor que él a sí mismo. Y quizá así fuera. Un segundo, un segundo fue el tiempo que necesitó para girarse y posar su mirada en los enfurecidos ojos de su amigo. Se leía en esos ojos negros que no quería que hiciera lo que iba a ocurrir a continuación, que se enervaría y entraría en cólera, pero hablaban de Mere, por Dios, y de cuatro hombres que sufrían lo indecible, de tres maravillosas mujeres que le observaban con una esperanzada interrogante y de su padre, que adoraba a esa pequeña mujer.

Solo por evitar que sufriera, haría lo imposible.

—Iré yo, John, yo iré en su busca.

—No.

Rob ignoró la ronca y agarrotada voz a su espalda. Solo podía verse reflejado en los aterrados ojos verdes del hombre que tenía frente a él.

—Mierda Rob, no puedo pedírtelo, arriesgarías demasiado.

—¿Lo harías tú en caso contrario?

La seria mirada no albergó duda.

—Sí.

—Está todo dicho.

—Rob, te matarán —de nuevo esa voz terca y crispada que provenía de detrás. No debía volverse y mirarle, no podía. Si lo hacía quizá flaqueara y no era el momento—. Si no lo hago, podría morir Mere. Es un camino con una única entrada y salida, amigo y solo yo puedo pasar por él. Estaba tan claro.

Tendrían que idear un motivo por el que acudir a la organización, conseguir o engañar a alguno de los hombres para que lo llevaran adonde escondían a los muchachos y tendría que acudir por sí mismo, ya que en caso contrario arriesgaban demasiado para intentarlo siquiera. Su mente había comenzado a trabajar a marchas forzadas y las del resto, igual. Murmuraban ideas sueltas o posibilidades, imposibles unas, locas otras, insensatas la mayoría.

Sintió una firme mano posarse en su nuca y sin necesidad de mirar supo quién era.

—Iré contigo.

No podía. Ahora no. Si permitía que le quebrara, ella estaba muerta. Sabía lo que tenía que hacer o Peter le pondría freno a todo lo que planteara, por miedo, simple miedo a perderle, sobre todo después de…

No. No era el momento de pensar sino el de actuar. Y si tenía que ser brutal con Peter para quitárselo de encima, lo sería, ya que no solo arriesgaban su vida sino la de otros, y Peter únicamente se centraba en él, maldita sea. Con un movimiento brusco de cabeza sacudió la suave mano que quedó pendiendo en el aire hasta que lentamente fue cayendo para descansar junto al costado del inmenso cuerpo al que pertenecía.

—¿Rob? —¡Dios! jamás había escuchado con anterioridad ese tono en la grave voz, perdido, suplicante. Sus entrañas se retorcieron y con ellas su corazón.

Pero la redonda y dulce figura de la mujer con la que había pasado tanto aparecía vívida en su mente, hermosa y llena de ganas de vivir. Y si para ello tenía que resquebrajar algo la amistad única, o lo que fuera que los unía, no tenía más remedio. Con el tiempo Peter le perdonaría o al menos, así lo esperaba, *así* lo necesitaba. Sentía rígida la inmensa figura, acumulando enfado.

—Rob, ¿qué diablos te pasa?

Dolía, cómo dolía.

—Estoy harto.

—¿De qué?

Respiró profundamente.

—De ti, de tus historias, de lo que crees que sientes por mí, me asfixias con tu presencia, con tus palabras, con tu… jodido beso. No te quiero cerca ¿entiendes? No te quiero cerca de mí.

Según hablaba se iba apagando. La luz de esos oscuros ojos como si alguien lo estuviera matando y ese alguien era él. Tenía que alejarse. Había dicho aquello que más podía destrozar a su mejor amigo, al hombre que sentía más cercano que cualquier otra persona, que lo hundiría y después haría odiarle, renegar de él y todo porque no veía otra maldita salida para salvar a una mujer. Sacrificarse.

Sacrificar lo más hermoso que había tenido en su vida aunque le aterrara, aunque todavía no pudiera asimilar lo que ocurría entre ellos o quisiera pensar demasiado en ello. Y quizá destrozarle antes de haber rozado la mera posibilidad de ser feliz.

Se giró hacia el resto que permanecían algo apartados, debatiendo, mientras él se retorcía por dentro. Era irónico, nadie se había dado cuenta de lo que había hecho y Peter se lo había creído, notaba la furiosa mirada clavada en su espalda mientras se alejaba de él.

Él se lo había creído y ya no había marcha atrás.

XIII

No se había equivocado, salieron por otra casa cercana donde les aguardaba de nuevo otro carruaje o quizá el mismo. Estaba tan asustada que no podía centrarse en cuestiones nimias. Lo que debía hacer era escapar, como buenamente pudiera y cuanto antes.

A empujones los subieron de nuevo al carromato e iniciaron un nuevo recorrido que le alejaba más y más de todo lo que amaba. Movió la bota para asegurarse de que el puñal permanecía en el lugar. Era la sexta vez que lo comprobaba.

Según recorrían el camino de vuelta hacia las afueras imaginó adónde les llevaban. A la fábrica. Un escalofrío le recorrió la columna vertebral. Otra vez no. Si entraba de nuevo en la cueva, le daría un ataque de nervios.

Nadie vigilaba la parte trasera del carromato aunque no podía asegurar cuantos hombres lo llevaban. Y lo bueno era que no se fijaban en detalles ya que ninguno se había dado cuenta de que a tirones se había desprendido de la mordaza y la había dejado en aquella cocina. Si le descubrían sin ella, tendría problemas.

Prefería intentarlo ahora, al aire libre, no entre cuatro paredes que le impedirían escapar. Se dirigió a los chicos, quienes de vez en cuando le dirigían miradas atontadas, como si estuvieran drogados. Maldita sea, no lo había pensado. Peter dijo que a él le habían dado alguna sustancia…

Tras desdoblarlos en la casa, ahora eran siete. Tenía que intentarlo.

—Chicos —Dios, no le atendían. La palabra *drogados* retumbaba en su mente— ¡Chicos! —el susurro, algo más alto, llamó su atención. Cuatro eran muy jóvenes, calculó que de unos dieciséis años. Otro, algo mayor y el último mostraba unos claros ojos inteligentes y despiertos y en cierto modo viejos, hastiados—. Tendremos que saltar del carruaje ¿me entendéis? —ninguno dio muestras de haberle entendido— ¿Me oís?

No podía dejarlos atrás y tampoco podía cargar con ellos. Un laberinto sin salida.

Repentinamente el muchacho de los ojos claros se inclinó hasta quedar arrodillado, con el costado apoyado contra la pared del carromato hasta estabilizarse. Se enderezó y comenzó a aproximarse a ella entre el resto de cuerpos, sorteándolos, con pequeñopasos que daba sobre sus doloridas rodillas. Mere esperó…

Se acercaba cada vez más hasta que su cara quedó a unos centímetros de la suya, otro poco más, hasta que sus mejillas se rozaron e hizo un intenso gesto indicándole que hiciera algo mientras giraba el rostro. Le urgía a hacer algo. ¿Qué quería?

De nuevo el gesto. ¡Por Dios! Estaba tonta. Quería que le ayudara a quitarse la mordaza.

Aproximó la boca y afianzando los dientes tiró hacia debajo de la sucia tela, con esfuerzo, hasta que esta se deslizó liberando los inmovilizados labios.

El muchacho se los humedeció y aprovechó el momento de inmediato.

—Dos hombres conducen el carromato. Somos siete pero creo que cuatro están adormilados, por drogas. No podrán hacer nada, ni ayudar ni moverse. Otro chaval —señaló con la cabeza al que había estado situado junto a él— sí está en condiciones, igual que yo —esos ojos se llenaron de aprensión— ¿sabes a dónde nos llevan?

—A una fábrica en las afueras.

—¿Para qué?

—No importa ahora. Lo esencial es escapar y pedir ayuda para el resto —algo se le ocurrió—. ¿Cuánto tarda la droga en despejarse del todo?

—Un par de días.

Mientras hablaban, el otro chico, de rasgos más aniñados, había copiado el gesto del anterior y se estaba ubicando junto a ellos.

—Esto nos va a doler. Estamos atados y caeremos de algo de altura. Tendremos que seleccionar un lugar que a ser posible haga curva para facilitar que no nos vean y tendremos que dejarnos caer seguidos. Si es posible una zona de tierra blanda y si no lo fuera tendremos que rodar. ¿Sabéis cabalgar?

—No —el otro contestó con un gesto negativo.

—No importa, si caes en movimiento lo mejor el rodar para absorber mejor el golpe, ¿de acuerdo?

—Sí.

—Ayuda al chico a quitarse la mordaza —de inmediato le obedeció.

Si supieran lo aterrada que estaba, lo torpe que se sentía e incapaz de dirigirles, pero esas miradas iluminadas no le daban otra opción. Saltarían y que el destino decidiera. Lo que no podían hacer era quedarse con los brazos cruzados, como corderos. Toda su vida le habían enseñado a luchar si era necesario, a no dejarse pisar ni arrastrar y se juró a sí misma que pelearía.

XIV

—Es la única forma, ir a la fábrica y contarles la historia. Aunque no se la crean, sembraré la duda y no se arriesgarán a que Saxton se entere de que ya lo sabían y no hicieron nada.

—Te metes en la boca del lobo y… solo.

—Maldita sea, Doyle, ya lo sé, deja de repetirlo una y otra vez —se pasó la mano por los cabellos en un gesto nervioso—. Si creen que uno de los muchachos es un chivato de la policía me llevarán a ellos para identificarle y así me aseguraré de que Mere está bien. Les diré que no lo es y ya se me ocurrirá algo para salir del paso.

—Es un plan sujeto con pinzas —ahí estaba esa voz que le ponía el vello de punta. Desde la maldita conversación no le había mirado ni una vez, se tensaba como una vara si se le aproximaba algo y como si los demás también lo sintieran, le dejaban espacio

—Saldrás malparado.

—Valdrá la pena.

—Eres imbécil —lo dijo con tal odio en la voz que todos alzaron las miradas atónitos.

Rob tragó como pudo antes de contestar.

—No es tu decisión.

—Eso es evidente, amigo —el sarcasmo calaba todo alrededor.

—¿Se puede saber qué diablos os pasa? —ni un suave sonido rompió el silencio generado tras el grito de Doyle— ¡Arregladlo! Me importa poco cómo lo hagáis, con un abrazo, una conversación o un… beso, ¡simplemente hacedlo!

Ni queriendo podía haber dicho algo peor el muy zopenco y por la tensión en el cuerpo y rostro de Peter, había terminado de empeorarlo.

—Antes muerto.

Eso le llegó.

—¡No digas eso, Peter!

—Diré lo que me venga en gana —seguía sin mirarle. Dios, ¿cómo podía alguien ser tan tozudo, gruñón, peleón, obtuso y animal? ¿Acaso no se había dado cuenta de que no tenía otra salida?

Sintió la mirada por primera vez sobre él, alzó los ojos y las miradas se enzarzaron, la de Peter abrasadora. Rob agradeció que no estuvieran a solas. Se giró hacía Doyle.

—No pasa nada, ya lo arreglaremos.

Lo dijo, pero al observar la sonrisa malévola que desplegaron los carnosos labios de su mejor amigo, dudó y un nudo se formó en su estómago.

Las iba a pagar, si la mirada de Peter no engañaba, y nunca lo hacía. Maldita sea, era lo que menos necesitaba ahora, preocuparse por su volátil amigo, bastante tenía con todo lo demás.

—No tenemos tiempo para esto —Peter apretó los labios. Dios, de nuevo había metido la pata— ya habrán traído a Cotton así que allá voy.

—Hijo ¿y la barba?

—No hay tiempo, papá, no lo hay. No puedo ir a casa a colocármela, perderíamos un tiempo precioso que puede que Mere no tenga.

—¿Y si alguien te reconoce? —las palabras de su padre estaban llenas de incertidumbre, de desesperación.

No era necesario que dijera más ya que entendía a qué se refería.

—¿Y si *Saxton* te reconoce? —sabía que Peter lo diría. Al igual que la noche seguía al día y la luna guiaba las mareas.

—No hay otra salida, no la hay, y seguimos perdiendo tiempo.

—Ven aquí —la bronca voz no vaciló y Rob alzó la mirada de golpe, de inmediato— ¿Nos dejáis un momento a solas? —la pregunta iba dirigida a todos los demás mientras con pasos sigilosos se colocaba entre Rob y la puerta, cortándole el paso.

—¡No tenemos tiempo!

—Lo tenemos para esto.

Cuando empleaba ese tono nadie, ni siquiera su hermano replicaba. ¡Le estaban dejando a solas con el bestia!

Se negaba a hacer lo que pedía.

Antes de que su padre cerrara la puerta del todo Rob se encaminó hacia ella apresuradamente, rodeando al ogro, pero Peter de nuevo le cerró el paso. Mierda.

Se quedó quieto, sin hacer movimiento alguno. No podía con él ni aunque quisiera y lo sabía el muy cabronazo.

—Aunque lo que me gustaría en estos momentos sería darte una paliza, lo que voy a hacer es abrir esa hueca cabeza a todas las posibles salidas de este maldito embrollo —hablaba frío, helado, sin calor y eso retorció las entrañas de Rob. Tenía frente a sí al extraño.

—Sé que vas a intentar liberar a Mere aunque te lleven por delante, y lo lograrás porque no tienes sentido común cuando se trata de tu bienestar. Ni una palabra —Rob calló lo que iba a decir— ¿llevas las dagas?

—No.

—¿Armas?

—No

—Claro, hacer lo contrario hubiera sido demasiado lógico para ti.

Se estaba enfadando. No era su padre para darle sermones, ni castigarle como si fuera un niño pequeño que necesitara guía.

—Ya está bien. Di lo que te pasa por la mente de una puñetera vez. No necesito sermones.

Peter entrecerró los ojos. Por su expresión iba a ser brutal.

—No tientes al diablo Rob, créeme, no quieres ver de lo que sería capaz.

—¿Me estás amenazando? —esto para rematar el día.

Ni contestó, ni lo negó, simplemente se quedó mirándole fijamente con esos ojos inescrutables, que ni él era capaz de interpretar.

—Si te capturan, si Saxton te captura, no pelees. Tan solo aguanta a que lleguemos, a que yo llegue.

¿Había perdido la cabeza?

—¿Cómo dices?

—Lo has oído.

—¿Qué aguante? ¿Has perdido la cabeza?

—Escúchame con atención. Lo que tiene planeado para ti…

—Ya lo sé, sé lo que planea.

La sorpresa inundó esa negra mirada.

—Me lo dijo el hombre que capturamos en el carruaje, mientras tú ibas a por la libreta.

—Por ello te negabas a hablar conmigo…

Dios, no tenía tiempo para esto. De nuevo se dirigió hacia la puerta pero una manaza le aferró del cuello, lo giró y colocando otra enorme mano sobre su esternón lo empujó desplazándole hasta quedar su espalda contra el mueble bar. Del duro golpetazo todas las licoreras vibraron. Con ambas manos sujetó ese fuerte antebrazo que lo inmovilizaba.

—¡Suéltame, Peter!

Nada dijo, ni movió un músculo, manteniéndole totalmente inmovilizado. El corazón de Rob parecía a punto de explotar. Se estaba cansando de que le trataran como a un pelele. Con un brusco empujón de ambas palmas sobre el inmenso pecho consiguió desplazarlo. O quizá se había dejado desplazar. No lo sabía. Tampoco importaba.

—Me pides que vaya contra mis instintos.

—Lo sé.

—No lo hagas.

Peter le miró con una expresión que le quemó por dentro. El enfado permanecía ahí, también la ira y, sin duda, el dolor inmenso por el rechazo, pero también oculto detrás se escondía algo todavía más profundo...

Parecía a punto de añadir algo, pero lo que hizo fue dar un paso atrás dejando espacio suficiente para que pasara sin restricciones. Y así lo hizo, sintiendo a su espalda calor, quemándole. Sabía que lo miraba, que estaba enfurecido, airado y toda su furia se centraba en él, pero si se volvía, si retiraba lo dicho, Peter querría ir con él o impedir que fuera por su cuenta, y no podían.

Abrió la puerta con un gesto tranquilizador y se enfrentó a los demás mientras escuchaba a sus espaldas que Peter se les unía. Se dirigió hacía su padre quien lo aplastó fuerte contra su cuerpo y lo besó amoroso en la mejilla, como cuando era un niño. Rob pasó su fría mano, suave, por la áspera mejilla de su padre y dejó a todos en círculo a su espalda, alcanzando únicamente a escuchar un *gracias, Rob* del hombre desolado que tendría que esperar encerrado en esa casa al menos cuatro horas, el tiempo pactado para que él lograra sacar a Mere de donde estuviera.

XV

—¡Ahora! —no lo pensó dos veces. Se lanzó.

El golpe le cortó la respiración al caer sobre su costado izquierdo. La caída sobre el brazo casi le arranca un grito pero solo alcanzó a escuchar el sordo sonido de los otros dos cuerpos al rebotar junto a ella en total oscuridad. Se levantaron como pudieron y avanzaron, con el sigilo que les permitía la situación, hasta el borde más cercano del camino. Se agazaparon esperando en cualquier momento que el carromato parara, en cualquier momento, aguantando la respiración, hombro contra hombro.

El carruaje siguió y siguió.

La sensación de alivio fue tan parecida a la que sintió al ver a Rob entrar en la cueva, quizá incluso mayor, que las piernas se le aflojaron y cayó sentada, despatarrada en el suelo. Alzó la vista y se miraron, los tres, e incapaces de guardárselo para sí sonrieron, sin ruido. Sonrisas maravillosas y compartidas.

Tenía gracia, pero aun no lo sabía.

—¿Cómo os llamáis?

—Brad —murmuró el mayor.

—Richard, bueno Richie.

Mere desplegó una inmensa sonrisa a la que ambos respondieron como si se tratara de un cálido rayo de sol.

—Yo, Mere.

Dudaron.

—¿Mere?

La mueca en la sonrisilla no se la saltó en esta ocasión.

—Meredith.

Las bocas se abrieron, las respiraciones se congelaron y los ojos se dirigieron de inmediato a su pecho. ¡Hombres! Daba igual la edad.

—Es muy largo de contar. Más tarde, en cuanto estemos a salvo, os lo relataré todo. Ahora debemos deshacernos de las sogas y llegar a mi casa, a mi gruñón.

—¿Gruñón? —las vocecillas de nuevo se llenaron de inquietud.

—Oh, no os preocupéis, es mi marido y estará desquiciado de los nervios. En el fondo, muy en el fondo, ladra más que muerde. Bueno, a veces. Venga, debemos alejarnos cuanto antes, no sea que aprecien que faltan casi la mitad de los prisioneros.

Mere aspiró profundamente, solo le faltaban los brazos de su grandullón para que todo estuviera bien.

Echaron a correr, con las manos aun atadas, hasta alejarse lo suficiente del camino para poder parar y aflojar las ataduras, de espaldas los unos a los otros. Lo seguían intentando, concentrados y agotados cuando escucharon el inconfundible sonido de ruedas rozando la tierra, deslizándose, y temieron lo peor. Se escondieron en una sombría esquina mientras el sonido se incrementaba al acercarse.

Tenía que mirar. Si eran ellos necesitaban estar preparados para lograr aunque fueran unos pasos de ventaja, que al menos uno de ellos lograra huir. Sin pensarlo dos veces les dio a los muchachos la dirección de su casa, el lugar donde encontrar amigos y familia, se arrastró contra la pared de una caseta en la que brotaban hierbajos y asomó por la esquina el rostro, intentando evitar ser descubierta. No lo distinguía bien…

XVI

Azuzó a Cotton suavemente. El animal no necesitaba más, como si leyera la intranquilidad del jinete. Hacía un frío que llegaba a los huesos, un frío húmedo y pegajoso o quizá fuera que lo tenía asentado en su interior y no podía deshacerse de él.

Disponía de cuatro horas para lograrlo, cuatro cortas horas. Media ya había transcurrido y el tiempo parecía volar.

Tras el recodo del camino apareció la verja de acceso y el vigilante del turno de noche que al verle aproximarse echó mano del arma que le colgaba al hombro. Cohen, era Cohen, gracias al cielo. Ese hombre era un matón pero carecía de malicia y le reconocería como uno de los hombres de Anderson.

Le apuntó con el arma.

—¿Quién eres y qué quieres?

—Soy yo, amigo.

—¿Quién?

—Robert.

—¿Quién?

¡Joder!

—Uno de los hombres de Anderson. Tengo información importante para el jefe.

—¿Para el diablo?

El corazón se le paralizó repentinamente.

—¿Por qué?

—No está el diabl…, digo, el jefazo. Partió hace un par de horas, pero está el jefe. Acércate que te eche un vistazo.

Taconeó con ligereza el flanco de Cotton y se acercó.

—Baja del caballo.

Lo hizo, dejando al animal atado de las riendas y se aproximó al hombre.

—¡Coño! ¿y la barba?

—Me la quité, amigo —se frotó la barbilla en un gesto de añoranza y guiñó un ojo— a las damas no les gusta.

La risa recibida en respuesta le aligeró algo el estado de ánimo. Eso y que sabía que Saxton no estaba en la fábrica.

—Pasa. El jefe está en el despacho pero creo que sus matones le rondan. Ellos te darán el tope pero, chico, ándate con ojo. Hoy no está el horno para bollos.

—¿Qué pasa?

—Ni idea. El carromato llegó puntual pero algo ha pasado. Poco después se escuchó un tiro y el jefazo partió enfurecido si la rapidez con la que se largaba era señal del estado de su humor. Furioso, si señor.

Seguía murmujeando al tiempo que abría la verja, mientras Rob comenzaba a sudar.

¡Dios! La habían descubierto. No había otra explicación para la furia de Saxton y el tiro, el maldito tiro, si Mere estaba muerta…

Se aproximó al edificio como si fuera un reo que se acerca a una prisión en la que sabe que le van a ejecutar. Pasó el segundo control sin apercibirse apenas del guarda que le miró con sorpresa. Le daba igual. Lo único que invadía su mente era la necesidad de saber, el pavor por conocer…

Una mano aferró su hombro y de un golpe lo empotró contra uno de los telares. Elevó la mirada, posándola en uno de los antiguos secuaces de Anderson.

—¿Pero a quién tenemos aquí? Al niño bonito y mimado del viejo Anderson —esa

397

mano aferró su mandíbula, apretando, disfrutando del dolor que causaba.

—Suéltame si no quieres perder la mano, imbécil.

—Vaya, vaya, y gasta genio, el muchacho.

Era suficiente. El rodillazo que le dio en plena entrepierna dejó sin resuello a la inmensa mole que ahora se retorcía en el suelo. No iba a esperar por nadie. Con una zancada pasó por encima y recorrió a la carrera, entre la maquinaria, el pasillo central por el que fuera arrastrado no hacía demasiado, hasta quedarse estático frente a la puerta del nuevo jefe, un tipejo infecto que había llegado de Bath. Mansell se llamaba o se hacía llamar, alguien de la extrema confianza de Saxton.

Se conocieron en la reunión del otro día en que le ordenó llevar a cabo el traslado, y la impresión al entrar, tras tocar la puerta con los nudillos, no varió apenas de la que obtuvo el primer día. Un hombre inteligente y peligroso, dañino.

Alzó los castaños ojos por encima del ridículo monóculo que llevaba y se quedó quieto contemplándole, retándole a que hablara. No picaría. Sabía que debía andar con pies de plomo pero, ¡diablos!, le costaba tanto callar.

—Das demasiados problemas, chico.

Sin ruido alguno que lo previniera sintió un golpe brutal entre los omoplatos, cayendo arrodillado al suelo. Habían llegado los refuerzos. El hombre que tenía a su espalda le tiraba del cabello, con malicia, con intención de hacer daño, el máximo daño posible mientras le izaba la cabeza obligándole a dirigir la vista de nuevo hacia el hombre menudo que con toda calma había vuelto a prestar atención al escrito que leía sobre la mesa. A su derecha Rob atisbó otro par de gastados zapatos. Estaba rodeado.

—Jefe, ¿qué hacemos? —otro tirón aun más doloroso.

—¿Acaso he dicho que hables?

—No, jefe.

Esos ojos se centraron un instante en el matón que le tenía sujeto y Rob notó el leve temblor en la mano, en los dedos enterrados en su cabello.

Maldita sea, era alguien peligroso. Si los hombres temblaban con una sola mirada…

—¿A qué debemos su intempestiva visita? —la ironía se captaba a una milla—. Realmente no es un buen día.

—Traigo información sobre los muchachos.

Eso atrajo la inmediata atención del hombrecillo, quien con un gesto ordenó al bestia que lo sujetaba que le soltara. Intentó levantarse pero una mano lo empujó de nuevo, permaneció de rodillas.

—¿Qué muchachos?

—Los que trasladé hoy.

—Habla.

—Me pareció reconocer a uno de ellos.

—¿A cuál? —se estaba impacientando, lo notaba por la velocidad en que vomitaba las preguntas—. Te doy diez segundos para que me cuentes lo que sepas o aquí, tu amigo, te cortará esa bonita cara.

Dios, el cabrón estaba disfrutando. Lo que notó bajo la oreja, afilado y frío le dio una idea clara sin necesidad de la amenaza.

—De acuerdo —la punta del cuchillo apretó contra la carne— ¡De acuerdo! Cuando los recogí no lo reconocí aunque durante el viaje algo me molestaba, algo que no terminaba de recordar.

—¿Y bien?

—Uno de los chicos, uno bajito con ojos castaños, es un chivato de la policía y no lo conozco de Windsor, sino de aquí, de la ciudad.

Esos ojos se le clavaron como si fueran a leerle la mente.

—Dime, chico, ¿y cómo sabes tú tanto de la policía?

—En las calles todo el mundo sabe de los chivatos. O los rehuyes o terminas en líos.

Repentinamente Mansell se levantó de la silla y se desprendió de la montura con el cristal depositándolo con delicadeza sobre la mesa. La mesura de sus movimientos llamaba la atención. Rodeó el mueble y se posicionó frente a él, mirándole desde su altura para encaminarse de seguido hacia la puerta.

—Traedlo.

Lo levantaron con brusquedad, de nuevo jalando del pelo, arrancándole algún mechón y desplazándole a empujones tras el jefe.

Sabía a dónde se dirigían, a la condenada cueva. Instintivamente los músculos de su garganta se contrajeron. Bajaron los resbaladizos escalones y se detuvieron frente a la puerta recién colocada para taponar el agujero que ellos habían dejado en su última visita. Mansell hizo un leve gesto y uno de los matones abrió la puerta.

Los chicos. Ahí se encontraban pero…, Mere no estaba, ¡No estaba!

¡Dios! Notaba que empezaba a hiperventilar mientras la buscaba desesperado en cualquier rincón, por favor, por favor.

—¿Y bien?

No sabía si iba a poder contestar. Sintió la fría, escuálida y nudosa mano agarrar su barbilla e instintivamente intento retirarse de su alcance. Le daba asco que esa mano le tocara. La sujeción se afianzó mientras los calculadores ojos no apartaban la vista.

—Sabes más de lo que cuentas, chico. Habla.

—El muchacho al que me refiero, el bajito de ojos grandes, no está —estudió con detenimiento a los cuatro chicos anclados a las argollas de metal clavadas en las paredes. Una leve esperanza comenzó a inundar su mente— faltan tres.

—Sigue hablando.

—Entre ellos el muchacho al que me refiero. El que me sonaba de las calles.

Esos ojos se entrecerraron y la mano apretó. No le creía.

—Qué coincidencia, ¿no creéis, muchachos? —se dirigía al hombre que lo mantenía sujeto. El esquelético rostro se aproximo al suyo y le olió. ¡Mierda! Le estaba oliendo.

—No hueles como un peón, chico, y tampoco hablas como tal. He oído hablar de ti ¿sabes? Apareces y desapareces, sin dar cuenta de tus movimientos y eso no está nada, pero nada bien.

—Tengo otros asuntos.

—¿Como cuáles?

—Trabajo en los muelles para sacar adelante a mi familia.

—Eso habrá que verlo. Lleváoslo. Este listillo esconde algo y voy a averiguarlo. Atadlo con el resto de los prisioneros, que ya tendremos tiempo de divertirnos con él —se volvió bruscamente desentendiéndose de lo que iba a ocurrir a su espalda.

—¡Espera! ¿Qué ha ocurrido con los chicos que faltan? —necesitaba saberlo, aunque se ganara un par de golpes, y así fue. El puñetazo en el costado lo dejó sin respiración. El dolor fue atroz y por el sonido, alguna costilla iba a quedar afectada, pero tenía que saber. Sin apenas resuello, volvió a preguntar— ¿los chicos?

Eso llamó la atención del hombrecillo.

—Eres terco y persistente ¿Qué te importa?

—Yo entregué el cargamento completo así que no me vais a echar el muerto encima.

—No te preocupes, chico, el muerto ya cayó sobre otra persona. Sobre quien entregó el cargamento a medias y créeme, no lo va a volver a hacer, jamás. No desde la tumba —la risilla sonó inhumana.

—¿Qué pasó con los muchachos?

La mano que tiraba del pelo, estiró brutalmente forzando que un gemido incontrolable surgiera de entre sus labios. El cabronazo que lo miraba con un extraño brillo en los ojos desde el otro lado de la mesa, sonrió.

—Va a ser divertido domarte, chico.

Rob esperó uno, dos segundos, y a punto estuvo de repetir la pregunta. No iba a dejarse arrastrar fuera de esa habitación sin saberlo, antes muerto. Necesita saberlo más que respirar. No hizo falta.

—Escaparon tres, entre ellos el muchacho al que te has referido y al jefe no le ha hecho ninguna gracia, chico —le recorrió con la mirada mientras permanecía en el suelo, de forma especulativa, como si se le acabara de ocurrir algo imprevisto— aunque, quién sabe, quizá tu llegada nos sirva de algo. Este sábado el jefe tiene la fiesta particular que tanto le gusta, chicos, y me parece que le vamos a llevar un regalito bien envuelto.

De nuevo esa mano aferró su barbilla y giró su cara a ambos lados, lentamente.

—Perfecto, le servirás de sustituto. Rubio y de ojos azules. A falta de pasteles, buenas son tortas —lanzó un risilla que le atravesó los huesos.

El alivio que sintió al conocer que la pequeña Mere había huido fue tal que el resto de la frase, en un primer momento, quedó colgando en el aire. Estaba sana y salva. Tocaba dar mil gracias a Dios, a los santos, a la virgen, le daba igual. La opresión del pecho desapareció por completo.

Hasta que el sentido del resto de la frase se hizo hueco en su cerebro. ¡Joder! No podían estar refiriéndose a lo que creía. Le iban a entregar a Saxton.

XVII

¿Y si estaba sufriendo? No iba a poder esperar más, no iba a poder. Tres horas habían pasado y le habían parecido tres malditos días. Le iba a dar un ataque en cualquier momento y aun no tenían noticias de Rob. Nada, como si la tierra se lo hubiera tragado.

Había aguantado dos horas en la sala, pero después lo habían subido casi en volandas al cuarto, al darse cuenta que instintivamente se iba acercando a la maldita puerta. Y la idea había sido peor, infinitamente peor. En su habitación todo le recordaba a ella, su olor, su sabor, sus miradas, su precioso cuerpecillo, su ternura. Dios, estaba perdiendo la razón.

El nudo en la garganta seguía ahí y el pecho le iba a reventar de la furia, de la decepción contra sí mismo. Era su obligación cuidar de ella, ¡joder! y lo hacía fatal. Desde que se casaron, en dos ocasiones la había perdido. Una tercera no lo soportaría y el mero hecho de pensar que podría no volver a verla, no volver a…

Se le estaba yendo la cabeza y lo estaba notando. Dirigió la mirada a Jared, sentado en la cama de uno de los cuartos de invitados, el primero que habían localizado tras retenerle a la fuerza la primera ocasión que había mandado todo al cuerno y se había lanzado hacia la puerta. El morado en el pómulo de Jared y en la barbilla de Thomas lo atestiguaban. Se sentía como un salvaje, alguien sin reglas que seguir, sin orden, sin límites, le daba igual todo, salvo ella. Su torbellino.

Los hermanos estaban abajo, en la sala, con el resto, mientras ellos seguían arriba, lejos de las salidas. Se levantó causando que Jared y Thomas se enderezaran de golpe, observándole, e inició los paseos alrededor de la habitación como un león enjaulado.

El corazón le dio un vuelco repentino y no supo el porqué, solo que se relacionaba con ella. Paró el movimiento de pies en ese mismo instante y las miradas de sus cuñados se entrecruzaron.

—¿Qué pasa?

—Es ella.

—¿Qué coño pasa? —lanzó Thomas.

—Es ella.

Únicamente esa frase le salía, nada más. No podía explicarlo, era incapaz , si lo intentara le tomarían por loco. Era como si el peso en el pecho comenzara a resultar más liviano y no podía dar una razón lógica, solamente que sentía que era por ella.

Con dos zancadas se aproximó a la puerta pero Jared se interpuso, impidiéndole continuar.

—John, amigo —le hablaba como si lo hiciera con un demente— debemos esperar.

—No lo entiendes, Jar. Es ella…

La preocupación se estaba adueñando de la mirada fija que no le quitaba los ojos de encima.

—Necesito bajar.

—John, por Dios, estás perdiendo la cabeza.

—¡No! *Necesito* bajar —enlazó su mirada con esos ojos verdes, tan parecidos a los de ella, no en color sino en la forma de mirar y el nudo que sentía se constriñó. No podía esperar y suplicó con la mirada. No supo qué fue lo que vio en ellos su mejor amigo. pero suavemente le colocó la mano en la mejilla y sin más, se apartó dejando la vía libre. Dios, lo quería…

Estaba recorriendo el pasillo, con ellos siguiéndole los pasos cuando escuchó el grito de Rosie. Echó a correr, veloz como nunca hasta que a mitad de la escalinata la vio.

Con la gorra a la altura de los ojos, mechones cayéndole por los lados, todavía abrigada, envuelta en los brazos de Rosie y de la abuela, de Norris. Apenas se la veía ahora, tan pequeña… Lo más hermoso del mundo para él.

El nudo casi le asfixió de la emoción. No sabía lo que sentía, tratar de explicarlo no era posible. Simplemente se sintió de nuevo lleno. La mezcla de sentimientos, congoja, angustia, temor, alivio, y amor, un amor imposible de medir, casi lo ahogan.

Ella todavía no le había visto. El cerebro repitió la orden a sus piernas. Tenía que llegar hasta ella, ¡Dios!, parecía idiota, casi paralizado con sus cuñados estáticos tras él hasta que un leve, levísimo, empujón le dio el impulso necesario al tiempo que todos los que la rodeaban, se apartaron.

Esos maravillosos ojos castaños llenos de vida se clavaron en los suyos, enormes y se lanzó a sus brazos. Su mujer se lanzó a sus brazos, llorando, con sollozos desgarradores. Sus propios ojos se llenaron de lágrimas y se sintió incapaz de retenerlas, ni aunque lo hubiera querido. La envolvió entre sus brazos y la alzó. Esas preciosas piernas lo envolvieron delante de todos pero fue tan natural, como la propia vida. Las manos frotaban su espalda como si quisiera grabar a fuego su tacto y él hacía lo mismo envolviendo con sus manos esa cabecita, sus labios unidos en un beso casto y apasionado, de reencuentro, un beso que se le quedaría grabado para siempre.

No supo cuánto tiempo permanecieron así, en silencio, rodeados de familia y amigos hasta que los sollozos paulatinamente fueron desapareciendo, y se separaron, poco a poco, casi con miedo. Deslizándola por su cuerpo la posó en el suelo y sus ojos se dirigieron hacía la entrada, donde dos muchachos de unos diecisiete o dieciocho años los miraban con los ojos a punto de salirse de sus órbitas.

—Conseguimos escapar los tres… —esa maravillosa sonrisa que lo volvía loco se dirigió hacia los muchachos— Rosie, ¿los podrías atender y dar algo de comer? Están agotados y asustados —con un gesto indicó a los chicos que siguieran a Rosie y así lo hicieron, sin preguntar, confiados.

En seguida se la arrebataron de sus brazos y a punto estuvo de aferrarla de nuevo, pero ellos también eran familia y había sufrido tanto como él. Necesitaban sentirla entera junto a ellos. La achucharon y besaron. La abrazaron con fuerza, liberando toda la angustia que habían pasado.

—¿Así que lo consiguió? —la pregunta se la hizo Peter mientras se inclinaba para besar en la mejilla a su mujer.

El gesto de sorpresa en Mere hizo que todos se paralizaran.

—¿Conseguir qué? —el interrogante en la suave mirada hizo que todos, sobre todo Norris, Doyle y Peter se tensaran repentinamente.

—¿No os ayudó Rob?

—No —la inquieta mirada castaña repasó a todos los presentes y recorrió con fijeza la entrada de la mansión— ¿dónde está?

—Salió en tu busca —las palabras surgieron nerviosas del padre de Rob— fue la única opción que se nos ocurrió. Se dirigió hace unas horas a la fábrica, en tu busca.

—¡Dios santo! No llegamos a la fábrica. Saltamos del carro a medio camino y logramos escapar.

Las respiraciones se ralentizaron y Peter se apoyó de espaldas contra la pared junto a la puerta de entrada.

—No nos pongamos nerviosos —la frase surgió de nuevo de labios del padre pero la tranquilidad que intentaba transmitir no cuadraba con la inquietud de esos ojos tan parecidos a los de su hijo—. Esperaremos a que aparezca, seguro que no tarda. Este hijo mío se habrá entretenido en algo —intentaba tranquilizar a todos pero sus manos temblaban— John, hijo, ¿por qué no llevas a Mere a vuestro dormitorio? Tiene que estar exhausta. Nosotros nos encargaremos del resto.

Las miradas de ambos hombres, la del anciano y la del más joven se cruzaron y se entendieron a la perfección. Mere era lo primero, pero Rob también y debían cuidar de ambos, separando las fuerzas. Asintió con una suave sonrisa dirigida al sabio hombre que esperaba a que subieran para expresar el alcance de su preocupación.

Asió con su mano la más pequeñita y comenzó a arrastrarla escaleras arriba hasta que repentinamente la alzó en sus brazos. Siguió subiendo las escaleras con suaves pausas para besar esos labios que tanto necesitaba, hasta alcanzar la puerta que abrió de un empujón. Se acercó al lecho y se sentó, abierto de piernas ubicando entre ellas a su mujer.

Comenzó a desnudarla lentamente, le desprendió la chaqueta y la camisa con suavidad hasta dejarla en pantalón, botas y los jodidos vendajes que la rodeaban, mientras ella sencillamente le observaba. Con esos ojos que temió no volver a ver. Odiaba esas vendas.

—Quieta aquí, cariño.

Cruzó la habitación para coger uno de sus puñales y volvió de nuevo a sentarse con Mere, de pie, entre sus muslos. Estiró de uno de los lados de la venda que apretaban el torso, con cuidado, y lo rasgo con el puñal hasta aflojar un borde. De ahí en adelante fue sencillo soltarlas.

—Dios, cariño, te han dejado toda marcada —con suavidad depositó besos sobre esos pechos enrojecidos y en los que se estaba formando algún pequeño moratón. Sus manos los asieron como si fueran imanes y comenzaron a masajearlos haciendo que ella gimiera.

—No pares, por favor.

—No lo haré, amor.

Era una situación indescriptible y dudó, con una suave risa, que otro matrimonio actuara como ellos. Le encantaba la libertad de decir, hacer y compartir todo con ella. No paró con las caricias, suaves, hasta darse cuenta de que notaba una inmensa presión en el bajo vientre. Dios, había estado tan centrado en ella, en sus necesidades, que ni siquiera se había dado cuenta que estaba como una condenada piedra. Totalmente excitado. En cuanto la olió, su cabeza y con ella su cuerpo, simplemente, enloquecieron. No sabía qué tenía en esa mente y ese cuerpecillo que hacía que el suyo reaccionara con tanta potencia pero agradeció con toda su alma que el sentimiento fuera compartido. Que se amaran tanto. Que no la hubiera perdido.

XVIII

Uno de los mayores placeres de su vida lo estaba sintiendo en estos momentos, haciendo que sus piernas comenzaran a aflojarse, debilitadas tanto por el cansancio como por las caricias de esas inmensas manos, masajeando sus pechos. Se sentía tan tranquila, llena, con él a su lado.

Rodeó ese rostro que permanecía con los ojos fijos en los pechos que acariciaba y lo alzó. Necesitaba hundirse en esa verde mirada. Estas se trabaron, reflejando todo lo que sentían y los corazones pararon. Daba igual quien se movió primero, los labios se unieron con brutalidad, mordiéndose, causando casi dolor, las lenguas enroscándose apasionadas en lo que parecía casi una lucha. Mere empujó contra el lecho a John, de un fuerte empujón, separando brevemente sus bocas para sentarse a horcajadas sobre él.

—Quítate los pantalones, cariño, quítatelos —gruñó John.

Se arrancaron la ropa como si fueran fieras. Quedó desnudo, excitado, tremendamente excitado, frente a ella, de rodillas en la cama, y solo pudo observarle con la boca abierta mientras tiraba con sus fuertes manos del cinturón de ella y casi le arrancaba el pantalón, hasta lograr separarle los muslos y ahuecar una de esas enormes manos sobre su entrepierna.

—Dios, estás húmeda para mí.

No le dejó reaccionar. Para cuando pudo hacerlo la había vuelto de espaldas contra los almohadones, aplastada por ese musculoso cuerpo, que seguía besándola, mordiéndole desesperado.

Lanzó un bronco grito. Por todos los…, la había penetrado con una ferocidad que le había dejado sin aliento, mientras sus manos la recorrían entera. No le dio tregua, ni la más mínima. La invadía como un pistón, causando dolor y placer, placer con dolor, un dolor exquisito. Una y otra vez mientras ella recorría y arañaba esa extensa espalda, los músculos moviéndose al ritmo de los furiosos embates. No iba a aguantar, no si seguía así, a ese ritmo pavoroso. Más rápido, cada vez más.

No podía pensar, únicamente sentir los golpetazos de esas caderas contra las suyas y el continuo roce que la volvía loca.

Se contrajo, en su interior, con una furia equiparable a la de las penetraciones y su marido gimió como si estuviera dolorido, roncos gemidos al ritmo de sus propias contracciones hasta que sintió ese calor en su interior mientras las embestidas seguían, más suaves.

Dios, estaban totalmente resbaladizos. Pasó una mano por esa húmeda espalda y la otra la posó en la cadera, que ahora se balanceaba con suavidad contra ella mientras él aun permanecía en su interior. También ella estaba resbaladiza de sudor.

Rió y su John alzó la cabeza para mirarla directamente, presionando con su pelvis contra la suya. Madre mía, lo notaba aun inmenso, tan adentro que gimió.

Sintió que, en respuesta, el todavía erecto miembro se contraía, de nuevo totalmente rígido, ensanchando sus paredes internas completamente hasta creer que no podría más.

—Dios, enana, ¿qué me haces?

—Amarte, solo eso.

¡No podía estar excitándose de nuevo! Por la presión que comenzaba a sentir de nuevo en su interior, la forma en que de nuevo la comenzaba a llenar, no le dejó dudas. Su interior se contrajo de nuevo y él lanzó un gemido susurrante, tierno.

No se saciaban y quizá no lo hicieran en un buen rato. El miedo había sido demasiado intenso y necesitaban sentirse unidos.

Se dejó arrastrar de nuevo por la poderosa corriente que era su marido, con todas sus fuerzas y deseo. Quizá fuera ella quien arrastrara a ambos. No importaba. Lo único que valía era lo que estaban compartiendo, lo que sentían y tenían. Más tarde retornarían a la realidad. No ahora. El ahora era de ellos y de nadie más.

*****

Capítulo 16

I

Despertó amodorrada, los rayos de sol filtrándose en el cuarto, acariciando las figuras que permanecían tendidas y abrazadas.

Estaba a salvo. Por un momento sintió esa extraña sensación de no saber dónde estás, dónde ubicarte, angustiosa, hasta que una de sus pantorrillas rozó la de él, suave, larga, familiar y exhaló, despidiendo el miedo que por un momento había recorrido su cuerpo.

Tendida boca abajo notaba a su espalda el peso del brazo de su grandullón rodeándole y el costado del musculoso cuerpo cubriéndole parcialmente. Sonrió. La postura preferida de su gruñón una vez conciliado el sueño. Abrió los ojos y lo miró en su espléndida plenitud, tapado de cintura para abajo.

Estaba tan cansada y preocupada por algo, algo que por breves momentos no pudo retener. Adormilada y rodeada de calor, recordó.

Algo iba mal con Rob. La expresión en el rostro de su padre le llenó la mente sin apenas esfuerzo. Sus ojos reflejando esa repentina angustia y percibir por el rabillo del ojo la manera en que Peter se dejó caer contra la pared, como si le hubieran lastimado, confirmaba que esa sensación no era infundada. Había salido en su busca y no había vuelto, al menos no antes de que ella llegara con los muchachos.

No te preocupes Mere, quizá llegó después, más tarde, sano y salvo. Durante el resto de la noche. Se lo repitió varias veces pero algo en el fondo, en un lugar muy hondo de su mente le seguía avisando de que no todo iba bien, que solo saliendo del cuarto y bajando a…

—Buenos días, cariño —un beso de mariposa, de esos suaves como aleteos, cayó en su ceja derecha—, escucho tu cerebro burbujear desde aquí.

Giró el cuerpo sacándolo de la acogedora calidez y encogió ambas piernas acercándolas a su cuerpo.

—¿Habrá vuelto Rob? —sabía que la preocupación se reflejaba en su mirada y su expresión.

—No lo sé, eso espero.

—¿Qué crees que ha podido…?

No dejó que siguiera, acariciando suavemente su labio inferior.

—Quizá esté ya en casa desayunando la mar de pancho —una suave sonrisa asomó a esos preciosos labios pero no llegó a asentarse en los ojos verdes— en su casa.

—¿Y si no es así?

—No permitiré, no permitiremos que le ocurra nada, Mere. No a ese hombre. No después de todo lo que ha arriesgado por nosotros.

Esos ojos castaños se le quedaron mirando fijamente como cuando iba a decir algo y necesitaba que prestara toda su atención.

—Te quiero ¿sabes?

—Claro, cielo, es que soy todo un…

—No, sin bromas. No ahora —la cálida mano de su mujer se posó en un lateral del cuello provocando que tragara—. Te quiero.

Una cosa tan pequeña y lo tenía en un puño, tenía su corazón en un puño. El impulso pudo con él, apretó el brazo acercándola a él.

—Si algo te hubiera ocurrido —tembló— noté que perdía la cabeza esas horas, esas malditas horas, se me fue la cabeza, Mere. Sin ti, se me fue la cabeza. Golpeé a Jar y a Thomas y creo que podría haber matado a cualquiera que me hubiera impedido salir en tu busca, si me lo…

Ahora fue a él, a quien impidieron seguir por la presión de unos dulces labios sobre los suyos.

—Lo sé, lo sé. Pero ya pasó. Y lo logramos, en parte. Tenemos a los muchachos para testificar. Al menos algo, en todo este desastre, salió bien.

—Falta saber si Rob está sano y salvo —John le devolvió el beso y deslizó la yema del dedo índice por el contorno de su curvada cadera, como si necesitara asegurarse que era real, de que *ella* no desaparecería, hasta deslizarla con una increíble suavidad por los moratones que comenzaban a marcar esos llenos pechos que adoraba.

—¿Te duele?

—No —sonrió con pillería— lo único que siento es alivio. Son demasiado grandes para ocultarlos.

—Nunca a mí, cariño. Conmigo siempre podrás hacer y mostrar lo que desees.

Dios, esos verdes ojos traviesos le aflojaban las piernas.

—Dentro de nuestro cuarto, claro, no vaya a ser que te de ahora por exhibir ese trasero desnudo a diestro y siniestro.

El cachetazo en el trasero cubierto por la sábana y el pellizco que lo siguió, hizo que John pegara un respingo.

—¡Enana!

—Acabas de decirme que puedo hacer lo que quiera...

—¡Dios! Eres peligrosa.

—Y te encanta.

—Nunca lo pongas en duda, Mere, nunca.

El beso que compartieron a continuación fue lento, muy lento, saboreándose el uno al otro, guardando para sus memoria el sabor, el tacto, la sensación de compartir, el contacto de sus cuerpos, tan lento, hasta que la necesidad de respirar los obligó a parar.

—¿Estás muy agotada?

Mere sonrió. Dios santo, era incansable e insaciable y le chiflaba todo en él, pero su mente estaba en otra persona, en otro hombre que también se había adueñado de un cachito de su corazón, por su bondad, su humor y, sobre todo, por su ayuda incondicional..., Rob.

No necesitó hablar.

—¿Bajamos?

Adoraba a su marido y, aun más, que en ocasiones le leyera el pensamiento. Aferró la mano extendida y le siguió, en busca de respuesta a la pregunta que desde que había despertado no abandonaba su mente. Necesitaban conocer si Rob había llegado de vuelta, entero.

II

Las paredes que lo rodeaban le calmaban un poco. Incluso Guang había desaparecido, espantado y dolorido, lejos de su alcance, tras recibir un par de golpes, fuera de control, en la sesión de práctica. ¡Joder!

Su ordenada, metódica y controlada vida se le estaba amotinando totalmente y la ira que le recorría la piel, hasta a él comenzaba a asustar.

Esas palabras en ese frió tono "no te quiero cerca de mí, me asfixias" rebotaban en su mente sin un maldito descanso. Sentía furia, una furia inmensa hacia el hombre de ojos azules que lo había desechado con tanta facilidad, como si nada significara. Y al mismo tiempo un pavor inmenso a no verle de nuevo, a no volver a verse reflejado en esos ojos.

No había vuelto aun y el tiempo se les echaba encima. Mañana por la noche era la maldita fecha en que proyectaban parar a Saxton y a la zorra, pero antes debían recuperar al atontado que se había lanzado de cabeza a las fauces de su demencia.

Ni él mismo se entendía, ni se reconocía, desde la maldita sesión de entrenamiento. No. No iba a engañarse a sí mismo, desde mucho antes no podía fijar la mirada en él sin que su corazón palpitara más rápido. Con el entrenamiento, simplemente, su cuerpo reaccionó sin control, poniéndose tan duro al sentirle bajo su cuerpo que casi explotó allí mismo. ¡Dios! Se frotó la cara al sentir de nuevo, solo de pensarlo, el inicio de una vergonzosa y apabullante erección. Estaba acabado.

Odiaba la sensación ya que no le era familiar. Él no estaba hecho para amar, ni querer, ni desear. Llevaba demasiado lastre tras de sí, demasiadas cicatrices, demasiado odio. Había tenido sexo con mujeres, con muchas; algo en él las atraía como la miel a las moscas y si lo hubiera deseado con otros tantos hombres, que sutilmente se le insinuaban, pero, hasta él con su rostro abierto, esa contagiosa sonrisa y esos ojos que quemaban, nunca se le pasó por la cabeza. Jamás se había sentido tenso, nervioso o atraído por otro hombre.

Su mente le susurró la palabra amor, pero la aplastó hacia un lugar oculto. Era imposible.

La puerta entreabierta se terminó de abrir dejando paso a la familiar figura de su hermano que lentamente se acercó.

—¿Estás seguro de lo que vamos a hacer? —se sentó a su lado, callado, tras formular la pregunta.

—Es su padre, Doyle. Él decide y debemos respetarlo.

—¿Y tú?

Los negros ojos se giraron hacia los plateados.

—¿A qué te refieres?

—Venga, Peter. Tengo ojos y llevo tiempo observando la manera en que le miras, en que le hablas. Creo que va siendo hora de que lo reconozcas de una puñetera vez —el silencio se tornó espeso, denso.

—Peter, hermano…

Este se levantó de repente, sorprendiendo a su hermano mayor y le dio la espalda, agarrotada. No podía hablar de ello, no en ese momento y no con Doyle.

—Déjalo estar, D.

—Peter.

—¡Déjalo, he dicho!

Sintió la inquieta mirada clavada en él hasta que escuchó un suave y frustrado *está bien*, tras de sí.

Doyle decidió soslayar el vedado tema por el momento, hasta que llegara el tiempo oportuno para plantearlo de nuevo. Y por todos los diablos que en esa ocasión no admitiría evasivas. Estaba tan cansado de que su hermano rechazara toda posibilidad de encontrar la felicidad, esa maldita paz en su mente y en su corazón, tan huidiza en su vida, que se negara a aceptar que solo una persona podía dársela, tan hastiado de que no lo viera tan claro como él, que los dos se negaran a verlo, los dos idiotas obcecados.

Apartó el pensamiento de su mente y se centró en aquello que le traía a la sala de entrenamiento.

—¿Qué ha dicho?

—En dos horas hemos de estar preparados. Opina lo que yo, que seguramente lo tengan en la fábrica con el resto de los muchachos. Que puede que —se sentó de nuevo, los nervios exaltados y no sabía si iba a poder decirlo— se lo lleven a Saxton. Le obsesionan los hombres rubios de ojos azules. Joder, Doyle, le obsesiona Rob y cuando lo reconozca…

—No llegaremos a eso, no lo haremos. Antes lo mataré.

—Lo sé

—Lo mataré, Doyle, y al infierno con todo. No permitiré…

—Peter...

—No puedo consentir que le…

—Hermano —en un impulso se arrodilló frente a su hermano, como hacía cuando eran pequeños, colocando suavemente la mano en esa tiesa nuca— lo sé.

Tenía un maldito sollozo atascado en su cuello y él no lloraba, jamás lloraba. No lloró ni se rindió con la zorra y no lo haría ahora. Ahora debía centrarse, por lo que levantó la cabeza. Nadie le vería derrumbarse, ni siquiera Doyle.

—Me haré pasar por un matón y entraré al atardecer con nuestro prisionero. Para entonces la mayor parte de los trabajadores habrán dejado sus puestos y los guardas no le pondrán la más mínima pega por la relación *especial* que al parecer le une a Saxton y a ella. Nadie pondrá en duda lo que diga.

—¿Es de fiar?

—No.

—Joder, Peter. Te la estarás jugando con alguien que es un vicioso enfermizo al que devolveremos a su cubil. No es buena idea, no podemos…

—No tenemos otra forma de entrar y si lo hacemos a saco, sabes que matarán a los chicos y con ellos a Rob. No se arriesgarán a que hablen. Además, a Webster le ha quedado claro que si da un paso en falso saldrá de allí con los pies por delante. Y créeme, le encanta su propio pellejo.

—¿Refuerzos?

—Guang, John, Jared, sus hermanos y tú mismo.

Doyle sintió su desazón mitigar un poco. La máquina de matar que era Guang les serviría de apoyo.

—Bien, cualquier día le haré una genuflexión y besaré los pies a ese pequeño gran hombre.

El principio de una sonrisa se abrió paso en los llenos labios de su hermano.

—¿Sabes? A Rob, Guang le da miedo y a Guang —la suave sonrisa se instaló definitivamente en el angustiado semblante— le chifla atemorizar a Rob. Creo que en el fondo se quieren.

—Ya. ¿Y a quién no da miedo Guang?

—A mí.

—Es que *tú* también das miedo.

La enorme manaza le palmeó el brazo mientras sonreía. No se quejaba, al menos había desviado brevemente de la mente de su hermano la angustia que sentía por el hombre que amaba, aunque luchara contra ello con uñas y dientes. Terco, tan terco.

III

Todo debía estar preparado para mañana por la noche con la sesión de los muertos, bueno, de los espíritus, para que no sonara tan tétrico, pero seguía sin poder desviar la mirada del hombre mayor que intentaba parecer tranquilo. Si no hiciera el gesto ese que le caracterizaba tanto cuando la preocupación le inundaba, podría haberlas engañado; o si no le conocieran tanto.

Estaban al tanto del plan para recuperar a Rob. Todo se había enredado. En cuanto disponían de una ventaja, les acechaba un nuevo obstáculo y en este caso el desconcierto ocasionado era abrumador. Les faltaba uno de los suyos.

Habían logrado reunir los suficientes testimonios para acudir a la policía, el de la marquesa, el del hombre que la amaba, los de los muchachos rescatados, para que al Yard le estallara en plena cara el escándalo si no se movían o no les apoyaban en intentar detener a las cabezas de la organización. Pero justamente la persona que debía presentar esas aplastantes pruebas en Scotland Yard, les había sido arrebatada de entre los dedos. Una maldita jugarreta del endiablado destino.

El nerviosismo y la angustia no iban a desaparecer hasta que Peter trajera de vuelta al dulce hombre de los ojos azules y para eso era necesario que transcurriera tiempo, un tiempo que debían llenar para no desquiciarse.

Mere observó a todos. De nuevo se habían reunido en su casa ya que fue unánime la impresión de que le convenía estar rodeada de lo que entendían como familiar. A veces se preguntaba si todavía no habían comprendido que para ella lo familiar no eran las habitaciones, las casas, los muebles, sino las personas. Suspiró atrayendo la mirada de su John, quien frunció el ceño.

Madre mía, no se le despegaba más de un par de palmos e incluso juraría que le había oído comentar algo con su abuela acerca de los beneficios de la cola de pegar. A veces le sorprendía la ansiosa mirada que le dirigía, pero la entendía plenamente. Si ella hubiera creído que lo había perdido, no una, ni dos, sino hasta en tres ocasiones, se hubiera cosido a sus ropas.

Llevaban dos días con sus noches vigilando el burdel donde estaba organizada la *reunión* y por lo que habían insinuado, algunos de los hombres se habían infiltrado como clientela, con toda la intención de preparar el asalto la noche siguiente, desde el interior. Mere había preferido no preguntar por si Doyle era uno de ellos y también por evitar enfurecer a Julia, más de lo que ya estaba, con su *todavía* prometido, pese a las argucias, planes, zancadillas y trampas que estaba planeando colocar al hombre empecinado en casarse con ella. Ya se rendiría.

A un hombre como Doyle Brandon no había protestas, ni gruñidos, ni enredos que le hicieran desistir. Los dos hermanos eran más tercos que mulas y en eso se parecían tanto a su John y a sus hermanos y a la abuela, en resumen, a toda la familia.

Todo ello si Julia no conseguía desquiciarle antes con todas las barrabasadas que le estaba preparando para forzar la ruptura del compromiso. Pobre hombre, Mere juraría que le estaban apareciendo canas por doquier. Menudo aguante. Eso sí, cuando estallara de ira no iba a ser ella quien hiciera de parapeto para su muy insensata y obtusa amiga. Es que el hombre tenía unos ojos que derretían...

Sacudió su distraída mente y se centró en lo que trataban de resumir el resto de los reunidos y la abuela.

—Queridas, tenemos que cerrar todos los flecos e intentar prever todas las posibles eventualidades —Norris fue a meter baza— en la medida de lo posible, claro. Julia, hija, sigue tú.

—Muy bien. Serán seis invitados: nosotras tres, Elisabeth Wright que ya está al tanto del plan, Louisa Haningham, Patricia Grey y la Madame. Como ya sabéis mi madrastra no admite hombres en sus locas fiestas, por lo que imagino que mi padre estará escondido en algún recóndito rincón, a la espera de que termine el espectáculo.

—¿Tus hermanastras?

—Acudirán a una fiesta, acompañadas de la hermana de mi madrastra, a celebrar en casa de Lady Burton e imagino que volverán muy entrada la noche.

—¿Las conocemos?

Los ojos de Julia se llenaron de desconcierto.

—¿A mis hermanastras?

—¡A las invitadas!

—Oh, claro. Lo dudo. Son dos loros entrometidos y metetes a más no poder, y me aborrecen.

Ay, demonios.

—¿Nos darán problemas?

—Puede que nos miren con fingida indiferencia y seguramente me suelten algo acerca de cómo es posible que siga tan enorme como siempre, si no más.

—¡Brujas!

—En cambio *la melenas* las encandila.

—Ya las aborrezco —intervino Mere.

—Pues espera a verlas en acción —su mirada se agitó— Mere, promete que te comportarás.

—Por supuesto. Soy toda una señora.

El resoplido de su marido hizo que le lanzara una venenosa mirada.

—Mere...

—¿Hum?

Julia se quedó estudiando fijamente a su pequeña amiga y se dio por satisfecha.

—Para cuando nos veamos en la necesidad de entretener a Selena Saxton, espero que esos dos loros hayan desaparecido del mapa y vuelto a sus respectivas casas.

—De acuerdo —Mere esperó a que los murmullos se suavizaran— tendremos que intentar entretenerla sin levantar sospechas y evitando cualquier tipo de violencia.

—¿Y si es ella quien se torna agresiva?

—La dejaréis marchar —intervino John— no os enfrentaréis a ella ¿de acuerdo? Ni se os ocurra —su mirada se clavó en su pequeña esposa—. Nosotros estaremos a la espera de que Saxton acuda al burdel para encararnos con él, pero estaremos preparados por si no conseguís entretenerla y se presenta de improviso. Es mejor mantenerlos separados, pero todo es posible, tal y como están discurriendo los hechos.

Su forma de hablar no admitía protesta alguna. Tampoco la pétrea expresión de su semblante ni la llameante mirada.

Las tres mujeres asintieron con cierta pizca de consuelo, al fin y al cabo, entre las tres confiaban en disponer de suficiente imaginación como para pararle los pies a la *melenas*.

IV

La sorpresa en la mirada de Webster, la puta de Saxton y de su zorra, le indicó que pasaría totalmente desapercibido al acompañarle a la fábrica.

Se había colocado una peluca elaborada con cabello de aspecto sorprendentemente natural, suministrada por su oriental amigo, y una barba que ocultaba su rasgo más llamativo, la inquietante cicatriz. Vestido con ropajes desgastados, faltos de higiene y encorvado lo suficiente como para que su inmensa estatura no llamara tanto la atención al ojo de un desconocido, resultaba irreconocible.

Guang, Doyle y el resto de los hombres no le iban a la zaga pese a que no acudirían con él sino que vigilarían en la distancia y al acecho, como siempre, el primero.

Fijó la seria, mortal mirada en Webster.

—Desde el instante en que lleguemos tienes media hora para lograr que nos lleven hasta él. A contar desde ese mismo segundo Guang y los demás esperarán, no más allá de otra media hora, para actuar. Si para entonces no hemos salido, entrará Guang en nuestra busca y no tengo necesidad de explicarte lo que te ocurrirá.

Webster asintió y sus ojos reflejaron resignación y crudo pánico. Le habían metido en el cuerpo más miedo de lo que Saxton y la zorra habían logrado introducir y ello jugaba a su favor. Era el único capaz de llevarlos hasta Rob y no malgastaría la oportunidad, antes muerto que rendirse a la posibilidad de tenerle por perdido.

Llegaba la hora por lo que subieron los cuatro a su carruaje más ligero sin perder apenas tiempo, tras enganchar dos buenas monturas a la parte trasera del mismo, e iniciaron el camino, en silencio, cada cual con sus pensamientos. El resto los seguía en un segundo coche de caballos.

Norris y las mujeres estarían en casa de John y Mere, ultimando detalles y a la espera del desenlace.

No sufrieron dilaciones ni se entretuvieron al estar los caminos despejados. Era la segunda ocasión en que recorría el mismo camino y comenzaba a aborrecerlo. En la última curva, antes de llegar a la fábrica detuvieron el coche en un apartado de la vía, y tanto Peter como Webster, sin pronunciar palabra, con fluidez, bajaron del mismo, montaron sobre los ensillados caballos y se adentraron otra vez en el camino en dirección a la entrada a la fábrica.

Tenía razón el canalla que cabalgaba a su lado. Nadie les dio el alto, ni osó parar su entrada, como si una red protectora e invisible, pero perceptible, los envolviera. Cruzaron frente a unos hombres con evidente aspecto de matones, pero también reconocieron a Webster y les dejaron continuar sin formular ni una pregunta, hasta alcanzar la puerta de entrada del despacho principal, deteniéndose inmóviles ante ella.

Mentalmente repasó las armas que llevaba ocultas e intentó calmarse. Sin girarse hacia el otro hombre, Peter avisó por última vez.

—Recuerda lo que te dije. Un paso en falso y te corto el cuello.

No hizo falta mirar, el movimiento incontrolado de la garganta de su acompañante le señaló que su frase no había caído en saco roto. Casi, casi, sonrió.

Los nudillos repicaron en la madera, abriéndola al escuchar un hastiado *adelante* desde el interior. Cautelosamente se quedó atrás, preparado, los músculos tirantes y listos para matar si fuera necesario, dejando que Webster llevara el peso de la conversación.

En la estancia, sentado cómodamente a una imponente mesa de despacho estaba un hombre extremadamente delgado, rozando lo cadavérico, pálido, impecablemente vestido, con aspecto de contable, lo cual, indiscutiblemente, no era.

Le recordaba a un escuchimizado periquito que crió de niño, y le desagradaron desde su aflautada voz hasta sus lánguidos ademanes.

—Vaya, vaya, señor Webster, ¿qué le trae por aquí? —se desprendió pausadamente, con un estudiado movimiento, de un ridículo monóculo que cubría unos de sus ojos agrandándolo al doble del tamaño del otro—. Hoy, sin duda, es un día de sobresaltos.

La sorpresa reflejada en el rostro de la puta, en respuesta a la última frase sibilante, pareció genuina, totalmente veraz. El muy capullo sabía fingir.

—Ya sé, ya sé, Mansell —el gesto de las manos daba a entender bien a las claras lo que opinaba de aquél que hubiera creído la noticia que circulaba sobre muerte— no hace falta que repita el patoso bulo que circula por ahí, sobre mi secuestro. Imagino que habrá hecho caso omiso de tal estupidez.

La duda asomó a los gélidos ojos que les observaban.

—Entonces, ¿dónde ha estado?

—Donde debió estar el anterior capataz, demonios, investigando para el jefe. Y ahora que mencionamos al jefe, me ha mandado a hacer un urgente recado relacionado con los muchachos.

Peter sintió el interrogante en la mirado del periquito.

—¿Quién le acompaña?

—Nadie importante, solo fuerza bruta.

—Fuerza muy bruta, por su aspecto.

—Sin duda, sin duda —el muy capullo incluso bostezó, atrayendo de nuevo la mirada de Mansell hacia él.

—¿De qué se trata?

—Venimos en busca de carnaza, ya sabe —el baileteo de las cejas arrastraba una insinuación desagradable que el hombrecillo captó instantáneamente.

—Entonces, estimado amigo —se levantó de detrás de la mesa y se acercó a Webster— en mejor ocasión no han podido llegar ya que teníamos preparada una sorpresa de las buenas, para el jefe, para mañana por la noche.

—¿Qué?

El corazón de Peter paró de golpe para martillear alocadamente a continuación.

—Hemos capturado a un hombre que ni queriendo podría a asemejarse tanto a los requerimientos que…, ya sabe, que se buscaban.

—¿Ya sé?

—Peticiones del jefe, ya sabe, requisitos físicos.

—Bien, bien, amigo mío. Eso agradará al jefe y le hará ganar puntos a sus exigentes ojos, sin duda.

La satisfacción brilló en los penetrantes ojillos.

—Acompáñenme.

Al pasar por delante de Peter vaciló un breve momento, pero Webster posó una de sus manos sobre el hombro, impulsándole hacia la salida.

Por el sentido subyacente en la conversación mantenida entre ambos hombres, sabía lo que iba a encontrar. Y si le había ocurrido algo, no sabía si sería capaz de mantener a la oscuridad enterrada en su interior. Si Rob estaba herido...

V

Sentía la cara bombeando y la mejilla con un dolor sordo.

Recordaba lo dicho por Peter una y otra vez, que hasta los zapatos le quitaron, como a él. Un sollozo casi escapó de sus labios pero se lo tragó. No delante de los muchachos, por ellos aguantaría lo que fuera, como hasta ahora.

Le habían machacado, golpeado, manoseado hasta casi gritar de la rabia y desesperación y la única condenada cosa que pasaba una y otra vez por su dura mollera era que no podía morir sin decirle a Peter que era un imbécil, que no había querido por nada del mundo hacerle daño, que simplemente estaba asustado. Tan solo asustado.

Sentía pánico de no poder llegar a decírselo o de que no quisiera escucharle.

Estaba adormilado y agotado. Tensar el cuerpo al recibir los golpes y los latigazos, agotaba tanto. Además estaba convencido que le habían suministrado la misma droga que a los chicos ya que le costaba cada vez más pensar y hablar, eso, hablar, quería decir y pensar..., Dios santo, estaba perdiendo el sentido de la realidad y comenzaba a ver un poco borroso. Los muchachos, atados cerca de él, apenas se movían. Tan jóvenes.

El puñetazo le pilló desprevenido, hasta el punto de que con la inercia se balanceó y rebotó contra el mismo puño que, de nuevo, golpeó en su costado con saña. Intentó encoger las piernas pero le pesaban demasiado.

Solo le cubrían los pantalones y lo habían atado al único par de grilletes que colgaban del techo. Los demás pendían de las paredes y los hijos de puta que le rodeaban no dejaban de mofarse de él, de golpearle, de insultarle y de reír haciendo comentarios acerca de lo mucho que iba a disfrutar mañana en compañía del diablo.

La bofetada con el dorso de la mano le abrió el labio y sintió el caliente reguero de sangre resbalar por la comisura de la boca. Intentó frotar la cara contra uno de sus hombros, pero una cruel mano se lo impidió aferrándole la mandíbula.

—¿Qué crees que haces, listillo? No te limpias salvo que te lo permitamos, no te mueves hasta que lo digamos y no hablarás salvo que lo indiquemos.

Las risas de los otros le llegaron del fondo de la cueva, del lugar donde se apoyaban contra la pared disfrutando del espectáculo. Una tercera le vino de la zona de la puerta, a su espalda, donde había quedado posicionado otro custodiando el endeble acceso.

Ni aun estando libre podría con los cuatro hombres que la habían tomado con él. Si pudiera arrancar las ataduras, si pudiera maldecir hasta ensordecerlos sin recibir una paliza de vuelta, o si pudiera desligarse de lo que ocurría a su alrededor…

La puerta chirrió en sus goznes al abrirse.

¡Dios! Más animales y no se veía con fuerza para resistir mucho más. La poca resistencia que le quedaba se le diluía con cada varetazo. Intentó girar el rostro pero los dedos que lo sujetaban le frenaron, por lo que cerró los ojos a la espera de un nuevo asalto.

La mano oprimió hasta el extremo de casi quebrarse.

—¿Acaso te he dado permiso para cerrar esos bonitos ojos?

No podía más, iba a estallar, a contestar al animal que lo sujetaba y que se lo llevara el infierno de una vez.

—¿Qué ocurre aquí?

Sabía que llegaban más problemas, pero si ello le ofrecía un minuto de respiro, les daría la bienvenida. El energúmeno que acababa de soltarle miró de frente hacia la puerta situada a su espalda y las pupilas se le expandieron.

—Dije que se le tocara lo mínimo imprescindible.

El animal tragó saliva y su respiración se le aceleró.

—Ya, jefe, pero es que nos provocó. No nos dejó opción, suplicaba una buena lección sobre cómo funcionan por aquí las cosas.

A un metro de distancia por su izquierda, accedieron a la cueva Mansell, el maldito que lo había enviado a este infierno y otros dos hombres que le acompañaban. Y ¡uno de ellos era el hombre que intentó secuestrarle! Joder, se les había escapado. Su mente se negaba a captar lo que implicaba, o no quería hacerlo. Algo había salido mal para que ese hombre se le escapara a Peter. Sus entrañas se contrajeron.

Siguiendo sus pasos se adentró en la cueva otro hombre, enorme y algo encorvado, un matón de pelo oscuro y poblada barba que por un momento casi le pasó rozando, a milímetros. Andaba de una forma que llamó su atención. Le recordaba tanto a… No, no debía pensar en eso. Tenía un aspecto amenazante, al menos lo poco que pudo percibir al ubicarse en una zona sombría de un lateral, agazapado. Le recordó a una fiera enjaulada y no supo el porqué.

Dios, y estaba tan desesperado que le había parecido captar el aroma de Peter, ese aroma tan familiar.

—Vaya, vaya, así que este es el caramelo que mañana vais a entregar en bandeja a Saxton.

—Sí. Una vez aseado, claro —la mirada furiosa que dirigió a los hombres prometía represalias. Todos permanecieron paralizados y uno de ellos comenzó una torpe explicación, temblorosa y a trompicones.

—¡Calla la boca! Ya trataré después con vosotros, ahora dejadnos solos. Todos salvo un par de vosotros… ¡Ya!

Tranquilidad y algo de paz fue lo que sintió. No más golpes ni patadas por el momento, aunque la inquietud persistía, sobre todo al permanecer en el sótano los cuatro hombres.

—¿Lo han probado?

La pregunta llegó del hombre que en el carruaje le explicó con detalle lo que tenía planeado Saxton.

—No.

—¿Seguro?

—Si así fuera estarían muertos ¿no crees? No admito deslices en mis hombres.

—¿Y los golpes?

—No les dije que no pudieran sacudirle algo para quitar ese aire de superioridad que tiene —una repugnante sonrisa apareció en su rostro— bueno, que tenía.

Al fondo se veía la figura inmóvil del inmenso matón y era el que más le preocupaba. Los silenciosos siempre son los más peligrosos, y ese parecía capaz de cualquier cosa, tan agazapado.

—¿Quieres probarlo? Saxton no tiene por qué enterarse. Quedará entre nosotros.

—Me encantaría probar unos labios semejantes.

Joder, por favor…

La respiración se le aceleró mientras el dandy se aproximaba a él lentamente, sonriendo, como si disfrutara por anticipado de lo que pensaba hacer, alzaba una de sus manos ubicándola en su mejilla, acariciando con su pulgar su herido labio inferior y posaba la yema del dedo índice de su mano libre en su esternón, deslizándola hacia abajo, más y más hasta quedar enganchado en la cintura del pantalón, sin parar ahí, continuando el recorrido iniciado…

Sin movimiento previo que anunciara su intención, se pegó completamente a él, esa repulsiva mano entre sus cuerpos y le susurró al oído para que nadie más alcanzara a escuchar lo que tenía que decir.

—¿Recuerdas lo que te dije aquel día, en la calleja?

Rob calló, ni forzado contestaría al hijo de mala madre, pero un suave y dolorido grito escapó de su boca cuando una cruenta mano apretó contra su miembro y presionó estrujando, disfrutando del dolor ajeno.

—¿Lo recuerdas? Ahora sabrás lo que quise decir acerca de tu dulce boca, guapo, y esta vez tu amigo no podrá salvarte, no con tantos hombres vigilando. Hoy eres mío y lo voy a gozar.

Sintió ganas de vomitar.

VI

Rojo. En un primer momento, al cruzar la puerta, un velo de color rojo se adueñó de su mente al ver esa espalda que reconocía, como si le perteneciera, cruzada por media docena de marcas de latigazos.

El corazón le dolió como si una mano lo retorciera y un sudor frío le recorrió el cuerpo. Cerró los puños y se clavó las uñas en las palmas de sus manos. Era eso o destrozar sin control alguno, sin mesura. Pasó junto a él, le daba miedo mirarlo de frente, antes debía tocar algo solido que lo centrara para evitar perder la cordura y que la oscuridad se adueñara de él. Pero no pudo impedir el impulso, la necesidad de su cuerpo de pasar cerca, lo más cerca posible, para alejarse a continuación hasta adentrarse en la zona más oscura de la cueva, a un lado, en el lateral, casi al fondo.

Olía a sudor, a sufrimiento, a lágrimas, a sangre, a dolor. Olía a Rob.

Se posicionó de espalda a la pared y cruzados los brazos tras de sí posó las manos en la adusta superficie de esta, fría, húmeda, lo suficiente para moderar su ansia de destrozar. Alzó la vista. ¡Dios!

Con las uñas casi arrancó las afiladas piedras que sobresalían de la pared. Le habían golpeado, la mejilla comenzaba a mostrar una ligera hinchazón y de su labio resbalaba un fino hilo de sangre. Pero fueron esos ojos, esos impresionantes ojos azulones los que lo paralizaron y los que le hicieron darse cuenta de que ninguno de los hombres que lo habían apaleado seguirían vivos cuando salieran de esa maldita fábrica.

Estaban matando su espíritu, ese carácter y humor que atraía a los de alrededor. Lo estaban aplastando y ello se reflejaba en esos hermosos ojos. Sintió como si le rodeara una fina capa de hielo que lo separaba de cualquier capacidad de sentir compasión, empatía o piedad.

Hablaban de él como si fuera un pedazo de carne para el disfrute de Saxton, como si no valiera nada. Resistió sus impulsos mordiéndose la lengua, hincando las uñas en la pared una y otra vez, pero perdió totalmente la razón cuando la puta le tocó, cuando deslizó esa mano por su pecho y rozó esos labios con sus repugnantes manos.

Nadie tocaba lo que era suyo…

Cuando esa jodida mano osó rozar, delante de él, lo que jamás le pertenecería, supo que la suerte estaba echada con independencia del número de hombres que mantenían la guardia dentro o fuera de la cueva. Tan enfurecido estaba que ni siquiera pensó en el alcance de esa sensación. El sentimiento de incontrolable ira se había adueñado y aparcado a la razón. La rabia estalló.

VII

Lo siguiente que escuchó, al tiempo que se notaba de nuevo libre de la dañina presión en sus partes, fue un crujido a su izquierda, cerca, algo desplomándose al suelo, y por el rabillo del ojo se dio cuenta que la descomunal y sombría figura del fondo ya no estaba donde debía. Sus ojos tan solo vieron los del hombrecillo, los de Mansell, que se volvían enormes mientras dos manazas inmensas le sujetaban una de la barbilla y otra de la nuca y torcían su cabeza con un movimiento demasiado rápido para apreciarlo. De nuevo un atroz crujido y otro cuerpo cayendo desplomado.

Los ruidos le retumbaban en el cerebro.

Parecía un maldito sueño, una pesadilla y cerró los ojos, apretándolos con fuerza. A su alrededor escuchaba los gemidos de asombro de algunos de los muchachos entremezclados con otros en cierto modo aterradores, suplicando que no lo hiciera, lloriqueando…

Él era el siguiente, seguro.

Escuchó una escaramuza y una especie de extraño ruido, como de sofoco y ahogo, angustioso, pero no pensaba abrir los ojos, no les daría el gusto de que vieran el temor en ellos, no lo haría. Por su padre, por sí mismo, por Doyle, por… Peter.

Esperaba el golpe, en cualquier momento, en cualquier maldito instante. Lo que llegó fue el roce de un gentil dedo recorriendo su magullada mejilla, el aroma que antes había creído captar, adentrarse con más fuerza en sus fosas nasales. ¿Y si era un maldito sueño?

—Rob.

¿Y si era un sueño del que despertaría para encontrar más tortura, más golpes, más dolor?

Dos manos rodearon su rostro, unas manos que acariciaban, que rozaban con extrema delicadeza sus moratones, que no dañaban, por lo que abrió sus azulones ojos, intrigado. Ahí estaban esos negros ojos, profundos, en los que apenas se distinguía la pupila del color que rodeaban, misteriosos y próximos, los ojos más preciados del mundo para él. Había ido en su busca.

Intentó extender una de sus manos para tocarle, para asegurarse de que no era una ilusión creada por su alocada imaginación, pero seguían firmemente sujetas a lo alto de la cueva.

—Ya está, ya ha pasado.

Las temblorosas manos le soltaron y tiraron de las cadenas que le amarraban al techo.

—¡Joder! —le miró de nuevo directamente— ¿quién tiene las llaves?

Le costaba entender cada vez con mayor dificultad. Solo sabía que él estaba ahí, a su lado, y que todo estaba bien. Notaba que empezaba a adormilarse por lo que se dejó arrastrar por ese acogedor estado. Todo iría bien…

—¡Rob!

Abrió los ojos de golpe.

—¿Mande? —la risilla de borracho llamó la atención de Peter quien sujetó de nuevo su rostro perforándole con la mirada.

—¿Te han drogado?

—¿Cuándo?

¿Por qué le preguntaba si se había drogado? Él no consumía drogas, las drogas *no* eran buenas ¿no? Recordó que tenía que decir algo importante. Muy importante.

—Eres… imbécil…

Peter le miró con ojos desorbitados.

Algo le decía que lo había dicho al revés, por lo que intentó arreglarlo arrastrando las putas palabras, como si tuviera dormidos los torpes labios y no le respondieran ni queriendo.

—Soy becil, digo, imbécil.

Lo único que percibió mientras Peter comenzaba a recorrer desesperado la habitación rebuscando entre los ropajes de los ¿cuatro hombres? tirados en el suelo fue un irónico "y que lo digas".

Daba igual lo que dijera el bruto, sentía la mente preclara, sus ideas surgían prodigiosas y las piernas estaban muy, pero que muy, flojas. Decidió decir lo que se le pasaba por la mente.

—Eres un hombre muy hermoso y gruñón y quiero aprender a comer, digo, a luchar contigo y esas cosas. Y algo más… que no recuerdo ahora.

Escuchó algo semejante a un "gracias a Dios" susurrado a su lado por el hombre que continuaba dedicándose a volver los bolsillos, a soltar botones y ¿rasgar la ropa? de los cuerpos caídos a su alrededor.

Alzó la cara con verdadera dificultad y sonrió al hombre que sostenía algo en su mano. Unas pequeñas llaves. Le miró con la máxima atención. Algo no encajaba ya que le faltaba lo esencial.

—¿Y tu cicatriz?

—Maldita sea, Rob, estoy a un suspiro de tumbarte de un leñazo como no calles.

Lo dicho. Gruñón. Peter se aproximó de nuevo, veloz, silencioso, y aferró una de sus muñecas, intentando con la otra mano introducir la diminuta llave en la oxidada cerradura. Su nariz rozaba el musculoso cuello del hombre que, pegado a su cuerpo, se estiraba para manipular los grilletes que lo mantenían colgando. ¡Olía tan bien…!

Lo que dijo con esa ronca voz, esa amenaza, traspasó las nubladas paredes de su cerebro. Eso le daba igual. Otra cuestión, que no terminaba de fijar en su mente, era lo primordial. No lo eran las amenazas vacías, ni el dolor, ni la necesidad de escapar, sino aquello que se había jurado hacer y su embotada mente eludía una y otra vez. ¡Era idiota!

¡Dios! Ahí estaba. Al fin recordaba aquello que era tan importante y que necesitaba decir. Lanzó una gutural y placentera carcajada mientras inhalaba por segunda vez, profundamente, antes de soltar esas dos palabras que jamás antes había pronunciado.

—Te quiero.

El pecho contra el que se apoyaba tembló y quedó inmóvil. Totalmente petrificado. Las manos que rodeaban las argollas que aprisionaban sus muñecas se aflojaron, se separó el pecho que se apretaba contra su rostro y ese apuesto rostro se inclinó hacia él.

La voz susurró, temblorosa.

—No.

—Sí.

—No juegues conmigo Rob. No lo hagas. No podría soportarlo, no una segunda vez.

Los ojos azules penetraron el miedo que inundó a los negros. Nunca se había sentido tan libre, desinhibido, falto de temor.

—Te quiero, so lerdo —repitió sonriendo.

VIII

La situación era sencilla e irremediablemente caótica. El alelado insensato e irresponsable que se balanceaba colgado del techo no hacía más que soltar risillas aniñadas como si estuviera disfrutando de uno de los mejores momentos de su vida.

Cuando recuperara el equilibrio se iba a enterar. Parecía completamente bebido y lo que estaba era drogado hasta las trancas. Los cabrones a los que había liquidado le habían dado algo para manejarlo a su antojo y ello incrementaba todavía más la ira que todavía sentía almacenada en su interior.

Y para colmo le decía que ¡era guapo! ¡y gruñón! ¿Y dónde coño guardaban las llaves de los grilletes?

Sentía sobre su cuerpo las miradas de los muchachos que permanecían atados a las paredes, expectantes, desviándolas cuando izaba la cabeza por miedo a llamar su atención.

Siguió rebuscando mientras el bobalicón seguía con sus parrafadas sin sentido, farfullando entre dientes sobre decir algo que no recordaba, gracias a Dios, a ver si callaba de una vez por todas. Le importaba una mierda que le hubiera oído ese último comentario ya que bastante tenía con idear la mejor manera de sacarle del embrollo en el que se había metido, por enésima vez, y con él a esos desgraciados muchachos.

Al menos traía de apoyo a su hermano y a Guang que no tardarían en entrar cual regimiento de caballería, sin piedad, mientras el resto quedaba fuera de la fábrica como muro de contención.

Entre rebuscar y atender a la entrada por si aparecía alguno de los hombres a los que Mansell había echado a patadas de la cueva, bastante tenía como para, además, tener que lidiar con un dopado y balbuceante Rob. Dios, la historia de su jodida vida...

Debió imaginar que las llaves las llevaba el hombrecillo al que había quebrado el cuello, el que firmó su sentencia de muerte al autorizar que lo golpearan. Las sujetó con firmeza y presto se dirigió hacia Rob. Intentó estabilizarlo colocando una mano en el desnudo pecho, hormigueándole las yemas que entraron en contacto con la caliente superficie y se alargó para alcanzar las argollas que rodeaban sus muñecas. No resultaba fácil con el caliente e inquietante aliento de este contra su cuello y menos si le distraía con esas puñeteras sensuales carcajadas.

¿Qué diablos? Lo que escuchó mientras forcejeaba con la maldita llave le paralizó, completamente. Su corazón a punto de estallar, su pecho de explotar. No podía ser, su maldito oído le había engañado. Rob jamás diría esas palabras, no delante de él, no después de lo que le escupió con rabia hacía dos días. No, no podía jugar con él, no una segunda vez.

Sintió que sus labios pronunciaban palabras, pero estaba tan desesperado que ni aunque quisiera podría repetirlas o recordarlas.

De nuevo esa tonta sonrisa que transformaba esa apuesta cara en hermosa, y de nuevo esas dos palabras que en parte le aterraban y en parte esperaba poder escuchar algún día. Repentinamente y sin previo aviso, fue como si el mundo se centrara en ellos, como si nada les rodeara, esos asombrosos ojos mirándole, recorriéndole el marcado rostro y una pequeña esperanza comenzó a asentarse en su pecho. ¿Sería posible?

Se dio cuenta que temblaba entero. Su cabeza se inclinó por sí sola y presionó esos agrietados y heridos labios con los suyos, suavemente. Estaba perdido. Tan pronto besó esos labios supo que estaba irremediablemente perdido, por mucho que luchara contra ello. Con las manos ahuecó el también herido rostro, familiarizándose con el áspero principio de una suave barba y besó de nuevo, otra vez...

Su maldito cuerpo estaba entrando en combustión, su miembro como una roca, de repente, al igual que en la sala de entrenamiento, dolía de necesidad, ¡joder! Tenía que hacerlo, tenía que lamer de nuevo esos jugosos labios. Suavemente aproximó los suyos, hambrientos y un maldito e inoportuno carraspeo se escuchó a su espalda...

Se enderezó, maldiciendo por semejante pérdida de control, de percepción de sus alrededores. Su cuerpo de nuevo recobró su tensión, mientras una de sus manos se deslizaba entre sus cuerpos para aferrar una de sus dagas.

—¿Peter?

Era Doyle, su cuerpo se relajó. El de Rob ya lo estaba. Observó a este antes de girarse hacia su hermano mayor.

Diablos, ojalá dejara de pasarse la punta de la lengua por esos labios que acababa de saborear, el muy idiota, y lo peor era que en su estado era incapaz de darse cuenta del efecto que causaba haciendo ese simple gesto.

Completamente drogado, intentaba fijar la extraviada vista en Doyle.

—¿Moyle? —balbuceó Rob— Migo míiiio. Bienvenido... a casa. Eso, a casa. El ogro anda por aquí —lanzó una risilla insustancial— me lamió..., entero.

Doyle se aproximó a ellos al tiempo que Rob lanzaba el exceso de información en forma de repentina bomba, provocando que Peter le cubriera esa cotorra e incontrolable boca con la palma de su mano, mientras con la otra se cubría su propios ojos.

Gimió como si de repente sintiera un incongruente pudor en un hombre adulto.

Tan pronto se aseguró que de esa endemoniada boca no surgirían más escandalosos detalles que solo ellos necesitaban conocer, Peter se izó con rapidez para afianzar esos malditos grilletes, y se juró a sí mismo que antes de que amaneciera haría algo y nadie, absolutamente nadie, se lo impediría. Ya estaba bien de huir, de esconderse, de temer, de engañarse...

En cuanto llegaran a casa y se le hubiera pasado al alelado el desinhibidor efecto de las drogas en su cuerpo, tendrían los dos una más que larga y seria conversación, en la que tenía toda la condenada intención de llegar más allá de una simple charla, aunque al desastre que tenía junto a sí le diera un virginal ataque de nervios.

Se volvió hacia su hermano mayor. Dios, esperaba que no hubiera visto lo que hacían. Los colores rellenaron de golpe sus mejillas y ello le molestó sobremanera. Él nunca jamás se ponía colorado, en su puñetera vida le había ocurrido esa desgracia.

El que siempre se ponía rojo como una grulla era quien en estos momentos pasaba absolutamente de todo, mientras intentaba... ¡silbar! La situación se le estaba escapando de las manos, yéndose al mismísimo garete y los malditos grilletes no cedían ¡joder!

—Dios, está como una cuba —lanzó Doyle— y ligeramente amoratado y desnudo. Pero ¿qué coño le han hecho?

—Le han drogado —los plateados ojos se enfriaron de golpe— lo querían dócil para llevarlo a Saxton.

Rob, en respuesta a la anterior afirmación, dejó de intentar fabricar silbidos y torpedeó con los labios dejando a los recién llegados ojipláticos, como si fuera lo más alucinante que hubieran presenciado en su vida.

Doyle fue a comentar algo, pero una abrasadora mirada de advertencia de su totalmente descolocado hermano, le detuvo. Intentó indagar sutilmente, tras unos segundos de tregua, cuando sonó un repentino ruido metálico, liberándose Rob de la sujeción y cayendo como un pesado saco al suelo, lanzando un "joder, que duro está", sin que a Peter le diera tiempo a agarrarle.

Permaneció este en pie, ubicado entre los muslos despatarrados y extendidos en el suelo de Rob, quien con la mirada algo extraviada y para no terminar de resbalar de costadillo, se abrazó ofuscado a lo que tenía más próximo, los fuertes muslos de Peter, causando con ello que su mejilla quedara apoyada cerca, demasiado cerca de ciertas partes delicadas del inmenso cuerpo.

Doyle apretó los labios para no reír. ¡Dios!, la escena no tenía desperdicio. Si dejaba brotar la carcajada, su hermano no se lo perdonaría en la vida, pero es que la imagen era impagable, y para redondear la faena y abochornar aun más a su gigantesco hermano menor, Rob suspiró de placer, cercando los paralizados muslos entre sus brazos, obsesivamente...

No podía apartar la mirada del rostro de Peter ni aunque le pagaran una fortuna. La expresión que mostraba era una mezcla indescriptible de sufrimiento, angustia, horror, vergüenza, temor y... deseo, inmenso deseo. Los puños contraídos, las aletas de la nariz dilatadas, las cejas fruncidas y la mirada, esa impresionante mirada, totalmente desorbitada.

Desde donde se encontraba paralizado, a la expectativa, como un espectador entusiasmado, Doyle sintió una mezcla de alegría, satisfacción, pero también angustia e inmenso temor por los dos hombres abrazados frente a él, por la época en que les había tocado vivir, que no comprendía, no admitía otro tipo de amor que no fuera entre hombre y mujer, por los sufrimientos y padecimientos que el cariño que los unía, inevitablemente les causaría, y porque les quería demasiado como para no anticipar ese dolor en sus propias carnes, aunque les apoyara hasta su último aliento.

La expresión en el rostro de su hermano lo delataba. El pobre estaba chiflado por el hombre más menudo que se negaba a soltarle y por ello, ni siquiera se atrevía a dar un paso a fin de separarse, hasta que la petición de auxilio llegó en forma de gruñido combinado con gemido.

De inmediato se lanzó en su ayuda logrando, con algo de esfuerzo, que el hombre que permanecía con el trasero pegado al suelo, soltara su posesivo amarre. Diablos, pesaba una tonelada.

IX

Acababa de pasar por uno de los momentos más vergonzosos de su vida y daba gracias a los dioses por llevar un chaquetón que ocultaba la más que evidente señal de que se le había ido por completo la cabeza.

El enrojecimiento de sus mejillas al menos quedaba semioculto con el postizo, aunque por los calculadores ojos plateados de su hermano sabía que no había perdido detalle de su reacción al abrazo del tontolaba, el cual, para su completo asombro, y apretado todavía contra su petrificada entrepierna, había comenzado a tararear una cruda canción de los muelles sobre un marinero que enterraba su cara entre los dulces, ¡santo cielo!, menuda lengua gastaba el canijo.

Jamás conseguiría olvidar este día, ni aunque quisiera.

Debía recobrar la compostura, como fuera. Tras lograr Doyle soltar el apurado agarrón, separó algo los muslos para colocar su abotargado miembro más cómodo aunque, gracias al cielo, comenzaba a remitir su endiablada erección. El brusco movimiento atrajo la maldita atención de su hermano quien le guiñó uno de esos transparentes ojos. ¡Maldición! No le dejaría en paz hasta que hablara.

Trató de sosegarse. Ahora debían salir de ese condenado lugar.

—¿Cómo habéis conseguido pasar?

—Es noche cerrada y los trabajadores han terminado la jornada.

—¿Y los matones de Mansell?

La mueca de Doyle le adelantó el contenido de las siguientes palabras.

—Guang ha dado buena cuenta de ellos.

—Maldita sea, Doyle, mañana se darán cuenta de que algo ha ocurrido y darán la voz de alarma —la preocupada mirada se oscureció aun más de lo que estaba— y puede que cancelen la reunión en el burdel. Perderemos la posibilidad de acabar con los dos.

—No. Nos llevaremos los cuerpos y dejaremos una nota.

—No colará. Lo verán extraño, y si contactan con Saxton, adiós a nuestro plan.

—No lo harán. Le temen demasiado

—¿Y si pese a…?

—Demonios, Peter, tendremos que arriesgarnos. Desde el momento en que soltaste la furia, no dejaste otra salida.

—Dios, lo sé, hermano, ya lo sé; pero no podía dejar que ese enfermo le tocara, que le…

Los claros ojos se abrieron entendiendo perfectamente lo que intentaba explicar.

—Peter…

—Dios, D, no lo pensé; cuando se trata de él, mi cuerpo reacciona sin…

—¡Peter! Está bien, hermano. Yo hubiera hecho lo mismo y no me arrepentiría ni un ápice.

Ambos hermanos se miraron y sonrieron. De fondo se escuchaba al beodo canturrear y lanzar cánticos de contenido subido de tono.

Era desesperante y ridículo. Propio de ellos.

—Al menos es un borracho divertido.

—¡Joder, Doyle!

—¿Qué?

—Que te centres...

El serio tono de voz anunciaba que no iba a permitir más distracciones.

—Suelta a los chicos. ¿Los demás?

—Esperando fuera, y Guang en el pasillo de entrada —paseó la mirada por el suelo de la cueva, deteniéndose levemente en cada uno de los cuatro cuerpos que paulatinamente iban enfriándose— ¿Fuiste…?

—Sí.

—¿Los cuatro?

La oscura mirada de nuevo era helada.

—Lo golpearon y abusaron de él mientras no se podía defender…

Las palabras de poco servían con una frase de tal calibre.

Tampoco le extrañaba. Desde el mismo momento en que su hermano se preparó para ir en busca de Rob, supo que no dejaría vivo a ninguno de los que se lo habían arrebatado. Así había sido.

X

Estaban agotados de la tensión, de los nervios y, sobre todo, de la preocupación. Era muy tarde, casi medianoche. Norris llevaba deambulando horas, incansable, mientras todas trataban de permanecer despiertas, pero ella seguía colmada por la ansiedad sufrida los días pasados. Los párpados se le cerraban y en varias ocasiones sentía que estaba a punto de dormirse, pero recuperaba la consciencia en seguida, en cuanto su mente avisaba a su fatigado cuerpo.

El sueño había vencido definitivamente a Julia y la abuela remataba unos pañuelos inservibles que no usarían salvo para tareas de limpieza, sentada en la butaca frente al reavivado fuego de la hermosa chimenea, las llamas iluminando su serio rostro. Imaginaba que la tarea era algo indispensable en lo que ocupar la mente hasta que ellos volvieran, hasta que su gruñón volviera a sus brazos. Jules descansaba junto a la abuela, cabeceando constantemente, hasta que su cabecita quedó reposando contra el hombro de esta. Pese a ello la abuela no se distrajo.

Mere escuchó con interés. Algo había llamado su atención. Un sonido lejano que se aproximaba lentamente. El sonido de ruedas circulando sobre tierra.

Se levantó, centrando en ella las miradas de los que permanecían despiertos.

—¿Mere?

—Son ellos, abuela. Creo que son ellos…

—Hija, no se escucha nada.

Puede que el ansia de que llegaran la hubiera confundido. Se dejó caer de nuevo en el blando tresillo, preparándose mentalmente para aguardar otro poco, completamente desquiciada.

De nuevo el sonido. Con premura se irguió y disparada salió hacía la entrada lanzando un "son ellos, seguro" a los que tardaron en reaccionar tras ella. No le dio tiempo a salir a la calle al haber llegado antes Rosie y abrir completamente la puerta de entrada. Ya volvían.

Dos temidas palabras se repetían sin descanso en su mente al tiempo que el corazón galopaba en su pecho y un frío sudor cubría sus palmas. ¿Regresarían todos? Contuvo el aliento hasta que fueron pasando: sus hermanos, Doyle, el hombrecillo oriental y... suspiró de alivio, respirando profundamente. Ahí estaban los tres que faltaban. La flojera le inundó. El maravilloso hombre que amaba más que a su vida, el impresionante hombre que haría lo que fuera por el que se encontraba en medio de ambos y este último dejándose arrastrar por los anteriores, la cabeza colgando sobre el pecho.

Se le cortó el aliento. Detrás llegaban más.

Habían liberado al resto de los chicos. Una pequeña parte de su corazón, que permanecía dolorida, curó al observar esas caritas que no había podido olvidar desde que compartió el carromato con ellos, esos ojos que seguían clavados como un castigo en su mente.

Se giró hacia su marido, su grandullón, y susurró un suave gracias, entre labios y él, sonriendo gentil, le respondió que se las diera a Peter más tarde, que gracias a él estaban de vuelta. Se prometió que así lo haría, debía mucho a los dos hombres.

—¡Hijo!

Norris se abalanzó y se colocó delante de los recién llegados, intentando alzar la rubia cabeza de su hijo, sin que este reaccionara. Se volvió hacia el inmenso hombre que lo sujetaba por uno de los lados y rogó conocer, sin necesidad de formular pregunta alguna, solamente con lo que transmitía su angustiada mirada.

En un dulce y chocante gesto en un hombre con tal impactante presencia, Peter apoyó una de sus fuertes manos en el lateral del cuello del anciano y apretó.

—Tranquilo. Le han golpeado y permanece algo drogado...

El padre fue a hablar pero esa mano le indicó que escuchara.

—El efecto casi ha desaparecido en el camino —sonrió de forma pícara— o al menos ha dejado de canturrear y balbucear. Convendría avisar al doctor, pero básicamente, está agotado y dolorido.

El tierno gesto se repitió.

—Tranquilo, viejo amigo. Está de vuelta con nosotros y no lo dejaremos ir de nuevo. Lo mejor que podemos hacer es subirlo a una de las habitaciones —se dirigió a Mere, pidiendo permiso, y no se movió hasta escuchar de ella un suave *claro*.

Al pasar junto a su grandullón Mere acarició suavemente una de sus manos, respondiendo él con un íntimo apretón y una sonrisa. Más tarde hablarían. Ahora tenían que hacer...

Mientras los demás volvían al templado salón, los dos hombres se pusieron en marcha tras las almidonadas faldas de Rosie y Mere, arrastrando a Rob escaleras arriba; pero, a medio camino, Peter decidió que avanzarían más rápido y coordinados si se lo cargaba al hombro, haciéndolo sin visible esfuerzo. Tras enlazar el matrimonio sus miradas, John se volvió y se encaminó escalones abajo hacia la habitación en la que acostumbraban a reunirse y en la que todos ya estaban concentrados.

No tardaron en llegar al acogedor cuarto cercano a las escaleras, que daba a un lateral de la mansión. Era curioso, pero de alguna extraña manera la habitación de colores cremosos y verdes encajaba con el hombre que permanecía colgando del musculoso hombro. Con extrema suavidad, el menor de los Brandon lo depositó en la mullida cama, en el lado derecho, sujetando la flácida cabeza con la mano hasta que quedó reposando en la almohada, y apartó unos rebeldes mechones claros de la cara.

Mere sonrió y se dirigió a la salida, dejando en el interior al bello durmiente, al hermoso príncipe y al padre del dormilón. Era necesario llamar al médico para que hiciera al primero un chequeo a fondo.

Al comenzar a bajar la escalinata oteó de lejos la hora que marcaba el reloj de pie de la entrada. Unos minutos pasaban de la media noche y había tanto que pensar, que hacer. Bueno, quizá, hacer no, ya que todo parecía organizado, ultimado y todos estaban en casa sanos y salvos, salvo alguna magulladura.

Y bien pensado, quizá también fuera oportuno dejar la mente quieta ya que si se elucubraba demasiado…

Se dirigió a la cocina para dar la orden de que avisaran al doctor Brewer. El pobre hombre iba a terminar aterrado, si no lo estaba ya. En cuanto verificó que uno de los adormilados sirvientes salía en su busca, se dirigió derecha como una bala hacia el saloncito, desde cuyo exterior se oía el tumulto organizado por los recién incorporados, sobre todo Jared.

Los hombres, salvo Doyle, que esperaban en la entrada noticias del doctor, se habían dirigido como una hambrienta jauría en dirección al carrito con las sobras de comida que ellas habían sido incapaces de engullir. Dios santo, le chiflaba su marido con los carrillos llenos y una mancha de espeso chocolate en la comisura del labio. Se acercó con calma a donde estaba y le agarró la cara con sus manos obligándole a inclinarse, y le dio un sonoro beso en plenos labios con sabor a chocolate.

—Hola, marido.

Antes de contestar tragó.

—Hola, esposa.

Por unos segundos se miraron tranquilizando la inquietud del otro, hasta que la curiosidad de Mere pudo con ella.

—¿Qué ocurrió?

El grandullón alcanzó un par de pastas de chocolate antes de cogerla de la mano y sentarla en su regazo, en el tresillo junto a la abuela. Fue a hablar pero antes se zampó las dos pastas de golpe.

—¡John!

Encogió los hombros como pidiendo disculpas. Los nervios le daban hambre.

—Los apabullamos —semejante satisfacción solo podía provenir del culo inquieto que se había ubicado frente a ellos, sentado, casi acorralando a Jules, en una esquina del otro cómodo sillón.

Parecían dos enemigos en plena tregua de fuego en la guerra iniciada hacía un par de semanas. Incluso Jared, con una suplicante miradilla ofreció una de sus pastas a la estirada y tiesa figura que lo miraba como si tuviera cuernos y rabo.

—Es que estás muy flaca.

¡Por Dios! ¡Su hermano era memo!

Si entre ellos se estaba fraguando una sutil reconciliación el mayor inoportuno del siglo acababa de destrozarla. Los ojillos de Jules centellearon.

—Y tú, quizá debieras dejar la comida. Los hombres fondones huelen a moho —tuvo el descaro de olisquear al hombre petrificado a su costado.

Todos, absolutamente todos apretaron los dientes para evitar sonreír al contemplar la desencajada y morada cara de Jared. Alguna tosecilla escapó al férreo control.

Increíble y pasmoso y de nuevo increíble. Se habían declarado definitivamente la guerra delante de familiares y amigos.

—Y las mujeres flacas…

Jules se cruzó de brazos y entrecerró los ojos, fijos en los verdes de su lerdísimo hermano.

—Las mujeres flacas…

La mirada de Jules le había dejado en blanco el cerebro, totalmente plano.

Mere quedó alucinada. La primera y única vez en su vida que alguien había dejado sin palabras al más descarado y sinvergüenza de sus adorados hermanos. En el pecho de su John gorgojeó una risilla insolente atrayendo la iracunda mirada de su mejor amigo, hasta que se volvió, de nuevo furibundo, hacía el rigor de su actual desdicha.

—¡No estoy fondón!

Jules le recorrió descaradamente con la mirada pausando brevemente en su plano vientre. Su hermano metió tripa, una tripa inexistente.

—Si tú lo dices…

Parecía a punto de estrangular a la satisfecha figura sentada a su lado, por lo que la abuela intervino aconsejando a Jules que se sentara junto a ella. Esta no se hizo de rogar, mientras el enfurecido hombre le lanzaba dardos con los ojos y ella le ignoraba a propósito, centrando su atención en Mere, por lo que esta no tuvo más remedio que desviar la trifulca por otros derroteros antes de que *se derramara sangre*.

—¿Y bien?

Dirigía una vez más la pregunta a su grandullón, pero, eso sí, seguía sin poder apartar la mirada de su enrabietado y coloradísimo hermano.

—¿Me preguntas a mí o a Jared? —indagó su grandullón susurrando para que solo ella le oyera. El gesto de sus manos fue más que elocuente, respondiendo John— claro, ejem. Lo iban a entregar a Saxton, por lo que llegamos justo a tiempo, por él y por los chicos.

Eso atrajo la completa atención de los reunidos.

—Los mantenían en la fábrica junto con los muchachos. Todos drogados, aunque a los chicos se les ha pasado el efecto antes que a Rob. También le vapulearon algo…

—¿Cómo conseguisteis salir de…?

—Peter. Ya conocíais el plan, y funcionó. Consiguió llegar a él.

—¿Y Webster?

—Muerto.

—¿Peter?

—Sí.

No necesitaban saber más, solo que habían traído de vuelta a aquel de los suyos que faltaba.

John continuó relatando lo ocurrido mientras la mente de Mere no podía sino pensar en los tres hombres que en el piso superior esperaban a la llegada del médico.

XI

—Quizá convendría quitarle la ropa, ¿no crees?

Joder. Peter cerró los ojos con fuerza y habló a doble velocidad de la habitual.

—Llamaré a una doncella para que lo preparen para cuando llegue el doctor. Y en cuanto...

Silenció lo que iba a decir al sentir la mirada de Norris sobre sus huesos, una mirada entre extrañada y comprensiva. Por todos los infiernos, ¿y si descubría lo que pasaba por su mente? No volvería a dirigirle la palabra y lo repudiaría. No podía...

Ese dulce hombre era lo más parecido al padre que jamás tuvo y la mera posibilidad de ver reflejado cualquier tipo de rechazo en esos ojos tan parecidos a los del hombre ajeno a lo que ocurría a su alrededor, lo destrozaría. Simplemente lo hundiría.

Su cuerpo no respondía. Su cerebro era incapaz de dar la maldita orden a sus piernas como si esos ojos clavados en él hicieran de barrera a los impulsos que debían enviar el mandato.

Quizá el anciano leyó el terror en sus oscuros ojos, quizá lo olió en el paralizado cuerpo o quizá lo percibió en sus propios huesos, pero lo que hizo a continuación no lo esperaba. Lentamente se aproximó a la altísima figura que permanecía clavada a los pies del lecho, rodeándolo y tras llegar a su lado, simplemente izó una de sus arrugadas manos y la colocó en la mejilla cubierta aun por la postiza barba.

—Está bien, hijo, todo está bien.

El horrible nudo en la garganta no le permitía emitir ni un jodido sonido, su mente hablaba, gritaba a tal velocidad, pero sus torpes labios ni se movían. Emoción. Sintió pura y llana gratitud hacía ese increíble hombre que no juzgaba y se preguntó cuánto tiempo llevaba imaginando o sospechando lo que pasaba por su compleja mente. Quizá desde antes de que él mismo se diera cuenta de lo que sentía.

—Todo está bien.

Solo se le ocurrió hacer una cosa mientras esa anciana mano permanecía contra su rostro. La cubrió con la suya y le dio un suave apretón. El padre del hombre que seguía como un leño, despatarrado en el lecho, sonrió.

—Vamos, hijo. Ayúdame.

Mentalmente rogó por no perder las formas. Bastante tenía con que casi todo el mundo estuviera al tanto de sus jodidos sentimientos. Suspiró y se acercó al inerme cuerpo que seguía desplomado boca arriba vestido con el pantalón, su propia chaqueta y poco más.

Se le ocurrió de repente. ¡Joder! ¿Y si no llevaba calzones bajo los pantalones?

Desvió la mirada hacia Norris, quien había comenzado a canturrear. Dios, de tal palo tal astilla.

No podría. Sencillamente no podría desabrocharle el pantalón, no sabiendo lo que esperaba debajo, bueno, sí, sabiendo qué diablos esperaba, pero no estaba preparado para averiguarlo delante del padre del tontolaba. Dios, la situación se salía de lo normal, como todo lo relacionado con el grogui alelado que tenía frente a sí roncando suavemente.

Bien, ya sabía qué hacer. Huir. Escapar como una gallina, lo cual no era…, salvo en este único caso. Le dio tiempo a dar un ínfimo pasito.

—Hijo, ayúdame, que no puedo solo, que este hijo mío es todo un peso pesado cuando duerme.

Al carajo el plan de huida, demonios. Las manos comenzaron a sudarle sin parar.

—Incorpórale para desprenderle la chaqueta.

Renqueando rodeó la cama hasta alcanzar el lado contrario al que estaba tumbado Rob, y sopesó la mejor manera de elevarlo. Estaba demasiado lejos, así que se quitó sus propios zapatos a empujones y se subió al lecho quedando de rodillas junto a la figura dormida. Se inclinó y deslizó la mano derecha por debajo de la nuca y la otra se afianzó en las solapas de la chaqueta, tirando a continuación.

Del impulso, la mitad superior del cuerpo chocó contra su mitad superior, la relajada cara contra su hombro izquierdo. De nuevo sentía el aliento contra su cuello y le fue imposible no asociarlo con el fiasco horroroso y apurado de la cueva. Su miembro comenzó a hincharse, fuera de control.

¡Diablos! Ahora no. ¡Ahora no!

Apretó los muslos y comenzó a pensar en agua fría, muy fría. Miró de soslayo la rubia cabeza, fría y *muy* helada agua.

—¡Dios santo!

La exclamación de Norris obró lo que no había conseguido el agua helada.

Maldita sea, no le había avisado.

—Le dieron latigazos. No demasiados, pero al menos media docena y un par abrieron la piel. Pararon, por lo que imagino que lo hicieron para amedrentarle. Lo siento, Norris, debí prevenirte.

—No hijo, no es culpa tuya.

Sintió la necesidad de decirlo, de sacarlo de su interior.

—Los maté, a todos.

Esos ojos que le miraban se abrieron perceptiblemente e inclinó la cabeza hacia un lado.

—Lo siento mucho, hijo.

—Yo no. Le hubieran entregado sin dudar a ese animal, así que no lo siento.

El anciano asintió sin saber qué decir o quizá porque nada había para rebatir.

—Tendremos que darle la vuelta para que el doctor le limpie las heridas —dudó un momento— ¿Le golpearon más?

—En la cara algo y le abrieron el labio.

—¿En la cabeza?

Eso le preocupaba y era comprensible. Las heridas en la cabeza siempre eran imprevisibles y peligrosas.

—No creo. En el torso y en el costado. No pudo defenderse demasiado en el estado en que le dejó la droga.

Una furia helada comenzó de nuevo a asentarse en su pecho, mientras con las yemas de la mano que no afianzaban la nuca recorría suavemente los moratones que comenzaban a aparecer.

La puerta se abrió y entró Doyle, quien rápidamente se acercó al lecho.

—¿Qué tal está?

—Sigue dormido.

—Ya han mandado aviso a Brewer, por lo que no tardará en llegar. Lo enviarán de inmediato arriba.

—Bien, cuanto antes lo atienda, mejor —puntualizó Norris mientras deslizaba una detallada mirada por el amodorrado cuerpo de su hijo—. Quedaos aquí y terminad de acomodarle mientras yo bajo en busca de agua, alcohol y vendajes.

—¿Acomodarle? —Dios, esa aguda voz no parecía la suya, recibiendo una curiosa mirada de su hermano.

—Sí. Volvedle para que quede boca abajo, preparadlo para cuando llegue el doctor y quitadle los pantalones. No es complicado, por Dios, Peter.

Será para vosotros.

Se escuchó la puerta al cerrarse quedando en la caldeada habitación Doyle, el culpable de todos sus apuros, y él. Su hermano apenas le dio tiempo para recomponerse.

—Venga, hagamos lo que ha ordenado el viejo.

Dejó que delicadamente cayera de nuevo sobre su espalda, ya desnudo de cintura para arriba y tras levantarse de la cama la rodeó hasta situarse de nuevo junto al lado derecho. Con un suave movimiento indicó a su hermano que lo sujetara de las piernas mientras el agarraba la mitad superior para darle la vuelta.

—¡Espera, Peter!, hay que desabrocharle el pantalón para bajárselo una vez le demos la vuelta. Puede que los latigazos le lastimaran el trasero.

¡Me cago en la…! Lo que faltaba. Volvió la mirada hacia su hermano mayor que agarraba las piernas de su amigo y parecía estar a la espera de que él le desatara el pantalón.

Esto era una morbosa pesadilla en toda regla.

—Venga, hermano. El médico no tardará en llegar.

Tragó saliva mientras la negra mirada quedaba claveteada en la cinturilla y la bragueta del oscuro pantalón. Saldría de dudas en cualquier momento, sobre los calzones.

Tenía las manos heladas, no, congeladas por los nervios, y le temblaban como hojillas mecidas al viento. Por nada del mundo iba a mirar hacia el hombre que tenía de pie junto a él. Dudó un momento. No, Doyle no le haría algo semejante a propósito, así que intentó relajarse cerrando y abriendo las manos un par de veces, veloz, para ver si la sangre circulaba por ellas de una puñetera vez.

Nada, el temblor persistía, el condenado.

Acercó las manos a la cintura e introdujo un par de dedos bajo la misma para separar la tela del cuerpo, de ese caliente y bien formado cuerpo. El sudor comenzaba a aparecer en su frente. Se medio enfurruñó, él tampoco solía sudar con tanta facilidad. Todo era culpa del rubio hombre que había colocado patas arriba su vida.

Con la máxima velocidad que le permitieron sus torpes dedos soltó los botones, sin poder evitar algún roce con el bulto que ocultaba el prieto pantalón, pero al fin logró deshacer la bragueta. Aspiró con inmenso alivio. Llevaba calzones, el muy puritano…

Por un mínimo, brevísimo momento, lo lamentó; hasta que recuperó la razón en cuanto se dio cuenta de las imágenes que se estaba formando en su calenturienta cabeza. Dioses, sentía sus propios pantalones tensos de nuevo, pero gracias al cielo, el chaquetón ocultaba cualquier reacción de su amotinado cuerpo.

Retiró las manos de la bragueta, como si se las hubieran escaldado con líquido hirviendo, hasta posarlas una en la firme cadera y la otra en el costado, y, entre los dos hombres empujaron al unísono hasta girarle, dejando a plena vista las huellas de los golpes, cruzando esa amplia espalda desde el hombro hasta abajo, alguno oculto por el pantalón.

Tenía razón Norris, tendrían que quitarle el jodido pantalón. Y él no tenía la más mínima intención de hacerlo, no en compañía. A solas nadie le pararía pero con espectadores ni por un millón de libras. No después de lo que había sufrido estando cautivo, a expensas de otros, sirviendo de espectáculo, siendo tocado, manoseado ante terceros. No.

Quizá su hermano le leyera el pensamiento o quizá, sabiendo lo que sentía, se puso en su lugar, ya que con un gentil empujón, le apartó del lado de Rob y se sentó de costadillo junto a la tendida y desmadejada figura, aferrando con ambas manos la cintura del pantalón. Tiró y la tela resbaló arrastrando consigo los claros calzones dejando poco a poco al descubierto la escondida carne, primero la parte baja de la espalda y después lentamente, con suaves tirones, ese trasero.

Le resultó un placer y un suplicio el no poder apartar la mirada de esos firmes y redondos glúteos, llenos y pálidos al tiempo, e intentaba valerse de toda su fuerza de voluntad para intentar separar su vista de ese precioso trasero. No pudo. Se quedó mirando obnubilado hasta que el carraspeo de su hermano mayor lo sacó del trance. Ni siquiera la repetición del carraspeo consiguió que desviara la condenada mirada. ¿Qué diablos le estaba pasando? Había vistos suficientes traseros desnudos como para que uno más no lo atontara, ni excitara, ¡joder!

Necesitaba escapar. Se ahogaba.

Se dirigió a la puerta, disparado, justo cuando se abría y entraban en el cuarto Norris y el doctor Brewer, a medio vestir, seguramente por haber sido sacado de improviso del seguro mundo de los dulces sueños. No como los suyos y menos los que tendría a raíz de quedar grabada en su mente la imagen que acababa de devorar con los ojos.

No debió haber mirado. Con ello lo único que había logrado era que lo complicado se tornara insoportable.

Se apartó del camino de los hombres mientras lanzaba un ronco "voy abajo, somos multitud aquí arriba", que recibió, en respuesta silenciosa, una sorprendida mirada por parte de Norris. La ignoró.

Si se quedaba sería incapaz de controlarse.

XII

Despertó rodeado por su padre y la abuela, con la lengua de trapo, como la lija, y en una habitación totalmente desconocida para él. Observó a su alrededor en la medida de lo posible, ya que estaba tumbado boca abajo.

¿Por qué dormía boca abajo? Intentó volverse y el punzante dolor en su espalda le indicó la razón para ello y le trajo a la memoria retazos de lo que había ocurrido. Los golpes, los chicos, la sombra enorme del hombre agazapado. ¿Peter en la cueva? Otro… ¿beso?

¡Maldición! Estaba alucinando, seguro que por las endemoniadas drogas.

Parecía estar amaneciendo, pero no estaba seguro de qué día de la semana era y mucho menos qué hora. Necesitaba saberlo.

—¿Hijo?

Trató de incorporarse girándose, pero no fue buena idea, así que optó por intentar ponerse de rodillas para sentarse cómodamente, hasta que notó la sábana resbalar por su ¡desnudo cuerpo! Aferró la ropa de cama con desesperación.

—¿Y mi ropa?

—Te la quitaron ayer, hijo. Bueno, más bien, el pantalón.

—¿Quién?

—Peter y Doyle.

El corazón casi se le para.

—¿Me desnudaron?

—Sí, hijo.

—¿Entero?

—No, hijo, medio cuerpo, solo el derecho.

Diablos, a veces su padre parecía el rey de los sarcásticos. Y ¡Dios!, Peter le había visto como lo trajeron al mundo. Un maldito rubor comenzó a ascender por su cuerpo, mientras por el rabillo del ojo observó la sonrisilla que apareció en los labios de su padre. Algo tramaba, y seguro que nada bueno por el brillo en esos ojos.

—¿A qué día estamos?

—Sábado.

—¡Diablos!

Le dio igual todo, el sordo dolor, estar desnudo, el suave mareo al incorporarse. Era el día en que tenían que acudir al burdel, y por todos los infiernos, que nadie le arrebataría la satisfacción de capturar a esos dos enfermos.

—Ayúdame, papá.

—¡No puedes levantarte!

—Vaya si puedo, tan solo mírame.

Su amoroso, y en estos momentos refunfuñón, padre se había colocado entre él y la ropa que avistaba al otro lado de la habitación sobre una butaca junto a la chimenea ubicada frente a la cama.

—Caerás y se abrirán las heridas.

Eso le paró de sopetón.

—¿Qué heridas?

—Ay, hijo. A veces me pregunto por qué milagro de la virgen has llegado a adulto, totalmente sano.

—Porque soy ¿sensato y muy prudente?

El irónico resople le llegó al alma.

Miró a su padre con dulces ojos de carnero asustado. Siempre, siempre daba resultado, con casi todo el mundo.

—Muy bien, pero me desentiendo en cuanto te vea Peter.

Ya estaba, el nombre prohibido.

—¿Y qué tiene que ver Peter con todo esto?

—Que ha dicho que no dejemos que te levantes, que seguro que sería tu intención en cuanto despertaras y que esperáramos a que él llegue.

Empezaba a enfadarse. Intentó sosegarse mientras se anudaba la sábana a la cintura ya que se le estaba escurriendo y bastante gente le había visto ya desnudo como un bebé. ¡Qué horror!

Nada, no se le estaba pasando el mal humor.

—Peter no manda sobre mí. Nadie lo hace, y por si lo habéis olvidado resulta…

—No hemos olvidado nada, canijo.

Fue inmediato, oír esa grave voz y comenzar a transpirar.

Se aseguró de que la sábana estuviera bien atada y se giró a su derecha, hacía el umbral de la puerta donde estaba el enorme, oscuro, tenso y musculoso cuerpo de su mejor amigo estancado en la puerta, recorriéndole con esos ardientes ojos negros de la cabeza a los pies.

¡Lo hacía a propósito para descolocarle!

Maldita sea. Iba a pegarle un berrido cuando, se dio cuenta… Sencillamente lo supo, aunque ni su padre ni otras personas se lo habían contado. Simplemente lo sintió al igual que cuando sabes que llueve al ver caer las gotas o las sientes rebotar, frescas, en tu piel.

¿Qué decir al hombre que jugándose la vida le había sacado de un futuro infernal, sin esperar nada a cambio?

—Os dejaré a solas —las palabras surgieron de boca de su insensato padre, ignorante de la situación.

—¡No!

El mismo chillido surgió de los labios de ambos hombres haciendo que el anciano arqueara las cejas.

Como niños, actuaban como infantes.

Les hizo caso omiso y con paso raudo se dirigió a la puerta bloqueada por Peter, quien no parecía que fuera a hacer el más mínimo movimiento para dejar expedita la vía de salida de la habitación, hasta que suspiró rindiéndose y se adentró en el cuarto.

Norris cruzó el marco y dudó un momento, volviéndose para cerrar la puerta, pero una inmensa mano asió el pomo contrario y la abrió. Empujaban por ambos lados en una extraña parodia de juego infantil hasta que el anciano se cansó.

—Muy bien, la dejaré abierta. Ni que fuerais a hacer algo innombrable…

Rob gimió. Dios, esto era un verdadero espanto y para colmo de los colmos no recordaba el noventa por ciento de lo ocurrido en la cueva.

Al menos, la puerta había quedado abierta. Se enderezó. Era un hombre y los hombres no se andaban con bobadas, no huían con el rabo entre las piernas.

—¿Y si llamaras a Doyle? —las negras cejas se fruncieron.

—¿Para qué?

Era obtuso, el hombre era totalmente obtuso.

—Debemos concretar la reunión en la policía.

—¿A qué demonios te refieres?

El peso en el pecho se aligeró algo. Andaban por terreno firme y no por arenas movedizas. Eso. Hechos puros y duros y no blandengues sentimientos. Con eso podía lidiar.

—Joder, Peter. Es sábado —lo miró fijo esperando no tener que explayarse.

—¿Y?

—Llegó el maldito momento que llevamos esperando años.

—Lo sé.

—Pero antes debemos exponer todo en el Yard. Tenemos que acudir hoy, antes de que ocurra lo de esta noche, para que estén al tanto y nos apoyen. Hemos de hablar con Clive.

Esas cejas se fruncieron todavía más.

—Claro, claro, el misterioso superintendente del que jamás me has hablado.

—Diablos, Peter, es un gran amigo y más adelante te contaré todo lo que quieras saber ¿de acuerdo? —miró al empecinado hombre, pero no parecía muy convencido. Era más tozudo que una mula—. Apenas tenemos tiempo, se nos echa encima.

Los segundos de silencio pasaron a ser un minuto. Un eterno minuto.

—Bien, acudiremos a Scotland Yard pero *tú* no irás al burdel esta noche.

No había escuchado bien.

—Repite lo que has dicho, creo que entendí mal.

—Entendiste a la perfección.

Las imágenes se le nublaron. La ira le llenó.

Como un león enjaulado dio unos pasos y se abalanzó sobre la ropa, la aferró mientras soltaba la sábana de entre sus dedos, resbalando esta hasta caer a sus pies y escuchó el zumbido de sus oídos generado por la ira que se le estaba acumulando en el cerebro, un ronco gemido que provenía de la zona donde estaba Peter. Le daba igual. Nadie, y mucho menos Peter, le impediría hacer lo que llevaba esperando tanto tiempo.

Se sentó de nuevo en el lecho al sentir un leve mareo e introdujo los calzones y el par de pantalones por sus pantorrillas, ignorando totalmente a la tensísima figura que permanecía tiesa donde le había dejado. Se levantó apoyándose en el colchón y deslizó con esfuerzo la ropa hasta cubrir su mitad inferior, ciñéndosela con rabia. De nuevo otro profundo y ahogado gruñido.

Seguía dándole igual. Estaba tan furioso con el hombre plantado cerca de él.

Tan distraído estaba dando la bienvenida a su ira que no apreció el fluido movimiento hasta que frente a sí apareció la altísima e inmensa forma de su mejor amigo.

—Rob.

Dios, seguía enfadado.

—Rob, por favor.

Eso sí llamó su atención. Peter rara vez suplicaba, por lo que alzó la vista hasta mezclarla con la negra que no se apartaba de él mientras respiraba con dificultad, como si lo que fuera a decir le estuviera costando media vida.

—No podré repetir esto de nuevo. No podré, así que, por favor, escucha.

Quedó totalmente quieto, intrigado y completamente aterrado. Todo, la forma en que lo miraba, en que se inclinaba, la tensión del cuerpo gritaba a las claras que le iba la vida en lo que iba a decir.

—No podría superar que te ocurriera algo. Sencillamente no podría. Hace tiempo que lo sé, pero no podía reconocerlo ¿sabes? No podía…, por miedo. Y eso no quiere decir que lo haya quitado, porque no es fácil deshacerse de lo que se te ha inculcado desde niño. Es realmente duro si tus sentimientos van en contra de todo lo que se te ha enseñado, lo que has vivido, lo que te ha rodeado…

Las palabras que estaba escuchando, Dios santo, pese al inmenso nudo en su cuello debía decírselo, como fuera.

—Peter…

—No, espera, por favor, por favor. Eres mi mejor amigo pero también mucho, mucho más, y si esto que siento hace que perdamos lo que ya tenemos, no podría hacerle frente. No podría. Tu amistad es y ha sido parte de mi vida y no sé si tú sientes…

Lo calló de la única manera posible. Rodeó el hermoso rostro con las manos y presionó suavemente sus doloridos labios en los carnosos y sintió, sin más, que todo ocupaba el lugar que debía, en su vida, en su mente y en su corazón.

Sonrió, aunque el inmenso cuerpo que besaba estuviera tieso como un palo del susto.

Todo iría bien de ahora en adelante, pese a los gruñidos, el miedo, las dudas, los celos, la tremenda posesividad de Peter.

******

Capítulo 17

I

Petrificado. Totalmente. Le estaba besando. Rob le estaba besando con esos suaves labios que le traían por la calle de la amargura y estaba tan nervioso que no conseguía moverse, ni reaccionar, cuando una de sus manos se deslizó desde su mejilla hasta el lateral del cuello, donde el pulso parecía a punto de reventar la vena que lo recorría, palpitando una y otra vez, al mismo ritmo de su desquiciado corazón.

¡Dios! Era *a él* a quien le estaba dando un virginal ataque de nervios.

Estaba aterrorizado. Y repentinamente, como si una despiadada patada le hubiera golpeado en pleno plexo solar, se dio cuenta de que no estaba preparado. No lo estaba...

Arriesgarían tanto. Y el hombre que tenía a su lado, sin dobleces ni triquiñuelas, honrado hasta la médula, merecía más de lo que él podría darle con su rabiosa, torturada mente y usado cuerpo. Era un sueño, un estúpido e infantil sueño, del que tenía que despertar.

Esos perfectos labios se separaron de los suyos y con ellos la cálida figura, haciéndole sentir un repentino y penoso escalofrío.

—¿Pete?

Odiaba la duda y el miedo reflejado en esa simple palabra, pero le resultaba imposible responder como esperaba de él. Imposible. No ahora.

Y aborrecía el dolor y la vergüenza que le iba a causar.

—Pete, ¿qué te pasa?

Dejó caer la cabeza y sintió que la mano que hasta hace unos segundos acariciaba su cara, se apartaba a paso lento. No pudo mirarle, aunque lo deseaba. Y lo deseaba por encima de todo, pero estaría vencido si claudicaba. Comenzaba a sentir en su piel la transformación en la mirada azulada, de cálido a gélido, y en parte lo entendía ya que era él quien había dado pie a más, a mucho más que una buena amistad, a algo que ahora iba a rechazar, sin dar ni una mínima y debida explicación.

—Háblame.

Rehuir su mirada respondió por sí solo y la reacción tampoco se hizo esperar.

—No me jodas... —Rob le miraba atónito como aguardando a que le dijera que le estaba tomando el pelo, pero no lo hizo, y la mirada se fue endureciendo, con rapidez.

—Eres un cabrón, pensaste que te rechazaría ¿verdad? ¡Lo pensaste! y pese a ello me dijiste todo eso. ¿O acaso es una puta broma para pasar el tiempo o probar algo diferente que se te pasó por la cabeza? Probemos al rubio para pasar un buen rato. ¿Es eso, Pete? Dime, ¿es eso?

No estaba preparado y tenía razón. ¡Dios!, él tenía razón. Siguió callado, casi sin respirar.

No creyó que Rob se arriesgara por él, que arriesgara todo lo que tenía por él, y por ello actuó sin pensar. Maldita sea, debió callar, no debió besarle el otro día, no debió ilusionarse y jamás debió hacer partícipe de sus sentimientos al hombre que le miraba con la traición llenando esa azul y destrozada mirada.

—Contéstame, pensaste que... —Rob dio un paso hacia atrás, rabioso— ¡contéstame de una jodida vez!

—Tú lo has dicho.

El estilizado cuerpo se estiró cuan alto era, los puños se cerraron y por un diminuto instante Pete creyó que pelearían, que Rob lanzaría el golpe detonante del estallido en la descomunal bola de sentimientos que guardaban entre los dos, y que se destrozarían a puñetazos.

Tensó el cuerpo a la espera del impacto.

No llegó. Pero en ocasiones las palabras dañaban más, o puede que el inmenso dolor que se percibía entre líneas, lo hiciera.

—No vale la pena ¿verdad? Para ti no vale la pena.

El frío que sintió en su interior se extendió y por un segundo por su mente cruzó la loca idea de mandar todo al diablo y proponerle que se largaran lejos, a un lugar donde nadie les juzgara, donde no les conocieran ni aborrecieran, pero no serviría. No podía separar al hombre que le miraba con odio de su padre, de su vida, porque le estaría pidiendo que matara una parte de sí mismo.

Sabía qué responder para romper completamente a su mejor amigo.

—No..., no lo vales.

Los azulones ojos se agrandaron involuntariamente.

—Jamás en tu puta vida, vuelvas a hablarme de tus jodidos sentimientos ¿oyes, Peter? ¡Jamás! —pasó las manos con desesperación por sus leonados mechones, tan rebeldes— ¿querías amistad? La tienes y la tendrás. Nos conocemos desde la niñez y...

—Rob aspiró con rudeza y anduvo tres pasos alejándose de la oscura figura que permanecía silenciosa. Respiró de nuevo y sus hombros se encorvaron como los de un anciano. La voz que surgió, el tono, era de capitulación, de total rendición—. Está bien, si así lo deseas, quizá tengas razón, quizá no debimos hacer una locura para la que no estábamos preparados —lanzó una risa que a oídos de ambos sonó falsa, engañosa, para afrontar el dolor, pero ninguno de ellos reconocería eso ante el otro— para lo que *tú* no estás preparado.

Eso le llegó.

—Rob...

—No.

—Escucha, maldita sea.

—¡No! Nunca más, amigo. Nunca de nuevo.

¡Dios! Le estaba ofreciendo una salida, una salida que él mismo había tapiado al hablar.

Tenía que decirle algo, evitar que lo que dijeran fuera a más, y así lo hizo pese a su agarrotada laringe, pese a saber que con ello terminaría de destrozarle.

—Es lo mejor —no parecía su voz, más grave de lo habitual— fue un tonto error, confundí mis sentimientos, pero todo está bien ahora. Con ese beso, con ese..., bien, he recapacitado..., no eres lo que quiero.

Rob estrechó los ojos hasta casi hacer desaparecer el color en su interior.

—¿Por qué lo estás haciendo? Estás mintiendo, Peter. Estás...

—No me hagas humillarte.

Algo indefinible cambió en los ojos que le atravesaban y supo que no insistiría.

—Claro, amigo, un tonto error —una sonrisa forzada se adueñó de esos labios que acababan de besarle—. Seguro que nos esperan en algún lugar un par de hermosas mujeres para caer rendidas en nuestros brazos. Como si nunca hubiera pasado ¿no crees? Es lo mejor. Como acabas de decir, es lo mejor... para todos.

La sonrisa que perfilaba los labios parecía congelada en ellos. La rubia y leonada cabeza se irguió de repente y se volvió hacia la oscura. *Como si nada hubiera ocurrido.* Le dolió y al tiempo se recriminó por sentirse dolido al escuchar esas malditas palabras de boca de su mejor amigo.

Se lo había buscado él solo, con sus jodidos miedos.

Rob se dirigió hacia la puerta, aferrando de pasada el resto de la desperdigada ropa, manteniendo la distancia entre ambos.

—Vamos. Debemos organizar la audiencia en la policía. Lo mejor es que quedemos con los Wright allí mismo —dudó brevemente— ¿vendrás?

Hizo la pregunta retándole a ir. Si no le conociera tan bien podría haber pasado por una inocente pregunta, pero no lo era. Bajo la superficie se saboreaba la furia, la ira y el desengaño.

Peter observó detalladamente al hombre al que había hecho pasar por un suplicio y se dijo por enésima vez que era lo mejor para ambos, pero una vocecilla le repetía lento, una y otra vez *¿a quién diablos quieres engañar?* A sí mismo.

II

Apenas comieron ya que los nervios no dejaban que nada pasara al estómago sin el acompañamiento inevitable de náuseas. Tras dejar el delicioso postre para otra ocasión, y acompañados de un depurador té, trataban de tranquilizar su inquietud de la mejor manera, pero nada daba resultado.

Con el cuerpo aun entumecido Rob y su padre se habían dirigido a su domicilio para mudarse de ropa y una vez aseados encaminarse a Scotland Yard. John había mandado una nota a la mansión Wright concretando la hora para reunirse en la entrada principal del edificio donde se asentaban las oficinas de la policía metropolitana. Peter había anunciado que iría directamente y les esperaría allí mismo. No había preguntado, ni pedido la opinión de su mejor amigo, ni había protestado al presenciar la mueca dolorida en el rostro de este, simplemente había callado y anunciado que se encontrarían en el lugar como si se tratara de un extraño comentando a otro que los caminos están embarrados y no conviene salir de casa sin ropa de abrigo.

Tan extraño…

Algo había ocurrido entre Rob y Peter…

Mere lo sentía en los huesos por la manera en que se esquivaban. Y durante el tiempo que duró el breve encuentro no intercambiaron ni una mirada, salvo cuando creían que el otro se centraba en dirección contraria. Entonces estas se tornaban duras a veces, otras tristes y las peores, llenas de un terrible anhelo. En dos hombres que raramente se distanciaban, resultaba intensamente chocante al ojo de aquel que les conocía y estaba al corriente de su actuar, de su rutina, de sus maneras, de la forma en que se miraban.

Suspiró. Ya arreglarían sus diferencias, siempre lo hacían, pero en esta ocasión presentía que la brecha surgida entre ambos era grave y difícil de cerrar. Esperaba equivocarse, *deseaba* equivocarse y si fuera necesario que el Club interviniera, no se les iban a caer los anillos por dar algún empujoncito en la dirección correcta. Es que, resultaba tan evidente que eran el uno para el otro, hasta el grandullón lo intuía.

Rábanos, ya estaba divagando y perdiéndose la mitad de la conversación.

—Si no convencen al superintendente en unas horas no lo lograrán y tendremos que valernos por nosotros mismos.

—¿Cuántos habéis conseguido infiltraros en el burdel?

La inapropiada pregunta del millón de libras.

—Dentro estaremos Guang, Thomas y yo —la respuesta llegó del menos esperado, de Jared.

El resople despectivo que surgió del extremo contrario al lugar donde se sentaba este último, de la persona que rara vez intervenía o protestaba o metía baza, casi erizó el siempre alborotado e indomable rojizo cabello de su hermano, quien saltó enfurecido en cuanto el sonido llegó a sus oídos.

—¿Algo que decir, *querida Jules*?

—No —el sarcasmo por ambas partes rebotaba contra las paredes, llenando la habitación.

—Mejor.

—Aunque, pensándolo bien, es lógico.

Mere pensó que su hermano no iba a picar, pero también supo, en cuanto frunció el ceño, que caería de cabeza en la trampa, molesto con la personilla que se atrevía a llamarle la atención ante terceros.

Su ira casi se mascaba.

—¿Qué es lógico?

—Que seas tú.

Intuía que debía parar el enfrentamiento, pero, madre mía, echaban chispas los dos. Sentados al mismo lado de la mesa con los cuerpos de Julia, Thomas y la abuela de por medio, inclinados sus torsos hacia delante para evitar obstáculos en sus encendidas miradas, en parte daban miedo, y en parte era tremendamente morboso y… entretenido. Sumamente entretenido.

—Totalmente lógico, los hombres fondones deben ejercitarse, ya sabéis, para luchar contra la flacidez, sobre todo tan jóvenes.

La sonrisilla en el rostro de duendecillo de Jules indicaba bien a las claras que lo que lo decía con toda la intención del mundo y como una flecha bien apuntada, enfilada hacía el hombretón cuyo rostro comenzaba a recalentarse.

Lo que nadie esperaba fue lo que ocurrió.

La silla cayó hacia atrás rebotando el respaldo en el suelo y el chillido que surgió de la afinada garganta de Jules, casi, casi resquebrajó los cristales. Todos, absolutamente todos, tenían los ojos casi fuera de sus cuencas al presenciar la portentosa carga de Jared hacia la provocadora Jules, como un toro embravecido, y la escapada de esta por los pelos, esquivando su arranque. Trató de ponerle la zancadilla en una maniobra que ni los más experimentados ladronzuelos hubieran hecho mejor para escapar de la policía. Y lo hubiera logrado de no ser porque los agentes de la policía ni por asomo disfrutaban del equilibrio del que gozaba su enfurecido hermano, ni de su momentánea fijación en atrapar su objetivo. Tras un suave trastabilleo Jared recobró el rumbo hacia su muy desesperada, aterrada y a todas luces muy arrepentida víctima.

La alcanzó en un santiamén y entre forcejeos y elevadas protestas por parte de la liviana figura, jurando y perjurando que como no le soltara se iba a arrepentir el resto de su infantil y desaprovechada vida, la sentó quieta sobre su regazo, con las manos bien sujetas a su espalda.

—¡Esto es un ultraje, so pepón!

Con la mano libre Jared le tapó la boca.

—¿Vas a seguir gritando como una fiera o actuarás como una dama que, al parecer, no eres? Una dama de cuyo comportamiento evidentemente necesitas variadas e intensivas lecciones.

Mere habría jurado que Jules farfulló bajo la manaza que le impedía hablar un *eres odioso* y *soy una gran dama, so fondón,* pero también pudiera haber sido su exacerbada imaginación.

Desde luego eran el centro de atención, mientras se miraban fijamente retándose a ver quién daba el siguiente paso. Ninguno parecía dispuesto a ceder, por lo que, tras aquietarse una pizca la sorpresa causada con la repentina persecución, la abuela decidió mediar entre los dispares contrincantes. Se acercó a ellos y extendió con firmeza su elegante mano, provocando una mirada de extrema satisfacción en Jules y que Jared entrecerrara esos verdes ojos, resistiéndose a ceder ni una pulgada.

—Hijo, la vas a tener que soltar tarde o temprano —la abuela extendió más su mano.

—Lo haré si promete comportarse, pero más tarde.

—¡Jared!

Apretó los labios y la soltó mientras vocalizaba *cuidadito, niña* con sus labios.

Mere lanzó una floja risilla. Ni siquiera Cleopatra hubiera obtenido una retirada más digna que la lograda por Jules, hasta que se escondió tras la abuela y se aferró a su polisón, desesperada por tener que tragarse las palabras que seguro que estaban atascadas en su elegante cuello.

Las recriminaciones de la abuela, no se hicieron esperar.

—Parecéis niños, estamos a horas de pasar por una situación extrema y os dedicáis a chincharos.

Dos manos se alzaron como pidiendo la venia para hablar.

—¡No!, ni una palabra, ni una protesta y ni una pelea hasta que todo esto pase de largo. Después como si os pincháis hasta reventar. Ahora ni chistar.

—Pero Allison, es que me…

—¡Ni chistar!

Nadie se atrevió a soltar ni un murmullo. La abuela se enfadaba como mucho una vez al año y estas ocasiones eran épicas, así que todos decidieron no mentar al diablo.

—¿Qué tenéis planeado para entretenerla?

—Depende.

—¿De qué?

—De si hay que distraerla cuando termine la sesión y se estén marchando o si hay que hacerlo antes de que finalice todo el tinglado, ya que tendríamos que ser más sutiles al estar los loros delante.

—¿Qué loros? —la pregunta provino de Doyle quien aprovechando la distracción de su prometida, se iba situando cada vez más cerca de ella.

—Las arrugadas y verrugosas cacatúas que insultan a Julia.

—¿Qué?

El bote que dieron todos del susto ocasionado por el rugido, bien podría haber hundido el piso. Se quedaron mirando cautelosos al origen del apabullante ruido. Doyle.

—Cacatúas, loros, ya sabes, parlotean e irritan sin límite —contestó Julia al hombre que sin saber cómo se encontraba sentado a su vera. Vaya, tan sigiloso para lo grande que era.

—¡Ya sé lo que es un loro!

—Ah.

—¿Te insultan?

El rostro de Julia se ofuscó y enrojeció.

—A veces. Cuando visitan a mi madrastra me dicen... cosas.

—¿Qué cosas?

Dios santo, el mayor de los Brandon comenzaba a dar miedo.

—Pues cosas.

—Ya. ¿Cuáles?

—Eres insistente y odio a los hombres insistentes.

—Eso da igual ahora, tú eres mi prometida.

—¡Por el momento!

—Mi prometida, y nadie, absolutamente nadie, te insultará.

Julia le miraba como si fuera un guiñol manejado por una enloquecida mano oculta, cada vez más cerca, inclinándose hacia él.

—¿Qué demonios dicen?

—Eh..., caballo percherón.

La sorpresa inundó la plateada mirada del mayor de los Brandon.

—¿Por qué?

Julia exasperada alzó los brazos y tras dar una palmada a Doyle en el antebrazo para captar su atención, se señaló a sí misma, pero no había forma de que el hombre entendiera lo que intentaba dar a entender.

—Oh, por Dios, soy grande y pesada y... ¡grande!

—No para mí. Para mí eres pequeña.

Eso los dejó boquiabiertos y embrujados. Ni queriendo podría haber dicho algo más maravilloso y adecuado para la baja estima de la pelirroja mujer que, atontada, le miraba como si lo viera por primera vez, con ojos entornados.

Esos dos tenían futuro, pensó Mere.

—Me presentarás a las cacatúas —ordenó Doyle.

—Ni en tus más dulces sueños, Doyle Brandon.

O puede que necesitaran limar algunas asperezas antes de gozar de un futuro maravilloso.

—Necesito protegerte.

—¿De qué?

—De las cacatúas —Doyle lo dijo con tal seriedad que Mere dudó si estaba tomando el pelo a la mujer que parecía pronta a explotar.

Julia se giró arrebolada, pidiendo ayuda a los demás.

—¿Soy yo la única o me parece que esta conversación está degenerando hasta límites insospechados?

El gruñido acompañó a la siguiente pregunta.

—¿Me llamas degenerado?

—No puedo más —se levantó disparada seguida de Doyle— este hombre me exaspera.

—Porque te atraigo —y tuvo el descaro de lanzarle un guiño— admítelo, futura esposa.

—¡Qué no me llames así!

—Cuando dejes de llamarme Doyle Brandon.

—¡Es tu nombre!

—Doooyleee, es mi nombre. Pero también puedes llamarme guapetón o futuro esposo.

Hasta la abuela soltó una infortunada e inoportuna risilla. Le resultaba imposible decidir cuál de los comportamientos en las dos parejas le divertía más y repentinamente vio reflejada en ellos su relación con John. La relación que mantenían antes de casarse, la chispa, la diversión, los tira y afloja, la tensión compartida.

Suspiró y sonrió mientras la riña entre Julia y Doyle continuaba. Si lograban sacar fuerzas de flaqueza y resistir, todos ellos, lo que estaban por enfrentar, vislumbraba un futuro la mar de ameno.

Lo que debían hacer frente, la suave sonrisa desapareció. Si lograban salir en pie.

III

—No sirve de nada.

El hombre que miraba con concentrada fijación a través de la sucia ventana que daba a un descuidado patio lateral, se volvió, sentándose en la repisa con adormilados ademanes.

—Puede, pero no por ello dejaré de intentarlo.

—¿Cuántos están en nómina?

—¿En su división?

—¿Cuántos?

—Un par, y me estoy cansando de esperar. Necesito hacerlo, ya. Necesito que grite para mí, saborear sus lágrimas, desgarrarlo, que quede ronco, marcarlo para que sepan a quien pertenece…

Solo de pensarlo se inflamaba.

La voluptuosa figura femenina se acercó con movimientos estudiados, destinados a cautivar, a distraer, y lo hubiera logrado si el hombre que esperaba a que se acercara, sin moverse, no fuera exactamente igual. Guapo, alto, musculoso, hermoso. Enfermo, obsesivo, peligroso y también frío. Como ella.

El día que los presentaron se reconocieron como almas gemelas y desde entonces fueron inseparables, en la intimidad, en el secreto.

—Lo tendremos, Martín lo tendrás. ¿Qué te dijo el inspector jefe?

—Que le estaban apretando las tuercas y no tardarían en expulsarle del cuerpo.

—Y entonces…

—Nada me impedirá que lo haga desaparecer.

—¿Y ella? —el curvilíneo cuerpo se aplastó contra él, más firme, con languidez.

—Es complicado, no la pierden de vista. Ya se me escapó en una ocasión por culpa del inepto de Anderson. No ocurrirá de nuevo…

—¿Apareció el capataz?

—No. Lo buscaron sin resultado.

—¿Crees que huyó cuando la pequeña se le escapó?

El interrogante en la fría mirada azul expresaba su desconcierto.

—Ya sabes, por miedo a decírtelo.

—Puede.

Solo ella sabía lo mucho que disfrutaba con el castigo. A veces esperaba que los hombres fallaran, cualquier desliz para dar rienda suelta a sus demonios, al diablo. El sonido de los golpes, la carne abriéndose a latigazos…

Sonrió. Eran tan idiotas que incluso creían que desconocía cómo le llamaban. Una cosa era cierta, y quizá los sentidos de sus hombres les alertaba de ello, y es que su tosca ignorancia encerraba una instintiva sabiduría. Dentro no sentía nada, salvo pura y negra maldad. Ni por la mujer que le miraba con adoración a través de esas largas pestañas. Puta.

Lo único que le importaba era poseer a su juguete. Tan pronto pensaba en él las manos le vibraban. Se encendía.

Últimamente disfrutaba de un sueño húmedo y caliente, una noche tras otra, sin descanso. Llevaba tantos años esperando que la urgencia se había disparado al tenerle tan cerca en la fiesta de su padre. Tan cerca, casi le olió, cruzaron miradas.

Debió hacer algo. Si no hubiera sido por la maldita sombra…

La sombra. Él también aparecía en el sueño en un lugar prominente, obligado a presenciar las cosas deliciosas que hacía con el juguete, eso incrementaba su excitación a niveles insospechados hasta el punto de despertar empapado en sudor y otros fluidos. Lanzó una macabra risilla. No veía el momento de llevarlo a la realidad.

Sintió la suave mano que rodeaba su endurecido miembro, la mano que podía tornarse cruel en un instante. No dejó de apretar cuando comenzó a hablar, un dolor exquisito.

—Necesito a mi sombra.

Nublada la mente por el dolor embriagador, fijó la mirada en ese hermoso cuerpo rodeado de la larga y dorada cabellera.

Tanta, tanta crueldad en un envoltorio tan bello. Irónico.

—Lo sé, amor.

—¿Me lo darás? —los perfilados labios comenzaron a besar el fuerte cuello hasta que un brutal tirón paró su curso.

Tediosa zorra. La empujó sin miramientos a su menor tamaño o fuerza y ella lo disfrutó. Esos ojos brillantes y esa dorada cabellera enredada hablaban de pasión por el dolor, el suyo o el de otros. Las marcas en su cuerpo gritaban a voces la necesidad de sentir algo y lo lograba mediante el tormento. Y él se lo daba.

—Sabes que sí.

Se miraron como chacales, identificando en sus mentes la mentalidad de jauría. Todo les unía.

—¿Cuándo llega el nuevo cargamento de muchachos?

—Llegó ayer, pero al parecer Mansell hubo de trasladarlos. Dejó un mensaje avisando de ello.

Un mohín apareció en los rojos labios, un mohín que a él no engañaba.

—Entonces, ¿con quién jugaremos cuando llegue por la noche después de que termine esa aburrida fiesta?

—Ya veremos, amor. Ya veremos.

—Repíteme otra vez lo que harás con tu juguete cuando esté arrodillado ante ti, con detalles. Lo que harás con ese fino cuerpo, esos labios, ese rubio y espeso cabello. Dímelo ahora. Lo necesito.

Puta. Olía su excitación.

Imposible calcular las innumerables ocasiones en que se habían regodeado con sus tortuosos planes. Y siempre le seguía una enfermiza sesión de intenso sexo... De las que él adoraba, incluso con ella.

IV

Tenía la espalda como un cromo, pese al emplasto que le había aplicado el doctor, y seguía tan enfadado y desilusionado, que como le mandaran con cajas destempladas en el Yard o tacharan de exageración aquello de lo que iba a informar a sus superiores, no respondería de sí mismo.

Le era imposible borrar de su mente esos labios inmóviles y ese inmenso cuerpo, paralizado. Ni las palabras, esas jodidas palabras que le habían quemado por dentro.

Tenía su punto cómico, si no fuera porque no le veía la gracia por ningún lado.

Estaban en pie como postes, en la esquina del edificio de las oficinas mientras jarreaba sin descanso y se empapaban hasta el tuétano esperando la llegada de la marquesa y su amante. Los tres. Padre ubicado entre Peter y él, como si presintiera que una marejada que no terminaba de alcanzar la costa, se estuviera aproximando a gran velocidad. Les miraba sistemáticamente de uno al otro y callaba como un muerto.

— Hijo, ¿cómo lo has planeado?

—Entramos y hablamos con Clive...

El soplido del ogro le indignó.

—¿Clive? Qué curioso, ya no es superintendente Stevens, sino Clive, qué familiar.

Ya estaba bien. A la siguiente iba a pasar de las palabras a un potente puñetazo. Llevaba toda la mañana aguantando la sorna endemoniada en las frases de Peter en cuanto alguien hacía alusión a Clive. Como si se hubiera encelado con él, lo cual era ridículo.

—Mira, Peter, me estás poniendo...

Su padre se posicionó entre ambos como barrera de separación, mirándoles con enojo.

—No sé qué os ocurre, pero ¡ya basta! No es el momento, ni el lugar, ni el día más idóneo para distraerse.

Lo sabían, ambos lo sabían, pero les podían sus sentimientos y eso era peligroso y no solo para ellos.

—Tienes razón, la tienes y lo sabemos —con un supremo esfuerzo se volvió hacia Peter, conciliador— no más pullas.

—Yo *no* lanzo pullas.

Un gruñido se le estaba formando en el fondo de la garganta. Cuando Peter se ponía en semejante plan, no había quien lo soportara. Cerrado a cal y canto, y la llave desaparecida en combate. Estaban apañados.

Agradeció el respiro, en cuanto avistó a lo lejos el carruaje que se aproximaba, con el emblema de los Wright en una lateral, deslizándose entre el tráfico tras el tiro de cuatro robustos caballos.

Lo que no podía discutirse es que era una mujer impresionante. Hermosísima y diferente, con un resplandor difícil de explicar. El hombre que la ayudaba a descender no llamaba tanto la atención, pero tampoco la desmerecía. Puede que fuera la pareja en su conjunto o la clara impresión de que se pertenecían el uno al otro.

Su padre se adelantó para recibirlos.

—Muchas gracias por decidirse a dar el paso, marquesa.

Apoyó los finos dedos en la anciana mano extendida y sonrió.

—Debimos hacerlo hace tiempo, pero nunca es tarde ¿verdad? —les dirigía a ellos la pregunta, pero no su mirada, centrada en el hombre que la acompañaba, que la observaba con tranquilidad y seguridad.

Situados en círculo delante de la entrada parecían recopilar fuerzas para adentrarse en lo que no tendría marcha atrás. Y debían hacerlo cuanto antes, si querían lograr algún fruto.

Accedieron por la puerta principal, en medio del estruendo que desbordaba a todo el que entraba. La situación últimamente estaba revuelta. Entre los rumores de ataques a las comisarías de policía por los irlandeses en apoyo de los compañeros detenidos, y las restricciones impuestas por el primer ministro a las demostraciones políticas en la ciudad, la situación se había tornado inestable. No daban abasto con las revueltas y concentraciones cada vez más frecuentes en las calles que habían terminado ya con algún herido de consideración. No era el mejor momento para plantear un incremento de personal, por ello acudía al único hombre que, por lo menos, le escucharía.

Aunque le fastidiara a Peter….

—Esperadme aquí —dos pasos fue lo que pudo dar antes de que lo detuviera una mano posada en su hombro. Inamovible.

—Te acompaño.

Se giró hacía el hombre que le impedía continuar.

—Ahora no. He de hablar con él a solas.

Por la expresión del impactante rostro supo que no le agradaba.

Mala suerte, ya que no tenía intención de perder tiempo ni saliva en contentar al ogro.

Inició de nuevo el rumbo, pero lo sintió a su espalda. ¡Dios! Le estaba agotando la paciencia. Se aproximó hasta casi rozarse y tras atisbar lo que les rodeaba, se decidió.

—No me sigas o haré que te den el alto.

Esos carnosos labios se fruncieron.

—No te atreverías.

Odiaba que le hiciera eso…

—No me pongas a prueba, Peter. Esta no es tu casa, es *mi* puta casa y harás lo que se te dice y no me provoques o te juro que daré la orden en este mismo momento. Y créeme, no te gustarán nuestros humildes calabozos…

—¿Y si es corrupto?

Lo dejó totalmente descuadrado.

—¿Se puede saber de qué demonios hablas?

—Ya lo sabes.

—No, Peter, no lo sé, y estoy demasiado cansado y dolorido para intentar adivinarlo.

—¿Y si Stevens trabaja para ellos?

No. Por eso no pasaba. Clive era tan de fiar como su propio padre.

—Vete a paseo —le odiaba en este momento por introducir en su mente dudas hasta el momento impensables— y *no* me sigas o te juro que haré lo que dije.

Estaba obligando a un hombre a ir contra natura, a un depredador a no acechar y cazar, y sabía que le dejaba estático en el lugar, enfurecido y con ganas de abalanzarse sobre él. Mientras se dirigía a las escaleras para iniciar el ascenso al piso donde se ubicaban los despachos, notaba esa negra mirada clavada en medio de su espalda y casi deseó que se lanzara sobre él para desfogar ese dolor que sentía dentro, aunque fuera a base de golpes, aunque terminara tumbado y amoratado en el suelo. Tanta ira.

Uno tras otro ascendió los escalones y en la curva escalinata, de reojo, atisbó la rígida figura que a los pies de esta, inmóvil, seguía con extrema atención su ascenso. No se detuvo.

Se adentró en el iluminado pasillo y se encaminó hacia el fondo, hacia el despacho que ocupaba desde hacía tres meses uno de sus amigos más cercanos en el cuerpo de policía. No podía recordar la razón por la que, en muy contadas ocasiones, había hablado de Clive en casa, quizá porque era un reducto propio, un espacio que sentía que debía proteger de la continua intromisión en su vida por parte de su padre y de los hermanos, pero sobre todo de Peter.

Asió la manilla y abrió la puerta tras el *adelante* que llegó del interior, y en cuanto centró la mirada en la pecosa cara del hombre que se afanaba en distribuir el ingente papeleo que llenaba la mesa, se animó.

Siempre igual. Clive no era hombre de papeles, era una de las mentes más agudas que el cuerpo de policía disponía en sus filas y era un secreto a voces que odiaba el tiempo que debía permanecer sentado leyendo informes, o como él lo llamaba, el maldito noticiero.

Los penetrantes ojos grises se desviaron de lo que tenía entre manos, pero no llegaron a elevarse.

—Siéntate, Rob.

Lo hizo pero con aprensión. Se conocían demasiado como para no darse cuenta de la ligera frialdad en su voz. Debió preverlo.

—Te han dado parte ¿verdad? —los grisáceos ojos no tardaron en alzarse pero no contestó—. El inspector jefe Albridge —especificó algo más Rob.

La comprensión inundó la mirada clavada en él.

—Ha presentado una queja por insubordinación ¿Me vas a contar qué está pasando y por qué demonios no acudiste antes a mí?

—Joder, Clive, no soy un puñetero chivato.

—Ya te vale, Rob. No puedes pelear tú solo contra el mundo. Hay ocasiones en que debes pedir ayuda.

—¿Para qué? ¿Para que me miren con lástima y me den palmaditas en la espalda? Siempre me las he apañado solo y tengo intención de seguir igual.

El gesto de desesperación de Clive reflejaba su exasperación.

—Sigues tan tozudo como siempre.

Sonrió con cierta tristeza.

—No te lo discuto, amigo mío.

—Cuéntame.

No le resultó fácil, sino endemoniadamente difícil, pero no dejó detalle sin relatar y mientras observaba las diferentes expresiones que cruzaban el pecoso y aniñado rostro, las arrugas que comenzaron a bordear esos perspicaces ojos, empezó a tranquilizarse. Tenía razón. Debió acudir a él.

V

Odiaba quedarse atrás tanto como ver alejarse, sin protección, al hombre que ascendía las escaleras. Era una sensación de imposibilidad de proceder conforme le pedía el cuerpo, de incapacidad de proteger. Un sentimiento que detestaba.

Debería acostumbrarse al cambio en los cimientos de su relación, aunque le costara una enfermedad. Empezando por quedarse donde estaba. Notó la calidez de una mano en su antebrazo.

—Todo irá bien, hijo.

Sin desviar la mirada del lugar por el que había desaparecido la erguida figura, habló.

—¿Alguna vez te ha hablado de Clive Stevens?

—No, salvo de refilón.

—¿Quién diablos es?

—Creo que estudiaron juntos en la academia y se hicieron casi inseparables, después los destinaron a diferentes divisiones, pero han seguido teniendo un trato muy cercano. Lo cierto es que no sabría decirte más. Apenas habla del hombre.

—¿Cómo es?

Norris no supo qué contestar ya que no sabía muy bien a qué se refería.

La impaciencia comenzaba a perfilarse en la grave voz.

—Déjalo, Norris, no importa. Es asunto suyo.

El hombre mayor no pudo callar, no cuando se trataba de dos de las personas que más quería y estaba tan claro que eran infelices.

—¿Qué os pasa, hijo? Creí que las cosas se estaban arreglando…

Los labios del hombre que seguía con la vista clavada en el pasillo del primer piso se comprimieron.

—Creo que he cometido el mayor error de mi vida, viejo, el mayor.

Las suaves palmadas que recibió en la espalda no le reconfortaron en absoluto.

VI

No tardaron demasiado en aparecer recorriendo de vuelta el pasillo superior, aproximadamente media hora, pero les pareció eterna, inquietándose más y más según transcurrían los minutos.

El hombre que acompañaba a Rob les sorprendió gratamente, salvo a Peter que por una razón inexplicable para Norris, sintió un exacerbado rechazo en cuanto se acercó a ellos. Inmóvil y tremendamente tenso, mientras los demás parecían relajados, aguardó a que se acercaran.

Alto, de complexión parecida a la del hombre que caminaba a su lado, exhibía un rostro simétrico, clásico, aniñado en parte por el efecto que causaban las pecas desperdigadas por sus mejillas, pero esa primera impresión desaparecía en cuanto esa gris mirada penetraba la de enfrente. Unos ojos llenos de inteligencia, cautivadores. Peter lo aborreció en cuanto cruzaron sus miradas.

La provocativa sonrisa del superintendente, dirigida a él, no se hizo esperar,. Le molestó sobremanera esa estúpida mueca, haciéndose incomprensible para él que un hombre como Rob mantuviera amistad con semejante e. insufrible y pedante.

—Os presentó a Clive Stevens, mi superior. Ya está al tanto de todo.

Stevens se aproximó y con exquisita galantería besó la enguantada mano de la marquesa y susurró un correcto *señores*, en forma de sobrio saludo.

—Hemos preparado todo para recabar su declaración. Ya disponemos de los nombres de los muchachos que fueron secuestrados y actualmente se encuentran refugiados en la mansión Aitor. Ya está dada la orden para proceder a iniciar las pesquisas al respecto. No tardarán en dar fruto, sobre todo a la hora de verificar si se han registrado denuncias de desaparición con sus nombres.

Se giró hacía el par de agentes situados a su espalda.

—Ahora mismo conviene recabar sus testimonios por lo que les agradecería que acompañaran a mis hombres a una de las salas. Tan pronto terminen, una patrulla les escoltara hasta su domicilio.

Dios, el tontolaba, a su derecha, miraba al esnob cayéndosele la baba. Le estaba poniendo de los nervios, ¿acaso no se daba cuenta que hacía el ridículo?

Le palpitaba el codo con las ganas de lanzarle un golpetazo en el costado, a ver si quitaba esa expresión de pasmado complaciente del rostro. Era grotesco.

—Imagino que usted será el padre, y... lo lamento, pero de usted no me ha hablado.

Capullo.

Gracias al cielo que Norris se adelantó porque se estaba enfureciendo y algo le decía que el esnob lo estaba haciendo a propósito para cabrearle. Si de natural no necesitaba de demasiados estímulos para atizar su mal genio, las provocaciones no ayudaban, y desde luego, en este caso sobraban.

—Es Peter Brandon, un conocido, y por supuesto, mi padre.

El colmo, eso fue el puto colmo. *Un conocido.*

Como si se lo hubiera encontrado en la calle de pasada e invitado a acompañarles para que no pasara frío.

No iba a reventar. No delante de este idiota. Ya tendría tiempo más adelante de cantarle las cuarenta al canijo. Cuando todo esto hubiera acabado de una puñetera vez y Saxton estuviera bajo tres palmos de tierra. Entonces el hombre que se negaba a mirarle, la tendría con *el conocido*. Diablos, se encrespaba solo de susurrar la palabra en su rebotada mente.

Inclinó la cabeza a forma de saludo, mordiéndose la lengua y permitiendo que la conversación continuara su curso.

—Hemos organizado todo para que se investiguen las finanzas del inspector jefe Albridge y obtener pruebas consistentes antes de acusar. Con las amenazas nada podremos hacer ya que ocurrieron sin testigos, pero si es parte de la trama y recibe pagos de esta organización, lo sabremos. El salario de un inspector jefe llega hasta cierto punto, por lo que no resultará complicado rastrear los ingresos en los registros bancarios.

—¿Y hoy por la noche?

—Tres agentes se apostaran en las cercanías de la casa de citas.

Casa de citas, qué finolis hablaba el hombre. Peter se dio cuenta de que sus manos formaban puños y se obligó a relajarse pero le costó hacerlo, le costó mucho. La forma en que Rob miraba al pedante ese le estaba poniendo de los nervios.

—Y hemos decidido que ninguno acceda al interior ya que disponéis de hombres suficientes. No creemos que sea oportuno llamar la atención más de lo necesario sobre una repentina y numerosa clientela, sobre todo si el dueño del burdel tiene algún tipo de acuerdo con los Saxton.

—¿Quiénes?

La pregunta desconcertó a los presentes y todos se giraron hacia él, tres pares de miradas de diferentes colores, interrogantes todas, y dos de ellas ligeramente irritadas.

—¿Quiénes qué? —indagó Rob, la irritación desbordando las palabras.

—Quiénes habéis decidido.

Notaba a Rob a punto de saltar, y por Dios, que sería bienvenido. Con los *meros conocidos* uno no saltaba como una fiera enfadada. La mueca que notó curvar sus propios labios acrecentó en Rob esa ira y hubiera reventado si la amplia mano del esnob no hubiera cubierto su antebrazo. Capullo.

—Rob —Stevens intentó apaciguar el ambiente— ahora no.

¡Y le hacía caso el tontolaba!

VII

Todo, absolutamente todo lo hablado y planeado se le había olvidado de un plumazo. Comenzó a asfixiarse de los nervios hasta que sintió aflojar su corsé. Infló el torso aspirando todo el aire que entró en su cavidad torácica.

—Se me olvidó todo.

—No cariño. *Crees* que se te ha olvidado todo, pero en realidad sigue almacenado en ese inquieto y curioso cerebro.

—¿De verdad?

—Ajá.

—¿Cuánto tiempo tenemos?

—Calculando por lo alto, una hora, minuto arriba o abajo.

Miró al grandullón vestido todo de negro.

—Creo que debieras tintarte también la cara.

—¿Todo?

—Claro, así no te verán en la oscuridad y estaré más tranquila.

Diantre, había colocado y recolocado sus cepillos y peines unas veinte veces mientras su gruñón la observaba intrigado.

—Ven aquí.

—Debo vestirme con este endiablado vestido que me aprieta como un embudo y arreglarme el pelo, y…

—Cariño.

Se volvió hacia el hombre que estaba sentado a los pies del lecho.

—Ven aquí.

No aguardó a que lo repitiera. Recorrió el espacio que les separaba hasta quedar frente a él y se dejó sentar sobre uno de sus muslos, tras un tierno tirón, y enlazó los brazos alrededor de su fuerte cuello.

—Levántate las faldas.

—¡No tenemos tiempo!

La sugerente risilla cerca, tan cerca de su oído la hizo removerse inquieta.

—Enana, si quiero puedo ser veloz, muy veloz.

Se inclinó hacia atrás para poder observar ese apuesto rostro y vislumbró la risa en esos verdes ojos brillantes. Contestó a esta, con una indulgente sonrisa

—Pero no ahora —acercó sus labios y la besó apenas rozando sus labios.

—Eres travieso.

—*Somos* traviesos. Levántalas, anda.

Hizo lo que le pidió, tras levantarse, dejando sus muslos cubiertos por las enaguas, al descubierto.

—Quítatelas.

Arqueó una de sus cejas.

—Dame el gusto.

Se levantó y quedó entre sus piernas sosteniendo la gruesa tela de la falda arrebujada a la altura de la cintura, mientras decidía cómo proceder, pero él se le adelantó. Se inclinó hacia ella e introdujo sendos dedos índices en las costurilla de la cintura para iniciar el deslizamiento de la ropa interior con una lentitud exasperante, esas yemas rozando suavemente las caderas, los descubiertos muslos.

Dios mío, le estaba entrando un sofocante calorcillo.

—Seguimos sin tener tiempo.

De nuevo sonó cerca esa pícara risilla.

—¿Segura?

—Lamentablemente, esposo.

Sintió un ligero golpecito en la parte trasera del muslo y respondió a él, levantando las piernas para librarse de la enagua color lila.

—Me encantan estas enaguas, cielo.

—Yo las aborrezco.

El rostro masculino se movió en su dirección. Sin necesidad de hablar, ambos adivinaron la vergonzosa escena que sus mentes estaban reconstruyendo. Después de tanto tiempo aun se arrebolaba recordándolo.

—Peter me dio algo para ti, para esta noche.

Incitar su curiosidad era aventurado.

—No me dejes con la intriga, diantre, que es insano.

Súbitamente John se irguió y se encaminó hacia la mesita apoyada contra la pared a un lado del alto ventanal y sacó algo del cajón, una especie de fruncida liga en la que estaba cosida una funda.

—¿Qué es?

—Un arma.

Volvió a su lado y le entregó el extraño e ingenioso dispositivo. Por la apariencia, el material empleado y el hecho de que el grandullón le hubiera aconsejado retirar las enaguas, comenzaba a hacerse una idea del uso que se le podía dar. Estaba claro. Rodearía uno de sus muslos y de esa forma iría armada.

—Y entre los pechos.

Eso sí que no se lo esperaba.

—¿Qué pechos?

—Los tuyos, amor. En el hueco entre los pechos esconderemos una pequeña y afilada daga. Eleva la pierna.

La sensual manera en que colocó la liga en su lugar en la parte superior del muslo y la manera en que acariciaba con la mano la extensión a la vista, indicaba que en otro momento hubiera seguido sus instintos, pero desgraciadamente seguían sin disponer de tiempo.

—Gírate —en cuanto le dio la espalda la presión que la rodeaba aumentó. Le estaba atando el incómodo ceñidor con breves tirones, ajustándolo.

—Cariño, no comprendo cómo las mujeres no os rebeláis contra el uso de estos artefactos.

—No me des ideas. Poder andar sin apretujones, solo pensarlo se me hace la boca agua.

—Muy bien, listo.

Las amplias manos se colocaron en su artificial cinturilla casi abarcándola y otra vez quedaron de frente, sentado él y ella entre sus desplegados muslos. A su lado, sobre la colcha descansaba una pequeña daga, de unos siete centímetros, suficiente para causar un serio daño. La acercó todo lo posible hacia él, hasta que esa patricia nariz se asomó a su rollizo escote y en un impulso besó uno de sus pechos.

—Aunque lleves el arma, recuerda lo que te dije.

—Siempre.

—Y lo que te dije ¿fue?

—¿Qué los cobardes sobreviven?

La carcajada rebotó por toda la habitación.

—No con esas palabras, no. —Las manos no se desprendieron de su cintura—. No te enfrentes a ella, aunque te lo pida el cuerpo.

—Ajá.

—Mere…

—Me conoces —la ceja casi rozó el inició del oscuro cabello.

—Por eso mismo, cariño.

Mere bufó.

—No haré ninguna locura y menos después de todos los pequeños líos en lo que últimamente me he visto envuelta.

—¿Pequeños? Dos secuestros y un encarcelamiento, entre otras cosas. Mere, me estoy empezando a cabrear, cielo, y te aseguro que *no* quieres verme enfadado.

Ladeó la cabecita sopesando el nivel de irritación que comenzaba a inundar la tensa figura que la miraba a su misma altura, con la llamativa boca fruncida. Debía aplacarle, pero ya.

—Además, estaremos las tres. Julia es una fuerza a tener en cuenta con el genio que le caracteriza, y Norris y Doyle permanecerán en la habitación contigua, ocultos y alerta —una horripilante inseguridad se adueño al completo de su ánimo—. ¿Podríamos repetir al detalle el plan? Se me acaba de olvidar de nuevo. Dios mío, estoy vieja y seca.

Los musculosos brazos la cercaron mientras un acogedor ronroneo que surgía del fondo de la varonil garganta, la envolvía.

—Ni queriendo, cariño. Eres lo más precioso y jugoso del mundo.

—¿Ya estamos con los guisos?

—Es que eres sabrosa, enana.

Permanecieron abrazados un par de segundos más, simplemente disfrutando del contacto del otro, hasta que Mere lanzó una fugaz palmada en el potente trasero de su gruñón.

—Volvamos al trabajo. El plan...

Lo repasaron un par de veces mientras terminaban de colocar el vestido color verde botella con todos los añadidos ideados por John.

Por todos los santos, parecía un arsenal andante.

VIII

La hora se aproximaba y con ello incrementaba la presión e incertidumbre. Se reunieron todos en la mansión de los Brandon al ser la más próxima a la casa de Julia. Faltaba esta última ya que hacia el mediodía había retornado a su domicilio a terminar con los preparativos de la reunión.

Todos los hombres iban de negro. Faltaba un cuarto de hora para que los grupos se separaran dirigiéndose cada uno a su destino. Jules y Mere, engalanadas, hacia la sesión de ocultismo. Norris y Doyle las seguirían. El plan parecía sencillo, sin complicaciones. Tras llegar ellas a la casa, Julia se escurriría hacia la parte trasera, mientras la criada y el personal recibían a los invitados, facilitando la entrada a los dos hombres y los escondería en la habitación contigua, próximos a las mujeres por si surgía la necesidad de intervenir. El resto tenían la cita en el burdel, y el ansia por atrapar al hombre que tanto sufrimiento había causado, valía la pena.

Mere apretó la manos. Lentamente fue deslizando la mirada sobre todos sus amigos. Jules, recatada pero con un precioso rubor cubriéndole las mejillas, por algo que Jared comentaba cerca de ella; este con el rebelde cabello atado en una cola de caballo que le daba una aspecto de corsario aventurero; Norris junto a su hijo dándole las últimas indicaciones como si de una criatura se tratara, mientras cerca, muy cerca, permanecía erguido Peter, con una cómica mueca en la cara, al parecer por lo que el anciano aconsejaba a su amigo. Dean y Thomas, como siempre, unidos por la cadera cruzando unas palabras con el impactante hombrecillo que la tenía obnubilada con sus movimientos, Miang o quizá Gong, bueno, el hombrecillo; y la abuela, su amorosa abuela, en medio del heterogéneo grupo, haciendo exactamente lo mismo que ella, reposar la cariñosa mirada en cada una de las personas que estaban dispuestas a arriesgarlo todo por unos muchachos que no conocían.

Y su John, a su costado, con uno de sus brazos cubriendo sus hombros, como siempre desprendiendo calidez y protección.

Había llegado la hora.

Su marido aferró una de sus manos y la llevó a sus labios susurrando un ronco y sereno *recuerda lo que te dije, cariño, recuérdalo.*

Apretó esa fuerte mano hasta que se soltaron.

Los hombres se encaminaron a la salida ya que necesitaban tiempo para ubicarse en los alrededores y en el interior del burdel, pero no se volvieron hacia los que quedaban atrás, quizá porque en ocasiones, era más duro marchar que permanecer.

IX

Siempre desconfió de Albridge y llevaba razón. La sensación de traición en la boca del estómago al conocer de las andanzas de un hombre que debería hacer cumplir la ley, le enfurecía hasta extremos intolerables. Le molestaba asimismo que uno de los hombres que más apreciaba y respetaba, con el que había pasado la dura instrucción previa a acceder al cuerpo, hubiera soportado amenazas, vejaciones y coacciones sin acudir a él. Le enfurecía, pero no le extrañaba teniendo en cuenta la historia que ambos habían compartido en el pasado.

Se la debía. Y aunque no fuera así, la palabra de un hombre como Robert Norris era suficiente para él.

Por la mente se le cruzó la imagen del oscuro hombre que nada más conocerle, le aborreció, curioso. *Un conocido* había dicho. La ira que emanó del inmenso cuerpo casi se pudo palpar. Sí, señor, curioso.

X

Se despidieron de la abuela con un apretujado abrazo que hizo que la pequeña daga se le apelotonara entre los ya de por si desbordados pechos, hincándose en la tierna carne, rábanos. Tras escuchar los finales y atropellados consejos, se cubrieron con los abrigos y ascendieron al carruaje que conducía Williams, siempre alerta al más mínimo peligro dirigido a su señora, como si ella fuera una figurilla de endeble porcelana.

Cualquier día tendría que comentarle que era bastante más resistente de lo que aparentaba y que no necesitaba seguirle todos los pasos como si de su sombra se tratara, pero intuía que esa actitud era un reflejo de la obsesión de su señor esposo por su seguridad. A ello se unía el hecho de que conocía a Williams de toda la vida y este siempre había sufrido de cierta debilidad por ella, desde jovencita.

Lo dejaría estar. Si el hombre era feliz guardándola del peligro, no iba a ser ella quien gruñera por ello.

—Jules, ¿llevas armas?

Su amiga se sonrojó.

—Un pequeño cuchillo que me ha dejado tu hermano

—¿Cuál de ellos?

—Pequeñito, labrado y puede que de plata.

—No, ¿cuál de mis hermanos?

—El más descarado, entrometido y metete y cotilla...

—Jared.

Cruzaron miradas y lanzaron unas risillas propias de compinches.

No tardó la oscuridad en nublar sus miradas.

—¿Y si se pone agresiva? —indagó Jules— no me veo capaz de herir a alguien. No sé, Mere, soy capaz de desmayarme

—Jules, no digas bobadas. Eres mucho más fuerte y valiente de lo que crees, ¿o tengo que recordarte la furia con la que peleaste en la tienda de Norris? O las broncas a Jared...

Los redondos ojos se iluminaron.

—Cierto, qué diantre.

La disminución en la velocidad del coche de caballos indicaba que estaban llegando a la casa. Tan pronto paró el carruaje Williams las ayudó a descender y les anunció que estaría de guardia en los alrededores, por lo que Mere prefirió no indagar.

Debían estar al tanto de la llegada de los invitados ya que no les dio tiempo a llamar a la entrada principal antes de que la tallada puerta se abriera dando paso a la madrastra de Julia, ocultando parcialmente tras de sí la pelirroja figura que permanecía quieta a su espalda.

La emperifollada mujer se asemejaba a un gallo debido a unas extrañas plumas colocadas sobre el moño aposentado en lo alto de su cabeza. Ni intentándolo podía Mere apartar la vista de tal cresta. Toda ella iba en consonancia, las plumas, los múltiples colgantes, collares y anillos que rodeaban todos sus miembros ocasionando que sus deditos pareciesen rollizas morcillas, la colorada carofla y los encajes que bordeaban el ruedo, mangas y cuello del estrambótico vestido a rayas, cola incluida. Quizá esperara atraer a los espíritus con tanto perifollo.

Entraron con cautela, traspasando el umbral, y se desprendieron de sus abrigos, recibiendo una mirada desaprobadora de la estruendosa señora.

—Pasad niñas, únicamente falta por llegar la señora Saxton y la viuda Haningham, pero dudo que tarden en aparecer.

Un ligero alivio se adentró en sus inquietas mentes. La marquesa había llegado y junto con ella formarían el pelotón de recibimiento, implacables, terribles y amedrentadas.

Se dio unos golpecitos en la parte delantera del vestido. Ahí seguía el bulto, la daga. Le angustiaba que se le escurriera hacia abajo.

Mere no podía explicarlo ya que en otras ocasiones, no muy acertadas la verdad, había coincidido con Selena Saxton. No negaba que le parecía una muñequita pomposa y estirada, pero de eso a que fuera una desquiciada pervertida había una gran distancia y lo que hacía que su mente rebosara de alarma era la simple idea, grabada en su calenturiento cerebro, de que la mujer que a no mucho tardar iba a sentarse cerca de ella en la recargada y oscura salita, podía ser un desquiciada asesina en potencia.

Le cogió fobia desde que la conoció y le llamó lo de la rana. Se negaba a repetirlo. ¡A ella! que no le había hecho nada.

¿Y si se encelaba con ella? Ay Dios…

¿Y por qué demonios tenían que estar en penumbra? La iluminación era mínima y en el centro de la sala, ubicada en la planta baja, tras traspasar una doble puerta algo descascarillada, habían colocado una mesa redonda de mediano tamaño cubierta con una oscura tela de raso. En su centro, una bola de cristal.

De aquí para allá como una rodante peonza pululaba una mujer de lo más extraña. La Madame no llevaba un vestido que pudiera denominarse de corte clásico, sino que vestía una hermosa falda que parecía de suave seda estampada y una blusa de color rojizo, de largas mangas vaporosas. Mostraba los hombros al ser el cuello de la blusa de corte amplio, de hombro a hombro. Pero lo más llamativo era, sin duda, el turbante que cubría su cabello, que continuamente recolocaba ya que se le escurría hacia delante tapándole las cejas. Mere casi soltó una risilla.

Ocupando una de las posiciones en la mesa estaba la marquesa, a la que Mere saludó con un suave sonrisa, recibiendo otra, acogedora, de vuelta. Junto a ella se encontraba una de las mujeres más maliciosas de la ciudad, Patricia Grey, famosa por haber destrozado más compromisos con sus dañinas insinuaciones que el propio desamor. Una bruja de armas tomar y Mere la aborrecía.

—Tomad asiento —la voz que parecía masculina, sorprendiéndolas, surgió de la repintada boca de la Madame.

Siguieron las instrucciones, sentándose Mere junto a la bruja y Jules al lado de la marquesa para cubrir todas las posiciones. Quedaban cuatro puestos libres y calculando erráticamente Mere esperaba que la Madame se sentara en el lugar donde estaba colocado un colorido pañuelo, junto a Jules.

Si junto a la Madame se sentaba la madrastra de Julia, quedarían esta, Haningham y Saxton para ocupar los restantes lugares.

Seguía elucubrando cuando se escuchó el timbre de la puerta y se percibieron los pasos que raudos acudían a la entrada. En ese momento se incorporó a la reunión una sofocada Julia, quien le lanzó un gesto afirmativo a Mere.

Había conseguido introducir a los hombres en la sala adyacente. Algo iba bien, al menos.

Mere escuchó el suspiro de sosiego de Jules. Se miraban las unas a las otras mientras las recién llegadas, al parecer, se entretenían con el discurso de bienvenida de la cotorra anfitriona, pero los pasos y voces en seguida se acercaron.

Sus ojos cayeron como un imán en la impresionante cabellera dorada de *la melenas*. Era algo que no podía evitar, instintivo.

Si pudiera, se la arrancaría de cuajo. Mal bicho.

Y tenían tanta razón, era hermosa la condenada, el polo opuesto a la marquesa, pero a cual más hermosa. Donde la marquesa era salvaje, Selena Saxton era comedida, una belleza para impresionar, para seducir e impactar, no para tocar, rozar o disfrutar por miedo a congelarse uno.

Su rostro no mostraba ni una arruga asociada a la edad. Mere alzó uno de sus dedos y acarició su principio de patas de gallo en la comisura del ojo. ¡Qué demonios! Daban carácter.

En cuanto los fríos ojos azules se trabaron en ella, se estrecharon con lo que parecía ira, pura y concentrada rabia.

—Vaya, la señorita Evers.

—La señora Aitor, en realidad.

—Claro, ¿cómo se me pudo pasar tal cambio de estado? Pobre hombre, casarse tan precipitadamente…

Mere frunció los labios, intentó serenarse y recordar que la daga era para un caso extremo, muy extremo.

Supo que esa noche iban a terminar mal. Uno de esos presentimientos que todo el mundo solía acertar menos ella, pero en esta ocasión…

—Bueno, bueno… —la oportuna intervención de la Madame Pompas, o Pompones o como diantre se llamara, aclaró algo la tensión— si les parece podrían tomar asiento, aunque con tanta tensión no sé yo si los espíritus querrán visitarnos o huirán a la carrera —runruneó al final.

La predicción se cumplió al dedillo. El corrillo seguía un orden inquietante, la marquesa, Jules, la Madame, la anfitriona de la fiesta, Haningham, Julia, la melenas, ella y Patricia Grey.

—Dense las manos, queridas.

¡Ni en un millón de años! ¿Para qué diantre tenían que enlazar las manos? Gracias a los cielos fue Julia quien salvó momentáneamente la horrorosa situación.

—¿Y no podría adelantarnos antes de comenzar lo que va a ocurrir?

—Pero, querida —parecía atónita— esto ha de seguir su curso espiritual, no es como una carrera de caballos.

—Pues no se puede decir que falten caballos en la reunión —mucho había tardado en meter baza la mujer más dañina, mala y resbalosa situada junto a Jules.

Ya estaba montada.

Esta vez no iba a callarse y dejar que humillaran a Julia, sobre todo sabiendo quién ocupaba la habitación contigua y mucho menos, tras observar que esos hermosos ojos ocultos bajo un resplandeciente mechón rojo, brillaban con apuro.

Delante de ella no permitiría que hicieran sufrir a sus amigos. Antes muerta. Así que se lanzó con todo su arsenal.

—Ya lo sabemos, querida Patricia, pero no se preocupe y tranquila, tampoco es que sobresalga tanto su dentadura, solo un poquito, nada más; y si evita los relinchos al reír, *nadie* se asustará *demasiado*. Al fin y al cabo, todas la conocemos ¿verdad queridas? —esbozó la sonrisa más inocente de su repertorio.

La palidez que se adueñó de la cara que momentos antes rezumaba de satisfacción llegó a preocupar a Mere, hasta que por su mente pasaron las imágenes de Julia llorando una y otra vez tras sufrir insultos y humillaciones.

Estaba tan hastiada de estas mujeres que disfrutaban causando dolor ajeno, que su paciencia se había agotado y punto. Miró fijamente a la mujer, sentada a su derecha, que seguía pálida y muda. Traumatizada.

—Nos entendemos ¿verdad querida? Como comprenderá Julia es una de mis mejores amigas y si no hay provocación, no responderé como una fiera. ¡Anda! Quizá lo que tengamos aparte de algún caballo, sean un par de leonas hambrientas.

La miraban atónitas. Todas.

La marquesa apretando los labios como intentando refrenar una descarada risa, Julia con los ojos como inmensas cazoletas, al igual que Jules y las demás, aterradas, observándola como si esperaran que le fueran a crecer un par de cuernos en plena frente.

¡Bien! Ojalá les hubiera metido algo de miedo en el cuerpo, sobre todo a la melenas…

XI

Bravo con la pequeña Mere.

La satisfacción que le inundó al escuchar la forma en que sus amigas protegían a la mujer que amab, que tenía *cierto cariño*, le hizo sonreír con la oreja apoyada en la puerta que separaba ambas estancias.

Un golpecito de Norris en su hombro al que siguió un genial guiño, incrementó esa gustosa sensación.

Menuda mujer, pero con arrestos para parar un tren de carga, sí señor. Por mucho que anduviera metida en líos continuamente, no dudaría jamás de la suerte que tenía John Aitor. Una gran mujer en manos de un desesperado, angustiado y enamorado hasta las trancas, gran hombre.

Justo en ese momento se dio cuenta de que había sido una suerte que se le adelantara Aitor ya que esos dos eran almas gemelas, inseparables y locos el uno por el otro. Una impresionante mujer pero no para él, para él había otra mujer igualmente despampanante con un cabello y una figura que lo ponían loco si conseguía camelarla, claro.

En ello estaba, y tenía una portentosa imaginación.

Sonrió suavemente captando la curiosa mirada del anciano que con un vaso apoyado entre la puerta y la amplia oreja, trataba de no perder detalle.

XII

No tenía la más mínima intención de llegar tarde ya que necesitaba como una fresca brisa el desfogue que le suponían las sesiones con ella. Después de recibir uno de los diarios sermones de su estúpido hermano, la presión se acumulaba en su mente, cada vez con mayor intensidad, hasta el punto de que mientras Lawrence movía esos incansables e insípidos labios, tan parecidos a los suyos, se había recreado con el modo más creativo e ingenioso de deshacerse de su cuerpo.

Si no fuera su jodido hermano habría llevado adelante sus planes hacía tiempo, personalmente. Disfrutó imaginando su alelada e impactada expresión si fuera capaz de leerle la mente.

Llevaba un par de semanas organizando el secuestro de su juguete y debía ser perfecto, sin rastros, sin pistas como si hubiera desaparecido de la faz de la tierra, pero era difícil encontrar gente capaz.

Gozaba de una inmensa ventaja. El dinero movía montañas y a él le sobraba. Con el tiempo suficiente lograría lo propuesto. Era cuestión de tener algo de paciencia, justo lo que le faltaba en lo que a su juguete concernía.

Terminó de atarse al cuello el nudo del lazo, mientras sus azules ojos se reflejaban en el espejo e imaginaba la escena que últimamente se repetía constantemente en su mente. Ese hermoso cuerpo atado por las extremidades a los postes de su lecho, boca abajo, maravillosas marcas de golpes desfigurando esa amplia espalda y esos redondos glúteos, hechos exclusivamente para él. No veía el momento de probarlo. No le amordazaría. No a él.

Le urgía escuchar sus gritos, pidiendo clemencia, sus sollozos al ahogarse.

Mientras eso ocurría, la sombra no tendría más remedió que observar cómo se adueñaba de su juguete, amordazado y cautivo.

Las cadenas que había ordenado forjar destinadas a ese peligroso hijo de puta, ni siquiera él las quebraría.

Una y otra vez, daba vueltas a la cabeza y no terminaba de entender cómo al cruzar sus miradas aquel día, su rubio juguete no sintió la atracción de ese amor destinado a unirles. Daba igual, la sintiera o no, él lo hacía por ambos y se lo demostraría.

Aspiró con desgana. Hoy tendría que valer el segundo plato, la zorra, hasta que tuviera frente a sí al suculento plato principal.

Miró la hora marcada en el reloj. Quedaba una hora, por lo que tenía que darse prisa.

XIII

Le estaba resultando complicado apartar la mente de Mere, pese a saber que eran muy capaces de valerse por sí mismas y que Doyle y Norris no permitirían que algo malo les ocurriera, siempre que no la liaran con algún estrambótico plan de última hora.

El silencio inundaba el carruaje. Se habían dividido en dos coches, acompañándole en el primero Peter y Rob, quienes prácticamente ocupaban la totalidad del asiento de enfrente, y pese a ello se las arreglaban para no tocarse ni rozarse tan siquiera.

Estaban peleados. Ya se agotarían de estar en ese estado y retornarían al normal de hablarse, molestarse mutuamente y terminarse las frases.

—¿Cómo lo hacemos?

Contestó Peter.

—En cuanto lleguemos tendremos que esperar un rato. Guang, Thomas y Jared ya habrán entrado. Tenemos la suerte de que se trata de un burdel muy frecuentado, por lo que no llamará la atención que en una noche en particular se incremente la clientela. Por lo que lograron sonsacar Guang y los chicos, en el primer piso al fondo hay una habitación el doble de grande que el resto y está convencido que es donde se encuentran Saxton y su mujer.

Prosiguió Rob.

—Aparte de mis propios hombres, estarán apostados cerca de las salidas otros tres o cuatro agentes.

Una bendición, ayuda caída del cielo.

—Entonces, ¿dio resultado tu petición de ayuda en la policía?

Las rodillas extendidas de Peter que casi alcanzaban las suyas, sentado enfrente, se tensaron como rocas. ¿Qué demonios? No era momento de estar tenso.

—Peter, ¿qué pasa?

Los oscuros ojos se desviaron hacia el exterior, viendo pasar los ruinosos edificios que ocasionalmente aparecían entre otros en perfecto estado de conservación, reflejando una sociedad que ignoraba o trataba de ocultar los podridos problemas que la inundaban bajo la superficie.

—No me fío de que así sea.

—¿El qué?

—Que la policía esté de nuestra parte.

Para inmensa sorpresa de John, Rob saltó de inmediato.

—¡Maldita sea, Peter! Tú no lo conoces así que…

—No, desde luego no *tanto* como pareces hacerlo tú.

Tras ese extraño exabrupto que dejó a ambos hombres ladeados, enfurecidos, mirándose como un par de boxeadores en plena contienda, decidió que algo se le escapaba y no era hombre de andarse con remilgos.

—¿Qué diablos os pasa? Y lo más importante ¿va a influir vuestro repentino enfrentamiento en lo que vaya a ocurrir esta noche?

Los dos pares de ojos se clavaron en él ofendidos.

—¡No!

La contestación a gritos apaciguó su intranquilidad.

—Es algo entre nosotros, John, y por el bien de todo el grupo, sé que lo tendremos que arreglar.

Mientras lo decía Rob miraba de soslayo al inmenso hombre en cuyo rostro resaltaba como nunca esa tortuosa cicatriz, dándole un aspecto intensamente siniestro, pero este ni respondió ni hizo ademán de mirar al rubio hombre que parecía descorazonado.

John aspiró una bocanada de aire frío.

—Aparcad vuestras diferencias, al menos esta noche. Nos jugamos demasiado. Si cualquiera de vosotros siente una ínfima duda acerca de la gente que supuestamente ha de apoyarnos, deberemos estar en guardia. ¿Peter?

La oscura cabeza se apartó de la ventanilla.

—Puede que la intención del superintendente sea la correcta, pero nos arriesgamos a que cualquiera de sus hombres no sea lo honrado que se espera que sea.

Maldita sea.

—De acuerdo, cambiaremos los planes. Los agentes estarán apostados en el exterior. Guang, Thomas y Jared ya estarán en sus posiciones ocupando al menos una habitación y los otros dos en los salones de la planta baja vigilando. Dean, Williams y otro par de mis hombres iban a quedarse fuera del edificio al acecho.

Tomó la palabra Rob.

—Mis dos agentes también estarán haciendo guardia en el exterior.

—¿Cuántos hombres iba a enviar tu jefe?

—Cuatro como mucho. No disponía de más personal con las revueltas a cuenta de los irlandeses, los problemas entre bandas y los hermanos Bray.

—Joder, esto se nos complica. Si debemos vigilar a parte de los vigilantes quedaremos diezmados en el exterior.

Contempló las escuetas opciones.

—Bien, por nuestra parte, contándome a mí y a tus dos agentes sumamos siete, frente a cuatro agentes potencialmente peligrosos y corruptos. Nos deja con tres hombres para vigilar a la gente que accede y sale del burdel —suspiró— tendremos que arreglárnoslas.

Frente a John ambos asintieron y Peter intervino.

—Dentro estaremos cinco. Guang y los demás saben qué hacer. Nosotros solicitaremos los servicios de una versada joven en satisfacer a dos hombres al mismo tiempo.

—¿Qué?

El estruendo surgió de la garganta de Rob mientras John intentaba evitar la jocosa mueca que se iba formando en su cara. Dios, la expresión del rubio había sido de horror virginal.

—Lo que has oído, canijo.

—No me llames así, idiota.

—¿El qué? ¿Canijo?

—Chicos —Dios, eran agotadores a veces— ¡Chicos!

Pararon de golpe y le miraron.

—Mientras no hagáis nada que no queráis, todo estará bien —los ojos de Rob parecían a punto de salirse de las cuencas— con ella, claro, no entre vosotros.

Dios, lo estaba disfrutando, hasta Peter había enrojecido.

XIV

Había perdido la cuenta de las ocasiones en que se había soltado de la firme sujeción de la melenas, ocasionando la cólera de la Madame Pompis, y en la última, a punto había estado de interrumpir la mortalmente tediosa sesión. Con relamido gusto, la molesta adivinadora había explicado a las presentes que Mere distorsionaba con su negativa energía el conglomerado de corrientes espirituales existentes. Al parecer la esquivaban, según un chivatazo recibido, entre pausa y pausa, por un vaporoso ente, porque Mere tenía muy mal genio y los espantaba. Paparruchas.

Con esa fría y resbalosa mano sujeta a la suya, más pequeña, trataba de olvidar el daño que había causado, pero le estaba siendo prácticamente imposible. De vez en cuando le entraban náuseas y respiraba hondo, muy hondo para que desaparecieran.

Llamaron, no, invocaron a Merlin Haningham, pero debía estar de paseo por las avenidas celestiales o rehuía a su presente esposa. También lo intentaron con David Grey pero al parecer las fluctuaciones ¿adiposas? según la Madame, no permitían que se aparecieran, y así innumerables intentos hasta que la Madame de repente cayó agotada rebotando teatralmente sobre la mesa. Al fin.

Poco más hubiera aguantado con semejantes patochadas. Le faltó tiempo para soltarse del repulsivo amarre a su derecha, respirando con alivio. La madrastra de Julia no tardó en tomar la palabra.

—Ay, queridas, una tristeza que no diera resultado pero estando presentes influencias negativas, poco se puede hacer.

La miraba acusadoramente ¡a ella! Prosiguió con su acalorada perorata hasta que la Madame declaró conclusa la sesión, levantándola a continuación.

Un nudo se le formó en el estómago en cuanto se dio cuenta de que había llegado el momento, el angustioso momento temido. Resultaba difícil calcular la hora, pero no se alejaría demasiado de la media noche. Hasta que no pasaran al hall de entrada no lo podrían verificar con un vistazo al reloj de pie ubicado contra una de las paredes.

Lentamente se acercaron hacia la puerta y la madrastra de Julia la abrió de par en par. ¡Casi medianoche! Dios santo, más de tres horas con las idioteces de la Madame. Su pecho comenzó a palpitar.

En el burdel estaría todo listo para atrapar a Saxton y a ellas les tocaba el turno de actuar.

No les defraudarían.

Ya estaban colocándose los abrigos las dos brujas y la melenas. Se aproximó sigilosa a esta última, intentando no llamar la atención de las restantes cotillas.

—Señora Saxton, ¿podría tener unas breves palabras con usted?

La sorpresa inundó el bello rostro y una mueca de disgusto se aposentó en esos rojos labios.

—¿Ahora? Tengo prisa.

—Es importante. Si le parece, mientras nuestra anfitriona despide a la viuda Haningham y a la señorita Grey, podríamos hablar en la sala que acabamos de abandonar.

La duda brilló unos instantes en la tenebrosa mirada.

—Está bien, pero un minuto. Como le he indicado, tengo mucha prisa.

Claro, para torturar a un indefenso joven. Bruja.

Se encaminaron hacia la sala, con Julia tras ellas, mientras Jules quedó en la entrada despidiendo a los loros y entreteniendo entre ella y la marquesa, a su madrastra.

Entraron en la vacía habitación y Selena Saxton quedó a la espera con las moldeadas cejas fruncidas, centrada su atención en ella. Julia también había pasado a la habitación y con sutileza había entornado la puerta hasta casi cerrarla.

Esa mirada la estaba congelando y no se le ocurría nada que decir.

Allá iba.

—¿Por qué lo hacen?

Una repugnante comprensión llenó los pálidos ojos, y Mere supo que lo negaría.

—No sé de qué habla.

Bruja insidiosa.

Julia seguía de pie, paralizada, hasta que lentamente se aproximó hacia la zona que ocupaban y habló, enfadada.

—No nos haga perder el tiempo, Selena. Esta noche les van a atrapar a los dos y todo el repugnante negocio que han montado se irá al traste. Dígame una cosa, solo una. ¿No tiene ni una pizca de conciencia? ¿Cuántos muchachos han secuestrado para sus fines?

Selena Saxton escuchaba atentamente, con una expresión indefinible en el rostro, y sin previo aviso, comenzó a reír a carcajadas, desgarradoras carcajadas que reflejaban un espíritu roto. Simplemente roto, sin vida.

Mere se sobresaltó.

Ni en sus más irreales sueños hubiera imaginado semejante reacción. Una inquietante sospecha comenzó a abrirse paso en su mente, acrecentándose con las palabras pronunciadas a continuación por Selena Saxton.

—No lo lograrán ¿saben? Son demasiado peligrosos, enfermos y crueles. Disfrutan con el dolor y viven para causarlo. Yo intenté…, intenté…

Dios santo. ¿Son?

Mere tragó saliva.

—Son usted y Martin Saxton, su esposo. ¿Por qué diantre habla en tercera persona? Y su cabellera es rubia y hermosa y llamativa, solo puede ser usted.

Iba mal, algo iba tremendamente mal. Las manos comenzaron a sudarle y el corazón a galopar.

Selena Saxton las miró con enconada pena y algo de satisfacción.

—No *queridas*, a quien se refieren con tanto interés no soy yo, sino la viciosa amante de mi repugnante marido. Su… bella y enferma madrastra, Celeste Saxton —soltó otra espeluznante risilla—, créanme, si ambos están juntos perderán la guerra. No juegan limpio, jamás lo harán y se llevarán por delante a todos aquellos que puedan; y lo más triste es que lo disfrutarán inmensamente.

La risa que lanzó al observar sus pasmados rostros era propia de alguien desequilibrado, dolido y, por extraño que pareciera, a la defensiva. La mirada perdida que mostraba las asustó, pero aun más lo hizo lo que dijo a continuación.

—Bienvenidas al infierno de la familia Saxton.

¡Dios! Tan equivocados. *Ella*…, *ella* no era Selena Saxton, sino Celeste Saxton. Una demente sin controlar y de camino a su cita con su perverso amante. Eso si no se encontraba ya en el maldito burdel.

*****

Capítulo 18

I

La mirada que cruzaron los hombres que permanecían ocultos tras la puerta de separación, mostraba a las claras su preocupación. No dudaron. Emplearon la llave que les había entregado Julia y rápidamente accedieron a la sala que se mantenía en penumbra. Las tres figuras que permanecían en pie, congeladas, se volvieron hacia ellos.

Como si hubiera recibido un golpe repentino despertándola de un perezoso sueño Selena Saxton dio unos pasos hacia la puerta que permanecía entornada, mientras obsesivamente comenzaba a repetir y canturrear en un suave murmullo *debo irme, debo irme,* hasta que Mere la detuvo al posar su mano en el antebrazo, mirándola con recelo. ¿Habría terminado de enloquecer siendo el detonante el obligarla a enfrentarse a su pesadilla?

Lo obvio era que la mujer no estaba en condiciones de salir por sí sola a la calle.

—No puede salir en esta condición —apretó ligeramente el brazo que permanecía a su alcance— Selena, por favor, escúcheme, podemos ayudarla…

Apartó su estilizado brazo con brusquedad y se giró rauda en dirección a Mere. Estaba enfadada, el dolor y la desorientación habían dado paso a algo más fuerte. Fijó esos claros ojos en los castaños y Mere vio reflejado en ellos tristeza, desesperación, humillación y miedo, ¡tanto miedo! Esa mujer había vivido un infierno y quizá para sobrevivir había aprendido a atacar, como forma de autoprotección.

Lanzó una agria risotada.

—¿Ayudarme? Nadie pude ayudarme, ¡Nadie! Lo he intentado todo ¿sabe?, huir, tratar de pasar desapercibida, hablar con el duque, y *de nada* ha servido. Vivo un infierno y no hay salida…

—No, Selena, escúcheme —de nuevo posó su mano en el tenso brazo— intentaremos ayudarla, pero primero debe hablarnos. No entendemos lo que quiere decir, debe explicarse.

Los claros ojos se llenaron de lágrimas acumuladas y no derramadas. Sus palabras reflejaron agotamiento y una completa capitulación. Tembló sin control, pero el aire estaba caldeado.

Para sorpresa de todos los que la contemplaban en semicírculo, alzó los brazos, se apartó los mechones deshechos y caídos por detrás y se desató los primeros botones de la hilera que cerraba el vestido. Separó con un brusco tirón los bordes, desprendiendo los que seguían hasta alcanzar media espalda y se giró, mostrándoles esta al descubierto.

¡Dios...santo! Las cicatrices cubrían su pálida y frágil espalda, cruzándola en todas las direcciones, en toda su extensión. Algunas antiguas, completamente cicatrizadas, otras recientes, aun rojizas, y el resto abiertas e inflamadas. Una carnicería.

A su cerebro le estaba costando asimilar lo que captaba su vista y estaba teniendo dificultad en llegar a comprender la fortaleza necesaria para aguantar con la espalda en carne viva, la fuerza requerida para no gritar de dolor, de ser capaz de moverse, tragarse la rabia y seguir adelante sin mostrar nada, absolutamente nada de lo que sentía, frente a quienes la observaban con envidia, con malicia o malinterpretándola, como le había ocurrido a ella.

Qué cierto era el dicho de que las apariencias engañan. Había estado tan equivocada con esta mujer. Iba a preguntar pese a conocer la respuesta.

—¿Fue su marido?

No le salieron las palabras, Selena simplemente asintió.

Mere la asió del brazo y la acompañó hacia la ovalada mesa donde tomaron asiento en las sillas que habían abandonado hacía apenas diez minutos, mientras se dirigía a Julia.

—Julia, tendrás que entretener a tu madrastra como buenamente puedas para que no entre en esta habitación. Invéntate lo que se te ocurra, lo que sea, pero necesitamos un rato a solas con esta mujer. Cuando esté la entrada despejada, intentaremos dejar la casa y la llevaremos a la mía. No podemos devolverla al infierno donde ha estado encerrada. No podemos.

Sintió sobre ella la asombrada y esperanzada mirada de una mujer con la que jamás imaginó que llegara a entenderse; paralizada, como si no creyera lo que estaba escuchando, y no le extrañaba lo más mínimo.

II

Más calmados, el coche les dejó a dos manzanas del burdel. Acompañaron a John hasta la esquina donde se ocultaba Dean para informarle de los cambios de planes y se encaminaron hacia la casa, adentrándose en lo que esperaba iba a ser uno de los peores momentos de su vida, si se atenía a la mirada que le acababa de lanzar Peter.

Dios, le sulfuraba ese mirar imposible de interpretar. No le llamó la atención la recargada decoración en tonos rojos, ni el ambiente denso, lleno de humo y cerrado que se respiraba, ni la sensación de opulencia, sino lo abarrotadas que estaban todas las estancias. De joven había acudido a algún burdel acompañado de sus compañeros del cuerpo de policía, en los agotadores tiempos de la instrucción, pero desde luego ninguno se asemejaba al que visitaban ahora. Las mujeres que se movían entre varones de todas las edades, elegantemente vestidos, eran simplemente preciosas. Morenas, castañas, rubias, y todas, absolutamente todas, despampanantes.

Por Dios, estaba con la boca abierta como si fuera un ruboroso y virgen jovenzuelo. Numerosas miradas se centraron en ellos al cruzar la engañosa puerta y todas las femeninas recayeron, con concentrada fijación, en Peter, midiéndole con ojos brillantes como si estuvieran sopesando su potencial sexual. Se ruborizó al darse cuenta de que también a él le recorrían con la mirada, algunas intrigadas como si no acertaran a adivinar o estuvieran elucubrando acerca de la irrupción de dos hombres al mismo tiempo.

Resultó curioso y perceptible únicamente al ojo indiscreto. Se los estaban repartiendo con suaves gestos. Una voluptuosa pelirroja no le apartaba la mirada y algo le decía que lo quería para ella.

Le entraron sudores.

—Cierra la boca, por Dios. Parece que nunca has visto un par de pechos —la ironía rezumaba en la frase.

—Muy gracioso, Peter.

Se adentraron en la amplia entrada al burdel donde una señora que parecía dirigir con mano de hierro el local, esperaba atentamente a que se aproximaran.

En otros tiempos hubo de ser una belleza arrebatadora.

—Caballeros, sean bienvenidos —sus perspicaces ojos no perdieron detalle— antes de entrar a negociar les agradecería que me facilitaran el contacto a través del cual han localizado nuestra humilde casa.

Maldita sea, no se les había ocurrido…

Contestó Peter, sin una pizca de titubeo.

—Por supuesto. Con nuestra presencia resulta evidente el tipo de servicios que buscamos, aunque quizá nos apartemos de lo calificado como… clásico. El lugar nos fue recomendado por un caballero con el que mantenemos negocios, Martin Saxton.

Los vidriosos ojillos fijos en ellos no parpadearon, penetrantes, clavados en los negros de Peter. El silencio se alargó hasta que la aceptación se reflejó en el experimentado rostro.

—Muy bien, caballeros. Les aconsejo que den una vuelta con tranquilidad y tan pronto se hayan decidido, solo tienen que acudir a mí. Con extremo gusto les facilitaré todo aquello que precisen.

Ambos inclinaron cortésmente las cabezas y se adentraron en el amplio salón ubicado a la derecha de la entrada, tras echar un breve vistazo a la escalinata de pulida madera que se erguía frente a la entrada y que daba a dos pasillos laterales en los cuales, separadas por unos pocos metros entre sí, se ubicaban diferentes puertas cerradas a cal y canto.

Debían acercarse a Jared o a cualquiera de los suyos que estuviera en los salones ya que habrían estado pendientes de la posible aparición de Saxton. Barrió de una ojeada el salón al que habían accedido para buscar un reloj en el que atisbar la hora, pero no localizó ninguno, por lo que se volvió hacia Peter.

—¿Qué hora crees que es?

Las cejas se alzaron de inmediato.

—¿De nuevo sin reloj?

—Vete a paseo, Peter. Sabes que no puedo permitírmelo, no con mi salario de inspector.

—Perdona, no quise dar a entender…

—Ya, tú nunca quieres, pero siempre lo haces.

Vaya, lo acababa de cabrear.

Al paso que iba la condenada noche tendría que morderse la lengua o no saldría entero de esta horrible y endiablada situación.

Observó de reojo al ogro y vio que sacaba de su oscuro chaleco el antiguo reloj de cadena que solía llevar encima.

—Las once y media, por lo que disponemos de algo de tiempo —abrió de nuevo la boca pero la cerró a continuación como si algo le hubiera llamado la atención—. Vamos, ahí está Thomas.

Demonios, no había duda del éxito entre las mujeres del hermano de Mere, aunque no era de extrañar. Era un hombre guapo. Lo rodeaban con fervor y el pobre estaba ofuscado. Lo acariciaban por todas partes sin vergüenza alguna, salvo la que de forma manifiesta estaba sufriendo él mismo.

Fue casi risible. Se tapaba sus tiesas partes con ambas manos como si fueran las joyas de la corona y sudaba a mares, rojo como un cangrejo.

En cuanto les vio aproximarse la mirada se le transformó asemejándose a la de un náufrago que avista un barco en el horizonte. Salió disparado de entre los brazos que lo enlazaban y aprisionaban y se dirigió hacia ellos.

—Ya era hora, demonios. Llevo intentando escapar una eternidad. Me han propuesto de todo, cosas alucinantes y como poco, difíciles de practicar —carraspeó la mar de incómodo— y mejor dejarlo.

Les hablaba a ellos pero no separaba la vigilante mirada de las fieras que casi se lo comen.

—Tened cuidado, chicos. Son peligrosas.

—¿Visteis entrar a Saxton? —indagó Rob.

—No pero Guang vigila la parte trasera.

—¿Jared?

—Lo arrastraron hacia una de las habitaciones de arriba.

Joder, tendrían que proceder conforme a lo planeado. Convencer a las mujeres para que callaran y aceptaran una jugosa cantidad de dinero para que se estuvieran quietecitas o dejarlas groguis y amordazarlas.

La elección dependía de cada caso, las circunstancias concretas y la decisión que se adoptara solo incumbía a cada uno. Los demás ni intervendrían ni juzgarían ya que lo principal era vigilar el cuarto del fondo. Necesitaban comenzar a ocupar los cuartos colindantes. Cuanto antes.

—Es nuestro turno.

Rob lanzó un gemido.

Llegaba la situación que no deseaba enfrentar. A su lado pasó rozándole un hombre completamente bebido que lo miró con los ojos inyectados en sangre mientras ¡le invitaba a subir con él al primer piso!

Lo que faltaba, que le confundieran con las putas…

Odiaba la incómoda situación en la que se encontraba. Lo ahuyentó con un desabrido *largo, so idiota,* mientras le gruñía, lo cual, gracias al cielo, surtió efecto y pasó inadvertido a los hombres que a su lado seguían conversando.

Antes de alejarse Peter se dirigió a Thomas.

—Subiremos enseguida, en cuanto concretemos con la dueña. Encárgate de Guang y dile que se mantenga a la expectativa. Lo más seguro es que Saxton entre por la parte trasera así que lo mejor es que se mantenga en la planta baja por si surge cualquier imprevisto, pero si en diez minutos nada ocurre que acuda a casa de Julia Brears en busca de mi hermano y avise de que necesitamos ayuda, cuanto antes. Despúes sube en cuanto puedas con una de las chicas a otra de las habitaciones. El resto es cuestión de esperar —sin apenas descanso continuó— fuera estamos en mínimos ya que hay que vigilar a los agentes. John controla el movimiento de atrás y Dean el delantero, pero estad atentos y sin distracciones. Nos jugamos demasiado.

Tom asintió y huyó hacia otro de los salones sin darse cuenta de que dos de las mujeres que lo habían acosado se habían lanzado tras sus pasos.

Peter sonrió con picardía.

—Se va a tener que emplear a fondo —súbitamente se volvió en su dirección—. ¿Estás preparado?

—No, pero supongo que dará igual…

—Supones bien.

—Eres un cabronazo ¿lo sabías?

Esa carnosa boca albergó una cínica sonrisa y no pudo dejarlo pasar, no pudo.

—Peter, no me jodas. Lo que vamos a hacer me resulta muy incómodo.

La mirada se enfrió, sin disimulo alguno.

—¿Es una indirecta?

—¿De qué hablas?

—No te preocupes, amigo. No lo haré si no quieres.

—¿De *qué* coño *hablas*, Peter?

—De joderte —la cruel sonrisa indicaba el propósito de sacarle de sus casillas y, joder, no le faltaba razón. Estaba al límite.

No se lo podía creer. ¡Se estaba pasando de la raya!

—Dime algo ¿también con tu querido superintendente te sentirías igual de… incómodo o a él no le pedirías que no te… jodiera?

El cabrón le dejó con la palabra en la boca, al dirigirse derecho hacia donde la dueña del burdel cotorreaba con una de sus chicas.

Dios, lo odiaba en estos momentos e intuía que se las iba a hacer pasar putas. Nunca mejor dicho.

III

Para ser una mujer tan curiosa fue sorprendentemente fácil de distraer. No llegaron a escuchar lo que Julia le comentó, pero por la exclamación de alegría que lanzó la Madame y el subsiguiente histérico parloteo, debía concernir al mundo fantasmagórico. Mere bendijo la prodigiosa imaginación de su amiga y la obsesión por las otras dos mujeres con los seres transparentes de todo tipo.

Permanecieron inquietos en la oscura sala, escuchando la angustiada respiración de Selena Saxton, mientras Mere le asestaba pequeñas palmaditas en el hombro, sin resultado visible alguno. Gracias al cielo, Julia no tardó en volver.

Entró en el saloncito con rapidez y sorprendente quietud.

—Es el momento. Yo no podré ir con vosotros ya que le extrañaría a mi madrastra y me esperan de vuelta con algo de comer.

—¿Qué les dijiste? —la pregunta provino de Doyle, curioso.

—Que Lucrecia Borgia se había dedicado los últimos meses a observar sus sesiones, al creerlas sumamente interesantes, pero que el resto de su familia las consideraba demasiado convencionales y pomposas. Y que estaba dispuesta a darles una serie de consejillos en materia de seducción, empleándome de hilo conductor —las bocas abiertas hablaban por sí solas—. Ya lo sé, no hace falta que me miréis así. Me estoy achicharrando el cerebro para inventarme los supuestos consejos. Yo no sé de moda y ¡menos de seducción! —¿y por qué demonios su prometido la miraba con ojos tiernos si acababa de mentir como una bellaca? Apartó la mirada de esos ojos plateados— a lo nuestro. Bridget está en la cocina despidiendo y pagando al personal contratado para esta noche, por lo que, ahora o nunca.

Abrió ligeramente la puerta y oteó por la despejada abertura.

Nadie.

—Ahora.

Salió disparada, cruzando la entrada, y de un potente tirón abrió la puerta, echándose a un lado, dejando paso a los demás. El último en cruzar junto a ella fue Doyle y a punto estuvo de cerrarle la puerta en las narices, salvo que se giró como una tromba y plantó un sonoro beso en sus labios. Repentino y sin gesto alguno que diera lugar a poder prever su intención.

La volvía loca con su manía de besar a todas horas, ¡y a traición!

IV

La señora apenas pestañeó, como si la petición de Peter fuera lo más normal del mundo.

—¿Participarán los tres o uno de ustedes simplemente mirará?

—Participaremos los tres.

—¡Uno mirará!

La dueña se giró hacia el hombre que histérico había aclarado que uno se limitaría a mirar. O sea, a él. Sus perrunos y moteados ojillos brillaron llenos de sorpresivo humor.

—Ya veo que será la primera vez para el caballero.

Dios, odiaba que le subieran los colores.

—¡No lo es!

Las cejas se curvaron con sorna.

—¿Con un hombre?

Rob casi rechinó los dientes.

—Vale, lo es.

La risilla de la señora lo dejó espantado. Ni que oliera a virgen, demonios.

—¡Hanna!

La persona a la que llamó entre risa y risa, se encontraba a su espalda por lo que se giró y tragó saliva a raudales. La mujer que se ondulaba acercándose era escultural, por no decir otra cosa, con una cabellera castaña lisa, brillante y suelta alcanzando sus redondas caderas, y era de su misma altura.

¡Una amazona!

Daba miedo. Esa negra mirada daba miedo. Su semblante rememoraba el del hombre que tieso, a su izquierda, la observaba aproximarse.

Dios era hermoso. ¿Cómo diablos se había metido en este endemoniado lío? Debía centrarse en Saxton y lo único que sentía era aprensión y en cierto extraño modo, intriga por lo que iba a ocurrir. También se sentía totalmente desubicado.

Llegó hasta ellos contoneándose. Olía a una mezcla de flores, tan embriagadora... Los observó a ambos y sonrió. La cuestión era si sería buena o mala esa sonrisa, y si aceptaría de buen grado quedarse calladita una vez llegaran a la habitación, o pelearía. Estaba por ver.

—Acompaña a los señores arriba, a la habitación azul y trátales en grupo.

El corazón de Rob comenzó a latir descompasadamente mientras una de las cuidadas manos, libre de joyas o aderezos, enlazaba su brazo y tiraba de él hacia la escalera.

Hacia lo desconocido.

V

Terminaron de reorganizarse en pocos minutos y decidieron que fueran Dean y él quienes controlaran las entradas al burdel.

No podía perder de vista la entrada trasera aunque llevaba al menos media hora esperando y nada destacable había acontecido. Lo único que llamó su atención fue la salida de Guang e imaginó que iba en busca de ayuda.

Hablando de refuerzos…

Maldita sea, Williams no había llegado aun y eso no le agradaba. Significaba que algo fuera de lo previsto había ocurrido y afectaba a Mere. Le inquietaba desconocer lo que estaba ocurriendo en la sesión a celebrar en casa de Julia, pero Williams haría lo necesario para mantener a su mujer a salvo y solo sabiéndola protegida, acudiría al burdel, no antes.

¡Dios! Odiaba la incertidumbre de no saber lo que ocurría al otro lado de la ciudad. Con la situación en el estado en que se encontraba, frente a los cuatro agentes de policía asignados por el superintendente Stevens, a los que se veían obligados a vigilar, ellos quedaban reducidos a seis. Lo que en un principio habían considerado una inestimable ayuda, se había vuelto en su contra en el peor de los tiempos.

Sus dos hombres y los agentes de Rob, Wilkes y Evans, se habían apostado, tratando de pasar desapercibidos, vigilando a los agentes cedidos, mientras Dean controlaba la entrada principal, pero no iba a ser sencillo. Conforme transcurría la noche se daba cuenta de que nada iba a acontecer como necesitaban. Entraban y salían continuamente demasiadas personas como para no tener dificultades a la hora de identificar a Saxton, y más teniendo en cuenta que nunca le había visto y tendría que identificarle por el parecido con su hermano mayor Lawrence.

Las probabilidades de que algo se torciera se incrementaban exponencialmente.

La noche era helada. Comenzaba a sentir el frío y una parte incontrolable de su mente no podía dejar de preguntarse qué demonios estaría ocurriendo con las mujeres. Sabía que ello no ayudaba pero en lo concerniente a Mere, los sentimientos podían con su raciocinio.

Afinó el oído. También había movimiento en la parte trasera. Mucho. Imaginaba que de clientes que no deseaban ser vistos accediendo por la puerta principal, hombres casados o a punto de estarlo, con familia, que trataban de mantener el anonimato. Como si ello fuera posible.

Mantenía fija la mirada al frente hasta que presintió una presencia a su espalda. Se había distraído y caído en una maldita trampa. Supo que le faltaría tiempo para reaccionar.

La jodida noche empeoraba a pasos agigantados. Sintió un dolor agudo en la parte posterior de la cabeza y después nada. Oscuridad.

VI

No negaba que era escéptico pese a la urgencia de la nota recibida. Firmaba la nota Edmund Norris, el padre de Rob y siempre había tenido al hombre por un caballero. No le molestaría en su hogar si no lo creyera inaplazable y extremadamente urgente. El aviso había llegado con un mensajero y anunciaba la perentoria necesidad de tratar directamente con él, indicando que se acercarían tan pronto les fuera posible.

Se acercarían, *en plural*. Turbador.

La intriga le carcomía pero imaginaba de qué iban a tratar. Había pasado toda la puñetera tarde y la noche ultimando los detalles de la investigación de los hechos relatados por Rob, y al grupo organizado para ello le había sorprendido y desbordado, a los veinte minutos de iniciada la complejidad de la maldita organización. Constaban registradas decenas de denuncias de desapariciones, de robos, y les iba a costar sudores y lágrimas sacar adelante el caso.

Tenía intención de iniciar por la mañana la investigación de las finanzas del inspector jefe Albridge, y habían logrado la autorización para ello no sin mucho esfuerzo y capacidad de convicción. Era un hombre con numerosos contactos en las altas esferas y difícil de acorralar, pero recabar los datos era vital.

Otra cuestión que le quitaba el sueño era la previsible existencia de filtraciones. Había empleado a aquellos agentes que estimaba limpios a carta cabal, pero únicamente por dos o tres pondría la mano en el fuego.

Sus hombres estarían vigilando el burdel, siguiendo las instrucciones dadas y esperaba haber acertado al enviarlos. Había decidido aprovechar el tiempo leyendo los sempiternos informes, pero al escuchar la campana de la entrada los apartó. Llegaban los invitados.

Su único sirviente acudió a abrir la puerta sin pérdida de tiempo, ya que estaban sobre aviso de la llegada, y de inmediato los pasó a su despejado despacho.

Le pillaron por sorpresa al no esperar que acudieran tantas personas. Tres mujeres y dos hombres. El padre de Rob y otro hombre de complexión fuerte, alto, con llamativos ojos casi transparentes y tres mujeres, totalmente diferentes entre sí. Una de ellas, bajita y redonda, rezumaba vitalidad, otra fragilidad, y la última, la que llamó poderosamente su atención, rebosaba un intenso dolor emanando a raudales por cada uno de los poros de su cuerpo.

No esperó a que se acercaran sino que fue hacia ellos, dándoles la bienvenida a su casa. Estrechó la mano de los hombres y se inclinó cortésmente con respeto frente a las señoras. La más bajita se adelantó un paso y comenzó a hablar atropelladamente.

—Hola, encantada. Soy Meredith Evers y le traemos un jaleo monumental a su casa —inclinó la expresiva cara hacia un lado y por una extraña razón le recordó a Rob, tierna y aguda a la vez. Le agradó mucho la forma en que se plantó ante él y sin miramientos le anunció que lo que se avecinaba era complejo—. Imagino que ya conoce a Norris. Ellos son Doyle Brandon, y a mi derecha, mi amiga Jules Sullivan. La señora que nos acompaña es Selena Saxton.

Si la introducción le sorprendió, lo dicho a continuación le dejó patidifuso, pero por alguna extraña razón su cerebro ajustó de inmediato la información facilitada con los datos avanzados por Rob.

No disponían de tiempo para andarse con bobadas si lo que presentía, iba a cumplirse. Debía saberlo.

—La Señora Saxton, ¿la misma que presumían cómplice en la trama de secuestro de muchachos?

—Lo acaba de decir. Presumíamos, de forma errónea.

Anduvo un par de pasos para adentrarse en el despacho y con un suave gesto indicó a todos que se acomodaran, haciéndoselo saber asimismo de palabra.

Su mirada, sin poder impedirlo su voluntad, se orientaba una y otra vez hacia la mujer que, pálida e inmóvil, apenas parecía respirar, como si algo le estuviera absorbiendo su energía lentamente. Parecía observar sin mirar y oír sin escuchar, al igual que una muñeca de tela rota y deshilachada. Y ello en cierto modo le hizo sentir congoja, una sensación que hacía mucho que no sentía en sus carnes.

—Sé que lo que vamos a hacer se sale de lo correcto y puede que nos estemos extralimitando, pero no se nos ha ocurrido nada mejor. El impacto ha sido brutal y no lo iba a creer, no, si no lo viera con sus propios ojos. Ella misma ha querido venir y mostrárselo.

Se estaba perdiendo. Algo en el contexto de la situación se escapaba a su comprensión.

Fue impactante.

La cascada voz comenzó a hablar, a un ritmo monótono como si la persona que estuviera narrando deseara alejarse de lo que relataba y solo lo consiguiera distanciándose de las sensaciones que ello le provocaba.

—La noche de bodas me partió la clavícula y me dijo que yo jamás sería su verdadera mujer. Me costó meses rendirme, tras palizas y humillaciones, hasta que me di cuenta de que era mi resistencia lo que le excitaba. Y ella…, ella era peor, mucho peor. Lo incitaba y él le daba gusto con todo aquello que le pedía.

¡Qué demonios!

VII

Solo había una habitación separando la del fondo y la que le había tocado en suerte. Su mirada se plantó de inmediato en la fina y endeble puerta de separación con el cuarto que le distanciaba de los Saxton. Palmeó el bolsillo superior del chaleco para sentir el estuche con el par de ganzúas en su interior.

Solo quedaba distraer a la mujer que lo había sobado por todo el cuerpo mientras lo arrastraba escaleras arriba y le había deshecho la cola de caballo, dejando libre su endemoniado cabello rojizo. Si algo odiaba era que le toquetearan el pelo sin su permiso. Algo tenía su melena que a las mujeres atraía como la miel a las moscas.

Cualquier día se lo raparía completamente.

Se volvió hacia la mujer que con ansiedad había cerrado de un golpetazo la puerta a su espalda, para dar inicio a una conversación a modo de preliminar.

¡Ya estaba casi desnuda! ¿y la sutileza?

Diablos, ni que fuera un pedazo de carne para catar. Siempre le ocurría igual. Aquí te pillo, aquí te mato. Si las damas supieran que le pirraban los mimos, las caricias, y que era el mayor besucón del mundo, lo atormentarían sin descanso. Aunque bien pensado, mejor que nadie, absolutamente nadie, salvo la familia cercana, supiera ese vergonzoso secretillo.

De nuevo se centró en la mujer que le recorría con la vista desde el revuelto cabello hasta los torpes pies, con avidez, casi cayéndose despanzurrada, de morros, al intentar deshacerse de la voluminosa falda.

Debía pararla como fuera.

—¡Quieta!

La mirada de extrañeza e intensa impaciencia que recibió le dejó en blanco el cerebro. Si que estaba ansiosa la mujer, se relamía los brillantes y rosados labios como si fuera a darse un jugoso banquete.

Por un momento brotó fugaz por su mente una imagen de sí mismo atado como un rechoncho lechón sobre una plateada fuente con una manzana reineta en la boca.

Un espanto espeluznante.

Vale, tranquilidad. Se jugaban demasiado como para dejarse arrastrar por una situación en la que se encontraba inmerso por razones ajenas a su voluntad. Debía ocurrírsele algo ¡pero ya! Se le iluminó el cerebro.

—Me encanta que me bailen.

El horror que asomó a esos rasgados ojos marrones le indicó que había dado en el blanco. No tenía la más remota idea de cómo bailar. Descubierto el punto flaco, lo bombardeó sin piedad.

—Danzas orientales son las que más me agradan. Descalza, ondulante, contoneante, sutil, y si a ello se añade un bonito cántico, me pongo a cien.

Notaba la sonrisa de oreja a oreja aparecer en su rostro, mientras en el de la mujer asomaba una mueca horripilante.

—Por supuesto, lo que gustéis.

Lo siguiente que presenció formaría parte de sus pesadillas por décadas.

Una sucesión de monstruosos graznidos y chillidos acompañados de esperpénticos movimientos anquilosados y erráticos. Abrió los ojos como platos y a puntito estuvo de taparse los oídos con las palmas de sus enormes manos. Pero no pudo. Eso hubiera sido humillante para la preciosa mujer que seguía moviéndose como un envarado tronco, y eso nunca lo haría, nunca sería capaz de humillar a voluntad a una señora de la clase o condición que fuera. Iba contra su naturaleza de Don Juan.

Pese a ello jamás en toda su vida había presenciado algo semejante. Lo que tenía delante parecía una oxidada marioneta de madera en toda la extensión de la palabra, en mayúsculas.

Incluso él, como sorprendido espectador, comenzó a angustiarse. Debía liberar a la pobre mujer de su tormento. Y claro, con muy buen criterio, seguro de que ella se sentiría lo suficientemente agradecida como para hacer lo que le pidiera. Gran plan.

VIII

La cabeza le iba a estallar del nerviosismo. Le daba igual que la habitación estuviera junto a la de los Saxton, que las paredes lucieran pintadas con explícitos desnudos, que los espejos cubrieran cada esquina del cuarto o que estuviera tan iluminada como para apreciar cada muesca de la pared. Lo único fijado a hierro candente en su congestionada mente era la enorme cama que ocupaba el fondo de la habitación, llenando al completo media habitación.

La mujer, Hanna, le tuvo que dar un leve empellón para que sus pies siguieran la inercia del cuerpo. Tras él entraron los dos en la habitación. Ella se lo comía con los ojos y Peter los tenía entrecerrados pero la sonrisa plantada en sus gruesos labios no vaticinaba nada bueno. Iba a balbucear, lo sabía, como si pudiera escucharse con antelación, pero las farfulladas palabras no permanecieron quietitas donde quería que quedaran, en su laringe.

—Hace algo de frío —mentira, hacía un calor infernal —mejor si tomamos algún refrigerio hasta que se caldeé el ambiente.

—Para mí está lo suficientemente caliente

Menudo cabronazo, lo hacía a propósito para avergonzarle.

—Bajaré a por bebidas.

—¡No!

La escultural mujer quedó en un impase, ni para adelante ni para atrás, expectante, mientras Peter se aproximaba a la puerta y la abría, dándole paso y lanzándole un *gracias querida, se lo agradecería. El señor y yo debemos hablar.*

No, no, no, no había nada de lo que hablar y la idea de quedarse a solas con el ogro tampoco era la mejor de las ideas. Prefería escapar.

—Yo la acompaño.

—De eso nada.

—¿Y si tropieza?

—¿Con qué?

—Con la alfombra.

—No hay tal alfombra.

— ¿Con los pies?

Peter refunfuñó y, tras el absurdo diálogo, fijó su irritada mirada en Hanna e irónico, habló.

—Presupongamos que si ha sobrevivido sobre esos delicados piececitos toda su vida, lo podrá hacer unas horas más ¿no?

La pregunta iba dirigida a la mujer que los miraba con completa curiosidad y diversión. Su respuesta fue un simple gesto y desapareció tras la puerta.

Peter se volvió como una furia hacia él.

—¿Quieres capturar a los Saxton?

—No sé cómo te atreves a…

—¿Quieres?

—Sabes de sobra que sí.

—Entonces seguirás el juego aunque te estés mordiendo la lengua mientras la mujer que acaba de bajar te desnuda o si yo te toco.

Se tensó y con él su miembro, como si la sola evocación de esa posibilidad hubiera viajado directamente a esa maldita e incontrolada zona. Pero, ¿qué demonios le pasaba?

—Harás lo que sea necesario para entretener a nuestra acompañante y así evitar que de la alarma. Cuando la situación esté lo suficientemente tierna entre los tres, la convenceremos o la obligaremos. Sin escándalos. Mientras tanto y hasta que no pase el tiempo suficiente para asegurarnos de que los Saxton estén en plena faena, haremos lo que se requiera de nosotros. Ni más ni menos. Hemos llegado demasiado lejos para echarnos atrás —sonrió mordaz— o quizá lo mejor sea que cierres esos bonitos ojos y pienses en tu querido Clive.

No pensó, simplemente explotó. Estaba hasta los mismísimos de sus pullas y se había agotado su infinita paciencia. Dio tres pasos a la carrera con el puño derecho encogido para darle de lleno en pleno rostro, pero una vez más, olvidó que era un maldito luchador nato.

Para cuando se dio cuenta estaba contra la jodida puerta aplastado contra la madera, asfixiado por el inmenso corpachón de Peter, furioso como un perro rabioso. Odiaba la sensación de estar atrapado. Forcejeó pero lo tenía agarrado sin forma de soltarse.

—Quieto.

El roce del aliento en el lóbulo de su oreja y la constante presión de esas musculosas caderas contra su trasero hicieron que le diera un condenado vuelco el corazón.

Dios, Peter estaba tan duro como él. Sentía el tremendo bulto presionando contra él, su tenso cuerpo casi temblando. Un roce de esos labios en la oreja hizo que se apretara contra la puerta para alejarse. Lo hacía para volverle loco, el cabrón.

No le estaba ocurriendo, maldita sea. Era la estresante situación y no la cercanía de ese calor, de ese perfecto cuerpo. Tenía que pararlo antes de que se diera cuenta, antes de morirse de la vergüenza, antes de cometer la locura que Peter había repudiado sin una maldita mirada atrás.

Habló entre dientes, de forma hiriente, dando en la diana, donde sabía que dolería.

—Buena idea, amigo. Pensaré en Clive.

El empujón que recibió con ambas manos en plena espalda lo hizo rebotar contra la puerta mientras Peter del impulso se alejaba. Sabía que le había enfurecido pero era lo que menos le importaba.

Lo primero era sobrevivir a la experiencia.

IX

No había podido avisar a Martin por lo que ella sola había tenido que encargarse de todo.

Odiaba organizar. Lo aborrecía. Para eso estaban los hombres, para que le dieran lo que deseaba en cuanto lo pidiera. De inmediato. Sin excusas.

Al acudir esa misma mañana al burdel a dar las instrucciones para que por la noche estuviera todo perfecto Madame Claudette le había comentado que un par de hombres, entre ellos un oriental, se habían aficionado a acudir últimamente al burdel e insistían en hacer preguntas, indiscretas preguntas. Sus instintos de inmediato le apercibieron de que algo no encajaba.

Claudette se explayó acerca del tema sobre el que se interesaban los hombres y ello terminó de afinar su sentido del peligro y la amenaza.

La habitación del fondo. Su reino.

Nadie, absolutamente nadie iba a hacer peligrar su dominio, aunque para ello tuviera que mancharse las manos de sangre. Bien pensado posiblemente lo disfrutara. Hacía tanto que no sentía esa excitante y pegajosa textura derramándose entre sus dedos. Desde que su sombra escapó.

Era una noche fría pero la habitación estaría caldeada, siempre lo estaba aunque esta noche llevaba suficiente ropa de abrigo. Se regodeó. Daba igual su aspecto ya que no la reconocerían pese a vigilar la casa. Si hubiera podido contactar con Martin habrían modificado su rutina.

Descuidados. Se habían confiado.

No importaba. Su instinto le decía quienes eran los que vigilaban el burdel. Ni la policía, al estar vendida, ni la competencia, inexistente en estos momentos. Eran ellos. Lo supieron desde el mismo momento en que les vieron en la fiesta que su viejo marido la obligó a organizar. Entonces supo que terminarían por enfrentarse pero no tan pronto. Algo importante habían pasado por alto y se relacionaba con la extraña escapada de la pequeñita mujer de la que se había encaprichado Martin. Evers, una de los Evers. Estúpida entrometida.

Quizá si le cortaba la cara, Martin ya no la querría.

Eso. Ella se quedaría con el marido. Esos ojos verdes que alcanzó a admirar en la fiesta y ese impresionante cuerpo que acompasaba esa belleza, serían suyos para hacer lo que quisiera. Para atormentar. Sí.

Le dio un repentino escalofrío. O podía cortar esa carita delante del marido. Le ardieron las yemas de los dedos por anticipado.

No tardaría en precipitarse todo. Tan pronto entrara en la casa comenzaría el contraataque. Claudette y las muchachas estaban al tanto y sabían qué y a quién esperar. Sobre todo, a quién neutralizar.

Mientras tanto ella, con toda serenidad, esperaría a que le entregaran en bandeja sus espléndidos premios, sobre todo su premio gordo. Se moría por volver a examinar y acariciar esa musculosa espalda, esa marcada cara.

Puede que tuviera una pequeña trifulca con Martin ya que él también tenía sus planes para su juguetito e incluían a su sombra, pero no en esta ocasión.

Esta noche sus deseos tendrían que primar.

X

Pocas veces había escuchado de primera mano un relato tan sobrecogedor. Que alguien, y todavía peor una mujer, con el espíritu quebrado, hubiera tenido que soportar lo que habían escuchado, no le cabía en la cabeza. Estaba furioso.

Desde luego, no iba a quedarse quieto, no esta noche. Miró los rostros que le rodeaban y supo lo que correspondía hacer.

—Llevaremos a la señora Saxton a su domicilio —se dirigió a la pequeña mujer que le miraba con ojos aprobadores, mientras se avenía a ello—. De ese modo la mantendremos segura hasta que mañana podamos recabar su declaración. Nos ha facilitado suficientes datos como para presentar al magistrado hechos y no presunciones.

La hundida cabeza cubierta por la hermosa cabellera dorada se alzó repentinamente.

—Esta mañana ha ocurrido algo.

—¿A qué se refiere?

Todos prestaron atención. Si esa mujer había abandonado su ensimismamiento debía ser por algo importante.

—Celeste volvió a casa a media mañana y estaba enfurecida. Preguntó por Martin, pero este había salido pronto dejando recado de que no aparecería en todo el día, y así se lo hice saber. Su reacción a mi respuesta fue enfurecerse y jurar. Pensé que me golpearía. No sé muy bien cómo decirlo para que me comprendan. Cada dos semanas aproximadamente, en ocasiones menos tiempo, se citan para llevar a la práctica sus depravaciones. Nunca llegué a saber dónde, pero esta noche tocaba —los miró con los ojos enrojecidos—. Para mi esas noches suponen un respiro, un bendito respiro y por regla general Celeste está exultante. Hoy no ha sido así, y por ello supe que algo fuera de lo habitual había ocurrido.

Mere se giró hacia Doyle, Jules y Norris, angustiada.

—¿Y si les han descubierto? No se lo esperan…

Intercambiaron preocupadas miradas y quien apuntó con decisión lo que se podía hacer fue el receptivo hombre que les había atendido y escuchado sin una mínima pega.

—Permítanme unos minutos para vestir con ropa adecuada. No tardaré.

Comenzó a andar hacia la puerta, pero se paró apenas dados unos pasos, cuando alcanzó a escuchar la suave pregunta.

—¿Saben dónde se reúnen? —la pregunta apenas perceptible para el oído, surgió de Selena.

—Sí —contestó casi bajo el marco de la puerta— en un burdel especializado en caballeros, en una zona poco recomendable de la ciudad, por decirlo de forma suave. Y allí es donde nos dirigiremos, tras dejar a las señoras en sus domicilios.

—¡De eso nada! —la sólida contestación de Mere dio a entender que no admitiría oposición, pero ello no paró al anciano que le miraba entre angustiado y resignado.

—Hija, no puedes…

—No dejaré a mi marido solo. No si puedo evitarlo. Y sabes que si intentas impedirme llegar a él, armaré tal escándalo que me oirán en la Conchinchina. Y no solo por él sino también por mis hermanos, por Rob y Peter. Les debo mucho, Norris, sobre todo a tu hijo.

Clive Stevens apenas podía creer lo que escuchaba ¡La iban a dejar acompañarles! Habían perdido la cabeza. Abrió la boca para intervenir pero una mano perteneciente al hombre de los ojos transparentes le contuvo.

—No se moleste, Clive. Es malgastar saliva y no logrará nada. No hay quien las pare. A ninguna de ellas. Ya lo comprenderá.

Le miró alucinado.

XI

Dios, le retumbaba la cabeza como si tuviera un tambor gigantesco instalado en ella en pleno estruendoso concierto.

Si no se agarraba la cabeza, se le iba a caer rodando, o al menos así se lo parecía.

Fue a sujetársela con ambas manos pero… ¡no las podía mover! ¿Por qué demonios no las podía mover?

Abrió con suma cautela uno de sus verdes ojos y recorrió el lugar. Una dantesca habitación fue la primera imagen que golpeó el fondo de su pupila. Pintada de negro, al completo, paredes y techo, con espejos que reflejaban más oscuridad. Candelabros de seis brazos apagados repartidos por doquier, sin muebles, salvo una mesa baja sobre la cual había algo tapado con una tela también oscura y un amplio lecho que pese a su tamaño apenas cubría una cuarta parte del espacio. Solo se perfilaban las siluetas gracias a la luz nocturna que se filtraba por la ventana y al reflejo de las llamas de la hermosa chimenea que templaba el amplio cuarto.

Era una noche de luna llena. No tenía manera de confirmarlo pero no creía estar en la habitación de los Saxton. No era lo suficientemente amplia. Amordazado y atado de pies y manos, prietas sogas cortaban su circulación. No se paró a esperar a que llegara la persona que lo había noqueado. Si le habían descubierto es que estaban al tanto de la vigilancia y quizá también planeaban ir tras sus mujeres. Maldita sea, antes de permitir que esos enfermos pusieran sus manos sobre su torbellino se los llevaría consigo al infierno.

Lo primero era sopesar su situación. Amarrado a una condenada silla por las extremidades y si no erraba demasiado, con un chichón como un huevo de avestruz de grande en su dura cabeza. Desde luego el mareo y el dolor iban en consonancia con el golpe y con las nauseas que le venían a oleadas.

No se oían ruidos, por lo que intentó balancear la silla que ocupaba, pero estaba clavada al piso.

Plan A, al carajo.

XII

Estaba helada por dentro y por fuera y sentía todo en la lejanía, distanciándose con una facilidad tan familiar. Pese a ello, sonrió sin esfuerzo, con una naturalidad que hacía siglos que no palpaba. *Satírico* era la palabra que le venía a su cansada mente y es que la vida, en ocasiones, te arrojaba a los pies sorpresas impensables, como que una de las mujeres a la que más había ridiculizado fuera la que había dado la cara por ella. Meredith Evers. La pequeña y rechoncha Meredith Evers.

La aguerrida y entrañable Meredith Evers. No se perdonaría las ocasiones en que la había humillado para que al menos sintiera una pequeñísima parte del dolor que guardaba en su interior. Enfermiza intención, y por extraño que pareciera, llegó a contemplarlo como algo normal, algo capaz de suavizar ese horror oculto en su interior bajo su fría y artificial fachada.

Dios santo. A veces, de vivir en el infierno creía estar perdiendo la cabeza, olvidando las enseñanzas inculcadas a lo largo de una feliz infancia en el campo, las nociones de ayudar, cobijar y amar, sobre todo, amar.

Su capacidad de querer, de desear, había muerto con cada golpe, cada latigazo, cada noche en la que su marido recordaba que tenía una joven y bella esposa.

Aborrecía su belleza.

XIII

No iba a negar que estaba entre preocupada, enfadada y lanzada. Nadie iba a tocar a su grandullón y si le habían hecho daño…

Selena ya estaba acomodada en una de las habitaciones con la vigilante y amorosa Rosie apostada junto a ella, con sus instintos de sobreprotección al máximo tras escuchar de sus labios lo sufrido por esa mujer. Y Mere había batido todos los records en vestirse con los ropajes de hombre que todavía guardaba en el fondo del baúl.

La abuela apenas había podido creer la imagen que daban al cruzar la puerta de la mansión, con dos invitados añadidos a última hora. Uno de ellos con carácter permanente y en calidad de refugiado. Un caos.

Le esperaban abajo y del temblor en las manos apenas podía abotonarse la endiablada camisa. Vestida y calada la gorra en la cabeza se dirigió veloz hacia la escalinata, pero rectificó en lo alto de esta y volvió al cuarto.

¡Dios! ¿Dónde demonios la había metido? No iba a ir desarmada, no con la vida de todos en peligro y menos sabiendo a lo que se enfrentaba.

¡En la mesilla! Del tirón casi sacó el cajón de sus raíles y le hubiera dado igual en estos momentos, simplemente debía encontrar la pequeña daga para ocultarla de nuevo entre sus pechos. Tras rebuscar al fondo del cajoncito la encontró y sintió un suave alivio recorrer su columna vertebral.

Una maldita premonición le dijo que tarde o temprano, esa noche tendría que emplear el pequeño y mortífero puñal; y otra ocurrencia le hizo empacar rápidamente en un hatillo uno de sus vestidos. El más llamativo de todos. Quizá tendría que hacerse pasar por puta.

Y no vacilaría, ni en usar la daga ni en disfrazarse y actuar como una prostituta.

Descendió a la carrera los escalones e hizo caso omiso a los ojos espantados del superintendente Stevens. Cruzó entre las torres que esperaban en silencio, mientras amenazaba con dar un tarisco a aquel que osara detenerla y como un pelotón, se movieron en la misma dirección dejando atrás a Jules, situada junto a la abuela, con las retorcidas manos entrelazadas. Williams les esperaba con el coche junto con otro hombre de la confianza de John, preparados para partir. En cuanto ascendieron, arrancó veloz acomodándose en el oscuro interior los pasajeros. Mere sentada, tremendamente inquieta, junto a Norris y Doyle al lado de Stevens.

La angustia comenzaba a carcomerle las entrañas. El trayecto se le hizo eterno pese a que las calles estaban completamente despejadas a esas horas de la noche y el instinto, o quizá la necesidad de cobijo, la llevó a enlazar su brazo con el de Norris quien agarró su mano dándole suaves palmadas que lograron reconfortarla un poco.

Tenía miedo. No por ella sino por John y sus alocados hermanos. Si algo le pasara a cualquiera de ellos no lo superaría; o a los dos hombres maravillosos que sin una mínima duda se habían lanzado de cabeza a parar lo que nadie antes se había planteado impedir.

El coche paró a dos manzanas de la siniestra calleja donde se situaba el burdel y Williams indicó a su acompañante el lugar conveniente donde dejar el carruaje. Este de inmediato procedió a cumplir el mandato. Doyle habló sin dudar.

—Nos adelantaremos Stevens y yo. Williams, permanezca con Mere y Norris y no los pierda de vista hasta que uno de nosotros vuelva. Intentaremos retornar cuanto antes, pero no se muevan hasta que se lo digamos y si tiene que retener a cierta personilla impaciente lo hace —¡la miraba a ella!— seguro que su señor le ordenaría exactamente lo mismo.

—Sin duda, señor.

Increíble.

No le dieron tiempo a contestar como le hubiera gustado ya que para cuando abrió la boca, ambos se alejaban a la carrera. Solo pudo lanzar una torva mirada al hombre que le observaba desde su altura con el ceño fruncido. ¡La miraba como si fuera una peligrosa fugitiva! Soltó el hatillo que aferraba con el vestido en su interior, que cayó en el suelo a sus pies.

—No soy una insensata.

—Por supuesto, señora.

—¡No lo soy!

—Sí, señora.

—Soy una mujer templada y sosegada en una situación algo, inusual.

—Por supuesto, señora.

—Solo quiero asegurarme de que mi gruñón está sano y salvo.

—Sí, señora.

—Y mis hermanos, y los demás, claro.

—Ajá, señora.

—Vale, puede que esté algo enfadada, pero me autocontrolo.

En esta ocasión solo asintió. ¿Se habría cansado de parecerse a una cotorra?

—¿No podríamos acercarnos un poquito para ver que tal va la cosa?

—No, señora.

Ya estábamos otra vez con la tararira.

—¿Ni un par de insignificantes pasitos?

Los inmensos brazos cruzados de Williams se tensaron, por lo que tiró hacía su segunda opción.

—¿Norris?

—A mi no me mires. Ya oíste a Doyle y tiene razón. Si algo te ocurriera tendríamos que rendir cuentas a John y antes que eso prefiero que te enfurruñes tú.

Qué rabia, demonios.

Entrecerró los ojos para mirar fijamente a ambos hombres intentando meterles el miedo en el cuerpo, con resultado nulo, por lo que optó por no perder más tiempo, afinar el oído por si escuchaba algún lejano alboroto y agrandar los ojos como las lechuzas para intentar ver en la oscura lejanía, pero para su desgracia veía como un topo y estaba como una tapia.

Dios, odiaba esperar.

XIV

A una manzana de distancia descubrieron con facilidad los lugares donde se ocultaban los que vigilaban el burdel. La estrecha y sucia calle discurría entre casonas abandonadas y casitas bajas en las que residían apelotonadas familias numerosas de clase obrera, sin apenas medios para subsistir. El burdel ocupaba una manzana rodeada a ambos lados por sendos patios descuidados, llenos de salvaje y crecida vegetación, no excesivamente espaciosos pero lo suficiente para esconderse una persona sin llamar la atención. La parte trasera de la casa de citas daba a otra calle paralela, por la que se accedía a la entrada trasera.

Doyle se fue deslizando por uno de los lados y Stevens por el contrario. Recorrió la acera en la que se asentaba la primera vivienda, en estado ruinoso, en cuya esquina hacían guardia por turnos dos agentes bajo las órdenes del superintendente. Los sobrepasó y se deslizó sigilosamente hasta llegar a la lóbrega esquina que daba a uno de los patios laterales del burdel. La silueta de Clive se deslizaba por la acera de enfrente, lenta pero ágil. Desde el ángulo en el que quedó quieto, Doyle dirigió la vista en dirección transversal hasta recaer en la erosionada esquina del edificio de viviendas ubicada al otro lado de la calle frente al burdel, en la cual se mantenía vigilante, en la cerrada oscuridad, una silueta. Era Dean, que, atento, no perdía de vista a la gente que en esos momentos salía del burdel.

También Doyle se fijó en ellos, pero ninguno cuadraba con la fisonomía de los Saxton. Aparte de los que dejaban el burdel tan solo entró un flaco joven, rubio, por el vistazo que se logró atisbar del cabello bajo el calado sombrero, quien entró raudo, tras descender de un coche de caballos. Con una risilla pensó que parecía extremadamente ansioso…

Una vez que la calle quedó en silencio, sin transeúntes, la cruzó para acercarse a Evers. De forma casual, intentando pasar desapercibido.

Pasó junto al enorme corpachón y al salir de la línea de visión de posibles enemigos, apoyó la espalda contra la pared lateral de la casa.

Dean actuó exactamente igual, colocándose a su lado.

—Estamos diezmados, Brandon.

Nada pudo sorprenderle más que lo dicho por el hermano de Mere y ahora le tocaba su turno.

—Tu hermana está a dos manzanas de distancia.

No le extrañó en absoluto el antebrazo que presionó su tráquea, el rostro cuya nariz casi rozaba la suya y los rabiosos ojos clavados a un palmo de los suyos, algo más claros.

El hombre era puro nervio. Lleno de enfado y sorpresa mal encarada.

—Repite eso.

—Mere nos espera a dos manzanas de aquí, preparada para defenderos a todos.

—¡Joder! —susurró pero pareció que el juramento viajaba con la brisa— ¿La dejasteis venir?

—Es terca.

—Y pequeña, por tanto, manejable.

—Y amenaza con morder.

—Cierto —suspiró resignado— y lo suele hacer si se le enfada.

La presión del brazo se aflojó.

—¿No pretenderá entrar al burdel?

—Se ha disfrazado de hombre.

—¡Joder!

Solo pudo asentir. La pequeña mujer era una fuerza de la naturaleza.

Recapituló.

—¿Por qué has dicho diezmados?

—Porque cuatro de nuestros hombres, vigilan a los agentes de Stevens, estamos a la espera de que lleguen refuerzos, desconocemos lo que ocurre en el interior, entra y sale demasiada gente como para poder confirmar que no hayan entrado o salido los Saxton, yo me he dedicado a la puerta delantera, John se ha centrado en la trasera y para colmo, llegó la renacuajo, ¿quieres que siga?

—Estamos jodidos.

Se pasó las manos por el oscuro cabello, inquieto.

—¿Entraron Rob y mi hermano?

—Hace rato.

—Se nos complica todo.

Le miró Evers con la comprensión llenando su rostro.

—Cada vez más.

—¿Y John?

—En la calle de atrás, junto con uno de los agentes cedidos por Stevens y unos de los hombres de Rob. Creo que es el agente Evans.

—¿No ha dado señales de vida?

—No.

—¿No te parece raro?

—Algo.

Ambos cruzaron miradas.

XV

Le llegó el sonido del suspiro desde el otro lado del cuarto.

—Lo dije para enfadarte.

Los profundos ojos negros se alzaron de inmediato. En cuanto se separaron con el brusco empujón, Peter se alejó a grandes zancadas para sentarse al borde de la mullida cama, y así había permanecido, sin dirigirse a él, la mirada fija en sus pies.

Desconocía de cuánto tiempo dispondrían pero debían arreglar sus diferencias, aunque fuera momentáneamente, o no lograrían lo que buscaban.

—¿Qué quieres decir?

—¿Tú qué crees? Si me pinchan, sangro, Peter, y estoy cansado. Lo único que me importa ahora es capturar a los Saxton y dejar de una maldita vez de estar preocupado.

—¿Acaso piensas que yo no?

—Lo sé, Peter, pero no lo lograremos si seguimos así.

—¿Cómo?

—Enfrentados.

Los oscuros ojos ardieron.

—No digas bobadas, para besarnos no necesitamos ser amiguitos.

Apretó las muelas, rechinando los dientes. Nada, no lograría nada. No con Peter rabioso y cerrado a cal y canto.

—Muy bien ¿lo quieres a lo bestia? —enderezó el cuerpo— que así sea.

No podía pasar un trago pese a haber pedido las bebidas. Al parecer Peter no estaba tan afectado ya que daba suaves sorbos a su copa. Durante el tiempo en que Hanna estuvo fuera del cuarto, tras el tenso e inútil diálogo con Peter se mantuvieron uno en cada esquina, cuanto más lejos, mejor. Él, preparándose para lo que se avecinaba. Peter, ni idea de lo que podía estar pensando.

Dejó la labrada copa de cristal sobre la bandeja mientras Peter se sentaba de nuevo en el lecho, observándoles, con el licor en su mano. La mujer se aproximó como una gata, ronroneando y ese ronroneo le erizó el cuerpo. Todo el cuerpo.

No sabía si iba a poder hacerlo.

Creyó que la mujer le besaría pero, para su inmensa sorpresa, giró a su alrededor pasando con suavidad la mano por su espalda y su trasero, para proseguir hasta encaminarse con lentitud hacia Peter. Contuvo la respiración mientras la femenina mano se alargaba hacia este y esos suaves dedos recorrían la hermosa cara, deslizando la yema del índice por la irregular cicatriz, mientras con la otra le quitaba la copa y la apartaba, abandonada en una mesilla al alcance de su mano.

Por alguna extraña razón, eso le puso de un humor de perros, peor del que ya tenía. Obligó a Peter a levantarse y acercando sus manos a los botones de la camisa comenzó a desabrocharlos, lentamente. Rob tragó saliva. Comenzaba a sentirse como un ávido mirón hasta que sus ojos cruzaron la mirada con la de Peter, clavada en él, recorriéndole.

¡Dios! Estaba aterrado.

Llegó el momento. Cogió de nuevo la llena copa y pegó un par de generosos tragos de coñac que le quemaron desde la garganta al estómago, pero le dio la bienvenida al calor abrasador. Maldición, incluso le sabía raro de los nervios. Se acercaban, ella de espaldas tirando de los faldones abiertos de la camisa de Peter y este de frente, la brillante mirada todavía fija de manera obsesiva en él. Sería cabrón, tenía un cuerpo de infarto y no es que él se hubiera fijado jamás, pero es que ahora lo tenía delante de los puñeteros morros.

No pudo evitarlo. Se deslizó un paso hacia atrás y otro más, al tiempo que la pareja se aproximaba, como si sus pies actuaran por sí solos, causando que Peter apretara esos jodidos labios.

Se estaba enfadando. ¡Joder!, tenía razón, les iban a descubrir. Se obligó a estarse quieto, aguantando hasta que la preciosa espalda de Hanna golpeó contra su pecho, quedando ella entre ambos, paralizados, hasta que una de las femeninas manos aferró la suya izándola hasta rodearla, apoyándola en el corsé de seda que rodeaba la fina y curva cintura. Pero no era eso lo que erizaba sus nervios, sino que el dorso de su mano rozaba contra el vientre de Peter, duro y cálido.

No podía mirarle a los ojos. No podía…

Aplastada entre los dos, no tuvo dificultad alguna en volverse quedando contra él, pegados desde las rodillas al pecho e hizo lo mismo solo que en esta ocasión la mano que desplazó fue la de Peter y no la ubicó en su cintura sino en la de Rob. Esa inmensa mano que aferró su cadera cubierta por el pantalón.

Sintió un suave y húmedo beso en la mandíbula al tiempo que los fuertes dedos en su cintura se contraían, apretando. Ella le besaba pero la presencia que sentía a fuego era la de él. Era una locura y no podía seguir, no podía. Se apartó un paso hacia atrás pese a que esa enorme mano casi se lo impidió.

—¿Estás nervioso, cielo?

—No —diablos, la chillona voz no parecía la suya.

—Está tembloroso y asustado el pobrecillo. Quizá no esté preparado o simplemente tenga miedo —la sorna llenaba las malditas palabras surgidas de los carnosos labios de su supuesto mejor amigo.

Hijo de puta. Se estaba riendo a su costa y por el brillo en los rasgados ojos de la mujer ¡también ella!

—¿Quizá sea por él? —indagó al mujer, refiriéndose a Peter.

—No le tengo miedo, no a él.

—Pruébalo.

Joder, joder, había caído en la trampa más antigua de la humanidad. El orgullo.

No tenía intención de retirarse como un cobarde. Tragó saliva ocasionando que Peter torciera la comisura de la boca pareciendo en cierto modo cruel y ansioso.

Eso lo enfureció e hizo lo que jamás se hubiera planteado hasta hacía apenas unos segundos. Apartó a la mujer suavemente y se abalanzó sobre la inmensa forma. Por la leve apertura de los ojos de Peter supo que él tampoco lo esperaba. Introdujo los dedos en la cintura del pantalón de su mejor amigo y aplastó su cuerpo contra al suyo, de golpe, de un tirón.

Mierda, estaban ambos como piedras, el bulto que ocultaba a duras penas el pantalón de Peter era… enorme. Por un breve segundo se preguntó si sería su miembro tan inmenso como parecía por la tremenda impresión que causaba sentirlo presionado contra él. El corazón de dio un condenado vuelco.

No podía pensar ya que si no, no se atrevería.

Agarró con ambas manos la fuerte mandíbula e inclinó levemente esa apuesta cabeza y le besó con languidez, repasando esos turgentes labios con la lengua, lentamente, provocando que el enorme cuerpo temblara.

Cabronazo mentiroso, ¡que no le quería!, mentira podrida. El cuerpo y ese temblor no engañaban. Sabía que se enfurecería por abrir una rendija a la odiada debilidad, pero por los dioses que no se dejaría achantar por el hombre que estaba increíblemente tenso mientras se dejaba besar.

Allá iba, mordisqueó de repente el labio inferior.

Se sentía extraño y no sabía la causa, quizá fuera la reacción de Peter. Estaba presionando esa sensual boca contra la suya e introducía la juguetona punta de la lengua en esta, con movimientos enloquecedores, saboreándole. Le agarraba la cara como él había hecho antes, con mayor firmeza y seguía besándole, con hambre.

Pero algo le estaba pasando. Comenzaba a adormilarse y las piernas le pesaban. No podía definirlo. Lánguido, así se sentía, lánguido y flojo.

Lo único que le vino a la mente fue pensar que siempre le ocurrían las cosas con Peter en el momento más inoportuno.

El rostro apretado contra el suyo comenzó a difuminarse y escuchó, como a lo lejos, su nombre, alguien gritando su nombre, con insistencia.

¿Por qué demonios Peter le llamaba a gritos?

XVI

Dean quedó apostado frente a la puerta de entrada de la casa de citas mientras Doyle y Clive volvían sobre los pasos del primero, hasta alcanzar la zona donde debía estar John.

Allí no había nadie.

—¿Qué cuernos pasa? ¿Y dónde diablos están el agente que, supuestamente, vigila también este acceso? ¿Y el hombre de Rob?

—No me gusta nada, pero, nada. John no dejaría su puesto salvo por una razón de peso —susurró el mayor de los Brandon.

—Quizá haya seguido a Saxton al interior.

—Puede —indicó Doyle pero algo le decía que no era así— maldita sea.

—Adelántate a hablar con Norris mientras yo le digo a Dean lo que ha ocurrido. Necesitamos a Williams y que el padre de Rob acuda a la policía con un mensaje de mi parte. Nos urgen refuerzos y con premura. Si han capturado a John y alguno de mis hombres es corrupto, vamos a tener un duro enfrentamiento. Si están sobre aviso, habrán apostado a numerosos hombres en la casa y tendrán en el punto de mira a Peter y Rob.

—Norris querrá entrar en cuanto sepa que su hijo y Rob están dentro.

—No podrá ser. ¿No me dijiste que sigue débil del último ataque? Arriesgaría demasiado. Es esencial que acuda por refuerzos a la policía. ¡Joder! en peor momento imposible, el turno de noche, pocos hombres y agotados…

—No tenemos demasiado tiempo.

Se separaron en sentido opuesto y Doyle no tardó en alcanzar a las tres personas que permanecían agazapadas en las sombras. Mere le vio llegar la primera y se lanzó en su busca.

—¿Y bien? ¿Dónde está John? —los castaños ojos miraban a su espalda como si esperaran ver aparecer en cualquier segundo la figura de su marido.

—No está.

Silencio sepulcral.

—No está donde se suponía que debía estar vigilando.

La pequeña figura se dobló sobre sí misma, apoyando las pequeñas manos en las rodillas.

—Lo han cogido, lo han cogido, lo han cogido…

Norris apoyó la amplia palma de su mano en la estrecha espalda.

—Hija…

Se enderezó de golpe.

—No lo permitiré —sos ojos comenzaron a brillar con furia—. Giraos, por favor.

Había perdido el norte. Era la única explicación para lo que acababa de pedirles. Que se giraran, ¿no sería para escapar y salir corriendo a la carrera? A esta mujercilla podía ocurrírsele cualquier cosa.

—¡Venga! —la impaciencia inundaba esa fina voz.

—Hija, ¿qué pretendes?

La empecinada mirada se posó en los tres asombrados hombres.

—Me voy a convertir en puta.

Se agachó para recoger algo del suelo, una especie de bolsón del que a tirones, sacó un pomposo y llamativo vestido rojo.

Ahora lo entendía, peligrosa, endiablada e inteligente mujer. Pretendía infiltrarse en el burdel como puta y así pasar desapercibida entre las demás mujeres. Dios santo, podría resultar…

Le dieron la espalda de inmediato, en cuanto, tras un farfulleo, comenzó a desprenderse de la oscura chaqueta y se ¡sacaba!, de debajo de la pechera de la camisa, ¡de entre los pechos!, una brillante daga. ¡Iba armada!

XVII

—¿Qué demonios estás haciendo?

Lo que faltaba. Dean, un enfurecido Dean, o lo que era lo mismo, algo impensable salvo en una situación extrema. El más bonachón, despistado y tímido de sus hermanos, a grito pelado y mirándola con los verdes ojos como platos mientras se interponía entre ella y el también recién llegado superintendente, el cual por su expresión estaba alucinando.

—Ni hablar, Mere.

Odiaba que sus hermanos le leyeran la mente.

—Debemos hacer algo y vosotros destacaríais como elefantes en una cacharrería. Os estarán esperando, pero no a una mujer. Podré moverme libremente por la casa.

—¿Y si llamas la atención de algún caballero?

—Me las apañaré.

—No, Mere. Si te ocurriera…

—Dean, es mi marido. *Es John* y también están dentro nuestros hermanos. Ponte en mi lugar ¿no lo harías si pudieras?

—Maldita sea, Mere…

—No, ¡malditos ellos!

Esos grandes ojos castaños se clavaron en los verdes, similares en forma. Se estaba quitando a toda velocidad el pantalón, aterida de frío, mientras entregaba el vestido a su patidifuso hermano para que la ayudara a colocárselo. Presentaba un aspecto frágil, con los faldones de la camisa hasta medio muslo, temblando, y a su hermano se le comprimió el pecho.

Si no salía bien, jamás se lo perdonaría, pero ella tampoco le perdonaría que le impidiera ayudar y el plan que proponía les daba la ventaja de la sorpresa.

Los redondos ojos le suplicaban.

Se acercó hasta rozarla y posó un suave beso en la coronilla, soltándole después la preciosa y tupida melena para pasarle en seguida el vestido por la cabeza. Tras colocar este en su lugar, la volvió y comenzó a abrocharle los botones. Dios, era un inútil con esos artilugios, pero ya estaba decente.

—Podéis volveros.

Las miradas de todos los hombres se centraron en la pequeña y arrebolada figura. Tenía algo que atraía tanto. Stevens habló tras recomponerse algo.

—Necesitamos que uno acuda a la comisaría central de la policía —instintivamente todos se volvieron hacia Norris, quien aspiró resignado—. En la comisaría de Bow Street insista para que avisen al superintendente Torchwell. Diga que acude de mi parte. Dudarán, pero al final lo harán. No se arriesgaran a que sea verdad y no hacer nada. Tan pronto aparezca Torchwell dígale que *el tercer jinete* tiene problemas e indíquele la dirección. Solo eso. Sé que suena extraño pero él lo comprenderá.

—Está bien.

Williams intervino.

—Daré orden a mi hombre para que lo lleve en el coche y siga sus indicaciones —la mirada del anciano se orientó hacia la pequeña figura que seguía acomodándose el vestido y no hizo falta que dijera más—. El señor no me perdonaría si le ocurriera algo, señor Norris, ni yo mismo me lo perdonaría. Haré lo necesario para protegerla.

—Gracias. Mi hijo, estará ahí dentro.

Esta vez fue Stevens quien respondió con decisión.

—Lo sacaremos de allí.

El anciano inclinó la cabeza pronunciando un suave y ronco *gracias* y tras depositar un dulce beso en el pelo de la pequeña que adoraba como si fuera su hija, se alejó con rapidez junto con Williams. Si no lo hacía así no creía poder distanciarse del lugar donde quedaban gran parte de las personas que amaba y que iban a correr un riesgo que quizá no estaban preparados para afrontar.

Se dirigieron hacia la estrecha calle donde a poca distancia quedaba oculto el carruaje, mientras pedía al creador para que volvieran todos sanos y salvos, aunque fuera magullados, pero vivos.

Apenas tardó en retornar Williams, a la carrera.

—¿Cómo entró? —la temblorosa voz femenina los sacó a todos del estado en que se hallaban.

Debían organizar la entrada, sabiendo lo que les esperaba y que al menos uno de los suyos había caído en manos de los Saxton.

XVIII

¿Qué demonios le ocurría?

Se encontró sosteniendo entre sus brazos el desplomado cuerpo de Rob. Hacía un segundo le estaba besando como si se lo fuera a comer y al siguiente estaba desmayado. Mientras lo sostenía con firmeza, una inquietante sospecha comenzó a formarse en su mente y dirigió la mirada hacia la voluptuosa mujer que no les perdía de vista desde el otro extremo de la habitación.

¡Maldita sea!

También él se sentía mareado, como una cuba, pero antes muerto que dejar desprotegido al canijo. Abarcó con su brazo el cuerpo de Rob y la otra mano se lanzó a por la daga que escondía en la parte interior trasera de su cinturón pero sentía el maldito brazo de gelatina.

¡Los habían drogado!

La vista comenzó a nublársele y dio unos pasos hasta golpear los talones contra la cama arrastrando consigo el inerme cuerpo de su mejor amigo. Lentamente se dejó caer presionando la espalda contra el borde de la cama y deslizándose hasta quedar sentado en el frío suelo con los muslos abiertos y el cuerpo de Rob entre ellos. Apenas podía moverlo. Tan solo sentía la cabeza apoyada contra su pecho…

Se dirigió a la mujer.

—¿Por qué?

La sonrisa que asomó al hermoso rostro le heló la sangre.

—Por una fortuna.

Comenzaba a pesarle la cabeza y le costaba hilar frases.

—Te daré… lo que quieras. Solo… sácale de… aquí. Sácale…

Una pizca de piedad asomó a esos rasgados ojos.

—Demasiado tarde, guapo. Ellos ya están aquí.

Dios… los había atrapado… Saxton los tenía en sus sucias manos…

Le costó un verdadero triunfo luchar contra la droga que invadía su sistema, contra la fatiga que le arrastraba, pero posó la amplia palma de su mano en la cabeza pegada a su pecho hundiendo los dedos en el salvaje cabello rubio. Escuchó una suave llamada en la puerta y vio a la mujer avanzar con parsimonia hacia ella y abrirla para dar paso a una alta figura vestida toda de negro... Un hombre... alto y musculoso con helados y satisfechos ojos azules clavados en ellos, como si lo que viera fuera algo que llevaba esperando toda una vida. Martin Saxton.

Todo se estaba difuminando, lentamente pero apretó con toda la fuerza que le restaba el cuerpo que permanecía entre sus brazos, inmóvil hasta que la oscuridad lo engulló por completo.

XIX

—Así que tú eres uno de los malditos topos.

El puñetazo que recibió en contestación lo dejó atontado y con el sabor de la sangre llenando su boca. Hijo de puta, lo estaba disfrutando.

—Dime, ¿qué dirás a Rob Norris cuando se entere que uno de sus hombres de confianza le ha traicionado?

Evans, el agente de Rob asignado a vigilar la parte trasera junto con él y de paso asegurarse de que el agente cedido por Stevens no era corrupto, le miró con odio.

—No se enterará...

—¿Por qué lo traicionaste? ¿Por qué te vendiste?

—Por dinero, amigo. Por demasiado dinero como para rechazarlo.

Lo miró con asco.

—¿Y ese dinero vale la vida del agente que has matado?

—Eso y mucho más. No puedes imaginar la desesperación de Saxton por tener entre sus manos al rubio y a tu deliciosa esposa. Una desesperación que bien vale una pequeña fortuna.

Dios.

—Lo mataré antes de que la toque con un jodido dedo.

El repúgnante traidor rió jocosamente.

—Claro, Aitor y dime, ¿cómo lo harás? Por lo que veo estás ligeramente prisionero. Además, creo que has atraído el interés de la zorra.

Lo que le faltaba. Asco de día. Al menos Mere estaba sana y salva bajo la protección de los demás.

Ambos se volvieron al abrirse la gruesa puerta ¿Qué infiernos estaba pasando?

Esa no era Selena Saxton.

—Dios mío, de cerca eres más apuesto de lo que imaginé.

Era bella, pero sus ojos rezumaban crueldad. Alta, delgada, pero con curvas. Y fría. Inmensamente fría.

Joder, se habían equivocado de mujer. Lo supo en cuanto Evans agachó la cabeza como un cordero al ver pasar delante de él a la mujer. No en señal de respeto, sino de miedo. Profundo miedo.

Era ella, la mujer obsesionada con Peter, que lo había torturado hasta lo indecible, que destrozaba a imberbes muchachos sin una mísera mirada atrás. Necesitaba saberlo.

—No eres Selena Saxton.

Las carcajadas retumbaron por toda la habitación, pero eran tan gélidas como la mujer que en pie, vestida como un hombre y con la dorada melena desperdigada por la espalda, lo observaba con atención en esos claros ojos.

—No querido, no lo soy.

—Eres la amante de Martin Saxton.

Las entusiastas palmadas le sorprendieron.

Joder. Estaba como una jaula de grillos la mujer.

—Celeste Saxton, a tu servicio, querido —hizo una inquietante reverencia mientras con la mano despachaba a Evans—. Déjame a solas con él.

—Señora, el señor Saxton ordenó que no se le perdiera de vista.

—Y así será, buen hombre, así será.

Evans no se movió, dudando.

—Tienes dos segundos para salir por esa puerta o está noche no tendrás ojos en esa asquerosa cara.

Sonreía mientras lo anunciaba y John no dudó ni por un momento que así sería. Totalmente demente.

El maldito cobarde se apresuró a dejarlos solos.

—Sé quién eres —lanzó una horrible risilla— mi cincuenta y ocho, mi hermoso cincuenta y ocho, pero te cuidaré ¿sabes? Sí, te mantendré mucho, mucho tiempo conmigo.

Se aproximó lentamente hasta que las rodillas de ambos quedaron casi rozándose.

—Eres tan hermoso, casi tanto como mi sombra.

Dios, no entendía la mitad de lo que decía, aunque intuía de qué se trataba, y no tenía la más mínima intención de seguirle el juego a la zorra.

—Te diré un secretito —la mujer se inclinó sobre la pequeña cintura hasta que sus rojos labios rozaron su oído— ha mandado secuestrar a tu esposa. Le obsesiona poseerla y jamás le ha ocurrido antes con un miembro del sexo femenino. Dime, querido, ¿qué tiene esa insignificante mujer que os gusta tanto?

—Corazón, so puta. Tiene un generoso corazón, lo que tú jamás tendrás.

Los azules ojos se agrandaron ligeramente y enseñó los blancos dientes.

—Me gusta —pasó la yema del pulgar por su labio inferior, siguiendo con la mano el movimiento de rechazo de John—. Vas a pelearme ¡bravo! Me encantará domarte. Aunque quizá no pelees tanto cuando tengamos delante a tu preciosa mujercita ¿verdad?

—Tocadle un solo mechón de cabello y estaréis muertos.

La serenidad con que lo dijo no agradó a la zorra y quizá traspasó algo la coraza de demencia que envolvía su mente.

—Eres peligroso, muy peligroso. Me gusta.

Nada contestó ya que nada quedaba por decir. Lo importante estaba dicho.

*****

Capítulo 19

I

Sentía la cabeza llena de algodón, la boca reseca y las malditas manos adormecidas. Sacudió la cabeza para despejarse y decidió abrir los ojos.

—¡Rob!

Otra vez gritándole. Últimamente Peter no hacía más que gritar, gruñir y chillar. Con indecisión abrió uno de sus ojos al tiempo que se daba cuenta de que estaba amarrado con las manos sobre su cabeza.

Dios. Estaban en una amplia estancia, en penumbra y solo disponían de la luz que desprendía la enorme chimenea. El ventanal estaba cubierto con apelmazados cortinajes pero por la falta de luz filtrándose por las rendijas, imaginó que seguía siendo noche cerrada. Recordó lo ocurrido.

—¿Nos drogaron? —tenía algo adormilados los labios así que se los humedeció.

—En el alcohol.

—¿Quién?

—La puta.

El sonido le llegaba de frente pero lo único que alcanzaba a percibir era una inmensa silueta atada a la pared, imaginaba que también encadenada. A él lo habían colgado como un pavo en medio de la estancia, como si de una ofrenda para el sacrificio se tratara. Joder, a veces desearía tener una imaginación menos activa.

Estaban realmente jodidos.

—¿Por qué?

—Al parecer le pagaron una fortuna por drogarnos.

—¿Saxton?

Peter no contestó, pero tampoco hizo falta.

—¿Ha llegado a entrar alguien?

—No desde que he recobrado la consciencia hace unos veinte minutos.

—¿Y a qué esperan?

Las miradas de ambos se dirigían continuamente hacia la cerrada puerta.

—¿Qué crees que les habrá ocurrido a los demás?

—Y yo qué coño sé, Rob.

Se escuchó sonido de cadenas y fuertes tirones a la par que gruñidos entremezclados con juramentos. También lo intentó él, pero era como tratar de mover una maldita montaña. Lo único que logró fue agotarse.

Se escuchó un furioso juramento de la zona en la que estaba atrapado Peter y después silencio, pero no duró mucho.

—Nos han preparado para una escena.

Dioses, no le gustaba nada ese tono.

—¿De qué hablas?

—Tendrás que prepararte.

—¿Para qué?

—Joder, Rob, estas colgando del techo, encadenado, con la camisa suelta y desabrochada, descalzo y a mí me han amarrado a apenas dos metros de distancia con una visión perfecta de lo que te van a hacer. ¡Qué crees que significa!

Joder.

—Me van a torturar, los Saxton me van a torturar.

—Mierda Rob, ojalá fuera solo eso. Intentarán quebrarte delante de mí para lograr lo que no consiguieron hace años.

Supo que iba a preguntar aunque no quisiera conocer la respuesta.

—¿Qué?

—Romperme en pedazos.

—Maldito seas, Peter, no me hagas esto. Júrame que pase lo que pase pelearás.

—Rob, no entiendes…

—¡Júramelo! Escapaste una vez y lo haremos de nuevo. Lo haremos.

Se miraron y el mundo se congeló en esa mirada que encerraba una promesa, hasta que ambos la apartaron.

—Intentemos aflojar las cadenas.

Lo intentaron una y otra vez hasta quedar jadeando ambos. Le estaba siendo difícil comprender cómo se había ido todo al garete en menos de una hora, una condenada hora. Estaba gafado. La única explicación posible era la que su mente sopesaba desde que había recobrado el conocimiento y era esa. Tenía una suerte de perros o un mal de ojo. Las gruesas cadenas no cedían un ápice y el tiempo seguía su lento curso, inalterable.

También estaba realmente asustado, pero eso no era algo que fuera a compartir con otra persona, ni siquiera con Peter. Había llegado el momento que había temido desde que Peter les relatara todo lo que sufrió mientras estuvo prisionero, y se sentía incapaz de mirarle. No podía verle luchar enfurecido contra las cadenas, incansable, destrozándose las muñecas, pese a saber que no podría soltarse. Un luchador nato. Un nudo le apretó la garganta. No podría soportar que lo quebraran, no podría.

Estaba de espaldas a la maldita puerta cuando escuchó el suave sonido al abrirse y la leve corriente de aire que pegó la camisa a su espalda al circular la suave brisa. La expresión de Peter se endureció y sus ojos reflejaron una mirada que jamás se hubiera imaginado ver en esos profundos ojos negros. Puro odio. *Ellos* habían llegado.

No hizo falta que se girara para sentir su presencia. Unas afiladas uñas rozaron su espalda desde el hombro a la cintura mientras su mirada se veía atraída por la tensión en los músculos de la cuadrada mandíbula de Peter. Dios, ella no lo hacía por su propio placer, ni siquiera para molestarle a él, era para que Peter lo viera y supiera que nada, absolutamente nada, podría hacer frente a lo que tenía planeado.

—Fuiste malo, mi dulce sombra.

Estaba loca, completamente desequilibrada.

—No me dijiste que fuera tan bonito de cerca —esperó unos segundos— ¿No hablas? Qué pena, ya que tendré que idear la manera de soltarte esa silenciosa y deliciosa lengua.

Mientras continuaba hablando acercó la mano a la cabeza de Rob e introdujo lentamente los dedos en la maraña de pelo, y sin aviso, tiró brutalmente arrancando un gruñido de dolor, imposible de retener, de sus labios.

—No lo *toques*, zorra.

Las palabras, heladas, que surgieron del rabioso hombre encadenado a la pared, paralizaron momentáneamente a la mujer que seguía teniéndole firmemente aferrado por el cabello, tirando de forma dolorosa. Aun con los dedos enredados en su indómito pelo cerró la mano formando un puño causándole otra oleada de agudo dolor pero no soltó ni un gemido. Aunque se le saltaran los dientes por aguantar el dolor no les daría de nuevo el gusto de gemir.

—Es mío, querida, recuérdalo.

La sangre se le heló en las venas al escuchar la grave voz masculina. Volvió lentamente la cabeza pese al dolor sordo en cabeza y cuello y abrió los ojos pasmado. No lo podía creer, el hombre que le observaba apoyado indolentemente contra la cerrada puerta junto a otro hombre con aspecto de sabandija, no le era desconocido. Lo había visto con anterioridad pero le costaba ubicarlo.

Recordó de golpe ¡En la maldita fiesta!

En la celebración de los Saxton, cruzaron miradas y algo en la alta, musculosa figura le causó desagrado, un instintivo rechazo. Maldita sea, debió atender a sus instintos.

—Veo que me reconoces, sabía que lo harías.

Era el momento de hacer la pregunta cuya respuesta necesitaba conocer.

—¿Qué coño quieres de mí?

La ronca y lenta risa masculina hizo que todas sus defensas se alzaran.

—Todo, lo quiero *todo*.

La tenía a ella a su izquierda, observándolo, pero no podía distraerse. Presentía que el peligro principal provenía de la enorme figura que seguía a su espalda por lo que se giró tirando de las sogas que le mantenían sujeto al techo.

—Muérete.

Una mueca de diversión cubrió esos cruentos labios. Los ojos azules, inanimados lo recorrieron con la mirada, con lentitud, disfrutando, sus ojos deleitándose con la figura que colgaba de las argollas, en su dolor. Jamás se había sentido desnudo estando totalmente cubierto hasta ese momento. Su pulso se aceleró cuando la alta figura, en un fluido movimiento, dio un paso en su dirección.

—Si lo tocas, *te mataré lentamente*.

La ronca amenaza surgió de Peter mientras tiraba de las tensas cadenas.

Los azules ojos se alejaron brevemente de Rob, apenas un segundo y se recrearon de nuevo en la desquiciante situación. Una fina risa escapó de su garganta en dirección al hombre que si pudiera lo destrozaría, provocándole.

—Antes tendrás que liberarte, *sombra*, y créeme, no me limitaré a tocarle.

Se adelantó hasta quedar de espaldas a Peter y frente al hombre rubio, algo más bajo que él. Alzó la mano y con ella rodeo el cuello de Rob, quien instintivamente trató de alejarse, echándose hacia atrás, sin resultado.

—No me toques, hijo de la gran puta.

La mano presionó, obligando a Rob a acercarse. Su boca rozó su oído.

—¡No me toques!

La mano pareció acariciar, la cara se acercó, esos ojos…

—Regla número uno. Eres mío para hacer contigo cuanto desee y cuanto antes lo entiendas, mejor para todos.

Al infierno. No se daría por vencido. Ni lo pensó.

Lanzó un potente cabezazo que por poco no hundió la jodida cara de ese enfermo. Si no se hubiera girado, si no se hubiera movido, le hubiera dado en pleno rostro y no a un lado. Por tan poco...

A una distancia diminuta, separando sus rostros, presenció la furia estallar en los impávidos ojos azules. Saxton lo sujetó firmemente con ambas manos rodeándole la mandíbula mientras él se retorcía en el poco espacio que le permitían las cuerdas, al tiempo que escuchaba el metálico sonido de las cadenas golpear contra la pared, los roncos gritos y amenazas de Peter, a lo lejos, intentando evitar lo que iba a llegar a continuación, fuera lo que fuera. Un brutal golpe en el costado le dejó sin respiración y doblado ligeramente para amortiguar el tremendo dolor, de nuevo sintió que tiraban de su rostro hacia arriba, con brusquedad, hasta sentir que unos calientes labios cubrían los suyos, forzando su boca para que se abriera.

¡Dios! Le estaba besando, esos repugnantes labios y esa lengua, esa húmeda lengua...

La ira le ganó la partida a la sensatez.

Mordió con saña, con toda la fuerza que le fue posible sintiendo en su propia boca el violento grito lanzado por Saxton. Apenas duró debido al tirón que sintió en la cabellera, que le obligó a soltar su presa pero, Dios, le supo a gloria, el dolor causado, el aviso de que no se dejaría manejar, ni adueñar, ni quebrar. A gloria. Hasta que su visión se llenó con un puño que se aproximaba a gran velocidad y... nada más.

II

Media hora. Tenía media hora antes de que Dean, Doyle, Williams y los demás entraran sin piedad alguna.

Intuía que tenían que estar en el piso superior. La inquietud se había ido transformando en miedo según iba recorriendo, intentando pasar desapercibida, los salones. Resultó más sencillo de lo esperado. Las parejas, acarameladas, a nadie atendían y se abstuvo de acercarse a los hombres que se dedicaban a observar, a jugar a naipes o simplemente a conversar. Sentía repentinamente sobre su cuerpo miradas curiosas, pero no se detenía sino que aceleraba algo el paso hasta que la inquietante sensación desaparecía.

¿Dónde estaban todos? También le sorprendió el escaso número de mujeres entreteniendo a los hombres, o la ausencia de matones destinados a vigilar o controlar a los bebidos.

En algún lugar debían estar…

Únicamente había una pareja en la escalinata por lo que reuniendo fuerzas de flaqueza se aferró a la baranda y comenzó a ascender lentamente, haciendo crujir alguno de los escalones. Mientras subía fijó la mirada en las diferentes puertas colocadas a ambos lados y a lo largo de un pasillo en cuyo fondo se apreciaba una doble puerta cerrada.

Su instinto le decía que esa era la habitación de los Saxton. Sopesó sus limitadas posibilidades cuando una de las puertas cercanas a la del fondo se abrió quedando entreabierta por unos segundos para dejar paso a continuación a una hermosa mujer que lanzaba una cruel risa y decía a alguien ubicado en el interior que no hicieran demasiado destrozo en esa cara, que era demasiado bonito.

Se le helaron las manos y el corazón le dio un vuelco. Quedó paralizada esperando en cualquier momento que le dieran el alto, pero la mujer se encaminó por uno de los lados, sin apenas prestar atención a lo que la rodeaba.

Habían decidido por ella cómo actuar. Se llevó la mano al pecho y sintió la daga. La iba a necesitar. Ascendió los últimos escalones y recorrió el tenue pasillo hasta situarse frente a la puerta.

No lo pensó dos veces.

Llamó repetidas veces con los nudillos y habló.

—Chicos, me manda la jefa.

Nadie contestó.

—¿Chicos?

Dio resultado. Un hombre con aspecto desarreglado, en mangas de camisa, arremangadas hasta medio brazo y sofocado, entreabrió la puerta. En cuanto posó sus porcinos ojos en ella, sonrió mostrando los irregulares dientes.

—Vaya, vaya, linda, ¿eres nueva?

—No, pero hace poco me pasaron de una de las casa de Bath.

Eso pareció sorprenderle pero no podía saber si era o no cierto.

—¿Qué quieres?

Dios santo, esperaba que los potentes latidos de su corazón no se escucharan. Parecía pronto a estallar. Sonrió dulcemente y encogió uno de sus hombros atrayendo la mirada del hombre hacia su generoso escote.

—Me mandan a verificar si el hombre que tenéis es el que ella desea y si así fuera para que lo preparéis ya que no tardarán en salir de la casa. Con todo el jaleo que se ha organizado no quieren esperar demasiado.

El hombre gruñó murmurando entre dientes algo de cobardes ricachones pero abrió la habitación, dejándole paso.

Poco le faltó para echarse a llorar. La figura atada a la silla en medio de la habitación era su Jared, su destrozado Jared. Desnudo de cintura para arriba, le habían golpeado por todo el torso y mostraba superficiales cortes diseminados a lo ancho y largo del mismo.

Sintió bullir en su interior un odio inconmensurable hacia los dos hombres que sonreían con placer a la espera de su reacción.

—Es duro el cabrón, muy duro. Un niño bonito con pellejo de boxeador. Divertido de romper.

Su sangre hirvió. Nadie, nadie maltrataría más a su hermano. Recorrió con la mirada, sutilmente, la estancia hasta dar con aquello que le serviría. El hombre que le había abierto seguía junto a la puerta, el otro más bajo y delgado, tras la silla con el puño derecho enredado en el hermoso cabello de su hermano, sonriendo como si disfrutara.

No podía verle la preciosa cara ya que la tenía caída, la barbilla contra el pecho y los sueltos mechones se la cubrían por completo.

Por su mente pasó la escena, fluida, sin descanso, y supo, con una frialdad apabullante, que no saldría de ese cuarto sin su hermano. Se adelantó tres pasos hasta que le paró la asquerosa manaza en su hombro. Se giró y le miró directamente con una sonrisa seductora.

—Debo asegurarme, guapo. Después si quieres podríamos divertirnos.

Los pequeños ojillos, ambiciosos, brillaron.

Miedo.

No quería alzar esa cara que conocía como si fuera la suya, pero no dudó en hacerlo. Asió la fuerte mandíbula y respiró. No se habían centrado en la cara salvo algún golpe suelto. Los odió con toda su alma.

—Es demasiado guapo y si lo destrozamos, valdrá la mitad.

Eso desató su infierno interior. Un infierno que desconocía poseer. Pasó en diez segundos, no más. En medio de una nube pero a gran velocidad.

Lo que quedó claro es que les pilló desprevenidos su poco amenazador aspecto.

Alcanzó la afilada daga y directa la clavó en el maldito brazo que sujetaba a su hermano, traspasándolo. Escuchó la exclamación de sorpresa del hombre a su espalda mientras el que tenía delante se agarraba el brazo herido. Aprovechó la vacilación para asir la bandeja con vasos que, a su alcance, estaba sobre una mesa. Su mano describió un círculo perfecto, veloz, y el borde del objeto golpeó en pleno rostro al hombre, cayendo este como un saco al suelo. No se dio apenas tiempo para pensar. Se abalanzó sobre el hombre que encogido sobre sí mismo, protegía su lastimado antebrazo, lanzando impresionantes maldiciones y dejó caer con todas sus fuerzas la bandeja sobre su cabeza.

El ruido, el crujido fue espeluznante pero no sintió lástima ni piedad. Por su hermano mataría de ser necesario.

Con la bandeja aun en una mano y la daga en la otra se echó a temblar y con una extraña lentitud dejó la ensangrentada bandeja sobre la mesa, sin apenas hacer ruido. Por extraño que resultara, eso la tranquilizó.

—¿Mere?

Se giró hacia su amoroso hermano.

—¿Mere?

—Sí, cielo, soy yo.

—¿Qué has hecho?

—Lo que debía. Nadie te golpeará de nuevo, nadie.

Esos ojos verdes la miraban asombrados, pero no tenían tiempo. Debía ir en busca de los demás.

—¿Puedes levantarte?

—Sí, pero ayúdame.

Con la daga cortó las sogas que le mantenían cautivo y le costó, entre los temblores de sus malditas manos y el grueso de las cuerdas. Ayudó a que se levantara y alcanzó su camisa destrozada, tirada en el suelo.

Maldita sea, no valdría. Su mirada se dirigió rauda a una chaqueta de uno de los matones plegada con cuidado sobre el lecho. La cogió y volvió sobre sus pasos hasta su hermano y le ayudó a colocársela.

—Necesito que bajes por la escalera y salgas de la casa.

—No.

—Jared, por favor. No estás en condiciones, te han molido a palos. En la calle, a un par de manzanas a la izquierda están Dean, Doyle y los demás, esperando media hora a lo sumo para entrar en tromba, o aguardando a que alguien salga para avisar de lo que ocurre. Yo puedo pasar por puta como he hecho hasta ahora e intentar localizar a los demás. Por favor, hermano, por favor. Necesito que me ayudes, no que me discutas.

Sabía que la ansiedad, el temor y la inmensa necesidad de encontrar a su marido, a Thomas y a los demás, se reflejaba en su postura, en su mirada.

Su hermano la escuchaba atentamente y asintió.

Mere terminó de abotonar la chaqueta que ahora cubría ese amplio pecho y le envolvió la cintura con los brazos. Jared gruñó del dolor pero también apretó, mucho. Sintió un beso en su coronilla.

—Ten cuidado, Mere.

—Sabes que lo tendré, pero haré lo que sea necesario.

—Lo sé. No tardaremos así que estate preparada.

—¿Sabes dónde están los demás?

—No, pero estaban preparados y hemos caído en una trampa bien orquestada. Las mujeres nos han drogado, por lo que imagino que a Thomas, Peter y Rob les habrá ocurrido igual, pero desconozco dónde pueden estar. Tom seguía abajo cuando subí a una de las habitaciones y Peter y Rob no habían aparecido aun.

—De acuerdo. Baja con cuidado, no hay apenas vigilancia. Imagino que porque todos os están custodiando o agazapados.

Mere lo dijo, dijo a su hermano lo que más le angustiaba.

—Se llevaron a John.

—¿Qué?

—Vigilaba la parte trasera y cuando fueron Dean y Doyle en su busca ya no estaba.

—¡Joder!

—¿Llegaste a verle?

—No. Pero no puede estar lejos, en alguna de estas malditas habitaciones —se agachó y sacó un arma que tenía aferrada al tobillo y se la entregó— está cargada y lista. No dudes, pequeña, no dudes cuando tengas que usarla.

—No lo haré.

Amordazaron a los dos hombres con girones de la inservible camisa de Jared y con la soga que habían empleado para atarle y tras asegurarse de que el camino estaba despejado, se separaron tras cruzar las miradas, esperando verse de nuevo pronto.

Su hermano descendió las escaleras hasta que no pudo seguir su figura con la mirada a través de la rendija de la puerta. La abrió otro poco más, a tiempo de cerrarla casi completamente al escuchar el ruido de una pesada puerta al abrir, cerca, muy cerca del cuarto en el que se escondía. Apoyó la frente en la fresca madera y respiró hondo. Tenía que estar retenido en alguna de las habitaciones. Entreabrió de nuevo la puerta para ver salir de una de las habitaciones a una mujer, una impresionante mujer.

Ella... No podía ser otra.

Ella, tan hermosa como la mujer con la que la confundieron, aunque con unos años más de experiencia. Vestía de hombre, con la melena suelta y se regodeaba por algo. Se la veía tan satisfecha. Jamás en su vida había sentido tal odio hacia otra persona hasta ese momento. Un odio visceral, irracional y furibundo.

Se dirigía derecha y a paso ligero hacia la puerta del fondo del pasillo, donde su instinto le decía que estaban presos Peter y Rob. Lo sentía en las entrañas, pero antes debía encontrar a su hombre.

El matón que vigilaba el cuarto entró en el mismo, por lo que tras esperar unos segundos y cerciorarse de que la retorcida amante de Saxton ya no circulaba por el amplio pasillo, Mere abandonó la habitación.

Era su momento.

III

Levantó la vista en cuanto la puerta se abrió de nuevo. Evans sonreía con verdadera malicia.

—¿Lo has disfrutado?

Bastardo.

Tiró de las cuerdas pero no cedían.

Esa bruja tenía un maldito don con las palabras. Le describió con maestría lo que tenía pensado hacer con ellos, lo que tardaría, cómo empezaría y terminaría, cuándo admitiría a terceros, hasta qué punto les permitiría intervenir. Llegó un momento mientras lo relataba que John se dio cuenta que no lo hacía para informarle sino para escucharse a sí misma. Se excitaba tan solo de pensarlo, de imaginarlo.

Todo lo que hizo a Peter y lo que tenía ideado de nuevo, sus planes de incluir a Rob.

Tan enfermizo. No le puso un dedo encima durante todo el rato en que habló, no le tocó ni rozó, pero fue como si un pequeño trozo de suciedad y maldad que llenaba esa negra mente se hubiera adueñado de él.

Pero lo que había conseguido revolver su estómago y que perdiera los estribos fueron sus planes para su Mere. Jamás lo permitiría. Antes se los llevaría por delante consigo, al infierno.

—¿Qué te hizo? Estas algo pálido —la risilla que acompañó a la frase hacía entrever la catadura moral del hombre que había traicionado todo aquello que debía proteger.

—Que te jodan, cabrón.

Las carcajadas inundaron la habitación.

IV

—No te resistas, no lograrás nada. Y ¡deja de mirarle!

La bofetada le dio en pleno rostro pero no sintió nada. Su única preocupación se centraba en el hombre que se balanceaba sin conocimiento tras el puñetazo recibido. Se juró que por ese golpe Saxton recibiría el doble, tarde o temprano.

Paciencia, tesón e ira concentrada era lo que necesitaba y las tenía, en abundancia, sobre todo ira.

Los dedos de la zorra le recorrieron la mejilla, el fuerte cuello, pausando en donde latía el regular pulso, la clavícula, el desnudo y firme pecho, hasta llegar a la cintura del pantalón.

—Quiero verla.

Bajó la mirada hasta alcanzar el perfil de la mujer que más aborrecía en el mundo. La odiaba por lo que le hizo y la odiaba aun más por recordárselo.

—Quiero ver mi marca.

Ella le hablaba, susurrante, pero no podía concentrarse, no con Saxton cerca de Rob, apenas a unos pasos de donde se encontraban. Debía impedir que le tocara, que lo manoseara, que le oliera, que se acercará más a él.

Miró a la mujer sabiendo perfectamente lo que deseaba escuchar. Tantos años de estudiarla para buscar debilidades, de tratar de conocer al enemigo no habían sido en balde.

—Acércate —la miró a los ojos y repitió suavemente la palabra.

La zorra lo hizo.

Seguía siendo tremendamente curiosa y esperaba que le siguiera enloqueciendo, que él se mostrara complaciente.

—Haré lo que quieras, te mostraré tú marca, sin luchar, si lo alejas de él. Lo haré si logras que se aleje.

Los azules ojos brillaron llenos de un enfermizo apetito. Se giró hacia el hombre que daba vueltas alrededor de Rob, lentamente, rozándole con los dedos con más y más familiaridad con el transcurso de los minutos. Peter sintió que un furioso calor le envolvía. De algún modo debía parar esa familiaridad que le enfermaba, aunque tuviera que sacrificarse a sí mismo.

La mujer habló y con las palabras vertidas Peter logró sentir algo de alivio aunque fuera efímero.

—Querido, antes de que empieces con el juguete, deberíamos darle su regalo ¿no crees? —hizo un mohín con los rojos labios— ¿Podrías ir a por él?

Los claros ojos de Saxton se detuvieron fijos en ellos y creyó que se negaría, que había resultado demasiado evidente su intención, su desesperación, pero lo único que respondió fue un *claro querida*, quedo pero preciso.

Pasó junto a Rob acariciándole la descubierta cintura, ordenó al hombre que permanecía callado en una esquina del cuarto que lo acompañara y desapareció de su vista sin una sola palabra de advertencia ni de protesta.

V

Abrió con sigilo la puerta de nuevo, una minúscula rendija, asiendo con la otra mano la afilada daga, tras echar un último vistazo a los hombres tendidos en el suelo. Permanecían inconscientes y sopesó la brutal idea de darles otro golpetazo con la bandeja. Por si acaso. Pero no se veía capaz de sostener el metal en alto y dejarlo caer a sangre fría. No era capaz.

Les dio la espalda y atisbó. Su cuerpo quedó helado de repente. Acababan de entrar en su campo de visión.

Saxton. Solo podía ser él, alto, apuesto y siniestro. Iba acompañado por un hombre de aspecto insignificante.

¡Por Dios! El golpeteo del corazón le impedía pensar. Con tres torpes pasos volvió y agarró la bandeja y se introdujo la daga en el escote, pero estaba ensangrentada así que se quedó como una tonta con el mango del puñal al aire, en su pechera y la bandeja bien sujeta en la temblorosa mano. Apoyó la espalda contra la puerta tras cerrar la estrecha abertura y se miró las manos, como si ellas le fueran a indicar la manera de obrar, como si en ellas estuviera la respuesta o la tranquilidad que buscaba con desesperación.

Era ridículo lo que estaba haciendo pero no parecía poder controlarse, ni a sí misma, ni a sus temblores. Dejó la bandeja y asió de nuevo el puñal y sopesó seriamente darse un bofetón para espabilar.

¿Pero qué demonios estaba haciendo? ¡No le podía entrar un ataque de nervios en plena caza! Y menos al ver a la pieza principal pasar delante de sus narices. Sentía una desconcertante mezcla de violencia y pavor en su interior.

Sacudió las manos y observó de nuevo, en completo silencio, sin apenas respirar. No tardó en aparecer movimiento. Del cuarto en el que entraban y salían sin parar surgió de nuevo Saxton y en esta ocasión le acompañaba el mismo hombre que con anterioridad había vigilado la habitación, mientras Celeste Saxton quedaba dentro.

Alguien estaba retenido dentro y debía ayudarle como fuera, quienquiera que estuviera en el interior, su hermano, el pequeño de los Brandon, Rob o... su marido.

Respiró hondo, se decidió y recorrió el corto trecho que la separaba de la cerrada habitación ubicada al otro lado del pasillo. No podía permanecer plantada frente a la puerta ya que la descubrirían, pero apenas podía respirar. Si el hombre que retenían en el interior era John, perdería los nervios. Los perdería.

Carecía de otra opción salvo actuar como lo había hecho hasta ahora, pero varió el sistema. No llamó ni avisó a las personas que estaban dentro. Simplemente sujetó el pomo y tras girarlo, lenta y silenciosamente se abrió paso.

Su mirada se centró en la figura situada en medio con la espalda hacia la entrada de la habitación, hacia ella. Tensa y con la mano alzada cerrada en un puño. Ello le sorprendió hasta que al dirigir la mirada hacia los pies descubrió que tras el hombre en pie se encontraba otro cuerpo.

¡Dios santo!, le iba a golpear. Sin pensarlo sacó la pequeña pistola del pliegue del vestido pero no llegó a tiempo para impedirlo. El sonido del aire cortado por la velocidad del movimiento, el golpear de nudillos contra carne, el gruñido imposible de retener.

Ese gruñido sonaba a… John.

Tres pasos eran lo que les separaba y su entrada había pasado desapercibida. Aferró el arma, con cuidado, el dedo en el sensible gatillo, con miedo, con tremenda furia.

Estaba golpeando a su marido mientras permanecía atado. Casi vio rojo. Sin saber bien cómo, se aproximó sin hacer un maldito ruido hasta quedar junto al hombre que de nuevo se preparaba para descargar otro golpe. Por todos los infiernos que no lo haría. El cañón de la pequeña pistola presionó contra el lateral del cuello del hombre mientras avisaba con fría y suave cadencia.

—Mueve un músculo para pegar a mi marido y te exploto la cabeza.

Debió sentir el frío metal y comprender que las palabras no eran en vano porque obedeció de inmediato. Con la pistola en una de las manos, la daga en la otra y el estrambótico vestido se sentía en cierta forma distante de la situación, pero no ajena al riesgo que corría.

Debía alejar al hombre de John.

—Muévase lentamente hacia su derecha y no dude por un momento que no voy a disparar si no hace lo que digo al pie de la letra.

Ni le contestaba, ni se movía.

Aunque bien pensado con una pistola apuntándole al cráneo no le extrañaba.

—Ahora.

Obedeció y al apartarse pudo posar sus ojos en su John. Casi gritó y casi disparó. Uno de los bellos ojos verdes se estaba cerrando inflamado a consecuencia de los golpes y de un profundo corte en la ceja manaba sangre. También de la comisura del labio. Presentaba marcas rojas de golpes en el pecho y arañazos en cuello y pectorales.

Se habían ensañado con él, resultándole imposible defenderse. Cobardes, malditos cobardes.

Pese a ello sentir esa cálida y enfadada mirada sobre ella calentó su aterido interior. Todo iría bien, todo. Con él a su lado dejó de tener miedo. Solo faltaba desatarle e ir en busca de los demás.

—Camine con lentitud hacia la pared y al llegar, vuélvase.

—¿Qué demonios haces?

—Lentamente, y mantenga…

—¿Qué haces aquí?

—Las manos en alto donde yo las vea.

—¡Mere!

—¿No es evidente? —Dios, se lo habían dejado tonto con tanto golpe— ¡rescatarte!

Su marido abrió su carnosa boca pero ni un tenue sonido salió de entre los labios mientras la recorría con la mirada, las pupilas dilatadas, deteniéndose en las armas que llevaba en ambas manos. Gesticulando con la cabeza para llamar la atención de Mere, vocalizó un *¿sabes disparar?*

Dudó por un momento.

¿Habría que hacer algo más aparte de apuntar y apretar el dedo? Daba igual. Cuadró los hombros tratando de aparentar amenaza al tiempo que el hombre se volvía.

—¡Usted!

El índice se atirantó. Era el hombre que la dejó sin sentido en la tienda, el cobarde maloliente que dejó su cara como un cromo.

—Cobarde, es usted una infame ¡comadreja!

—¿Mere?

—Fue quien me golpeó en la tienda de Norris.

El hombre que quieto con las manos en alto les miraba, mostró desprecio, hasta que escuchó hablar a John.

—Desátame.

El hombre dio un paso hacia adelante, hacia ellos.

—¡No se mueva!

Mere rodeó a su marido que permanecía atado a la silla e introdujo la daga entre la soga y el respaldo de la silla, rasgándola hasta que las manos quedaron libres.

Solo apartó un segundo la mirada del hombre para idear la mejor manera de cortar la cuerda que aprisionaba las piernas de John, pero ese instante debió parecerle suficiente para abalanzarse sobre ellos. Tan veloz que la pilló por sorpresa. Disparó, pero nada ocurrió. ¡Nada!

¡No podía permitir que le alcanzara! ¡No podía! Mientras arremetió contra ella, chilló como si tuviera un grillo atascado en su cuello y respondió lanzando lo primero que se le ocurrió, lo que tenía a mano, sin pensar.

La culata del arma le dio en medio de la frente, dejando alelado al hombre mientras escuchaba gruñir a su lado a su gigantón. Miró la daga en su mano, se la pasó, rauda, a su marido y recordó lo que le dijo sobre el punto débil de un hombre.

Como una loca aventada se arremango las faldas, cargó contra el repugnante y tambaleante hombrecillo que se toquiteaba con las puntas de sus toscos dedos la ya abultada frente y le dio tal patada entre las piernas que casi lo volteó hacia atrás. La reacción fue… espectacular. Gimió soltando en forma de chirriante silbido el aire acumulado en sus vías respiratorias, juntó las rodillas como si protegiera su mayor tesoro y cayó al suelo en forma de redondo ovillo de lana.

Se volvió hacia su marido.

—¿Le doy otro leñazo? —no separaba la vista el hombre tumbado, encogido.

—Cariño, me preocupas.

—¿Y eso es malo?

—Ahora no.

Ya había conseguido soltarse y aprovechó para apartar gentilmente a Mere hacia un lado mientras le decía que recogiera el arma. Ató al cobarde apelotonado en el suelo con las sogas empleadas en él, tras un par de intentonas, ya que le costó bastante que separara las manos de sus partes íntimas. Lo amordazó y se dirigió a la puerta, la abrió con tranquilidad y asomó la cabeza para adentrarla de nuevo de inmediato.

Se volvió hacia Mere y caminó hasta pegarse a ella. La miró desde su tremenda altura, con los ojos brillantes.

—Gracias, mujer.

Las palabras se le atascaron y la adrenalina fluyó.

—Creo que me voy a echar a llorar del susto.

La sonrisa más maravillosa asomó a esos labios que Mere adoraba, mientras se inclinaba para besarla suavemente.

—No hay tiempo, amor. Hemos de localizar a tus hermanos y. sobre todo, a Peter y Rob. Esa loca tiene planes para ellos, planes enfermizos y Saxton…

—¿Qué?

—Los tiene para ti.

—¿Qué planes?

—Eso no importa ahora, cariño. ¿Cogiste el arma?

—Ajá, pero no va bien. Creo que está defectuosa —más tranquila recordó *eso* tan importante que debía comentarle— Jared salió en busca de los demás, por lo que no creo que tarden en invadir la casa en tromba y seguro que hay una pelea y alguien sale herido y no he conseguido localizar a…

—Mere…

—Thomas…

—Cariño…

—Ni a Peter o Rob…

—¡Cielo!

—Y ya estoy farfullando. Son los nervios…

John frunció el ceño, tras besarla de nuevo, con más fuerza.

—Tendremos que darnos prisa —desvió la mirada hacia ella— Mere, mantente a mi espalda y ocurra lo que ocurra quédate ahí.

—Pero...

—Mere, por favor.

—¿Y si te ocurre algo? ¿Quién te defendería?

Su grandullón la miraba con una mezcla de orgullo y desesperación.

—Si me ocurre algo, saldrás corriendo.

Y un cuerno…

—De eso nada. Si caes, caemos juntos, y si te hieren… los mato.

Mientras hablaba se separó un paso del corpachón ya que se sentía en cierto modo traicionada. *Ella* le había salvado y pese a ello no la consideraba lo bastante fuerte para pelear como una salvaje. A pesar incluso de haber noqueado a tres hombres. Claro que él no sabía lo de los otros dos matones.

Decidió compartirlo.

—Van tres.

Le miró como si le hablara en chino, desesperado.

—¿Tres qué?

Prefirió susurrarlo sin saber muy bien la razón para ello.

—He noqueado a tres, por ahora —¡rábanos! se sentía muy poderosa.

—¿Tres qué?

Definitivamente, ¡se lo habían atontado a golpes!

—Tres secuaces. Los dejé sin sentido con la bandeja y tirados en la habitación de Jared.

Se volvieron al escuchar livianos pasos pasar por delante de la puerta, mientras con una de sus enormes manazas John la empujaba hasta colocarla tras su tensa espalda.

—John...

No tuvo tiempo de más ya que su inmenso marido la envolvió con el brazo, tapándole la boca.

—Te quedas aquí, cierra la puerta y coloca uno de los pies haciendo presión hasta que vuelva. No abras salvo que escuches tres golpes en sucesión de tres.

Con la misma rapidez con la que habló, le dio un doloroso beso en los labios y desapareció de su vista tras la puerta para asomar de nuevo su golpeada cara y ordenarle que no se le *ocurriera* salir del cuarto *sin él ¡si no quería meterse en problemas!* Inconcebible.

Enfadada decidió que el caso que le iba a hacer a su atontado y evidentemente desorientado marido era nulo.

Ya estaba de problemas hasta el cuello. Mucho más no podría empeorar.

VI

—¿Cómo sigue mi hermoso durmiente?

Hijo de puta. Odiaba la forma en que hablaba de Rob y le repugnaba la manera obscena en que lo tocaba, lo recorría con esos fríos ojos azules, como si lo creyera de su propiedad.

En esta ocasión le llamó la atención otra cosa. Saxton venía acompañado por Evans.

¡Joder! Evans, un puñetero traidor. Ello supondría un duro golpe para su confiado amigo. Llevaba demasiado tiempo trabajando codo con codo con ese agente como para que no lo sintiera así.

Otro jodido duro golpe.

—Despiértale suavemente. No deseo que se estropee la mercancía.

Eso molestó sobremanera al hombre que había recibido la orden directa de Saxton. Peter imaginó que el agente no había esperado que su situación fuera expuesta de semejante modo, confrontándole con el hombre que había confiado en él. Una cosa era la atracción del frío oro y otra muy diferente enfrentarse a las consecuencias de tal decisión; que el hombre que le había entregado una fortuna se regocijara en su traición con la mera finalidad de hacer daño al hombre que durante tanto tiempo había sido su superior. Se apreciaba a la legua que no esperaba, ni quería que el hombre al que había traicionado por encima de todo supiera de su deslealtad.

—No lo haré.

Quien parecía sorprendido ahora era Saxton, evidenciándose que era un hombre al que rara vez se le negaba algo. Entrecerró los ojos, pero aquello que fuera a decir o hacer quedó interrumpido por el inesperado movimiento del cuerpo que permanecía colgado de la viga central del techo.

Peter se dio cuenta de que en los ojos de Evans asomaba la vergüenza y quizá algo de arrepentimiento.

—Esto no estaba en el acuerdo.

Saxton apretó los labios.

—No eres tú quien decides lo que está o no en el acuerdo, salvo que por supuesto quieras reconsiderar los términos del mismo —lo miró con los azules ojos entrecerrados

—No humillaré a este hombre.

—Harás lo que se te dice.

Rob murmuró algo ininteligible abriendo con lentitud esos llamativos ojos azulones.

—¿Evans? ¿Ya llegasteis? Gracias amigo, espera, ¿por qué sigo atado? —las palabras le salían gangosas, adormiladas y era obvio que no era plenamente consciente de lo que acontecía a su alrededor, que uno de los suyos se había vendido—. ¿Qué demonios ocurre? —su mirada, algo más despejada, se volvió hacia el hombre que seguía encadenado a la pared de enfrente— ¿Pete? ¿Por qué diablos sigues amarrado? Comenzaba a verlo. Dios lo conocía tan bien…

El brillo de esa azulona mirada desaparecía poco a poco según iba comprendiendo que la presencia de Evans no era lo que esperaba, sino todo lo contrario. El dolor llenó a borbotones esos iris y cierto instinto compelió a Peter a guardar en su memoria la reacción de Saxton.

El muy cabrón disfrutaba, gozaba con el dolor de Rob. Le daba igual que fuera físico o mental. Le excitaba apreciarlo en los demás, pero verlo en Rob le enardecía y estimulaba y esa había sido su intención desde el primer momento. Lo iba a torturar de todas las formas posibles y había sido culpa suya desde un comienzo, al hablar de él durante su cautiverio para evadirse del infierno en el que estaba.

Dios, tenía que localizar el punto débil de ese animal o se ensañaría con la única persona, junto con su hermano, que le importaba más que su propia vida. El hombre que amab…, el hombre que era su mejor amigo.

También debía ganar tiempo. Doyle no tardaría en averiguar lo que ocurría. Su inteligente, intuitivo y protector hermano llegaría.

Solo confiaba en que lo hiciera a tiempo.

VII

El costado le estaba matando pero la angustia de saber que había dejado atrás a su hermana podía con todo. Eso le carcomía el pensamiento. No tardó demasiado en salir a la helada oscuridad de la noche. Mere tenía razón. La diferencia con el tumulto de la llegada resultaba sorprendente, como si la clientela hubiera presentido lo que se avecinaba y desaparecido uno tras otro.

El alivio fue inmenso pese a estar medio vestido. Y hacía un frío de pelar los huesos. Rápidamente se dirigió en la dirección indicada por Mere hasta que una fuerte mano le pegó un tirón forzándolo a un lado.

Contuvo la respiración.

Dean. Su pacífico y paciente hermano estaba crispado y eso nunca, *nunca* era buena señal.

—Joder, hermano, ¿qué coño está ocurriendo allí dentro y qué cuernos te ha pasado en la cara? —mientras hacía la pregunta comenzaba a recorrerle el rostro con sus suaves e inmensas manos, torciéndolo a un lado primero y después hacia el otro, examinándole. Aprovechando el giro se dio cuenta de que en el lugar y en las calles cercanas numerosos hombres acechaban el edificio.

—¿Os habéis traído a un ejército?

—Casi. Norris fue en busca de ayuda y se trajo a un regimiento cuando menos. Un tal superintendente Ross Torchwell, de Bow Street y de armas tomar; se ha traído a no sé cuantos hombres y está en estos momentos hablando con Stevens. Bueno, más bien discutiendo —gesticuló en dirección al superintendente que hablaba con otro hombre de pelo castaño oscuro, de rasgos marcados, al que no podía apreciar salvo de perfil, y tan alto como John e igual de enorme. Y por los gestos que hacía parecía enfurecido con el hombre algo más bajo, que a todas luces trataba de hacerle entrar en razón.

Demonios, no era el momento de discutir, sino de actuar, por lo que se desprendió con gentileza de las manos de su hermano, apretó el antebrazo que por un segundo se resistió y se dirigió derecho a ellos.

—No tenemos tiempo —ambos pares de ojos se centraron en él y ello le permitió ver uno de los más extraños mirándole fijamente. Un ojo negro como el carbón, el otro de un color ámbar muy vivo. Costaba apartar la mirada hasta el punto de que el pobre hombre comenzó a sonrojarse, asumiendo una postura defensiva.

—Perdón, no pretendía incomodarle —carraspeó.

—A lo que iba, carecemos de tiempo. Mere me liberó pero…

—¿Mere?

—Tom, Rob y Peter siguen dentro…

—¿*Quién* es Mere?

—Y los Saxton son…

Cómo no respondía al alto y oscuro hombre, este se volvió hacia Stevens vocalizando *quién demonios es Mere,* por lo que resolvió facilitarle la información de primera mano.

—Mi hermana, y está dentro.

Eso lo dejó callado un par de segundos y cuando a punto estuvo de girarse de nuevo hacia Stevens para gesticular y vocalizar buscando más información, decidió explayarse. Tardarían menos que si el hombre seguía parloteando en silencio, con los labios.

—Todo se precipitó hace unos días cuando infiltramos a Mere. Escapó por los pelos, a John casi le tenemos que sedar y a mí tampoco me hubiera venido nada mal un tranquilizante, ahora que lo pienso. Bueno —respiró entre frases— cogieron a Rob, lo recuperamos y supimos que los Saxton se iban a reunir en el burdel. Y hemos de localizar la ubicación de los muchachos y solo ellos pueden decírnoslo. Son repugnantes —la sorpresa se filtró en los rostros que le observaban. Algo le decía que su explicación no iba bien y que procedía recular—. Los muchachos no , sino ellos, o sea, los Saxton, y alguien debe pararles y la policía es corrupta hasta el tuétano. Creo que eso es todo.

Horror. Se explicaba fatal a veces y quizá debió callarse eso último ya que el gigante de los ojos dispares lo fulminó con la mirada.

—Tiene razón, Ross. Escúchale.

Parecía que si la información provenía del otro hombre adquiría una pátina de veracidad.

Capullo condescendiente. Se hartó de hacer el bobo merengoso delante del escéptico *ojos raros.*

—Yo voy en busca de mis hermanos y de mis amigos. Ustedes… —torpedeó con los labios al tiempo que sentía tras él la apaciguadora presencia de Dean— …hagan como deseen. Quédense cotorreando como urracas si lo prefieren. Yo no estoy para idioteces.

Ya se estaba girando cuando una grave voz le detuvo. Cortante y algo hiriente. El gigante.

—Describa la distribución del interior, al detalle. Cuántas personas había al entrar, cómo salió, por dónde, con cuántas personas se cruzó al hacerlo, distribución de la casa, iluminación, todo lo que recuerde. Y sobre todo, cómo le atraparon.

Un cortante capullo en todo el sentido de la palabra, pero le daba igual. Al fin movían ficha.

Le quedaba poca, muy poca paciencia.

VIII

Como si se lo hubiera susurrado al oído su propio torbellino, estaba seguro de que no le iba a obedecer, pero contaba con algo de tiempo antes de que la enana se aventurara al exterior. Más tarde arreglaría lo de sus escapadas con su señora esposa.

Disponía de muy poco tiempo para localizar a Tom. El convencimiento de que a Peter y Rob los custodiaban en la habitación del fondo era firme y rezaba para que no hubieran empezado con la *maravillosa sesión de reencuentro,* como la había definido la zorra.

Maldita puta…

Mere le había señalado la ubicación de la habitación en la que había localizado a Jared, por lo que se debía arriesgar. Probaba en el cuarto que mediaba entre el de Jared y el del fondo o se arriesgaba con alguno de los del otro lado del pasillo.

Se decantó por el de en medio. Abrir la puerta no era problema sino la posibilidad de que en el interior hubiera algún matón de los Saxton. Empujó suavemente el pomo y para su sorpresa no estaba echada la llave.

Ningún secuaz, pero la escena que apareció ante sus ojos no era mejor. La habitación mostraba la misma horrenda decoración que las restantes, pero lo que le puso la piel de gallina fue ver tirado en la cama, desnudo, el cuerpo del hermano de Mere.

No se movía y por un breve y agonizante instante temió que lo hubieran matado. Lo habían dejado a su suerte, allí tendido y desconocía la endiablada razón para ello. Se acercó en dos malditas zancadas para apoyar la mano sobre el pecho, conteniendo la respiración.

Tan nervioso estaba que al principio no percibió el subir y bajar del pecho.

¡Joder! Por Dios, se lo habían matado.

Lo habían matado pero estaba caliente. De repente lo sintió. El suave movimiento del torso. El jodido alivio le vino en forma de gigantesca oleada y dio gracias a los dioses porque no hubiese sido Mere la que hubiera tenido que pasar por semejante mal trago. La boca se le había secado de golpe y el corazón le seguía bombeando como un desbocado martillo.

No iba a poder olvidar el último mes en esta vida o en las venideras y la noche no había acabado aun.

Abofeteó la apuesta cara y recorrió el bien formado cuerpo con la mirada. Parecía un eccehomo, mostrando un aspecto lastimoso. Alguien le había sobado hasta enrojecer, desde el cuello hasta las rodillas y recordó a las mujeres del piso de abajo. Si no se equivocaba en demasía se habían aprovechado del hombre en su estado de adormilado estupor.

De nuevo le soltó unos golpecillos pero lo único que recibió a cambio fue un gruñido sordo diciendo *no soy un semental, so brujas...*

Miró a su alrededor. Nada de ropa a la vista. Lo único que servía para taparle era la andrajosa colcha con motivos florales color caqui sobre la que estaba tumbado. Tendría que valer, aunque se viera ridículo.

Tapó la mitad de su cuerpo y volteó a Thomas empleando la fuerza bruta. Era todo un peso pesado, pero lo consiguió. Se subió a la cama y a base de empujones, maldiciones y tirones lo sentó con la espalda contra la irregular pared. Lo alineó verticalmente y rápidamente se adueñó de una vasija repleta de agua helada que estaba a su alcance, agradeciendo las actividades que se solían desarrollar en la casa que requerían de agua. No se lo pensó dos veces. Vertió casi la totalidad de su contenido sobre la derrumbada y abotargada cabeza.

La reacción no se hizo esperar. Los claros ojos se abrieron como albaricoques y boqueó sin emitir sonido alguno, impidiéndolo la inmensa mano de John apretada contra su boca. Si algo tenía su cuñado que impresionaba, era su capacidad de reaccionar de inmediato y ubicarse en el espacio y tiempo sin titubeo alguno. Farfulló bajo la palma de la mano al tiempo que sus claros ojos se clavaban en los de su cuñado.

Alzó con lentitud la mano.

—Las muy brujas me drogaron y me... me..., bueno, me drogaron —Thomas entrecerró los ojos— ¿qué haces aquí?

—¿Ya estás despabilado?

—Sí.

No podía arriesgarse. Le vertió el resto del contenido por la cabeza.

—¡Para ya!

Con un dedo abrió el párpado del ojo derecho hasta que Tom se sacudió como un felino, desprendiendo gotas por doquier.

—¿Del todo?

—¡Tu qué crees! ¡Joder!, me has calado.

John dudó un brevísimo instante, pero se lanzó al verse reflejado en la clara mirada que poco a poco descendía hasta topar con la monstruosidad que le tapaba.

Miró a John y desvió la mirada a la estampada colcha y de nuevo, por tercera vez, repitió el silencioso proceso.

—¿Qué coño es eso? —gruñó.

Ya estaba de vuelta en su estado natural. Gruñón en grado sumo.

—Por ahora, tus ropajes.

—Y un cuerno. Dame unos pantalones.

—Como no te dé los míos... —observó que su cuñado le miraba con ojos entrecerrados— cuando entré estabas boca abajo en la cama con el culo al aire, y fue lo único que encontré a mano.

Salvo un susurrado *joder*, Thomas nada dijo. Bien, ahora podría hablar.

—Tenemos problemas. Por lo que hemos averiguado, nos esperaban y drogaron a la mayoría, al menos a ti y a Jared.

Los claros ojos se oscurecieron hasta adquirir el tono de un tormentoso cielo.

—¿Jar?

—Consiguió salir de la casa. Mere lo liberó pero...

—¡Mere!

—Tú, Rob y Peter seguíais...

—¿Nuestra Mere?

—...dentro por lo que se negó a marchar. La amenacé para que se quedara en el cuarto pero...

—¡Nuestra Mere!

—¡Si, coño, nuestra Mere! Y ya conoces a tu hermana, cuando se le mete algo en la cocorota no hay manera de sacárselo. Está en un cuarto a poca distancia de aquí, vestida como una prostituta para pasar desapercibida, y al parecer lo hace bien. Ha noqueado al menos a tres hombres que yo sepa, uno de ellos delante de mis narices. Es de armas tomar.

El gruñón parecía alucinado y no le extrañaba. Su pequeña Mere había resultado una fiera. Sonrió para sus adentros. Claro que mezclada con una mueca de angustia de pensar lo que estaría haciendo o maquinando mientras ellos perdían el tiempo con explicaciones, por otra parte, necesarias.

Debían darse prisa.

—Por tanto, seguimos en la casa, tu hermana, nosotros, Rob y Peter. Nos encontramos en la habitación ubicada junto a la del fondo. Estoy casi seguro que a Peter y Rob los retienen en la de al lado y con ellos deben estar los Saxton. Mere tiene su daga y un arma de defensa personal, por tanto, un solo disparo. A ti evidentemente te han quitado todo lo que llevabas encima —John escuchó otro tenue *joder*— y yo únicamente tengo el puñal que suelo llevar en la tobillera y el arma que le he quitado al imbécil que Mere dejó inconsciente. Si hubieras visto la patada de la enana... —cerró sus propios muslos instintivamente.

—¿Cómo lo hacemos?

—Jared ya habrá avisado a Dean, Doyle, Williams y los demás, así que calculo que tendremos diez minutos a lo sumo antes de que entren como una invasión en toda regla. La casa se encuentra medio vacía —las oscuras cejas de su cuñado se enarcaron—. Sí, casi como si la hubieran evacuado a la espera de un asalto, por lo que habrá lucha. Lo que me preocupa es mantener a Mere segura y haber localizado y liberado para entonces a Peter y Rob.

Thomas se levantó arrastrando la colcha en forma de larga falda tras él. Dios, qué facha llevaba.

—Comencemos, entonces.

Los verdes ojos de John calcaron el recorrido que el propio Tom había realizado con antelación, de la colcha a los ojos y viceversa, varias veces.

—Llevas falda.

—Ya.

—No podrás luchar con falda.

—Ya, y por eso vamos a rasgarla a medio muslo.

Dioses, solo de pensarlo casi soltó la mueca contenida en sus labios.

La imagen no tendría desperdicio. Y eso si no se le caía la tela al suelo, dejándolo como Dios lo trajo al mundo en plena pelea.

—Sé lo que piensas.

No le extrañaba lo más mínimo. John alzó la mirada a la espera de la siguiente frase de Thomas.

—Lo cierto es que nunca me ha preocupado demasiado que me vean desnudo.

Menuda novedad.

—Muy bien, haremos lo siguiente…

IX

—Me largo de aquí.

Parecía tener la cabeza llena de esponjoso algodón cuando escuchó la frase de Evans.

Joder, Evans. Sintió el pecho comprimido. Jamás había sentido tan hondo una traición. El maldito topo que se chivaba a la organización de sus movimientos, y lo había tenido a su lado en todo momento. Desvió su mirada hacia el hombre que ocultaba la suya.

Traidor y cobarde.

—¿Por qué? Tan solo quiero saber *por qué*.

Ni una palabra.

—Por dinero ¿verdad? Eres un maldito traidor, un *maldito* cabrón. Por mí puedes irte al infierno.

La suave risa que brotó de los labios que le asqueaban le hizo apreciar lo que ocurría, recorriendo la estancia al completo. No le extrañaba seguir colgado de la viga central de la habitación, ni seguir descalzo, vestido únicamente con los pantalones y la camisa suelta o que Peter permaneciera encadenado frente a él. Lo que si le sorprendió fue que en el cuarto además de los Saxton y Evans solo hubiera otro hombre.

Con la poca información que habían conseguido arrancar de Peter, siempre pensó que los Saxton gustaban de exhibir sus piezas, salvo que creyeran que esta sesión era especial. Al carajo, estaba acabado.

—Desabróchale el pantalón.

Su corazón dio un vuelco. Sus oídos pitaron. No podía ser… Se escuchó el ruido metálico de cadenas al tensarse repentinamente. Peter.

¿Qué diablos…?

La sorpresa en los oscuros ojos de Evans mostró la impresión causada por la orden y el inmenso asco que comenzaba a producirle el hombre que hablaba. Por el brillo en esos ojos supo que el agente se negaría. Había presenciado demasiadas veces esa empecinada expresión en el policía como para confundir su significado. Había superado su límite de aguante.

—Estás enfermo, Saxton. *Enfermo.*

La respuesta generó un enfermizo coro de tres risas. Dos graves y una aflautada hasta que cesó el ruido, dejando paso a un tenso y premonitorio silencio.

—Desnúdale o perderás todo lo que has conseguido. Todo.

Evans cerró los puños con fuerza. Se sentía la pelea en su interior. Extrema avaricia enfrentada a su hombría.

—Yo lo haré.

La sanguijuela que permanecía oculto al fondo de la habitación dio un paso al frente.

Dios, lo que faltaba, un voluntario. Un maldito voluntario. Rob giró la mirada hacia Peter que permanecía atado a la pared pero algo, algo estaba haciendo el condenado con una de sus manos mientras los demás estaban distraídos en el tenso enfrentamiento. Algo planeaba. Si lo lograba se lo comería a besos, en su mente, claro.

Saxton se volvió hacia los dos hombres, hacia el que se negaba en redondo y hacia el que se ofrecía, con ansia. Este último no le quitaba a Rob la vista de encima. Habló como si ese afán le compeliera a hacerlo.

—Es hermoso. Me gustaría verle desnudo —dioses, otro chalado desquiciado. Más ruidos secos de cadenas. Peter debía estar furioso para reaccionar de semejante modo a esas palabras.

—¿Acaso te dije que hablaras?

Resultó incomprensible la manera en que el repugnante hombre se encogió sobre sí mismo, al escuchar lo dicho por Saxton, retrocediendo de nuevo para ocultarse entre las sombras del fondo de la habitación. Inmóvil.

Saxton se dirigió de nuevo a Evans.

—Tienes diez segundos para decidirte o daré orden de que no se te entregue lo que resta por abonar, lo cual y corrígeme si yerro, es casi todo el montante.

Rob apenas podía creer lo que escuchaba. Parecía un jodido mercadeo y él venía a ser la suculenta mercancía colgada y expuesta a la vista de los ávidos postores.

Evans suspiró y dio un paso en su dirección.

—No lo hagas, Evans, joder, *no lo hagas.*

Otro condenado paso.

—No lo hagas, por favor. *Piensa* en lo que haces…

No paró hasta quedar casi pegado a su frente. Subió suavemente las manos con las que había trabajado innumerables veces en el pasado y las colocó en su cintura, heladas, rozando su carne. Rob cerró los ojos mientras escuchaba maldecir a Peter, las cadenas haciendo un ruido infernal, hasta escuchar una suave voz en su oído.

—Deberías saber que jamás, *jamás* haría esto, jefe.

El movimiento fue rápido, repentino. Evans se separó un paso, lo suficiente para alcanzar el cuchillo que siempre llevaba al cinto. Lo sujetó y le dio tiempo de cortar la sujeción de una de sus manos, no más, antes de que aspirara bruscamente lanzando un quejido y cayera contra él. Solo pudo sujetarlo contra su cuerpo mientras recibía otra puñalada en la espalda.

No, no, ¡no! Desvió el tercer golpe con su mano libre mientras Evans se sostenía contra él por sí solo, logrando con ello recibir un profundo corte en su antebrazo, pero evitando que en su amigo cayera una tercera herida. No podía permitir que lo apuñalara de nuevo, no podía, no a su hombre. A cámara lenta vio de nuevo alzarse el cuchillo.

—Por favor.

Abrazó el cuerpo apretado contra él y forzó un giro ofreciéndole su espalda al demente obsesionado con él, al tiempo que escuchaba los furiosos gritos de Peter, el choque de las cadenas contra la pared, la demente risa de la mujer, esa risa desequilibrada, y esperó a recibir el maldito golpe. Solo sabía que no podía permitir que mataran a su hombre. No, si podía evitarlo.

Frío, eso fue lo que notó. Ni dolor, ni el golpe, tan solo frío.

Sintió el frío metal en el lateral del cuello, la presencia del cuerpo de Saxton tras él, totalmente pegado a su parte posterior, y el muy cabrón estaba excitado. Dios. Casi le entraron nauseas, pero no podía soltar el cuerpo que abrazaba con su brazo herido. Todavía respiraba, de manera casi imperceptible, pero *aun* respiraba. La voz masculina le susurró al oído.

—¿Qué me das si no le mato?

Iba a comerciar con la muerte. ¡Cabrón enfermizo! Apretó con más fuerza a su hombre contra su pecho.

Que así fuera…

Sintió uno de los brazos de Saxton rodearle por encima del hombro hasta caer en la cabeza de Evans que desmayada reposaba en su hombro y le dio un brutal empujón, cayendo el cuerpo del policía al suelo para posar de inmediato la mano en su cuello y de nuevo, hablarle al oído, el repugnante aliento rozando su oreja.

—Dime, mi juguete, ¿qué me darás?

—Lo que quieras, si los liberas.

La mano presionó mientras Saxton se iba desplazando hasta quedar frente a él. Repitió la respuesta.

—Si sueltas a Peter y a Evans haré lo que me pidas…

Daría lo que fuera por salvarles y el muy cabrón lo sabía.

—Ya harás lo que sea, en cuanto yo lo diga.

—Y una mierda, cabrón.

—Tienes una preciosa boca pero muy sucia —los pálidos ojos quedaron fijos en esta—. Pero no importa. Nada importa salvo que asumas que eres mío.

—¡Nunca!

Una aventada carcajada fue la única respuesta.

—Mira a la sombra, ¡mírale!

Antes muerto. Se negaba a mirar a Peter, no les daría el gusto de que su amigo sufriera más de lo que ya lo hacía.

Una brusca mano rodeó su mandíbula y forzó el movimiento de su cara hasta quedar en dirección a donde Peter permanecía como una estatua. Siguió sin posar la mirada en la tensa figura.

El revés que recibió le abrió de nuevo la comisura de la boca. El sabor de la sangre le invadió.

—¡Te he dicho que lo mires!

La mano se elevó de nuevo, preparada para descargar, pero no llegó a hacerlo, antes se escuchó la desesperada y ronca voz de su mejor amigo.

—Mírame.

No

—Rob, mírame o no parará hasta que lo hagas.

No

La segunda bofetada no tardó en caer, dañina, y la maldita voz que le habló al oído le puso la carne de gallina, erizada.

—Puedo seguir así todo el día. Sigue retándome cuanto quieras, mi juguete, pero te rendirás, tarde o temprano, te rendirás.

La mano ascendió veloz al tiempo que la puerta se abría de un repentino y fulminante golpe, hacia el interior, atizando al hombre que permanecía en las sombras tras ella, arrancándole un quejumbroso gemido. Con el impulso del choque, esta comenzó de nuevo a cerrarse pero la personilla que se perfiló a contraluz se dio cuenta de que tras la puerta había una persona. Con todo el peso de su cuerpo empujó de nuevo y la madera sacudió en plena coronilla a la sabandija que se dolía del primer golpe. Cayó fulminado al piso.

X

Los trozos de tela estaban en el suelo alrededor de los musculosos muslos y habían conseguido asegurar un nudo bastante firme a la cintura.

—Vamos allá. Primero, a por Mere, y tras esconderla en algún lugar seguro, toca entrar en tromba a la habitación.

Thomas asintió con seguridad pese a su alucinante aspecto. Salieron al pasillo sin encontrar obstáculo alguno. Con suaves pasos caminaron hasta casi alcanzar el cuarto en el que había dejado a la enana cuando la puerta frente a la que cruzaban se abrió de golpe, apareciendo un hombre que al ver el aspecto de su cuñado, reaccionó rápido volviendo al interior e intentando cerrar esta en sus narices.

Se lo impidieron y accedieron al cuarto ambos, empujando la puerta con fuerza pese a la presión ejercida desde el interior. El hombre intentó hurgar veloz entre los pliegues del abrigo que llevaba pero le alcanzaron el brazo.

—Quieto.

Los asustados e inquietos ojos castaños se agrandaron y quedó tieso, tras desviar la mirada levemente hacía la bella mujer que inmóvil permanecía quieta en el lecho.

—No quiero líos.

Hombre inteligente.

—Tampoco nosotros, por lo que hará lo que le digamos.

Los ojos de la mujer no se apartaban de Tom, recorriéndole y este la ignoraba completamente.

—¿Tiene armas? —el hombre asintió e hizo un gesto hacia el abrigo que pendía de su brazo— démelas —les entregó un arma de fuego y dos puñales— ¿cómo se llama?

—Hopkins, James Hopkins.

—Muy bien, James. Escuche con atención —esos ojos castaños mostraban una viva inteligencia—. De ahora a unos quince minutos esta casa se va a convertir en un campo de batalla. Este es mi cuñado, Thomas Evers, yo me llamo John Aitor. En el burdel están retenidos dos hombres. Otros ya han sido liberados y si no me equivoco nos rodea la policía para entrar en cualquier momento.

El hombre asintió, asimilando la información.

—¿Necesitan ayuda?

Tom y él cruzaron miradas.

—Podemos traer aquí a Mere —su cuñado mostró su conformidad.

Otra cuestión era cómo explicarlo.

—Gracias. Si le soy sincero nos vendrá bien su ayuda. Vamos a ir en busca de una mujer —sintió la pregunta que bullía en el interior del hombre— es largo de explicar. Espérenos aquí y mantenga a su acompañante a salvo. No salgan hasta que volvamos. Vendremos con una mujer y si me la cuida hasta que todo haya pasado, estaré en deuda eternamente con usted.

—¿Quién es ella?

—Mi mujer.

Hopkins abrió la boca para preguntar pero optó por cerrarla. Resultaba evidente que la sorpresa le superaba.

—Les esperaré aquí mismo y no saldremos.

—Pegaremos dos-tres-dos toques en la puerta. No abra si no es esa llamada. Y gracias.

Abrieron con cautela la puerta, adentrándose en el pasillo y veloces llegaron a la entrada al cuarto donde había quedado Mere.

¡Al fin! Realizó la llamada clave. Nada.

De nuevo.

Ni un maldito movimiento.

¡Joder! Comenzó a sudar y abrió la puerta de golpe. Nadie salvo el cuerpo que permanecía tirado e inconsciente en el suelo. Ella no estaba.

Pensó que se desmayaba del susto en la jodida habitación. Las manos comenzaron a sudarle y el corazón le iba a explotar. Y furia. Sintió tal furia contra el pequeño torbellino que siempre hacía lo que le venía en gana que si la hubiera tenido frente a sí, la hubiera, la hubiera…

Una mano tranquilizadora se posó en su espalda. Thomas.

Sus miradas se clavaron la una en la otra. Ambas asustadas, ambas angustiadas. La pequeña mujer que no estaba donde debía era lo más importante del mundo para ellos y de nuevo la habían perdido…

XI

Estaban dentro. Las voces no engañaban y tampoco el sonido de golpes. Mantenía la pistola en la mano y la daga enganchada al cinto del vestido. Cuando menos, estaban en su interior los Saxton, Peter y Rob. Si había o no alguien más no tardaría en descubrirlo.

Se giró frenética. ¡Por Dios! Alguien ascendía las escaleras, acercándose a su posición, por lo que no tenía salida. Giró el pomo y empujó la puerta con violencia, con toda la fuerza de su menudo cuerpo. Creyó que golpearía contra la pared pero rebotó en un obstáculo, una persona, por lo que decidió arriesgarse y embistió de nuevo.

Lo siguiente que escuchó fue el ruido como de un saco al caer y en seguida todo se convirtió en un endemoniado caos. A su espalda escuchó gritos de hombres, y entre el jaleo le pareció distinguir las voces de su John y su hermano. Hasta el piso superior llegó igualmente el estruendo de la puerta principal siendo reventada desde el exterior. Todo se precipitaba a pasos agigantados y ella, en medio.

No podía perder de vista el interior de la habitación. Lo haría, vaya si lo haría. La necesidad de saber lo que ocurría tras ella, en las amplias escaleras o en el primer piso le consumía pero lo único que percibía su mente era al maravilloso hijo de Norris, casi desnudo, colgando de una soga por un brazo en el centro del cuarto, suspendido, y a Saxton a su espalda, parcialmente oculto. Un musculoso brazo le rodeaba el cuello y la afilada punta de un cuchillo apretaba contra la curva de su fuerte cuello.

En tablas. Se encontraban en tablas.

Su mirada se expandió más allá. En la pared del fondo estaba Peter, rabioso y a punto de perder los estribos. Su cuerpo desprendía una furia fría, sin vida, mientras su negra y mortal mirada no se apartaba del hombre que sujetaba a Rob. Tenía las manos unidas y algo sostenía entre ellas.

A tres pasos de distancia se encontraba Celeste Saxton. Quieta y sorprendida, sin saber muy bien cómo reaccionar. Estática.

Mere lo tuvo claro. Apuntó directamente a la cabeza de la mujer.

A través de la puerta entornada se escuchaba cada vez más cercano el sonido de la escaramuza. Escuchó en la lejanía que alguien gritaba su nombre. Por favor, que se dieran prisa, por favor…

Entró en la habitación, lentamente, con pasos inseguros. Tenía tanto miedo… Frente a ella Rob y Saxton. Peter tras ellos y la loca a su derecha. Mantuvo la mira del arma centrada en la frente de Celeste, pero la deslizó con parsimonia hasta centrarla en su pecho y en parte rezó por no verse en la necesidad de disparar.

Tras la puerta el cuerpo permanecía inmóvil.

Los ojos de Saxton brillaban febriles, dementes.

XII

Lo único que llegó a ver fue la roja falda de su mujer desapareciendo de su vista en la habitación del fondo. Parecía que su corazón se le salía del pecho. Echó a correr, como nunca, pero el maldito pasillo parecía interminable, como si estuviera atrapado en una odiada pesadilla. Oía su pulso rugir en su oído. Debía protegerla, Dios, debía salvarla. Si la perdía, si la perdía…

Ya casi estaba. Cuatro jodidas zancadas y llegaría.

El golpe en el costado le arrancó toda la respiración del cuerpo, sin previo aviso. Escuchó el grito de alerta de Tom pero había estado tan centrado en ella, su obsesión era tal, que no vio al matón hasta el brutal choque. Se revolvieron por el suelo del pasillo tras el golpe contra la pared por el impulso, intentando acabar el uno con el otro. Recibió un puñetazo de refilón en el cuello que le desequilibró algo.

Escuchaba la pelea tras de sí. Joder, Tom peleaba como una fiera unos metros más allá y por los gritos, el escándalo y los sucesivos disparos que se escuchaban en la escalinata y el piso bajo, había comenzado la pelea. Se oían gritos y su sonido tapaba el resto.

A lo lejos le pareció escuchar a Jared gritar el nombre de Mere, una y otra vez, desesperado. Tan desesperado como impotente, igual que se sentía él en ese momento. También a Dean. Las condenadas manos del enorme cabronazo con el que peleaba le habían rodeado el cuello y no podía, maldita sea, no podía gritar que ella estaba arriba, en la habitación, con los Saxton. En peligro.

Se estaba quedando sin respiración y lo recordó, de repente, como si la escena circulara a cámara lenta por su mente. Las lecciones de lucha de Peter. Tenía la ventaja de la posición superior. Lo hizo. Sin pensar. Instintivamente. Apartó las manos que le asfixiaban con un brusco y potente golpe de las suyas, desde el interior y se deslizó hasta presionar con sus rodillas los brazos del hombre, aprisionándolo completamente en el suelo. No dudó, aprovechó para estamparle un feroz puñetazo en pleno rostro, los huesos crujieron y a pesar de ello descargó un segundo impacto.

Ya podía ir a por su mujer. Se levantó, veloz y se dirigió de nuevo hacia ella.

Un segundo cuerpo lo derrumbó al suelo.

XIII

Sopesó la horrible situación en la que estaban y decidió ganar tiempo, de la manera que fuera. No podían tardar demasiado en llegar, y Peter, al fondo, tramaba algo. Estaba convencida de ello.

—Suéltale o dispararé a tu amante.

La mano le temblaba tanto que puede que se le disparara sin quererlo. La perturbada mirada de Celeste Saxton, recayó en el hombre por el que había arriesgado todo. Su matrimonio, posición social, amistades, familia…

—¿Martin?

El hombre ni titubeó.

—Mátala, querida. Se ha vuelto cansina. Ya tengo lo que deseo y tú sola, mi lindo bombón, acabas de caer en mis manos.

Mere no podía creer lo que escuchaba ni salir de su asombro. La miraba como si le perteneciera, como si estuviera planeando un mundo de posibilidades. La frialdad de esa voz causaba escalofríos. A ella le repugnó pero la mujer a la que se refería se enfureció. Celeste Saxton se lanzó hacia Martin como lo que era, una lunática. Chillando. Algo brilló en el aire, algo afilado, en su mano derecha. Y Rob estaba en medio, ¡por Dios!, saldría herido. La escena pareció discurrir lentamente ante sus ojos, como si ella fuera un espectador en la lejanía.

Apretó el gatillo y de nuevo nada.

¡No! no, no. Lanzó la pistola contra la figura que con el puñal en alto se acercaba a los dos hombres, pero ni la rozó. Peter luchaba contra sus cadenas, contra la única cadena que le ataba a la pared. ¡Había logrado liberarse de uno de los grilletes! Rob se retorcía entre los brazos que lo aprisionaban hasta que, en el último momento, Saxton lo apartó para inmensa sorpresa de Mere. ¡Lo había apartado! para apuñalar a la mujer que, perdida la razón, se negaba a parar el impulso de matar que le llenaba la mente. Martin le gritó, le ordenó que no lo hiciera pero ella no paró moviendo el arco del brazo en sentido descendente, con tremendo impulso, el reflejo del metal a la vista de todos.

—¡No!

El grito surgió de Saxton pero ella hizo caso omiso, envalentonada. No fue a por Martin, sino derecha hacia Rob, como si matándolo fuera a enterrar su odio, su inmensa furia por todo lo que acababa de perder. No lo logró ya que Martin Saxton tampoco vaciló. Con su brazo libre bloqueó el de ella y con la otra hundió el puñal que sujetaba firmemente en su mano en el torso de la alocada y bella mujer que se abalanzó sobre él. Hasta la empuñadura.

Ella no emitió ni un sonido, la boca abierta, los ojos enormes, fijos, llenos de incomprensión, traicionados, en el hombre que sonreía irónico mientras le susurraba al oído algo que solo Rob alcanzó a escuchar. Empujó el mango arrancando un quejido de los labios ya ensangrentados y lentamente extrajo el filo, dejando de sostener el delgado cuerpo que se desplomó a sus pies, los ojos abiertos de par en par, sin ver. Cruzada sobre el inerme cuerpo de Evans.

La sonrisa que cubría los labios de Saxton mientras observaba la sangre fluir del delicado cuerpo, era espeluznante.

Un escalofrío recorrió el cuerpo de Mere.

XIV

¡Estaba libre! Las malditas cadenas se le habían resistido pero tenía demasiada práctica en abrirlas como para que aguantaran una vez obtenido un par de roñosos y finos clavos a su alcance. La tortura de no poder hacer nada mientras Saxton lo besaba, lo amenazaba, lo tocaba con sus manos…

Casi había perdido la cabeza.

Mere se había dado cuenta de lo que intentaba. Tan inteligente…

Saxton seguía con la mirada fija a sus pies, en el cuerpo de la mujer muy cerca de Rob. Maldito loco. Con un suave gesto para evitar llamar la atención de Saxton, indicó a Mere que le lanzara el puñal y así lo hizo de inmediato, pero ello logró lo que había intentado evitar por todos los medios, que este se apercibiera de lo que ocurría a su alrededor.

¡Dios!, era veloz el cabrón.

En esta ocasión se abalanzó sobre Mere, al tiempo que Rob trataba de avisarla voceando pero de nada sirvió. Ella reaccionó rápidamente girándose hacia la entornada puerta pero apenas logró dar un paso cuando Martin la rodeó con uno de los brazos y pegó la pequeña espalda a su amplio pecho. Se colocó pegado a ella, el puñal bajo la delicada barbilla. Lentamente Peter se aproximó a Rob y rasgó la cuerda que le mantenía sujeto. Se quedaron quietos, hombro con hombro, paralizados en cuanto escucharon el suave quejido que brotaba de los labios de una de las mujeres más impresionantes que habían conocido en su vida. Si la hacía daño, si la dañaba, ¡Dios!, lo destrozarían.

El chirrido de la puerta al abrirse alertó a Saxton quien arrastrando consigo a la pequeña figura se situó contra la pared, evitando flancos desprotegidos. A la defensiva.

Se volvieron hacia la puerta abierta de par en par. La figura enmarcada a contraluz que se filtraba desde el pasillo, daba miedo. John con el rostro y la camisa rasgada, llena de sangre. Calmo, con una frialdad que encogía al observador.

Había venido a por su mujer y nadie, absolutamente nadie lo pararía. Y si el hombre que la mantenía contra su voluntad no se daba cuenta de ello, estaba muerto. Tras él otra enorme figura tan impactante como la anterior. El hermano.

XV

Había matado a dos hombres, sin mirar atrás. Thomas le seguiría en segundos…

Nada ni nadie le pararía ya. Su mujer estaba en esa maldita habitación y era hora de recuperarla. La imagen que sus retinas captaron al entrar, lo convirtió en un frío asesino. Así de simple.

Nadie tocaba a su mujer, *nadie* y menos el hombre que la amenazaba ante sus propios ojos.

Estaba asustada. Esos enormes ojos no engañaban ni escondían lo que sentía. Los sentimientos se reflejaban en ellos como en un espejo y estaba aterrada. Esos hermosos ojos…

Saxton les había engañado, sorprendido, y les tenían contra la espada y la pared. Cualquiera que diera el primer paso sabía que perdería lo que no estaba preparado para perder, aquello que amaba, aquello sin lo cual no podría seguir adelante.

Era peligroso.

El hombre al que iba a matar, apoyado el puñal en el sensible cuello de su mujer, rayaba en lo insano. No estaba totalmente perturbado. Su obsesión con Rob, su fijación por Mere, su perversión, carecía de límites. Lo peor era que estaba dispuesto a matar a quien fuera para lograr sus fines y solo ellos se interponían en su camino. Sentía acrecentarse la tensión en su postura. No iba a aguantar mucho más.

Hasta que ella hizo el sutil gesto.

Algo tramaba su Mere. Quiso decirle que no lo hiciera, que no se le ocurriera, que el filo estaba demasiado cerca del cuello, que si sorprendía a Saxton podía herirla, que no podía perderla, que…

No le dio tiempo.

Giró levemente su menudo cuerpo y una de esas pequeñas manos se dirigió derecha, como una tenaza, a las partes del cabronazo que mantenía fija la mirada en él, desconocedor del peligro que guardaba entre sus brazos.

Eso lo perdió. Mere apretó y retorció con todas sus fuerzas mientras le daba un brutal y despiadado pisotón en el empeine. El aullido retumbó en toda la mansión, soltando Saxton el maldito puñal y encogiéndose sobre sí mismo. Su diminuta mujer, tras dar otro apretón, tan salvaje como el anterior, se giró sobre sí misma, se apartó un paso y sin pensárselo dos veces, le arreó una potente patada en el dolorido lugar que acababa de retorcer brutalmente. Saxton quedó encogido contra la pared, gimiendo boqueando y lloriqueando. No se movía, las manos aplastadas contra sus partes.

Mere se volvió hacia él y se echó a llorar, desconsoladamente.

Al diablo. Le importaba poco el cabronazo que se retorcía en el suelo, al que Peter se acercaba con pausados y predadores pasos. Que se arreglara con este, él tenía algo mucho más importante entre manos. Quitar el susto a la persona que amaba por encima de todo. Su enana.

Se comió el espacio que distaba entre ambos y la rodeó con sus brazos, alzándola, envuelta en ellos. Le resultaba imposible decir algo entre los sollozos desgarradores, aunque lo intentaba, casi con desesperación. Farfullaba entre hipidos que lo quería. Temblaban. Ambos temblaban. Y él tenía tal nudo en la garganta que tampoco podría sacar un sonido ni aunque quisiera. Solo podía suavizar la necesidad de asegurarse que estaba sana y salva, acariciándola. Ese enredado cabello, la llorosa y abotargada carita, tan hermosa, el cuello. Apretó con fuerza solo de pensar lo que podía haber ocurrido…

Escuchó un ruido brutal a su lado. Peter apretaba el cuello del hombre que seguía medio encogido tras levantar su cuerpo del suelo, soportando todo su peso con ambas manos, ahogándole, mientras Rob intentaba que lo soltara, hablándole con urgencia, en un tono bajo. Pero Peter apretaba y apretaba hasta que Rob apoyó la mano en la marcada cara, girándola en su dirección.

Tendrían que arreglarse con ese cabrón por el momento. El se sentía incapaz de controlarse y sabía, *sabía* que era capaz de matarlo con sus propias manos si se acercaba. Igual que Peter. Intentó evitar que su mujer viera lo que ocurría cerca de ellos, tapando la escena con su propio cuerpo.

—Dámela.

La apretó con más fuerza. Dios, sentía terror de perderla de vista o de no tocarla con las manos, de no sentir su calidez.

—John, hermano, dámela —Tom hablaba suavemente como quien trata de tranquilizar a una aterrorizada criatura.

Los claros ojos se posaron en ellos, todavía abrazados, hasta que John asintió.

—Cariño… —los sollozos de Mere se estaban mitigando— solo será un segundo. Quédate con Tom y Jared —estaban todos, los rostros aun angustiados. Los tres hermanos rodeándoles, las manos extendidas y entendía la necesidad de todos ellos de tocarla para asegurarse de que estaba entera— y Dean ¿de acuerdo Mere?, cariño.

La enrojecida mirada se posó en la suya y suavemente inclinó la cabecita. La besó y pasó a los tiernos brazos de uno de los hermanos. Tras un último vistazo, asió el puñal que sostenía Jared, cruzaron miradas y se volvió hacia Saxton. Peter lo mantenía agarrado del cuello, con esa manaza que de apretar algo más se lo quebraría. Se retenía a duras penas y pese a ello, pese a estar en tal situación, la demencia de Saxton pudo con su prudencia y gritó, enfurecido.

—¡Son míos!

John se giró hacia los hermanos y suavemente les indicó que la sacaran al pasillo.

Ya nada le importaba, ella estaba segura. Habían sobrevivido una vez más. Esperó tenso a que salieran de la habitación antes de acercarse a Saxton. Aferró el puñal y aguantó, como pudo, las intensas ganas de hundírselo en el pecho, directo al corazón, pero ello le convertiría en lo que era el hombre que le miraba con los ojos inyectados en sangre.

Acercó el rostro para que ese animal absorbiera cada palabra, cada frase, cada letra.

—*Jamás serán tuyos* ¡jamás! Irás a prisión, donde te pudrirás. Nos dirás dónde están los muchachos y todo aquello que queramos. Tu zorra está muerta y tu familia te repudiará, loco hijo de la gran puta —una repugnante sonrisa asomó a esos labios, pero antes de que hablara John apoyó la fina punta de la daga en su mejilla—. Sí, te abandonarán a tu suerte porque no podrán hacer frente al escándalo.

La demente sonrisa no abandonaba el retorcido rostro. Ambos lo tenían rodeado pero la repugnante mirada permanecía fija en Rob, recorriéndole con esos viciosos ojos.

La inmensa mano de Peter aferró la mandíbula de Saxton, brutalmente, y acercó su marcado rostro al del hombre que se negaba a desviar la mirada del que estaba situado a tres pasos, en pie.

—*No* le mires.

Una mueca espeluznante cubrió los bien definidos labios, y por primera vez desde que todo se había precipitado en contra de sus deseos, clavó la vista en otro que no era Rob.

—No lo entiendes es mío. Puedes hacer cuanto te plazca, pero *siempre* será mío. Estamos unidos y él lo sabe. Lo sabe.

XVI

Por primera vez en su vida sintió deseos de acabar con la vida de una persona a sangre fría. Esa mirada, totalmente perturbada le ponía el vello en punta y lograba que un escalofrío ascendiera por su columna vertebral.

Iría a prisión, y puede que Saxton muriera en ella de viejo o que le condenaran a muerte, pero si no era así, esa enfermiza obsesión jamás acabaría hasta que uno de los dos estuviera muerto. Mirando al hombre que de nuevo seguía todos sus movimientos con los ojos, lo supo. Tarde o temprano se enfrentarían de nuevo y uno de los dos moriría.

Esas últimas palabras vertidas por ese demente simplemente confirmaron lo que ya imaginaba.

Pese a ello no pudo evitarlo y se acercó el par de pasos que distaba de Saxton hasta que un firme y musculoso antebrazo se interpuso en su camino. Peter.

Ello enfureció todavía más al hombre que se relamía los labios.

—¡No! Quiere acercarse, quiere… acercarse… a mí. Él lo sabe.

¡Dios!, seguía humedeciendo esos carnosos y repugnantes labios e intentaba inclinarse hacia adelante para aproximarse a él, para olerle. A punto estuvo de dejar escapar una arcada.

Peter no movía el brazo, mientras con la otra mano seguía aplastando contra la pared a Saxton. Finalmente tragó el nudo que sentía formado en el cuello impidiendo el paso de las malditas palabras.

—Solo sé que estás loco. Nada, ¿me oyes?, *nada* es lo que siento al mirarte, salvo asco. Estás enfermo y te juro que como te acerques a mí o intentes hablar conmigo, te arrepentirás.

Una ira inmensa inundó esos pálidos ojos claros.

—¡Mientes!, mientes, tú lo sientes igual que yo.

—No.

—¡Mientes! —comenzó a revolverse como una furia contra los brazos que le retenían pero no era contrincante para Peter y menos para el odio que le recorría las venas— ¡Mientes!, tú me amas. Lo sentí al mirarte en la fiesta. Los dos lo sentimos.

—¡No!

—¡Sí! ¡Estás mintiendo! Estás… mintiendo, maldito seas.

No entraría jamás en razón ya que la locura lo invadía. La locura y esa enfermiza obsesión.

Peter rodeó el cuello del hombre que seguía retorciéndose, intentando escapar, intentando abalanzarse sobre Rob, completamente descontrolado, requiriendo la fuerza tanto suya como la de John para aplacarle, y apretó con la intención de ahogar, de hacer sufrir…

—No es ni será tuyo en tu puta vida, ¿me oyes? Y ¿sabes por qué? porque yo no lo permitiré. Si intentas algo, ahí estaré para detenerte —acercó los tirantes labios al oído de su enemigo, para que solo este escuchara lo que iba a decir— para matarte.

Apretó con más fuerza el cuello que rodeaba con sus fuertes manos, volvió el rostro a un lado y bruscamente se dirigió al hombre que, aun en pie, a un par de pasos de distancia, apenas podía creer lo que estaba presenciando.

—Rob, sal del cuarto.

No pudo reaccionar.

—¡Sal del jodido cuarto!

Los azulones ojos se vieron inmensos en el golpeado rostro.

—No.

—Rob, no lo repetiré.

—No puedo, maldita sea, no puedo. Lo mataréis…

—¡Rob! —la impaciencia llenaba la grave voz de Peter.

—He dicho que no.

Tras una mirada hacia John y el gesto de asentimiento de este, Peter pegó un salto furioso y aferró a Rob por la cintura, tirando de él mientras John permanecía en el lugar, el cuchillo clavado en el cuello del hombre que no perdía de vista la escena que discurría ante sus ojos. Rob no tuvo opción. La inmensa fuerza y la furia de Peter no se podían parar. A empellones lo sacó del cuarto y cerró tras él la puerta, girando la llave que estaba incrustada en la cerradura, haciendo caso omiso de los furiosos golpes dados desde el exterior.

Peter permaneció como una estatua mientras John hablaba.

—No volverás a poner tus sucios ojos en mi mujer o en Rob. Si llegáramos a enterarnos de que planeas algo desde prisión o mueves cualquier hilo para acercarte a ellos, estarás muerto en un par de horas y da gracias que no lo hacemos ahora —una cruel sonrisa asomó a los labios de los hombres que habían alcanzado el tope de su aguante—. Mereces lo que vas a sufrir allí dentro sabiendo que lo que deseas estará *siempre* fuera de tu alcance.

Eso volvió loco a Saxton.

Se retorció entre los brazos de los dos hombres logrando únicamente que la daga resbalara por su rostro cortando su mejilla, rasgándola desde el ojo hasta la barbilla y que de un despiadado golpe con el canto de la mano en el cuello, Peter lo dejara inconsciente.

El aviso estaba dado. Ambos hombres se miraron y se juraron hacer lo que en ese maldito cuarto había quedado sellado. Habían recuperado a aquellos que amaban y nadie se los quitaría de nuevo.

Respiraron profundamente. Amarraron y amordazaron al loco que con su desquiciada mente casi había logrado lo que deseaba, y se encaminaron, agotados, hacia el pasillo donde les esperaba parte de su familia, donde devolvieron a sus brazos a la adorable y menuda mujer que seguía inquieta, donde estaban reunidos todos aquellos que querían y habían luchado a brazo partido con ellos y donde unos aguardaban enfurecidos, otros llorosos o heridos, pero todos ellos vivos.

Vivos, protegidos y… amados.

*****

Epílogo

El estómago le hacía ruidos. No, más bien tronaba. Tanto que su grandullón echó una risilla a su derecha hasta que le dio de lleno un codazo en el costillar. Desayunaban con parsimonia y le encantaba el momento de tranquilidad en familia en la que hablaban de cotilleos y necedades y reían de las ocurrencias de uno u otro.

Tres meses habían transcurrido desde la noche más caótica de su vida y su abuela no le quitaba ojo de encima, mientras terminaba de engullir el segundo bollito. Como un halcón a una rolliza presa.

Dio otro bocado. Exquisito.

—¿Tienes hambre, querida? —preguntó la abuela.

—Ajá.

—¿Más que de costumbre?

Eso sí llamó su atención. Lo cierto es que últimamente se comería hasta un buey. Su grandullón seguía a su derecha parloteando con Jared y esperaban en cualquier momento la visita de los hermanos, los Norris, Jules y Julia.

El último mes había pasado a una velocidad impensable. Julia seguía enfurruñada con su prometido, por enésima ocasión. La diversión que los dos tórtolos estaban causando en familia y amigos era increíblemente entretenida. Todos sabían que se amaban con locura, pero ellos se negaban a admitirlo. Tercos.

Cuestión aparte eran Peter y Rob. Los problemas con la policía no mejoraban y ocasionalmente Rob los sufría. Estaba agotado con el caso que le habían asignado, los Bray, tan peligrosos y…, algo se les escapaba. Hasta el punto que el Club del Crimen había optado por echarle una mano. Y Peter permanecía furioso con su mejor amigo, por haberle ignorado al aconsejarle que no acudiera a las llamadas de Saxton en prisión, por hacerlo y por no contarle lo que había ocurrido en tales reuniones.

Podía dar miles de razones, pero en el fondo, muy hondo en su corazón, Mere intuía lo que ocurría en la mente de amenazador y dulce hombre. En sí era muy sencillo. Quería a Rob pero no se veía capaz de admitirlo, ni a sí mismo, ni a los demás. Hasta que eso ocurriera, ambos hombres sufrirían. Y para colmo los celos le carcomían las entrañas.

Ojalá la vida resultara más sencilla

Y mejor no hablar de la diaria pelea entre Jules y Jared o de su entretenimiento preferido, picarse mutuamente. No tenían remedio…

Sus ojos se fijaron en el sobre color crema, depositado junto a su taza de desayuno. Rosie le había anunciado que habían dejado una carta para ella, a primera hora del día, para ser entregada en mano. Exactamente la misma que en estos momentos sujetaba entre sus manos. La caligrafía era hermosa, de rasgos firmes pero no indicaba el remitente por lo que solo quedaba descubrir lo que contenía.

La abrió, la desdobló con cuidado y lentamente comenzó a leerla. El corazón se le encogió al fijar la vista en la segura firma al pie de la página. Dios mío, William McKay, el hombre que tanto había sufrido en su vida pero que había conseguido rehacer esta con la marquesa de Wright. Su mente recordó esa hermosa risa y el sereno rostro.

Un buen hombre. Desplegada completamente, comenzó a leer su contenido.

Estimada Señora:

Sé que el envío de esta carta incumple las normas más elementales de cortesía, pero si no lo hubiera hecho, jamás habría quedado tranquilo o satisfecho. Mi mujer desconoce su existencia pero sí que le agradecería que una vez leída, la hiciera extensiva a su esposo y familia cercana. Gracias.

Ayer tarde hice algo que jamás pensé poder lograr salvo en mi desesperada imaginación. Por primera vez en demasiados años crucé sin miedo a represalias la distancia que me apartaba de ellos, que me alejaba de mi familia.

Abracé a mi madre. La apreté junto a mi pecho y sentí de nuevo ese olor familiar que hace que un hijo se sienta en el hogar, protegido de todo tipo de dolor, del miedo que durante tantos años ha sido mi terrible compañero. Sentir de nuevo esos brazos rodeándome hizo desaparecer gran parte del odio, del rencor, de la ira acumulada. Me sentí… sencillamente amado y a salvo. Los pequeños brazos de esa encanecida, diminuta y tierna mujer lograron en un segundo hacerme olvidar… y eso no se puede medir en riqueza o en poder, solo en amor… Espero poder pagárselo algún día, de la forma que sea.

Mi padre no dijo palabra. Me envolvió en sus delgados brazos y se echó a llorar de forma desgarradora, como un niño. No creo poder llegar a olvidar, en lo que me resta de vida, el acongojante sonido de esos profundos sollozos. Siempre se sintió culpable por llevarme con él a la feria. Madre dice que desde aquel día apenas habla, salvo en sueños, rodeado de pesadillas…

Ahora sonríe..., sonríe a todas horas.

Me miró, recorriéndome lentamente con esos ojos perdidos, apagados, y me aferró fuerte, temeroso, como si creyera estar soñando o temiera que fuera a desaparecer una vez más, estando con él, junto a él. Vi tanto miedo en su mirada que solo pude agarrarme a él, igual de fuerte, y susurrarle al oído que no fue culpa suya, que no lo fue... Es difícil explicarlo pero creo que para él todos esos años sintiéndose responsable de mi desaparición no le dejaban, no le permitían vivir en paz, sufriendo lo que ningún padre debiera padecer... Tan solo espero que mis palabras al fin le permitieran acallar una parte de ese dolor asentado en su corazón.

Mi hermano menor era muy joven cuando ocurrió pero el daño no le fue ajeno. Creció entre dolor, lloros y angustia. No me quita la vista de encima y me sigue, vigilante. Sospecho que intuye una pequeña parte de lo que me ocurrió, pero también creo que le vale con tenerme en casa de nuevo, cerca y a salvo.

Nunca sentí tal mezcla de miedo y dicha. Siempre observándoles, mirándoles y cuidando de ellos en la lejanía, el maldito corazón en un puño y el alma rota por no poder hacer lo que más deseaba, abrazarles y sencillamente decirles que todo, absolutamente todo estaba bien, que había sobrevivido, que no habían podido conmigo. Al fin podía tocarles con estas malditas manos. Me quemaban de la necesidad de acariciarles, de cerciorarme de que nadie les dañaría de nuevo y simplemente, de decirles lo que sentía ahogado en mi corazón, en un corazón que creí tener en parte destrozado.

Por ello le doy gracias, señora. Porque si no lo hiciera sería tan canalla como las personas que me separaron de mi familia.

He sido incapaz de relatarles lo que me ocurrió. No por mí, sino por ellos. No puedo. ¿Para qué? De nada serviría, salvo quizá, para causarles más dolor del que ya han soportado. Y me niego a permitirlo. Creen que durante aquella aciaga feria en la que desaparecí sin dejar rastro, recibí un mal golpe, perdiendo la memoria.

Es mejor así. Para todos.

Las autoridades están dando pasos para obtener más datos y dar a otros muchachos la oportunidad que a mí se me ha entregado. Les deseo que lo logren, con toda mi alma.

Con esta carta disminuye un poco la inmensa rabia asentada en mi pecho, un peso que cada día me ahogaba más por todos los años perdidos, lejos de aquellos que amo y que me aman. Lo único decente dentro del horror de los últimos años ha sido conocer a una mujer maravillosa y por ello doy gracias. Nunca imaginé que personas como ustedes, los integrantes de su Club, pudieran llegar a arriesgar sus vidas por el simple hecho de ser lo correcto. Es lo que me inculcaron mis padres pero que a base de golpes, latigazos y tortura me fue arrancado. Ustedes, todos ustedes, me lo devolvieron y lucharon por lo que era justo, por lo que era correcto...

Si algún día, en lo que me resta de vida, usted o cualquiera de los suyos necesitan de mí, estaré esperando, a su entera disposición. Si requieren de mi ayuda o de mi vida, la tendrán ya que ustedes me la devolvieron cuando carecíamos mi mujer y yo mismo de esperanzas. Sería tan poco en comparación con lo que me han dado...

Gracias por devolverme lo que me arrebataron, por no rendirse, por mí y por todos aquellos que quizá, finalmente, obtengan su ansiada libertad No sé si alguna vez volverán a cruzarse nuestros caminos de nuevo por lo que no puedo guardar en mi corazón lo que tengo necesidad de decirle. Es usted la mujer más valiente, honesta y generosa que he tenido el placer de conocer. No dudó ni un momento, pese a correr riesgos que no tenía que sobrellevar, recibir golpes y maltrato, por unos muchachos que no conocía y cuyo destino en nada le afectaba. Yo me rendí. No lo haré de nuevo porque ello sería traicionarla. Antes moriría. La fuerza para tirar para adelante la dan las personas como usted que pelean hasta las últimas consecuencias, arriesgándolo todo, incluso la vida por los demás. Merecen, por tanto, que aquellos a los que han sacado del infierno respondan como ustedes lo hicieron, sin pedir nada a cambio, sin condiciones, con toda su fuerza, voluntad y tesón.

Yo lo haré, señora. Lo haré sin una pizca de duda, si lo necesita algún día.

Gracias por lo que hizo, por lo que todos ustedes hicieron, por no doblegarse y por luchar por mí hasta el final.

Siempre suyo

William Mckay

Dios santo... Tenía el llanto en la garganta, a punto de salir descontrolado. Al final alguien logró lo que más deseaba. Una extraña paz la invadió y dio gracias porque de algo había servido el miedo, la tensión y el peligro que había pasado.

Sonrió para sí misma... Más tarde en la privacidad de su alcoba, le mostraría al grandullón la carta. Después a toda la familia. Eran maravillosas noticias para compartir.

Ahora a atacar la comida de nuevo. A ver si al menos tragándola le desaparecía el nudo de emoción atascado en el cuello y en el estómago.

La abuela seguía observándola y continuamente posaba la mirada en sus pechos, en su vientre y alzaba las cejas bailoteándolas. Indagó con su mirada y de nuevo ese extraño e inquietante baile de cejas y esa amorosa sonrisa en los labios.

Ni idea de lo que intentaba decir y por ello la paciencia de su abuela se agotó. Se levantó de golpe de la silla situada en la mesa frente a ella y rodeó esta hasta situarse tras Mere, con ambas manos apoyadas en el respaldo de su silla. Se inclinó y se lo susurró suavemente al oído con todo el amor que sentía hacia ella.

Dios… ¿Cómo no se había dado cuenta? Adoraba a su abuela, la amaba.

Últimamente no comía, sino que zampaba, le daban repentinos sofocos, le había dado por comer cebolletas con gelatina, para asombro de su marido, y le habían crecido ¡los pechos! para la inmensa gratitud, felicidad y beneficio de su gruñón.

¡Oh!… ¡Oh!... ¡Ohhh!

Sintió nauseas y se cubrió el estómago con las manos, acariciándolo. Notó el suave beso de la abuela en el cabello y un calor envolvente comenzó a ascender desde la punta de los pies por todo el cuerpo mientras sentía, de repente, la caliente mirada de su gruñón, en ella. Esa mirada que la volvía loca tarumba.

La abuela se enderezó y se acercó a Jared. Le agarró de la mano y lo arrastró tras ella a trancas y barrancas, entre protestas, porque, al parecer, no había llenado aun el pozo sin fondo que tenía por estómago.

Cerraron la puerta suavemente tras de sí, mientras John los seguía con la interrogante mirada. Se volvió hacia ella con una pizca de preocupación mezclándose con la curiosidad que le invadía.

—¿Qué ocurre?

—Últimamente tengo mucha hambre.

El ceño se frunció.

—Cariño, siempre has tenido un sano y potente apetito.

—Más de lo habitual.

Sintió la mirada recorrer su cuerpo y una sonrisilla pícara asomó a esos carnosos y turgentes labios.

—Lo cierto es que se te han agrandado los pechos —se inclinó y depositó un suave beso en la comisura de su boca—. Cariño, si ese es el resultado, come todo lo que puedas. Cuanto más, mejor.

Diantre, tendría que dar más pistas.

—Estos últimos días se me han antojado comidas raras.

—Cebollitas y gelatina, y hace un par de semanas fueron huevos al plato con berenjenas —otra risilla— creí que te volverías color verdoso de tanta berenjena que comiste.

Los hombres de su familia eran torpes para las cuestiones de mujeres.

Decidió ir al grano en cuanto su grandullón se levantó de la mesa y fue a inclinarse para besarla y encaminarse a la puerta.

—Cariño, ¿qué suele ocurrir con las mujeres con los pechos llenos a rebosar, a punto de explotar y que tienen antojos?

La mirada extraviada y medio angustiada que recibió le indicó que podía estar hablando de la luna, para lo que le servía dar pistas.

—Que comen para más de una persona. Generalmente alimentan a otra personilla, aunque a veces pueden ser dos o… tres, como en nuestra familia.

Por lo enormes que se vieron los verdes ojos las pistas *al fin* habían dado en el clavo. Derechos se posaron en su vientre y tras un *ay, Dios, que me mareo*, su marido se inclinó hasta apoyar las manos en las fuertes rodillas. La impresión lo había… mareado. Ahora fue a ella a quien le tocó lanzar una traviesa risilla. Los ojos de su gruñón se alzaron y la miraron llenos de un amor que simplemente la calentó por dentro. Un inmenso amor, como el que ella sentía por él…, el mismo que sentirían por el bebé que ya estaba con ellos.

En un segundo su marido estuvo junto a ella, la alzó y la sentó en su regazo en una de las sillas libres, en la mesa. Ahuecó una de sus inmensas manos en su nuca acariciando el lado con el pulgar, y la otra sobre su estómago, protegiéndolo.

Le dio uno de los besos más dulces y apasionados de su vida y habló con voz temblorosa y resquebrajada.

—Solo diré una cosa, mujer. Te amo más que a mi vida y amaré a nuestros hijos de igual modo.

Posó los enormes ojos castaños en los verdes que brillaban emocionados, la inmensa mano acariciando su vientre y supo que así sería, al igual que ella.

—Lo mismo digo, marido. Lo mismo digo.

La amorosa sonrisa que recibió en respuesta fue hermosa.

Simplemente hermosa.

FIN

ACERCA DE LA AUTORA

Toda mi vida he disfrutado leyendo, pero la curiosidad por crear personajes y mundos rodeados de intriga, amor y misterio provocó que diera mis primeros y titubeantes pasos en el mundo de las letras. El resultado fue el primer capítulo de *Amor entre acertijos* pero la vida hizo que terminara en un cajón, olvidado. Años más tarde y rodeada de un mundo que nada tiene que ver con la literatura, removiendo papeles y viejos recuerdos reaparecieron esas viejas hojas manuscritas.

Retomé una aventura que me ha llevado, casi sin darme cuenta de tanto como he disfrutado, a encontrarme inmersa en la escritura de la tercera novela de la saga del Club del Crimen.

Descubro que cada día que me apasiona más escribir y gozar de la asombrosa libertad de crear sin límites. Me encantaría que quien se aventure a leer mis novelas, las disfrute tanto como yo al escribirlas.

www.ingramcontent.com/pod-product-compliance
Lightning Source LLC
Chambersburg PA
CBHW051929020726
47501CB00001B/40